本书属于"十四五"国家重点出版规划项目
——"丝绸之路古典文学译丛"

本书属于国家社科基金重大项目
——"梵文研究及人才队伍建设"

佛本生

故事选

[增订本]

黄宝生
郭良鋆　译

中西書局

前　言

　　《本生经》(*Jātaka*)是一部庞大的佛教寓言故事集,也是世界上最古老的寓言故事集之一,约成书于公元前 3 世纪。但现存的巴利语《本生经》已非原典,而是一部注释本,书名全称是《本生经义释》(*Jātakaṭṭhvaṇṇanā*)。其变迁过程大致如下:原先有一部用巴利语撰写的本生经注,叫作《本生经义记》(*Jātakaṭṭhakathā*),传入斯里兰卡后,被译成古僧伽罗文。此后,巴利语原本失传。大约在公元 5 世纪,有一位高僧依据这部古僧伽罗文的《本生经义记》,用巴利语改写成《本生经义释》。尽管有这个变迁过程,但据说《本生经》中的偈颂诗始终保持着原始形式。因此,有一种看法认为《本生经》原典即是这些偈颂诗。这种看法未必可信,因为《本生经》中不少偈颂诗是散文故事的扼要总结,倘若脱离了散文故事,很可能变得令人不知所云。或许,比较稳妥的看法是:《本生经》原典也是由偈颂诗和散文故事组成的,只是偈颂诗便于诵记,稳定性强,较易保持原貌,而散文故事稳定性差,势必经历一代又一代佛教徒日积月累的较大的加工。

　　以上讨论的实际是《本生经》的成书年代。如果说它成书于公元前 3 世纪,则原典已佚;如果说它成书于公元 5 世纪,则指的是它的注释本《本生经义释》。但是,佛本生故事的产生年代远远早于《本生经》的成书年代,可以说,在公元前 6 世纪到前 5 世纪佛陀本人宣扬佛教教义时,就已经创造了这种故事。此后,佛教徒们继承佛陀衣钵,不断编撰,广为传播。近代考古学家在印度桑奇、巴尔胡特等地公元前 3 世纪到前 2 世纪的佛教建筑的浮雕上,发现有许多佛本生故事,而且有的浮雕还标明 jātaka(本生)的字样。可见,佛本生故事在当时已经确立了崇高的地位,受到广大佛教徒的喜爱和尊崇。

现存的《本生经》(即《本生经义释》)共有五百四十七个故事,分作二十二篇(nipāta)。分篇的方法是纯形式的,即第一篇由一百五十个故事组成,每个故事里有一首偈颂诗;第二篇由一百个故事组成,每个故事里有两首偈颂诗;第三篇由五十个故事组成,每个故事里有三首偈颂诗,以此类推,越往后,每篇中的故事越少,而偈颂诗越多。

《本生经》中每个故事的格式是统一的,由五个部分组成:一、今生故事(Paccuppanna-vatthu)——说明佛陀讲述前生故事的地点和缘由;二、前生故事(Atīta-vatthu)——讲述佛陀的前生故事;三、偈颂诗(Gāthā)——既有总结性质的,也有描述性质的,一般出现在"前生故事"中,有时也出现在"今生故事"中;四、注释(Veyyākaraṇa)——解释偈颂诗中每个词的词义;五、对应(Samodhāna)——将"前生故事"中的角色与"今生故事"中的人物对应起来。

我们可以举个具体例子,如第 30《摩尼克猪本生》:一开始是"今生故事",叙述一个比丘受到一个少女引诱,佛陀在给孤独园询问这个比丘有无此事。比丘承认有此事。于是,佛陀告诫他说:"她是你的祸根。甚至在你前生,你就成了她结婚宴席上的佳肴。"接着,佛陀讲述"前生故事",说是在从前,梵授王统治波罗奈的时候,菩萨转生为一头牛,名字叫大红。它有个弟弟,名字叫小红。它们兄弟俩终日为主人辛勤工作。主人家的女儿即将结婚,因而喂养了一头猪,名叫摩尼克。一日,小红向大红抱怨说:"咱俩天天干重活,只不过吃些烂草和麦秸,而这头猪倒是天天吃牛奶粥!"大红安慰小红说:"小红弟弟,别羡慕这头猪。它吃的是断头食。主人要给女儿办喜事,才精心喂养它的。"不久,庆贺婚礼的客人们来到,主人宰杀了这头猪,做成各式佳肴。在这个"前生故事"中,有一首偈颂诗:

> 勿羡摩尼克,它吃断头食;
> 嚼你粗草料,此乃长命食。

这首偈颂诗下面有一连串词义注释。故事的最后部分是"对应"，即佛陀指出前生中的摩尼克猪是现在这个受诱惑的比丘，主人的女儿是现在这个少女，而小红是现在的阿难（佛陀的高足弟子），大红是佛陀本人。

这部《本生经》具有多方面的价值。从宗教角度看，它属于通俗佛教理论。佛本生故事的基本思想建立在最通俗的业报和轮回转生的理论上，释迦牟尼也是经过无数次转生，在每次转生中行善积德，最后才出家修道成佛。按照佛教自身的阐释，释迦牟尼在成佛前是菩萨，在无数次转生中，履行十波罗蜜，即布施、持戒、忍辱、精进、禅定、智慧、真实、决心、慈和舍，在最后一生升入兜率天，从兜率天下降人间，出家修道成佛①。从历史角度看，《本生经》提供了印度古代政治、经济和文化生活方面许多具体的细节，是研究印度古代社会形态的重要史料之一。而从文学角度看，它是人类最古老的寓言故事集之一，不仅在印度文学史上，也在世界文学史上占有重要地位。

在《本生经》中，有许多故事与印度两大史诗插话部分以及其他婆罗门教和耆那教故事集中的故事相同或相似。这说明《本生经》中的故事大多是流传于印度民间的故事，佛教徒采集后，按照固定的格式在开头部分指出佛陀在某时某地针对某事讲述这个故事，结尾部分指出故事中的主角是佛陀，其他人物是佛陀的弟子或亲属，而其中的反面人物常常是企图谋害佛陀的提婆达多。同时，在故事内容上体现佛教思想和伦理，也就成为佛本生故事。

《本生经》中的故事大致可以分成八类：

一、寓言故事。这类故事在《本生经》中占有很大比重，其中不少是动物寓言故事，短小精悍，把动物习性与各种人物性格对应，寓意深刻。例如，第43《竹蛇本生》说明不能亲近恶人，讲述一个苦行者不听导师劝说，收养一条小蛇，结果被这条蛇咬死。第357《鹌鹑本生》说明弱小者只要团结一致，运用智慧，就能战胜强大的敌人：一头傲慢的大象随意踩死了小鹌鹑。老鹌鹑

---

① 参阅本书中的《佛因缘记》。

决心报仇,它联手乌鸦、苍蝇和青蛙。乌鸦啄瞎大象眼睛,苍蝇在大象眼中下蛆。大象被蝇蛆折磨得焦渴难忍,急于寻找水池。于是,青蛙大声鸣叫,引诱瞎眼大象走向悬崖,葬身山谷。第383《公鸡本生》讲述一只母猫用花言巧语骗吃了许多公鸡。而有一只公鸡聪明睿智,听到母猫恭维赞美它,并假意说要与它结为夫妻,当即斥责母猫说:

> 你是漂亮四足兽,我是两足空中鸟,
>
> 飞鸟走兽怎联姻,请去别处找公猫。

第400《达婆花本生》讲述两只水獭逮到一条大红鱼,却为了分鱼发生争执,请豺仲裁,结果豺将鱼的头尾分给它俩,自己叼着中段跑走了。这两只水獭后悔不迭,说道:

> 倘若不争吵,尚能吃好久,
>
> 如今剩头尾,中段豺叼走。

二、神话故事。这些故事大多与帝释天、夜叉或其他半神类以及具有神通幻变能力的人物相关。例如,第196《云马本生》讲述一支五百人的商队航海遇险,来到一个母夜叉聚居的海岛。这些母夜叉化作人间妇女模样,骗取他们留居岛上,准备吞噬他们。商队主识破她们是母夜叉,劝说商人们逃跑。飞经这里的一匹云马愿意携带他们逃跑,结果愿意逃跑的二百五十个商人依靠云马的神通,逃回大陆,而留在那里的二百五十个商人被那些母夜叉吞噬。第485《月亮紧那罗本生》讲述名为月亮的紧那罗①和妻子住在银山上。一天,他俩下山漫游,在溪水旁唱歌跳舞。邪恶的波罗奈王迷上女紧那罗,偷偷放箭射杀月亮紧那罗,企图霸占女紧那罗。而女紧那罗忠于丈夫,逃到山顶上,怒斥国王。国王离去后,她下山,将月亮紧那罗抱在怀中,

---

① "紧那罗"(kinnara)是半人半神的小神,擅长歌舞。

哀伤痛哭,并咒骂天王因陀罗失职。于是,因陀罗化身婆罗门,前来救活月亮紧那罗,并劝说他俩以后住在山上,别下山来到人间。

三、报恩故事。这类故事常常描写动物知恩图报,而人却忘恩负义。例如,第156《宽心本生》描写木匠们为一头大象拔去脚上的木刺。大象为了报恩,日夜帮助木匠们干活。它因年老体衰返回森林后,又将自己的小象送来,继续帮木匠们干活。后来,外敌入侵,小象英勇奋战,帮助国王击退外敌。与此相反的是人的忘恩负义。例如,第72《有德象本生》讲述有德大象在森林中搭救了一个迷路人,护送他走出密林。而这个人看到象牙街上象牙值钱,贪财心起,三次带着锯子前来割取大象的象牙。最后一次,他残忍地割取大象的牙根,于是,大地开裂,无间地狱喷出火焰,吞没此人。住在这个森林里的树神说道:

> 忘恩负义者,永远堕地狱,
> 大地全给他,也不会满足。

四、魔法故事。这类故事都与所谓的法宝或咒语有关。例如,第48《吠陀婆本生》讲述一个婆罗门能念诵咒语,使天上降下财宝。两群强盗为了争夺这些财宝,先杀死这个婆罗门,然后自相残杀,全部丧命。第432《精通脚印青年本生》讲述一个婆罗门青年从他的夜叉母亲那里学到一种运用咒语辨认足迹的本领。国王为了试验他的本领,便与祭司一起取出宫中珍宝,伪装成遭遇窃贼,将珍宝扔在莲花池里,然后请这位青年来侦缉。青年找回了珍宝,并一再用隐喻的方式点明窃贼是国王本人。而国王一直逼迫青年说出窃贼是谁,最后,青年不得不当众说出"窃贼"正是国王。民众听后,群情激愤,当场用乱棍打死国王和祭司,拥戴这个青年为王。第474《芒果本生》讲述一个婆罗门青年从旃陀罗老师那里学得一种咒语,能使芒果在任何季节成熟。后来,他在侍奉国王时,谎称自己是从赫赫有名的婆罗门老师那里学来这种本领。顿时,咒语失去效力,再也不能让芒果树随时结出芒果。这个故事含有批判种姓制度,宣扬一切种姓平等的思想。

　　五、笑话故事。这类故事幽默风趣,其中有些是傻子故事。例如,第44《蚊子本生》讲述一个傻儿子用斧子拍打父亲头上的蚊子,砍死了父亲。第176《一把豌豆本生》讲述御花园里一只猴子从马厩木槽里偷了一把喂马的豌豆,跳回树上吃时,掉了一粒豌豆,便扔下手里的一把豌豆,跳下树来寻找,结果既没有找到这粒豌豆,又丢失了手里的一把豌豆。也有讽刺故事,例如,第240《大褐王本生》讲述一个暴君死了,全城人无不兴高采烈,唯独有个看守在不远处哀叹哭泣,一问原因,原来他不是因为受暴君恩宠而伤心哭泣,而是因为以前暴君出入宫殿时,总要搋他脑袋八拳,他怕暴君到了地狱,依然为所欲为,搋地狱看守的脑袋,地狱里的人就会把暴君赶回人间,这样,他又要忍受暴君每次出入宫殿时的八拳了。

　　六、智者故事。这类故事中的智者都善于解答各种难题和谜语,摆脱各种困境,巧断各种案子。例如,第92《贵重本生》讲述宫中王后的珍珠项链失窃,卫兵们一连误抓了五个人,交给大臣。大臣吩咐将这五人关在一起,偷听他们之间的交谈,明白了这五个人是冤枉的。最后,大臣运用智慧,查明窃贼是御花园里的一只母猴。第308《速疾鸟本生》讲述一头狮子的喉咙被一根骨刺鲠住,痛苦不堪,一只啄木鸟愿意帮助狮子取出骨刺,又害怕狮子吞吃自己。于是,它先用一根树枝撑住狮子上下颚,不让狮子合嘴,在取出骨刺后,再碰落树枝,飞回树上。这样,这只聪明的啄木鸟既帮助了狮子,又保护了自己。这类智者故事最集中表现在第546《大隧道本生》中。这是一个长篇故事,其中讲到大药草智者在童年时代就聪明绝顶,一连解决了十九个难题。其中第五个难题是两个妇女争夺一个孩子,都声称那是自己的儿子。大药草智者便在地上划一道线,说是谁把孩子拉过线,孩子就是谁的。两个妇女拽拉之间,孩子哭了。真母亲心疼,就放手了。于是,大药草智者判明了这个案子。原来那个假母亲是母夜叉,想要偷吃这个孩子。这个故事与汉译佛经《贤愚经·檀腻羁品》所记阿婆罗提目佉王审案故事相同。

　　七、道德故事。《本生经》中有大量惩恶扬善的故事。例如,第446《块茎本生》讲述一对夫妇嫌弃年老的父亲,想在林中挖坑活埋父亲。当那个男

子挖坑时,他的儿子也在附近挖坑,说道:

> 等你年老体衰时,我也这样对待你,
>
> 继承我家好传统,将你埋在这坑里。

由此这个男子幡然悔悟,改邪归正。第358《小法护本生》揭露暴君灭绝人性:波罗奈国王摩诃波达波看见王后爱抚七个月大的小王子,沉醉于爱子之情,见他来到也没有起身相迎,心生恶念:"现在,她依仗儿子,洋洋自得,对我傲慢无礼;日后儿子长大,她就更不会把我放在眼里了。"于是,他下令刽子手从王后怀里夺下小王子,不顾王后的一再哀求,砍下小王子的双手、双脚和脑袋,最后将小王子扔到空中,挑在宝剑上旋转,裂成碎片。结果大地也承受不住这种恶行,裂开大口,阿鼻地狱喷出火焰,吞没这个暴君。第18《祭羊本生》反对杀生祭祀:一头山羊自述前生也是婆罗门,只是因为杀了一头山羊祭祖,结果四百九十九次转生为山羊。《本生经》中也有许多颂扬慷慨施舍的故事,例如,第316《兔子本生》讲述在森林中,一只兔子品德高尚,与水獭、豺和猴子结为亲密的朋友。在一个斋戒日,它与这三位朋友商定,要准备好食物,招待每位来此的客人。于是,帝释天幻化成一个婆罗门来到这里。这样,水獭送给这个婆罗门七条鱼,豺送给他一条蜥蜴和一罐奶酪,猴子送给他一些芒果,而兔子是食草动物,决定献出自己的身体。它跳进帝释天幻化的火堆中,供婆罗门食用。于是,帝释天向它说明自己是来考验它的。为了表彰兔子的功德,帝释天挤了挤山,用山汁在月亮上画了一个兔子形象。从此,兔子的形象永远留在月亮中。第499《尸毗王本生》讲述尸毗王慷慨施舍,不仅愿意施舍一切身外之物,也愿意施舍自己的身体。帝释天前来考验他,幻化成一个盲人向他乞求一只眼睛,而尸毗王把自己的一双眼睛都施舍给这个盲人。然后,尸毗王把王国交给大臣,自己出家过沙门生活。最后,帝释天让他双目复明。

　　八、世俗故事。这类故事大多描写青年男女如何通过巧妙的手段获得爱情。第262《柔手本生》讲述一个国王原先把女儿许给了外甥,后来又悔婚,拆散这对早已相爱的青年。外甥在公主保姆的帮助下,巧妙地用一个手臂柔嫩的少年替换了公主,然后与公主私奔,迫使国王不得不把女儿嫁给他。第531《拘舍本生》讲述一个其貌不扬的王子凭借自己的智慧和勇武,终于赢得一位美丽而骄傲的公主的爱情。《本生经》中存在蔑视妇女的倾向,但也塑造了一些正直的妇女形象。例如,第194《宝珠窃盗本生》讲述一个国王看上一位家主的妻子,心生邪念,施计诬陷家主偷了御宝,捉拿问斩。家主的妻子知道其中有诈,对丈夫忠贞不贰的她呼天抢地哭泣道:

> 神灵远在天边,世间无人保护,
>
> 暴徒恣意妄为,有谁出来拦阻?

她的哭诉惊动帝释天。于是,帝释天下凡施展神力,杀死国王。第519《商波拉本生》讲述一位国王得了麻风病,痛苦不堪,退避林中。王后忠贞不贰,随他同去,精心照料他。一天,她出去采果子,被阿修罗截获。阿修罗胁迫她顺从,她坚决不依。最后,帝释天解救了她。可是,国王病愈复位后,竟一味与嫔妃寻欢作乐,而对王后冷漠置之。老国王知道后,责问儿子,才使他幡然悔悟。

　　总的说来,就《本生经》的故事内容而言,其中包含许多揭露统治阶级荒淫残暴、抨击种姓制度、反对杀生祭祀、颂扬智慧和美德的优秀故事。但这部故事集中也包含一些带有消极意义的故事,如包含赞美无条件的逆来顺受和蔑视妇女等内容。

　　我们一般将《本生经》称为寓言故事集,是就它的主要表现形式而言。实际上,《本生经》中除了寓言和故事外,还有神话传说、歌谣、叙事诗、笑话、谚语等,几乎囊括了民间文学的所有类别。在《本生经》写定之前,佛本生故事一直以口头的方式创作和传播,其宣讲对象又主要是文化程度不高的僧众和俗众,这就决定了它必然广泛吸收群众喜闻乐见的各种艺术形式。因此,《本生经》的艺术特点也基本上是民间文学的艺术特点,有别于古典作家精心创作的书面文学:

　　一、语言通俗。在古印度,巴利语本身就是一种地方俗语,而作为故事文学的载体,尤其接近口语。而且,从《本生经》看,它采用韵散杂糅的文体,不仅故事的散文部分通俗易懂,偈颂诗部分也是如此。这些偈颂诗有的是总结性的,有的是叙事性的。总结性的偈颂诗往往只需要一、两首就行,夹在故事中间或末尾,起到撮述故事大意或点明主题的作用。叙事性的偈颂诗是故事叙述的组成部分,每组的数目就多一些,少至几首,多至几十首乃至几百首。尽管这些叙事性的偈颂诗篇幅较长,但由于语言晓畅,比喻朴素,而且常常采用重叠复沓、一唱三叹的手法,所以还是能一听就懂的。

　　二、结构定型。首先,如前所述,每个佛本生故事的五个组成部分已经程式化。其次,前生故事作为佛本生故事的主干部分,它的取材范围十分广泛,天上、人间、地狱,神仙、妖魔、人类、动物,无所不包,但无论故事的背景或角色是什么,也无论故事内容本身简单抑或复杂,其情节发展总是或显或隐地遵循着一种固定的程式:先是交代菩萨从前在某地转生为某个人、某个神或某个动物,然后讲述菩萨行善,菩萨的对立面人物作恶,结局是善战胜恶。

　　三、风格质朴、幽默。《本生经》故事大多是直陈其事,不加雕饰,所花费的唇舌以能讲清一个故事、说明一个道理为准。它们能吸引听众,主要依靠故事本身生动有趣或机智幽默。这在《本生经》的智者故事或笑话故事中表现得最为突出。例如,前面提到的《大褐王本生》以生动诙谐的语调对暴君进行辛辣的讽刺。又如,第148《豺本生》叙述一头豺出来觅食,看见一具象尸。它啃咬象尸各个部位都咬不动,最后咬到象的肛门,"像松软的糕饼",便从肛门那里吃起,一直吃进象肚。此后它快乐地住在象肚里,天天吃象的内脏和血。然而,夏季烈日暴晒,象尸干燥收缩,肛门处也紧闭住了。这头豺失去了出口,如同生活在黑暗的地狱中,恐惧万分。过了几天,天降大雨,象尸受潮膨胀,恢复原状。这头豺趁此机会,撞开象的肛门,逃了出来。虽然挤出肛门时,蹭掉了全身的毛,但它庆幸保住了性命,表示自己以后再也不贪心了。这则故事同样令人忍俊不禁。

　　《本生经》在艺术上的最主要贡献恐怕是提供了小说的雏形。按照现代的文艺理论，一般认为小说作为一种独立的叙事文学形式，它的基本前提是虚构的，它的三个要素是人物、情节和环境。《本生经》中有不少故事基本上已经合乎这些要求。不过，我们仍然不能称它们为小说，因为它们明显具有口头文学或说唱文学的种种特点，不是现代意义上的小说。尽管如此，我们必须肯定这些故事在小说发展史上的重大意义，必须肯定佛教徒在提高故事文学的表现能力方面取得的可贵成就。

中国古代虽然没有将巴利语《本生经》译为汉语，但汉译佛经中有关佛本生故事的经籍也有十几部之多，如吴康僧会译《六度集经》、西晋竺法护译《生经》、吴支谦译《菩萨本缘经》、失译《菩萨本行经》和北宋绍德等译《菩萨本生鬘论》等。这些汉译佛本生故事中，有不少与巴利语《本生经》中的故事相同或类似。以佛本生故事形式呈现的印度古代寓言故事大量输入中国，对中国古代叙事文学的发展产生深远的影响。它们不仅促进中国古代寓言故事文学的创作，也对中国古代小说的发展起了催化作用。中国唐代曾经盛行一种韵散杂糅的民间说唱文学体裁——变文，就是在佛经故事文学的直接影响下产生的。现存的变文主要有演绎佛经故事和演绎非佛经故事两大类。在演绎佛经故事的变文中，《太子成道经》《八相变》之类属于佛陀生平故事，而《身饲饿虎变文》《丑女缘起》《四兽因缘》①之类属于佛本生故事。这些变文曾被历史的尘土湮没了千年之久，直至1899年才在敦煌千佛洞重见天日。

早在20世纪30年代，郑振铎先生所著《插图本中国文学史》中就已指出："'变文'的发现，在我们的文学史上乃是最大的消息之一。我们在宋、元间所产生的诸宫调、戏文、话本、杂剧等都是以韵文和散文交杂组织起来的。""在唐以前，我们所见的文体，俱是以纯粹的韵文，或纯粹的散文组织的，并没有以韵文和散文合组起来的文体。""最可能的解释，是这种新文体是随了佛教文学的翻译而输入的。重要的佛教经典，往往是以韵文和散文联合起来组织成功的，像《南典》的《本生经》，著名的圣勇的《本生鬘论》都是

---

① 《四兽因缘》的故事与《本生经》中的第37《鹧鸪本生》相同，只是前者的角色是四兽，即鸟、兔、猴、象，后者的角色是三兽，少了前者中的兔。

用韵散二体合组成功的。"因此,"从诸宫调、宝卷、平话以下,差不多都是由'变文'蜕化或受其影响而来的"。① 小说史家胡士莹先生也说:"在变文没有发现之前,话本、诸宫调、宝卷、弹词、鼓词之如何产生,我们简直搞不清楚。自从变义发现后,我们才在古代文学与近代文学之间得到了一个链锁。我们才知道宋元话本除了继承唐代市人小说及唐代传奇文的影响之外,还受到变文的很大的影响。"②可以说,这种影响在明清乃至近代的章回体长篇小说中还依稀可辨,即在散文叙事中时常夹杂一些诗词歌赋。

20 世纪 80 年代,我和郭良鋆合译《佛本生故事选》,此书于 1985 年由人民文学出版社出版,又于 2001 年再版。这部《佛本生故事选》选译了《本生经》中一百五十四个故事,在故事数目上不足全书的三分之一,而且所选故事以短篇故事为多,故而在篇幅上估计不足全书的六分之一。当时,不少读者希望我们能译出全书。但此后忙于各种工作,始终没有机会回到《本生经》翻译上来。

最近,我选译了《本生经》中的两个故事,即第 546《大隧道本生》和第 547《毗输安多罗本生》。这是《本生经》中最后的,也是篇幅最长的两个故事。《大隧道本生》是智者故事,讲述大药草智者从小天资聪明,被毗提诃王收养为儿子,辅佐国王治国。他被国王的其他四个辅臣妒忌,多次遭到陷害,但他都能凭借自己的智慧,化险为夷。后来毗提诃国受到强盛的甘毗罗国入侵的威胁,也是依靠他施展智谋,挫败了甘毗罗国梵授王的入侵阴谋。这个长篇故事插曲众多,情节跌宕起伏,堪称是一部出色的古代"长篇小说"。《毗输安多罗本生》讲述尸毗国毗输安多罗王热爱施舍,将自己的一头镇国御象施舍给国外前来乞求御象的婆罗门,由此引起尸毗国民众不满,胁迫老国王放逐毗输安多罗。毗输安多罗甘愿流亡森林。即使在流亡的路上,他也将马匹和车辆施舍给了乞求的婆罗门,而与妻子摩蒂一起抱着一对幼小的儿女徒步前往森林。在林居期间,他又忍痛将幼小的儿女施舍给前来乞求的婆罗门。最后,帝释天幻化为婆罗门,前来乞求他的妻子,他也照

① 郑振铎:《插图本中国文学史》第 448、449 页,人民文学出版社,1982 年版。
② 胡士莹:《宛春杂著》第 135 页,浙江人民出版社,1981 年版。

样施舍。帝释天惊叹他的施舍精神,将他的妻子交还给他,并在暗中帮助他,让他的儿女回到尸毗国老国王那里。同时,老国王幡然悔悟,亲自前来森林接他回去,让他重新登上王位。这个故事善于渲染感情,尤其是描写毗输安多罗施舍儿女那部分,儿女和妻子摩蒂哀伤痛苦的感情抒发得淋漓尽致,哀婉动人。

这是《本生经》中两个著名的长篇故事,前者可说是体现了佛教的智慧波罗蜜,后者可说是体现了佛教的布施波罗蜜。《毗输安多罗本生》在古印度的流传尤为深远,在公元前 3 世纪的桑奇佛塔和菩提伽耶寺庙、公元前 2 世纪的阿摩罗婆提佛塔、公元 3 世纪的那伽周那贡陀石窟以及著名的阿旃陀石窟都有取材于这个本生故事的浮雕或绘画。这个本生故事也在东南亚获得广泛流传。唐义净的《南海寄归内法传》中也提到"东印度月官大士作毗输安咀啰太子歌词,人皆舞咏,遍五天矣。旧云苏达拏太子是也"。这里提到的苏达拏是毗输安多罗在汉译佛经中的另一译名,又译须大拏,如汉译佛经《太子须大拏经》和《六度集经》卷二中的《须大拏经》。

汉译佛经中这两个须大拏本生故事应该译自梵语,主人公名字须大拏对应 Sudāna,词义为"善施"。而毗输安多罗的巴利语是 Vessantara,词义为"吠舍中间",因为他的母亲是在吠舍街生下他的。同时,这两个须大拏故事使用散文体,情节与《毗输安多罗本生》基本一致,但是在细节上存在诸多差异,这些是口头文学流传中的常见现象。现存梵语佛经《本生鬘》(Jātakamālā)也是一部佛本生故事集,其中也有一篇《毗输安多罗本生》,主人公名字与巴利语一致,故事也使用韵散杂糅文体,内容与巴利语《毗输安多罗本生》一致,但情节更紧凑,语言更精炼,体现了古典梵语文学风格。两者比较,可凸显口头文学和书面文学之间的文体风格差异。

翻译介绍《本生经》中这两个长篇本生故事也可以让读者了解,印度古代除了两大史诗《摩诃婆罗多》和《罗摩衍那》,佛经中的长篇叙事文学产生年代也很早,它与耆那教的长篇叙事文学一起,对于催生后来公元 6—7 世纪古典梵语长篇小说作出了历史性的贡献。

此外,我这次也译出了《本生经义释》前面具有导言性质的《佛因缘记》

("Nidānakathā")。这是巴利语佛教文献中一部完整的佛陀传记。它的内容分成"远因缘""不远因缘"和"近因缘"三部分。"远因缘"讲述佛陀释迦牟尼的前生,在无数劫中实施十波罗蜜。先后有二十四位过去佛预言他未来会成佛。"不远因缘"讲述他从兜率天下凡,诞生为释迦族王子,十六岁时结婚生子。他四次出游,遇见老人、病人、死人和出家人。而在遇见出家人的当晚,目睹歌舞伎女们的丑陋睡相后,他当即离宫出家求道。他修炼严酷的苦行六年,发现苦行不是追求菩提之道。于是,他放弃苦行,接受村女的牛奶粥供养,在菩提树下结跏趺坐,修习禅定,降伏摩罗,觉悟成佛。"近因缘"讲述他接受梵天劝请,转动法轮。然后,他周游各地,弘扬佛法,度化弟子。

《本生经义释》的成书年代是公元5世纪,因此这篇《佛因缘记》的写作年代也应该与此相同。《本生经义释》的抄本未署作者名,而一些学者认为作者是觉音(Buddhaghosa),因为他是一位为巴利语佛典作注的大学者。

在巴利语三藏中并无完整的佛陀传记,只有散见于一些经文中的佛陀生平片断。从巴利语三藏中佛陀的说法和这些佛陀生平片断,佛陀总体上给人的印象是一位人间的伟大导师。但巴利语三藏是公元前5世纪至公元前3世纪经过三次结集而基本定型,最后于公元前1世纪才用文字写定的。因此,在这几百年中,随着佛教的发展,信徒们出于崇拜佛陀的感情,必定会日益神化佛陀,这自然也会体现在口头传承的巴利语三藏中。而完整的佛陀传记最早出现在梵语佛经中。现存梵语佛经中的佛陀传记主要有三部,即《大事》《神通游戏》和《佛所行赞》。它们都产生于部派佛教时期,其中《大事》属于大众部,《神通游戏》属于说一切有部,文体都采用韵散杂糅体,《佛所行赞》则是古典梵语叙事诗。它们的成书年代都早于这部属于上座部的《佛因缘记》。这说明佛教各部派在撰写佛陀传记的时期,有过互相影响,上座部也逐渐产生自己的佛陀传记。因此,对于国内研究佛陀传记的学者,这部《佛因缘记》也具有参考价值。

这样,我和郭良鋆合译的《佛本生故事选》现在增添《佛因缘记》《大隧道本生》和《毗输安陀罗本生》,作为增订本,交由中西书局出版。

最后,还需要提到在《佛本生故事选》中,有七篇故事直接采用季羡林先生的译文（已分别在书中加注标明）。季先生是我们的恩师。他和金克木先生于 1960 年在北京大学开设梵文巴利文班，我们是这个班的学生。前四年跟随两位先生学习梵文，第五年由季先生教授我们巴利文。这样，我们1965 年毕业，踏上工作岗位后，既能从事梵语经典的翻译和研究，也能从事巴利语经典的翻译和研究，先生的恩情没齿难忘。

　　本书翻译依据的巴利语原典是浮士博尔（V. Fausbøll）编订本（*Jātaka*，The Pali Text Society，1962）。前面提到《本生经》中每个故事包括今生故事、前生故事、偈颂诗、注释和对应五个部分。而我们的译文只译出其中的前生故事以及出现在前生故事中的偈颂诗，因为佛本生故事实际上指的就是佛的前生故事，这是每个佛本生故事中的核心和精华所在。

黄宝生

2019 年 11 月

CONTENTS | **目录**

1

佛因缘记

向世尊、阿罗汉、正等觉①致敬!

大仙②是世界的救主,曾经转生
数百亿次,赐予世界无穷利益。(1)

向佛行触足礼,向法合掌行礼,
向一切可尊敬的僧致以敬礼!(2)

凭借向这三宝③礼敬,获得
功德威力,消除一切灾厄。(3)

光辉的大仙依据种种缘由,
讲述《真实》④等本生故事。(4)

导师⑤为了超越世界,在历久的

---

① "世尊"(bhagavant)、"阿罗汉"(arahant)和"正等觉"(sammāsambuddha)均为佛的称号。
② "大仙"(mahesi)是佛的称号。
③ "三宝"(ratanattaya)指佛、法和僧。
④ 《真实》(apaṇṇaka)是《本生经》中的第一个故事,即《真实本生》。
⑤ "导师"(satthar 或 nāyaka)是佛的称号。

1

转生中,积累了无穷菩提①资粮。(5)

圣典编者们汇集所有这些
本生故事,名为《本生经》。(6)

为了让佛种族永远传承,
利见②长老向我提出请求。(7)

不混杂居住③的同门弟子觉友,
宁静聪慧,也向我提出请求。(8)

化地部④比丘觉天智慧纯净,
通晓义理,也向我提出请求。(9)

伟人行迹的神通威力不可思议,
我作《本生经义释》,加以阐明。(10)

我将顺着大寺住者们的思路宣讲
这部义释,请诸位善士认真谛听。(11)

　　我先说明远因缘、不远因缘和近因缘这三种因缘,然后讲述《本生经义释》。听众听了这些因缘,从一开始就长了见识,智慧开启,成为知音。因此,我先说明这三种因缘,然后讲述义释。应该先知道这三种因缘的划分。大士⑤在燃

_____

① "菩提"(bodhi)的词义为觉醒、觉悟或智慧。
② "利见"(atthadassin)是大寺的长老。"大寺"(mahāvihāra)是斯里兰卡古代佛寺名,位于阿努拉达城。
③ "不混杂居住"指远离世俗生活,不与俗人住在一起。
④ "化地部"(mahiṃsāsaka)是佛逝世后佛教上座部中的一个部派。
⑤ "大士"(mahāsatta)指菩萨,这里是指成佛前的释迦牟尼。

灯佛足下立志成佛,至转生为毗输安多罗,死后升入兜率天①,其间的事迹称为"远因缘"。从兜率天降生,至在菩提道场获得一切智,其间的事迹称为"不远因缘"。"近因缘"则是佛在各地居住的事迹。其中,这是"远因缘":

一、远因缘

在无数四十万劫②前,有一座名为不死的城市。那里住着一位名叫善慧的婆罗门。他的父母双方都是好出身,血统纯洁。家族七代以来种姓未有混杂,以血统而论无可指摘。他容貌出众,灿若莲花。他不做任何其他事情,一心学习婆罗门技艺。

他长成青年时,父母去世。他家的账房取出铁制的账册,打开储藏金、银、摩尼珠和真珠等财宝的仓库,告诉他家族七代以来积累的财产:"孩子啊,这些是你母亲的,这些是你父亲的,这些是你祖父和曾祖父的,请你接收。"善慧智者心想:"我的父亲和祖父他们积累了这些财富,可是前往另一世界时,没有带走一枚钱。而我应该取出这些财富,让它们发挥作用。"于是,他禀明国王,让人在城中击鼓巡游,向大众布施财物。然后,他出家去修苦行。

为说明此事,这里应该讲述善慧的故事。《佛种姓经》中完全采用偈颂体,不容易读明白。因此,我在这里采取对偈颂进行阐释的方式讲述。

在无数四十万劫前,有一座名为不死的城,发出十种声音。对此,《佛种姓经》中这样说:

> 在无数四十万劫前,有一座可爱的城市,
>
> 名为不死,充满食物饮料,发出十种声音③。(12)

---

① "兜率天"(tusita)是未来佛在天国的居处。

② 按照印度古代神话观念,世界处在不断产生和毁灭的循环中,"劫"(kappa)指世界由产生至毁灭一个周期的时间,一般认为相当于四百三十二万两千年。

③ 据注释,这十种声音是象声、马声、鼓声、螺号声、车声、小鼓声、琵琶声、歌声、铙钹声和铜锣声。

这些声音归结为：

> 象声、马声、鼓声、螺号声和车声，
> 还有"吃啊！喝啊！"招呼饮食声。（13）

说了这首偈颂，又说：

> 这座城市完美无缺，具备一切职业，拥有
> 七宝①，人丁兴旺，善人聚居，繁荣似天城。（14）

> 这座不死城中，有位婆罗门，名叫善慧，
> 家中积聚大量财物和谷物，数以千万计。（15）

> 他诵习吠陀，熟谙颂诗，精通三吠陀②，
> 通晓相学、历史传说和自己的种姓法。（16）

一天，善慧在宫顶露台上，独自结跏趺坐，思忖道："智者啊，投胎转生是痛苦的。每次转生都要毁灭身体。我隶属生老病死之法。既然这样，我应该追求无生老病死、无苦无乐的清凉甘露大涅槃。这肯定是摆脱生死、走向涅槃的唯一道路。"经中说：

> 那时我独自坐着这样思忖：
> 再生和毁灭身体确实痛苦。（17）

> 我隶属生老病死之法，应该
> 追求不老不死的宁静涅槃。（18）

---

① "七宝"指轮宝、象宝、马宝、摩尼珠宝、女宝、家主宝和将帅宝。
② "三吠陀"（veda）是婆罗门教圣典，即《梨俱吠陀》《娑摩吠陀》和《阿达婆吠陀》。

我应该抛弃这个充满尸肉的
腐朽身体,无欲无求而离去。(19)

这条道路存在,将存在,不可能不存在,
因此,我应该追求这条道路,摆脱生死。(20)

接着,他这样思忖:"正如世上有与痛苦相反的快乐,同样,既然有生死,必定有与生死相反的无生死。既然有炎热,必定有解除炎热的清凉。既然有贪欲等,必定有解除贪欲等的涅槃。既然有与恶法相反的善法,必定有舍弃邪恶之生而名为不生的涅槃。"经中这样说:

正如有痛苦,也有清凉,同样,
既然有生死,也可期望无生死。(21)

正如有炎热,也有清凉,同样,
既然有三种火①,也可期望涅槃。(22)

正如有恶,也有善,同样,
既然有生,也可期望不生。(23)

他又思忖:"正如有人身陷粪堆,望见远处有覆盖五色莲花的大水池,心想:'有哪条道路能通往那里?'就去寻找这个大水池。如果不去寻找,这不是水池的过错。同样,有洗净烦恼污垢的甘露大涅槃水池,而不去寻找,这不是甘露大涅槃水池的过错。正如有人被盗贼包围,有逃跑之路,而不逃跑,这不是路的过错,而是这个人自己的过错。同样,有人身陷烦恼,有通往涅槃的吉祥路,而不去寻找,这不是吉祥路的过错,而是这个人自己的过错。

① "三种火"指贪嗔痴。

正如有人疾病缠身，有治病的医生，而不去求医治病，这不是医生的过错。同样，烦恼疾病缠身，有通晓灭寂烦恼之路的老师，而不去请教，这不是能灭寂烦恼的老师的过错。"经中这样说：

> 正如有人身陷粪堆，望见盈盈水池，
> 而他不去寻找，这不是水池的过错。（24）

> 同样，有洗净烦恼污垢的甘露池，
> 不去寻找，这不是甘露池的过错。（25）

> 正如被敌人包围，有逃跑通道，
> 而不逃跑，这不是通道的过错。（26）

> 同样，有人身陷烦恼，有吉祥路，
> 不去寻找，这不是吉祥路的过错。（27）

> 正如有人疾病缠身，有治病的医生，
> 不去求医治病，这不是医生的过错。（28）

> 同样，烦恼疾病缠身，受痛苦折磨，
> 不去寻找导师，这不是导师的过错。（29）

他又思忖："正如喜爱装饰打扮的人，只有抛弃挂在脖颈上的尸骨，才会心情愉快地行走。同样，我应该抛弃腐朽的身体，无欲无求进入涅槃城。正如男女在厕所里排泄后，不会用双手抱着或用衣襟兜着粪便离去，而是怀着厌恶，抛弃粪便而离去。同样，我应该怀着厌恶，抛弃腐朽的身体，进入甘露涅槃城。正如船夫抛弃破漏的船，毫不留恋而离去。同样，我应该抛弃这个九窍流脓的身体，毫不留恋，进入涅槃城。正如有人携带各种珍宝，与盗贼同路,惧怕珍宝遭劫,便避开盗贼,另找安全的道路。同样,这个污秽的身体如同劫掠珍宝的盗贼,如果我执著它,就会失去通晓圣道的法宝。因此,我应该抛弃这个如同盗贼的身体,进入涅槃城。"经中这样说:

正如有人厌恶挂在脖颈上的尸骨,
抛弃它后,自由自在地愉快行走。(30)

同样,腐朽的身体积聚这种尸骨,
我应该抛弃它,无欲无求地行走。(31)

正如男女在厕所里排泄之后,
抛弃粪便,毫不留恋而离去。(32)

同样,我应该抛弃积聚各种尸骨的
身体而离去,犹如抛弃污秽的厕所。(33)

正如船主抛弃破漏进水的船,
无所期盼,毫不留恋而离去。(34)

同样,我应该抛弃这九窍流脓的
身体而离去,犹如船主抛弃破船。(35)

正如有人携带货物与盗贼同路,
惧怕货物遭劫,避开盗贼而行。(36)

同样,身体如同大盗,我应该
抛弃它而出行,以免失去善法。(37)

这样，善慧智者运用各种譬喻，思考出离的意义。然后，如上所述，他将自己家中积聚的无数财产分给一切穷苦人，实行大布施，摒弃物欲和贪欲，出离不死城，独自前往雪山，在正法山附近建立净修林，搭建树叶屋，辟出散步处。这个散步处无五种缺点①，有保持心灵寂静的八种优点②，获取神通力。他在净修林中，脱去有九种缺点的外衣③，穿上有十二种优点的树皮衣④，成为出家仙人。这样出家后，他又抛弃有八种缺点的树叶屋⑤，住在有十种优点的树根处⑥，摒弃各种谷物，采集山中野果充饥，或坐或站或散步，精勤努力，在七天之内获得八等至⑦和五神通力⑧。这样，他如愿获得神通力。经中这样说：

> 我这样思考之后，将数亿财富
> 布施给穷苦人，然后前往雪山。（38）

> 我在雪山附近的正法山，
> 建立净修林，搭建树叶屋。（39）

---

① 散步处"无五种缺点"指地面不坚硬和高低不平，无树木，无密林，不太狭小，不太宽广。

② 散步处的"八种优点"指不获取财物和谷物，适宜正当乞食，享用乞食，不打扰国家，不贪求生活用品，不必害怕盗贼，不亲近国王和大臣，四面八方无障碍。

③ 外衣的"九种缺点"指价格昂贵，由他人缝制，容易变脏而需要洗染，破旧而需要缝补，不容易再次获得，不适合苦行出家人，需要保护以防被外人取走，成为装饰，旅行时产生携带行李的欲念。

④ 树皮衣的"十二种优点"指不必破费，可以自己制作，不容易变脏，无须缝补，容易获得，适合苦行出家人，外人不会取走，不成为装饰，穿戴轻便，不引起贪求衣物用品的欲念，制作树皮衣合法，树皮衣毁坏也不可惜。

⑤ 树叶屋的"八种缺点"指需要收集筑屋材料，树叶和黏土掉落后需要修补，心不专注，防护冷热而身体变得软弱，引起他人怀疑自己在屋内作恶，有屋会产生执著心，有屋会有他人来住，有屋会招来跳蚤、昆虫和毒蜥蜴等。

⑥ 树根处的"十种优点"指无须费力，无须警觉，无须打扫，不会引起暗中作恶的非议，露天居住而身体舒展，无执著心，摒弃居住室内的欲念，不与他人同住，安乐自在，可随意坐卧。

⑦ "等至"（samāpatti）相当于入定，"八等至"指色界四定和无色界四定。

⑧ "五神通力"（abhiññābala）指天眼通、天耳通、他心通、宿命通和神足通。

辟出散步处,无五种缺点,
有八种优点,获取神通力。(40)

我脱去有九种缺点的外衣,
穿上有十二种优点的树皮衣。(41)

抛弃有八种缺点的树叶屋,
住在有十种优点的树根处。(42)

摒弃一切耕种收获的谷物,
采集充满优点的山中野果。(43)

或坐或站或散步,精勤努力,
就在七天之内,获得神通力。(44)

苦行者善慧获得神通力后,天天沉浸在入定的快乐中。在此期间,名为燃灯的导师出世。这位导师入胎、出生、获得菩提和转动法轮时,所有十千世界都摇晃、颠簸、震动,发出大吼声,展现三十二种先兆。而苦行者善慧天天沉浸在入定快乐中,没有听到这些声音,也没有看到这先兆。经中这样说:

这样,我获得成就,掌握教法,
这时,世界导师燃灯胜者①出世。(45)

这位导师入胎、出生、觉悟和说法时,
我沉浸禅定之乐,没有看见四种兆相。(46)

---

① "胜者"(jina)是佛的称号。

9

　　这时,十力①燃灯佛在四十万灭尽烦恼的比丘围绕下,渐次游行,到达喜乐城,住在善见大寺中。喜乐城居民听说沙门至尊燃灯佛获得至上菩提,转动殊胜法轮,渐次游行,到达喜乐城,住在善见大寺中,便携带凝乳、酥油、药物和衣服,手捧香料和鲜花,一心向往佛、法和僧,来到导师那里,俯首行礼,献上香料等,侍立一边,聆听导师说法,并邀请导师明天接受供养,然后离去。

　　次日,他们安排进行大布施,装饰城市,修整十力前来的道路。他们将渗水的地方填上泥土,平整地面,铺上银色的沙子,撒下炒米和鲜花,竖起各种洁净的旗帜,布置成排的芭蕉树和盛满水的水罐。

　　这时,苦行者善慧从自己的净修林起身,腾空行走,经过这里上空,看到这些居民欢喜踊跃,心想:"怎么回事?"便从空中降下,站在一旁,询问这些居民:"你们为谁修整这条路?"经中这样说:

　　　　边区居民邀请如来②接受供养,
　　　　满怀喜悦修整他前来的道路。(47)

　　　　我那时离开自己的净修林,
　　　　拂动树皮衣,在空中行走。(48)

　　　　看见这里的人们欢喜踊跃,
　　　　我从空中降下,询问他们:(49)

　　　　"人们欢喜踊跃,兴奋激动,
　　　　为谁平整地面,装饰道路?"(50)

---

　　①　"十力"(dasabala)是佛的称号。
　　②　"如来"(tathāgata)是佛的称号。

人们回答说："尊者善慧啊,你不知道吗? 燃灯十力获得菩提,转动法轮,游行来到我们的城市,住在善见大寺中。我们邀请世尊前来,故而平整世尊前来的道路。"善慧思忖道："在这世上闻听佛名就很难得,更何况佛出世。我应该与这些居民一起平整十力前来的道路。"于是,他对这些居民说:"既然你们为佛平整这条道路,你们也划出一段路面给我,我和你们一起平整道路。"他们赞成说:"好啊!"他们知道苦行者善慧具有神通力,便将一段渗水的路面划给他,说道:"你就平整这段路面吧!"

善慧热爱佛,满怀喜悦,思忖道:"我能运用神通力平整这段路面,但这样不能让自己满意。今天,我应该用自己的身体侍奉佛。"于是,他取来泥土,撒在这段路面上。他尚未平整完毕这段路面时,在四十万具有大威力和六神通①、灭尽烦恼的弟子围绕下,众天神供奉天国花环和香料,诵唱天国歌曲,众人供奉人间花环和香料,燃灯十力以佛的无比优美姿态,来到经过修整的道路上,犹如赤砒山坡上威武的狮子。善慧睁眼看见十力沿着经过平整的道路走来,具有三十二大人相和八十种随好②,周身围绕一寻③光芒。他目睹十力的身体美妙绝伦,放射耀眼的六色佛光,犹如各种形状的闪电,在摩尼珠色的空中,或卷曲回旋,或成双结对。于是,他思忖:"今天,我应该为十力舍弃生命。别让世尊走泥地。让世尊和四十万灭尽烦恼的弟子一起踩着我的背走过去,犹如踩在摩尼珠板桥上。这将成为我长久的利益和幸福。"于是,他解开发髻,趴在地上,让羚羊皮、头发和树皮衣铺在黑色的泥地上,仿佛在泥地上架起摩尼珠板桥。经中这样说:

> 他们回答我的询问:"世界导师,
> 至高无上的佛,燃灯胜者出世,
> 我们正在为他装饰和平整道路。"(51)

---

① "六神通"是五神通加上一种漏尽通,合成六神通。
② "三十二大人相"(mahāpurisalakkhaṇa)和"八十种随好"(anubyañjana)均指佛的优美身体特征。
③ "寻"(byāma)是长度单位,相当于双手左右伸展的长度。

闻听佛名，我顿时心生欢喜，
称说"佛！佛！"，我浑身舒服。（52）

我高兴满意，兴奋激动，站着思忖：
"我要在这里播种，不要坐失良机。"（53）

"如果你们修路，也划给我一段，
我也要参加装饰和平整这条路。"（54）

他们划出一段路面，让我修整，
我默念着"佛！佛！"，修整路面。（55）

我尚未修好路，大牟尼①燃灯胜者
与四十万具有六神通、灭尽烦恼、
清净无垢的弟子一起来到这条路。（56）

众人起身上前迎接，鼓声齐鸣，
天神凡人欢喜踊跃，齐声欢呼。（57）

天神看见凡人，凡人看见天神，
两者都双手合十，跟随着如来。（58）

天神用天国乐器，凡人用人间乐器，
天国和人间乐器齐奏，跟随着如来。（59）

众天神在空中向四面八方撒下

---

① "大牟尼"（mahāmuni）是佛的称号。

天国曼陀罗花、莲花和珊瑚花。(60)

凡人们在地上向四面八方撒下
瞻婆迦花、萨罗罗花、尼波花、
那伽花、彭那迦花和盖多迦花。(61)

我解开头发,将树皮衣和兽皮
铺在泥地上,蜷曲身体趴下。(62)

让佛和弟子们一起踩着我行走,
不要踩着泥地,我将由此受益。(63)

　　他趴在泥地上,睁眼看见燃灯十力佛的妙相,思忖道:"如果我想要焚毁一切烦恼,我可以成为一名新僧,进入喜乐城。但我不必这样改变身份,焚毁一切烦恼,进入涅槃①。我应该像燃灯十力那样,获得至上正等菩提,引导众生登上法船,渡过轮回之海,然后进入般涅槃②。这样做才适合我。"这样,他趴在地上,决定遵循八法③成佛。经中这样说:

我趴在地面上,这样思忖:
"我今天要焚毁我的烦恼。(64)

"但我何必改变身份,今世现证正法?
我要获得一切智,成为天地中的佛。(65)

"我具有威力,为何独自一人得度?

---

①　此处意谓只追求个人解脱是自私的行为。
②　"般涅槃"(parinibbāna)指完全的涅槃。
③　此处"八法"参阅下面第 69 颂。

我要获得一切智,救度凡界和天界。(66)

"我要凭此威力,担起责任,

获得一切智,救度一切众生。(67)

"要斩断轮回之流,灭除三有①,

登上法船,救度凡界和天界。"(68)

生而为人,成为男子,有缘分,

遇导师,出家,具德,担责任,

有意愿,决定遵循这八法成佛。(69)

世尊燃灯到达后,站在他的头旁,犹如打开摩尼珠狮子笼,张开具有清净五色光的眼睛,望着趴在泥地上的苦行者善慧,心想:"这位苦行者决心成佛,趴在地上。但他的心愿能否实现呢?"他观察未来,确认:"在无数四十万劫后,他会成佛,名为乔答摩②。"确认后,他站在众人中间,预言说:"你们看见这位恪守苦行的苦行者趴在泥地上吗?""正是这样,世尊!""他决心成佛,趴在这里。他的心愿会实现。在无数四十万劫后,他会成佛,名为乔答摩。他再生后,会住在名为迦毗罗卫的城市。母亲名为摩耶,父亲名为净饭。上首弟子是舍利弗长老,第二位弟子是目犍连,侍从是阿难,上首女弟子是谶摩长老尼,第二位女弟子是莲花色。智慧成熟后,实行大出家,大精勤,在尼拘陀树下接受牛奶粥,在尼连禅河畔进食,登上菩提道场,在无花果树下达到正等觉③。"经中这样说:

---

① "三有"(tayo bhave)指三界,即欲界、色界和无色界。欲界指六欲天(即四大天王天、忉利天、焰摩天、兜率天、化自在天和他化自在天)、人间、畜生、饿鬼和地狱世界。色界指四禅天,即摆脱欲望而有清净色身的天国世界。无色界指四空天,即没有物质而只有意识的天国世界。这三界均属于轮回转生中的世界。

② "乔答摩"(gotama)是释迦牟尼的族姓。

③ "正等觉"指完全觉悟而成佛。

通晓世间、应受供养的燃灯

站在我的头旁,宣示这些话:(70)

"请看这位恪守苦行的束发者,

他在无数劫后,会在世间成佛。(71)

"如来从可爱的迦毗罗卫出家,

他精勤努力,实施难行的苦行。(72)

"然后如来在牧羊人的树下,

接受牛奶粥,走近尼连禅河。(73)

"胜者在尼连禅河畔喝下牛奶粥,

经由整洁的道路,来到菩提树下。(74)

"无上至尊向菩提道场右绕敬礼,

在无花果树下觉悟,声誉卓著。(75)

"他的生母名为摩耶,父亲

名为净饭,自己名为乔答摩。(76)

"上首弟子是目犍连和舍利弗,

没有烦恼,没有贪欲,心静入定。(77)

"侍从是阿难,侍奉这位胜者,

上首女弟子是谶摩和莲花色。(78)

"他们无烦恼,无贪欲,心静入定,

这位世尊的菩提树名为无花果树。"(79)

苦行者善慧满怀喜悦,心想:"我的心愿终将实现。"大众闻听燃灯十力的话,兴奋激动,说道:"善慧苦行者确实是佛种子、佛芽。"他们立下心愿:"正如有人不能直接从这里的渡口渡河,也可以从下游的渡口渡河。同样,我们不能在燃灯十力的教导下证得道果,那么,你成佛后,我们可以在你的面前证得道果。"燃灯十力称赞这位菩萨后,献上八束鲜花,右绕敬礼后离去。四十万灭尽烦恼的弟子也向这位菩萨献上香料和花环,右绕敬礼后离去。众天神和凡人们也向这位菩萨献礼和致敬,然后离去。

所有人离去后,菩萨从地上起身,在花堆上结跏趺坐,心想:"我要思考波罗蜜①。"菩萨这样坐着,所有十千世界的天神聚集,发出欢呼:"圣者善慧苦行者啊,过去的菩萨结跏趺坐,心想'我要思考波罗蜜'时,都会显现先兆。今天,这些先兆都已显现,无疑你会成佛。我们知道,凡出现这些先兆者,他必将成佛。你就增强你的精进力,努力吧!"他们以种种赞词称赞菩萨。经中这样说:

天神和凡人闻听至上大仙这些话,
高兴地说道:"他是佛种子和佛芽。"(80)

十千世界的天神和凡人一起拍手
称快,欢呼喝彩,双手合掌致敬:(81)

"如果我们今生不能领悟当今世界
导师的教导,可以在来世遇见他。(82)

"正如人们不能在这个渡口渡河,

---

① "波罗蜜"(pāramī)的词义为至高或完美。波罗蜜有十种,具体内容参阅下文。

还可以在下游的渡口渡过大河。(83)

"同样,如果我们错过了当今
这位胜者,可以在来世遇见他。"(84)

通晓世间、应受供养的世尊燃灯
称赞我的行为后,举步右绕离去。(85)

那些胜者之子①全都向我右绕离去,
人、蛇和健达缚②也都敬礼后离去。(86)

见世界导师和僧众已离去,
我兴奋激动,从地上起身。(87)

我十分快乐,十分高兴,
我满怀喜悦,结跏趺坐。(88)

结跏趺坐后,我这样思忖:
"我已掌握禅定,通晓神通。(89)

"在十千世界,没有仙人能与我相比,
我获得无比神通,享受这样的快乐。"(90)

我结跏趺坐时,十千世界的
天神发出呼声:"你必将成佛。(91)

---

① "胜者之子"(jinaputta)指佛子,即佛弟子或菩萨。
② "健达缚"(gandhabba)是天国歌舞伎。

17

"过去的菩萨结跏趺坐时，
　显现的先兆，今天都显现。(92)

"寒冷会消逝，炎热会平息，
　今天已显现，你必将成佛。(93)

"十千世界变得肃穆宁静，
　今天已显现，你必将成佛。(94)

"大风停止刮，河流停止流，
　今天已显现，你必将成佛。(95)

"地上和水中鲜花齐开放，
　今天已开花，你必将成佛。(96)

"蔓藤和树木全都结出果实，
　今天已结出果实，你必将成佛。(97)

"空中和地上珍宝齐放光，
　今天已放光，你必将成佛。(98)

"人间和天国乐器齐鸣奏，
　今天已鸣奏，你必将成佛。(99)

"天空中降下奇妙的花雨，
　今天已降下，你必将成佛。(100)

"大海涌动，十千世界摇动，

今天已显现，你必将成佛。（101）

"十千世界地狱之火熄灭，
今天已熄灭，你必将成佛。（102）
.

"太阳变明亮，星星齐闪耀，
今天已显现，你必将成佛。（103）

"天不下雨，地上也会涌水，
今天已涌水，你必将成佛。（104）

"群星璀璨，星座装饰夜空，
氐宿与月亮会合，你必将成佛。（105）

"洞穴中动物都走出栖处，
今天已走出，你必将成佛。（106）

"众生无不快乐，高兴满意，
今天已显现，你必将成佛。（107）

"疾病皆痊愈，饥饿皆消失，
今天已显现，你必将成佛。（108）

"贪欲减弱，嗔怒愚痴消除，
今天已显现，你必将成佛。（109）

"没有恐惧，今天也已显现，
我们据此知道你必将成佛。（110）

"尘土不扬,今天也已显现,
　我们据此知道你必将成佛。(111)

"难闻的气味消失,天香弥漫,
　今天天香弥漫,你必将成佛。(112)

"除了无色界①,众天神显现,
　今天已显现,你必将成佛。(113)

"直至地狱,一切众生显现,
　今天已显现,你必将成佛。(114)

"墙壁、窗户和山岩不构成障碍,
　今天都已成为虚空,你必将成佛。(115)

"死和生刹那间都不出现,
　今天已显现,你必将成佛。(116)

"你就精勤努力吧,不要退转!
　我们知道这些,你必将成佛。"(117)

　　菩萨闻听燃灯十力和十千世界四周众天神这些话,勇气倍增,思忖道:"佛语不落空,佛语无错失。正如抛入空中的土块会落地;生者会死;曙光出现,太阳升起;狮子出洞会发出狮子吼;怀孕的女人会分娩,这些都是必定的。同样,佛语不虚妄,我必将成佛。"经中这样说:

_____

　① 无色界的天神无形体。

闻听佛和十千世界众天神这些话，
我兴奋激动，满怀喜悦，思忖道：(118)

"佛语真实不二，佛语不落空，
佛语绝不虚假，我必将成佛。(119)

"抛入空中的土块必定落地，
同样，至尊佛语持久永恒。(120)

"一切众生注定终究有一死，
同样，至尊佛语持久永恒。(121)

"夜晚结束，太阳必定升起，
同样，至尊佛语持久永恒。(122)

"狮子出洞必定发出狮子吼，
同样，至尊佛语持久永恒。(123)

"怀孕的女人必定生下胎儿，
同样，至尊佛语持久永恒。"(124)

他想到自己必定成佛，便决定遵行成佛之法："成佛之法在哪里？在上方、下方、四方或四维吗？"他依次思考所有法界①，发现过去的菩萨首先实行布施波罗蜜。于是，他对自己说道："善慧智者啊，你从现在开始，先要完成布施波罗蜜。正如将水罐倒置，倒出全部水，不再收回。同样，毫不顾惜财产、名誉、妻儿和肢体，布施前来求乞者，毫无保留，满足他们的所有愿望。

———————————

① "法界"(dhammadhātu)指法性，也泛指一切事物或一切世界。

21

此后，坐在菩提树下，你将成佛。"于是，他决心首先实施布施波罗蜜。经中这样说：

我思考成佛之法，向法界
上方、下方乃至十方寻求。（125）

我发现第一种布施波罗蜜，
这是过去大仙经历的大道。（126）

"如果你想要获得菩提，就下决心
实施这第一种，完成布施波罗蜜。（127）

"正如有人倒置盛满的水罐，
倒出罐内全部水，毫无保留。（128）

"同样，见到求乞者，无论贵贱，
施舍所有财物，犹如倒置水罐。"（129）

然后，他想："成佛之法不应该只是这些。"他继续思考，发现第二种持戒波罗蜜，思忖道："善慧智者啊，从现在开始，你要完成持戒波罗蜜。正如犛牛毫不顾惜生命，也要保护自己的尾巴。同样，从现在开始，毫不顾惜生命，守护戒律，你将成佛。"于是，他决心实施第二种持戒波罗蜜。经中这样说：

成佛之法不止这些，我应该
继续思考其他成就菩提之法。（130）

思考中发现第二种持戒波罗蜜，
过去的大仙们都曾经亲身实践。（131）

"如果你想要获得菩提,就下决心
实施这第二种,完成持戒波罗蜜。(132)

"正如犛牛尾巴受到伤害时,
即使牺牲,也不容尾巴受损。(133)

"同样,在四地①中完成持戒,始终
守护戒律,犹如犛牛保护自己尾巴。"(134)

然后,他想:"成佛之法不应该只是这些。"他继续思考,发现第三种出离波罗蜜,思忖道:"善慧智者啊,从现在开始,你要完成出离波罗蜜。正如有人长期坐牢,不会爱恋牢狱,而会心情沮丧,渴望离开。同样,你处身如同牢狱的一切生存中,心情沮丧,渴望摆脱,追求出离,这样,你将成佛。"于是,他决心实施第三种出离波罗蜜。经中这样说:

成佛之法不止这些,我应该
继续思考其他成就菩提之法。(135)

思考中发现第三种出离波罗蜜,
过去的大仙们都曾经亲身实践。(136)

"如果你想要获得菩提,就下决心
实施这第三种,完成出离波罗蜜。(137)

"正如有人长期囚于牢狱受苦,
不会爱恋牢狱,而渴望出离。(138)

---

① "四地"(catusu bhūmisu)相当于四禅:初禅为离欲地,二禅为喜乐地,三禅为舍乐地,四禅为不喜不乐地。

"同样,你要将一切生存视同
牢狱,追求出离,摆脱生存。"(139)

然后,他想:"成佛之法不应该只是这些。"他继续思考,发现第四种智慧波罗蜜,思忖道:"善慧智者啊,从现在开始,你要完成智慧波罗蜜。你不要回避任何知识,无论上等、中等或下等,而要亲近一切智者求教。正如比丘乞食不回避任何家族,无论大户、中户或小户,依次挨家乞食,获得供养。同样,你要亲近一切智者求教,你将成佛。"经中这样说:

成佛之法不止这些,我应该
继续思考其他成就菩提之法。(140)

思考中发现第四种智慧波罗蜜,
过去的大仙们都曾经亲身实践。(141)

"如果你想要获得菩提,就下决心
实施这第四种,完成智慧波罗蜜。(142)

"正如比丘向大户、中户和小户人家
乞食,不回避任何家族,获得供养。(143)

"你要始终坚持向一切智者求教,
成就智慧波罗蜜,达到正等觉。"(144)

然后,他想:"成佛之法不应该只是这些。"他继续思考,发现第五种精进波罗蜜,思忖道:"善慧智者啊,从现在开始,你要完成精进波罗蜜。正如兽王狮子的一切行为方式呈现威武勇猛。同样,你应该在一切生存中保持一切行为勇猛精进,毫不懈怠,你将成佛。"经中这样说:

成佛之法不止这些,我应该
继续思考其他成就菩提之法。(145)

思考中发现第五种精进波罗蜜,
过去的大仙们都曾经亲身实践。(146)

"如果你想要获得菩提,就下决心
实施这第五种,完成精进波罗蜜。(147)

"正如兽王狮子或坐或站或行,
始终保持威武勇猛,内心镇定。(148)

"同样,你要在生存中勇猛精进,
成就精进波罗蜜,达到正等觉。"(149)

然后,他想:"成佛之法不应该只是这些。"他继续思考,发现第六种忍辱
波罗蜜,思忖道:"善慧智者啊,从现在开始,你要完成忍辱波罗蜜。无论受
到尊敬或鄙视,你都要接受。正如人们将清净物或污秽物投向大地,大地无
所爱憎,一概忍受、容忍和接受。同样,你要接受尊敬和鄙视,你将成佛。"经
中这样说:

成佛之法不止这些,我应该
继续思考其他成就菩提之法。(150)

思考中发现第六种忍辱波罗蜜,
过去的大仙们都曾经亲身实践。(151)

"你要坚决实施第六种波罗蜜,

思想坚定，你将达到正等觉。（152）

"正如大地面对一切投掷物，
无论清净或污秽，一概接受。（153）

"同样，你要接受尊敬和鄙视，
成就忍辱波罗蜜，达到正等觉。"（154）

然后，他想："成佛之法不应该只是这些。"他继续思考，发现第七种真实波罗蜜，思忖道："善慧智者啊，从现在开始，你要完成真实波罗蜜。即使雷电击顶，也不能为了财富或欲望，明知故犯说谎言。正如太白星在任何季节都不抛弃自己的运行轨道，改换其他轨道。同样，你不要抛弃真实而说谎言，你将成佛。"经中这样说：

成佛之法不止这些，我应该
继续思考其他成就菩提之法。（155）

思考中发现第七种真实波罗蜜，
过去的大仙们都曾经亲身实践。（156）

"你要坚决实施第七种波罗蜜，
说一不二，你将达到正等觉。（157）

"正如太白星在凡界和天界运行，
任何季节都不会偏离自己的轨道。（158）

"同样，你不要偏离真实的轨道，
成就真实波罗蜜，达到正等觉。"（159）

　　然后,他想:"成佛之法不应该只是这些。"他继续思考,发现第八种决心波罗蜜,思忖道:"善慧智者啊,从现在开始,你要完成决心波罗蜜。你要坚守决心不动摇。正如山岳面对任何方向袭来的狂风,都不动不摇,巍然屹立。同样,你要坚守决心不动摇,你将成佛。"经中这样说:

　　　　成佛之法不止这些,我应该
　　　　继续思考其他成就菩提之法。(160)

　　　　思考中发现第八种决心波罗蜜,
　　　　过去的大仙们都曾经亲身实践。(161)

　　　　"你要坚决实施第八种波罗蜜,
　　　　毫不动摇,你将达到正等觉。(162)

　　　　"正如山岳坚定不移,
　　　　狂风袭来,巍然屹立。(163)

　　　　"同样,你要始终坚守决心不动摇,
　　　　成就决心波罗蜜,你将达到正等觉。"(164)

　　然后,他想:"成佛之法不应该只是这些。"他继续思考,发现第九种慈波罗蜜,思忖道:"善慧智者啊,从现在开始,你要完成慈波罗蜜。你要对有利无利一视同仁。正如水同样给恶人和善人带来清凉。同样,你要对一切众生心怀慈悲,一视同仁,你将成佛。"经中这样说:

　　　　成佛之法不止这些,我应该
　　　　继续思考其他成就菩提之法。(165)

思考中发现第九种慈波罗蜜,
过去的大仙们都曾经亲身实践。(166)

"你要坚决实施第九种波罗蜜,
无比慈悲,你将达到正等觉。(167)

"正如水对于善人和恶人,
同样给予清凉,涤除污垢。(168)

"同样,你要对有利无利同样慈悲,
成就慈波罗蜜,你将达到正等觉。"(169)

然后,他想:"成佛之法不应该只是这些。"他继续思考,发现第十种舍波罗蜜,思忖道:"善慧智者啊,从现在开始,你要完成舍波罗蜜。你要对苦乐漠然处之,正如大地对清净或污秽的投掷物漠然处之。同样,你要对苦乐漠然处之,你将成佛。"经中这样说:

成佛之法不止这些,我应该
继续思考其他成就菩提之法。(170)

思考中发现第十种舍波罗蜜,
过去的大仙们都曾经亲身实践。(171)

"你要坚决实施第十种波罗蜜,
坚持平等心,你将达到正等觉。(172)

"正如大地对清净或污秽的
投掷物漠然处之,无所爱憎。(173)

"同样,你要始终平等对待苦乐,

成就舍波罗蜜,你将达到正等觉。"(174)

他思忖:"在这个世界上,菩萨应该遵循的成就菩提的成佛之法就是这些。除了这十种波罗蜜,别无其他。这十种波罗蜜不在上方空中,不在下方地上,也不在任何方向,而就在我的心中。"发现它们就在心中,确认它们,再三观察,反复观察,从尾至首,从首至尾,从中间至两边,从两边至中间。舍弃肢体是波罗蜜,舍弃外物是小波罗蜜,舍弃生命是至上波罗蜜。十种波罗蜜,十种小波罗蜜,十种至上波罗蜜。他掌握这十种波罗蜜时,它们仿佛成双结对流动,犹如以须弥山为搅棒,搅动轮围山①内的大海。他搅动它们时,由于法的威力,四那由他二十万由旬②厚实的大地如同遭到大象踩踏的芦苇,又如受压榨的甘蔗机,发出大吼声,摇晃、颠簸、震动,如同陶工转轮或榨油机转轮转动。经中这样说:

世上成就菩提之法就是这些,

别无其他,牢固确立它们吧!(175)

掌握这些法的本性、精髓和形相时,

由于法的威力,十千世界大地摇动。(176)

大地摇动吼叫,如同甘蔗机

受压榨,又如榨油机转轮转动。(177)

大地摇晃,喜乐城居民不能站立,犹如大沙罗树林遭到劫末狂风吹袭,昏晕倒地。瓶罐等陶器翻倒,互相碰撞而粉碎。大众惊恐不安,前去

---

① "轮围山"(cakkavāla)是围绕世界的山脉。

② "那由他"(nahuta)是个极大的数字,可以笼统地译为亿。"由旬"(yojana)是长度单位,相当于十四五公里。

询问导师：“世尊啊，这是蛇的旋风，还是鬼怪、夜叉①或天神的旋风？我们不知道。大众惊恐不安。这对于世界是祸还是福？请你告诉我们。”世尊听完他们的话，说道：“你们不必惊慌，不必忧虑，没有遭遇恐怖的缘由。我今天预言善慧‘未来成为名叫乔答摩的佛’。他现在思考波罗蜜。他反复思考波罗蜜时，由于法的威力，所有十千世界同时摇动，发出吼叫声。”经中这样说：

佛的信众们惊恐不安，

头脑昏晕，跌倒在地。（178）

数百数千的瓶瓶罐罐

互相碰撞，全部粉碎。（179）

大众惊恐万状，焦虑不安，

聚集一起，前去询问燃灯：（180）

“这对世界是祸还是福？

请明眼者解除大众忧虑。”（181）

大牟尼燃灯安慰他们，说道：

“放心！不必为大地摇动恐慌。（182）

“我今天预言善慧未来世成佛，

他便思考过去胜者实践的法。（183）

“他思考一切成佛之法，因此，

---

① “夜叉”(yakkha，也译“药叉”)是小神，财神俱比罗的侍从，有时会作恶。

十千凡界和天界的大地摇动。"(184)

大众听了如来的话,兴奋激动,携带花环和香料,出喜乐城,来到菩萨那里,献上花环等,右绕行礼后,返回喜乐城。而菩萨已经掌握十种波罗蜜,树立勇猛精进的决心,从座位起身。经中这样说:

听了佛说的话,大众摆脱恐惧,

又来到我这里,向我行礼致敬。(185)

我已经下定决心,坚守佛德,

向燃灯礼敬后,从座位起身。(186)

菩萨从座位起身,所有十千世界的天神又集合来此,献上天国花环和香料,表达赞美和祝福:"圣者善慧苦行者啊,你今天在燃灯十力足下立下大愿,祝你的心愿顺利实现!无所畏惧,无所恐惧,无病无恙,迅速完成波罗蜜,达到正等觉。正如即将开花结果的树木按时开花结果,愿你不失时机,迅速证得至上菩提。"他们这样赞美和祝福后,返回天国各自的住处。

菩萨受到众天神赞美,决心精勤努力:"我要完成十种波罗蜜,在无数四十万劫后成佛。"于是,他腾入空中,前往雪山。经中这样说:

我从座位起身,天神和凡人

纷纷撒下天国和人间的鲜花。(187)

天神和凡人都感到吉祥幸福:

"祝你立下的大愿如愿以偿!(188)

"避过一切灾厄,消除一切病患,

无有障碍,迅速证得至上菩提!(189)

"正如开花的树木按时开花，
大雄①啊，你也依靠佛智开花。(190)

"正如那些正等觉完成十种波罗蜜，
大雄啊，你也同样完成十种波罗蜜。(191)

"正如那些正等觉在菩提道场觉悟，
大雄啊，你也同样在菩提道场觉悟。(192)

"正如那些正等觉转动法轮，
大雄啊，你也同样转动法轮。(193)

"正如圆月皎洁，闪耀光辉，
你思想圆满，照耀十千世界。(194)

"正如太阳摆脱罗睺②，光辉普照，
你也让世界解脱，闪耀吉祥光辉。(195)

"正如条条河流流向大海，
让凡界和天界全都归依你。"(196)

受到他们的赞美，他决心
完成十种法③，进入雪山。(197)

善慧故事终。

---

① "大雄"(mahāvīra)是佛的称号。
② "罗睺"(rāhu)是经常吞噬太阳和月亮的阿修罗。
③ "十种法"指十种波罗蜜。

喜乐城居民返城后,向佛和比丘僧众实行大布施。导师为他们说法,指导大众归依等,然后离城而去。此后,他毕生依次完成一切佛事,直至进入无余涅槃界①。所有事迹见于《佛种姓经》。经中这样说:

他们供养僧众和世界导师,
全都归依这位燃灯导师。(198)

如来指导某人归依,指导
某人持五戒,某人持十戒。(199)

授予某人沙门道四种至上果②,
授予某人对至上法的无碍解③。(200)

人中雄牛④授予某人八种殊胜
入定,授予某人三明⑤和六神通。(201)

大牟尼以此方式教导大众,
详细宣示世界导师的教诲。(202)

这位大额宽肩的燃灯佛,
救度许多众生出离苦海。(203)

---

① "无余涅槃界"(anupādhisesanibbānadhātu)指完全摆脱生存因素的涅槃,相当于般涅槃。

② "沙门道"(sāmañña)指沙门修行之道。"沙门"(samaṇa)泛指出家修行的苦行者。"四种至上果"指修行达到的四种果位:预流果、一来果、不还果和阿罗汉果。其中,预流果指断除迷惑,进入圣道;一来果指还要返回世界一次;不还果指不再返回世界;阿罗汉果指达到涅槃。

③ "无碍解"(paṭisambhidā)指无所阻碍的理解能力。

④ "人中雄牛"(narāsabha)是佛的称号。

⑤ "三明"(tisso vijjāyo)指宿命智、生死智和漏尽智。

大牟尼发现有悟性者，即使远在
十万由旬，也即刻前去为他开悟。（204）

佛第一次现观①说法，开悟十亿人，
佛第二次现观说法，开悟十万人。（205）

佛第三次在天宫现观
说法，开悟九千亿人。（206）

燃灯佛举行过三次集会，
第一次有一万亿人聚集。（207）

然后，胜者在那罗陀山峰独居时，
十亿灭尽烦恼、清净无垢者聚集。（208）

大雄牟尼居住在善见山时，
九千亿人聚集，度过雨季。（209）

我那时是恪守苦行的束发者，
在虚空中行走，精通五神通。（210）

导师指导二十万人现观法，
指导一二人现观无计其数。（211）

燃灯世尊的教诲详尽，
知识渊博，清净无垢。（212）

———————————

① "现观"（abhisamaya）指直接观察、理解和掌握佛法。

四十万具有六神通大威力者，
始终围绕通晓世间的燃灯佛。（213）

那时有些有学弟子①舍弃世俗生活，
而思想尚未成熟，受到批评责备。（214）

伴随那些灭尽烦恼、清净无垢的阿罗汉，
佛语灿若鲜花，在凡界和天界熠熠生辉。（215）

导师燃灯佛的城市名为喜乐，
刹帝利父名善慧，母名善慧②。（216）

燃灯导师的两位上首弟子是
善吉祥和提舍，侍从是善来。（217）

南达和苏南达是上首女弟子，
世尊的菩提树名为毕钵罗。（218）

这位大牟尼燃灯佛身高八十肘尺③，
美似灯柱和鲜花盛开的沙罗树王。（219）

大仙的寿数长达十万年，
一生度化许许多多众生。（220）

犹如火炬照明，这位导师阐明妙法，

---

① "有学弟子"（sekha）指处在学习阶段、尚未达到阿罗汉境界的弟子。
② 这里两个"善慧"，原词前者为阳性，后者为阴性。
③ "肘尺"（hattha）是长度单位，相当于成年男子手肘至中指之间的距离。

救度大众，然后与弟子们同入涅槃。(221)

神通、名誉和双脚上的轮宝，
全部逝去，确实是诸行皆空。(222)

燃灯之后，出世的导师是憍陈如，
光辉无比，名誉无限，难以企及。(223)

燃灯世尊之后，经过无数劫，憍陈如导师出世。他举行过三次声闻①集会。第一次集会有万亿人，第二次有百亿人，第三次有九亿人。那时，菩萨是名为胜利者的转轮王②，向佛和万亿比丘僧众实行大布施。导师向菩萨预言说："你将来会成佛。"并为菩萨说法。菩萨听了导师说法，便托管王国而出家。他掌握三藏③，获得八等至和五神通，修禅不止，转生在梵天界。

憍陈如佛的都城名为有喜乐。刹帝利父亲名为妙喜，母亲名为妙生。上首弟子是跋陀和须跋陀，侍从是阿那律陀，上首女弟子是帝沙和优波帝沙。菩提树是沙罗迦利耶尼树。他身高八十八肘尺，寿数达十万年。

在他之后，经过无数劫，在一劫中有四位佛出世，名为吉祥、善意、离婆多和苏毗多。吉祥世尊举行过三次声闻集会。第一次集会有万亿比丘，第二次有百亿，第三次有九亿。他的异母兄弟名为阿难陀，希望与九亿集会大众一起听法，来到他的身边。导师渐次为他说法。这样，他与集会大众一起获得无碍解，达到阿罗汉果位。导师观察这些良家子弟的前生业行，明了他们具有获得神通幻化的衣钵的根机，便伸出右手，说道："来吧，众比丘！"顿时，所有人都有了神通幻化的衣钵，个个犹如六十岁长老，具足威仪，向他行礼致敬，围绕在他的身边。这是他的第三次集会。

---

① "声闻"(sāvaka)指佛弟子。
② "转轮王"(cakkavattin)指统一天下的帝王。
③ "三藏"(tīni pitakāni)指律藏、经藏和论藏。

其他佛的周身光芒为八十肘尺,而这位世尊的周身光芒永远遍照十千世界。树木、大地、山岳、大海乃至炊具等等,全都仿佛裹有金叶片。他的寿数达九万年。在此期间,日月不能显示自己的光芒,昼夜没有区别。众生白天在佛光照耀下行动,仿佛在阳光下行动。世人凭傍晚鲜花开放和清晨鸟儿啼鸣辨认白天和夜晚。难道其他佛没有这样的威力吗?不是这样。如果其他佛有此愿望,他们的光芒同样能遍照十千世界乃至更多世界。其他佛依照宿愿,周身的光芒为一寻,而吉祥世尊依照宿愿,周身的光芒永远遍照十千世界。

吉祥佛过去实行菩萨行时,有一次出生类似毗输安多罗,与妻儿一起住在类似梵伽山的山中。那时,有个名为刚牙的夜叉,听说这位大士乐善好施,乔装婆罗门,走近大士,向他乞求两个孩子。大士兴奋激动,说道:"我送给婆罗门这两个孩子。"这样,他把两个孩子交给这个夜叉时,大海环绕的整个大地摇晃震动。而夜叉站在散步处顶端的木柱旁,就在大士面前吞噬这两个孩子犹如吞食一束根茎。夜叉的嘴一张开,就流出如同火焰的鲜血,而大士看到后,毫不沮丧,感到浑身愉快舒服,心想:"我确实做到了慷慨布施。"他立下心愿,"但愿凭此功德,我在未来世具有这样的威力,放射光芒。"正是依据这个宿愿,他成佛后,周身的光芒遍照如此广阔的地域。

这位佛还有另一个前生事迹。他作为菩萨时,看见一座佛塔,心想:"我要为这位佛舍弃生命。"于是,他全身捆绑一千支火炬,将酥油灌满装饰有宝石、价值十万的金钵,点燃金钵中一千根灯芯,顶在头上;又点燃全身,向佛塔右绕致敬,整整一夜,直至太阳升起。而他的身体,甚至连一个毛孔,都不感到灼热,犹如身处在莲花中。这确实是正法保护护法者。因此,世尊说:

> 正法确实保护遵行正法者,
> 正法受到遵行,带来幸福;
> 这确实是遵行正法的功德,

遵行正法者不会堕入恶道①。(224)

正是由于世尊的这样的事迹积下功德,以致他的周身光芒遍照十千世界。那时,我们的菩萨是婆罗门,名为善喜,想要招待导师,听完甜蜜的说法后,说道:"世尊啊,请你明天接受我的供养。"导师回答说:"婆罗门啊,你准备供养多少比丘?"他问道:"世尊啊,你有多少随行比丘?"这时,导师恰好举行第一次集会,回答说:"有万亿人。"他说道:"那么,请你和他们所有人一起来我家接受供养。"导师表示同意。

婆罗门这样发出邀请后,返回家中,一路上思忖:"我并非不能供养这么多的比丘饮食和衣物等,但是怎么提供这么多人的座位呢?"他这样思索时,八万四千由旬高空的天王帝释天感到铺有毛毯的石座发热,心想:"是谁想要颠覆我的座位?"他用天眼观察,看到大士,明白原因,思忖道:"婆罗门善喜邀请佛和比丘僧众接受供养,正在考虑座位之事。那么,我也应该前往那里分担善业。"

于是,帝释天化作工匠,手持斧子,出现在大士面前,说道:"需要雇我干什么活吗?"大士看见他,问道:"你能干什么活?""我无所不能,无论建造房屋或会场,我都能承担。""那么,我这里有活。""贤士,什么活?""我明天准备供养万亿比丘,需要建造能坐下这么多人的会场。""如果你付工钱,我能办到。""我会付你工钱。""好吧,我为你建造。"

于是,帝释天寻找地方,发现一个方圆十二三由旬的平坦地面,如同修习遍处定②的道场,心想:"就在这里建造七宝会场吧!"顿时,会场突破地面涌出。金柱上有银顶,银柱上有金顶,摩尼珠柱上有珊瑚顶,珊瑚柱上有摩尼珠顶,七宝柱上有七宝顶。他又想:"会场中间要悬挂铃铛网。"顿时,会场中间悬挂铃铛网,在微风吹拂下叮当作响,发出五种美妙的乐音,仿佛众天神在合诵。接着他想:"会场中要悬挂芳香的绳索和花环。"顿时,会场中悬

---

① 轮回转生也称为五道轮回,即天、人、畜生、饿鬼和地狱。若加上阿修罗,则称为六道轮回。其中,前两者是"善道"(sugati),后三者或后四者是"恶道"(duggati)。

② "遍处定"(kasina)是一种禅定名称。

挂芳香的绳索和花环。然后,他想:"让万亿比丘的座位和凳椅从地面涌出吧!"顿时,所有座位和凳椅涌出。他又想:"让每个角落都安置水罐。"顿时,所有水罐出现。

他建成这样的会场后,来到婆罗门身边,说道:"你来看看这个会场吧!然后付给我工钱。"大士前来观看会场。看到这样的会场,他浑身洋溢五种喜悦,思忖道:"这样的会场非人工所能建造,肯定是我的心愿和功德引起帝释天天宫发热。于是,天王帝释天设法建成这个会场。既然有了这样的会场,那么,我不只布施一天,而要布施七天。"

其实,布施身外之物,无论多少,都不能让菩萨感到满足。而割下佩戴装饰品的头颅,挖出涂有眼膏的双眼,掏出自己的心,这样的舍身布施,才能让菩萨感到满意。正如《尸毗王本生》所描述,我们的菩萨每天在城中和四个城门布施大量钱币,仍不感到满足。然后,帝释天化作婆罗门前来向他乞求双眼,他便挖出双眼布施,才高兴满意①。他的这种布施决心丝毫没有改变。正是这样,菩萨对于布施不知餍足。

因此,大士决定:"我应该向万亿比丘布施七天。"他让万亿比丘坐在这个会场,向他们布施牛奶粥。自然人手不够,其间众天神也来帮忙。这个十二三由旬的会场也容纳不下这么多的比丘,但这些比丘都能施展神通力,坐在各自的座位上。在最后一天,为所有比丘洗净食钵,盛满凝乳、酥油和蜜糖等等作为药物,同时布施三衣。僧众中的新比丘获得的外衣也价值十万钱币。

导师为之感到高兴,心想:"此人实行这样的大布施,他的前途是什么?"随即,他觉知:"他在未来二十万劫后成佛,名为乔答摩。"于是,他对大士说:"你在二十万劫后会成佛,名为乔答摩。"大士听了这个预言,思忖道:"我未来会成佛,何必再过世俗生活?我要出家。"于是,他如同吐痰那样,抛弃荣华富贵,在导师身边出家。出家后,他聆听和受持佛法,获得神通和等至,命终转生梵天界。

---

① 这里是讲述释迦牟尼过去作为菩萨,曾转生为尸毗王的事迹。

吉祥导师的都城名为优多罗。刹帝利父亲名为优多罗，母亲名为优多拉。上首弟子是苏提婆和达摩塞纳，侍从是波利多，上首女弟子是希婆利和阿输迦。菩提树是那伽树。他身高八十六肘尺，在世九万年后进入般涅槃。当时，十千轮围山内顿时一片黑暗，轮围山内所有人悲悼痛哭。

　　　　憍陈如佛之后的导师名为吉祥，

　　　　他高举法炬，为世界消除愚暗。(225)

这位世尊让十千世界一时陷入黑暗而进入般涅槃后，另一位名为善意的导师出世。他也举行过三次声闻集会。第一次集会有万亿比丘，第二次在金山，有九十万亿比丘，第三次有八十万亿比丘。那时，菩萨是蛇王，名为阿突罗，具有大神通和大威力。他听说佛出世，便走出蛇界，在所有亲属围绕下，演奏天国乐器，向世尊和随行万亿比丘实行大布施，送给每人一套衣服，同时接受三归依①。导师向他预言说："你将来会成佛。"

这位世尊的都城名为平安。父王名为苏陀多，母亲名为希利摩。上首弟子是沙罗那和跋维陀多，侍从是优台那，上首女弟子是索那和优波索那。菩提树是那伽树。他身高九十肘尺，寿数达九万年。

　　　　吉祥佛之后的导师名为善意，

　　　　众生之首，一切法无与伦比。(226)

在善意佛之后，名为离婆多的导师出世。他也举行过三次声闻集会。第一次集会人员不计其数，第二次有万亿比丘，第三次同样有万亿比丘。那时，菩萨是婆罗门，名为阿底提婆。他听了导师说法后，接受三归依，双手举到头顶合掌致敬，赞美导师灭尽烦恼，并供奉上衣。导师向他预言说："你将来会成佛。"

----

　　①　"三归依"（saraṇa）指归依佛、法和僧。

这位世尊的都城名为苏达若婆提。刹帝利父亲名为维普罗,母亲名为维普拉。上首弟子是伐楼那和梵天,侍从是商跋婆,上首女弟子是跋达和苏跋达。菩提树是那伽树。他身高八十肘尺,寿数达六万年。

善意佛之后的导师名为离婆多,

他是一位无与伦比的至上胜者。(227)

在离婆多佛之后,名为苏毗多的导师出世。他也举行过三次声闻集会。第一次集会有十亿比丘,第二次有九亿,第三次有八亿。那时菩萨是婆罗门,名为阿耆多。他听了导师的说法后,接受三归依,向佛和比丘僧众实行大布施。导师向他预言说:"你将来会成佛。"

这位世尊的都城名为善法。父亲名为苏达摩,母亲名为苏达玛。上首弟子是阿沙摩和苏奈多,侍从是阿诺摩,上首女弟子是那古拉和苏遮妲。菩提树是那伽树。他身高五十八肘尺,寿数达九万年。

离婆多佛之后的导师名为苏毗多,

入定心静,无与伦比,举世无双。(228)

苏毗多佛之后,经过无数劫,在一劫中有三位佛出世,名为高见、莲花和那罗陀。高见世尊也举行过三次声闻集会。第一次有八十万比丘,第二次有七十万,第三次有六十万。那时菩萨是夜叉统帅,具有大神通和大威力,统帅数万亿夜叉。他听说佛出世,便前来向佛和僧众实行大布施。佛向他预言说:"你将来会成佛。"

这位世尊的都城名为旃陀婆提。父王名为耶沙婆,母亲名为耶输陀罗。上首弟子是尼沙跋和阿诺摩,侍从是伐楼那,上首女弟子是孙陀利和苏摩那。菩提树是阿周那树。他身高五十八肘尺,寿数达十万年。

苏毗多佛之后的正等觉名为高见,

两足至尊①名声无限,威力无比。(229)

高见佛之后,名为莲花的导师出世。他也举行过三次集会。第一次集会有万亿比丘,第二次有三十万,第三次不是在村落中,而是在树林中,有居住在大森林的二十万比丘。这位如来住在森林中时,菩萨是狮子,看见导师进入灭尽定②,产生清净心,向导师右绕致敬,满心欢喜,发出三声狮子吼。连续七天,狮子得以见佛而喜不自禁,不外出觅食,而愿意舍身侍奉佛。七天后,导师出离灭尽定,看见狮子,心想:"这狮子对僧众产生清净心,会敬拜僧众。"于是,他起念:"来吧,众比丘!"顿时,众比丘前来。狮子对僧众产生清净心。导师明白狮子的心,向狮子预言说:"你将来会成佛。"

莲花世尊的都城名为瞻波迦。父王名为莲花,母亲名为阿沙玛。上首弟子是沙罗和优波沙罗,侍从是伐楼那,上首女弟子是罗玛和优波罗玛。菩提树是索那树。他身高五十八肘尺,寿数达十万年。

高见佛之后的正等觉名为莲花,

两足至尊无与伦比,举世无双。(230)

莲花佛之后,名为那罗陀的导师出世。他也举行过三次声闻集会。第一次有万亿比丘,第二次有九千亿,第三次有八千亿。那时菩萨是出家仙人,五神通和八等至运用自如,向佛和僧众实行大布施,供奉紫檀香。导师向他预言说:"你将来会成佛。"

这位世尊的都城名为达若婆提。刹帝利父亲名为善慧,母亲名为阿诺玛。上首弟子是跋陀沙罗和耆多密多,侍从是婆塞吒,上首女弟子是优多拉和帕古尼。菩提树是摩诃索那树。他身高八十八肘尺,寿数达九万年。

莲花佛之后的正等觉名为那罗陀,

---

① "两足至尊"(dipaduttama)是佛的称号。

② "灭尽定"(nirodhasamāpatti)是一种禅定名称。

两足至尊,无与伦比,举世无双。(231)

那罗陀佛之后,距今十万劫,在一劫中有一位佛出世,名为殊胜莲花。他也举行过三次声闻集会。第一次有万亿比丘,第二次在吠跋罗山,有九千亿,第三次有八千亿。那时菩萨出生在摩诃刺陀国,名为束发,向佛和僧众布施衣服。导师向他预言说:"你将来会成佛。"在殊胜莲花世尊的时代,没有外道,所有天神和凡人都归依佛。

殊胜莲花佛的都城名为杭娑婆提。刹帝利父亲名为阿难陀,母亲名为苏遮妲。上首弟子是提罗婆和苏遮多,侍从是苏摩那,上首女弟子是阿蜜妲和阿娑玛。菩提树是沙罗树。他身高八十八肘尺,周身光芒照耀十二由旬,寿数达十万年。

那罗陀佛之后的正等觉名为殊胜莲花,
这位胜者寂静不动,犹如浩瀚的大海。(232)

殊胜莲花佛之后,经过三万劫,在一劫中有两位佛出世,名为善慧和善生。善慧佛也举行过三次声闻集会。第一次集会在善见城,有十亿灭尽烦恼的比丘,第二次有九亿,第三次有八亿。那时菩萨是一位青年,名为优多罗,舍弃积累的八亿财富,向佛和僧众实行大布施。他聆听导师说法后,接受三归依。导师向他预言说:"你将来会成佛。"

善慧世尊的都城名为善见。父王名为苏陀罗,母亲名为苏陀妲。上首弟子是沙罗那和沙跋迦摩,侍从是沙伽罗,上首女弟子是罗玛和苏罗玛。菩提树是摩诃尼波树。他身高八十八肘尺,寿数达九万年。

殊胜莲花佛之后的导师名为善慧,
一切世界至上牟尼,难以企及。(233)

善慧佛之后,名为善生的导师出世。他也举行过三次声闻集会。第一次集会有六万比丘,第二次有五万,第三次有四万。那时菩萨是转轮王,听说佛出世,便前去听佛说法,向佛和僧众布施七宝和四大洲王国,在导师身边出家。国内民众抓住这个机遇,尽力护持僧院,经常向佛和僧众实行大布施。导师也预言菩萨将来会成佛。

这位世尊的都城名为妙吉祥。父王名为优伽多,母亲名为波跋婆提。上首弟子是苏陀沙那和提婆,侍从是那罗陀,上首女弟子是那伽和那伽婆摩提。菩提树是大竹树。这棵树极为茂密,树干粗壮,树顶伸展大树枝,犹如孔雀开屏。他的寿数达九万年。

> 在这个美妙劫中,导师名为善生,
>
> 狮颔牛肩,无与伦比,难以企及。(234)

善生佛之后,距今一千八百劫,在一劫中有三位佛出世,名为喜见、义见和法见。喜见佛也举行过三次声闻集会。第一次集会有万亿比丘,第二次有九亿,第三次有八亿。那时菩萨是一位青年,名为迦叶波,通晓三吠陀,听了导师说法后,舍弃万亿财富,建造僧院,接受三归依和持戒。导师向他预言说:"你在一千八百劫后会成佛。"

这位世尊的都城名为阿诺摩。父王名为苏波那,母亲名为旃妲。上首弟子是波利多和沙跋陀希,侍从是索毗多,上首女弟子是苏遮妲和达摩提那。菩提树是苾扬古树。他身高八十肘尺,寿数达九万年。

> 善生佛之后的导师自在者①喜见,
>
> 难以企及,无与伦比,声誉卓著。(235)

喜见佛之后,名为义见的导师出世。他也举行过三次声闻集会。第一次集会有九百八十万比丘,第二次有八百八十万,第三次同样有八百八十

---

① "自在者"(sayambhū)是佛的称号。

万。那时菩萨是具有大神通的苦行者,名为苏希摩,从天国取来曼陀罗花华盖,供奉导师。导师也预言他将来会成佛。

这位导师的都城名为苏毗多。父王名为沙伽罗,母亲名为苏陀沙那。上首弟子是商多和优波商多,侍从是阿跋耶,上首女弟子是达玛和苏达玛。菩提树是瞻波迦树。他身高八十肘尺,周身光芒永远照耀一由旬。

在这个美妙劫,人中雄牛义见,
　　消除大愚暗,达到至上正等觉。(236)

义见佛之后,名为法见的导师出世。他也举行过三次声闻集会。第一次集会有十亿比丘,第二次有七亿,第三次有八亿。那时菩萨是帝释天王,用天国香料、鲜花和音乐供奉导师。导师也预言他将来会成佛。

这位导师的都城名为沙罗那。父亲名为沙罗那,母亲名为苏南姐。上首弟子是波德摩和普沙提婆,侍从是苏奈多,上首女弟子是谶玛和沙跋那玛。菩提树是罗多古罗婆迦树。他身高八十肘尺,寿数达十万年。

在这个美妙劫,法见声誉卓著,
　　消除愚暗,照亮天界和凡界。(237)

法见佛之后,距今九十四劫,在一劫中有一位佛出世,名为义成就。他也举行过三次声闻集会。第一次集会有万亿比丘,第二次有九亿,第三次有八亿。那时菩萨是苦行者,名为吉祥,具有五神通力,威力非凡,采集大阎浮果供奉如来。导师享用阎浮果后,向菩萨预言说:"你将在九十四劫后成佛。"

这位导师的都城名为吠跋罗。父王名为胜军,母亲名为苏帕莎。上首弟子是商跋罗和苏密多,侍从是离婆多,上首女弟子是希婆利和苏罗玛。菩提树是迦尼迦罗树。他身高六十肘尺,寿数达十万年。

法见佛之后的导师名为义成就，

犹如太阳破云而出，驱除黑暗。（238）

义成就佛之后，距今九十二劫，在一劫中有两位佛出世，名为帝沙和弗沙。帝沙导师也举行过三次声闻集会。第一次集会有十亿比丘，第二次有九亿，第三次有八亿。那时菩萨是刹帝利，名为善生，具有大福大德，声誉卓著，出家成为仙人，获得大神通。他听说佛出世，采集天国曼陀罗花、莲花和波利遮花，供奉来到四众集会①的如来，在空中张起华盖。导师向他预言说："你将在九十二劫后成佛。"

这位世尊的都城名为谶摩。刹帝利父亲名为遮那商陀，母亲名为莲花。上首弟子是梵天和优陀那，侍从是商跋婆，上首女弟子是普沙和苏陀妲。菩提树是阿沙那树。他身高六十肘尺，寿数达十万年。

义成就佛之后出世的帝沙，举世无双，

世界至上导师，持戒无限，名声无量。（239）

帝沙佛之后，名为弗沙的导师出世。他也举行过三次声闻集会。第一次集会有六百万比丘，第二次有五百万，第三次有三百二十万。那时菩萨是刹帝利，名为得胜。他舍弃大王国，在导师身边出家，受持三藏，完成持戒波罗蜜。导师也预言他将来会成佛。

这位世尊的都城名为迦尸。父王名为胜军，母亲名为希利玛。上首弟子是善护和法军，侍从是沙毗那，上首女弟子是遮拉和优波遮拉。菩提树是阿摩罗迦树。他身高五十八肘尺，寿数达九万年。

在这个美妙劫，弗沙出世，

世界至上导师，无与伦比。（240）

---

① "四众"（caturparisa）指比丘、比丘尼、居士和女居士。

弗沙佛之后,距今九十一劫,名为毗婆尸的世尊出世。他也举行过三次声闻集会。第一次集会有六百八十万比丘,第二次有十万,第三次有八万。那时菩萨是蛇王,名为阿突罗,具有大神通和大威力,向世尊供奉镶嵌七宝的金座椅。世尊向他预言说:"你将在九十一劫后成佛。"

这位世尊的都城名为般度摩提。父王名为般度摩,母亲名为般度摩提。上首弟子是坎陀和帝沙,侍从是阿输迦,上首女弟子是旃妲和旃陀蜜妲。菩提树是波多利树。他身高八十肘尺,周身光芒永远照耀七由旬。他的寿数达八万年。

> 弗沙佛之后,毗婆尸出世,
> 两足至尊,正等觉,具眼者①。(241)

毗婆尸佛之后,距今三十一劫,有两位佛出世,名为尸弃和毗沙浮。尸弃佛也举行过三次声闻集会。第一次集会有十万比丘,第二次有八万,第三次有七万。那时菩萨是国王,名为阿利陀摩,向佛和僧众实行衣服大布施,供奉装饰有七宝的宝象和大量生活用品。世尊向他预言说:"你将在三十一劫后成佛。"

这位世尊的都城名为阿耆那婆提。刹帝利父亲名为阿鲁那,母亲名为波跋婆提。上首弟子是阿毗菩和商跋婆,侍从是谶门迦罗,上首女弟子是摩齐拉和波德玛。菩提树是分陀利迦树。他身高三十七肘尺,周身光芒照耀三由旬。他的寿数达三万七千年。

> 毗婆尸佛之后的正等觉名为尸弃,
> 两足至尊,至上胜者,举世无双。(242)

尸弃佛之后,名为毗沙浮的导师出世。他也举行过三次声闻集会。第

---

① "具眼者"(cakkhumant)是佛的称号。

47

一次集会有八百万比丘,第二次有七百万,第三次有六百万。那时菩萨是国王,名为善见,向佛和僧众实行衣服大布施,在导师身边出家,具足善行和功德,思惟佛宝,满心欢喜。世尊向他预言说:"你将在三十一劫后成佛。"

这位世尊的都城名为阿诺波摩。父王名为苏波提多,母亲名为耶娑婆提。上首弟子是索那和优多罗,侍从是优波商多,上首女弟子是达玛和沙摩拉。菩提树是沙罗树。他身高六十肘尺,寿数达六万年。

> 在这个美妙劫,毗沙浮佛出世,
> 这位胜者无与伦比,举世无双。(243)

毗沙浮佛之后,在这劫中有四位佛出世:拘留孙、拘那含、迦叶波和我们的世尊。拘留孙佛举行过一次声闻集会,有四万比丘。那时菩萨是国王,名为谶摩,向佛和僧众实行衣钵大布施。导师预言他将来会成佛。

拘留孙世尊的都城名为谶摩。婆罗门父亲名为阿耆陀多,婆罗门母亲名为维沙卡。上首弟子是维杜罗和商吉婆,侍从是菩提遮,上首女弟子是沙玛和瞻波迦。菩提树是摩诃希利树。他身高四十肘尺,寿数达四万年。

> 毗沙浮佛之后的正等觉拘留孙,
> 两足至尊,无与伦比,难以企及。(244)

拘留孙佛之后,名为拘那含的导师出世。他举行过一次声闻集会,有三万比丘。那时菩萨是国王,名为波跋多,在大臣们围绕下,前来聆听导师说法,邀请佛和比丘僧众接受供养,实行大布施,供奉托钵、羊毛、丝绸、绢布、毛毡、麻布和金布,在导师身边出家。导师预言他将来会成佛。

这位世尊的都城名为婆跋婆提。婆罗门父亲名为耶若陀多,婆罗门母亲名为优多拉。上首弟子是毗约沙和优多罗,侍从是索提遮,上首女弟子是沙摩姐和优多拉。菩提树是优昙波树。他身高二十肘尺,寿数达三万年。

拘留孙佛之后的正等觉名为拘那含,

两足至尊,人中雄牛,世界至上胜者。(245)

拘那含佛之后,名为迦叶波的导师出世。他举行过一次声闻集会,有两万比丘。那时菩萨是一位青年,名为乔提波多,通晓三吠陀,闻名天下。他与制罐的陶工朋友一起前去聆听导师说法,然后出家,精勤努力,掌握三藏,履行各种义务,为佛法增光。导师预言他将来会成佛。

这位导师诞生的都城名为波罗奈。婆罗门父亲名为梵授,婆罗门母亲名为达拉婆提。上首弟子是帝沙和婆罗堕遮,侍从是沙跋密多,上首女弟子是阿奴拉和优楼频拉。菩提树是尼拘陀树。他身高二十肘尺,寿数达两万年。

拘那含佛之后的正等觉名为迦叶波,

两足至尊,胜者,法王,大放光芒。(246)

在燃灯十力出世的一劫中,还有其他三位佛。菩萨没有在他们身边接受预言,因此,在这里没有提及。而在《本生经义记》中列举那劫以来的所有佛,这样说:

作欲佛,作慧佛,然后作依佛,

正等觉燃灯,两足至尊憍陈如。(247)

吉祥佛,善意佛,离婆多佛,苏毗多佛,

高见佛,莲花佛,那罗陀佛,殊胜莲花佛。(248)

声誉卓著的善慧佛,善生佛,喜见佛,

世界导师义见佛,法见佛,义成就佛。(249)

正等觉帝沙，弗沙，毗婆尸，尸弃，

毗沙浮，拘留孙，拘那含，迦叶波。（250）

这些正等觉离欲入定，犹如

太阳升起，驱除黑暗，又如

火炬照耀，与弟子同入涅槃。（251）

在现在这劫中，我们的菩萨在燃灯佛以来二十四位佛身边恪尽职责，已经经过无数四十万劫。这样，菩萨在燃灯佛等二十四位佛的身边获得成佛的预言。因此，在迦叶波世尊之后，除了这位正等觉，没有其他佛。

生而为人，成为男子，有缘分，

遇导师，出家，具德，担责任，

有意愿，决定遵循这八法成佛。①

他已经依据这成佛八法在燃灯佛足下立志发愿。他竭尽努力，自己表述说："我反复思考成佛之法。""我发现第一种布施波罗蜜。"他发现布施波罗蜜等成佛之法，一一圆满完成，直至转生为毗输安多罗。其间，他向诸菩萨赞美发愿的功德：

即使在十亿劫漫长的生死轮回中，

追求菩提者应该具有完善的身体。（252）

他不堕入无间地狱以及中间地狱、

烧渴地狱、饥渴地狱和黑绳地狱，

不生为微小生物，也不堕入恶道。（253）

---

① 参见前面第 69 颂，此颂与之相同。

生而为人，不天生盲目，
耳朵不聋，也不是哑巴。（254）

追求菩提者不生为女人，
也不生为两性人或阉人。（255）

不犯无间罪①，一切所行处清净，
不怀抱邪见，知道应该做的事。（256）

即使生在天界，也不生于无想天，
同样，也没有生于净居天的因缘。②（257）

善人一心一意出离，不执著生死，
完成一切波罗蜜，为世界谋利益。（258）

他获得这些功德。为了完成波罗蜜，他曾经转生为阿吉提婆罗门、商佉
婆罗门、胜财王、大善见王、摩诃戈文陀、尼弥大王、月亮王子、维沙诃长者、
尸毗王和毗输安多罗等，圆满完成无数布施波罗蜜。如《兔子本生》中说：

看见乞食者前来，我要舍弃身体，
这是我的布施波罗蜜，无与伦比。（259）

正是这样舍身布施，成就至上布施波罗蜜。同样，他曾经转生为希罗婆
蛇王、瞻比耶蛇王、菩利达多蛇王、六牙象王和遮耶帝沙王之子阿利那沙多
王子等，圆满完成无数持戒波罗蜜。如《商佉波罗本生》中说：

① "无间罪"（ānantarīka）指杀父、杀母、杀阿罗汉、破坏僧团团结和使佛身出血。
② 无想天和净居天均属于色界。这里是强调愿意出生在欲界的人间，追求菩提而成
佛，救度众生。

即使遭到铁叉刺戳和刀剑袭击,我不对

波阇布多发怒,这是我的持戒波罗蜜。(260)

正是这样舍身持戒,成就至上持戒波罗蜜。同样,他曾经转生为娑摩那沙王子、诃提波罗王子和阿育伽罗智者等,舍弃大王国,圆满完成无数出离波罗蜜。如《小苏多娑摩本生》中说:

如同吐痰那样,我舍弃执掌的大王国,

舍弃后不留恋,这是我的出离波罗蜜。(261)

正是这样无所执著,舍弃王国,成就至上出离波罗蜜。同样,他曾经转生为维杜罗智者、摩诃戈文陀智者、古达罗智者、阿罗迦智者、菩提游方僧和大药草智者等,圆满完成无数智慧波罗蜜。如《食品袋本生》中,他转生为塞纳迦智者,这样说:

我凭智慧探究,解除婆罗门痛苦,

这是我的智慧波罗蜜,无与伦比。(262)

他向婆罗门指出蛇进入食品袋中,正是这样成就至上智慧波罗蜜。同样,他圆满完成无数精进波罗蜜。如《摩诃遮那迦本生》中说:

在海中既望不见岸,也看不到任何人,

而我意志坚定,这是我的精进波罗蜜。(263)

正是这样渡过大海,成就至上精进波罗蜜。同样,如《忍辱本生》中说:

迦尸王用利斧砍我,我仿佛失去知觉,

而我也不发怒,这是我的忍辱波罗蜜。(264)

正是这样忍受仿佛失去知觉的剧烈痛苦,成就至上忍辱波罗蜜。同样,如《摩诃苏多摩遮本生》中说:

即使舍命,也要言而有信,我救出
一百刹帝利,这是至上真实波罗蜜。(265)

正是这样舍命也言而有信,成就至上真实波罗蜜。同样,如《又聋又跛本生》中说:

我不嫌弃父母,也不嫌弃名誉,
我热爱一切智,因此决心修行。(266)

正是这样舍命也决心修行,成就至上决心波罗蜜。同样,如《唯一王本生》中说:

没有人威胁我,我也不必惧怕谁,
我依靠慈悲力,愉快生活山林中。(267)

正是这样不顾惜性命,慈悲为怀,成就至上慈波罗蜜。同样,如《恐怖本生》中说:

我睡在坟场中,以尸骨为枕,
村童们前来,作出种种举动。(268)

村童们有些吐唾沫,有些送来花环和香料,无论快乐或痛苦,我都一视同仁,这样成就至上舍波罗蜜。

这样,他圆满完成所有波罗蜜,转生为毗输安多罗。这里只是简略说明,详情可以看《所行藏经》。

大地没有知觉，不知快乐和痛苦，

而我的布施威力引起它七次震动。（269）

这样，他获得引起大地震动的大功德，由此命终转生兜率天。

以上所述是菩萨在燃灯佛足下发愿，直至命终转生兜率天的经历，称为远因缘。

二、不远因缘

菩萨住在兜率天都城时，出现关于佛的呼声。在这世上，会出现关于劫、佛和转轮王的三种呼声。其中，名为世界庄严的欲界众天神披头散发，哀哀哭泣，擦拭眼泪，身穿红衣，奇形怪状，在人间游荡，发出呼喊："诸位贤士啊，在十万年之后，会出现新的一劫。那时，这个世界毁灭，大海枯竭，大地连同须弥山王，乃至梵天界，都将毁灭。因此，诸位贤士啊，请你们发慈心，发悲心，发喜心，发舍心①！请你们孝敬父母，尊敬家族长辈！"这是关于劫的呼声。

护世天王们认为一千年后会有一切智②佛出世。他们四处游荡，发出呼喊："诸位贤士啊，一千年后会有佛出世！"这是关于佛的呼声。

众天神认为一百年后会有转轮王出世。他们四处游荡，发出呼喊："诸位贤士啊，一百年后会有转轮王出世！"

这是三种大呼声。十千世界轮围山内的众天神听到其中关于佛的呼声，聚集一处，知道"某人将成佛"，便去劝请他成佛。在种种先兆出现时，他们进行劝请。

众天神与每个世界的四大天王、帝释天、须夜摩天、商兜率天、他化自在天和大梵天集合在一个轮围山内，来到住在兜率天的菩萨身边，劝请他说：

---

① "慈"（metta）、"悲"（karuna）、"喜"（mudita）和"舍"（upekkha）合称"四梵住"（brahmavihāra），也称"四无量心"（appamānaceto），指四种广大无边的利他心。

② "一切智"（sabbañña）指通晓一切，也是佛的称号。

"贤士啊,你完成十波罗蜜不是为了成为帝释天,也不是为了成为摩罗、梵天或转轮王,而是为了救度世界,追求成为一切智。贤士啊,现在正是成佛的时机。贤士啊,已经到了你成佛的时候。"

这时,大士没有立刻答应众天神,而是先进行五大观察:时机、国土、家族、生母和寿命。他首先观察时机是否合适:"如果众生的寿命长达十万年以上,便不是合适的时机。为什么?因为众生不觉知生、老和死,佛的说法失去三相,即无常、苦和无我,也就不成立。即使宣说这三相,众生听了也不明白是怎么回事,也就不会接受。而如果众生的寿命短于一百年,也不是合适的时机。为什么?这时,众生充满烦恼。即使为他们说法,他们充满烦恼,也难以接受,犹如海中的木筏,迅即漂走。因此,这样的时机不合适。寿命在十万年以下,一百年以上,才合适。"而这时,众生寿命恰好一百年,大士认为是合适的时机。

接着,大士观察国土。他观察四大洲及其周围地区,发觉:"诸佛都不出生在其他三大洲,而出生在赡部洲。"然后,他思考:"赡部洲这个大洲方圆一万由旬,诸佛出世在其中哪个地区?"他观察地区,发现中部地区。律藏中这样描述这个地区:"它的东面是迦占伽罗聚落,再过去是大沙罗树,再过去是边区,向内则是中部地区。它的东南面是沙罗婆提河,再过去是边区,向内则是中部地区。它的南面是塞多甘尼迦聚落,再过去是边区,向内则是中部地区。它的西面是杜那婆罗门聚落,再过去是边区,向内则是中部地区。它的北面是优希罗堕遮山,再过去是边区,向内则是中部地区。"

这个地区长三百由旬,宽二百五十由旬,方圆九百由旬。这个地区曾经出生有佛、辟支佛、上首弟子、大弟子、转轮王和其他具有大威势的刹帝利、婆罗门、家主和富豪。大士决定:"我应该出生在这里名为迦毗罗卫的城市。"

然后,他观察家族:"诸佛不出生在吠舍家族或首陀罗家族,而出生在世人尊敬的刹帝利家族或婆罗门家族。现在,刹帝利家族受世人尊敬①。我

---

① 印度古代社会实行种姓制度,主要有四种种姓,即婆罗门、刹帝利、吠舍和首陀罗。婆罗门教经典将婆罗门排在四种姓首位,而佛经中通常认为刹帝利是最高种姓。

要出生在这个家族,父亲是名为净饭的国王。"

最后,他观察母亲:"佛的母亲没有贪欲,不嗜好饮酒,曾于十万劫中履行波罗蜜,出生后恪守五戒。这位名为摩诃摩耶的王后将成为我的母亲。她的寿命还有多长?"他发现是十个月零七天。

大士经过这样的五大观察后,召集众天神,说道:"诸位贤士啊,现在是我成佛的时机,你们请回去吧!"他送走众天神后,在兜率天众天神围绕下,进入兜率天都城中的欢喜园。所有天界中都有欢喜园。在这里,众天神对他说:"你就在这里死去,前往善道吧!"他们请他回忆前生做过的种种善业。就这样,他在这里的众天神围绕下,在回忆中死去,进入王后摩诃摩耶的腹中。大士出世的经过如下。

那时,迦毗罗卫城正逢阿沙陀月①佳节,大众欢乐庆祝。摩诃摩耶王后从圆月夜的前七天开始,戒绝饮酒,备足花环和香料,享受佳节的欢乐。在第七日早晨起床后,用香水沐浴,以四十万金币实行大布施,盛装严饰,享用精美食物,遵行八斋戒。

然后,她进入华丽的寝宫,躺在床上,入睡后,做了一个梦。她梦见四大天王将她连同床榻一起抬到雪山,安置在方圆六十由旬的赤砒高原上的一棵大沙罗树下,然后,侍立一旁。四大天王的妻子们也来到这里,带她到阿耨达湖沐浴,涤除人间污垢,帮她穿上天国衣服,涂抹天国香膏,佩戴天国花朵。那里不远处有座银山,山中有座金殿。她们在金殿中为她铺好朝东的天国床榻,让她躺下。这时,菩萨化身美丽的白象,在不远处的金山游荡,然后走下金山,从北面登上银山,银色的长鼻卷着白莲花,发出一声吼叫,进入金殿,围着母亲的床榻右绕三圈,从母亲的右胁进入胎中。这样,菩萨在阿沙陀月斗宿星出现时入胎。

次日,王后醒来,将梦境告诉国王。国王召集六十四位上首婆罗门,在铺有青草和撒有炒米等吉祥物品的场地上,请他们坐上高贵的座椅,用金钵和银钵盛满添加凝乳和蜜糖的牛奶粥,招待他们,又赏赐他们新衣和棕牛

---

① "阿沙陀月"(āsāḷhi)是仲夏之月。

等,让他们高兴满意。然后,国王将王后的梦告知他们,问道:"这个梦意味什么?"这些婆罗门回答说:"王上不必忧虑。王后已经怀孕了,而且是男胎,不是女胎。你就要有儿子了。这个儿子如果在家,会成为转轮王;如果出家,会成佛,为世界解除障碍①。"

而就在菩萨进入母胎的刹那间,十千世界出现三十二种先兆:十千世界大放光明,盲人仿佛渴望看到这种吉祥美景而恢复视力,聋子恢复听力,哑巴开口交谈,驼子伸直腰背,瘸子正步行走,囚犯枷锁脱开,地狱之火熄灭,饿鬼解除饥渴,牲畜解除恐惧,一切众生解除病痛,说话言语可爱,马群嘶鸣,象群吼叫,所有乐器发出各自的乐声,人们手上和身上的首饰发出响声,四面八方清净明亮,微风吹拂众生,轻柔清凉,云儿非时下雨,地面自动涌水,鸟儿不飞,河水停流,海水变甜,各处覆盖五色莲花,陆上和水中百花齐放,树干上有树干莲花,树枝上有树枝莲花,蔓藤上有蔓藤莲花,岩石地面上也窜出莲花,七朵一簇,依次向上,称为柱杖莲花,同时空中出现下垂的莲花,四周降下花雨,空中天国乐器齐鸣,十千世界仿佛成为转动的一个大花环,仿佛聚合而成一大捆花环,仿佛构成一个大花环宝座,又仿佛成为拂动的一个大花环拂尘,花香四溢,美妙至极。

菩萨这样入胎后,有四位天子手持刀剑守护,防备菩萨和菩萨之母受侵害。菩萨之母对任何男性不起欲念,享有至高声誉。她身心愉悦,毫不疲倦。菩萨在母胎中,就像洁净的摩尼宝珠被包裹在丝绸中。由于菩萨所住母胎犹如塔庙内殿,不允许他人居住或占用,因此菩萨之母在生下菩萨七天后,转生兜率天。

其他妇女怀胎不满十月或超过十月,分娩时或坐或卧,而菩萨之母怀胎整整十月,站着分娩。这是菩萨之母的法性②。摩诃摩耶王后十个月腹中怀着菩萨,犹如用钵盛油。在十月期满时,她想要回娘家,对净饭王说:"我想回老家提婆陀诃城。"国王同意说:"好吧!"他安排一千臣仆平整迦毗罗卫城和提婆陀诃之间的道路,沿路装饰有芭蕉树、水罐和旗帜等,让王后坐在

---

① "障碍"(chadda)指烦恼障碍,尤指贪嗔痴三种障碍。

② "法性"(dhammatā)指法则或常规。这句意谓所有佛的母亲都是这样怀胎和分娩。

金轿里，抬着她前往，大批侍从护卫。

在这两座城之间，有一座沙罗树林，两座城中的居民都称之为蓝毗尼园。这时的沙罗树从树根至树顶，所有的树枝上鲜花盛开，五色蜜蜂和各种鸟禽飞来飞去，发出甜蜜的鸣声。整个蓝毗尼园犹如心萝园①，犹如具有大威力的国王的御用饮宴园。王后看到后，想要进入沙罗树林游玩。侍臣们将王后抬进沙罗树林。王后走到吉祥的沙罗树下，想要攀住沙罗树枝，而树枝像顶端湿润的藤萝弯向王后的手。王后伸手握住树枝。这时，她即将分娩。于是，人们用幕布围住她，然后退去。这样，王后手攀树枝，站着分娩。就在这瞬间，四位心地纯洁的大梵天带着金网来到，用金网接住菩萨，站在菩萨之母前，说道："恭喜王后，你生下一个具有大威势的儿子。"

其他众生从母胎出来时，身上都会沾有污秽物，而菩萨不是这样。他从母胎诞生时，伸展双手和双脚，仿佛从法座上走下，毫不沾有污秽物，清净洁白，犹如迦希衣包裹的一颗摩尼宝珠，熠熠生辉。这时，为了向菩萨和菩萨之母表示崇敬，空中流下两道水流，浇灌菩萨和菩萨之母，让母子俩恢复精神。然后，四大天王张开吉祥的、触感舒服的羚羊皮，从执持金网的大梵天们手中接过菩萨，接着人们张开丝绸枕巾，从四大天王手中接过菩萨。

然后，菩萨从人们的手中走下，站在地上，观看东方。他望见无数十千世界，那里的天神和凡人手持香料和花环敬拜他，说道："这里没有与你相同者，更没有胜过你者。"菩萨又观看四方、下方和上方，没有发现有与自己相同者。于是，他认为这是最好的方向，向前跨出七步。大梵天手持白色华盖，须夜摩天手持拂尘，其他天神手持各种王权标志物，跟随着他。走到第七步时，菩萨站住，用庄严的话音，发出狮子吼："我是世界至尊！"

在菩萨的转生中，有三次出母胎后就说话，即转生为大药草智者时、转生为毗输安多罗时和这一次。大药草智者出母胎时，帝释天前来，将旃檀树心放在他的手中后离去。这样，菩萨出生时，母亲问他："孩儿啊，你拿着什么来到世上？"他回答说："阿妈，是药草。"因为他拿着药草来到世上，得名药

---

① "心萝园"（cittalatāvana）是帝释天的游乐园。

草童子。他把这些药草装在罐中,治愈目盲和耳聋等各种病患。于是,众口称赞:"这是大药草,这是大药草!"由此,他得名大药草。毗输安多罗出母胎时,伸出右手,说道:"阿妈,我们家中有什么可以让我用来布施?"母亲回答说:"孩儿啊,你出生在富豪家。"随即,母亲握住他的手,放在装有一千金币的钱袋上。第三次就是这一次,菩萨发出狮子吼。

正如菩萨入母胎时那样,菩萨诞生时也出现三十二种先兆。在我们的菩萨在蓝毗尼园诞生的同时,罗睺罗的母亲、阐那大臣、迦留陀夷大臣、犍陟马王、大菩提树和四个宝罐出世。这四个宝罐的体积分别为四分之一由旬大、半由旬大、四分之三由旬和一由旬大。以上七者同时出现。两个城市的居民一起护送菩萨返回迦毗罗卫城。

这时,忉利天界的众天神欢喜踊跃,舞动衣服,游戏娱乐,说道:"在迦毗罗卫城中,净饭王的儿子诞生了。这位王子将会在菩提树下成佛。"当时,有一位名为迦罗提婆罗①的苦行者,已经获得八等至,是净饭王家的常客。他饭后前往天国休息。到达忉利天界后,他坐在那里休息,看到这些天神,询问道:"你们为何这样兴高采烈,游戏娱乐?请告诉我原因。"天神回答说:"贤士啊,净饭王的儿子诞生了。他将会在菩提树下成佛,转动法轮。我们能看到他无数优美的姿态,聆听他说法。正是由于这个原因,我们兴高采烈。"

这位苦行者听了这些天神的话,立刻从天国返回,进入王宫,坐在指定的座位上,说道:"大王啊,你的儿子诞生了,我想要看看他。"于是,国王吩咐将盛装严饰的王子带来,让他敬拜这位苦行者。结果,菩萨伸出脚,接触这位苦行者的发髻。因为任何人不适合接受菩萨敬拜。如果有谁不知道这一点,而将菩萨的头按在苦行者脚下,他的头就会碎成七块。这位苦行者心想:"我不应该毁灭自己。"于是,他起身向菩萨合掌敬拜。国王看到这种前所未有的奇事,也跟着合掌敬拜自己的儿子。

这位苦行者知晓过去四十劫和未来四十劫,即总共八十劫发生的事。

---

① 迦罗提婆罗(kāladevala),又名阿私陀(asita)。

他看到菩萨具足吉相,思索:"他会不会成佛?"随后确认,"他必将成佛。"于是,他觉得"这是一位奇才",而面露微笑。然后,他又思索:"我能否看到他成佛?"结果确认,"我不能看到。我将会在中途去世,转生无色界,无论一百或一千位佛都不会前来引导我觉悟。"他想到自己不能看到这样一位奇才成佛,实在是莫大的遗憾,便哭泣起来。众人看到他哭泣,便问道:"尊者方才微笑,怎么现在哭泣起来? 尊者啊,难道我们的王子有什么障碍?""没有任何障碍,他必将成佛。""那么你为何哭泣?""我想到自己不能看到他成佛,实在是莫大的遗憾。我为自己悲伤,故而哭泣。"

然后,这位苦行者思索:"在我的亲属中,有谁能看到王子成佛?"他想到自己的外甥那罗迦童子。于是,他前往妹妹家中,问道:"你的儿子在哪里?""尊者,就在家里。""你叫他出来。"他对来到自己身边的外甥说道:"孩子啊,净饭王的儿子诞生了。他是佛芽,三十五年后会成佛。你能看到他成佛,因此,今天你就出家吧!"这位少年家中有八亿七千万财富,但觉得"舅舅不会让我做不利的事",立即让人去市场买来袈裟衣和土钵,剃去须发,穿上袈裟衣,合掌朝菩萨的方向,五体投地敬拜,说道:"我为这位世上至尊出家。"然后,他把土钵放入袋中,背在肩上,进入雪山,修行沙门法。后来,如来获得至上正等觉。他来到如来身边,聆听《那罗迦道经》后,返回雪山,获得阿罗汉果位,继续修行殊胜道,七个月后在金山附近进入无余涅槃。

在菩萨出生第五日,国王安排为王子洗头,给他取名①,用四种香料涂抹王宫,撒下五种炒米和各色鲜花,煮好精纯的牛奶粥,邀请一百零八个精通三吠陀的婆罗门入座王宫,请他们享用美食,深表恭敬,然后请他们占相:"王子将来会怎样?"

> 罗摩、陀遮、罗佉那、曼底、
> 憍陈如、波阇、须耶摩以及
> 苏陀多,这八位婆罗门精通

---

① 下面没有具体描写取名之事。而后面的叙述中提到王子名为悉达多(siddhattha)。

六吠陀支①，一齐念诵颂诗。(270)

这八位婆罗门擅长占相，在菩萨入母胎时，也曾占梦。现在，其中七位婆罗门竖起两指，作出两种预言："具足这些相的人，在家成为转轮王，出家成为佛。"然后，他们称说转轮王的种种荣耀。而族姓名为憍陈如的青年是其中最年轻的婆罗门。这个婆罗门青年观察菩萨具足吉相，竖起一指，作出一种预言："他没有在家的因缘，而必定成为破除障碍的佛。"因为憍陈如已经完成修行，现在是最后一生，故而他明辨一切，胜过其他七位婆罗门，竖起一指，作出这唯一的预言。

这些婆罗门回到自己的家中后，召唤自己的儿子，说道："孩子啊，我已经年老，不知能否看到净饭王的儿子成为一切智。而你在这位王子成为一切智时，要出家接受他的教导。"这七位婆罗门活够寿数，按照各自的业去世，唯有憍陈如青年还健在。当时，大士为追求智慧而出家，渐次游行，来到优楼频罗部落，发现这个地方优美可爱，适合良家子弟精勤修行，便在这里住下。憍陈如听说大士已经出家，便去告知那七位婆罗门的儿子们："悉达多王子已经出家，他必将成佛。如果你们的父亲健在，肯定现在会出家。如果你们愿意，那么，来吧！我已准备跟随这位王子出家。"但他们并非怀有同样的志趣，其中有三人不愿意出家，其他四人跟随憍陈如出家。他们五人后来都成为长老，合称五比丘长老。

那时，国王问道："我的儿子看到什么会出家？""四种先兆。""什么样？""老人、病人、死人和出家人。"于是，国王说："从今天起，不要让这四种人出现在我的儿子身边。我的儿子不应该成佛。我希望看到我的儿子拥有两千个岛屿围绕的四大洲王权，得方圆三十六由旬的民众侍奉，漫游天下。"这样，他下令在四个方向，每隔四分之一由旬设立岗哨把守，不让这四种人进入王子视线。

就在这一天，八万亲友聚集庆典会场，每人献上一个儿子，说道："无论

---

① "六吠陀支"(chalaṅga)指语音学、礼仪学、语法学、词源学、诗律学和天文学。

王子成佛或成王，我们每人都献上一个儿子。如果王子成佛，他们可以作为刹帝利沙门随行侍奉。如果王子成王，他们可以作为刹帝利公子随行侍奉。"国王又挑选一批容貌美丽、毫无瑕疵的保姆侍候王子。这样，王子身边有众多侍从，生活在荣华富贵中。

有一天，国王举行播种吉祥仪式。全城装饰一新，宛如天宫。所有的奴仆和雇工身穿新衣，装饰有香料和花环，聚集在王宫。在国王耕种的地方，已经安放一千把犁。其中七百九十九把犁连同牛和套索都装饰有银子。而国王使用的那把犁，装饰有赤金，牛角、套索和刺棒也装饰有金子。国王带着儿子，在大批侍从围绕下出宫。在耕种的地方，有一棵阎浮树，枝叶茂盛，树荫浓密。国王吩咐在这棵树下为王子铺床，撑起镶金的帐篷，围上幕布，严加守护。一切安排停当后，国王与大臣们一起前往耕种的地方。在那里，国王执持金犁，七百九十九个大臣执持银犁，其他人执持其他的犁，开始在各处犁地播种。国王巡视各处，心中充满成就感。

而坐着看护王子的保姆们想要观赏国王的成就，从幕布里面出来。菩萨左右观察，发现此时身旁无人，迅速起身，结跏趺坐，控制呼吸，进入第一禅。保姆们在安放各种食物处游荡，耽搁了一些时间。然后，她们看到其他树的树荫移动，而菩萨那里的树荫凝固不动，呈现圆形。她们想起高贵的王子现在独自一人，赶紧撩开幕布进入，看见菩萨在床上结跏趺坐，示现这种神变相。于是，她们前去禀告国王说王子这样坐着，其他树荫移动，唯有这棵阎浮树的树荫凝固不动，呈现圆形。国王连忙赶来，看到这种神变相，便敬拜王子，说道："孩儿啊，这是我第二次向你敬拜。"

菩萨渐渐长大，到了十六岁。国王为菩萨建造了三座适合各种季节居住的宫殿，一座九层楼，一座七层楼，一座五层楼，并安排四万舞女侍候。菩萨在浓妆艳抹的舞女围绕下，犹如天女围绕的天神，满耳是女性演奏的乐音，享受着荣华富贵，依随季节的变换居住这三座宫殿。罗睺罗的母亲①是他的第一妃子。

---

① 罗睺罗（rāhula）是悉达多王子的儿子。这部《佛因缘记》始终没有提及罗睺罗的母亲的名字，而直接称她为罗睺罗的母亲。

菩萨这样享受着荣华富贵,一天,在亲族内部出现这样的议论:"悉达多整天游戏作乐,不学习技艺。一旦出现战争,他该怎么办?"于是,国王唤来菩萨,说道:"亲族中传言说你整天游戏作乐,不学习技艺。你对此有什么想法?""父王啊,我不需要学习技艺。你可以派人在城中巡游击鼓,宣告我要展示技艺。从今日起,我将在第七日向亲族展示技艺。"国王依此照办。菩萨召集能刹那间射穿发丝的弓箭手,在大众面前,向亲族们展示这些弓箭手做不到的十二种技艺。(详情可以参阅《沙罗盘伽本生》。)这样,亲族们不再怀疑王子。

后来有一天,菩萨想要出宫游园,吩咐车夫备车。车夫回答说:"好吧!"随即装饰华贵的御车,配备四匹色似白莲的吉祥信度马,回禀菩萨。菩萨登上宛如天宫的御车,前往花园。众天神说道:"悉达多成为正等觉的时间到了,我们示现先兆吧。"于是,他们让一位天子化作老人,牙齿脱落,头发灰白,弯腰驼背,身体瘦弱,手拄拐杖,颤颤巍巍。而只有菩萨和车夫看到这个老人。菩萨询问车夫:"朋友,这是什么人? 他的头发与众不同。"(他俩的对话可以参阅《大本经》。)菩萨听了车夫的回答,意识到:"可怜啊,有生就会有老。"他的内心受到触动,就让车夫驾车回宫了。国王询问车夫:"为何我的儿子这么快就回来了?"车夫回答说:"大王啊,他看见一个老人。他看到了老人,也许会出家。"国王说道:"你们这是在害我。你们赶快让舞女们陪伴王子。只要他享受荣华富贵,就不会起念出家。"说罢,国王吩咐加强防守,在所有方向,每半由旬增设一个岗哨。

又一天,菩萨同样出宫前往花园,众天神让一位天子化作病人。菩萨看到后,像上次那样询问车夫,内心受到触动,又让车夫驾车回宫。国王询问车夫后,像上次那样,吩咐加强防守,在所有方向,每四分之三由旬增设一个岗哨。

又一天,菩萨同样出宫前往花园,众天神让一位天子化作死人。菩萨看到后,像上次那样询问车夫,内心受到触动,又让车夫驾车回宫。国王询问车夫后,像上次那样,吩咐加强防守,在所有方向,每一由旬增设一个岗哨。

又一天,菩萨同样出宫前往花园,众天神让一位天子化作出家人,衣着整洁。菩萨看到后,询问车夫:"朋友,这是什么人?"那时佛尚未出现,车夫并不知道出家人或出家的功德,而由于天神的威力,他回答说:"这是出家人。"并且描述出家的功德。菩萨听后,对出家产生好感。于是,这天他前往花园游乐。而宣说《长尼迦耶》的诵经者说,这四种先兆出现在一天。

王子这天游园后,在吉祥的莲花池中沐浴。太阳落山时,他坐在吉祥的石板上想要装饰打扮。侍从们捧着各色衣服、各种装饰品、花环和香膏,围在他身边。这时,帝释天的座位发热,他思索:"有谁想要颠覆我的座位?"随即,他发现菩萨正在装饰打扮。于是,他吩咐工巧天:"朋友工巧天,悉达多王子今天午夜就要出家,正在进行最后一次装饰打扮。你去花园,用各种天国的装饰品装饰打扮王子。"工巧天答应道:"好吧!"

工巧天运用神力,刹那间到达花园,化作理发师,从原本的理发师手中接过头巾,围住菩萨的头。菩萨一接触他的手,便知道这不是凡人,而是天神。而一围上头巾,菩萨的摩尼珠宝顶冠上便同时出现一千条头巾。再围上一次,又出现一千条头巾。这样接连十次,总共出现一万条头巾。这小小的头,怎么会需要这么多头巾,真是不可思议。其实,绝大多数头巾只不过大似一朵黑蔓藤花,其他的头巾大似古冬钵迦花。而菩萨的头宛如布满花丝的古耶迦花。

菩萨身上佩戴一切装饰品,登上御车。乐师们演奏各种乐器,婆罗门们用"胜利"和"欢喜"等等言词赞颂,吟游诗人用各种赞美诗赞颂。

这时,净饭王听说罗睺罗的母亲生下儿子,便吩咐侍从说:"你们去把这个好消息报告我的儿子。"而菩萨听后,说道:"罗睺罗①诞生了,束缚出现了。"听了侍从的回复,国王说道:"从现在起,我的孙子就名为罗睺罗童子。"菩萨登上御车,名声煊赫,光辉灿烂,返回城中。

这时,有个名为吉沙乔答弥的刹帝利少女,在楼顶露台上看见王子右绕城市,容貌俊美,心生爱慕,诵出偈颂:

---

① "罗睺罗"(rāhula)是"罗睺"(rāhu)的派生词,故而词义为障碍或束缚。

他的母亲真幸运，

他的父亲真幸运，

哪个女子能获得

他为丈夫真幸运。（271）

菩萨听到后，思忖道："她说了这样的话。说是看到这样的人，母亲的心安乐，父亲的心安乐，妻子的心安乐。然而，一旦灭寂，心才会安乐。"这时，菩萨已经摒弃一切烦恼，心想："贪欲之火灭寂，才会安乐；嗔怒和愚痴之火灭寂，才会安乐；骄慢和邪见等等一切烦恼和忧虑之火灭寂，才会安乐。她的话启发了我，因此，我要去追求涅槃。今天，我就舍弃家居生活，出家去追求涅槃。我就赠送她这个，作为对老师的谢礼吧！"随即，菩萨从脖颈上取下价值十万的珍珠项链，送给吉沙乔答弥。她满心欢喜，心想："悉达多王子爱慕我，送给我这件礼物。"

菩萨光彩夺目，返回自己宫中，躺在华贵的床上。这时，浓妆艳抹的舞女和歌女，美似天女，手持各种乐器，围着菩萨表演优美的歌舞。而菩萨心中已经涤除一切烦恼，对歌舞毫无兴趣，很快就睡着了。这些妇女心想："我们为他表演歌舞，他却睡着了。现在我们何必再表演。"于是，她们扔下乐器，纷纷躺下，只有那些香油灯照亮着。

然后，菩萨醒来，在床上结跏趺坐，看见这些妇女已经扔下各种乐器入睡。其中有些流着口水，淌在身上，有些在磨牙，有些打着鼾，有些说梦话，有些张着嘴，有些衣服脱落，丑态百出。菩萨看到她们的这些丑态，更加厌弃爱欲。他觉得这座装饰华丽如同天宫的宫殿仿佛是尸横遍地的坟场。这三界显然是燃烧的火宅。他悲叹道："这确实是灾祸，太悲惨了！"这更增强他出家的决心。

菩萨决定："我今天就出家。"他从床上起身，走到门口，说道："有谁在这里？"阐那头枕门槛睡在那里，起身说道："王子，我是阐那。"菩萨说道："我今天要出家，你去为我备好一匹马。"阐那回答说："好吧，王子！"于是，他取来马鞍，进入马厩，在香油灯照耀下，看见素馨花布帐篷下，站着犍陟马王，决定:"我今天要使用这匹马。"他为犍陟马安上鞍子。在安上鞍子时,犍陟马思忖:"这个鞍子特别坚固,与往日游园时的鞍子不同,看来我们的王子今天要出家了。"于是,它兴奋激动,高声嘶鸣。这嘶鸣声能传遍全城,但是,众天神抑止这声音,不让任何人听见。

而菩萨吩咐阐那备马后,心想:"我要见见儿子。"于是,他起身走到罗睺罗母亲的寝室,打开房门。寝室里的香油灯照耀着,在撒满素馨和茉莉等等花瓣的床上,罗睺罗的母亲将儿子的头搂在自己的手臂中睡着。菩萨站在门口,心想:"如果我挪开妃子的手臂,抱起儿子,她肯定会醒来,这样就会妨碍我出家。那么,等我成佛后,再回来看儿子。"于是,他走出宫殿。按照《本生经义记》中的说法:"那时罗睺罗童子才出生七天。"而其他注释书中没有这种说法,故而这里没有采纳。

这样,菩萨走出宫殿,对犍陟马说道:"犍陟马啊,今天请你护送我一夜。依靠你的帮助,我成佛后,会救度一切天界和凡界。"说罢,他跃身骑上犍陟马背。这匹马从脖颈开始,身长十六肘尺,身躯魁伟,体力和速度非凡,全身雪白似洗净的贝螺。如果它嘶鸣或蹬地,声音能传遍全城。因此,众天神施展神力抑止它的嘶鸣,同时马蹄每次踩下时,有手掌托住,不让任何人听见声音。

菩萨骑在马背上,让阐那抓住马尾,于午夜时分到达城门。那时,国王已经做好任何时候都不让菩萨出城的准备,每个城门需要有一千人才能打开。而菩萨力大无比,按照大象的力气计算,抵得上百亿大象,而按照人的力气计算,抵得上千亿人。菩萨心想:"如果城门不打开,我就骑在马背上,让阐那抓住马尾,我双腿夹紧犍陟马,跳过城墙。"阐那心想:"如果城门不打开,我就让王子骑在我的肩膀上,而我右手抱住犍陟马腹部,夹在腋下,跳过城墙。"犍陟马心想:"如果城门不打开,我就让王子照样坐在我的背上,让阐那抓住我的尾巴,我纵身跳过城墙。"如果城门不打开,就会使用这三种设想的方法之一跳过城墙。然而,有一位守候在城门的天神打开了城门。

就在这时,摩罗想要阻止菩萨,来到这里,站在空中,说道:"贤士啊,你别出城!再过七天,轮宝就会出现,你将拥有两千岛屿围绕的四大洲王权。

贤士啊,回去吧!""你是谁?""我是他化自在天。""摩罗啊,我知道我的轮宝会出现,但我并不想要王权。我向十千世界宣告,我将成佛。"摩罗说道:"那么,从现在起,你一旦出现爱欲的念头、憎恨的念头或杀生的念头,我就会知道。"这样,摩罗就像影子一样跟随着他,等待时机。

菩萨像吐痰那样,毫不留恋,舍弃到手的转轮王王权,无比荣耀,出离都城。这时正是斗宿星出现的阿沙陀月月圆之夜,他不禁想要再看都城一眼。就在他转念之间,脚下的地面像陶工的转轮切割旋转,发声说道:"大士啊,你不必转身就可以观看。"而菩萨站着观望都城后,指定在此处为犍陟马建造回归纪念塔。然后,菩萨让犍陟马朝既定方向出发前行,无比荣耀,光辉灿烂。

这时,众天神在前后左右举着六万火炬。另外许多天神在轮围山周边举着无数火炬。还有一些天神与蛇和金翅鸟一起,一路跟随,供奉天国香料、花环、香粉和香膏。波利质多花密布空中,犹如乌云降下滂沱大雨。天国响起各种歌声,六百八十万零六十六种乐器齐鸣,犹如雷电在大海中轰鸣,又如海涛声在优犍陀罗山腹回响。

这样,菩萨光辉灿烂,在一夜中经过三个王国,到达三十由旬外的阿奴摩河畔。为何这匹马不能走得更远?并不是它不能。其实,它奔跑如同车轮旋转,能在一夜间围绕轮围山走一圈,赶在早餐前回来进食。此时因为天神与蛇和金翅鸟一起站在空中,撒下香料和花环,堆积地上,高达马腿,妨碍行动,它必须破除香料和花环行走,故而走得很慢,只走了三十由旬。菩萨站在河畔,询问阐那:"这是什么河?""这是阿奴摩河,王子!""那么,我的出家也会优胜①。"菩萨说着,用脚跟催促犍陟马。犍陟马纵身一跃,跳过八优沙跋②宽的阿奴摩河,站在对岸。

菩萨下马,站在银白色的沙滩上,吩咐阐那:"你拿着我的这些装饰品,带着犍陟马回去吧!我就要出家。""王子,我也要出家。""你不能出家,回去吧!"菩萨这样劝说了三次,把装饰品和犍陟马交给阐那后,心想:"我的头发

---

① "阿奴摩"的原词是 anoma,词义为优胜,这里是一语双关。
② "优沙跋"(usabha)是长度单位,一优沙跋相当于一百四十肘尺。

与沙门不相称。而我没有办法像其他菩萨那样剃去头发。那么,我就用自己的剑割断头发。"于是,他用右手持剑,左手拽住发髻,连同顶冠一起割下。剩下的头发两指长,右绕覆盖头顶。此后菩萨的头发长度终生如此,胡须的长度也与头发相称。这不是通常剃去须发的方式。菩萨拿着发髻和顶冠,抛向空中,说道:"如果我会成佛,就让它们停留在空中不落地。"这发髻和摩尼珠顶冠果然停留在一由旬高的空中。帝释天王凭天眼看到后,将它们搁在一由旬高的宝石盒中,安放在忉利天宫的发髻摩尼珠宝塔中。

> 人中至尊割下头顶上
> 芳香顶冠,抛向空中,
> 千眼帝释天王恭敬地
> 接受,珍藏在金盒中。(272)

菩萨又想:"我的这些迦希衣①也与沙门不相称。"这时,有位名为制罐的大梵天,是菩萨在迦叶波佛在世时的旧友,友谊历久不衰,心想:"我的朋友今天出家,我要给他送去沙门的必需用品。"

> 三衣、托钵、剃刀、
> 针、腰带和滤水器,
> 这是修瑜伽的比丘
> 必备的八件日用品。(273)

这样,他把这八件沙门必需用品送给菩萨。菩萨拿着这些阿罗汉标志物,穿上上好的出家衣,吩咐阐那:"阐那啊,请你代我祝愿父母②健康平安。"阐那向菩萨俯首行礼,右绕致敬后离去。犍陟马听到菩萨与阐那道别

---

① "迦希衣"(kāsikavattha)一般指用优质细纱布缝制的衣服。
② 王子的母亲已经去世。按照其他佛传,通常提及王子在母亲死后,由姨母摩诃波阇波提(mahāpajāpatī)抚养。

的话语,知道再也见不到王子了。它行走到回首见不到王子身影时,忍受不住悲伤,心碎而死,转生忉利天界,成为名为犍陟的天子。阐那与王子分别本已十分悲伤,现在犍陟马死去,更添悲伤,哭泣着返回都城。

菩萨出家后,来到一座名为阿努波那的菴罗树林,在林中度过七天愉快的出家生活。然后,在一天中步行三十由旬,进入王舍城,行走乞食。全城人见到菩萨的模样,惊恐不安,仿佛名为财护的疯象闯入王舍城,或阿修罗王闯入天城。差吏们前去禀报国王:"大王啊,有这样一个人进城乞食。我们不知道他是人,还是天神、蛇、金翅鸟,或其他什么。"国王站在宫殿阳台上观看,觉得此人奇特,便吩咐差吏们:"你们去跟踪观察,如果他是怪物,他会出城消失不见。如果他是天神,他会升空离去。如果他是蛇,他会进入地下。如果他是人,他会吃乞求获得的食物。"

大士乞得混杂的食物,心想:"这已足够我维持生命。"于是,他从进来时的城门出去,在般陀婆山背后,朝东坐下,开始进食。这些食物令他反胃,几乎要从嘴中呕吐出来。他以前从未见过这样的食物,因此不能适应这种难吃的食物。于是,他告诫自己:"悉达多啊,你出生在食物随手可得的家中,家中存有三年的香米,烹调各种美食。我见到一位身穿粪扫衣的出家人,心想:'什么时候我也能这样行走乞食,不知有没有这样的机会?'现在,我出家了,怎么反而嫌弃这种食物?"他这样告诫自己后,思想平静,继续进食。

差吏们观察到这些情况后,回去禀报国王。国王听后,连忙出城,来到菩萨身边。他看到菩萨的威仪,心悦诚服,愿意赐给他所有王权。而菩萨回答说:"大王啊,我已抛弃一切物欲和烦恼,出家追求至上正等觉。"国王再三请求,也不能打动菩萨的心。于是,国王说道:"你必将成佛。而你成佛后,请你首先光临我的国土。"这里只是简略说明,详情可以参阅以"我将赞美出家,正如明眼者出家"开首的《出家经》以及《本生经义记》。

菩萨答应国王的请求,然后游行,遇见阿罗逻·迦兰摩和郁陀迦·罗摩子,跟随他俩修习等至,而认识到这不是菩提之道。于是,他不再费力修习等至,决心自己精勤努力,向天界和凡界展示自己的大威力。他来到优楼频罗,觉得这是可爱的地方,住在这里,精勤努力修行。

以憍陈如为首的五比丘出家后，依次游行村庄、城镇和王国乞食，最后来到菩萨这里。此后六年中，他们作为菩萨的近侍，履行打扫等等义务，侍奉菩萨精勤努力修行，时时刻刻想着："他现在就要成佛，他现在就要成佛。"

菩萨决心实施最严酷的苦行，一天只吃一粒芝麻或一粒米，甚至绝食。即使天神向他的毛孔中输送营养，他也拒绝。由于不进食，他的身体变得极其瘦弱，原本金色的身体变成黑色，遮没了身上的三十二大人相。一次，他修习止息禅，强忍痛苦，结果失去知觉，昏倒在散步处。一些天神说："沙门乔答摩死了。"另一些天神说："这位阿罗汉还活着。"那些认为菩萨已经死去的天神前去报告净饭王："你的儿子死了。""我的儿子成佛后死去，还是没有成佛而死去？""他没有成佛，倒在修行处死去。"国王听后回答说："我不相信，我的儿子不获得菩提，不会死去。"为何国王不相信？因为他以前目睹迦罗提婆罗苦行者敬拜王子和王子示现阎浮树神变相。后来，菩萨恢复知觉，从地上起身。那些天神再次前去报告国王："大王啊，你的儿子安然无恙。"国王回答说："我就知道我的儿子不会死去。"

大士修了六年苦行，如同在空中系结，毫无作用。他明白了苦行不是菩提之道。于是，他游行村庄和城镇乞食。这样，他的三十二大人相又显现了，身体也恢复金色。而五比丘心想："他修了六年苦行，也没有获得一切智。现在，他又游行村庄乞食。这样的人能取得什么成就呢？他贪图享受，放弃精勤努力修行。我们想要在他身边获得成就，就像有人想要收集露珠洗头。我们何必再侍奉他呢？"于是，他们离开菩萨，拿着各自的衣钵，前往十八由旬外的仙人堕处住下。

这时，优楼频罗部落将军村中，有个地主家中有位妙龄少女，名为善生。她曾向一棵尼拘陀树发愿："如果我能嫁到出身相同的高贵家族，头胎生下儿子，我就会每年献给你价值十万的供品。"她的这个愿望果真实现。就在大士修满六年苦行时，她正准备在毗舍佉月①月圆日供奉尼拘陀树。她先在杖蜜林中放牧一千头母牛，然后用这一千头母牛的乳汁喂养五百头母牛，

---

① "毗舍佉月"（visākha）是季春之月。

又用这五百头母牛的乳汁喂养二百五十头母牛,乃至用十六头母牛的乳汁喂养八头母牛。这样,最后获得的乳汁浓稠甜美又富有营养,称为转乳。

在毗舍佉月月圆日早上,她准备进行供奉。天刚亮,她就起身,安排人手为母牛挤奶。这时,那些牛犊不走近母牛吮奶。而奶桶刚放到母牛乳房下,乳汁就自动流出。善生惊讶不已,亲手取来牛奶,倒在新锅中,点火烧煮。在烧煮牛奶时,牛奶冒起许多泡泡,向右旋转,而没有一滴牛奶溢出锅外。炉灶中也不冒出烟雾。

这时,四大护世天王来到,守护炉灶。大梵天手持华盖。帝释天用火炬点燃火焰。众天神凭借各自的威力,像从蜂巢中取蜜那样,从两千岛屿围绕的四大洲取来所有天神和凡人的滋补营养,全部投入锅中。若在平时,众天神只是投入一小部分,而在菩萨成佛之日或进入般涅槃之日,便全部投入锅中。

善生在一天中看见出现这么多奇迹,吩咐侍女菩那说:"阿妹,今天我们的神格外高兴,我从来没有看到过这样的奇迹。你赶快到我们的神那里去看看情况。"侍女说道:"好吧,夫人!"她快步前往尼拘陀树。这天夜里,菩萨做了五个大梦,确信自己今天必定会成佛。天一亮,他就起身收拾停当,到了早上乞食时间,来到这里,坐在树下,以自己的光芒照耀整棵树。这时,菩那来到这里,看见菩萨坐在树下,凝望东方世界,周身放光,整棵树映现金色。她心想:"我们的神今天从树中出来,准备亲手接受供品。"她兴奋激动,连忙回去报告善生这个消息。善生听后,满怀喜悦,说道:"从今天开始,你就做我的长女吧!"说罢,赐予她适合女儿的所有装饰品。

菩萨成佛之日应该使用价值十万的金钵,因而此时善生起念:"我要用金钵盛牛奶粥。"便吩咐取来价值十万的金钵。她准备从锅里盛出牛奶粥时,牛奶粥却像水珠从莲花瓣上落下那样,自动流入金钵,灌满一钵。她用另一个金钵盖上这个金钵,用布包扎好,然后装饰打扮全身,将金钵顶在头上,凭借神力,前往尼拘陀树。她远远望见菩萨,欣喜万分,以为他是树神,俯首前行。然后,她从头顶取下金钵,打开金钵,同时拿着装有熏过花香的水的水罐,走近菩萨,站在那里。菩萨一向使用名为制罐的大梵天送给他的土钵,这时土钵突然从身边消失不见。菩萨找不到那个土钵,便伸出右手接水。善生将牛奶粥连同金钵一起放在大士的手中。大士望着善生。善生想了想,敬拜菩萨说:"尊者,请你接受我的供品,随意前往哪里。"接着,又说道,"正像我的愿望实现,但愿你的愿望也实现。"这样,她将价值十万的金钵视同枯叶,毫不留恋地离去。

菩萨从坐处起身,向树右绕致敬,手持金钵,前往尼连禅河畔。过去数十万菩萨在获得正等觉之日都来到这里。这里有一个名为善住的沐浴处。菩萨沐浴后,穿上过去数十万佛穿的标志阿罗汉的衣服,面朝东方坐下,将浓稠的牛奶粥分成四十九份,每份大似单核多罗果,享用这些浓稠甜美的牛奶粥。这是成佛的菩萨在菩提道场度过七七四十九天的食物。在这期间,他不吃其他食物,也不沐浴,不洗脸,不大小便,就在享受禅定和道果的快乐中度日。

菩萨食毕牛奶粥,手持金钵,说道:"如果我今天能成佛,就让这个金钵在河中逆流而上。如果我不能成佛,就让这金钵顺流而下。"说罢,他抛下金钵。这个金钵突破水流,进入河中央,然后像快马那样逆流而上八十肘尺,在一个拐弯处沉下,进入迦罗蛇王宫中,与过去三佛的食钵相撞,发出响声,停留在那三个食钵的下面。迦罗蛇王听到响声,心想:"昨天有一位佛出世,今天又有一位佛出世。"他站着念诵数百句赞美的颂词。他升上地面时,身躯能占据一又四分之三由旬空间。对于他,今天或昨天都一样。①

菩萨在河畔鲜花盛开的沙罗树林中度过白天。在黄昏花朵纷纷从树上坠落时,走上经过众天神装饰的八优沙跋宽的大路,犹如伸展身躯的雄狮,走向菩提树。蛇、夜叉和金翅鸟等供奉天国的香料和花环。天国歌声响彻四方。十千世界充满香料、花环和喝彩声。

这时,有一位名为吉祥的割草人迎面走来,见到大士的非凡模样,献给他八束草。菩萨收下这些草,登上菩提道场,站在南边,面朝北方。顿时,南

---

① 这位蛇王的寿数长达一劫,因此,他对"天"的时间观念不强。在这劫中,共有四位佛出世,前面已经出世的三位过去佛是拘留孙佛、拘那含佛和迦叶波佛。

方轮围山下沉,仿佛接触到无间地狱,而北方轮围山上升,仿佛接触到有顶天①。菩萨心想:"这不是成就正等觉之处。"于是,他右绕而行,站在西边,面朝东方。顿时,西方轮围山下沉,仿佛接触到无间地狱,而东方轮围山上升,仿佛接触到有顶天。菩萨心想:"这不是成就正等觉之处。"然后,他右绕而行,站在北边,面朝南方。顿时,北方轮围山下沉,仿佛接触到无间地狱,而南方轮围山上升,仿佛接触到有顶天。这样,他每站立一处,大地就倾斜,就像站在大车车轮边缘,车轮转动。菩萨心想:"这不是成就正等觉之处。"然后,他右绕而行,站在东边,面朝西方。东边是一切佛结跏趺坐之处,不动不摇。菩萨确认:"这是一切佛不离不弃之地,破除烦恼牢笼之地。"于是,他用这些草铺成十四肘尺的草座。这些草的优美形状,任何杰出的画家或雕塑家都无法描绘摹拟。

菩萨背对树干,面朝东方,意志坚定,发出誓言:"任凭我的皮肤和筋骨枯竭,全身血肉耗尽,若不获得正等觉,我绝不离开这草座。"随即,他结跏趺坐,即使百道雷电袭来,也不会起身。

这时,摩罗天子②心想:"悉达多王子想要摆脱我的控制,我不能让他得逞。"于是,他将此事告知魔军,发出摩罗吼声,率领魔军出发。魔军在摩罗四周,前面的队伍长达十二由旬,左右的队伍也长达十二由旬,而后面的队伍直至轮围山尽头。他们的呐喊声升空高达九由旬,传遍一千由旬,仿佛能听到大地震裂的声音。摩罗天子骑在身高一百五十由旬、名为山带的大象上,手持幻化的数千种武器。其他的摩罗随从手持各式各样武器,没有两人的武器相同。他们的肤色和脸庞也各色各样,互不相同,一齐朝大士冲来。

十千世界的众天神站着赞颂大士。帝释天王站着吹响名为最胜的螺号。这螺号长达一百二十肘尺,吹一次,声音延续四个月才停息。迦罗蛇王站着念诵一百多句赞美的颂词。大梵天站着手持白色华盖。魔军接近菩提道场时,没有谁能站住脚跟,当着互相的面,纷纷逃跑。迦罗蛇王也钻入地

---

① "有顶天"(bhavagga)指天界的顶端。

② "摩罗"(māra)被认为是天国中的恶魔,因此也被称为"天子"(devaputta)。他是死亡之神,也是一切罪恶的化身。

下,进入五百由旬方圆的曼遮利迦蛇王宫中,双手掩面躺下。帝释天王背着最胜螺号,退到轮围山边缘。大梵天也将白色华盖竖立在轮围山边缘,返回梵天界。因为这时没有一位神能站立原地。

大士独自坐着。摩罗天子对随从们说道:"净饭王之子悉达多确非等闲之辈。我们从正面不能战胜他。那么,我们就从后面进攻。"大士观看前方和左右两侧,所有天神已经躲避,空空荡荡。然后,他看见魔军从背后涌来,心想:"这么多魔军拼命攻击我一人。我在这里没有父母兄弟,也没有任何亲友。但是,十波罗蜜就像是我长期培养的随从。因此,我要用十波罗蜜作为坚固的盾和锐利的矛,击溃魔军。"于是,他坐着沉思冥想十波罗蜜。

这时,摩罗天子刮起旋风,想要赶走悉达多。顿时,狂风大作,那些半由旬、二由旬和三由旬高的山顶崩裂,林中树木连根拔起,周围的村庄和城镇化为粉末。而狂风遭到大士的功德威力阻挡,触及菩萨时,甚至不能拂动菩萨的衣角。

随后,摩罗想要用洪水淹死悉达多。他施展威力,空中涌现千百层乌云,倾泻暴雨,毁坏大地,洪水淹没树林等等,但没有一滴雨水沾湿菩萨的衣服。

随后,摩罗降下石头雨。那些石头飞行空中,许多大山冒烟燃烧,而触及菩萨时,纷纷变成天国花环。

随后,摩罗降下武器雨。那些单刃或双刃的刀剑、飞镖和剃刀箭等等冒烟燃烧,飞行空中,而触及菩萨时,纷纷变成天国花朵。

随后,摩罗降下火炭雨。那些色似金苏迦花的火炭飞行空中,而触及菩萨时,变成撒落菩萨脚边的天国花朵。

随后,摩罗降下热灰雨。那些色似火焰的炽烈热灰飞行空中,而触及菩萨时,变成撒落菩萨脚边的檀香粉。

随后,摩罗降下沙子雨。那些细沙冒烟燃烧,飞行空中,而触及菩萨时,变成撒落菩萨脚边的天国花朵。

随后,菩萨降下泥土雨。那些泥土冒烟燃烧,飞行空中,而触及菩萨时,变成撒落菩萨脚边的天国香膏。

随后,摩罗搬出黑暗,想要以此吓退悉达多。于是,四重大黑暗弥漫,而触及菩萨时,黑暗仿佛被太阳驱散,无影无踪。

这样,摩罗使用旋风、暴雨、石头、武器、火炭、热灰、沙子、泥土和黑暗这九种攻击方法,都不能赶走菩萨。于是,他训斥随从们:"你们这样站着做什么?快去抓捕、杀死或赶走这个王子!"他自己骑在山带大象背上,手持飞盘,冲到菩萨面前,说道:"悉达多,你从这个座位起身。这不是你的座位,而是我的座位。"大士听后,回答说:"摩罗,你没有履行十波罗蜜、小波罗蜜和至上波罗蜜。你没有履行五种大布施。你也没有履行利智行、利世行和菩提行。因此,这是我的座位,而不是你的座位。"

摩罗怒不可遏,将飞盘掷向菩萨。而这飞盘在沉思冥想十波罗蜜的菩萨头顶上方变成一个花环帐篷。这个飞盘周边布满剃刀刀刃,平时摩罗发怒掷出,坚固的石柱也会像竹笋那样被击碎,现在却变成了花环帐篷。摩罗的随从们想要让菩萨立即从这个座位起身逃跑,向菩萨投来许多大山山顶,而这些山顶在沉思冥想十波罗蜜的菩萨面前,纷纷落地变成花环。这时,众天神站在轮围山边缘,延颈探头观望,心想:"哎呀,悉达多王子完美的身体会不会遭受伤害,他怎么应对?"

菩萨说道:"履行十波罗蜜的菩萨在达到正等觉之日,都坐这个座位。因此,这是我的座位。"随后,他询问摩罗,"摩罗,有谁能证明你实行过布施?"摩罗伸手指着魔军说:"他们都是我的证人。"顿时,摩罗的随从们纷纷叫喊道:"我能作证!我能作证!"叫喊声仿佛要震裂大地。于是,摩罗反问大士:"悉达多,有谁能证明你实行过布施?"大士回答说:"你有这些有知觉的证人,证明你实行过布施。而我在这里没有一个有知觉的证人。且不说我的其他转生,单说我转生为毗输安多罗时,就实行过七百次大布施。这坚固的大地即使没有知觉,也能为我作证。"说罢,他从衣服中伸出右手,指着大地,说道:"我转生为毗输安多罗时,实行过七百次大布施,你能不能为我作证?"大地高声回答说:"我是你在那时的见证者。"这样,连说一百遍,一千遍,十万遍,声响仿佛盖过魔军。

然后,大士一次又一次回想毗输安多罗实行的布施:"悉达多啊,你实行过大布施,至上布施。"这时,身高一百五十由旬的山带大象屈膝跪下。摩罗天子的随从们逃向四面八方,没有两人逃路相同。他们的头饰和衣服散落地上,当着互相的面逃向四面八方。

众天神看到魔军逃跑,发出欢呼:"摩罗失败了!悉达多王子胜利了!我们要向他献礼,庆贺胜利。"于是,蛇通知蛇,金翅鸟通知金翅鸟,天神通知天神,梵天通知梵天,一起手持香料和花环等等,来到大士的菩提座位旁。这样,他们到达后,

众蛇集合在菩提道场上,
高声欢呼大仙获得胜利:
"这位吉祥的佛胜利了!
那个邪恶的摩罗失败了!"(274)

众金翅鸟在菩提道场上,
高声欢呼大仙获得胜利:
"这位吉祥的佛胜利了!
那个邪恶的摩罗失败了!"(275)

众天神站在菩提道场上,
高声欢呼大仙获得胜利:
"这位吉祥的佛胜利了!
那个邪恶的摩罗失败了!"(276)

众梵天站在菩提道场上,
高声欢呼大仙获得胜利:
"这位吉祥的佛胜利了!
那个邪恶的摩罗失败了!"(277)

　　其他十千轮围山的众天神手持花环、香料和香膏,站着敬拜菩萨,念诵各种赞美的颂词。这样,大士在太阳仍在空中之时,击溃魔军后,红似珊瑚的菩提树嫩芽垂至他的衣服,仿佛向他表示敬意。然后,他在初夜获得宿命通智,在中夜获得天耳通智,在后夜获得缘起智。他对十二种因缘反复进行顺序和逆序考察时,十千世界直至海边,出现十二次震动。大士在太阳升起时,证得一切智,十千世界又发出欢呼声,呈现光辉灿烂景象。东方轮围山边缘竖立的旗幡光芒照射到西方轮围山边缘。西方轮围山边缘竖立的旗幡光芒照射到东方轮围山边缘。北方轮围山边缘竖立的旗幡光芒照射到南方轮围山边缘。南方轮围山边缘竖立的旗幡光芒照射到北方轮围山边缘。大地竖立的旗幡光芒向上照射到梵天界。梵天界竖立的旗幡光芒向下照射到大地。

　　十千轮围山中,开花的树全都鲜花盛开,结果的树全都硕果累累。树干上的树干莲花绽放,树枝上的树枝莲花绽放,蔓藤上的蔓藤莲花绽放。空中出现下垂的莲花;陆地出现柱杖莲花,七朵一簇,依次向上。十千世界仿佛成为一个转动的大花环,又仿佛铺成一张花床。

　　十千轮围山中方圆八千由旬的中间地狱,平时即使有七个太阳的光芒也照射不到,此刻却大放光明。八万四千由旬深的大海海水变甜。河水停止流动。天生的盲人恢复视觉,天生的聋子听见声音,天生的瘸子正步行走,囚犯的枷锁自动脱开。

　　在这些吉祥美景和各种奇迹的映衬下,菩萨证得一切智,诵出一切佛经常吟诵的偈颂:

> 我经历无数轮回,
> 一心寻找造屋者①,
> 然而始终未找到,
> 屡屡再生而痛苦。(278)

---

　　①　"造屋者"(gahakāraka)指轮回转生的原因,其中的"屋"(gaha)喻指身体。

啊,我见到造屋者,

而你不会再造屋,

你的椽木已断裂,

你的屋脊已破碎,

我的心达到无为,

*我的贪爱已毁灭。*①（279）

以上所述是菩萨从兜率天都城降生,至在菩提道场证得一切智的经历,称为《不远因缘》。

三、近因缘

近因缘讲述世尊住在各处的情况,如"世尊住在舍卫城祇园……""住在给孤独长者园林……""住在毗舍离大林重阁讲堂……"。这里从头说起。

世尊坐着念诵上述偈颂后,心想:"我为了获得这个座位,经历无数四十万劫轮回转生。其间,为了获得这个座位,我曾砍断脖子,将佩戴首饰的头颅施舍他人,挖出涂有眼膏的双眼和心脏施舍他人,将像伽利王子那样的儿子、像甘诃吉那公主那样的女儿和像摩蒂王后那样的妻子作为奴仆施舍他人。这个座位是我的胜利之座、殊胜之座。在这个座位上,我的思惟达到成熟。因此,我不能从这个座位起身。"这样,他连续七天坐在这里,进入万亿禅定。正如经中所说:"这时,世尊接连七天坐在这个座位上,享受解脱之乐。"

这时,有些天神思索:"悉达多不知在做什么,直至今天没有离开座位。"导师知道这些天神的疑虑,便升上天空,示现双神通②。这种双神通也就是

---

① 这首偈颂是说贪爱(taṇhā)是生死轮回的根源,故而灭除贪爱,达到无为,即达到涅槃。以上两首偈颂引自《法句经》第 153 首和第 154 首。

② "双神通"(yamakapāṭihāriya)指一种成双作对的神通,如上身冒火,同时下身流水,或者,上身流水,同时下身冒火,左胁和右胁也同样。

在亲族集会、波梨子集会和甘丹婆树下示现的神通。这样,导师示现这种神通,打消众天神的疑虑。随后,他从座位起身,站在北边偏东的地方,说道:"我在这个座位上证得一切智。"这是经历无数四十万劫完成波罗蜜而取得的成果之地。这样,他接连七天不眨眼,凝视这个座位。由此,这里后来得名不眨眼塔。

于是,众天神在这个座位和佛所站立处之间铺设一个东西向的宝石散步处。佛在这个散步处度过七天。由此,这里后来得名宝石散步处塔。

此后的七天,众天神在菩提树的西北方建造了一座宝屋。佛在屋中结跏趺坐,认真思考论藏,尤其是其中的《发趣论》,思绪连绵不断,度过七天。论藏师们说:"此屋用宝石建成,得名宝屋。此屋是佛通盘思考七论①之处,得名宝屋。"这两种说法都合适,均可采用。由此,这里后来得名宝屋塔。

这样,佛在菩提树附近度过了四个星期。在第五个星期,他离开菩提树,来到牧羊人休息的尼拘陀树,坐在树下,思考正法,享受解脱之乐。

这时,摩罗天子心想:"我这么长时间跟踪他,寻找机会,却没有发现他犯有任何过失。他现在确实已经摆脱我的控制。"他心情沮丧,坐在大路上,想到有十六个原因,在地上划下十六道记号。"我不像他,没有完成布施波罗蜜,因此,我比不上他。"他划下一道记号。"我不像他,没有完成持戒波罗蜜、出离波罗蜜、智慧波罗蜜、精进波罗蜜、忍辱波罗蜜、真实波罗蜜、决心波罗蜜、慈波罗蜜和舍波罗蜜,因此,我比不上他。"他划下九道记号,合成十道记号。"我不像他,没有完成十波罗蜜,不配获得众生诸根优劣通智,因此,我比不上他"。他划下第十一道记号。"我不像他,没有完成十波罗蜜,不配获得他心通智、大慈悲禅定智、双神通智、无碍智和一切智,因此,我比不上他。"他又划下五道记号,合成十六道记号。就这样,他依据这十六种原因,在大路上划下十六道记号。

这时,摩罗的三个女儿,名为渴爱、不悦和贪欲,正在寻找父亲:"不知父亲现在在哪里?"随后,她们看见父亲神情沮丧,坐在地上划线,便走近父亲,

---

① 论藏有七种:《法集论》《分别论》《界论》《人施设论》《论事》《双论》和《发趣论》。

问道："父亲，你为何闷闷不乐？""好女儿们，大沙门已经摆脱我的控制。我跟踪他这么长时间，寻找机会，却没有发现他犯有任何过失。因此，我闷闷不乐。""如果是这样，父亲不必忧虑。我们去控制他，把他带到这里。""好女儿们，没有人能控制他。这个人安住在坚固的信念中。""父亲，我们是女性，能用爱欲绳索捆住他，带到这里。你就不必忧虑。"

于是，她们来到世尊这里，说道："沙门啊，我们前来侍奉足下。"而世尊没有心思听她们的话，也不睁眼看一下，独自坐着，享受灭寂生存、心得解脱的寂静之乐。于是，她们商量说："男人的喜好各色各样，有些喜欢幼女，有些喜欢少女，有些喜欢中年妇女，有些喜欢老年妇女。我们应该用各种各样的女子诱惑他。"这样，她们幻化出各种妇女，每种一百个，包括幼女、未生育过的妇女、生育过一次的妇女、生育过两次的妇女、中年妇女和老年妇女，分成六批，依次走近世尊，说道："沙门啊，我们前来侍奉足下。"世尊依然毫不动心，因为他已经灭寂生存而解脱。有些论师说："世尊看到老年妇女走近时，决意让她们牙齿脱落，头发变白。"这种说法不可取，因为导师不可能产生这样的意念。当时世尊是这样说的："你们为何这样白费心思？你们去找没有摆脱贪欲的人吧！如来已经摆脱贪欲，摆脱嗔怒，摆脱愚痴。"然后，世尊念诵两首表示自己已经摆脱烦恼的偈颂：

> 他的胜利不可能被战胜，
> 世上任何人都不能接近，
> 佛陀的领域无限而无踪迹，
> 你们凭什么踪迹能带走他？（280）

> 执著的贪爱张开着罗网，
> 无论何处都不能带走他，
> 佛陀的领域无限而无踪迹，
> 你们凭什么踪迹能带走他？（281）

世尊念诵《法句经》里《佛陀品》中这两首偈颂①为她们说法。她们听后，说道："父亲说的话确实很对，世上的阿罗汉、善逝②不可能受贪欲诱惑。"说罢，她们回到父亲的身边去了。

世尊在这里度过七天后，移往目真邻陀树下，在那里度过七天。当时遇到暴雨，目真邻陀蛇王为了不让世尊受寒，缠绕七圈保护他。世尊毫不感到身体难受，而像住在香室里享受解脱之乐，这样度过七天。然后，世尊又移往罗阇耶多那树下，坐在那里享受解脱之乐，度过七天。

就这样，世尊总共度过七个星期。在此期间，世尊不洗脸，不沐浴，不大小便，不进食，在享受禅定之乐和道果之乐中度日。到了第四十九天，世尊坐着时，产生想要洗脸的念头。随即，帝释天王取来阿伽陀药果，世尊吃下后，大小便开通。然后，帝释天王又献上那伽蔓藤洁齿嫩枝和洗脸水。导师咀嚼嫩枝洁齿，用阿耨达池水洗脸后，继续坐在罗阇耶多那树下。

这时，名为多波萨和跋卢迦的两个商人带领五百辆车，从优迦罗地区前往中部地区。一些与他俩有亲戚关系的天神拦住车辆，鼓励他俩向导师供奉食物。他俩拿着糕饼和甜饭团，走近导师，说道："世尊，请垂怜我们，接受这些食物。"先前世尊在接受牛奶粥时，已经舍弃那个食钵，于是心想："如来不能用手接受食物，我应该怎样接受这些食物？"这时，四方的四大天王知道他的心思，立即送来四个用蓝宝石和摩尼珠制成的食钵，而世尊不肯接受。随即，他们又送来四个绿豆色的石钵。世尊垂怜这四个天子，接受这四个石钵，将它们叠在一起，起念道："合成一个！"于是，这四个石钵合成一个，可以看见碗口边沿一致，大小适中。世尊用这个石钵接受食物，享用后，表达谢意。由此，这商人两兄弟归依佛和法，成为宣告二归依③的居士。然后，他俩说道："世尊，请给我们一件留作供拜的物品。"于是，世尊抚摸自己头顶，取下一些头发送给他俩。他俩返回自己的城市后，建塔供拜这些头发。

---

① 这两首偈颂引自《法句经》第 179 首和第 180 首。

② "善逝"（sugata）也是佛的称号。

③ 通常所说的"三归依"是归依佛、法和僧。此时尚未出现僧团，因而是"二归依"，即归依佛和法。

　　然后,正等觉从这里起身,又移往牧羊人休息的尼拘陀树,坐在树下。他坐着回想自己已经证得的深邃之法。按照过去佛的惯例,此时他没有意愿向他人宣说:"这是我获得的法。"而娑诃世界主^①梵天心中着急:"哎呀,这个世界要毁灭了! 哎呀,这个世界要毁灭了!"他邀集十千轮围山的帝释天、须夜摩天、兜率天、化自在天、他化自在天和大梵天,来到导师身边,劝请他说法:"世尊,请说法吧! 世尊,请说法吧!"

　　导师表示同意后,心想:"我先向谁说法呢?"他想起阿罗逻:"阿罗逻是智者,他能迅速理解此法。"于是,他观察,却发现阿罗逻已在七天前去世。他又想起郁陀迦,观察发现郁陀迦也于昨夜去世。接着,他想起五比丘:"这五比丘曾经给予我许多帮助。"他开始思索:"这五比丘现在住在哪里?"随即,他知道他们住在波罗奈城鹿野苑,他决定:"我要在那里转法轮。"这样,他在菩提道场周围游行乞食度过几天,因为他准备在阿沙陀月月圆日前往波罗奈城。

　　在这个月第十四日,天刚亮时,他就手持衣钵,踏上十八由旬的路程。途中遇见名为优波迦的活命派的信徒,告知他自己已经成佛。他在黄昏时分到达仙人堕处。五比丘远远望见如来走来,一起商量说:"这个沙门乔答摩生活用品充足,身体肥壮,诸根丰满,皮肤金色,朝这里走来。我们不必敬拜他。但他出身高贵家族,给他一个座位也是应该的。我们就给他一个座位吧!"

　　世尊具有知道天神和凡人心思的他心通智,一起念"他们在想什么",就知道了他们的想法。于是,他暂时搁置对一切天神和凡人的普遍慈悲心,对他们发起特殊慈悲心。他们受到世尊慈悲心的感染,在世尊走近他们时,不由自主起身敬拜世尊,尽到待客之礼。

　　而他们不知道世尊已经成为正等觉,习惯地称呼他的名字或称为朋友。于是,世尊告诉他们说:"众比丘啊,你们对如来不能按老习惯称呼名字或称为朋友。众比丘啊,我是如来、正等觉。"世尊告诉他们自己已经成佛,坐在

---

　　① "娑诃世界主"(sahampati)指掌管人间世界的梵天。"娑诃"(saha)的词义为承受或忍受,因此,娑诃世界也译堪忍世界,指这个忍受痛苦和烦恼的人间世界。

已经铺好的佛座上。在斗宿星座会合时,世尊召集五比丘,在一亿八千万梵天围绕下,宣说《转法轮经》。五比丘中,憍陈如长老在听法中,激发智慧,在世尊说完这部经时,与一亿八千万梵天一起获得预流果。

导师在这里度过雨安居。第二天,导师吩咐婆颇长老留下,为他说法。其他四位长老出去乞食。婆颇长老在上午就获得预流果。这样,第三天为跋提耶长老说法,第四天为摩诃那摩长老说法,第五天为阿说示长老说法,他们都获得预流果。然后,在下半月第五天,导师将他们召集在一起,为他们宣说《无我相经》。在导师说完这部经时,他们都获得阿罗汉果。

随后,导师观察发现名为耶舍的良家子弟具有根机,在他夜晚厌世离家出走时,召唤他说:"来吧,耶舍!"耶舍就在当晚获得预流果,次日获得阿罗汉果。耶舍有五十四位朋友,导师也采用呼唤"来吧"这种比丘出家方式让他们出家,获得阿罗汉果。这样,世上有了六十一位阿罗汉。在雨安居结束时,世尊让他们进行自恣忏悔①。然后,世尊将六十位比丘派往各方,说道:"众比丘啊,你们出去游行吧!"而他自己前往优楼频罗。

导师途经迦波希耶树林时,指导三十位跋陀青年。他们中的下者获得预流果,上者获得不还果。导师采用召唤"来吧"的比丘出家方式让他们出家,然后将他们派往各方,而自己继续前往优楼频罗。

导师在优楼频罗示现三千五百种神通,指导以优楼频罗迦叶波为首的束发苦行者三兄弟及其一千个门徒,采用召唤"来吧"的比丘出家方式让他们出家,定居在象顶山。然后,导师为他们宣说《燃烧经》,使他们获得阿罗汉果。

然后,导师想要兑现曾对频毗沙罗许下的诺言,便在一千位阿罗汉的围绕下前往王舍城郊外的杖林园。国王听到园丁说"导师已经来到",便在十二万婆罗门家主围绕下,来到导师这里。导师的双足有转轮妙相,闪耀的光芒如同张开的金帐篷。频毗沙罗俯伏在地,以头敬拜如来的双足后,侍立一旁。那些婆罗门家主心想:"究竟是这位大沙门跟随优楼频罗迦叶波修习梵

---

① "自恣忏悔"(parāraṇā)指自我坦白有什么犯戒之事,表示忏悔。

行，还是优楼频罗迦叶波跟随这位大沙门修习梵行？"世尊知道他们心中所想，便向长老诵出这首偈颂：

> 优楼频罗迦叶波啊，
> 我要问你这个问题：
> 你看到了什么，抛弃
> 火神，放弃举行火祭？（282）

长老知道世尊的用意，回答说：

> 人们说祭祀可以获得
> 色、声、味和可爱妇女，
> 我觉知这些充满污垢，
> 因此我不祭祀，不拜火。（283）

念完这首偈颂，为表明自己是如来的弟子，他向导师行触足礼，说道："诸位贤士啊，世尊是我的导师，我是世尊的弟子。"说罢，他接连七次，腾身跃上一多罗树、二多罗树乃至七多罗树高的空中，然后敬拜如来，侍立一旁。大众目睹他的这种神通，心想："啊，诸佛具有大威力！阿罗汉见识卓越不凡。"他们赞美导师的功德："优楼频罗迦叶波破除邪见罗网，接受如来教化。"世尊说道："我并非现在才教化优楼频罗迦叶波，他在过去世就已经接受我的教化。"为了说明此事，世尊讲述《摩诃那罗陀迦叶波本生》，并阐明四谛①。随即，摩揭陀王频毗沙罗和十一万人一起获得预流果，其余一万人成为居士。国王坐在导师身边，发出五种誓愿，归依佛。他邀请世尊明天接受供养，起身向世尊右绕行礼后离去。

第二天，王舍城一亿八千万居民无论曾经见过或没有见过世尊，全都想

---

① "四谛"（cattāri saccāni）即苦谛、集谛、灭谛和道谛。

要见到如来,从王舍城来到郊外的杖林园。四分之三由旬的道路根本不够用。整个杖林园挤得水泄不通。大众观看十力如来具有至上妙相的身体,不知餍足。这就是所谓的"赞美地",因为在这样的地方,必定会赞美如来具足三十二大人相和八十种随好的色身。这样,为了观看十力如来具足妙相的身体,大众将杖林园和道路挤得水泄不通,即使一个比丘也无法在这里出入。

在这种情况下,人们心想:"世尊今天可能会因为进不了王舍城而断食,但不能这样。"这时,帝释天感到自己的宝座发热。他经过思考,发现是这个原因。于是,他化作一个青年,念诵赞美佛、法和僧的颂词,来到十力如来面前,凭借神力,辟出空间。

> 世尊闪耀金色光芒,这位
> 自我调伏者现在带着那些
> 已被他调伏而获得解脱的
> 束发苦行者,进入王舍城。(284)

> 世尊闪耀金色光芒,这位
> 获得解脱者现在带着那些
> 已被他度化而获得解脱的
> 束发苦行者,进入王舍城。(285)

> 世尊闪耀金色光芒,这位
> 超脱一切者现在带着那些
> 已被他救度而获得解脱的
> 束发苦行者,进入王舍城。(286)

> 世尊具足十住和
> 十力,通晓十法,
> 他带着一千比丘,

现在进入王舍城。（287）

帝释天吟诵着这些赞美导师的偈颂，走在前面。大众看到这位青年形貌端庄吉祥，心想："这个青年容貌俊美，我们以前从未见过。"他们互相议论："这个青年来自哪里？是谁的儿子？"帝释天听到后，念诵这首偈颂：

> 大智大勇，调伏自我，
> 佛陀，阿罗汉，善逝，
> 无与伦比，举世无双，
> 我是这位世尊的侍从。（288）

就这样，帝释天在前面为导师开道。导师带着一千比丘进入王舍城。

国王对佛和僧众实行大布施后，说道："世尊啊，我没有三宝，无法生活。我希望随时可以来到世尊身边。杖林园离这里太远。我有一座名为竹林的花园就在附近，来去方便，适合世尊居住。请世尊接受这个花园。"说罢，国王取来金罐，将熏过花香的摩尼珠色的水浇在世尊手上，表示将竹林园赠给世尊。

在世尊接受竹林园时，大地因为佛教扎根而震动。在瞻部洲中，除了这个竹林园，没有其他接受施舍住处时，大地出现震动的情况。同样，在铜叶岛，除了大寺，没有其他接受施舍住处时，大地出现震动的情况。导师接受竹林园，向国王表示感谢后，起身带领比丘僧众前往竹林园。

这时，有两个游方僧舍利弗和目犍连住在王舍城附近，追求永生不死。其中的舍利弗看见阿说示长老前来乞食，心生喜悦，侍奉他后，听他念诵《诸法因缘生》这首偈颂，获得预流果。于是，他向道友目犍连转述这首偈颂。目犍连听后，也获得预流果。他俩去看望老师删阇耶后，与自己的游方僧众一起来到导师身边出家。其中，目犍连在七天后获得阿罗汉果，舍利弗在半月后获得阿罗汉果。导师确定他俩为自己的上首弟子。在舍利弗长老获得阿罗汉果这一天，举行了一次声闻集会。

如来住在竹林园时，净饭王听说自己的儿子修了六年苦行后，已经成为至上正等觉,转动法轮,现在住在王舍城附近的竹林园。于是,他召唤一位大臣,吩咐说:"贤士,你带领一千随从,去王舍城,以我的名义说:'你的父亲净饭王想要见你。'然后,带着我的儿子回来。"大臣俯首回答说:"遵命,大王!"

这样,大臣带着一千随从迅速赶路六十由旬。到达那里时,十力如来正坐在四众弟子中间说法。大臣心想:"暂且将国王的使命搁置一下。"他站在那里听导师说法后,与同样站在那里的一千随从一起获得阿罗汉果,并请求出家。世尊伸手呼唤道:"来吧,众比丘!"顿时,他们全都获得神通幻化的衣钵,个个犹如百岁长老。而一旦获得阿罗汉果,便成为圣者,不关心世俗之事,因此这个大臣没有向十力如来传达国王的旨意。

国王心想:"怎么他们去了之后,没有回来,也没有听到他们的任何消息?"于是,他又以同样的方式委派另一个大臣:"贤士,请你去吧!"而这位大臣去后,也与上次的情形一样,他和一千随从一起获得阿罗汉果后,没有传达国王的旨意。就这样,国王连续九次,派出一个大臣带着一千随从,但他们完成自己的事后,都不传达国王的旨意,就在那里住下了。

这些人奉命而去,却毫无回音,国王心想:"这些人对我不忠诚,连个回音都不给。有谁能听从我的吩咐?"他思考观察王臣们,发现迦留陀夷。迦留陀夷一向认真完成国王的使命,与国王关系密切,情谊深厚。他与菩萨同一天出生,是小时候一起玩泥土的朋友。于是,国王吩咐他说:"贤士迦留陀夷啊,我想要见我的儿子,已经派遣九千人,却没有一人回来报告消息。人的寿命难以把握,我想要在活着时见到儿子。你能让我见到儿子吗?""如果我能出家,我能办到这事。""无论你出家或不出家,请你让我见到儿子。""好吧,大王!"这样,他奉命前往王舍城。到了那里,看见导师正在说法,他便站在会众身边,聆听导师说法后,和自己带领的一千随从一起获得阿罗汉果,也按照呼唤"来吧,众比丘"的方式出家。

导师成佛以来,最初住在仙人堕处,度过雨安居,进行自恣忏悔后,前往优楼频罗,在那里住了三个月,指导束发苦行者三兄弟。然后,在弗沙月①

① "弗沙月"(phussa)是仲冬之月。

月圆日，他带领一千比丘前往王舍城，在那里住了两个月。这样，从离开波罗奈城至今，已有五个月。现在冬季已过，优陀夷①长老来到这里也有七八天。在巴迦那月②月圆日，优陀夷心想："冬季已过，春季来临，人们收割谷物后，所有道路展现眼前，绿草覆盖大地，树林鲜花盛开，道路行走方便。现在，到了十力如来会见亲族的时间。"于是，他来到世尊身边，说道：

> 世尊啊，树木已经抛弃
> 枯叶，结满火红的果实，
> 光彩熠熠，大雄啊，现在
> 到了你品尝美味的时候。（289）

> 不太冷也不太热，
> 乞食解饥也容易，
> 绿草如茵，已到
> 时机，大牟尼啊！（290）

　　他念了六十首偈颂描述出行的优点，想要让十力如来回乡探亲。导师问道："优陀夷啊，你为何用这些甜蜜的言辞描述出行的优点？""世尊啊，你的父亲净饭王盼望见你。你就去看望亲族吧！""好吧，优陀夷，我去看望亲族。你吩咐比丘僧众做好旅行准备。""好吧，世尊！"优陀夷长老奉命照办。这样，世尊带领盎伽国和摩揭陀国一万良家子弟和迦毗罗卫城一万良家子弟，共两万灭尽烦恼的比丘，离开王舍城，每天行走一由旬路，从容不迫，说道："从王舍城到迦毗罗卫城有六十由旬路，我准备用两个月时间走到。"

　　这时，优陀夷长老心想："我要将世尊出行的消息报告国王。"于是，他腾身跃上空中，飞抵王宫。国王看见长老，让他坐上尊贵的座位，将自己享用的各种美食盛满食钵，请长老进食。而长老起身，准备离去。"请坐下进食

---

① "优陀夷"（udayī）是迦留陀夷（kāludāyī）的简称。
② "巴迦那月"（phagguni）是孟春之月。

吧!""大王,我要回到世尊身边进食。""世尊在哪里?""大王,世尊带着两万比丘前来看你,正在路上。"国王兴奋激动,说道:"你先吃完这些食物,然后再把食物带给他,直至他到达迦毗罗卫城。"长老表示同意。

国王招待长老进食后,又用香粉涂抹食钵,盛满最精美的食物,交到长老手中,说道:"请你带给如来。"长老就在大众眼前,将食钵掷上空中,自己也腾身跃上空中,带着食钵,送到如来手中。导师享用这些食物。就这样,长老每天取回食物,导师在旅途中始终享用国王的食物。而长老也每天在宫中进食后,向国王报告世尊当天的行程进度,并讲述佛的种种功德,让整个王族在没有见到导师前,就对导师产生信仰。因此,世尊这样说:"众比丘啊,在我的声闻比丘中,在培养在家人产生信仰方面,首推迦留陀夷。"

在世尊即将到达时,释迦族人都希望见到自己亲族中的这位长者,聚在一起商量世尊的住处,一致确定可爱的尼拘陀园。然后,他们做好一切准备,手持香料和鲜花,出来迎接。他们让盛装严饰的少男少女排列在前面,然后是王子和公主们,一起手持香料、鲜花和香粉,供奉世尊,引领世尊进入尼拘陀园。世尊在两万灭尽烦恼的比丘围绕下,坐在为他安排的华贵佛座上。

释迦族人生性高傲,觉得"悉达多王子年纪比我们小,是我们的弟弟辈、侄甥辈、儿子辈或孙子辈",便吩咐年幼的王子们:"你们上前去敬拜,我们就坐在你们的后面。"世尊察觉他们的心思,思忖道:"亲族们不敬拜我,那么,我现在要让他们敬拜我。"于是,他进入神通足禅定,出离禅定后,腾身跃上空中,将脚上的尘土撒落在他们的头上,又像在甘丹婆树下那样,示现双神通。国王看到这样的神奇景象,说道:"世尊啊,当初你诞生后,我本想带你敬拜迦罗提婆罗苦行者,结果看到反而是你的脚接触这位婆罗门的头顶。于是,我向你敬拜。这是我第一次向你敬拜。后来,在举行播种仪式那天,我看到你坐在阎浮树荫下的床上,让树荫凝固不动。于是,我向你敬拜。这是我第二次向你敬拜。现在,我又看到你示现前所未见的神通,于是,敬拜你的双足。这是我第三次向你敬拜。"在国王敬拜时,没有一个释迦族人能不敬拜而站住。这样,所有人都敬拜世尊。世尊让所有亲族敬拜自己后,从空中降下,坐在为他安排的座位上。

世尊坐下时,聚集的亲族人数达到顶点。所有人都聚精会神坐着。随即,空中大云降下莲花雨,赤铜色的雨水落地发出啪啪响声。而想要淋雨的人都淋到雨,不想要淋雨的人身上没有落到一滴雨。见到这种景象,所有人都觉得是奇迹。而导师说道:"我并不只是现在在亲族集会上降下莲花雨,过去也是这样。"为了说明这一点,他讲述《毗输安多罗本生》。听完导师说法,所有人起身敬拜导师后离去。而他们离去时,无论国王和大臣都没有说"请导师明天接受我们供养"。

第二天,导师带着两万比丘进入迦毗罗卫城乞食。没有人出来邀请他们或接过他们的食钵。世尊站在城门前思忖:"过去诸佛在自己家族的城市怎样出来乞食?是挑选富贵人家,还是游行乞食?"他发现没有哪位过去佛挑选富贵人家乞食,于是决定:"我现在也要遵守这个传统,将来我的弟子们会仿效我这样游行乞食。"这样,世尊从最边上一家开始,依次挨家挨户乞食。

二层、三层或更高楼层的窗户犹如狮笼打开,人们争相观看,说道:"高贵的悉达多王子游行乞食。"罗睺罗的母亲心想:"高贵的王子过去在这座城中,具有王权大威势,乘坐金轿出游,而现在削去发髻,身穿袈裟衣,手持食钵,游行乞食。不知他现在什么模样?"于是,她打开窗户观看,发现他的身体闪耀各种离欲的光辉,周身围绕一寻光芒,装饰有三十二大人相和八十种随好,闪射无与伦比的佛光。

> 藏青色头发柔软滑润卷曲,
> 额头似太阳闪耀纯洁光芒,
> 柔软的鼻子高度宽度合适,
> 这一位人中狮子大放光明。(291)

她这样念了八首名为《人中狮子》的偈颂,赞叹王子,然后禀告国王说:"你的儿子在游行乞食。"国王激动不安,整理好自己的衣服后,急忙出宫,站在世尊前面,说道:"世尊啊,你为何让我们感到羞愧?为何游行乞食?难道你认为我们供养不起这么多的比丘吗?""大王,这是我们的规矩。""世尊啊,我们的家族世系难道不是大选主①刹帝利世系吗？在这个世系中，没有一个刹帝利游行乞食。""大王，王族世系是你的世系，我的世系是燃灯佛、憍陈如佛和迦叶波佛等等的佛世系。这些佛和其他数千佛都游行乞食，都依靠游行乞食维持生命。"然后，世尊站在街上念诵这首偈颂：

> 应该勤奋不放逸，
> 履行正法要认真，
> 坚持履行正法者，
> 此世彼世能安睡。（292）

念完这首偈颂，国王便获得预流果。世尊接着念诵另一首偈颂：

> 履行正法要认真，
> 履行正法不马虎，
> 坚持履行正法者，
> 此世彼世能安睡。②（293）

国王听了这首偈颂后，获得一来果。后来，国王听了《护法本生》，获得不还果。最后，国王临终时，坐在白色华盖下的御床上，获得阿罗汉果。因此，国王无须居住林中修行③。

当时，国王获得预流果后，就接过世尊的食钵，邀请世尊和众比丘进入王宫大殿，供给他们精美的软食和硬食。进食完毕后，所有的后宫妇女，除了罗睺罗的母亲，都出来敬拜世尊。侍女劝请罗睺罗的母亲说："去吧，去敬拜高贵的王子吧！"而她回答说："如果我有功德，他自己会来到我的身边。他来时，我敬拜他。"这样，她没有出后宫。

---

① "大选主"（mahāsammata）是佛教传说中人类最早选出的国王。
② 以上两首偈颂引自《法句经》第168首和第169首。
③ 按照婆罗门教的法规，国王通常在年老后隐居林中。

世尊将食钵交给国王拿着,带着自己的两个上首弟子,一起前往公主寝宫,说道:"如果公主诚心诚意敬拜我,你们不用说什么。"到了那里,世尊坐在为他安排的座位上。罗睺罗的母亲急忙迎上前来,抱住世尊的双脚,俯首接触脚背,虔诚敬拜。国王讲述公主尊敬和热爱世尊的种种美德:"世尊啊,我的儿媳听说你穿上袈裟衣,她也开始穿袈裟衣;听说你每日只吃一餐,她也每日只吃一餐;听说你不睡大床,她也就睡布床;听说你不装饰花环和香料,她也不装饰花环和香料。她自己的亲戚派人传话说:'我们愿意供养你。'而她不接见他们任何人。世尊啊,我的儿媳有这样的美德。""大王啊,这不足为怪。公主现在受到你的保护,同时她的智慧成熟,也能保护自己。即使从前无人保护,智慧也不成熟,而她在山脚下游荡时,也能保护自己。"为此,世尊讲述《月亮紧那罗本生》。讲完后,世尊起身离去。

第二天,世尊的弟弟难陀王子举行了灌顶、入住新宫殿和结婚三种吉祥仪式。世尊想要让难陀王子出家,进入他的住处,请他拿着食钵,对他说了些吉祥祝福的话,然后起身离开。妃子国美看见王子跟着世尊离去,说道:"王子啊,你要赶快回来。"然后,她伸长脖子凝望着。而王子始终无法开口对世尊说:"你拿回食钵吧!"他一路跟随世尊走到尼拘陀园。虽然王子并不情愿,世尊照样让他出家。就这样,在世尊到达迦毗罗卫城第三天,让难陀出家。

在第七天,罗睺罗的母亲为罗睺罗装饰打扮后,吩咐他到世尊身边去:"孩儿啊,你看那个有两万沙门围绕身边的金色沙门,模样像梵天。他就是你的父亲。他有大量财宝,而他出家后,我们再也没有见到他。去吧,向他要求遗产,说:'父亲,我是王子,等我灌顶后,会成为转轮王。我需要财富,请你给我财富吧!因为儿子是父亲财产的继承人。'"

于是,王子走到世尊身边,对父亲怀有亲切感,兴奋激动,说道:"沙门啊,依靠你的庇荫,我很幸福。"他还说了其他一些符合自己身份的话,然后,站在那里。而世尊进食完毕,表示感谢后,起身离去。王子紧跟世尊,说道:"沙门,给我遗产!沙门,给我遗产!"世尊没有阻止他,陪同世尊的随从们自然也不能阻止他。这样,王子跟随世尊进入尼拘陀园。

世尊心想:"这孩子想要父亲的遗产。可是,财富陪随轮回转生,带来灾祸。好吧,我就把我在菩提道场获得的七种圣财①赐予他,让他成为超越世间的遗产继承人。"他吩咐尊者舍利弗说:"舍利弗啊,请你安排罗睺罗王子出家。"王子出家后,净饭王内心深感痛苦。他忍耐不住,要求世尊赐予这个恩惠:"世尊啊,如果儿子没有取得父母同意,就不应该准许他们出家。"世尊答应了他的这个请求。

第二天早上,世尊在王宫进食。国王坐在一旁,说道:"世尊,当初你在修苦行时,有个天神来告诉我说:'你的儿子死去了。'我不相信他的话,驳斥他说:'我的儿子不获得菩提,不会死去。'"世尊听后,说道:"你何止这次不相信,就是在从前,有人拿着我的骨头,对你说:'你的儿子死去了。'你听了也不信。"为了说明此事,世尊讲述《大护法本生》。讲完时,国王获得不还果。这样,世尊已经让父亲获得三果。于是,在第二天,他带着比丘僧众返回王舍城,入住寒林。

这时,给孤独长者带着五百辆车的货物,来到王舍城的一个朋友家中。他听说佛世尊出世,便在清晨借助天神的威力,打开门,来到世尊身边听法,获得预流果。第二天,他向佛和僧众实行大布施,并邀请导师前往舍卫城接受供养,世尊表示同意。那条路有四十五由旬长,他沿路施舍十万钱财,每一由旬建造一座寺院。他用一千万铜币铺地,用一亿八千万金币买下祇园,重新翻造。在中央建造十力如来香室。香室周围是八十位大长老的各自的住房。房屋单墙或双墙,有天鹅和鹌鹑图案以及长方形厅堂和帐篷,还有其他的坐卧处、莲花池、散步处,以及夜间和白天活动处。他耗资一亿八千万在这优美的地点修成这座可爱迷人的寺院。然后,他派遣使者前去邀请十力如来。导师听了使者传达的信息,便带着比丘僧众从王舍城出发,一路行来,到达舍卫城。

给孤独长者已经为寺院落成典礼做好准备。如来进入祇园这一天,他安排盛装严饰的儿子与五百个少年一起上前迎接。长者之子带着五百个少年,手持五彩缤纷的旗幡,走在十力如来前面。后面是名为大贤善和小贤善

---

① "七种圣财"(ariyadhana)指信受、持戒、知羞、知耻、多闻、舍弃和智慧。

的两位长者之女与五百个少女一起,手持装有纯净水的水罐。接着是长者之妻与五百个妇女一起,手持装有纯洁食物的食钵。而给孤独长者本人,与衣着整洁的五百位长者一起,走在世尊前面。

世尊跟随这些居士大众,在比丘僧众围绕下,周身的光芒仿佛将整个园林染成金色,呈现无限的佛庄严和无比的佛吉祥,进入祇园。给孤独长者询问世尊:"世尊啊,我怎样使用这个寺院?""长者啊,你就把这个寺院施舍给现在和未来的僧众吧!""好吧,世尊!"于是,给孤独长者取来金罐,浇灌十力如来的手,说道:"我将祇园寺院施舍给现在和未来的四方的佛和僧众。"导师接受这个寺院,表示感谢,念了这些偈颂,赞美施舍寺院的功德:

> 能避寒,能避暑,
> 也能避各种猛兽,
> 还有毒蛇和蚊虫,
> 以及凛冽的冷雨。(294)

> 还能避炎热的风,
> 消除出现的恐惧,
> 宜于居住而安乐,
> 便于禅定和观想,
> 诸佛称施舍僧众
> 寺院为第一功德。(295)

> 因此智者考虑到
> 这符合自己利益,
> 便建造可爱寺院,
> 供多闻比丘居住。(296)

> 怀着虔诚清净心,

　　供养正直的僧众，

　　布施食物、饮料、

　　衣服和坐卧用具。(297)

　　僧众宣说的正法，

　　能灭除一切痛苦，

　　闻听理解正法者，

　　灭尽烦恼入涅槃。(298)

　　从第二天开始,给孤独长者举行寺院落成典礼。典礼持续九个月,耗资一亿八千万。其间有四个月举行信女毗舍佉讲堂①落成典礼。这样,他为建造这个寺院,总共耗资五亿四千万。

　　过去,在毗婆尸世尊时,有位名为菩那跋苏密多的长者,用金砖铺地,买下方圆一由旬的地面,建造寺院。在尸弃世尊时,有位名为希利婆陀的长者,用金板铺地,买下方圆四分之三由旬的地面,建造寺院。在毗沙浮世尊时,有位名为娑提耶的长者,用金象足铺地,买下半由旬的地面,建造寺院。在拘留孙世尊时,有位名为阿周陀的长者,用金砖铺地,买下四分之一由旬的地面,建造寺院。在拘那含世尊时,有位名为优伽达的长者,用金龟铺地,买下八分之一由旬的地面,建造寺院。在迦叶波世尊时,有位名为苏曼伽罗的长者,用金砖铺地,买下方圆十六迦哩娑②的地面,建造寺院。在我们的这位世尊时,给孤独长者用一千万铜币铺地,买下八迦哩娑的地面,建造寺院。确实,这样的寺院是一切佛不离不弃之地。

　　以上所述是从世尊在大菩提道场获得一切智,至抵达大涅槃前的所住之地,称为《近因缘》。讲述一切本生故事,以此为准。

《佛因缘记》终。

───────────

①　"毗舍佉讲堂"(visākhāpāsāda)是信女毗舍佉捐资建造的讲堂,也称鹿子母讲堂。

②　"迦哩娑"(karīsa)是土地计量单位名,一说相当于六英亩,一说相当于一英亩。

真实本生

古时候,梵授王在迦尸国波罗奈城治理国家的时候,菩萨转生在一个商队长家中,长大成人后,带着五百辆车,从东到西,从西到东,四处经商。在波罗奈城,另外有个商队长的儿子,生性愚蠢,缺乏智谋。一次,菩萨从波罗奈采办了许多贵重商品,装满五百辆车,准备出发。那愚蠢的商队长的儿子也装满了五百辆车,准备出发。菩萨心想:"如果这傻小子跟我一起出发,一千辆车同时在一条路上行进,这条路承受不了,人的柴火、饮水以及牛的草料等等也难以解决,因此,一定要他先走,或者我先走。"于是,菩萨将那人召来,向他说明情况,然后问道:"朋友,我们两个不能一起走,你愿意先走,还是后走?"那人寻思道:"我先走好处多:车可以走没被破坏的道路,牛可以吃没被啃过的草,人可以享受新鲜的咖喱叶和干净的水,我还可以任意标价卖掉货物。"于是,他回答道:"朋友,我先走。"菩萨却认为后走好处多,他是这么想的:"先走的车队压平坎坷的道路,我的车队就能在平坦的道路上行走;先走的牛群吃掉又硬又涩的老草,我的牛群就能吃到又嫩又甜的新草;先走的人采去老咖喱叶,我的人就能享受鲜嫩的新咖喱叶;在没有水的地方,他们会挖井找水,我们就能在他们挖好的井眼里打水;商品的卖价最伤脑筋,我后去,就能按照他们的定价卖掉货物。"菩萨想到这种种好处,说道:"朋友,你先走吧!"

这位愚蠢的商队长的儿子说了声:"好吧,朋友!"就驾车出发了。渐渐地,他们越过有人烟的地方,来到险境的入口。所谓险境,共有五种:强盗险境、猛兽险境、干旱险境、恶魔险境和饥馑险境。强盗当道,谓之强盗险境;

狮虎当道,谓之猛兽险境;无水沐浴和饮用,谓之干旱险境;恶魔当道,谓之恶魔险境;缺乏根茎等食物,谓之饥馑险境。眼前遇到的是五种险境中的干旱险境和恶魔险境。这位商队长的儿子在车上安置了一些特大的水罐,里面装满了水,驱车进入这六十由旬长的险境。

当他们到达险境中心时,住在那里的夜叉寻思道:"我要让他们倒掉带来的水,使他们身体虚弱,然后把他们统统吃掉。"于是,夜叉幻化出一辆漂亮的车子,套上雪白健壮的公牛,带上一二十个手持雕弓、箭袋、盾牌、刀剑的随从,自己坐在车上,俨然像个君王,头戴青莲、白莲,头发和衣服湿漉漉的,车轮沾着泥浆,从相反方向驶来。他的随从前前后后簇拥着他,头发和衣服也是湿漉漉的。他们头戴青莲、白莲花环,手捧红莲、白莲花束,嘴里嚼着藕块,身上淌着泥水,随车走来。商队在旅途中,凡遇逆风,商队长就由随从围绕保护,走在车队前面,以免吃车队扬起的尘土;同样的道理,凡遇顺风,就走在车队后面。此时,正遇逆风,商队长走在前面。夜叉见他走来,将自己的车让到道旁,热情地招呼道:"你们上哪儿?"商队长的儿子也把自己的车让到道旁,腾出车道,站在一旁,向夜叉说道:"朋友,我们从波罗奈来。你们头戴青莲、白莲,手捧红莲、白莲,嘴里嚼着藕块,身上淌着泥水,是不是你们在前面路上遇见大雨,遇见长满各色莲花的池子?"夜叉听了他的话,说道:"朋友,这还用问吗?前面就能看见一片苍翠的树林,再往前,整个森林里全是水,那里经常下雨,坑坑洼洼积满雨水,到处都有长满莲花的池子。"商队的车辆依次通过时,夜叉又问道:"你带着这些车辆到哪儿去?"商队长的儿子回答说去某地。"这些车上装的是什么货?"商队长的儿子回答说装了这种、那种货。"后面这辆车好像很沉,装的什么货?""全是水。""你们在过来的这段路上,带着水,是对的。再往前走,就不必带水了。前面有的是水,你们砸破罐子,放掉水,走起来就轻松多了。"接着,又说道,"走吧!我们耽搁了不少时间。"夜叉走了一程,走出商队的视野,返回自己的夜叉城。

这愚蠢的商队长的儿子确实愚蠢,他听信了夜叉的话,便砸碎水罐,放掉所有的水,然后驱车前进。结果,前面路上一滴水也没有,大家喝不到水,焦渴难忍。他们硬撑着走到太阳落山,才卸下车,围成车阵,将牛拴在车轮上。牛没有水喝,人没有粥吃。精疲力竭的人们东倒西歪躺在地上。午夜时分,夜叉们从夜叉城出来,杀死所有的人和牛,吃光了肉,扔下骨头走了。就这样,由于一个愚蠢的商队长,整个商队遭到毁灭,尸骨遍地,五百辆装满货物的车子依旧停在那里。

在这愚蠢的商队长的儿子走后一个半月,菩萨才带着五百辆车离城出发。不久,他们也到达这险境入口处。菩萨灌满水罐,带足用水。他在宿营地击鼓召集众人,宣布道:"未经我的同意,你们不准动用一滴水。这一带有许多毒树,凡是你们过去未曾吃过的树叶花果,未经我的许可,也不准随便食用。"这样告诫众人后,他带着五百辆车,进入险境。当他们到达险境中心,夜叉故伎重演,出现在菩萨迎面的路上。菩萨一看到他,心中就有数:"这一带没有水,才叫作干旱险境。这家伙面无惧色,两眼通红,没有影子。不用说,那个先走的愚蠢的商队长的儿子倒掉所有的水,结果焦渴难忍,精疲力竭,连同他的伙伴一起被夜叉吃掉了。我想,这夜叉不知道我是个有智谋的人。"于是,他对夜叉说道:"你们走吧!我们是商人,不亲眼见到水,我们绝不会倒掉带来的水。只有亲眼看到了水,我们才会倒掉带来的水轻装前进。"夜叉走了一程,走出商队的视野,返回自己的夜叉城。夜叉走后,众人对菩萨说道:"尊者啊!那些人说:'前面就能望见一片苍翠的树林,再往前,雨水不断。'他们头戴青莲、白莲花环,手捧红莲、白莲花束,嘴里嚼着藕块,衣服和头发都湿漉漉地淌着泥水。我们把水倒了,轻装前进吧!"菩萨听了这些话,吩咐停车,将众人召集在一起,问道:"你们当中,有谁听说过这一带有水塘或莲花池?""尊者,没有听说过。这一带叫作干旱险境。""刚才那些人说:'前面就能望见一片苍翠的树林,再往前,雨水不断。'你们说,带雨的风能吹多远?""一由旬,尊者!""带雨的风吹到你们哪位身上了吗?""没有,尊者!""能望见多远的云彩?""一由旬,尊者!""你们有谁望见云彩了吗?""没有,尊者!""能望见多远的闪电?""四五由旬,尊者!""你们有谁望见了闪电?""没有,尊者!""能听见多远的雷声?""一二由旬,尊者!""你们有谁听见了雷声?""没有,尊者!""那些家伙不是人,而是夜叉。他们到这儿来,是要哄骗我们倒掉水,使我们精疲力竭,然后吃掉我们。先走的那个愚蠢的商队长的儿子缺乏智谋，肯定倒掉了水，结果焦渴疲乏，被夜叉吃掉了。那五百辆装满货物的车子肯定依旧停在那里，今天我们就会看到。你们一滴水也不能倒掉，快上路吧！"菩萨吩咐众人继续前进。走着走着，果然看到了五百辆装满货物的车子和遍地狼藉的牛骨和人骨。菩萨吩咐卸下车辆，围成宿营地，让众人和牛群吃饱晚餐，让牛群躺在人群中间，而他自己带着众头领，手持刀剑，彻夜警戒，直至天明。

次日清晨，他们整理行装，喂饱牛群，挑选结实的车辆，剔除损坏的车辆，装上贵重的货物，舍弃廉价的货物。到达目的地之后，菩萨以两三倍的价钱卖掉货物，然后带着众人，返回波罗奈城。

小商主本生

古时候,梵授王在波罗奈治理国家的时候,菩萨转生在一个商主家里,长大成人后也成为商主①,得名"小商主"。他聪明睿智,懂得各种预兆。一天,他去侍奉国王,在路上看见一只死老鼠。他立即卜算了一下星相,说道:"哪个青年有眼力,捡起这只老鼠,他就能获得妻子,开创事业。"

有个家道中落的青年,恰巧听到小商主的话,心想:"这个人不会无缘无故说这番话的。"于是,他捡起这只老鼠,送给一家店铺喂猫,得到一枚小钱。他用这枚小钱买了一点糖浆,又用一只水罐盛了满满一罐水。他看见一群制作花环的花匠从树林里采花回来,便用勺子盛水给花匠们喝,每勺里搁一点糖浆。花匠们喝后,每人送给他一束花。他卖掉这些鲜花,第二天又带着糖浆和水罐到花圃去。这天,花匠们临走时,把只掐了一半花朵的花丛送给他。他用这样的方法,不久就积攒了八个铜币。

有一天,风雨交加,御花园里满地都是狂风吹落的枯枝败叶,园丁不知该怎么清除它们。青年走到那里,对园丁说:"如果这些断枝落叶全归我,我可以把它们打扫干净。"园丁同意道:"先生,你都拿去吧!"青年走到一群玩耍的儿童中间,分给他们糖果,顷刻之间,他们帮他把所有的断枝落叶捡拾一空,堆在御花园门口。这时,皇家陶工为了烧制皇家餐具,正在寻找柴火,看到御花园门口这堆柴火,就从青年手里买下运走了。这天,青年通过卖柴火得到十六个铜币和水罐等五样器皿。

---

① 商主(setthi)相当于商会会长,这一职位一般由国王指定人选,有时也世袭。

青年现在已经有了二十四个铜币,心中又想出一个主意。他在离城门不远的地方,设置了一个水缸,供应五百个割草工的饮水。这些割草工说道:"朋友,你待我们太好了,我们能为你做点什么呢?""等我需要的时候,再请你们帮忙吧!"青年四处游荡,结识了一个陆路商人和一个水路商人。陆路商人告诉他:"明天有个马贩子带五百匹马进城来。"听了陆路商人的话,他对割草工们说道:"今天,请你们每人给我一捆草,并且,在我的草没有卖掉之前,你们不要卖自己的草,行吗?"他们同意道:"行!"随即拿出五百捆草,送到青年家里。马贩子来后,走遍全城,找不到马料,只得出一千铜币买下这个青年的五百捆草。

几天后,水路商人朋友告诉青年:"有条大船进港了。"青年又想出一个主意。他花了八个铜币,临时雇了一辆备有侍从的车子,衣冠楚楚地来到港口,以他的指环印作抵押,订下全船货物,然后在附近搭了个帐篷,坐在里边,吩咐侍从道:"当商人们前来求见时,你们要通报三次。"大约有一百个波罗奈商人听说商船抵达,前来购货,但得到的回答是:"没你们的份了,全船货物都包给一个大商人了。"听了这话,商人们就到青年那儿去。侍从按照事先的吩咐,通报三次,才让商人们进入帐篷。一百个商人每人给青年一千元,取得船上货物的分享权,然后每人又给他一千元,取得全部货物的所有权。

青年得了二十万元,回到波罗奈。他觉得应该报答恩人,就拿了十万元到小商主那里。小商主问道:"兄弟,你怎么得到的这么多钱?""我遵照你说的去做,在四个月里得到的。"他把死老鼠和后面的事从头至尾说了一遍。小商主听完他的叙述,心想:"这样的青年不能落到别人手里。"于是把自己成年的女儿嫁给他,让他继承全部家产。小商主死后,青年成了这城里的商主。

捡柴女本生

古时候,梵授王在波罗奈声势十分煊赫。他驾临花园游玩,采摘花果。在花园的丛林里,国王看见一个一边捡柴一边唱歌的女子,他顿时坠入情网,与她交欢。恰在这时,菩萨投胎到这个女子的腹中。这样,她感到腹中重如金刚杵,知道自己已经怀孕,便对国王说道:"大王啊!我已怀孕了。"国王给她一只指环印,说道:"如果生的是女儿,你就变卖了这只指环印,抚养她长大;如果生的是儿子,你就带着儿子和这只指环印到我那里去。"说完,就走了。

这女子妊娠期满,生下菩萨。菩萨学会走路后,东奔西跑,到处玩耍。有一次,别的孩子们指着他说:"这个私生子竟敢打我们!"听了这话,菩萨回到母亲身边,问道:"妈妈,我的爸爸是谁?""孩子,你是波罗奈国王的儿子。""妈妈,有什么凭证吗?""孩子,当时国王给了我这只指环印说:'如果生的是女儿,就变卖了这只指环印,抚养她长大;如果生的是儿子,就带着儿子和这只指环印到我那里去。'说完,他就走了。""妈妈,既然如此,你为什么不带我到爸爸那里去呢?"母亲理解儿子的心愿,便带他到王宫门口,求见国王。国王传令召见。她带着菩萨进入王宫,向国王行礼,说道:"大王啊!这是你的儿子。"国王虽然心里明白,但羞于在大庭广众承认,说道:"这不是我的儿子。""大王啊!这是你的指环印,你认得吧?""这也不是我的指环印。""大王啊!我没有别的凭证了,现在只能听凭天意作证:如果这孩子是你生的,就让他停在空中吧!如果不是,就让他掉到地上摔死吧!"说完,她拽住菩萨的双脚,将菩萨扔向空中。菩萨在空中结跏趺坐,用甜蜜的声音向父亲说法,念了这首偈颂:

王啊,请你收下我,王啊,我是你儿子,

国王养育众生物,何况自己亲生子!

　　国王听了坐在空中的菩萨的说法,伸出双臂,说道:"来吧,孩子! 我一定收养你,一定收养你!"众人也都伸出了双臂。菩萨没有落到别人手臂中,而是落到国王手臂中,坐在国王膝上。国王让菩萨当副王,让他母亲当正宫王后。菩萨在父亲死后,改称运柴王,依法治国,按其业^①死去。

---

　　① 佛教将人的行动、言语和思想活动统称为业,并认为每个人的穷富、寿夭和命运都是由各自前生和今生的业决定的。

榕鹿本生

　　古时候，梵授王在波罗奈治理国家的时候，菩萨投生为鹿。它一出娘胎，皮肤金黄，犄角银白，眼如珠宝，嘴如红毡，尾如拂尘，四蹄锃亮如涂漆，身躯魁伟如马驹。它住在森林里，名为榕鹿王，有五百头鹿相随。在离开那里不远的地方，住着另一头金鹿，名为枝鹿，也有五百头鹿相随。

　　那时，波罗奈王热衷打猎，是个每餐必吃肉的人。他停止国内一切行业，召集全体城乡居民，天天出外捕鹿。人们想："国王耽误了我们的工作。我们不如在御花园里布置鹿吃的食物和饮料，把鹿群赶进御花园，关上园门，交给他完事。"于是，他们在御花园里种草备水，加固园门，然后，全城居民手持棍棒等各种武器，进入森林，寻找鹿群。"我们要捕捉树林中心的鹿。"他们圈了一由旬的地盘，围住了榕鹿和枝鹿的住处。见到鹿群，人们就用棍棒敲打树木、灌木和地面，把鹿群轰出它们的住处，继而挥舞弓箭刀枪，大声吆喝，把鹿群赶进御花园，关上园门，然后报告国王说："大王啊！天天打猎，耽误我们的工作。我们已经从森林里赶来了鹿群，关在你的御花园里。以后，请吃它们的肉吧！"说完，就走了。国王听了他们的话，来到御花园查看鹿群。他看到其中有两头金鹿，便赐这两头金鹿免死。此后，有时是国王亲自来射死一头鹿，把它带走，有时是他的厨师来射死一头鹿，把它带走。群鹿怕死，一见弓箭，便张皇逃窜，这样，每次总有两三头鹿受伤，病痛而死。群鹿将此事禀告菩萨。菩萨召来枝鹿，说道："朋友，许多鹿已经丧生。虽然难免一死，但今后请他们不要用箭来射鹿。让我们排好次序，挨个上断头台。这回轮到我的鹿群，下回轮到你的鹿群。凡轮到的鹿，自己主动前往,躺下来将头搁在断头台上。这样,鹿群就不会受伤了。"枝鹿同意道:"好吧!"从此,凡轮到的鹿,便自动前往,躺下来将头搁在断头台上。厨师来到那里,把躺着的鹿带走。

一天,轮到枝鹿鹿群中一头怀孕的鹿。它禀告枝鹿道:"尊者啊!我怀孕在身,等我生下儿子,再给我们母子两个排上,这次让我轮空吧!""我不能让别的鹿替你。你要知道,这是你的果报。去吧!"怀孕的鹿没有得到枝鹿的怜悯,便到菩萨那里诉说此事。菩萨听后,说道:"行,你走吧!这事由我来解决。"说完,菩萨亲自前往,躺下来将头搁在断头台上。厨师见了,心想:"这头获得赦免的鹿王躺在断头台上,这是怎么回事?"他急忙跑去报告国王。国王在侍从簇拥下乘车前来,见了菩萨,问道:"鹿王啊!我已赐你免死,你为什么还躺在这里?""大王啊!一头怀孕的鹿前来求我推迟它的死期。我不能将一头鹿的痛苦转移给另一头鹿,所以我将自己的生命赐给它,躺在这里替代它死。大王啊!请不要误会。"国王说道:"尊者金鹿王啊!像你这般宽厚仁慈,我在人类中也未曾见过。为此,我的心获得净化。起来吧!我赐你和怀孕的鹿免死。""大王,我们两个得到赦免,其余的鹿怎么办?""其余的鹿,我也赦免,尊者!""大王啊!御花园里的鹿得到赦免,御花园外的鹿怎么办?""我也赦免,尊者!""大王啊!鹿得到赦免,其他的四足兽怎么办?""我也赦免,尊者!""大王啊!四足兽得到赦免,鸟类怎么办?""我也赦免,尊者!""大王啊!鸟类得到赦免,水栖的鱼类怎么办?""我也赦免,尊者!"这样,大士请求国王赦免一切生物后,站起身来,引导国王信守五戒①,以佛陀的威光向国王说法:"大王啊,遵行正道吧!在父母、子女、婆罗门、长者、市民、农夫中间,一律遵行正道,这样,你命终之后,就会升入幸福的天堂。"菩萨在御花园住了几天,告诫了国王,然后,带着鹿群回到森林。

那头怀孕的鹿生了一个美似花苞的儿子。小鹿有次到枝鹿那儿去玩耍,母鹿见到后,说道:"孩子,以后不许到它那儿去,只准到榕鹿那儿去。"母鹿教诲小鹿,念了这首偈颂:

---

① "五戒"(pañcasīla)指不杀生、不偷盗、不邪淫、不妄语、不饮酒。

永伴榕鹿住，莫去枝鹿处，
宁随榕鹿死，不随枝鹿生。

后来，受到赦免的鹿群去吃人们的谷物。人们想到这些鹿蒙受皇恩，不敢轰打，便聚集在王宫广场，向国王禀告此事。国王说道："我的心获得净化，才赐予榕鹿王这个恩惠。我可以抛弃王国，但不能背弃诺言。去吧！谁也不准在我的国土上伤害鹿群。"榕鹿听到此事，召集鹿群，说道："今后，你们不要去吃森林外的谷物。"菩萨劝阻了鹿群，又对人们说道："今后，种谷的人不必筑篱笆保护谷物，只要在田边插上树叶作标记就行了。"从此，谷田周围都插上树叶作标记，而鹿群见到周围插有树叶的谷田便决不进入，这是它们从菩萨那里得到的教诲。菩萨这样教诲了众鹿之后，活够岁数，与众鹿一起按其业死去。国王也恪守菩萨的教诲，行善积德，按其业死去。

祭羊本生

　　古时候,梵授王在波罗奈治理国家的时候,有个举世闻名的精通三吠陀的婆罗门老师,想给祖宗上供,让人逮来一头山羊,吩咐学生们说:"孩子们!把它带到河里洗洗,然后给它脖子上戴个花环,按上五指印①,装饰一番,再带回来。"学生们回答道:"好吧!"于是,带着山羊,来到河边,给山羊洗刷打扮一阵,然后放在岸边。山羊记得自己的宿业,心里想道:"今天,我就要摆脱这种痛苦了。"不由得十分高兴,发出了打破水罐似的大笑声。但它转而想道:"这个婆罗门杀了我,将会陷入和我同样的那种痛苦。"它对婆罗门产生怜悯,又大声痛哭起来。学生们问道:"山羊啊!你一会儿大笑,一会儿大哭。你笑什么?你哭什么?"山羊回答道:"你们当着老师的面问我吧!"

　　他们把它带到老师那儿,报告了这件事。老师听后,便问山羊:"你为什么笑?又为什么哭?"山羊记得自己的宿业,便向婆罗门说道:"婆罗门啊!我从前也像你一样,是个精通吠陀的婆罗门。由于我想祭祀祖宗,便杀了一头山羊。就因为杀了一头山羊,我已经四百九十九次转生为山羊,每次都遭到砍头之苦,这是我最后的一次,也就是第五百次转生了。想到'我今天就要摆脱这种痛苦',我十分高兴,所以笑了,转而又想:'我以前杀了一头山羊,遭到五百次砍头之苦,今天总算就要摆脱这种痛苦,可是这个婆罗门杀了我,也会像我一样遭到五百次砍头之苦。'出于对你的怜悯,我就哭了。"婆罗门听后,说道:"山羊啊!别怕,我不杀你。""婆罗门啊!你说什么?不管

---

　　①　"五指印"(pañcaṅgulika)是一种巫术标志。

你杀不杀我,今天我难逃死亡之苦。""山羊,别怕,我保护你,陪着你一起游荡。""婆罗门啊!我的罪孽深重,你无法保护我。"婆罗门释放了山羊,说道:"我们不准任何人杀这头山羊。"他带领学生跟着这头山羊。山羊一获得释放,就走到山岩附近的树丛里,抬起脖子,开始吃树叶。正在这一刹那,雷电击中山岩。一块石头迸裂,掉在山羊伸出的脖子上,砍下了山羊的头。人们聚集在周围。那时,菩萨正转生为这里的树神。他施展神力在空中结跏趺坐,望着围观的人们,心想:"众生知道这种罪孽的果报,就不会杀生了。"于是,用甜蜜的声音说法,念了这首偈颂:

> 倘若众生知,痛苦之根源,
>
> 不会再杀生,以免遭灾难。

　　大士用地狱之苦警告众人,宣讲正道。众人听了菩萨说法,惧怕地狱之苦,不再杀生。菩萨通过说法,使众人遵守戒律,然后按自己的业死去。众人也谨记菩萨的告诫,广行布施,做了许多善事,最后升入天国。

芦苇饮本生

　　相传,这个丛林从前是座森林。森林里有个莲花池,住着一个水妖,专吃进入池子的生物。那时,菩萨是一只长得与小红鹿一般大的猴王,率领八万只猴子,住在森林里。它保护这群猴子,告诫它们道:"孩子们! 这个森林里,有些树是有毒的,有些莲花池是水妖霸占的,你们凡是想吃过去没有吃过的果子,想喝过去没有喝过的水,都要先来问问我。"群猴答应道:"遵命!"

　　一天,它们来到一个过去没有到过的地方,游荡了大半天,想找水喝。它们看见一个莲花池,但都没有下去,坐着等待菩萨到来。菩萨来后,说道:"孩子们,为什么不喝水?""我们等着你来。""孩子们! 你们做得对。"菩萨沿着莲花池走了一圈,仔细察看脚印,发现只有下去的脚印,没有上来的脚印。它思忖道:"毫无疑问,这个莲花池是水妖霸占的。"于是说道:"孩子们! 你们没有喝水,这事做得对。这个池子里有水妖。"水妖见它们没有下来,就跃出水面,露出黑肚皮、白嘴巴、红手脚的可憎模样,说道:"你们干吗坐在这里? 下来喝水吧!"菩萨问道:"你是这里的水妖吧?""我是。""你捕捉进入莲花池的生物吧?""是的,我捕捉。只要进入这个池子,哪怕一只小鸟我都不会放过。我也要把你们全都吃掉。""我们不会让你吃掉的。""可是,你们总得喝水吧!""是的,我们是要喝水的,但我们不会让你抓住。""那你们怎么喝呢?""你以为我们必须进入池子里才能喝到水吗? 你想错了。我们不用进入池子,八万只猴子各拿一根芦苇秆,就像用莲花梗吮水那样,吮你这莲花池里的水。这样,你就不能吃掉我们了。"

大彻大悟的尊师①记得这事,念了这首偈颂的上半偈:

猴王仔细查脚印,只见有去无返回;
[谅你无法谋害我,群猴饮水用芦苇。]②

菩萨说罢,吩咐一只猴子取来一根芦苇秆,心念波罗蜜,庄严宣誓,然后用嘴吹芦苇秆。芦苇秆里每个节结都被吹出窟窿,用这种方法,菩萨吩咐一只又一只猴子取来芦苇秆,吹通之后给它们。但是,八万根芦苇秆,怎么吹得完呢? 因此,这个办法不行。于是,菩萨围绕莲花池走了一圈,命令道:"这里所有的芦苇都自己穿孔吧!"由于菩萨益世济众的伟大德行,这个命令得以生效。从此以后,这个莲花池周围的所有芦苇都长成空心的。

在这一劫里,有四大奇迹将流传下去。哪四大奇迹呢? 在整个劫里兔子的形象将保留在月亮中;《鹌鹑本生》中讲到的大火熄灭的地方将不遭火烧;陶工居住的地方将不受雨淋;这个莲花池周围的芦苇将长成空心的。这就是流传下去的四大奇迹。

菩萨这样命令后,拿了一根芦苇坐下。八万只猴子也各拿一根芦苇围着莲花池坐下。菩萨用芦苇秆吸水,坐在池边的猴子们也吸水。它们用这种方法喝水,水妖抓不到一只猴子,只得垂头丧气回到自己住处。菩萨带领众猴回到森林。

---

① "尊师"(satthar,或译导师)是佛的称号。
② 这下半偈原文无,是原著校勘者依据上半偈的注释补上的。

羚羊鹿本生

古时候,梵授王在波罗奈治理国家的时候,菩萨转生为羚羊鹿,住在一片树林里,靠吃各种果子为生。在塞波尼树结果的时候,它就吃塞波尼果。

有一个乡村猎人,他总是先在果树下侦察鹿的脚印,侦察到了,就上树搭个隐蔽棚,坐在里面。一旦鹿来吃果子,他就投出梭镖,把鹿杀死,卖鹿肉谋生。一天,他在一棵塞波尼树下发现菩萨的足迹,就在这棵树上搭了一个隐蔽棚。第二天一清早,他带着梭镖,来到树林,爬到树上,坐在隐蔽棚里。这天清早,菩萨也来到树林,想吃些塞波尼果,但它没有匆匆忙忙跑到树底下去,而是在远处一边徘徊,一边思忖道:"有时候,猎人会在树上搭隐蔽棚,这次会不会碰到这种情况呢?"猎人看到菩萨没有走过来,就在隐蔽棚里把塞波尼果扔到它面前。菩萨想:"这些果子落到了我的跟前,难道上面真有猎人?"它抬头仔细观察,看见了猎人,但装作没有看见,说道:"树啊!你以前总是让果子像垂铅一样笔直掉下的,今天怎么违背了树的法则?既然你违背树的法则,那我就到别的树下去寻找食物了。"说罢,念了这首偈颂:

羚羊鹿知道:你扔塞波尼;

不愿食你果,我去他树觅。

猎人在隐蔽棚里扔下梭镖,说道:"去吧!今天我放了你。"菩萨转过身来,站着说道:"人啊! 尽管你今天放了我,你也逃脱不了八大地狱、十六小地狱、五刑①等业报。"说完,羚羊鹿跑开,到自己想去的地方。猎人也爬下树,到自己想去的地方。

---

① "五刑"指在地狱中被烧红的铁钎穿透双手、双脚和胸脯。

狗本生

古时候,梵授王在波罗奈治理国家的时候,菩萨依照宿业投胎为狗,住在一个大坟场里,有好几百条狗跟随它。

一天,国王乘坐一辆白马驾辕、装饰华丽的御车到花园游玩,太阳落山时才回城。他的御车停放在王宫庭院里,没有卸下马具。晚上,下起雨,淋湿了马具。一群御狗从露台上跑下来,吃马具上的皮件和皮带。第二天,人们禀告国王道:"大王啊!一群狗从阴沟里钻进来,把御车上的皮件和皮带都吃了。"国王大怒,命令道:"凡是见到狗,就给我杀!"从此,狗就遭了殃。人们见狗就杀,它们只得逃到坟场,躲在菩萨身边。菩萨问道:"你们为什么全都聚在这里?"它们回答道:"王宫里御车的皮件和皮带被狗吃了,国王大怒,下令杀死所有的狗。许多狗都被杀了,到处充满恐怖。"菩萨心想:"王宫戒备森严,外面的狗是进不去的,这事很可能是王宫里面的御狗干的。现在,有罪者安然无恙,无辜者横遭杀戮。我要去向国王揭发有罪者,拯救我的同胞们的性命。"于是,它安慰群狗说:"你们不要怕,我会救你们的。我这就去见国王,你们等候在这里!"菩萨慈悲为怀,心念波罗蜜,默祷着:"谁也不能用棍棒打我,用石头扔我。"独自进入城里。这样,城里的人看到它,没有一个对它发怒。

国王下达灭狗命令后,独自坐在公堂上。菩萨进入公堂,钻到国王的宝座底下。侍从们想把它拖出来,国王制止了他们。菩萨歇了一会儿,从宝座底下钻出来,向国王行礼,问道:"是你下令灭狗的吗?""是我。""它们犯了什么罪?人主啊!""它们吃了御车上的皮件和皮带。""你知道是哪些狗吃的吗?""我不知道。""你不知道哪些狗是吃皮带的罪犯,就下令见狗就杀,国王啊,这样做不合适。""反正是狗吃了御车的皮带,所以我才下令见狗就杀,杀死所有的狗。""是杀死所有的狗,还是有些狗不杀?""是的,我宫殿里的御狗不杀。""大王啊! 你方才说反正是狗吃了御车的皮带,所以你才下令见狗就杀,杀死所有的狗,现在又说宫殿中的御狗不杀,这样你就犯了偏袒一方的错误。这种错误不合王法。国王断事应该像秤杆一样公平。现在,宫内御狗能免死,宫外穷狗不能免死,这样就不是杀死所有的狗,而是杀死所有的穷狗。"接着,大士用甜蜜的声音说道:"大王啊! 这件事你办得不公正。"然后念了这首偈颂,向国王说法:

御狗长在王宫中,神采奕奕气势盛,

赦免御狗杀穷狗,如此判案不公正。

国王听了菩萨的话,问道:"那么,智者! 你知道是谁吃了御车的皮带?""我知道。""是谁?""就是住在王宫里的御狗。""何以见得?""我将证明给你看。""智者,你证明吧!""请你吩咐把王宫里的御狗带来,再拿些奶酪和拘舍草来。"国王照办之后,大士说道:"把这些拘舍草拌在奶酪里,让御狗喝下去。"国王也命人照办了,让御狗喝下奶酪。结果,每一条喝过奶酪的御狗都呕吐出皮块。国王说道:"这像是无所不知的佛陀的判断。"他满怀喜悦,将白色华盖交给菩萨,以示尊敬。菩萨向国王说法,念了《三狗本生》中"刹帝利大王啊,对待父母要守法"等十首训诫国王守法的偈颂,并嘱咐道:"大王啊,今后不要疏忽大意了。"菩萨教会了国王五戒,把白色华盖交还国王。

国王听完大士的说法,下令解除众生的恐怖,吩咐永远向以菩萨为首的一切狗提供跟自己一样的膳食。他遵守菩萨的训诫,终身广行布施,做了许多善事,死后升入天国。而"狗的训诫"流传了一万年。菩萨也活够岁数,按其业死去。

女颜象本生

古时候,梵授王在波罗奈治理国家的时候,菩萨是他的大臣。那时,国王有一头国象名叫女颜。它品德高尚,性情温和,从不伤害任何人。

一天半夜里,一伙强盗来到象厩附近,坐在离大象不远的地方密谋策划:如此这般挖地洞,如此这般打墙洞,使地洞和墙洞像道路和浅滩一样畅通无阻;行窃时要敢于杀人,这样就不会有人抵抗;做贼不必遵守戒律,应该冷酷、残忍、凶暴。这样密谋策划、互相传授经验后,这伙强盗就走了。第二天,他们又来到那里密谋策划。一连好几天都这样。大象听了他们的谈话后,心里思忖:“他们是在教育我。现在,我应该变得冷酷、残忍、凶暴。”它果真变成那样的了。清晨,它见象夫走来,就用象鼻卷起象夫,摔死在地上。一而再,再而三,凡走近它的人,都被它这样摔死。人们禀告国王道:“女颜象疯了,见人就杀。”国王召来菩萨,吩咐道:“智者,你去看看这头大象怎么会变坏的。”

菩萨来到那里,发现大象身体并无病痛,就思考它究竟怎么会变坏的,终于得出结论:“肯定是附近有人说话,它听了之后,以为是在教育它,于是就变坏了。”菩萨问象夫:“最近有没有人夜间聚在象厩附近谈话?”象夫回答道:“有的,尊者! 一伙强盗在那里谈过话。”于是,菩萨回禀国王道:“大王啊! 这大象的身体并无疾病,它只是听了一伙强盗的谈话才变坏的。”“那现在该怎么办呢?”“让一些沙门、婆罗门去坐在象厩里谈论善行美德。”“就这么办吧,朋友!”于是,菩萨让一些有德行的沙门、婆罗门坐在象厩里,吩咐他们道:“诸位尊者,请你们谈论善行美德!”他们坐在大象附近,谈论善行美德:"不应执著,不应杀生,应该遵守戒律,要宽容、慈爱、怜悯。"大象听了这些话,心想:"他们是在教育我,今后我要遵守戒律。"它果真变成了一头遵守戒律的大象。国王问菩萨:"朋友! 它变得遵守戒律了,是吗?""是的,大王!"菩萨说道,"靠那些智者贤士,这头变坏的大象又变好了。"说完,念了这首偈颂:

> 起初听取强盗言,女颜学坏害人命;
>
> 后来听取智者言,国象变好遵德行。

国王心想:"他甚至通晓动物的脾性!"于是,赐予菩萨莫大的荣誉。他与菩萨都活够岁数,按其业死去。

摩尼克猪本生

　　古时候，梵授王在波罗奈治理国家的时候，菩萨转生为某村富人家的牛，名叫大红。它还有个弟弟，名叫小红。这家牵引拖拉的重活全由这两兄弟承担。这家有个女儿，城里一位富人已经聘订她为儿媳。做父母的想到女儿成婚之日应该备有美味佳肴招待客人，就用牛奶粥饲养一头名叫摩尼克的猪。小红看见后，问哥哥："这家里牵引拖拉的重活都是我们弟兄俩干的，而主人只给我们吃些稻草麦秸，反倒给这头猪吃牛奶粥。它凭什么得到这样的优待？"哥哥回答说："亲爱的小红，你不要羡慕这头猪吃牛奶粥。它吃的是断头食，因为主人的女儿结婚时需要美味佳肴招待客人，他们才给这头猪喂牛奶粥。过些天，客人们就要到来。那时，你就会看到主人捆住这头猪的脚，把它从窝里拖出去宰了，煮成咖喱肉招待客人。"说罢，念了一首偈颂：

> 勿羡摩尼克，它吃断头食；
> 嚼你粗草料，此乃长命食。

　　不久，客人们都来了。他们宰了摩尼克，煮成各种美味佳肴。菩萨对小红说："看到了吧，亲爱的弟弟！""哥哥，我看到了摩尼克享受的结果。我们吃的尽管是稻草、麦秸、谷皮，却要比这头猪吃的牛奶粥好上百倍千倍，因为它们对我们无害，保证我们长寿。"

跳舞本生[*]

古时候,在第一劫的时候,四足走兽选举狮子做他们的王,鱼选举大鱼阿难陀为王,鸟选举金鹅为王。金鹅王有一个女儿——一只美丽的小鹅,他加恩于她,让她说一愿望,必能满足。她愿意自己选一个丈夫。鹅王同意了,就召集百鸟,大会于喜马拉雅山。以天鹅和孔雀为首的各种各样的鸟都来到了,他们聚集在一块大石头上面。鹅王把女儿喊了过来,对她说道:"你去选一个称心如意的丈夫吧!"她把鸟群看了一遍,看到一只孔雀,脖子闪耀着宝石光芒,尾巴五颜六色;她就选中了他,说道:"让这一个来做我的丈夫吧!"这一群鸟走到孔雀跟前,说道:"朋友孔雀呀!这个公主从群鸟里面选丈夫,把你选中了。"孔雀大喜若狂,说道:"一直到今天,你们还没有看到我的本领哩。"他忘掉了羞耻,在群鸟丛中,伸开翅膀,就跳起舞来;正跳着的时候,他把不能见人的地方都暴露了出来。鹅王羞愧难当,说道:"这家伙在内心里不知羞耻,在外表上不顾礼貌;我决不能把自己的女儿嫁给这样一个不知羞耻、不顾礼貌的家伙。"他在鸟群中念了这一首偈颂:

> 你的鸣声悦耳,脊背美丽,
> 脖子简直就像是碧绿的琉璃,
> 尾巴伸开足足有六英尺长;
> 一跳舞,我却就不把女儿给你。

---

[*] 本篇采用季羡林先生的译文。

118

在群鸟面前,鹅王把自己的女儿嫁给了自己的外甥——一只小鹅。孔雀没有得到幼鹅公主,羞愧难当,站起来,从那里飞走了。鹅王也回到自己的宫中。

齐心协力本生

　　古时候,梵授王在波罗奈治理国家的时候,菩萨投胎为鹌鹑,与几千只鹌鹑一起住在树林里。那时,有个捕鸟师来到它们的住处。他先是模仿鹌鹑叫,等到鹌鹑聚落在一起时,就撒出网把它们网住,然后收紧网,将它们捆作一团,装进篮子带回家。他靠卖这些鹌鹑为生。

　　一天,菩萨对鹌鹑们说:"这个捕鸟师要灭绝我们的种族。我有一个办法,可以使他抓不到我们。以后,当他把网撒在你们头上时,你们每只鹌鹑都把自己的头伸出网眼,一起带着网飞到你们愿意去的地方,然后降落在荆棘丛中。这样,我们就能从网底逃生了。"鹌鹑们同意道:"好吧!"

　　第二天,当网撒在它们头上时,它们就按照菩萨所说的方法带着网飞走,降落在一个荆棘丛中,从网底下逃脱出来。捕鸟师赶到荆棘丛中取下网时,已是黄昏时分。他只得空手回家。一连好几天,鹌鹑们都采取这个办法,因而捕鸟师总是在黄昏时分取下网,一无所获,空手回家。他的老婆很生气,说道:"你每天都空手回家,想必你在外面另有吃饭的地方吧!"捕鸟师回答道:"亲爱的,我没有另外吃饭的地方。只是那些鹌鹑现在齐心协力啊!每当我撒下网,它们就带着网飞落到荆棘丛中逃脱。但是,它们不会永远和睦相处的。你别担心!一旦它们中间发生争吵,我就能将它们一网打尽,回来时准叫你喜笑颜开。"说完,对老婆念了这首偈颂:

　　　众鸟齐心协力,带网飞走逃命;
　　　一旦互相争吵,准能一网打尽。

　　此后不久,有只鹌鹑在飞落吃食地时,不小心踩了另一只鹌鹑的头。被踩的那只鹌鹑气愤地嚷嚷道:"谁踩我的头了?""是我不小心踩了你,请别生气。"尽管这样打了招呼,那只鹌鹑依然怒气冲冲。于是,这两只鹌鹑你一言我一语,争吵不休,互相讽刺道:"我想是你独个儿把网带起来的吧!"菩萨见它们争吵,心想:"一发生争吵,就会失去安全。现在,它们不能带网飞起,因而,将遭到灭顶之灾。捕鸟师的机会来了。我不能再呆在这里。"于是,它带着自己的同伴,飞往别处去了。

　　过了几天,那捕鸟师果真又来了。他先模仿鹌鹑叫,等鹌鹑聚落在一起时,撒出网,网住了它们。一只鹌鹑说:"你带着网飞起时,你头上的羽毛肯定会脱落。现在,你飞吧!"另一只鹌鹑说道:"你带网飞起时,你的两只翅膀肯定会折断。现在,你飞吧!"就在它们互相喊着"你飞吧"的时候,捕鸟师过来捡起网,将它们捆作一团,装进篮子带回了家。他老婆见了,喜笑颜开。

鱼本生

古时候,梵授王在波罗奈治理国家的时候,菩萨转生为他的祭司。

那时,一群渔夫在河里撒网捕鱼。有一条大鱼与自己的妻子嬉戏玩耍,情意正浓,游到了网边。那条雌鱼游在前面,闻到渔网的气味,便转身游开了。而那条大鱼耽于爱欲,稀里糊涂地游入网中。渔夫们发现网中有鱼,便收起网,捉住了这条大鱼。他们没杀死它,而是把它扔在沙滩上,说道:"我们生起炭火,把它烤来吃。"于是,他们生起炭火,架起铁叉。大鱼哀叹道:"炭火烧烤,铁叉穿身,或者其他种种折磨,我都能忍受。唯一不能忍受的是,我的妻子会以为我另求新欢而怏怏不乐。"说着,念了这首偈颂:

> 不怕冷和热,不怕渔网缠,
> 唯恐妻误会:君去求新欢。

正在这时,祭司在仆人陪伴下,来到河边沐浴。他通晓一切动物语言。因此,他听了大鱼的哀叹,思忖道:"这条鱼色迷心窍。如果它在这种心思不正的状况下死去,必将堕入地狱。我要拯救它。"于是,他就走到渔夫们跟前,说道:"伙计!你们不是每天用鱼来换我们的咖喱吗?"渔夫们回答道:"尊者,这是哪里的话!你们拣你们喜欢的鱼,拿走吧!""我们不要别的,只要这一条,给我们吧!""拿吧,尊者!"

菩萨双手捧着鱼,坐在河岸上,说道:"喂,鱼啊!如果你今天不遇见我,你就一命呜呼了。从今以后,别再贪色了。"他告诫了这条鱼之后,把它放还水中,自己回城去了。

鸟本生

　　古时候，梵授王在波罗奈治理国家的时候，菩萨转生为鸟。它是群鸟之首，住在森林里一棵枝枝杈杈的大树上。一天，树杈互相摩擦，碎屑坠落，青烟冒出。菩萨见此情景，思忖道："树杈这样摩擦下去，会迸出火星，而火星落在树叶上就会起火，烧毁这棵大树。我们不能住在这里，应该迁居别处。"于是，它向群鸟念了这首偈颂：

　　　　众鸟所栖树，枝杈迸火星；

　　　　展翅飞他方，此处有险情。

　　一些聪明的鸟听从菩萨的告诫，立即随同菩萨飞往别处去了。而另一些愚蠢的鸟不听菩萨的告诫，仍然住在那里，并且说道："它总是这样，一滴水里见鳄鱼①！"不久，正如菩萨所料，大树起火，浓烟滚滚，烈焰腾腾，众鸟的眼睛被烟火熏瞎，无法逃往别处，纷纷坠入火中丧命。

---

　　①　这是古印度谚语，意思是过分谨慎小心。

鹧鸪本生

古时候,在喜马拉雅山山坡上的一棵大榕树旁,住着三个伙伴:鹧鸪、猴子和大象。它们互不尊敬、不服从、不礼让。后来它们想:"我们不能再这样生活下去了。我们应该选出年长者,大家服从它。"于是,它们思索:"谁是我们中间的年长者?"

一天,它们想出了一个办法。它们三个坐在大榕树下,鹧鸪和猴子问大象:"大象朋友啊!你最早能记事的时候,这棵榕树有多大?"大象回答道:"朋友啊!当我是只幼象时,它还是灌木一般的小树。我常常跨越它。跨越的时候,站在那里,只有最高的树枝碰着我的肚皮。它还是一棵小树时,我就知道它了。"

接着,大象和鹧鸪向猴子提出同样的问题,猴子回答道:"朋友啊!当我是只小猴子时,我坐在地上,一伸脖子,就能吃到这棵小榕树上最高的嫩芽。它还是一株小树苗时,我就知道它了。"

然后,猴子和大象向鹧鸪提出同样的问题,鹧鸪回答道:"朋友啊!从前,在附近一个地方有棵大榕树,我吃了它的果子,把粪便拉在这里。后来,就长出了这棵榕树。因此,在它还没有长出来之前,我就知道它了。这样看来,我比你们两个都年长。"听它这么一说,猴子和大象便向鹧鸪尊者表示:"朋友啊!你比我们两个年长。我们今后要尊重你、敬仰你、崇拜你,要恭顺谦卑、礼貌周全,恪守你的训诫,请你今后对我们多多指教。"

此后,鹧鸪教导它们遵行戒律,自己也遵行戒律。它们三个都恪守五戒,互相尊敬、谦恭、礼让,死后都升入天国。

苍鹭本生[*]

从前,菩萨降生在一座森林中,在一棵长在某一个荷花池边的树上当树神。那时候,在酷热的季节里,一个不太大的池塘里的水位下降了很多,但里面却有很多鱼。有一只苍鹭看到了这些鱼,心里想:"我要想出一个办法,骗一下这些鱼,把它们都吃掉。"它于是走到那里,坐在水边,低头沉思。这些鱼看到它,问道:"先生坐在那里想什么呀?""我坐在这里,想的就是你们。""你想我们些什么呀?""这个池塘里的水少了,食物难找了,天气热了,我就坐在这里想到你们:'现在这些鱼怎么办呢?'""可是先生呀!我们究竟怎么办呢?""如果你们听我的话,我就把你们用嘴一个一个地叼到一个挤满了五色荷花的大池塘里去,把你们放在里面。""先生呀!从开天辟地那一天起,从来就没有一个苍鹭替鱼操过心。你只是想把我们一个一个地吃掉而已。""你们相信我,我就不会吃掉你们。如果你们不相信真有我所说的这样一个池塘的话,那么你们就派一条鱼跟我一块儿去看一看那个池塘。"鱼相信了它,派出了一条独眼大鱼,它们想:"这一条鱼,不管是在水里,还是在陆地上,都能够对付得了它。"它们对它说道:"你带着它去吧。"苍鹭叼起鱼来,把它带走,丢在那个池塘里,让它看了看整个池塘,又把它带回来,让它同那些鱼在一起。这一条鱼绘声绘色地告诉那些鱼,那个池塘是怎样美、怎样好。听了这些话以后,它们都想去了,对苍鹭说道:"好吧,先生,请把我们带去吧。"苍鹭首先把那一条独眼大鱼

---

[*] 本篇采用季羡林先生的译文。

叼起来，带到那个池塘边上，让它能够看到池塘，却落在长在池塘边上的一棵婆罗那树上，把它往树杈上一掷，用嘴把它啄死，把肉吃掉，把鱼骨头丢在树底下，又飞回来，说道："我把那条鱼放到池塘里去了；再来一条吧。"它就用这个方法，把鱼一条一条地叼走，把它们都吃掉；最后当它飞回来的时候，一条鱼也看不到了。可是那里还剩下一只螃蟹。苍鹭也想把它吃掉，就说道："喂，螃蟹呀！所有这些鱼都给我叼到一个挤满了荷花的大池塘里去了。来吧，我也把你叼到那里去。""你怎样把我带过去呢？""把你叼起来，带过去。""你这样把我叼起来，往前飞，我会掉下来的；我不同你一块儿去了。""不要害怕，我会把你牢牢地叼住，带过去。"螃蟹想道："这家伙把鱼叼走，并没有把它们送到池塘里去。如果它把我送到那池塘里去的话，那当然很好；如果它不送的话，我就夹断它的脖子，把它杀死。"于是它就对它说道："朋友苍鹭呀！你决不会把我叼得很牢的，我们倒是能抓得很牢。如果我用我的爪子抓住你的脖子，牢牢地抓住，我就能同你一块儿走了。"苍鹭没有想到螃蟹会用诡计骗自己，说了一声："好吧！"就答应了它。螃蟹用自己的爪子牢牢地钳住它的脖子，就像是铁匠的一把火箸，说道："现在可以走了。"苍鹭把它带到那里，把池塘指给它看，然后向着那一棵婆罗那树飞去。螃蟹说道："舅舅呀！那边就是池塘呀，你把我带到另一条路上去了。"苍鹭说道："我是你的亲舅舅，你是我的亲亲爱爱的小外甥。我猜想，你大概以为我是你的奴隶，把你扛起来出来游逛吧。你看一看婆罗那树底下那一堆鱼骨头吧！我怎么样吃掉那些鱼，现在也就怎么样吃掉你。"螃蟹说道："那些鱼是大傻瓜，所以才被吃掉。我却是不会让你吃掉的；我反而要把你弄死，因为你这个傻瓜还不知道我是在骗你哩。要死的话，我们俩就一块儿死；我要把你的脑袋钳断，丢到地上去。"说着，它就用它那两只螯去抓苍鹭的脖子，像一把铁箸一样。苍鹭张大了嘴，眼里充满了泪，害怕真被弄死，说道："朋友呀！我不会吃你，饶了我的命吧！""那么你就飞到池塘那里去，把我放到里面。"苍鹭转回了身，落到池塘那里，把螃蟹放在池塘边上的泥里。螃蟹钳断它的脖子，就像是用剪子剪断荷花梗一样，然后钻到水里去了。住在婆罗那树上的那

个树神看到了这件令人惊奇的事情,赞美这件事情做得好,用甜蜜的声音,念了这一首偈颂,声音在整个树林子里往复回荡:

> 擅长骗人的家伙,
> 不能永远因骗得福;
> 从螃蟹那里得到些什么,
> 那一只善骗人的苍鹭?

难陀本生

古时候，梵授王在波罗奈治理国家的时候，菩萨转生为一个富翁。他有一位年长的朋友，也是富翁。那位老富翁有个年轻的妻子，为他生了个儿子。老富翁自忖道："这女子这么年轻，一旦我死后，她准会跟别的男人结婚，耗尽我的钱财，而不传给我的儿子。我最好还是先把钱财埋在地下！"于是，他带了一个名叫难陀的家奴，到树林里，把钱财埋在一个地方，然后吩咐道："我的好难陀啊！在我死后，告诉我的儿子，这些钱财埋在这里。你们决不能抛弃这座树林。"他向难陀嘱托了这件事后，不久就死去了。

光阴荏苒，儿子长大成人了。母亲告诉他说："孩子，你父亲带着家奴难陀把钱财埋起来了，你去取回来，成家立业吧！"一天，他问难陀："叔叔，我爸爸可曾埋过什么钱财？""是的，主人。""埋在哪里？""树林里，主人。""那么，我们一起去吧！"青年带着铲子和篮子，来到埋藏钱财的树林，问道："叔叔，钱财埋在哪里？"难陀走进树林，站在埋藏钱财的地方，然而，想到脚底下的钱财，他变得骄横起来，叱骂青年道："你这孬种，这里哪有你的钱财？"尽管难陀出言不逊，青年只当没听见，说道："那么，我们走吧！"便带着难陀回家了。过了两三天，青年又去树林，难陀依旧辱骂他，而他也还是不回嘴。他回到家里，自己思忖道："这奴才每次动身的时候，都准备把埋藏钱财的地方告诉我，可是一到那里就骂我。我不知道这是怎么回事。我父亲的朋友，那位富翁还健在，我去问问他，就会明白的。"他来到菩萨身边，讲述了事情的全部经过，然后问道："叔父啊！这是什么缘故？"菩萨回答道："孩子，难陀站着骂你的地方就是你父亲埋藏钱财的地方，所以，只要他一开口骂你，你就推开他,说道:'你嚷嚷什么,开始干活吧!'然后就用铲子掘开那个地方,取出你们家的钱财,让这奴才替你背回去。"说完,念了这首偈颂:

> 难陀站那里,张口辱骂你,
>
> 金银和财宝,就在他脚底。

这青年向菩萨行礼告别,回家带了难陀来到埋藏钱财的地方,遵循菩萨的教导,取得了钱财,成为富翁。此后,他恪守菩萨的训诫,广行布施,做了许多善事,按其业死去。

鸽子本生

古时候,梵授王在波罗奈治理国家的时候,菩萨转生为鸽子。那时,波罗奈居民爱积功德,到处挂有草篮,供鸟类安居。波罗奈商主的厨师也在自己的厨房里挂了一只草篮,菩萨住在这只草篮里,每天清早出去寻食,晚上归窝,就这样生活着,消度光阴。

一天,一只乌鸦飞过厨房,闻到一阵阵糖醋鱼的香味,垂涎欲滴,于是,它呆在附近,东张西望,盘算着怎样才能吃到鱼。黄昏时,它看见菩萨回来,飞进厨房,心想:"我一定能依靠这只鸽子吃到鱼。"

第二天一早,它就来了。菩萨出去寻食,它尾随菩萨飞到东飞到西。于是,菩萨问道:"喂!你干吗老跟着我啊?""尊者,我钦仰你的品行,愿意侍候你。""你的吃食跟我的吃食不一样,很难侍候我。""尊者!你出去寻食时,我一定也跟随你出去寻食。""好吧!但愿你小心谨慎。"菩萨告诫乌鸦之后,便开始寻找草籽。菩萨寻食,乌鸦也寻食,翻动牛粪吃蛆虫。吃饱之后,回到菩萨身边,说道:"尊者!你花费太多时间去寻食,吃得过饱是不好的。"菩萨吃完食,在黄昏时飞回来,乌鸦跟它一起飞进厨房。厨师心想:"我们的鸽子带回来一个伙伴。"于是,也给乌鸦安置了一只草篮。从此,它们俩住在厨房里。

一天,有人给商主送来许多鱼,厨师把它们挂在厨房里。乌鸦望着这些鱼,垂涎欲滴,心想:"明天我不出去寻食,要美美地吃一顿鱼。"它一夜都没有睡好。第二天,菩萨出去寻食,对它喊道:"走吧,乌鸦朋友!"乌鸦回答道:"尊者,你去吧!我肚子疼。""朋友啊!从来没有听说乌鸦会肚子疼。每到夜里三更时分,乌鸦确实会发晕,但只要吃一根灯芯就好了。你一定是见鱼嘴馋。走吧!那是人的食物,你吃不合适。别装模作样了,跟我一起去寻食吧!""我真的不行,尊者!""好吧,你自己的行动会作出证明的。千万注意不要嘴馋。"菩萨告诫了它之后,就出去寻食了。

厨师用这些鱼制作各色菜肴。为了散散锅里的水汽,他把每个锅盖揭开一点儿,顺手将漏勺搁在一只锅上,自己跑到门外去擦擦汗。就在这时,乌鸦从草篮里探出头来,俯瞰厨房,得知厨师出去了,心想:"这是满足我吃鱼愿望的好机会,问题是我挑大块的鱼,还是挑小块的鱼。小块的不能一下子填饱肚子,我还是叼块大的,搁在草篮里,坐着吃。"于是,它从草篮里飞下来,停在漏勺上,漏勺发出"叮当"一声响。厨师听到响声,心想:"怎么回事?"跑进屋来,看见了乌鸦,叫道:"原来这只坏乌鸦想吃主人的饭菜。我依靠我的主人生活,不依靠这个坏蛋。我该怎么处置这个家伙呢?"说完,厨师关上门,捉住乌鸦,拔光它的羽毛,然后捣碎生姜、盐块和茴香,掺进酸酪乳,涂满它的光身子,再把它扔回草篮。乌鸦疼痛难忍,躺在那里呻吟。

黄昏,菩萨回来,看见乌鸦遭遇不幸,说道:"贪心的乌鸦啊!你不听我的劝告,嘴馋招来大祸。"说罢,念了这首偈颂:

不听友人规劝,终于遭到毁灭,
犹如馋嘴乌鸦,无视菩萨告诫。

菩萨念完这首偈颂,说道:"我也不能再住在这里了。"于是,飞往别处去了。乌鸦死在那里。厨师将死乌鸦连同那只草篮一起,扔进了垃圾堆。

竹蛇本生

　　古时候，梵授王在波罗奈治理国家的时候，菩萨转生在迦尸国一个富豪家。长大成人后，他看到爱欲招祸、无欲致福，于是摒弃爱欲，出家到喜马拉雅山当隐士，他完成禅思的准备工作，达到五神通、八定①，享受禅思之乐。后来，有五百苦行者追随他。他住在那里，成了他们的老师。

　　一天，一条小蛇按照自己的习性出来爬游，爬到一位苦行者的净修屋里。这位苦行者对小蛇产生了亲子之爱，将它收养在一个竹笼里。由于这条蛇居住在竹笼里，人们便称它为"竹蛇"；而这位苦行者待蛇如子，人们也就称他为"竹蛇爹"。

　　菩萨听说有个苦行者养了一条蛇，便把那个苦行者召来，问道："你真的养了一条蛇吗？"苦行者回答道："是的。"菩萨说："绝不可与蛇亲近，不要再养了。"苦行者说："这条蛇对待我就像学生对待老师那样，没有它，我活不下去。"菩萨说："可是，你留着它，你最终会丧命的。"苦行者没有听取菩萨的劝告，他舍不得扔掉这条蛇。

　　几天后，所有的苦行者都去采集果子。他们到达一个地方，见那里的果子长得特别茂盛，便在那里住了两三天。竹蛇爹也跟他们一起去了。去之前，他把竹蛇安置在竹笼里，关好了竹笼门。这样，两三天后，他与苦行者们一起回来，心想："我要给竹蛇喂点食了。"他打开竹笼，伸进手去，说："来，孩子，你肯定饿了。"这条蛇因为两三天没有食吃，怒不可遏，一口咬住伸进来

---

　　① "八定"是按入定程度深浅而分的八种禅定，即初禅定、第二禅定、第三禅定、第四禅定、空无边处定、识无边处定、无所有处定、非想非非想处定。

的手,苦行者顿时丧生,跌倒在竹笼旁。这条蛇逃进了树林。

见到这情景,苦行者们就去报告菩萨。菩萨吩咐将那苦行者的尸体焚化;然后,坐在苦行者们中间念了一首偈颂告诫众人:

刚愎自用者,不听善意劝,
犹如竹蛇爹,命丧旦夕间。

菩萨这样告诫众苦行者,使他们安于四梵住。他死后,升入梵界。

蚊子本生

古时候,梵授王在波罗奈治理国家的时候,菩萨以经商为生。那时,在迦尸国的一个边境村庄里,住着许多木匠。有个秃头木匠在刨木头时,一只蚊子停在他的铜碗似的秃顶上,像用锥子扎他的头。他对坐在自己身旁的儿子说:"孩子,有只蚊子叮我头顶,像用锥子扎我。给我赶走它!""爸爸,你忍一忍,我一下子就能把它打死。"这时,菩萨来到这个村子办货,恰好坐在这个木匠的工棚里。这木匠催促儿子道:"孩子,快把这只蚊子赶走。"儿子答应道:"爸爸,我来了。"他站在父亲的背后,拿起一把锋利的板斧,一心要打死蚊子,结果将父亲的脑袋砍成了两半。木匠当即倒地而死。

菩萨目睹这个儿子的行为,心想:"聪明的仇人也比愚蠢的朋友好,因为他惧怕惩罚,不会杀人。"于是念了这首偈颂:

仇人倘有理智,胜似愚蠢朋友,
请看傻子杀蚊,砍碎父亲脑壳。

菩萨念完这首偈颂,就起身走了。木匠的亲友们为木匠举行了安葬仪式。后来,菩萨按其业死去。

毁园本生

古时候,梵授王在波罗奈治理国家的时候,人们每逢月初都要举行喜庆活动。一听到喜庆的鼓声,全体居民便倾城而出,欢度佳节。

那时,御花园里住着一大群猴子。园丁心想:"城里正在举行喜庆活动,让我吩咐这些猴子浇水,这样自己可以去欢度佳节。"于是,他走到猴王跟前,说道:"好猴王啊!这花园对你们大有用处。你们在这里吃花果嫩芽吧!城里在举行喜庆活动,我也要去玩玩。在我回来之前,请你们给这花园里的树苗浇浇水,行吗?""行!我们会浇的。""那么,千万不要粗心大意。"他把浇水用的皮囊和木桶给了它们,就走了。猴子们拿了皮囊和木桶开始给树苗浇水。这时,猴王说道:"喂,猴子们,要节约用水呀!你们浇的时候,要把每棵树苗先拔起来,看看根有多深,根深的多浇点,根浅的少浇点,因为水一泼出去,就收不回来了。"猴子们回答道:"遵命!"便照着猴王的吩咐去做了。

这时,一位智者正在御花园里,看见猴子们这样浇水,便说:"喂,猴子们!你们怎么把树苗一棵棵都拔起来,根据树根的深浅浇水?"它们回答道:"猴王吩咐我们这样干的。"听了这话,智者心想:"哎呀,真是的,这些愚蠢的家伙自以为在干好事,实际上在干坏事。"于是,念了这首偈颂:

> 是非辨不清,好事难办成,
> 犹如蠢猴子,浇树先拔根。

智者用这首偈颂谴责了猴王,然后带着自己的随从离开花园。

吠陀婆本生*

　　古时候，梵授王在波罗奈治理国家的时候，在一个村庄里，有那么一个婆罗门，名字叫作吠陀婆，他精通咒术。这种咒术据说是无价之宝。当天上的星宿排列成某一种样子的时候，他口诵咒语，抬眼观天，天空中就会下雨般地落下七种宝贝来。在那时候，菩萨跟这位婆罗门学这本领。有一天，婆罗门带着菩萨，离开自己的村子，到支提国去，想办什么事。在半路上一个森林里，住着五百个叫作派人取款赎票者的强盗，在那里拦路抢劫行人。他们逮住了菩萨和吠陀婆婆罗门。他们为什么叫作派人取款赎票者呢？因为，如果他们逮住两个人，就派其中一个去取款；所以他们就被叫作派人取款赎票者。如果他们逮住一父一子，他们就告诉父亲说："你去取款给我们，来赎你的儿子吧！"如果他们逮住一母一女，他们就用同样方法把母亲派走。如果他们逮住一兄一弟，他们就把哥哥放走。如果他们逮住一师一徒，他们就把徒弟派走。这一回，他们逮住了吠陀婆婆罗门，就把菩萨派走。菩萨对师傅敬过礼以后，说道："我一两天就会回来。你不要害怕。可是一定要按照我的话办事。今天，天上的星宿就会排列成能像下雨般地下财宝的形式。千万不要因为一时忍受不住痛苦而念咒语使财宝下降；如果你让财宝下降的话，你就会倒大霉，五百个强盗也一样。"这样对师傅说了以后，他就离开这里取款去了。太阳落山的时候，强盗们把婆罗门捆起来，就躺下了。正在这时候，一轮满月从东边天边升了起来。婆罗门仰观天象，自己心里想道：

---

　　* 本篇采用季羡林先生的译文。

"天上的星宿正排列成能下雨般地下财宝的形式,我为什么还受这个罪呢?只要我把咒语一念,宝贝就会下雨般地落了下来,我把财宝送给强盗们,我就能够自由自在地走路了。"他对强盗们说道:"喂,强盗们呀!你们为什么把我逮住呢?""先生呀!为了钱财嘛。""如果你们只是想要钱的话,那么请放开我,在我头上淋上水,给我穿上新衣服,给我涂上香,戴上鲜花,让我站在这儿。"强盗们按照他的话做了。婆罗门看到星宿已经排列成那个样子,口念咒语,眼望苍天。天空上立刻就落下一些宝贝来。强盗们把财宝捡起来,用上衣包了一包,就走了。婆罗门也跟着他们,向前走去。可是这些强盗给另外五百个强盗逮住了。他们问道:"你们为什么逮住我们呢?"那些人说道:"为了钱嘛。""如果你们只是为了钱的话,把那个婆罗门逮住吧。他仰观天空,财宝就会下雨般地落下来。这些钱财也是他给我们的。"这些强盗把那些强盗放走,逮住婆罗门,说道:"也给我们钱吧。"婆罗门说道:"再等上一年,等到天上的星宿排列成能够让财宝下雨般地往下落的样子的时候,我就会给你们钱。想要钱,就请等一等;到那时候,我会让财宝下雨般地落下来。"强盗们大怒,说道:"喂,你这个可恶的婆罗门呀!你让财宝下雨般地落给别人,却让我们再等上一年!"他们用一把锋利的刀子把婆罗门砍成两段,丢在大路上,快步追上那些强盗,同他们打了一仗,把他们都杀掉,抢了钱财;然后他们又分成两队,互相交手,一直到二百五十人被杀掉。他们用这种方法,一直互相残杀下去,最后只剩下两个人。就这样,一千个人毁灭了。现在,这两个人想法把财宝搬走,藏在一个村庄附近的灌木丛里,一个人手里拿着刀子,坐在那里保护财宝,一个人到村子里去找米做饭。常言道:"贪心不足就是毁灭的根源。"看守财宝的那个人想道:"他回来以后,财宝就要分成两份。我用刀子把他杀掉怎样呢?"于是他就佩上刀子,坐在那儿,等他回来。另外那个呢?他也想道:"这些财宝要分成两份。我把毒药放在饭里,给那家伙吃,把他毒死,自己独吞财宝怎样呢?"饭熟了以后,他自己先吃饱,把毒药放在剩饭里,拿着,走回来。他刚把饭放下,另外那个人就用刀把他砍成两段,把尸体藏在一个隐蔽的地方,吃了那些饭,立刻一命归阴。就这样,为了钱财,所有的人都死了。过了一两天,菩萨带着钱回来了。在那地方,看不见师傅,却看到财宝散乱地丢在地上,他心里想:"一定是师傅没有听我的话,让财宝下雨般地落了下来,结果大家都完蛋了。"他沿着大路走去。走着走着,看到师傅在大路上被砍成两段,心里想:"没有听我的话,死了。"他捡了一些木头,堆成一堆,把师傅火化了。掐了一些树林子里的花,向师傅致敬。又走向前去,看到死了的那五百个人;再往前走,看到那死了的二百五十个人;就这样,一步一步地最后看到两个死人,他心里想:"一千个人死得只剩下两个,还应该有两个强盗活着;他们俩也不会控制住自己,可是他们到哪里去了呢?"走着走着,他看到他们俩带着财宝转入树丛里去的那条路;再往前走,就看到捆成一包一包的那些财宝;一个强盗把饭钵丢掉,死在那里。"他们原来干的是这样的事呀!"一切他都了解了,"另外那个家伙到哪里去了呢?"他找呀找呀,最后在那个隐蔽的地方看到他被人丢在那里。他心里想:"我的师傅没有听我的话,他刚愎固执,结果自己死掉了,而且还毁灭了另外一千个人。那些用不正当的手段,没有理由而想发财的人,会倒大霉,我的师傅就是这样。"他念了这一首偈颂:

> 用不正当的手段发财,
> 谁这样想谁就会倒霉;
> 强盗们杀死了吠陀婆,
> 结果自己也把自己毁。

菩萨这样说过以后,又说道:"正如我的师傅用非正当的方法,在非正当的地方,努力使财宝下降,因而毁灭了自己也毁灭了别人那样,谁要是想用非正当的方法获利,谁就自取灭亡,也给别人带来毁灭。"他说话的声音响彻森林,他用上面那一首偈颂来说法,神灵们欢呼赞同。他想法把财宝带回家去,广行布施,还做了许多善事,这样过了一辈子,死后升入天堂。

星宿本生

古时候，梵授王在波罗奈治理国家的时候，有个城里人选中一个乡下姑娘，定下了娶亲日子，然后去询问自己家族的一个苦行者："尊者，今天我们要娶新娘，你看看星宿吉利不吉利？"这苦行者很生气，心想："他们自己随意定了婚期，现在才来问我。我要拆散他们的美满姻缘。"于是他说道："今天星宿不吉利。如果你们娶亲，必将大祸临头。"他们听信了苦行者的话，没有去娶亲。乡下人见他们没有来，说道："他们定好了今天娶亲，却又不来，怎么能这样耍弄人？"于是，把姑娘嫁给了另外一个人。

第二天，城里人来到乡下娶亲。乡下人说道："你们城里人不讲信用，定下了娶亲日子，却不来接新娘。见你们不来，我们已经把姑娘嫁别人了。""我们问了苦行者，他说星宿不吉利，所以我们没有来。把姑娘给我们吧！""因为你们没有来，我们已经把姑娘嫁给别人，现在怎么能把嫁了人的姑娘再给你们呢？"正当他们争执不下，城里一位智者有事来到乡下。他听见城里人解释说"我们问了苦行者，得知星宿不吉利，才没有来"，就开口说道："这关星宿什么事？娶新娘这件事本身就是吉祥的星宿。"说罢，念了这首偈颂：

> 祈望吉祥星，失却吉祥女；
> 吉祥自吉祥，不关星宿事。

虽经交涉，城里人也没能得到那个姑娘，只得回城去了。

果子本生

　　古时候,梵授王在波罗奈治理国家的时候,菩萨转生在商主家里,长大成人后,带着五百辆车经商。一次,他们沿着大路来到一个森林。在森林口,菩萨召集众人,告诫道:"这个森林里长有毒树,所以,你们遇到过去从未见过的任何树叶花果,在没有问过我之前,千万别吃。""遵命!"商人们答应后,开始进入森林。

　　在森林口有个村庄,村口有棵无名果树。它的树干、树枝、树叶、花朵和果子,全都很像芒果树。它的果子不管是生的还是熟的,不仅色泽和形状与芒果相像,而且香味和滋味也很像。但是,一旦吃了这种果子,就像吞下烈性毒药,能致人丧命。走在前面的一些贪心汉,以为这是芒果树,摘下果子就吃。而另一些人却说道:"我们还是问过商队长再吃。"于是,他们手里拿着果子,等候在树旁。商队长来了,他们问道:"尊者! 这些芒果我们能吃吗?"菩萨知道这不是芒果树,劝阻他们说:"这棵所谓的芒果树其实是无名果树,万万吃不得!"菩萨又让那些已经吃了果子的人呕吐出来,再给他们吃四种甜食,消除病毒。

　　以前,曾有商队歇在这棵树下,以为这些毒果是芒果,吃后都送了命。村民们第二天出来,看见那些死尸,便拽着他们的脚,拖到隐蔽的地方埋掉,然后将他们的全部财物连同车子一起取走。这一天,太阳升起时,村民们迅速来到那棵树下,心想:"那些牛、那些车、那些货物都要归我们了。"可是,他们发现商人们安然无恙,便问道:"你们怎么知道这棵树不是芒果树?""我们是不知道,可是我们的商队长知道。"村民们就问菩萨:"智者啊! 你怎么知

道这棵树不是芒果树?"菩萨回答道:"我凭两条理由知道。"他念了这首
偈颂:

> 这树不难爬,离村又很近,
> 凭此我知道,果子伤人命。

菩萨对众人说完法,平安地踏上旅程。

猴王本生*

　　古时候,梵授王在波罗奈治理国家的时候,菩萨转生为猴。它长大以后,个子像马驹那样大,力大无穷。它独自住在一条河边上。河中间有一个小岛,上面长着各种各样的果树,芒果、菠萝蜜等等。菩萨力大无穷,像一头象一样强壮,它从河岸上纵身跳起来——在小岛的这一面,河中间,有一块石头从水面上露出来——它先跳到这上面,然后再从这里纵身跳起,跳到那个小岛上。它在这里吃各种各样的果子,到了晚上,再用同样的方法回到自己的住处去,住在那里;第二天,仍然这样干。它就用这种方法来谋生。在这时候,有一条鳄鱼,带了老婆,住在这条河里。它的老婆看到菩萨来回地跳,很想吃菩萨心上的肉,就对鳄鱼说道:"好人哪! 我很想吃这个猴王心上的那一块肉。"鳄鱼说道:"好吧,你会得到它的。今天晚上,当它从小岛上跳过来的时候,我就把它逮住。"说完,它就跑到那块石头上,躺在那里。菩萨度过了一天,到了晚上的时候,站在小岛上,看着那一块石头,自己心里想:"这一块石头现在似乎高了许多,这是什么原因呢?"水有多么深,石头有多么大,他是清清楚楚的,因此,他就想道:"今天这条河里的水既没有落,也没有涨;可是这块石头看起来却大了不少,难道有一条鳄鱼趴在那儿想等着逮我吗?"他又想道:"且让我试探一下。"于是他就站在那里,仿佛是想同石头说话一样,喊了一声:"石头呀!"没有得到回答,他又喊了一声:"石头呀!"
"为什么石头不回答我呢?"猴王又喊道:"石头呀! 为什么你今天不回答我

　　* 本篇采用季羡林先生的译文。

呢?"鳄鱼心里想道:"往日这一块石头一定是回答猴王的,我现在也回答吧。"于是就说道:"什么事呀,喂,猴王!""你是谁呀?""我是一条鳄鱼。""你趴在那儿干吗呀?""我想要你心上那块肉。"菩萨想道:"我没有别的方法逃走了,今天我只好骗一下这条鳄鱼了。"于是它就对它说道:"朋友鳄鱼呀!我就要把自己送给你了,请张开嘴,等我跳过去的时候,你就把我逮住!"因为鳄鱼们一张开嘴,就要闭上眼睛;所以,当它丝毫没有怀疑而张开嘴的时候,它的眼睛就闭上了。它于是就张着嘴闭着眼趴在那儿。菩萨看到这情况,一下子从小岛上跳起来,跳到鳄鱼头上,又从这里一跃,像打了一个闪一样,就到了对岸。鳄鱼看到这令人吃惊的事情,心里想道:"这个猴王干了一件十分惊人的事。"它说道:"喂,猴王呀! 在这个世界上,具有四种德行的人就能制服敌人;而你身上就具有所有四种德行,我是这样想的。"它念了这一首偈颂:

> 谁要是像你一样,猴王!
> 具备着这四种德行:
> 真诚、正直、坚毅、牺牲,
> 他就能把敌人战胜。

鳄鱼这样赞美了菩萨,就回到自己的窝里去了。

三法本生

　　古时候,梵授王在波罗奈治理国家的时候,提婆达多①转生为猴子。它住在喜马拉雅山,抚养着一群自己亲生的小猴子,但想到这些猴子长大后会取代它为王,心生恐惧,就用牙齿把它们都阉了。

　　恰在那时,菩萨投胎到一只母猴腹中。母猴知道自己怀孕,为了保护自己的婴儿,躲到山脚的森林里去。母猴妊娠期满,生下菩萨,菩萨长大后聪明伶俐、身强力壮。一天,它问母亲道:"妈妈,我的父亲在哪里?""孩子,它住在一个山麓,抚养着一群猴子。""妈妈,带我到它那里去吧!""孩子,你不能到你父亲那里去,因为它害怕自己的亲生儿子们会取代它为王,用牙齿把它们都阉了。""妈妈,带我去吧! 我知道该怎么办。"母猴带着儿子来到父猴跟前。父猴一见到自己的儿子,就想:"我不能让它长大了取代我为王。我现在就应该把它除掉。我要假装拥抱它,使劲把它挤死。"于是说道:"过来,孩子! 这么长时间,你上哪儿去了?"它装出拥抱的样子,使劲挤菩萨。然而,菩萨力大如象,也使劲挤父猴,挤得父猴的肋骨都快断了。父猴思忖道:"这猴子长大了会杀死我的。我能想个什么办法先杀死它呢?"后来,它想出了办法:"附近有个池塘,里边住着罗刹②。我可以让那里的罗刹吃掉它。"于是,对菩萨说道:"孩子! 我年迈体衰了,我要把这群猴子移交给你管辖,今天就立你为王。这儿附近的池塘里,盛开着两种白莲、三种青莲和五种红

----

　　① "提婆达多"(devadatta,也译"调达""天授"),是释迦牟尼叔父斛饭王之子,随释迦出家为弟子,后自称"大师",另立僧团,反对释迦。
　　② "罗刹"(rakkhasa)是妖魔。

莲,你去采些来!""好吧,父亲! 我这就去。"菩萨来到池塘,但是,它没有立即走下池塘,而是先观察周围的脚印,发现只有下去的脚印,没有上来的脚印。它想:"这个池塘里肯定有罗刹。父亲自己不能杀死我,想借罗刹之手杀死我。不过我不下池塘,照样能采莲花。"它走到一个干燥的地方,使劲一蹦,跳到对岸,在空中采了两朵莲花,然后以同样的方法跳回来,再采两朵莲花。它就这样,在两边跳来跳去地采莲花,没有落入罗刹的魔掌。它一直跳到跳不动了,就将采来的莲花归拢到一处,堆成一堆。罗刹思忖道:"我在这里住了这么久,从未见过如此聪明的智者! 它采够了自己需要的莲花,却没有落入我的禁区。"于是,劈开水面,露出身子,走近菩萨,说道:"猴王啊! 在这世界上,谁具备三法,谁就能克敌制胜。看来,你是具备了三法的。"说罢,念了这首偈颂:

> 谁具备这三法:敏捷勇敢聪明,
> 同你猴王一样,定能克敌制胜。

水中罗刹用这首偈颂赞美了菩萨之后,问道:"你采这些花,为的什么?""父亲要立我为王,所以我来采花。""像你这样的高贵者不必自己拿花,我来替你拿。"说罢,罗刹抱起这堆莲花,跟在菩萨身后走着。父猴在远处看见这情形,心想:"我派它去采莲花,原想让罗刹吃掉它,可现在它却让罗刹抱着莲花回来了。这下我完了。"顿时心碎七瓣,倒地而死。其他的猴子都聚在一起,立菩萨为王。

鼓声本生

古时候,梵授王在波罗奈治理国家的时候,菩萨转生为鼓手,住在乡村。听说波罗奈正在举行喜庆活动,他想:"在喜庆集会上击鼓助兴,我可以赚些钱。"于是,他带了儿子到那里去击鼓助兴,赚了许多钱。他带着钱回村,路过一个住着强盗的树林。他见儿子不停地敲鼓,便劝阻道:"孩子,不要不停地敲,要有间歇,听起来像是官府大人出巡的鼓声。"虽然父亲这样劝阻儿子,但儿子说:"只要敲鼓,就能吓跑强盗。"依然不停地敲。强盗们开始听到鼓声时,以为是官府大人的鼓声,都逃散了,但在远处细听,这鼓声接连不断地在响,便怀疑这不是官府大人的鼓声。他们跑回来察看,发现原来是这么两个人,便把他俩打翻在地,抢劫一空。菩萨说道:"哎,就因为你不停地敲鼓,把我们辛辛苦苦挣来的钱都敲丢了!"说罢,念了这首偈颂:

切莫乱敲鼓,乱敲讨罪受;
敲鼓能挣钱,乱敲化乌有。

娘胎本生

　　古时候,梵授王在波罗奈治理国家的时候,菩萨投胎为王子,长大成人后,精通各种知识技艺。父亲死后,菩萨继承王位,依法治理国家。他常与大祭司一起玩掷骰子,玩的时候,总爱一边唱这首骰子歌,一边将金骰子掷在银盘上:

> 河流皆有湾,树林皆有木,
>
> 女子皆不贞,得机便轻浮。

　　这样,国王总是赢,而大祭司总是输。大祭司的家产渐渐输掉,他心想:"照这样输下去,我必定会倾家荡产。我必须找一个贞洁的女子,把她锁在家里。"转而又想:"我无法管住曾经见过其他男人的女子。我要找一个刚生下来的女婴,把她养大,让她只忠于我一个男人。这样,只要我对她严加防卫,我就可以从国王那里赢回自己的财产。"大祭司精通相面术。一天,他看见一个贫穷的孕妇,知道她将要生个女儿,便把她召来住下,供她生活花费,待她分娩后,给她一些钱财,打发她离去。此后,他把这个女孩交给女仆看养,不让她见到任何男子。因而,这个女孩长大后,完全操纵在大祭司一个人手里。

　　在这女孩长大之前,大祭司不与国王玩掷骰子。现在,女孩已经长大成人,而且受他控制,他便对国王说道:"大王啊!我们来玩掷骰子吧!"国王说道:"好吧!"就用过去的老方法跟大祭司玩掷骰子。当国王唱歌掷骰子时,大祭司说道:"除了我的女子。"从此,大祭司总是赢,而国王总是输。菩萨细细思量这事,猜想大祭司家里可能藏着一个只知道一个男人的女子。此事得到证实后,他决定设法破坏这个女子的贞节。他召来一个浪子,问道:"你能破坏大祭司的女子的贞节吗?""我能,国王!"国王给他一些钱吩咐道:"那么,你尽快办成这件事吧!"

浪子拿了国王的钱,采购了许多香火、香粉、香精,在大祭司家附近开了一只香料铺。大祭司的房子有七层楼,有七道门,每道门都设有女看守,除了这个婆罗门祭司,任何其他男人都不准进入,甚至垃圾箱也要经过检查才能放行。只有大祭司和一个老妈子能见到这个女子。老妈子常常出来替女主人买香料和鲜花,每次都要经过那浪子开的店铺。浪子打听清楚这个老妈子就是那个女子的贴身女仆。一天,看见老妈子走过来,他冲出店铺,跪在她的脚下,两手紧紧抱住她的双腿,哭喊道:"妈妈呀!这么长时间,你都上哪儿去了?"他事先买通的一帮同伙,站在一旁随声附和道:"这母子俩长得真像哟!手像,脚像,脸像,体型像,连姿态都像!"这老妈子被他们七嘴八舌说得晕头转向,以为这真是她的儿子,也失声哭了起来。他们俩抱头痛哭了一场。然后,那浪子问道:"妈妈,你住在哪里?""孩子,我住在大祭司家。大祭司有个仙女般的年轻妻子,美貌绝伦,我就是侍候她的。""现在你到哪儿去? 妈妈。""去给她买香料、鲜花什么的。""妈妈! 你何必要上别处去买呢? 我这里有,你以后来拿就是了。"他不收她的钱,给了她许多蒟酱叶、香料和各种鲜花。那女子看见老妈子带回来这么多香料和鲜花,问道:"妈妈!婆罗门今天怎么这样高兴呀?""你凭什么这样说呢?""凭这么多香料和鲜花。""这些不是婆罗门出钱买的,是我从我的儿子那里拿来的。"从此,这老妈子把婆罗门给她的钱归为己有,从那浪子的店铺里免费索取香料和鲜花。

过了几天,浪子装病躺下。老妈子来到店铺,看见他不在,就问道:"我儿子在哪儿?""你儿子生病了。"她走进浪子的卧室,坐在他的身旁,抚摩他的背脊,问道:"孩子,你怎么病了?"儿子沉默不语。"你怎么不说话?""妈妈,即使我快要死了,也不能跟你说。""孩子啊! 你不跟我说,跟谁说?""妈妈,我不是得了什么别的病,只是听你说起过你那女主人美貌绝伦,我犯上相思病了。我若能得到她，尚可活命；若不能得到她，必死无疑。""孩子，这事交给我了，你不要劳心伤神。"她安慰浪子之后，拿了许多香料和鲜花，回到女主人身边，说道："孩子啊！我的儿子听我说起过你美貌绝伦，竟然犯了相思病，这可怎么办呢？""如果你能把他带来，我给他机会。"

从此，这老妈子收集各个房间角落里的垃圾，装在花筐里运出去，遇上女看守要检查，就把垃圾倒在女看守跟前，吓得女看守赶紧躲开。就这样，谁要问她花筐里装的什么，她就把垃圾倒在谁的跟前。从此，不管她是进还是出，谁也不敢盘问她了。她就趁此机会，把浪子藏在花筐里，带到女主人身边。浪子破坏了那女子的贞节，在楼上呆了一两天。大祭司出门时，两人在家寻欢作乐；大祭司回来时，浪子就藏起来。一两天后，那女子对他说道："尊者，现在你该走了。""我想揍一下婆罗门再走。""那好吧！"她把浪子藏起来。婆罗门回来后，她说道："尊者，如果你弹琵琶，我愿意跳个舞。""好极了！亲爱的，你跳吧！"婆罗门弹起琵琶，那女子又说道："你看着我跳，我害羞。我要用块布蒙上你的脸再跳。""如果你害羞，那就蒙吧！"那女子拿了一块厚布，蒙住婆罗门的眼睛和脸。然后，婆罗门弹奏弦琴，那女子跳舞。她跳了一会儿，说道："尊者，我想打一下你的头。"这个溺爱妻子的婆罗门不知底细，答应道："你就打吧！"那女子向浪子做了个手势。浪子悄悄走过来，站在婆罗门身后，用胳膊肘猛捶了一下婆罗门的头。这一捶，婆罗门的眼珠差点迸出眼眶，头上顿时鼓起一个臌包。臌包很痛，婆罗门说道："把你的手给我。"那女子把手伸给他。"这双手软绵绵的，打起人来却变得硬邦邦的。"浪子打过婆罗门后，又藏了起来。等浪子藏好后，那女子揭下蒙在婆罗门脸上的布，取来油膏，替他按摩头上的臌包。然后，婆罗门又出门去了，那老妈子便把浪子藏在花筐里，带了出去。浪子到国王那里，禀告了全部经过。

这样，国王等大祭司来到身边时，说道："婆罗门！我们玩掷骰子吧！""好的，大王！"国王命人取来骰子盘，跟过去一样，先唱骰子歌，后掷骰子。婆罗门不知道那女子已经失去贞节，照旧说道："除了我的女子。"尽管说了这句话，还是输了。国王心里明白，说道："婆罗门啊！怎么能除了你的女子？她已经失去贞节。你以为将女孩一出娘胎就锁在七层楼台里，就能管住她,其实,即使你将她藏在你的肚子里,带着她进进出出,也不能管住她。没有一个女子是忠于一个男子的。你的女子对你说她想跳舞,你便弹琵琶伴奏,而她用布蒙住你的脸,让她的情夫用胳膊肘打你的头,然后再送走情夫。现在,她怎么还能够除外呢?"说完,念了这首偈颂:

> 身为婆罗门祭司,这样蒙面弹琵琶,
>
> 妻子娘胎里收养,女子谁还敢信任?

菩萨这样对婆罗门祭司说法。婆罗门听后,回到家里,问那女子是否真的犯下这等罪孽。"尊者,这是谁说的? 根本没有这回事。确实是我打的你,没有旁人。我可以起誓:'除了你,我没有接触过任何男人的手。'然后跳入火中,向你证明我的清白。"婆罗门说道:"那好吧!"他吩咐人垒起柴堆,点燃后,召来那个女子,说道:"如果你是清白的,就跳进火里去吧!"

那女子在被召来以前,已经嘱咐她的老妈子说:"妈妈! 快去叫你儿子来,让他在我就要跳入火中的一刹那,抓住我的手。"老妈子照办了。浪子来后,挤在人群中。那女子存心要捉弄一下婆罗门,站在人群中,说道:"婆罗门啊,除了你,我没有接触过任何男人的手。我说的是真话,请大火不要焚烧我!"说罢,就要跳入火中。就在这一刹那,浪子窜上前来,一把抓住她的手,喊道:"大家请看婆罗门大祭司的这种行为,竟然要让这样一个女子跳进火里!"那女子甩开浪子的手,对大祭司说道:"尊者,我的誓言被破坏了,我不能跳入火中了。""为什么?""我的誓言是:'除了我的丈夫,我没有接触过任何男人的手。'现在,这个男人抓过我的手了。"婆罗门明白自己上了她的当,把她打了一顿,轰出家门。

枣椰本生

    古时候,梵授王在波罗奈治理国家的时候,菩萨出家当隐士,在恒河边盖了一间净修屋。他获得八定和五神通,享受着禅思之乐。

    那时,波罗奈商主有个女儿,人称"刁娘"。她生性暴戾,经常打骂奴仆。一天,奴仆们带她到恒河去玩耍,一直玩到太阳落山,乌云升起。游客们一见乌云,都赶紧回家了。刁娘的奴仆们说道:"今天,让我们看看这个女人的下场!"便把刁娘推进深水,撇下她走了。大雨降临,太阳沉没,夜幕笼罩。商主见奴仆们没有带女儿回家,问道:"我女儿哪儿去了?""她从恒河里上来后,我们不知道她跑哪儿去了。"家里人到处寻找,也不见踪影。

    刁娘被水流席卷而下。她大声呼救,午夜时分漂到菩萨的净修屋附近。菩萨听到呼救声,心想:"这是一个女子的声音,我应该救她。"他拿着火把,走到河边,看见了那个女子,安慰她道:"别害怕,别害怕!"菩萨浑身是劲,力大如象,蹚入河中,救起那女子,把她带回净修屋,生火给她取暖。待她身子祛寒后,端给她各种各样的甜果子。等她吃完果子,菩萨问道:"你家在哪儿?你怎么会掉在恒河里呢?"她把事情经过说了一遍。菩萨说道:"那你暂且先住在这里吧!"他让那女子住在净修屋里,自己则住在野外。两三天后,菩萨对那女子说道:"现在,你该回家了。"那女子心想:"我要让这苦行者破戒,然后才回家。"她不肯离去。天长日久,她施展女性的妖娆妩媚,终于使苦行者破了戒。菩萨不再打禅入定,带着那女子住在森林里。后来,那女子对他说:"尊者,我们干吗住在森林里?到有人烟的地方去吧!"菩萨就带她到边境村庄,靠卖枣椰维持生活,并由此得名为"枣椰贤士"。村民们给他钱，安排他俩住在村头的茅屋里，说道："你就住在这里为我们占卜吉凶吧！"

那时，山上的盗匪经常骚扰边境。一天，盗匪来到这个村子抢劫，逼迫村民背着钱财衣物上山，也带走了商主的女儿。到了匪巢，盗匪放走其他的村民，只留下商主的女儿。匪首贪恋她的姿色，收下她做压寨夫人。

菩萨问道："那女子在哪儿？""匪首抢去做压寨夫人了。"菩萨听后，心想："没有我，她在那里无法生活。她会逃回来的。"因而菩萨依旧住在那个村子里，等待她回来。而那商主的女儿心想："我在这里称心如意，万一哪天枣椰贤士想出什么办法来把我带走，我的舒服日子就完了。我何不派人捎个信去，用甜言蜜语把他骗来，杀掉他。"于是，她派出一个人，给菩萨捎信说："我在这里很痛苦，请枣椰贤士来把我带回去。"菩萨听到这个讯息，信以为真，赶到山寨，站在寨门前，请人通报。商主的女儿出来，见了菩萨，说道："尊者，如果我们现在就走，匪首会追赶我们，把我们俩都杀死的。等天黑以后，我们再走吧。"她把菩萨带进去，请菩萨吃饭，然后将菩萨藏在什物间里。

夜晚，匪首回来。等匪首喝完酒，商主的女儿开口说道："尊者，一旦你见到你的仇敌，你怎样处置他？"匪首回答说，他将如此这般处理。"那么，远在天边，近在眼前，他现在就藏在什物间里。"匪首拿了火把，进入什物间，抓住菩萨，把他推倒在房间中央，随心所欲地拳打脚踢。虽然遭到毒打，菩萨不喊不叫，只是喃喃自语道："狠毒残忍，忘恩负义，居心叵测，背信弃义。"匪首打完后，将菩萨绳捆索绑，扔在一旁，自己去吃晚饭，然后睡觉。

第二天，匪首从酒醉中醒来，又开始毒打菩萨。菩萨依旧只说那四句话。强盗心想："我如此这般打他，他什么话也不说，只是念叨那四句话。我倒要问问他。"于是问道："喂，我这样打你，你怎么老是说那四句话？"枣椰贤士回答道："那你听着！"他从头至尾把事情缘由讲了一遍："以前，我是隐居林中的一个苦行者，已经得到禅味①。一天，我从恒河里救起那女子，照顾她。后来，她贪恋我，破坏了我的禅思。我带她离开森林，住到边境村庄，供养她。她被强盗带到这里。她派人给我捎信说：'我在这里很痛苦，请你来

---

① "禅味"指沉思入定的快乐。

把我带回去。'这样,我就落入你的手中。由于这个缘故,我才说那四句话。"
匪首听后,心想:"她对品德如此高尚的恩主都敢下毒手,何况对我呢? 这样
的女人该杀。"他安慰了枣椰贤士后,叫醒商主的女儿,手持利剑,说道:"我
要在寨门口处死那人。"他带着商主的女儿来到寨门口,吩咐她用手按住枣
椰贤士。匪首举起剑,乍看像是要杀枣椰贤士,而一剑下去,却把那女人斩
成两截。然后,匪首让枣椰贤士沐浴,用丰盛的菜肴款待他。几天后,匪
首问枣椰贤士:"现在,你准备上哪儿去?"枣椰贤士回答道:"我本不该混迹尘
世,我要出家当隐士,住在森林里。"匪首说道:"我也要出家。"这两人一起出
家,隐居森林,获得了五神通和八定,死后升入梵界。

膝下本生

古时候，梵授王在波罗奈治理国家的时候，有三个人在森林口耕地，一切如上所述①。国王问道："这三个人中，你愿意要哪个？"妇女问道："国王啊！你不能把三个人都还我吗？""是的，不能！""假如不能把三个人都还我，那就把我的弟弟还我吧！""要你的丈夫或儿子吧！干吗要你的弟弟？""国王啊！丈夫和儿子容易再得到，而弟弟再也得不到了。"说罢，念了这首偈颂：

> 路上再觅夫，膝下又获儿，
> 弟弟命归阴，天涯何处寻？

国王听后，满心欢喜，说道："她说得对。"吩咐把那三个人从监狱里提出来，交给这妇女。她带着丈夫、儿子和弟弟回家去了。

---

① 根据本篇今生故事中的叙述，这三个人被官兵当作强盗抓走。一位妇女前来请求国王释放这三个人。国王问道："这三个人跟你有什么关系？"妇女答道："一个是我的丈夫，一个是我的弟弟，一个是我的儿子。"

有德象本生

古时候,梵授王在波罗奈治理国家的时候,菩萨投胎为喜马拉雅山的象。它一出娘胎,浑身雪白,犹如一团银子;眼睛明亮,犹如一对宝石;嘴巴像红袍;鼻子像点缀着赤金的银环;四条腿仿佛刷过油漆。这样,它十全十美,英俊无比。长大后,整个喜马拉雅山的象都跟随它。因此,它跟八万头象一起住在喜马拉雅山上。后来,它发现象群中有犯罪行径,便离开象群,独自隐居森林。由于它恪守戒律,被称为有德象王。

那时,波罗奈有个务林为生的人,进入喜马拉雅山寻找自己的生计。他迷失方向,在山上徘徊,由于害怕死去,伸出双臂,大声哭泣。菩萨听到他的哀号,心生怜悯:"我要解除这人的困境。"它走近这人。这人一见大象,慌忙逃跑。菩萨见他逃跑,就站在原地不动。这人见菩萨停步,也跟着停步。菩萨再往前走,他又逃跑。菩萨又停步,他也跟着停步。这人心想:"这头大象,我逃跑时,它停步,我停步时,它走来。它不像要伤害我,倒像要救助我。"于是,他大胆地站着不动。菩萨走到他跟前,问道:"人友啊!你为什么在这里徘徊哭泣?""尊者啊!我不辨方向,迷失道路,生怕死在这里。"菩萨把他带到自己的住处,用各种果子款待他。几天后,菩萨对他说:"人友啊!别害怕。我送你到行人来往的大路上去。"菩萨让他坐在自己背上,送他到大路上去。这个无情无义的人暗暗思忖:"如果有人问起大象,我就告诉他们。"因而,他坐在象背上,一路上默记树木和山丘的标志。菩萨把他带出森林,到达通往波罗奈的大路,说道:"人友啊!请上路吧。不管人家问不问你,都不要把我的住处说出去。"送别了这人,菩萨回到自己的住处。

　　这人回到波罗奈,东游西逛,来到象牙街,看见工匠们正在雕刻象牙。他问工匠:"如果有活象的象牙,你们收吗?""先生,这还用问? 活象的象牙比死象的象牙值钱多了。""那么,我将带给你们活象的象牙。"他带上干粮,拿了锯子,来到菩萨的住处。菩萨见到他,问道:"你来这儿有事吗?""尊者啊! 我家境贫寒,难以维生,前来求你给我一小块象牙。如果你肯给的话,我可以拿去变卖了,糊口度日。""行啊,朋友! 我可以把象牙给你,如果你带着锯象牙的锯子。""我是带着锯子来的,尊者!""那你就用锯子锯下象牙,拿走吧!"菩萨蜷起腿,像牛一样俯伏在地。这人把两只象牙的顶端部分锯了下来。大象用鼻子卷起象牙,说道:"人友啊! 并不是我不喜爱、不珍惜这对象牙,才把它们送给你。我千倍万倍地珍爱这对无所不知、无所不晓的象牙。我把这对象牙给你,但愿我从此无所不知。"它把这对象牙作为取得无所不知而付出的代价,给了这个人。这人把这对象牙拿回去,变卖了。等钱花光后,他又来到菩萨跟前,说道:"尊者啊! 你给我的象牙,变卖之后,得到的钱只够偿还我的债务。请把你剩下的象牙也给我吧!"大象同意道:"好吧!"依照上次的方法,它让这人锯下象牙的剩余部分,给了他。他变卖之后,又来了,说道:"尊者啊! 我穷得没法活了,把你的象牙根也给我吧!"菩萨说道:"好吧!"跟先前一样俯伏在地。这恶人踩着大士银环似的鼻子,爬上盖拉瑟山峰似的颞颥,用脚后跟猛踹牙床。踹开牙肉后,骑在颞颥上,用锋利的锯子锯下象牙根。然后,看也不看菩萨一眼,拿着象牙根,径自走了。二十九万四千由旬的大地能够承受沉重的须弥山诸峰和污秽腥臭的垃圾粪便,而这时仿佛承受不住这个恶人的罪孽,裂开了一个大缺口。无间地狱①喷出烈焰,犹如用裹尸布裹尸,吞没了这个忘恩负义之徒。就这样,这恶人堕入了地狱。住在这个森林里的树神说道:"这种忘恩负义的家伙,即使封他为转轮王,他也不会知足的。"树神宣讲的法音在整个森林回响,他念了这首偈颂:

---

① "无间地狱"(avīci)是八大地狱之一,也译"阿鼻地狱"。

忘恩负义者,永远堕地狱;

大地全给他,也不会满足。

这样,树神以响彻森林的声音说法。菩萨活够岁数,按其业死去。

箴言本生

　　古时候,梵授王在波罗奈治理国家。他的儿子得名"恶少"。他像受惊的毒蛇一样凶狠残暴,对谁都是开口就骂,动手就打。里里外外的人都怕他,厌恶他,把他视为眼中的砂粒、吃人的魔鬼。

　　一天,他想玩水,带了一帮随从来到河边。这时,乌云升起,大地昏暗。他对奴仆们说道:"嗨,来吧,带我到河心去,替我洗澡,再把我带回来。"他们把他带到河心,然后一起商议道:"不管国王怎么处置我们,我们还是趁此机会把这恶人结果了吧!"于是,他们把他推入水中,说道:"去你的吧,黑耳朵!"他们回到岸上,侍臣问道:"王子在哪儿?"他们回答道:"我们没有看见王子。也许他看见乌云升起,自己上岸,先回去了。"侍臣回到国王那里。国王问道:"我的儿子在哪儿?""大王啊! 我们不知道。乌云升起,我们以为他先回来了,于是,我们也回来了。"国王吩咐打开城门,亲自来到河边,下令寻找王子,但找遍各处,不见王子踪影。王子在乌云密布、大雨瓢泼之时,已被河水卷走,后来遇见一截浮木,便趴在上面,顺流而下,因害怕淹死而哀声呼号。

　　那时,在波罗奈有位商主,在这河边埋了四亿钱财,由于留恋这笔钱财,死后转生为一条蛇,定居在这堆钱财上面。另外有一人在同一地方埋了三亿钱财,也由于留恋这笔钱财,转生为一只老鼠,住在这里。泛滥的河水灌入它们的洞穴。它们逃出洞穴,逆流而行,遇见王子趴着的那截浮木,于是蛇爬上浮木的这一头,老鼠爬上浮木的另一头。在这河边还有一棵木棉树,树上住着一只小鹦鹉。这树被急流连根拔起,卷入河中。在滂沱大雨中,小鹦鹉不能飞翔,也躲到这截浮木上。这样,这四位一起顺流而下。

那时,菩萨转生在迦尸国西北部的婆罗门家族,长大成人后,出家当隐士,在这河边盖了一间树叶屋住下。半夜,他独自踱步时,听到王子的哀哭声,心想:"像我这样善良仁慈的苦行者,不能眼看那人淹死。我要拉他出水,救他一命。"于是,菩萨安慰王子道:"别怕,别怕!"他蹚入河中,抓住浮木的一头。他力大如象,一口气就把浮木拉到岸边,将王子抱到岸上。他看见浮木上还有蛇、鼠、鹦鹉,也把它们抱起,带回他的树叶屋。他生起火,心想:"这些小生命更加虚弱。"于是,先给蛇、鼠、鹦鹉取暖,然后给王子取暖。等他们恢复元气后,他端来各种果子,也是先给蛇、鼠、鹦鹉,然后给王子。王子暗想:"这可恶的苦行者,不尊敬我王子,反倒尊敬这些动物。"对菩萨怀恨在心。

几天后,他们全都恢复了体力。洪水退去时,蛇向苦行者敬礼说道:"尊者啊!你对我恩重如山,我很富有,我有四亿钱财埋在某处,如果你需要的话,只要到我那里叫唤一声'蛇啊',我就全部送给你。"说完,告辞走了。老鼠也同样向苦行者敬礼说道:"你只要到我那里叫唤一声'鼠啊'。"说完,也告辞走了。接着,鹦鹉向苦行者敬礼说道:"尊者啊!我没有钱财。假如你需要白米,请到我的住处叫唤一声'鹦鹉',我就召集我的同胞捡拾白米,装满几车送给你。"说完,也告辞走了。最后,那个视友为敌的王子走上前来,没有向苦行者敬礼谢恩,心里想着:"等他到我那里去,我就杀掉他。"嘴上却说:"尊者啊!等我当上国王,请你到我那里去,我将供给你衣服、饮食、房舍、汤药。"说完,告辞走了。他回去后不久,登上了王位。

菩萨心想:"我要考验考验他们!"于是,首先来到蛇那里,站在不远处呼唤道:"蛇啊!"话音刚落,蛇就出来,向菩萨敬礼说道:"尊者!四亿钱财都在这里,你掘出来全部拿走吧!"菩萨说道:"就这样放着吧!我需要的时候,会记得这里有钱财。"菩萨转身来到老鼠那里叫唤,老鼠也应声而出。菩萨又转身来到鹦鹉那里,叫唤道:"鹦鹉!"鹦鹉应声从树顶飞下,向菩萨敬礼说道:"尊者!我立即召集我的同胞,上喜马拉雅山麓为你捡拾天生的白米。"菩萨说道:"这次不必。等我需要的时候,我会找你的。"菩萨告别鹦鹉,心想:"现在我要考验考验那个国王了。"他来到御花园住下。次日,他穿戴整齐,进城行乞。这位视友为敌的国王恰好坐在富丽堂皇的国象背上,在侍从簇拥下,向城市右绕行礼。他远远望见菩萨,心想:"这个可恶的苦行者到我这里来了。他来是想住在这里。我要乘他还没有向众人说出他对我的恩典,先砍下他的头。"于是,他招呼侍从,侍从问道:"大王,有何吩咐?""我想,那个可恶的苦行者是来向我行乞的。不准这个晦气的苦行者来见我。把他抓住,捆起来,在每个十字路口鞭打他,押往城外刑场,将他脑袋砍下,将他身子钉在木桩上。"侍从们说道:"遵命!"便去将这无辜的大士捆绑起来,押往刑场,每逢十字路口就鞭打他。菩萨一次又一次遭到鞭打,但他不呼爹唤娘,只是重复地念这首偈颂:

> 人们说得对:世上有些人,
>
> 你若救他命,不如捞浮木。

每遭鞭打,菩萨就念这首偈颂。那里的一些智者听后,问道:"出家人啊! 你给了我们的国王什么恩典?"菩萨就把事情经过讲了一遍,最后说道:"我把那人从洪水中救出来,却给自己招来这等灾祸。我后悔自己没有记住先贤的箴言,故而念这首偈颂。"听完菩萨的话,刹帝利、婆罗门等全城居民义愤填膺,说道:"这个无情无义的国王,对自己的救命恩人居然毫不感恩。这样的国王怎能为我们造福呢? 去把他抓起来!"于是,他们从四面八方蜂拥而上,用弓箭、梭镖、石块、棍棒等等武器,杀死坐在国象上的国王,倒拖他的双脚,把他扔进沟壑。然后,他们为菩萨灌顶,立他为王。

菩萨秉公治国。一天,他又想考验蛇、鼠和鹦鹉,便带着一群臣仆,来到蛇的住处,叫唤道:"蛇啊!"蛇出来敬礼说道:"尊者! 这是你的钱财,拿去吧!"菩萨吩咐大臣们收下这四亿钱财,又来到老鼠那里,呼唤道:"鼠啊!"老鼠出来向菩萨敬礼,献出三亿钱财。菩萨吩咐大臣们收下,又来到鹦鹉的住处,呼唤道:"鹦鹉!"鹦鹉出来,向菩萨行触足礼,说道:"尊者! 我该为你收集大米了吧?"菩萨说道:"等我需要大米的时候,你再收集吧。来,我们一起回去!"于是,他带着七亿钱财,连同蛇、鼠、鹦鹉一起回到城里。他登上宫殿楼阁,藏好钱财。他为蛇造了金穴,为老鼠造了水晶洞,为鹦鹉造了金丝笼。每天用金盘盛放甜炒米供养蛇和鹦鹉,盛放香白米供养老鼠。他广行布施,做了许多善事。这样,他们四个和睦友爱地度过一生,按其业死去。

树法本生

　　古时候，梵授王在波罗奈治理国家的时候，第一任财神去世，帝释天又指定了另一位财神。这位新财神即位后，向树木、灌木、蔓藤宣布：可以自由选择住处。那时，菩萨转生为喜马拉雅山上一座娑罗树林中的树神。他对自己的亲属说道："你们选住处不要选空旷的地方，你们就在我所选的娑罗树林周围定居吧！"一些聪明的树神听从菩萨的话，在菩萨的住处周围定居。而另一些愚蠢的树神却说："我们干吗要住在森林里？我们要选择位于交通要道的村庄、城镇、首都的入口处作为我们的住处，因为住在村庄、城镇、首都附近的树神得到最多的祭品和最高的崇敬。"于是，他们选择交通要道上长着一些大树的空旷之地作为住处。

　　一天，风雨大作。在交通要道上，即使那些扎根很深的多年老树也被刮得叶落枝折，连根拔起。而在娑罗树林，那些树互相毗连，任凭风吹雨打，一棵树也没被刮倒。那些住处毁坏、无家可归的树神们携儿带女回到喜马拉雅山，把自己的遭遇告诉娑罗树林中的众树神。众树神把他们回来之事报告菩萨。菩萨说道："不听智者言，遭逢此灾难。"然后，菩萨念了这首偈颂，向众树神说法：

> 众木汇成林，任凭风吹打，
> 独木纵巍峨，枝折连根拔。

　　菩萨阐明了这个道理。以后，他按其业死去。

伊黎萨本生

　　古时候,梵授王在波罗奈治理国家的时候,波罗奈商主名叫伊黎萨,拥有八亿财产,而他集天下人之丑恶于一身:跛脚、驼背、斜眼、贪婪吝啬、毫无信仰。他的财产从不施舍他人,自己也不享用。他的家犹如罗刹把持的莲花池。他的祖先七代都是好施主,但他成为商主后,背弃家规,拆毁布施厅,殴打、驱赶求乞者,严密地守护着自己的财产。

　　一天,他去侍奉国王,回家途中,看见一个赶路劳累的农夫,手持酒壶,坐在凳上,将酸酒斟入碗中,以腥臭的鱼块下酒。这引起他喝酒的欲望,但转念一想:"假如我喝酒,大家都会向我讨酒喝,这样就要耗费我的钱财。"他忍住口馋,继续行路。可是,越走越忍不住,脸色发黄似破絮,周身青筋暴起。一回到家,就进入卧室,扑倒在床。妻子过来,抚着他的背问道:"夫君哪儿不舒服?"一切如上所述①。妻子说道:"那就只酿够你一个人喝的酒吧。"商主又想:"在家里酿酒,大家都会想喝。即使从市场上打酒,也不能坐在家里喝。"于是,他拿出一枚铜币,吩咐仆人从市场上打来一壶酒。然后,他让仆人提着这壶酒,跟随他出城到河边,进入大路旁的一片丛林,叫仆人放下酒壶,并说道:"你走吧!"他让仆人站在远处等候,自己斟满酒杯,开始喝酒。

　　商主的父亲由于生前广行布施,做了许多善事,死后升入天国,转生为帝释天。此刻,他正在寻思:"我的布施功德是否还在继续?"他发现儿子中

断了他的布施功德：背弃家规，拆毁布施厅，驱赶求乞者，贪婪吝啬，生怕别人讨酒喝，独自躲进丛林喝酒。于是他决定："我要去教训他，说服他，让他懂得因果报应，乐善好施，死后能够升入天国。"于是，他下降人间，化作伊黎萨商主的模样：跛脚、驼背、斜眼，进入王舍城，站在王宫门口，要求晋见国王。国王传旨请他进去。他向国王施礼，国王问道："大商主啊！现在不是晋见时间，你来这里有什么事？""大王啊！我家里有八亿钱财，请你派人取来，充实你的金库。""大商主啊！不必了。我金库里的钱财比你的多得多。""大王啊！如果你不接受，我就将这些钱财按照我的心愿广为布施。""商主，你布施吧！""遵命，大王！"他向国王行礼告辞，来到伊黎萨商主家。所有的仆人都来迎候他，但没有一个能够认出他不是伊黎萨。他进入家门，站在门槛里边，吩咐门卫道："如果有跟我长得一模一样的人来说'这是我的家'，要进来，你们就把他打出去。"说完，他登上楼阁，坐在华丽的椅子上，唤来商主的妻子，微笑着对她说："亲爱的，我们布施吧！"听了他的话，商主的妻子、儿女、奴仆等窃窃私语："好久以来，他连布施的念头都没有转过，今天可能因为喝了点酒，心里高兴，想要布施了。"于是，商主的妻子对他说道："夫君啊！按照你的心愿布施吧！""那么，请吩咐鼓手绕行全城，击鼓宣布：'谁想要金银珠宝等等财物，请上伊黎萨商主家去！'"商主的妻子照办了。许许多多的人提着篮子、口袋等蜂拥而来，聚在商主家门口。帝释天吩咐打开满藏七宝的库房，说道："我向你们布施，你们想要什么，就拿什么吧！"人们取出财宝，堆在大平台上，然后装进各自带来的容器，满载而归。其中有个乡下人，将伊黎萨商主的牛套在伊黎萨商主的车上，装满七宝，出城沿着大路行驶。就在那丛林不远处，他一边驾车，一边颂扬商主的功德："尊者伊黎萨商主，愿你长命百岁！由于你今天慷慨布施，我这一辈子不用操劳就可以过日子了。尊者啊！这是你的车，这是你的牛，这是你家的七宝，这一切都不是我的父母给我的，而是从你那里得到的。"

伊黎萨商主在丛林里听到这些话，心惊肉跳，心里寻思道："这家伙说的话里提到我的名字，难道国王把我的财产分给百姓了？"他走出丛林，认出是自己的牛和车，便上前拽住牛缰绳，喊道："你这奴才！这是我的牛，这是我的车!"那人从车上跳下,喊道:"你这狗奴才!伊黎萨商主正在向全城人布施,你干吗自己不去?"说罢,冲上去,用金刚杵般的拳头,猛揍商主的肩背,然后驾车走了。商主颤颤巍巍地从地上爬起,拍掉尘土,快步追上那辆车。那人又跳下车来,揪住商主的头发,使劲往下按,用胳膊肘猛捶,掐住他的喉咙,朝他追来的方向,把他推倒在地,然后驾车走了。这一下,商主酒醒了,他一瘸一拐赶到家门口,看到人们纷纷取走他的财物,他追这个,拦那个,嚷嚷道:"嗨!这是怎么回事?难道国王下令没收我的财产了?"遭到阻拦的人们殴打他,把他踩在脚下。他疼痛难忍,准备躲进家门,而门卫喝叱道:"你这个坏蛋,想到哪儿去?"说着,用竹鞭抽他,揪住他的脖颈,拽他出去。他想:"现在除了国王,没有人能保护我了。"他来到国王那里,问道:"大王啊!是你下令没收我的财产吗?""商主啊!我没有下令没收你的财产。不是你自己来说:'如果你不接受,我就将我的钱财广为布施。'然后你在全城击鼓宣布你要布施的吗?""大王啊!我没有上你这儿来说过这种话。你难道不知道我是爱财的?哪怕草尖一般大的油滴我也不肯给别人。大王啊!请你把那个布施者找来查问。"于是,国王派人找来帝释天。国王和大臣都分辨不出这两人的真假。吝啬鬼商主说道:"大王啊!他哪是什么商主?我才是商主。"国王说道:"我们认不出来。不知有谁能认出来?""大王啊!我的妻子能认出来。"国王派人找来商主的妻子,问道:"这两个人,哪个是你的丈夫?"她站到帝释天身边说道:"这个是我的丈夫。"商主的儿女、奴仆也被找来询问,他们也都站到帝释天身边。商主又想:"我头上有个瘤子,盖在头发底下,只有理发匠知道,可以叫他来认。"于是,说道:"大王啊!理发匠能认出我,请把他找来吧!"那时,菩萨是商主的理发匠。国王派人把他找来,问道:"你能认出伊黎萨商主吗?"理发匠说道:"大王呀!看一下这两人的头,我就能认出。""那你就去看一下这两人的头吧!"在这一刹那,帝释天也在自己头上幻化出一个瘤子。菩萨查看了这两人的头,发现都有瘤子,说道:"大王啊!这两人头上都有瘤子,我无法认出谁是主人伊黎萨。"说罢,念了这首偈颂:

跛脚又驼背,头上长瘤子,
谁是伊黎萨,实在难辨识。

听了菩萨的话,商主浑身颤抖,心痛财产,晕倒在地。在这一刹那,帝释天施展神通,站在空中,说道:"大王啊! 我不是伊黎萨,我是帝释天。"人们替伊黎萨擦脸,向他泼水。他苏醒过来后,起身向天王帝释天行礼,侍立一旁。帝释天对他说道:"伊黎萨,这些钱财是我的,不是你的。我是你的父亲,你是我的儿子。我生前广行布施,做了许多善事,死后当了帝释天,而你背弃家规,不愿布施,贪婪吝啬,拆毁布施厅,驱赶求乞者,守住钱财,自己不享用,也不准别人享用,像罗刹把持莲花池。如果你重建布施厅,慷慨布施,那就好。如果你不愿布施,那我就毁尽你的钱财,用因陀罗的金刚杵砍掉你的脑袋,杀死你!"伊黎萨商主惧怕死亡,发誓道:"从今以后,我愿布施。"帝释天接受他的誓言,坐在空中,向儿子说法,教导他遵行戒律,然后回到天国。从此以后,伊黎萨广行布施,做了许多善事,死后升入天国。

骗子本生

古时候,梵授王在波罗奈治理国家的时候,在一个小村附近,有一个伪善的束发苦行者。一位财主在自己的树林里盖了一间修行的树叶屋,让这位苦行者住下,并在自己家中用美味佳肴供养他。财主把这个束发苦行者看作有德之士。由于惧怕强盗,他把一百金币带到这树叶屋来,埋在地下,说道:"尊者啊!请你照看一下。"苦行者回答道:"朋友,对于出家人不必这样叮嘱,我们从来不取他人之物。"财主对苦行者的话深信不疑,说了声:"好吧,尊者!"就走了。这个伪善的苦行者思忖道:"这些钱足够我生活一辈子。"几天后,他把这些金币取出,埋到路旁一个地方,然后回来,照旧住在树叶屋里。第二天,他在财主家里吃完饭,说道:"朋友啊!我在你这里住了很久。久居一处势必与人亲近,而与人亲近是出家人的污点,因此,我要告辞了。"尽管财主再三挽留,他还是执意要走。最后,财主说道:"尊者!既然这样,那就请便吧。"财主一直送他到村口,然后返回。这个苦行者走了一阵后,心里忽生一念:"我要哄骗一下这个财主。"他拿一根稻草插在头发里,走了回去。财主问道:"尊者啊!你怎么回来了?""朋友啊!从你家屋顶上掉下一根稻草,沾在了我的头发上,出家人非施勿取,因此我回来还给你。""扔掉得了,尊者啊!放心走吧。"财主心想:"他人之物,哪怕是一根稻草也不私自拿走,真是一位谨言慎行的君子!"于是满怀喜悦,向苦行者行礼告别。

那时,菩萨恰好去边境做买卖,中途借宿在这个村里。他听了苦行者说的话,心想:"那个财主肯定委托这个伪善的苦行者保管过什么东西。"于是他问财主道:"朋友啊!你委托那个苦行者保管过什么东西吗?""是的,朋友，一百金币。""那你去看看，还在不在？"财主跑到树叶屋，发现金币没有了，赶快跑回去，说道："朋友啊！金币没有了！""偷金币的不会是别人，肯定是那个伪善的苦行者。来，快去把他追回来！"于是，他们飞快追上那个伪善的苦行者，拳打脚踢，逼他交回金币。菩萨见到金币，说道："你拿一百金币毫不犹豫，拿这一根稻草却问心有愧。"说罢，念了这首偈颂谴责他：

> 巧舌善辞令，娓娓动人心，
> 奉还一根草，窃走一百金。

菩萨谴责他之后，告诫道："你这个伪善的束发者，以后别干这种事了。"后来，菩萨按其业死去。

贵重本生

古时候,梵授王在波罗奈治理国家的时候,菩萨精通一切技艺,是国王的大臣。一天,国王在大批侍从陪同下,来到御花园,在树林中游荡后,想下水玩耍。他进入吉祥莲池,召唤王妃们也下水。王妃们卸下头上、脖子上的首饰,脱了上衣,一并放在箱子顶上,吩咐侍女看管,然后进入莲池。御花园里有只母猴,坐在树杈间,看见王后卸下首饰,脱下上衣,放在箱子顶上,很想戴戴王后的珍珠项链。它坐在那里,盼望侍女玩忽职守。起初,侍女认真坐着看管,可是过了不一会儿,便打起盹来。母猴发觉侍女睡着了,一阵风似地跳下,抓起珍珠项链戴在自己脖子上,又一阵风似地跳回去,坐在树杈间。它怕别的母猴看到,又把珍珠项链藏在一个树洞里,装出若无其事的样子,坐在那里看守着。

侍女打盹醒来,发现珍珠项链不见了,惊恐万状,不知所措。她高声喊道:“有人偷走王后的珍珠项链了!”卫士们从四面八方赶来,听了她的话,就去报告国王。国王命令道:“抓贼!”卫士们走出御花园,一边高声喊着“抓贼!”一边四处搜查。那时,有个农夫出来祭神,听到这喊声,吓得转身就跑。卫士们看到这人奔逃,认定他就是贼,便追上去,抓住他,边打边问:“恶贼!那件贵重的首饰是你偷的吗?”农夫心想:“如果我说没偷,我今天就要没命。他们会打我,直到把我打死。我不如承认了吧。”于是,农夫说道:“啊,老爷,是我偷的。”卫士们把他捆了,带到国王那里。国王问道:“是你偷了贵重的首饰吗?”“是的,大王!”“现在首饰在哪儿?”“大王啊!我这辈子连贵重的床和椅子都未见过,是商主让我来偷贵重的首饰的。我偷了之后交给他了。

问他便会知道。"国王召来商主,问道:"这人把贵重的首饰交给你了吗?""是的,大王!""现在在哪儿?""我给了祭司。"国王召来祭司讯问。祭司也承认道:"我给了乐师。"国王又召来乐师,问道:"祭司把贵重的首饰交给你了吗?""是的,大王!""现在在哪儿?""我色迷心窍,送给妓女了。"国王召来妓女讯问。妓女说道:"我没有拿。"一连审了五个人,不觉太阳已经落山。国王说道:"现在天色已晚,明天再审吧!"他把这五个人交给大臣,自己回城里去了。

菩萨思忖道:"这首饰是在御花园里边丢失的,而这农夫是在花园外边。御花园门卫森严,偷了里边的东西也逃不出去。因此,不管是里边的人,还是外边的人,都无法偷盗。那个倒霉的人说'我给了商主',可能是为了开脱自己。商主说'我给了祭司',可能是想把祭司卷进来,一同免罪。祭司说'我给了乐师',可能是想有乐师作伴,蹲在牢里可以快活些。乐师说'我给了妓女',可能是想有妓女作伴,完美无缺。这五个人都不是贼。御花园里有许多猴子,这首饰肯定落在哪只母猴子手里了。"于是,他来到国王那里,说道:"大王啊,请把那些盗贼交给我吧!我会查清此案的。"国王同意道:"好吧,智者,你就审理此案吧!"

菩萨召来自己的仆从,吩咐道:"你们把这五个人关在一起,严加看管,竖起耳朵听他们互相说些什么,回来报告我。"说罢,就走了。仆从照此办理。现在,这五个人坐在一起。商主对农夫说道:"你这恶棍!你我素不相识,你什么时候给过我首饰?""尊敬的大商主!我连用树心做腿的贵重的床和椅子都没见过,我是想仰仗你的庇护获得开释,才这么说的。请别生我的气,老爷!"祭司对商主说道:"大商主啊!既然那人没给你,你怎么可能给我呢?""我想我们两个有地位的人凑在一起,事情能很快地解决,才这么说的。"乐师对祭司说道:"婆罗门啊!你什么时候给过我首饰?""我想跟你在一起,可以快活些,才这么说的。"妓女对乐师说道:"你这坏蛋乐师!我什么时候去过你那儿?你什么时候来过我这儿?你什么时候给过我首饰?""呵,姐儿,何必动怒呢?我想我们五个人住在一起,像一家子,快快活活,完美无缺,才这么说的。"

菩萨从仆从那里听说了这些话,断定他们不是贼,心想:"我得设法找回母猴拿去的首饰。"他让人用念珠做了许多首饰,然后捕捉御花园里的母猴,将这些念珠首饰戴在它们的手上、脚上或脖子上,再放走它们。唯有那只母猴,守着自己的珍珠项链,躲在树杈里不出来。菩萨吩咐众人道:"你们去盯住御花园里每只母猴,看到哪只母猴戴着珍珠项链,就吓唬它,把项链夺回来。"

母猴们觉得自己有了首饰,满怀喜悦,在御花园里游来荡去。它们来到那只母猴身边,说道:"你看我们的项链。"那只母猴终于隐忍不住,说道:"这念珠首饰有啥稀罕的。"说罢,戴上珍珠项链,走了出来。众人见到后,逼迫它扔下珍珠项链,拿去交给菩萨。菩萨拿去交给国王,说道:"大王啊!这是你的首饰。那五个人不是贼。这首饰是御花园里的母猴拿走的。""智者啊!你怎么知道这首饰落在母猴手里?你怎么找回来的?"菩萨把事情经过说了一遍。国王满心欢喜,说道:"你是一切场合中的理想人物。"他念了这首偈颂赞美菩萨:

战争盼勇士,谈判盼辩士,

吃喝盼同嗜,遇难盼智士。

国王如此赞扬称颂菩萨后,犹如从乌云中降下甘霖,拿出七宝献给菩萨。他遵循菩萨的教诲,广行布施,做了许多善事,按其业死去。

名字本生

古时候,在咀叉始罗,菩萨是举世闻名的老师,向五百弟子传授经典。其中有个弟子名叫巴波格,意思是"有罪"。他听着别人"有罪来,有罪去"地喊他,觉得挺别扭。他心里想:"我这名字不吉利,请老师替我另取一个名字吧!"他到老师那儿,说道:"老师,我的名字不吉利,请你替我另取一个名字吧!"老师对他说:"孩子,去吧,到城乡各地走走,找一个你中意的吉利的名字,我将参照你带回来的名字,给你另取一个。"青年说道:"好吧。"带了干粮就出发了。

他走过一村又一村,来到一个城市。那里刚好死了一个人,名叫长寿。他看到送葬的亲属将死者抬往坟场,便问道:"这死者叫什么名字?""他叫长寿。""长寿也会死啊?""不管是叫长寿还是短寿,人总是要死的。名字只不过是个称呼罢了。看来你是个傻瓜。"听了这番话,他对名字感到淡漠了。

然后,他进入城里。这时,有家主人将一个女奴推倒在门口,用绳索抽打,责怪她没有交出挣来的钱。这女奴的名字叫护财。他刚好走过这条街,见到这女奴遭到殴打,便问道:"你们为什么打她?""她没有交出工钱。""她叫什么名字?""她叫护财。""既然名字叫护财,怎么会交不出那么一点儿工钱。""不管是叫护财还是失财,她总归是个穷婆娘。名字只不过是个称呼罢了。看来你是个傻瓜。"听了这番话,他对名字更加淡漠了。

他离开这个城市。途中,他遇见一个迷路的人,便问道:"先生,你为何瞻前顾后地团团转?""尊者,我迷路了。""你叫什么名字?""我叫指路。""指路也会迷路啊?""不管叫指路还是迷路,都会迷路的。名字只不过是个称呼罢了。看来你是个傻瓜。"听了这番话,他对名字完全淡漠了。

他回到菩萨那里。菩萨说道:"孩子,你回来了。喜欢哪个名字?""老师啊! 不管叫长寿还是短寿,都一样死去;不管叫护财还是失财,都一样贫穷;不管叫指路还是迷路,都一样迷路。名字只不过是个称呼罢了。靠名字不能取得成就,只有靠业才能取得。我的名字还是照旧吧! 不用改了!"菩萨总结这青年的所见所为,念了这首偈颂:

> 名叫长寿亦死去,名叫护财亦贫穷,
> 名叫指路亦迷路,有罪回来不改名。

奸商本生

古时候,梵授王在波罗奈治理国家的时候,菩萨转生在波罗奈商人家里。在命名日,人们给他取名"小智"。他长大成人后,与另一个商人结伴经商。那商人名叫"大智"。他们从波罗奈载运五百车货物,到乡下去贩卖,赚了钱后,回到波罗奈。然而,在分钱时,大智说道:"我拿双份。""为什么?""你是小智,我是大智,小智拿一份,大智拿双份。""我们俩出的本钱一样多,出的牛和车也一样多,你凭什么拿双份?""就凭我是大智。"这样,你一句我一句,争吵起来。

后来,大智想出一个计策。他把自己的父亲藏在一个树洞里,嘱咐道:"等我们俩来到这里,你就说:'大智应该得双份。'"然后,他到菩萨那里,说道:"朋友,我是不是应该得双份,树神知道。走,我们去问了树神。"他们来到树洞前,大智祈求道:"尊者树神啊!请为我们仲裁!"他的父亲改变声音,说道:"那么,你们呈明事由。"大智说道:"尊者,他是小智,我是大智,我们合伙经商,应该怎样分钱?""小智得一份,大智得双份。"菩萨听到这一裁决,心想:"我要知道树神究竟是不是在这里面。"于是,拿来稻草,塞进树洞,点上火。火焰腾起,烧着了大智父亲的半截身子。他赶紧往上爬,抓住树梢,悬在空中,最后掉下地来,念了这首偈颂:

> 小智正当,大智荒唐,
> 将父藏洞,害父烧伤。

小智和大智将钱平分,各得一份。后来,按其业死去。

掷石本生

古时候,梵授王在波罗奈治理国家的时候,菩萨是他的大臣。那时,国王的祭司是个饶舌的人,只要他一开口,别人就无法插嘴。国王心想:"哪天能找个人来治治他的啰唆病呢?"从此,国王出外巡游时,留心寻找这样的人。

这时,在波罗奈,有个瘸子精通掷石术。村童们把他搁在小车里,拉到波罗奈城门前。那里有一棵枝叶茂密的大榕树。孩童们围在他身边,给他半枚铜钱,说道:"做个象!做个马!"他接连不断掷石子,在榕树叶上掷出各种各样的形象。现在,所有的树叶充满裂缝和缺口。国王前往御花园,路过这里。孩童们出于害怕,纷纷逃跑,剩下瘸子一个人坐在那里。国王坐在车里,到达榕树下,看到破碎的树叶具有各种各样的形象,再细细一看,所有的树叶全是那样,便问道:"这是谁干的?""一个瘸子,大王!"国王心想:"我可以依靠这个人治治婆罗门的啰唆病了。"便问道:"瘸子在哪里?"侍从们四下张望,看见瘸子坐在榕树气根中间,便报告道:"这人在这里,大王!"国王把他召来,支开侍从,问道:"我身边有个饶舌的婆罗门,你能治治他的啰唆病吗?""只要有一筒羊粪,我就能办到,大王!"

国王把瘸子带回宫中。他吩咐挂一个帷幕,帷幕上挖一小孔,让瘸子坐在帷幕后面,正对着婆罗门的座位,同时在瘸子身边放上一筒干羊粪。婆罗门前来侍奉国王。国王让他坐下,两个人开始交谈。婆罗门喋喋不休,不容别人插嘴。这时,瘸子从帷幕孔里掷出一颗又一颗羊粪,犹如一只只苍蝇,飞进婆罗门的嘴里。婆罗门将入口的羊粪一一咽下,像喝香油似的。一筒羊粪掷完，全部落入婆罗门肚中，足有半斤重。国王发现羊粪掷完，便说道："尊师啊！由于你饶舌，吞下了一筒羊粪，居然毫无察觉。这干羊粪你是无法消化的。快回去喝点吐药，清清肠胃，恢复健康吧！"

从此，这婆罗门的嘴巴像是上了门闩，与别人一起交谈，决不轻易开口。国王心想："现在我的耳根清静了，多亏那个瘸子帮忙。"于是，他赐给瘸子每年有十万收益的东南西北四座村庄。菩萨来到国王那里，说道："大王啊！在这世上，智者都应学习技艺。这瘸子掌握一门掷石术，才取得如此成就。"说完，念了这首偈颂：

> 无论哪个人，应该有技能，
> 请看这瘸子，食邑四座村。

豺本生

  古时候,梵授王在波罗奈治理国家的时候,菩萨转生为坟场树林的树神。有一次,波罗奈举行喜庆活动。人们为了祭夜叉,在广场、大路各处撒下鱼、肉等等食物,还搁置许多碗盅,里面盛满了酒。

  有一只豺,半夜从阴沟钻入城内,吃了鱼和肉,还喝了酒,然后钻进波那格树丛,一直睡到太阳升起。豺醒来一看,天已大亮,心想:"现在我出不了城了。"于是,豺走到路边,趴在隐蔽的地方,盯着来往的行人,对谁也不吭一声。后来,豺看见一个婆罗门前往水池洗脸,心想:"婆罗门都是贪财的。我可以用钱财引诱他,请他将我抱在怀中,藏在上衣里,带我出城。"于是,豺用人的语言喊道:"婆罗门!"婆罗门转身问道:"谁在叫我?""是我,婆罗门!""你有什么事?""婆罗门啊! 我有两百金币,如果你将我抱在怀中,藏在上衣里,不让任何人看见,带我出城,我就告诉你金币在哪儿。"婆罗门贪财,同意道:"好吧!"他依豺所说,将豺带出了城。走了一阵,豺问道:"婆罗门啊! 这是什么地方?""这是某某地方。""请再往前走!"这样反复问答多次,到达了大坟场。豺说道:"就在这里,把我放下吧!"婆罗门把豺放下。豺说道:"婆罗门啊! 将你的上衣铺在地上吧!"婆罗门贪财,把上衣铺在地上。"你就朝这树根底下挖吧!"趁婆罗门专心挖地,豺趴到婆罗门的上衣上,在四角和中央五处,拉上屎和尿,把上衣弄得又脏又湿,然后溜进坟场树林。菩萨站在树枝上,念了这首偈颂:

   财迷心窍婆罗门,居然相信偷酒豺,

   一百贝壳也没有,两百金币从何来?

　　菩萨念完这首偈颂,说道:"婆罗门啊! 快去洗洗衣服,洗洗澡,做你自己的事去吧!"说罢,便消失了。婆罗门洗完衣服,洗完澡,想到自己受了骗,垂头丧气地离去。

中思鱼本生

古时候,梵授王在波罗奈治理国家的时候,波罗奈河里有三条鱼,名叫大思、小思和中思。它们沿着河从森林游到有人烟的地方。中思鱼对其他两条鱼说道:"这地方危险可怕,渔夫撒下各种渔网捕鱼,我们还是回森林去吧!"其他两条鱼由于懒惰和贪吃,老是推说:"过了今天走吧,明天再走吧。"一晃过了三个月。

一天,渔夫们在河里撒下网。大思和小思游在前面寻食,由于盲目无知,没有注意到渔网,游进了网里。中思跟在后面游来,注意到渔网,并发现其他两条鱼落入网中,心想:"我要拯救这两条懒惰成性、盲目无知的鱼。"它先沿着渔网搅水,仿佛一条鱼破网而逃;然后又潜入网底搅水,仿佛又有一条鱼破网而逃。渔夫们以为鱼儿已经破网而逃,只拽住渔网的一端收网。结果,这两条鱼滑离渔网,逃回河中。就这样,它们依靠中思获得新生。

非时啼本生

古时候,梵授王在波罗奈治理国家的时候,菩萨转生在西北地区的一个婆罗门家族。长大成人后,他精通一切技艺,成为波罗奈全城闻名的老师,收有五百个青年学生。这些学生养了一只报时的公鸡。鸡鸣则起,学习技艺。后来,这只公鸡死了。他们留心再找一只。一天,有个学生在坟场树林里拾柴,发现一只公鸡,便带回来放在笼中喂养。这只公鸡是在坟场中长大的,不知道应该何时啼叫,所以,有时半夜啼叫,有时白天啼叫。半夜啼叫时,学生们起床学习,及至日出,大家已疲倦困乏,昏昏欲睡,无法继续用功。白天啼叫时,学生们无法记诵经文。学生们说道:"这只鸡要么半夜啼叫,要么白天啼叫,妨碍我们完成学业。"于是,抓住它,扭断它的脖子,把它宰了。然后,报告老师说:"这只公鸡不按时啼叫,我们把它宰了。"老师教诲道:"它因缺乏教养而丧命。"说罢,念了这首偈颂:

> 既无家教,又无师事,
> 时与非时,全然不知。

菩萨说明了这个道理。以后,他活够岁数,按其业死去。

犁柄本生

　　古时候，梵授王在波罗奈治理国家的时候，菩萨转生在一个婆罗门富豪家，长大成人后，在呾叉始罗学会一切技艺，成为波罗奈全城闻名的老师，收有五百个青年学生。其中有个学生智力迟钝，虽然与其他学生一起学习技艺，但由于愚笨，毫无长进。这样，他改做老师的侍童，像奴仆一样打杂。

　　一天，菩萨吃完晚饭，躺在床上。这个学生替他洗净手、脚和背，涂了油，正要离去，菩萨吩咐道："孩子，把床脚垫稳了你再走。"这个学生垫好一只床脚，但找不到垫衬物垫另一只床脚，于是就用自己的大腿顶着床脚，过了一夜。清晨，菩萨醒来见到他，问道："孩子，你怎么坐在这里？""老师，我找不到垫床脚的东西，就用大腿顶着坐在这里。"菩萨心情激动，思忖道："他如此虔诚地侍奉我，而在我的这些学生中就数他愚笨，学不会技艺，我怎样才能使他开窍呢？"后来，他想出一个办法："每当这个学生捡拾树枝、树叶回来，我就问他：'你今天见到什么？做了什么？'他会回答说见到什么、做了什么，我就再问他：'你所见所做的像什么？'他就会运用譬喻和说明缘由，这样，久而久之，让他反复运用譬喻和说明缘由，他就会开窍的。"于是，他把这个学生召来，说道："孩子，今后你捡拾树枝、树叶回来，将你在所到之处看到的、吃过的、喝过的东西统统告诉我。"学生回答道："遵命！"

　　一天，这学生与其他学生一起到森林里捡柴，在那里看到一条蛇，回来便告诉老师说："老师，我看到一条蛇。""孩子，蛇像什么？""像犁柄。""好极了，孩子！你这譬喻用得很妙，蛇确实像犁柄。"这样，菩萨心想："这个学生譬喻用得很妙，看来我能使他开窍。"又一天，这学生在森林里看到一头象，回来便告诉老师说："老师，我看到一头象。""大象像什么？""像犁柄。"菩萨心想："大象的鼻子像犁柄，象牙也像，我想他可能由于愚笨，缺乏分析能力，应当讲大象的鼻子像犁柄，却讲成大象像犁柄了。"于是，菩萨默不作声。又一天，人们请这些学生吃甘蔗。吃完回来，他告诉老师说："老师，今天我们吃了甘蔗。""甘蔗像什么？""像犁柄。"菩萨心想："多少有点像。"于是，默不作声。又一天，人们请这些学生吃凝乳和牛奶。吃完回来，这学生告诉老师说："老师，我们今天吃了凝乳和牛奶。""凝乳和牛奶像什么？""像犁柄。"老师心想："这个学生说蛇像犁柄，十分贴切；说大象像犁柄，考虑到大象的鼻子，部分正确；说甘蔗像犁柄，也还勉强凑合；而凝乳和牛奶颜色始终是白的，形状依容器而定，这个譬喻全然错误。看来我无法使这愚人开窍了。"说罢，念了这首偈颂：

> 语义皆有限，岂能涵万物？
> 愚人分不清，犁柄与凝乳。

剑相本生

古时候,梵授王在波罗奈治理国家的时候,有一位观察剑相的婆罗门。一切如上所述①。国王派御医为这婆罗门治疗,替他装了个虫漆假鼻,仍旧让他担任侍臣。

梵授王没有儿子,只有一个女儿和一个外甥。他亲自抚育这两个人。这两个人一起长大,互相产生爱慕。国王召集大臣,说道:"我的外甥是王位继承人。我要把女儿配给他,让他灌顶登基。"转而又想:"外甥毕竟是我的血亲,我还是替他另娶别国的公主,让他灌顶登基,而将女儿嫁给别的国王。这样,我们的血亲增多,有两支王族。"于是,他与大臣们商定:"将他们两人隔离。"从此,国王的外甥和女儿分居两处。然而,这两人年满十六,情爱甚笃。王子寻思道:"我能用什么办法将表妹从王宫里接出来呢?"最后,他想出一个办法。他召来女卜师,赠给她一千金币。女卜师问道:"殿下有何吩咐?"王子说道:"大妈啊!你经办的事情没有不成功的。请你说说有什么办法能将我的表妹从内宫里接出来。""行啊,王子!我去向国王禀告说:'大王啊!公主曾经厄运附体,现在厄运离开了公主,不来纠缠,已经好久了。请大王让公主乘车,由大批武装人员护送去坟场。让公主躺在圆坛的床上,床下安置一具死尸,用一百零八罐香水洗净公主的厄运。'这样,我就能将公主

___

① 依据本篇今生故事中的叙述,每当剑匠向国王献剑时,这个婆罗门便用鼻子嗅剑,断定剑相。如果剑匠事先贿赂他,他就说剑有吉相,否则,他就说剑无吉相。于是,有个剑匠向国王献剑,在剑鞘里撒了些胡椒粉。这个婆罗门嗅剑时,吸进胡椒粉,打了个喷嚏,鼻子撞在剑上,削掉一半。

带到坟场。而在我们去坟场的那天,你要带上一些胡椒粉,由你自己的武装人员护送,乘车先到坟场,将车停在坟场门侧,吩咐武装人员进入坟场树林。你自己走上圆坛,装作死人躺下。我来到之后,将床支在你上面,让公主躺在床上。在这刹那间,你将胡椒粉塞进鼻孔,打上两三个喷嚏。你一打喷嚏,我们就会丢下公主逃跑。这样,你就可以为公主灌顶,也为自己灌顶,然后带公主回家。"王子同意道:"好吧,真是一条妙计。"

于是,女卜师向国王禀告为公主驱邪之事,国王表示同意。她又去向公主透露内情,公主也表示同意。出发那天,她先通知王子,然后率领大批侍从,前去坟场。在路上,她恐吓卫士们道:"我将公主安置床上时,床底下的死人会打喷嚏。打完喷嚏,他会从床底下爬出来,抓住他见到的第一个人。你们可要小心!"王子先到坟场,按照女卜师事先的吩咐躺在那里。女卜师扶着公主,走上圆坛,暗暗叮嘱道:"别害怕。"让公主躺在床上。在这刹那间,王子将胡椒粉塞进鼻孔。他一打喷嚏,女卜师丢下公主,大叫一声,率先逃跑。她一逃,别人谁也不敢留下。所有的人都丢下武器,拼命奔逃。王子按照事先的安排,将公主带回自己住处。女卜师将此事禀告国王。国王心想:"我当初就是想把女儿嫁给他的,因而他俩水乳交融,不可分离。"于是,国王表示同意。后来,国王将王位让给外甥,将女儿配给他当王后。小两口和睦相处,依法治国。

那位观察剑相的婆罗门成了新王的侍臣。一天,他来侍奉新王,由于面朝太阳站立,虫漆融化,假鼻落地。他羞愧难当,低下头去。新王笑着对他说道:"老师啊,别介意!打喷嚏对于有的人是好事,而对于有的人是坏事。你因打喷嚏削掉鼻子,而我因打喷嚏娶了表妹,登上王位。"说完,念了这首偈颂:

在此是好事,在彼是坏事;
无全好之事,无全坏之事。

新王用这首偈颂阐明事理。此后,他广行布施,做了许多善事,按其业死去。

猫本生

　　古时候,梵授王在波罗奈治理国家的时候,菩萨投胎为老鼠。它具备无上智慧,身躯魁伟如小猪,有几百只老鼠跟随它,住在森林里。

　　有一只豺,四处游荡,看到了这群老鼠,心想:"我要哄骗这群老鼠,吃掉它们。"它在离开老鼠洞不远的地方,单足独立,面向太阳,张嘴喝风。菩萨出来寻食,看到了豺,心想:"这可能是一位有德之士。"于是,走上前去,问道:"贤士啊!请问尊姓大名。""我叫有法。""你为何不四足着地,而要单足独立呢?""如果我四足着地,大地承受不了,所以我单足独立。""你站着为何要张嘴?""我不吃任何东西,只喝风。""你站着为何面向太阳?""我向太阳致敬。"菩萨听了它的话,心想:"这真是一位有德之士。"从此,每天清晨、黄昏,它与群鼠一道去侍候豺。而每次侍候完毕,群鼠走时,豺总是悄悄抓住末尾的一只老鼠,吞噬之后,抹抹嘴,依旧站着。

　　渐渐地,老鼠越来越少。老鼠们议论道:"从前,我们这个住处拥挤不堪,现在却绰绰有余,这是怎么回事?"它们把这情况报告菩萨。菩萨心想:"老鼠怎么会越来越少呢?"它对豺产生怀疑,决定亲自考察一下。在侍候豺之后,它让其他老鼠走在前面,自己走在最后。豺向它扑来。菩萨发现豺扑过来抓自己,就转身喊道:"豺啊!你表面修行,实际作恶。你在法的旗帜掩护下,谋害别人。"说罢,念了这首偈颂:

　　　　明里执法旗,暗中干坏事,
　　　　骗取鼠信任,与猫相类似。

　　说着，鼠王一跃而起，揪住豹的脖子，咬断豹的气管，结果了豹的性命。群鼠回转来，一齐啃啮这只豹。据说，先来的老鼠吃到了豹肉，后来的没有吃到。从此，这群老鼠无忧无虑地生活。

金天鹅本生

　　古时候,梵授王在波罗奈治理国家的时候,菩萨转生在一个婆罗门家庭。长大成人后,家里给他娶了一个同种姓的妻子。妻子生了三个女儿,名叫南达等等。菩萨死后,她们投靠亲友生活,而菩萨转生为一只记得自己前生的金天鹅。

　　金天鹅长大后,看到自己身躯魁伟,体型优美,全身披满金羽毛,心想:“我是从哪儿转生来的?知道了,我是从人间转生来的。”又想,“不知我的妻子和女儿生活如何?知道了,她们寄人篱下,度日艰难。”又想,“我身上的羽毛是经过锤炼的金子;往后,我每次给我的妻子和女儿一根羽毛,她们的生活就会宽裕舒适了。”于是,它飞到那儿,停在屋脊上。妻子和女儿看到菩萨,问道:“尊者,你从哪里来?”“我是你们的父亲,死后转生为金天鹅,现在来看望你们。以后,你们不必寄人篱下,苦度岁月了。我每次给你们一根羽毛,你们卖了它,快快乐乐过日子吧。”说罢,它给了她们一根羽毛,飞走了。

　　从此,它一次又一次飞来给她们一根又一根羽毛。妻子和女儿的生活日益富裕。一天,妻子对女儿们说:“孩子,动物的心思是不可捉摸的,说不定哪天你们的父亲再也不到这里来了。现在,趁他还来的时候,把他所有的羽毛都拔下来吧。”女儿们不同意,说:“这样做会伤我们父亲的心的。”可是,那妻子贪得无厌,固执己见。一天,金天鹅来了,她招呼道:“来,尊者。”等金天鹅走近身边,她就用双手抓住它,把所有的羽毛都拔了下来。然而,这些羽毛如果是违背菩萨的意愿强行拔下的,那它们就会变得跟鹭鸶的羽毛一样。菩萨拍打翅膀飞不起来了。妻子把它扔到大罐子里,喂养它。在那里,它又长出羽毛,但都是白色的了。后来,它展开羽毛丰满的翅膀,飞回自己的住处,再也不来了。

双重失败本生

古时候,梵授王在波罗奈治理国家的时候,菩萨转生为树神。那时,那里有一个渔村。有一天,一个渔民带着鱼钩,与小儿子一起,到渔民通常捕鱼的水池钓鱼。他投下鱼钩。鱼钩钩住水底下的一个树桩,拉不上来。他想:"这鱼钩钩住了一条大鱼。我让儿子回去告诉他妈,让他妈与左邻右舍吵架,这样,谁也顾不上来这里,我就可以独占这条鱼了。"于是,他吩咐儿子道:"孩子,去告诉你妈,我们钓着了一条大鱼,让她与左邻右舍吵架。"

孩子走后,他还是拉不动鱼钩。他怕拉断绳子,便脱下上衣,放在岸上,跳入水中摸鱼,结果撞在树桩上,撞坏了双眼。同时,放在岸上的衣服也被贼偷走了。他疼痛难忍,用双手捂着双眼,摇摇晃晃爬出水池,摸索着寻找衣服。而他的老婆正在寻衅和邻居吵架。她在一只耳朵上悬挂棕榈叶,在一只眼睛上涂抹黑烟灰,怀里抱着一只狗,上邻居家串门。一位女友对她说道:"你一只耳朵挂着棕榈叶,一只眼睛涂了黑烟灰,怀里抱着狗,像抱着宝贝儿子,走这家,串那家,难道你疯了?""我没有疯。你无缘无故出口伤人。咱们上村长那里去评理,我要让他罚你八个金币。"这样,两人吵吵闹闹来到村长那里。村长问清吵架缘由,判这装疯闹事的女人有罪。于是,人们把这女人捆起来,鞭打她,命令她:"快交罚金!"

树神看到这个女人在渔村以及她丈夫在森林遭遇的不幸,便站在树杈间说道:"人啊!你在水中和陆上都做了错事,因而导致双重失败。"说罢,念了这首偈颂:

> 眼瞎衣服丢,老婆耍无赖,
> 水中和陆上,两处都失败。

乌鸦本生

古时候,梵授王在波罗奈治理国家的时候,菩萨转生为乌鸦。一天,国王的祭司在城外河里沐浴完毕,涂上香膏,戴上花环,衣冠楚楚地回城。城门牌楼上停着两只乌鸦,其中一只对另一只说道:"朋友,我要在这个婆罗门头上拉点屎。""别开这样的玩笑。这个婆罗门是权贵,万万不可触怒权贵,他一动怒,会消灭我们乌鸦全族的。""我非这样干不可!""你会被他发觉的。"说罢,另一只乌鸦飞走了。这时,婆罗门走到牌楼下,这只乌鸦把屎像悬铅锤似地拉在他的头上。婆罗门大怒,与乌鸦结下了仇。

那时,有一个挣工资、管理粮仓的女仆。她把粮食摊在仓库门外阳光下,坐着看守,不一会儿,打起盹来。趁她不注意,一只长毛山羊前来吃米。女仆醒来,看见这只山羊,便赶走它。山羊继续来第二、第三次,只要女仆一睡着,它就来吃米。女仆赶了三次以后,心想:"这家伙一而再、再而三地来吃我的米。这样吃下去,晒着的米会损失一半。我再也不能让它来吃了!"于是,她拿了一个火把,坐在那里假装睡着。当山羊又来吃米时,她蓦地站起,用火把打山羊。山羊的毛着了火。山羊想要扑灭身上的火,飞快地跑到象厩附近一间堆放干草的小屋,摩擦自己的身体。这样,这间小屋也着火,腾起的火焰蔓延到象厩。象厩着火,烧伤许多大象。象医无法治愈象伤,前去禀告国王。国王对祭司说道:"尊师!象医无法治愈象伤,你可知道有什么良药?""我知道,大王!""是什么?""乌鸦的脂肪,大王!""那就杀乌鸦取脂肪吧!"从此,许许多多乌鸦被杀,但国王没有得到脂肪。遍地堆积着乌鸦尸体,乌鸦族陷入大恐怖。

那时,菩萨是八万只乌鸦的首领,住在大坟场树林里。有一只乌鸦飞来,向菩萨报告乌鸦族面临的恐怖。菩萨心想:"确实,除了我,谁也无法驱除我的同胞们的恐怖。我要拯救乌鸦族。"于是,菩萨默念十波罗蜜,以仁慈波罗蜜为先导,飞到王宫。它从开着的大窗户里飞进去,停在国王御座下面。一个侍从想抓它。国王坐在御座上,阻止道:"别抓它!"大士休息片刻,默念仁慈波罗蜜,从御座下出来,对国王说道:"大王啊!国王治理国家,不能感情用事。每做一事,先要深思熟虑。有益的事他才做;反之,则不做。倘若国王做无益的事,百姓就会朝不保夕,陷入恐怖。你的祭司怨恨乌鸦,感情用事,制造谎言,其实乌鸦是没有脂肪的。"听了这些话,国王满心欢喜,请菩萨坐上吉祥金椅,用经过千百次提炼的油膏涂抹它的翅膀,端上用金盘盛着的御膳和饮料。见大士吃饱喝足,心情舒畅,国王问道:"智者啊!你说乌鸦没有脂肪,那么,为什么乌鸦没有脂肪?"菩萨回答道:"由于下面这个缘故。"它用响彻王宫的声音说法,念了这首偈颂:

> 处在险恶人世间,天天受惊魂魄丧,
>
> 就是由于这缘故,乌鸦身上无脂肪。

大士阐明这个缘由之后,启发国王道:"大王啊!遇事须三思而后行。"国王满怀喜悦,将王国献给菩萨。而菩萨将王国奉还国王,教导国王遵行五戒,请求国王解除一切众生的恐惧。国王听从菩萨的教诲,解除一切众生的恐惧,始终不断地布施乌鸦:每天煮熟大量米饭,碾碎各种佳肴,给众乌鸦吃。大士受到格外优待,吃的是国王的膳食。

蜥蜴本生

古时候，梵授王在波罗奈治理国家的时候，菩萨投胎为蜥蜴，长大后成为蜥蜴王，和几百条蜥蜴一起住在河边的一个大洞穴里。它的儿子小蜥蜴与一条变色龙①结交来往，亲密无间。小蜥蜴经常爬到变色龙身上，拥抱它。同伴们把小蜥蜴与变色龙交朋友之事告诉了蜥蜴王。蜥蜴王召来儿子，说道："孩子啊！你交错了朋友。变色龙是贱种，你不应该与它交朋友。如果你与它交朋友，我们蜥蜴族就会毁在它的手里。以后，别再和它来往了！"可是，小蜥蜴依然与变色龙来往，菩萨再三劝阻也没用。菩萨思忖道："这条变色龙会给我们带来灾难，必须事先准备一条逃生之路。"于是，在洞穴一侧钻了一个通风口。

此后，小蜥蜴的身体渐渐发育长大，而那条变色龙的身体仍跟过去一样瘦小。每当小蜥蜴爬到变色龙身上拥抱它时，就像一座小山压在它身上。变色龙惶恐不安，心想："它这样拥抱我，再过一些日子，准会把我压死。我应该串通一个猎人，消灭蜥蜴族。"

一天，下过阵雨，飞蚁出来活动。蜥蜴也出来，四处捕食飞蚁。有个逮蜥蜴的猎人，拿着挖蜥蜴洞的铲子，带着猎犬，来到森林。变色龙看到猎人，心想："今天，我要实现我的愿望了。"它走近猎人，问道："人啊！你为何在森林里游荡？""我在寻找蜥蜴。""我知道一个蜥蜴洞，那里面有几百条蜥蜴。带着火和稻草，跟我来吧！"它把猎人带到那里，说道："把稻草搁在这里，点

---

① "变色龙"（kakaṇṭaka）属于蜥蜴类，肤色能随时变换。

上火,用烟熏洞,四周由猎犬把守,你自己拿着大棒,当蜥蜴纷纷逃出洞口时,就打死它们,堆成一堆。"说罢,变色龙躲到一边,探出脑袋瞧着,心想:"今天,我要看到仇敌的下场了。"

猎人点着稻草,升起团团浓烟。浓烟灌进洞里,迷住蜥蜴的眼睛。蜥蜴怕死,纷纷逃出洞口。猎人把逃出洞口的蜥蜴一一打死。即使侥幸逃过猎人之手,也被猎犬逮住。蜥蜴族遭到了大屠杀。菩萨知道这是变色龙带来的灾难,说道:"万不能与恶人交往。有恶人就不会有幸福。由于这条邪恶的变色龙,这么多蜥蜴遭到毁灭。"说罢,从通风口逃出,念了这首偈颂:

若与恶人交朋友,总归没有好下场;
由于这条变色龙,蜥蜴全族遭祸殃。

显威本生

古时候，梵授王在波罗奈治理国家的时候，菩萨是一头鬃毛狮子，住在喜马拉雅山的金洞里。一天，它从金洞出来，抖抖身子，环视四方，发出一声狮子吼，然后开始觅食。它杀死一头大水牛，吃掉水牛的肥美部分，然后走到一个水池，喝够晶莹清澈的池水，转身回洞去。这时，一只觅食的豺突然遇见这头狮子，知道自己无法逃脱，便匍匐在狮子脚下。菩萨问道："干什么？豺！""尊者！我愿侍奉足下。""好吧！你侍奉我，我会让你吃到好肉。"从此，豺就吃狮子吃剩的食物。没过几天，豺的身体就见胖了。

这一天，狮子躺在洞里，对豺说道："豺！去站在山顶上，看看山脚下有没有游荡的象、马、牛等等你想吃的动物，看到了，就回来报告我，向我行礼说道：'尊者，显威吧！'我就去捕杀。我吃了之后，就给你吃。"豺爬上山顶，看到各种它想吃的动物，便跑回金洞，匍匐在狮子脚下报告说："尊者，显威吧！"狮子飞快地冲出去，将动物咬死，哪怕是春情发动的大象也不能幸免。然后，狮子自己吃动物身上的肥美部分，也给豺吃。豺吃饱后，回洞睡觉。

光阴流逝，豺渐渐骄傲起来，心想："我也是四足走兽，干吗天天靠别人喂养？今后，我也要去捕杀大象等等动物，吃它们的肉。这兽中之王狮子，只要对它说一句：'尊者，显威吧！'它就能杀死大象。我也要让狮子对我说：'豺，显威吧！'这样我就能杀死大象，吃到肉。"于是，豺走到狮子跟前，说道："尊者，我长期吃你捕杀的大象肉，今天我想要吃自己捕杀的大象肉。我要躺在金洞里你躺的地方，而你去山脚下侦察大象，看见了，就回来报告我，说道：'豺，显威吧！'请你不要对此介意。"狮子回答道："豺啊！在这世界上，只有狮子能杀死大象,哪有豺能杀死大象吃象肉的? 别异想天开了! 你还是吃我捕杀的大象肉维持生活吧!"豺听不进这些话,再三恳求狮子。狮子说服不了它,便同意道:"那么,你就躺在我躺的地方。"狮子让豺躺在金洞里,自己到山脚下去侦察,发现有一头春情发动的大象,便回到洞口,说道:"豺,显威吧!"豺走出金洞,抖抖身子,环视四方,发出三声嗥叫,扑向大象。它心里想着:"我要抓住这头春情发动的大象的颞颥。"可是,它扑空了,摔在大象脚下。大象抬起右脚,将豺的脑袋踩得粉碎。然后,大象用脚把豺的尸骸归成一堆,撒上一泡尿,吼叫着进入树林去了。菩萨见此情形,说道:"豺啊!现在你显威吧!"说罢,念了这首偈颂:

脑浆四溅,脑壳粉碎,
肋骨全断,你已显威。

菩萨念完这首偈颂。以后,它活够岁数,按其业死去。

牛尾本生

古时候,梵授王在波罗奈治理国家的时候,菩萨转生在西北地区的一个婆罗门家族。在他诞生那天,父母为他点燃生日之火。他十六岁时,父母对他说:"孩子!在你诞生那天,我们为你点燃这火。如果你想过家庭生活,那就学习三吠陀吧!如果你想升入梵界,那就带着这火,进入森林,供奉这火,赢得大梵天的恩惠,最后升入梵界。"他回答道:"我不想过家庭生活。"于是,他带着这火,进入森林,盖了间净修屋,住在那里,供奉这火。

一天,边界村民布施给他一头牛。他把牛牵回茅屋,心想:"我要用这牛祭供火神。"转而又想:"我这里没有盐。火神不能吃无盐的祭品。"于是,他把牛拴在那里,去村子里讨盐。

他走后,一群猎人来到那里。他们看见这头牛,便把它杀死煮熟,美餐一顿,然后扔下牛尾、牛蹄和牛皮,带着吃剩的肉走了。婆罗门回来看见只剩下牛尾、牛蹄和牛皮,心想:"这火神连自己的东西都保护不了,怎么能保护我呢?供奉这火徒劳无益,既不能积德,也不能谋利。"他失去了供奉这火的信心,说道:"火神啊!你连自己的东西都保护不了,怎么能保护我呢?牛肉没了,只能请你享用这些了!"他把牛尾等等扔进火里,念了这首偈颂:

> 火神窝囊废,你能保护谁?
> 今日无牛肉,请用这牛尾。

念罢,大士用水浇灭这火,出家当了隐士,后来获得五神通和八定,死后升入梵界。

乌鸦本生

古时候，梵授王在波罗奈治理国家的时候，菩萨转生为海神。一只乌鸦带着自己的妻子来海边寻食。刚好，人们在海边摆上牛奶、米饭、鱼、肉、酒等食品，祭祀龙王之后，回家去了。乌鸦来到祭地，看见这些祭品，就跟妻子一起吃米饭、鱼、肉，还喝了许多牛奶和酒。结果，它俩都喝醉了，于是说道："我们到海里去玩耍吧。"它俩坐在海边，开始洗澡。这时，一个海浪冲来，将雌乌鸦卷入海中。接着，一条鱼把它吞吃了。"我的妻子死了！"乌鸦号啕大哭。听到它的哭声，许多乌鸦聚集过来，问道："你为什么啼哭？""你们的女伴在海边洗澡时，被海浪卷走了。"一听这话，众乌鸦都痛哭起来。然后，它们说道："这海水有什么了不起！让我们舀干海水，救出我们的女伴。"于是，它们不停地用嘴吸水，吐往岸边，每当嗓子被盐水渍得难受时，就飞到干地上休息一会儿。最后，它们精疲力尽，嘴巴发涩，眼睛通红，互相商议道："哎，我们吸出海水，吐到岸边，可是吸走的地方又都涨满了水。看来我们无法舀干海水。"说罢，念了这首偈颂：

> 嘴巴发涩，咽喉疼痛，
> 大海依旧，徒劳无功。

念罢，这些乌鸦七嘴八舌地议论道："我们女伴嘴巴多么漂亮，眼睛多么美丽，体态多么优雅，声音多么悦耳，竟然毁在大海这个强盗手里。"正当它们这样乱说一气的时候，海神显示可怕的模样，吓走了它们。这样，才使它们得救。

豺本生

　　古时候,梵授王在波罗奈治理国家的时候,菩萨投胎为豺,住在河边的森林里。那时,有一头老象死在恒河边。豺出来寻食,看见这具象尸,心想:"今天我的收获真大。"它走上前去咬象鼻,但咬上去像犁柄。它嘀咕道:"这儿咬不动。"又去咬象牙,但咬上去像骨头。又去咬象耳,但咬上去像簸箕。又去咬象腹,但咬上去像谷仓。又去咬象足,但咬上去像石臼。又去咬象尾,但咬上去像木杵。就这样,它东咬西咬,老是嘀咕"这儿咬不动",找不到可吃的部位。最后,它咬象的肛门,咬上去像松软的糕饼,于是说道:"我终于找到这头象身上柔软可口的部位了。"于是,它从肛门那里吃起,一路吃进象肚,吃掉了肾和心等内脏。它渴了就喝象血,困了就躺在象肚里睡觉。它思忖道:"在这象肚里就像住在自己家里一样舒服,有吃有喝,我何必再去别处呢?"这样,它在象肚里住下,天天吃肉。

　　光阴流逝,由于夏季的热风吹刮,烈日暴晒,象尸干燥收缩。豺的入口处封闭了。象肚里一片漆黑,豺像生活在地狱里一般。象尸风干,象肉随之变硬,象血随之枯竭。豺失去出口,恐惧万分。它在象肚子里东奔西撞,寻找出路,就像面粉团子在开水锅里乱蹦乱跳。这样过了几天,乌云降临,下了一场大雨,象尸受潮膨胀,恢复原状。肛门松开,透进星星一般的微光。豺看见这个缝隙,喊道:"这下我的命保住了!"它退到象头那里,使劲一蹦,用头撞开肛门,钻了出来。可是,它全身的毛在挤出肛门时蹭掉了,现在身子光秃秃的,像棕榈树干。它心惊肉跳地跑了一阵,然后停步坐下,望着自己的身子,悲叹道:"我这不幸不是别人造成的,全怪自己

贪心。从此以后,我决不再贪心,决不再钻进象肚子里去了。"它感到后怕,念了这首偈颂:

> 钻进象肚子,遭此大恐怖,
> 今后再也不,今后再也不!

说罢,豺离开这里,不回顾这具象尸,也不看其他象尸一眼。从此以后,它不再贪心了。

一叶本生

古时候,梵授王在波罗奈治理国家的时候,菩萨转生在西北地区的一个婆罗门家族,长大成人后,在呾叉始罗学会三吠陀和一切技艺,过了一段家庭生活。父母去世后,他出家当隐士,获得五神通和八定,住在喜马拉雅山上。他在那里住了很长时间。一天,由于缺少盐、醋等生活必需品,回到尘世。

第二天,他穿上整洁的苦行服,进城乞求施舍,来到王宫门口。国王凭窗眺望,看见了他,并为他的举止仪态所倾倒,心想:"这个苦行者六根清净,目不斜视。他缓步走来,狮子般庄重,仿佛每走一步,都放下一袋金币。如果世上有清净之法,那就在这个人身上。"国王这样想着,回头招呼一位大臣。大臣问道:"大王!有何吩咐?""将那苦行者带来。""遵命,大王!"大臣走到菩萨跟前,向他行礼,并从他手中接过钵盂。菩萨问道:"大人,这是干什么?"大臣回答道:"尊者,国王召你去。"菩萨说道:"我久居喜马拉雅山,不是国王的亲信。"大臣回宫禀告国王。国王说道:"我并没有别的亲信,去把他带来。"大臣又走到菩萨跟前,向他行礼恳求,把他带回王宫。国王向菩萨行礼,请菩萨坐在白色华盖下的金御座上,并且把为自己准备的各种美味佳肴让给菩萨吃,然后问道:"尊者!你住在哪儿?""我久居喜马拉雅山上,大王!""现在你去哪儿?""我在寻找一个适合雨季居住的地方,大王!""那你就住在我的御花园里吧,尊者!"国王劝说菩萨同意后,自己吃完饭,带着菩萨同去御花园,让人盖起一座树叶屋,里面有日间用室和晚间用室,备足生活用品,并吩咐园丁殷勤侍候,然后才回城。从此,菩萨住在御花园,而国王每天总要前来拜访两三次。

这位国王有个儿子,乖戾凶暴,是名副其实的恶太子。国王也管教不了,其他亲属更不必说。大臣、婆罗门、市民也一致劝告他:"王子啊!别做这种事,万万不可做这种事!"但是,种种劝告都无济于事,只能使王子发怒。国王思忖道:"看来,除了这位有德的苦行者,谁也无法管教这个王子了。那就让他来管教吧!"于是,国王带着王子来到菩萨那里,说道:"尊者啊!这王子乖戾凶暴,我们谁也管教不了,请你想个办法开导开导他吧!"国王把王子交给菩萨,自己回去了。

菩萨带着王子在御花园里四处溜达。菩萨看到一棵刚长出两片嫩叶的柠孛树苗,便对王子说道:"王子啊!你嚼嚼这树苗的叶子,辨辨味道。"王子摘下一叶,放进嘴里嚼了嚼,立刻"呸!呸!"将树叶连同唾液一起吐在地上。"怎么样?王子。""尊者,味道如同毒药。现在它还是树苗,长大后肯定会毒死许多人。"说着,他用双手拔起柠孛树苗,将它折断,念了这首偈颂:

> 树苗刚荫嫩叶,离地不足四指,
>
> 其毒尚且如此,长大可想而知。

于是,菩萨对王子说道:"王子啊!你拔起这棵柠孛树苗,将它折断,说它'现在就这么苦辣,长大后有什么用处?'而国中臣民看待你,正如你看待这棵树苗。他们想:'王子年轻时就这样乖戾凶暴,长大后掌握王权,真不知会干出什么事。我们怎能依靠他安居乐业呢?'这样,他们就会剥夺你的王权,就像拔掉这棵柠孛树苗一样,把你驱逐出国。所以,你要以柠孛树苗为鉴,从今以后,做个仁慈宽容的人!"从此,王子改邪归正,谦恭温和,成为仁慈宽容的人,恪守菩萨的教诲。老国王去世后,他继承王位,广行布施,做了许多善事,按其业死去。

桑耆沃本生

古时候,梵授王在波罗奈治理国家的时候,菩萨转生在一个婆罗门富豪家,长大成人后,在呾叉始罗学会一切技艺,成为波罗奈全城闻名的老师,教授五百个学生。其中有个学生名叫桑耆沃,菩萨教给他起死回生的咒语。他只掌握起死回生的咒语,没有掌握解咒的反咒语。

一天,桑耆沃与同学们一起去森林捡柴,看见一头死老虎,便对同学们说道:"嗨!我能叫这头死老虎活过来。"同学们说道:"这是不可能的。""你们瞧着,我能叫它活过来。""如果你有这本领,你就叫它活过来吧!"同学们说完,纷纷爬上树去。桑耆沃念诵咒语,用石子扔死老虎。老虎复活,蓦地扑来,咬住桑耆沃的喉咙,咬死了桑耆沃。桑耆沃倒地而死,老虎也倒地而死,两具尸体横在一处。

学生们背柴回来,向老师报告此事。老师教导学生们说:"孩子们!凡不辨善恶、滥施恩情者,均遭此灾祸。"说罢,念了这首偈颂:

> 谁与恶人亲,谁帮恶人忙,
> 犹如桑耆沃,救虎性命丧。

菩萨用这首偈颂向学生们说法,此后广行布施,做了许多善事,按其业死去。

宽心本生

古时候,梵授王在波罗奈治理国家的时候,离波罗奈城不远处,有个木匠村,那里住着五百个木匠。他们划船逆水而上,到树林里采伐盖房用的木材。他们将盖一层楼、二层楼等等的木材分别堆放。所有的木料,从木柱开始,都标明记号,运到岸边,装上船。然后,他们顺水而下,来到城里,按照人们的要求盖房。取得报酬后,他们再去森林采伐木材。他们就是这样维持生计的。

一次,木匠们在森林里安下营帐,采伐木材。在离他们不远的地方,有一头大象踩了喀堤罗树树桩。木刺扎进它的脚,红肿化脓,疼痛难忍。就在这时,它听到木匠们的伐木声,心想:"靠这些木匠帮忙,我也许可以转危为安。"于是,它用三条腿一瘸一瘸地走到木匠那里,躺在附近。木匠们望见它的红肿的脚,就走过来细看。他们发现脚上扎有木刺,就用尖刀划开木刺周围的皮肤,系上一根细绳,把木刺拔出来,然后挤掉脓水,用温水洗净,涂上合适的药。在他们的护理下,大象的伤口很快就愈合了。

大象伤愈后,心想:"我是靠了这些木匠才得救的。现在,我应该为他们效劳。"从此,它与木匠们一起采伐木材。它用鼻子卷起树木,递给木匠们剖成木料。它还会用鼻子递送斧子等工具,甚至拽住墨线的一端。吃饭的时候,每一个木匠给大象一个饭团,总共五百个饭团。

大象有个儿子,浑身雪白,品性优良。大象心想:"我已经年老,现在,我要把儿子带来给木匠们干活,然后我回到森林里去。"这样,它不告诉木匠们,自己到森林里去把儿子带了来,说道:"这头小象是我的儿子。你们救了我的命,我把它作为医疗酬金送给你们。今后,它将为你们干活。"说罢,它嘱咐儿子道:"今后,你就干我干的活。"它把儿子交给木匠们后,自己就回到森林里去了。从此,小象遵照木匠们的吩咐,干所有的活。他们也每顿喂它五百个饭团。

小象干完活,总要到河里玩耍一阵,然后回来。木匠们的孩子抱住它的鼻子,或在水里,或在岸上,跟它一起玩耍。品性优良的象、马和人都不在水里拉屎撒尿。小象也从不这样,总要等上岸以后才拉屎撒尿。

一天,天下雨,半干的象粪被雨水冲入河里,随波流到波罗奈城边的浅滩,滞留在一片丛林里。那时,国王的象夫牵来五百头象,准备给它们洗澡。群象闻到象粪味,没有一头肯下水,全都翘起尾巴跑开了。象夫把这情况告诉象师。象师说道:"这水一定有问题。"吩咐象夫检查河水。结果在丛林里发现优种象粪,明白了症结所在。于是,象师吩咐象夫拿水罐装满水,掺进香料,洒在群象身上。群象身上散发香气,立刻都下河洗澡去了。

象师将此事禀告国王,说道:"大王啊!你应该去寻找这头优种象,把它带回来。"于是,国王率领船队逆流而上,到达木匠的营地。小象正在河里玩耍,听到鼓乐声,就上岸站在木匠们身边。木匠们上前迎接国王,说道:"大王啊!如果您要木材,何必大驾亲临,只要派人来取就是了。""朋友啊!我来这里不是要木材,而是要这头象。""大王啊!请带走它吧!"但是,小象不肯走。"象啊!你有什么要求?""请你向木匠支付我的养育费,大王!""好吧,朋友!"国王吩咐在大象的四条腿、鼻子和尾巴旁边各安放一万金币。即使这样,小象还是不肯走。直至国王给了木匠每人一套衣服,木匠妻子每人一身衣料,也给了与它一起玩耍的孩子们应有的照顾,它才回头望了望木匠、妇女和孩子们,跟着国王走了。

国王带领小象进城。全城和象宫按照国王的吩咐,都装饰一新。他让小象在城里周游一巡,然后进入象宫。他给小象戴上各种装饰品,替它灌顶,封它为御象。国王把小象看作自己的朋友,赐给它半个王国,让它得到与自己一样的侍候。自从这头小象来到以后,国王赢得全赡部洲的统治权。

光阴流逝,菩萨投胎在王后腹中。王后将要临产时,国王死了。御象如果得知国王去世,肯定会心碎而死。因此,人们将国王去世的噩耗瞒过御象,照旧侍候它。毗邻的拘萨罗王听说国王去世,心想:"这个国家虚弱了。"于是,率领大军,包围波罗奈城。人们关闭城门,向拘萨罗王发出讯息说:"我们的王后即将临产,相面师说:'七天后,王后将生儿子。'如果七天后,王后生的是儿子,那我们决不放弃王国,将与你们交战。请你们七天后再来吧!""好吧!"拘萨罗王表示同意。

第七天,王后生了个儿子。他的出生给人们带来宽慰,因而在命名日,人们给他取名宽心王子。从他出生之日起,国民们开始与拘萨罗王交战。他们虽然人数众多,但由于缺乏统帅,渐渐败下阵来。大臣们把情况报告王后,说道:"我们的军队这样败下来,恐怕要亡国。国王去世、王子诞生、拘萨罗王入侵,这些事,国王的朋友御象都还不知道。我们去告诉它,好吗?"王后同意道:"好吧!"她把儿子打扮整齐,裹在丝绸褓褓里,在大臣们陪同下,从王宫来到象宫。她把菩萨放在御象脚跟,说道:"尊者啊!你的朋友已经去世,我们怕你心碎,没敢告诉你。这是你朋友的儿子。拘萨罗王已经包围了波罗奈城,向你朋友的儿子宣战。我们的军队节节败退。你或是杀死你朋友的儿子,或是为他夺回王国。"这时,御象用鼻子抚摩王子,把他卷到头顶上,哀鸣悲叹一阵,再把菩萨放在王后手中,说道:"我去活捉拘萨罗王。"说罢,走出象宫。大臣们给它装饰打扮,披上盔甲,然后打开城门,簇拥着它,走出城去。御象一出城门,连声吼叫,吓得敌兵纷纷溃逃。它冲破军营,拽住拘萨罗王的发髻,把他带到菩萨脚旁。众人要杀死他,御象加以制止。它教训拘萨罗王说:"今后你放老实些,别以为我们的王子年幼可欺!"说完,就把他放了。

从此,赡部洲全归菩萨统治,任何仇敌都不敢犯上作乱。菩萨长到七岁,灌顶为王,号称宽心王。他依法治国,死后升入天国。

德行本生

古时候,梵授王在波罗奈治理国家的时候,菩萨转生为狮子,住在山洞里。一天,它走出山洞,眺望山麓。那时,山麓淹没在洪水之中,只有一块高地露出水面,坚实的泥土上长着碧绿的嫩草。兔子和鹿等迅行动物常来这块草地游荡,啃啮嫩草。这天,正好有一头鹿在这里游荡,啃啮嫩草。狮子决定要吃这头鹿。它从山顶上以狮子速度冲下来。那头鹿惧怕死亡,惊叫着逃跑了。而狮子停不住脚步,掉入泥潭,爬不出来。它的四条腿像四根柱子扎在泥里,动弹不得,七天没有进食。

有只豺出来寻食,看见狮子,吓得赶忙逃跑。狮子喊道:"喂,豺啊!别跑!我陷在泥潭里了,你救救我吧!"豺来到狮子身旁,说道:"我是能救你出来的,只怕救了你,你会吃掉我。""别怕!我不会吃你的,相反,我会大大地报答你。想个办法救我出来吧!"豺相信狮子的诺言。它先扒掉狮子四条腿附近的泥土,再挖四条通向水源的渠道,引来水流,泡软狮子四条腿底下的泥土。接着,豺钻到狮子肚皮底下,说道:"尊者,使一把劲!"说完,豺大叫一声,用头顶狮子的肚皮。狮子猛一使劲,蹦出泥潭,站在高地上。狮子休息片刻,跳入水里,洗净满身的泥浆。然后,它杀死一头野牛,用牙戳开牛皮,撕下肉放在豺的面前,说道:"吃吧,朋友!"等豺吃完,狮子自己才吃。最后,豺又叼起一块肉,衔在嘴上。狮子问道:"这是干什么?朋友。""留给你的女仆①吃。""你拿吧!"狮子也为自己的妻子拿了点肉,说道,"来吧!朋友,我

---

① 豺的谦辞,指自己的妻子。

们一起上山顶,到你的女伴的住处去!"它们来到那里,给雌豺吃肉。雄豺和雌豺两口子都很满意。狮子说道:"今后,我将照看你们。"狮子把它俩带到自己的住处,让它俩住在自己洞口附近的一个山洞里。

从此,狮子带着豺一起出去寻食,将雌狮和雌豺留在家里。它俩杀死各种野兽之后,就饱餐一顿,然后带些回来给两只雌兽吃。光阴流逝,雌狮和雌豺都生了两个崽子。它们融洽和睦地住在一起。

有一天,雌狮冒出一个念头:"雄狮十分宠爱雄豺、雌豺、豺崽,准是它与雌豺有些勾当,所以才跟它们这么亲热。我一定要辱骂和恐吓这只雌豺,把它赶走。"等雄狮带着雄豺出去寻食,它就辱骂和恐吓雌豺道:"你为什么住在这里? 为什么不滚开?"狮崽也这样威胁豺崽。雌豺把这一切告诉雄豺,说道:"雌狮这样对待我们,想必是雄狮的意思。我们在这里住久了,会被杀死的,还是回到我们的旧居去吧!"听完雌豺的话,雄豺跑到雄狮那里,说道:"尊者,我们在你们这里住了很久。住得太久了,会惹人讨厌。我们俩出去寻食时,雌狮辱骂雌豺,恐吓道:'你们为什么住在这里? 为什么不滚开?'狮崽也这样威胁豺崽。如果不喜欢别人住在身边,那就说声'请走吧!',何必辱骂恐吓呢?"说罢,念了第一首偈颂:

> 雌狮随心所欲,此乃强者之道;
>   听它发出怒吼,我们心惊肉跳。

雄狮听完它的话,对雌狮说道:"夫人哪! 有一次,我出去寻食,过了七天,才带着雄豺和雌豺一起回来,你应该是记得的。""是的,我记得。""你知道我为什么七天没回来?""我不知道,尊者!""夫人哪! 我是想抓一头鹿,结果,鹿没有抓住,我却陷入泥潭,不能自拔,整整七天没有进食。靠了这只豺,我才得救。它是我的救命恩人。患难相助才是真朋友,不管它是强者还是弱者。今后,不许怠慢我的朋友和它的妻儿。"说罢,念了第二首偈颂:

不管强大弱小,贵在恪守友道,

豺是我的恩人,亲如手足同胞,

叫声我的夫人,切莫无理取闹。

听了雄狮的话,雌狮请求雌豺原谅。从此,雌狮和雌豺母子和睦相处。小狮子也与小豺一起玩耍。父母去世后,它们仍然保持友谊,融融乐乐住在一起。据说,它们的友谊传了七代之久。

兀鹰本生

　　古时候,梵授王在波罗奈治理国家的时候,菩萨投胎为兀鹰山上的兀鹰,由父母抚养照顾。

　　有一次,风雨大作。兀鹰们抵御不住暴风雨,浑身发冷,纷纷飞往波罗奈城,躲在城墙下、沟渠里,瑟缩发抖。那时,波罗奈商主出城沐浴,看到这群可怜的兀鹰,便把它们安置在一块干地上,生起一堆火,派人到牛坟场拿些牛肉来给它们吃,细心照料它们。

　　当暴风雨停息的时候,这些兀鹰的身体也都复原了。它们飞回兀鹰山,聚在那里商议道:"波罗奈商主奉养过我们,我们也应该奉养他。今后,无论谁叼到衣服或者装饰品,就把它扔在波罗奈商主家的院子里。"从此,兀鹰一看见人们晒在太阳底下的衣服和装饰品,就趁人不备,突然袭击,叼肉似地叼走衣服或装饰品,扔到波罗奈商主家的院子里。商主知道这些东西都是兀鹰送来的,便吩咐把它们另放一边。

　　人们报告国王说:"全城都遭到兀鹰抢劫。"国王说:"你们只要抓住一只兀鹰,我就能找回一切失物。"于是,人们到处设置罗网和夹子。这只孝顺母亲的兀鹰①落入罗网。人们捉住它,说道:"我们把它交给国王。"波罗奈商主正要去侍奉国王,看到人们抓住兀鹰,心想:"不能让他们伤害这只兀鹰,"就跟随他们一起走。人们把兀鹰交给国王。国王质问兀鹰道:"是你们抢劫城市,叼走衣物的吗?""是的,大王!""给了谁?""给了波罗奈商主。""为什

---

　　① 即菩萨。

么？""他救过我们的命。谁奉养过我们,我们也要奉养他。所以,我们叼给他衣物。"国王又问道:"听说兀鹰能看见一百由旬远的死尸,你怎么看不见捕捉你的罗网?"说罢,念了第一首偈颂:

> 兀鹰好目力,能视百由旬,
> 罗网在眼前,为何看不见?

兀鹰听了国王的话,念了第二首偈颂:

> 生命有尽头,死亡不可免,
> 罗网在眼前,照样看不见。

听了兀鹰的话,国王询问商主道:"大商主啊! 兀鹰真的把衣物叼到你家了吗?""是的,大王!""都放在哪儿?""大王,所有这些衣物,我都另外放着。我将把它们归还原主。请把这只兀鹰放了吧!"国王吩咐把兀鹰放了,大商主把每件衣物都归还原主。

鹰本生

古时候,梵授王在波罗奈治理国家的时候,菩萨转生为一只鹌鹑,居住在犁过的土地上。一天,它离开自己的觅食领域,来到森林边缘,想在别人的领域觅食。一只老鹰发现它来这里寻食,迅猛地飞下,抓住了它。鹌鹑在鹰的爪下哀叹道:"我真倒霉! 我真愚蠢! 我不该闯进别人的领域觅食。如果今天我在自己祖传的领域觅食,老鹰就不可能这样战胜我。"老鹰问道:"喂,鹌鹑! 你自己祖传的觅食领域在哪里?""就在那块犁过的土地上。"老鹰松开自己的爪子,说道:"去吧,你这鹌鹑! 就是在那里,你也逃不过我的爪子。"鹌鹑飞到那里,停在一块大土块上,喊道:"现在来吧,老鹰!"老鹰拼足全身力气,收拢双翅向鹌鹑猛扑过来。鹌鹑看到老鹰猛扑过来,转身钻进土块缝里。老鹰控制不住速度,胸脯撞在土块上,心碎眼暴,顿时死去。

鹌鹑见老鹰已经撞死,钻出来说道:"我看到了仇敌的下场!"它站在老鹰的心窝上,大声欢呼,念了这首偈颂:

> 巧计除敌,满心欢喜,
> 安身立命,祖传宝地。

一把豌豆本生

古时候,梵授王在波罗奈治理国家的时候,菩萨是他的政法顾问。一次,边塞发生骚乱,驻军派人向国王报信。当时正值雨季,国王驾临御花园,扎下营帐。菩萨伫立在国王身旁。这时,人们蒸熟豌豆,倒在木槽里喂马。御花园里有许多猴子。其中一只从树上跳下,捞了一把豌豆塞在嘴里,又用手抓了一把,跳回树上,坐在那里,开始吃豆。吃着吃着,一粒豌豆从它手上滚落地下。它扔掉嘴里和手上的所有豌豆,爬下树来,寻找那颗豌豆,结果没有找到,只得爬回树上去,垂头丧气地坐在树杈上,像输了一千元钱的官司。国王看到猴子的行为,询问菩萨道:"朋友,你对猴子的行为怎么看?"菩萨回答道:"大王啊!因小失大,无知的蠢材都是这么干的。"说罢,念了第一首偈颂:

> 树上这蠢猴,全然无智谋,
> 为捡一粒豆,丢失一把豆。

菩萨念完,走近国王,又念了第二首偈颂:

> 贪心汉如此,我们也同样,
> 因小能失大,犹如猴吃豆。

国王听了菩萨的话,立即返回波罗奈城。而强盗们听说"国王出城,决心要把强盗斩尽杀绝",都从边塞逃跑了。

镇头迦树本生

古时候,梵授王在波罗奈治理国家的时候,菩萨投胎转生为猴子,有八万只猴子跟随它,住在喜马拉雅山上。附近有个边境村子,有时有居民,有时无居民。村子中央有棵枝叶茂盛、果子甜美的镇头迦树。当村子没有人居住的时候,群猴就来吃果子。

有一次,果子成熟时,村里正好有人居住。村子围着篱笆,村口有人守卫。这棵镇头迦树硕果累累。群猴思忖道:"过去,我们曾在这个村子吃镇头迦果,不知现在果子熟了没有,也不知村中有没有人居住。"于是,它们派遣一只猴子去探明情况。它侦察回来报告说,果子已经成熟,村里住满了人。群猴听说果子已经成熟,情绪振奋,叫嚷道:"我们要吃镇头迦甜果。"许多猴子前去请示猴王。猴王问道:"村子里有没有人居住?""有人居住,大王!""那就不能去,因为人类是诡计多端的。""大王啊!等人们回屋休息,半夜里我们去吃。"群猴征得猴王同意后,从喜马拉雅山上下来,聚在村子附近的一块大石头上,等候人们回屋休息。半夜,人们都入睡了,它们就爬上树吃果子。

恰好,有个村民从家里出来解手,走过村子中央,看见这群猴子。他立即唤醒村民。村民手持弓箭、石块、棍棒等各式武器,团团围住这棵树,说道:"天亮时,我们收拾这群猴子。"八万只猴看到这些村民,惧怕死亡,胆战心惊,思忖道:"除了猴王,谁也无法拯救我们。"它们走到猴王身边,念了第一首偈颂:

村民持弓箭，刀光闪烁烁，

我们被围困，如何能逃脱？

猴王听后，安慰群猴道："别害怕。人有许多紧迫的事情要做。现在是半夜，他们站在这里想要杀死我们这些猴子。我们可以制造另外一个事端，转移他们的视线。"说罢，猴王念了第二首偈颂：

制造一事端，让人去忙碌；

大家尽量吃，树上还有果。

大士这样安慰群猴，要不群猴个个都会吓得心儿破裂而死。大士安慰群猴后，说道："全体集合！"群猴集合时，发现猴王的外甥塞纳格不在。它们报告猴王说："塞纳格没有来。""如果塞纳格没有来，你们就不用怕了。现在，它会来搭救你们的！"

群猴出发来这里时，塞纳格睡着了。等它醒来，发现同伴全走了。它沿着群猴的足迹来到村子，看见熙熙攘攘的村民，知道群猴遇上危险。恰好，村边一间屋子里点着火，还睡着一个老妇人。于是，它进屋取出火把，像村童那样举着，来到上风口，点燃了这座村子。村民们扔下群猴，赶忙去救火。群猴趁此机会逃跑；逃跑时，每只猴子都给塞纳格带上一个果子。

山牙本生

古时候,萨摩王在波罗奈治理国家的时候,菩萨转生在一个大臣的家里,长大后,成为国王的政法顾问。国王的御马名叫般德瓦;国王的马夫名叫山牙,是个跛子。马夫总是牵着缰绳在前面走。御马看见马夫一瘸一瘸的,以为这是在训练它,就学着马夫一瘸一瘸走路。

人们报告国王,御马走路跛脚。国王派医生去。医生检查不出御马有什么毛病,回禀国王说:"御马没有病。"国王又派菩萨去,说道:"朋友,你去查查原因吧!"菩萨去后,查明御马跛脚是由于跟跛子马夫相处。他把这情况报告国王,说道:"这是由于和不合适的人相处造成的。"说着,他念了第一首偈颂:

> 由于山牙跛脚,造成御马失常:
> 抛弃往日步伐,学那瘸子怪样。

国王听后,问道:"朋友,现在怎么办呢?"菩萨说道:"换个好马夫,御马就会恢复正常。"说完,念了第二首偈颂:

> 选个好马夫,牵马四处转;
> 御马得良师,跛脚立刻改。

国王照此办理,御马恢复正常。国王满心喜欢,钦佩菩萨甚至精通动物的脾性,赐给他极大的荣誉。

不喜本生

古时候，梵授王在波罗奈治理国家的时候，菩萨转生在一个婆罗门望族的家庭，长大后，在呾叉始罗学会咒语，成为闻名四方的老师。他在波罗奈向许多刹帝利和婆罗门弟子传授咒语。其中有个婆罗门青年熟谙三吠陀，背诵起来，一句不差，也成为老师，传授咒语。后来，这青年成家立业，终日操心家务，思想分散，不再能背诵咒语。一天，他来到老师身边。老师问道："小伙子啊！你还能背诵咒语吗？""自从成家之后，我的思想分散，不再能背诵咒语了。""孩子啊！思想分散，即使背熟的咒语也会忘却；只有思想集中，才能牢记咒语。"说罢，念了两首偈颂：

倘若思想分散，忘却此义彼义，
犹如池水混浊，不见鱼贝沙石。

倘若思想集中，牢记此义彼义，
犹如池水清澈，能见鱼贝沙石。

狮子皮本生

古时候,梵授王在波罗奈治理国家的时候,菩萨转生在一个农夫家里,长大成人后,以耕作为生。当时,有个商人用驴子驮了货,到各地做生意。每到一处,他就从驴背上卸下货,给驴蒙上狮子皮,放它到稻子、麦子田里去。守田人看见了,以为是狮子,不敢走近它。

后来有一天,这个商人在一个村口住下。他一边做早饭,一边给驴蒙上狮子皮,放它到麦田里去。守田人以为是狮子,不敢走近它,回村报告去了。全村居民手持武器,吹起螺号,敲响锣鼓,闹闹嚷嚷来到田边。这头驴怕死,发出驴的叫喊声。于是,菩萨知道了这是一头驴,念了第一首偈颂:

> 不是狮子吼,亦非虎豹哮,
> 这是头蠢驴,蒙着狮皮叫。

村民们知道了这是一头驴,就打断它的脊梁,取走它的狮子皮。商人来到田里,看到这头遇难的驴子,念了第二首偈颂:

> 身披狮子皮,长期吃麦苗,
> 只因一声叫,露馅命报销。

商人这么说时,这头驴就在那儿死了。商人丢下它离开了那儿。

小莲花本生

古时候,梵授王在波罗奈治理国家的时候,菩萨投胎在王后腹中,转生为王子。在命名日,人们给他取名莲花王子。在他下面,有六个弟弟。他们七兄弟长大成人,相继成家立业,像国王的朋友一样互相来往。

一天,国王眺望王宫庭院,看到前来觐见的人异常之多,便疑心:"这些人是来杀我,夺取王位的。"他召来儿子,说道:"孩子们!你们不能再住在这座城里了,赶快到别处去,等我死后,再回来继承王位,治理国家吧!"

他们听从国王的话,痛哭流涕,回到各自家里,告诉妻子说:"我们要去外地生活。"他们带着妻子出了城,来到一个荒原,既没有吃的,也没有喝的,真是饥渴难忍。他们商议道:"为了活命,把这些妇女吃了吧!"于是,他们杀死最小的弟媳,分成十三块,吃人肉维持生命。菩萨和妻子把分到的两块肉藏起一块,两人合吃一块。就这样,过了六天,杀了六个妇女。菩萨每天藏起一块肉,共藏了六块。第七天,弟兄们说该杀菩萨的妻子了。菩萨听后,就把藏着的六块肉给了他们,说道:"你们吃这六块肉吧,明天我再想办法。"趁弟弟们吃完肉,入睡后,菩萨带着妻子逃跑了。

他们才逃了一小段路,妻子就说:"夫君,我走不动了。"于是,菩萨背着她走,直至太阳升起,才走出荒原。太阳越升越高,妻子说道:"夫君,我想喝水。"菩萨说道:"亲爱的,这里没有水呀!"妻子一而再、再而三地闹着要喝水,菩萨只得用小刀划开自己的右膝,说道:"亲爱的,没有水,你坐下吮我右膝的血吧!"妻子这样做了。不久,他们到达大恒河,在那里喝水、沐浴、吃果子,选择一个舒适的处所休息。然后,他们在恒河岸边盖了间小屋,定居下来。

一天,恒河上游,有个强盗侵犯王室,被剁掉手、脚、耳、鼻,放在木槽里,抛进恒河,随波漂泊。他疼痛难忍,号啕痛哭,漂到了菩萨的居处。菩萨听到他的凄惨哭声,心想:"有我在,遭到不幸的生灵不会遭到毁灭。"菩萨走下恒河岸,把那强盗救上来,带回自己的小屋,替他洗涤伤口,敷上药膏。妻子在一旁嘟哝道:"从恒河里捞上来这么一个废物,还要忙忙碌碌照料他。"说着,厌恶地朝这残废人啐了一口。

强盗的伤口痊愈后,菩萨让他与妻子一同呆在家里,自己去树林采集果子,带回来给他俩吃。这样,由于经常呆在一起,妻子爱上这个残废人,与他私通。她蓄意谋害菩萨,对菩萨说道:"夫君啊!你背着我走出荒原时,我望着那座山许过愿:'山神啊!如果我与丈夫安全得救,我一定向你祭供。'现在,山神常来吓唬我,我该祭供还愿了。"菩萨不知道这是诡计,同意道:"好吧!"他备好祭品,让妻子拿着,一同登上山顶。这时,妻子对他说道:"夫君啊!我的最高之神不是山神,而是你!我要先用野花供奉你,向你右绕行礼,然后,再向山神祭供。"她让菩萨面朝悬崖站立,把野花献给他,又假装向他右绕行礼。她绕到菩萨背后,用力一推,把菩萨推下悬崖,叫嚷道:"我见到了我的仇敌的下场了!"她乐滋滋地下山,回到情夫身边。

菩萨从山顶沿着峭壁摔下,掉在一棵无花果树顶上,那里没有荆棘,覆盖着厚厚的树叶。但是,他也无法爬下山去,只得呆在树杈上,靠吃无花果维持生命。有一条身躯庞大的蜥蜴王,常常从山脚爬上来吃无花果。这天,它看见菩萨,就逃跑了。第二天,它照样来,躲在一旁吃无花果,吃完就走。这样,它一次又一次来吃无花果,对菩萨不再顾忌。它问菩萨道:"你怎么会到这里来的?"菩萨如此这般地把原因告诉了它。蜥蜴王听后,对菩萨说道:"别害怕!"它让菩萨坐在自己背上,爬下山,走出森林,来到大路上,说道:"沿着这条路走吧!"它送走菩萨,自己回森林去了。菩萨来到一个村子,在那里住下。后来,他听到父亲去世的消息,就回到波罗奈城,继承了王位,得名莲花王。他恪守为王十法①,秉公执政,在四个城门、城市中央和王宫门

————————

① "为王十法"是布施、持戒、慷慨、正直、和蔼、自制、忌怒、忌杀、宽容和大度。

口,设置了六个布施厅,每天布施六十万钱财。

这个邪恶的女子背着情夫,走出森林,在大路上行乞,用讨来的米粥喂养情夫。人们问她:"这是你的什么人啊?""我是他舅妈的女儿,他是我姑妈的儿子,家里人把我许配他,即使他注定要死,我也要背着自己的丈夫,照顾他,讨饭养活他。"人们称赞道:"多么贤惠的妻子呀!"从此,她得到更多的米粥。另外有些人劝她说:"你别这样四处乞讨了。现在,波罗奈由莲花王执政。他乐善好施,威震全赡部洲。他见到你,一定会高兴,向你慷慨布施。把你的丈夫放在这只筐里,背着去吧!"他们给了她一只柳条筐,说服她去了。

这个不贞的女子把情夫放在筐里,背着来到波罗奈,在各个布施厅乞食为生。菩萨常常坐在装饰华丽的象背上,前往布施厅,亲自发放八份或十份施舍,然后回宫去。这天,这个不贞的女子把情夫放在筐里,背在背上,站在国王的来路上。国王见到后,问道:"这是谁?""这是一位贤惠的妻子,大王!"国王把她召来,认出了她。国王吩咐她把那个残废人从筐里抱出来,问道:"这是你的什么人?""是我姑妈的儿子,大王! 家里人把他给我作丈夫。"众人不知内情,纷纷夸赞这个不贞的女子:"真是个贤妻!"但国王问道:"这个残废人是你家里人给你作丈夫的吗?"这女子没有认出国王,镇定地回答说:"是的,大王!"于是,国王说道:"站在你面前的不是波罗奈王的儿子吗?你不是莲花王子的妻子,某某国王的女儿,名字叫某某吗? 你不是吮过我右膝的血,与这残废人私通,把我推下悬崖的吗? 你胆大包天,以为我死了,跑到这里来。可是,我还活着!"说着,他转向大臣们,说道:"哦,大臣们啊! 你们曾经问过我,我也告诉过你们:我的六个弟弟杀死了他们六个妻子,吃了她们的肉,而我保全了我的妻子,带着她隐居在恒河岸边,还救起一个犯有死罪的残废人,养育他。我的女人与他私通,将我推到山脚下。我靠了自己的仁慈之心,得以死里逃生。把我推下悬崖的不是别人,就是这个荡妇! 那个犯有死罪的残废人不是别人,就是这个家伙!"说罢,他念了两首偈颂:

> 淫妇是她,罪犯是他;
>
> 谎称夫妻,女人该杀!

可恶奸夫,重棍打死;

无耻荡妇,活割耳鼻!

菩萨虽然怒不可遏,想下令严惩这两个人,但他没有这样做。他压下怒火,只是吩咐把那只柳条筐挂在这女人胸前,系得结结实实,让她无法摘下,把那残废人放在筐里,将他们驱逐出他的王国。

宝珠窃盗本生

古时候,梵授王在波罗奈治理国家的时候,菩萨转生在波罗奈附近村庄的一位长者①家里。长大成人后,家里为他娶了波罗奈城里的一位名门淑女。这位少女俊俏可爱,仙女般美丽,花蔓般优雅,小鸟般欢快,名字叫妙生。她是一位贤妻,恪守妇道,尽心侍奉丈夫和公婆。菩萨对她十分钟爱,两人心心相印,和睦相处。

一天,妙生对菩萨说:"我想去看望我的父母。""好啊,亲爱的!那就准备路上的食物吧。"菩萨让人制作各种干粮,然后将干粮和其他物品装在车上。菩萨坐在前面赶车,妻子坐在后面。到了波罗奈城边,他们卸下车轭,沐浴吃饭。然后,菩萨又套上车轭,坐在前面;妙生换好衣服,打扮整齐,坐在后面。

车子进城时,波罗奈王正坐在装饰华丽的象背上右绕城市行礼,在街上和他们相遇。这时,妙生已经下车,跟在车后步行。国王一见到她,就被她的美貌吸引,心醉神迷,他吩咐一个大臣说:"你去打听一下这女子有没有丈夫。"大臣去了,得知她是有丈夫的,便回来报告说:"她是有丈夫的,大王!坐在车上的那人就是她丈夫。"国王不能摆脱邪念,欲火中烧,心中思忖道:"我要施计杀死那男人,把女子夺到手。"他吩咐一个侍从说:"伙计!你拿着这个宝石顶饰,装作过路行人,扔在那人车上,然后回来。"他边说边把宝石顶饰递给侍从。侍从接过宝石,说道:"遵命!"他把宝石扔在那人车上后,回

① "长者"(gahapati,或译"家主"),是积财具德者的通称。

222

来报告国王说:"大王,事情办妥了。"

国王立刻喊道:"我的宝石顶饰丢了!"顿时,人声鼎沸。国王下令道:"关闭所有城门,封锁一切路口,给我搜查窃贼!"卫士们照此办理。全城一片混乱。那个侍从带着一帮人来到菩萨跟前,喊道:"喂,停车! 国王的宝石顶饰丢了,我们要检查你的车子。"说罢,他检查菩萨的车子,找到他自己扔在车上的宝石,把菩萨抓起来,骂道:"窃宝贼!"他对菩萨拳打脚踢,然后将菩萨反绑起来,送到国王那里,报告说:"窃宝贼缉拿归案!"国王命令道:"将他斩首!"卫士们在每个十字路口鞭打菩萨,从南门押解出城。

妙生丢下车子,伸出双臂,跟在菩萨后面,一边跑,一边哭喊:"夫君啊!都是为了我,让你遭此不幸。"卫士们让菩萨仰卧在地,说道:"我们要砍你的头了。"见此情景,妙生心想:"我平时循规蹈矩,恪守戒律。看来,在这世上,神灵也无法制止恶人伤害善人。"她哭着念了第一首偈颂:

> 神灵远在天边,世间无人保护,
>
> 暴徒恣意妄为,有谁出来拦阻?

这位德行高超的女子如此哭诉,众神之王帝释天的宝座发热了。他思忖道:"是谁想把我从天帝宝座上赶走?"他知道了事情缘由,心想:"这波罗奈王做事太残忍,竟然如此折磨德行高超的妙生。现在,我得亲自去一趟。"于是,帝释天从天国下凡,凭借自己的神力,将坐在象背上的暴君拽下,使他仰卧在法场上;同时,扶起菩萨,给他装饰打扮,穿上王袍,让他坐在象背上。卫士们举斧砍头——砍的是国王的头。砍下后,他们才认出是国王。

众神之王帝释天显出形体,来到菩萨跟前,为菩萨灌顶,立菩萨为王,立妙生为王后。众位大臣、婆罗门、长者等看到众神之王帝释天,满心欢喜,说道:"无道昏君死了。现在,我们得到帝释天赐给我们的圣明法王。"帝释天站在空中告诫道:"这是帝释天赐给你们的国王。今后,他要依法治国。如果国王无道,那么,旱时无雨,涝时降雨,饥荒、瘟疫、兵祸都要接踵而至。"说罢,念了第二首偈颂:

旱时无雨,涝时降雨,

昏君无道,理应伏诛。

　　帝释天这样告诫了大众之后,回到自己的天国。菩萨依法治国,死后升入天国。

云马本生

古时候,在铜叶岛①上有座名叫尸利沙婆图的夜叉城。那里,聚居着母夜叉。每当航海遇难的商人来临,她们就打扮整齐,携带硬食、软食,怀抱小孩,在女仆簇拥下,去商人那儿。为了使商人相信这里也是人境,她们在四处幻化出耕种放牧的景象,幻化出人、牛、狗等。她们来到商人身边,说道:"你们请喝大米粥吧! 请尝尝这些食品吧!"商人不知底细,就享受她们送来的食品。等吃喝完毕,休息的时候,母夜叉便与商人寒暄,问道:"你们家住哪里? 从哪儿来? 上哪儿去? 为什么来到这里?""我们的船沉了,我们才来到这里。""好啊,先生们! 我们的丈夫出海已经有三年多,至今不见返回,大概已经死掉了。你们也是商人,我们就做你们的妻子吧!"说罢,她们搔首弄姿,作出种种媚态,迷住商人,将他们带回夜叉城。同时,她们把先前抓到的人用魔链捆住,扔进刑房。如果她们在自己的住地抓不到航海遇难的商人,就沿着海岸,在这边的格利雅尼河和那边的那伽岛上寻找。这是她们的行动规律。

一天,五百个航海遇难的商人登临夜叉城附近的海岸。母夜叉来到他们身边,引诱他们,将他们带回夜叉城,同时用魔链捆住先前抓住的人,把他们扔进刑房。母夜叉头目嫁给商人头目,其余的母夜叉嫁给其余的商人。夜晚,商人头目入睡后,母夜叉头目起身,去刑房杀人吃肉,然后再回来睡觉。其余的母夜叉也这样。母夜叉头目吃了人肉回来,身体发凉。商人头

---

① "铜叶岛"(tambapaṇṇidīpa)即斯里兰卡。

目拥抱她,意识到怀中的女人是母夜叉,心想:"这五百个女人都是母夜叉,我们必须逃跑!"

第二天清早,商人头目趁洗脸的机会,告诉其余的商人:"这些不是女人,是母夜叉!一旦有别的航海遇难的商人来到这里,这些母夜叉就会嫁给他们,吃掉我们。我们赶快逃跑吧!"其中二百五十个商人说道:"我们不能抛弃她们。你们想走,请走吧!我们不想逃跑。"这样,商人头目带领听从自己劝告的二百五十个商人,启程逃跑。

就在这时,菩萨转生为云马,全身雪白,头似乌鸦,鬃似蔓阇草,具有神力,能在空中行走。它从喜马拉雅山跃入空中,飞来铜叶岛,吃岛上湖泊池塘里天生的稻米。吃完飞走时,它用充满怜悯的人声,连叫三次:"谁想回大陆?"听到它的呼唤,商人们迎上前去,双手合十,说道:"尊者,我们想回大陆。""那就骑在我的背上吧!"这样,一些人骑上马背,一些人抓住马尾,另一些人双手合十站着。菩萨凭借自己的神力,将这二百五十个商人,包括双手合十站着的,全部带往大陆,将他们送回家,然后回到自己的住处。

而留在夜叉城的那二百五十个商人,在另一批航海遇难的商人来到之后,被母夜叉们杀掉吃了。

罗达本生

古时候，梵授王在波罗奈治理国家的时候，菩萨投胎转生为鹦鹉，名字叫罗达。它的弟弟叫波特巴德。它俩幼小时，就被一个猎人捕获，送给波罗奈的一个婆罗门。婆罗门把它俩当作儿子抚养。而婆罗门的妻子品性卑劣，行为不轨。婆罗门要出外经商，对两只小鹦鹉说："孩子啊！我要出外经商去了。请注意你们母亲白天或晚上的行动，留心其他男人进出这里。"他这样委托两只小鹦鹉后，就离家走了。

婆罗门一走，这女人就放荡不羁，不管白天或晚上，来往之人络绎不绝。波特巴德见此情景，对罗达说道："婆罗门临走时，委托我们看管他的妻子。现在，这个女人在干坏事。我要说说她。"罗达劝阻道："你别去说她。"波特巴德不听罗达的劝阻，对这女人说道："母亲啊！你为何要干坏事？"这女人立即起了要杀死它的念头，说道："孩子啊！你真是我的好儿子。从今以后，我一定不干坏事了。来，孩子，过来！"她装出亲昵的姿态，招呼它过来，然后一把抓住它，怒斥道："要你来教训我，你也不掂掂自己的分量！"说罢，捏住它的脖子，将它掐死，扔进炉灶。

婆罗门回来了。他休息之后，问菩萨道："罗达，好孩子！你们的母亲有没有越轨行为？"说着，念了第一首偈颂：

> 为父去他乡，今日返家门，
>
> 问声好孩子，母亲可安分？

罗达回答说："父亲啊！不管情况如何,聪明人不说无益的话。"它阐明这个意思,念了第二首偈颂：

说出真话,招来灾祸；
波特巴德,葬身烈火。

菩萨向婆罗门讲清道理后,说道："我不能再住在这里了。"它向婆罗门告辞,飞往森林去了。

长者本生

　　古时候，梵授王在波罗奈治理国家的时候，菩萨转生在迦尸国一个长者家里，长大成人后，结婚成家。他的妻子品行不端，与村长私通。菩萨听到风言风语，留心起来。

　　那时，正值雨季，青黄不接，村子发生了饥荒。村民们聚集起来，向村长告贷，说道："两个月后，收了稻谷，我们就拿稻谷还债。"这样，他们从村长那里赊到一头老牛，分吃了。

　　一天，村长趁菩萨外出，溜进菩萨家。正当他与菩萨妻子寻欢作乐时，菩萨回村了，从村口朝着家门走来。菩萨妻子面朝村口，看到了来人，心想："那是谁？"她站在门槛上仔细观望，认出正是菩萨，赶忙告诉村长。村长吓得浑身哆嗦，而菩萨妻子对他说："你别怕！我有个办法。我们吃过你的牛肉，你就装作来讨牛肉债的。我爬上米缸，护住缸盖，叫喊：'没有米了呀！'你站在屋子中央，高声嚷嚷：'我家里孩子成群，还我牛肉债！'"说罢，她就爬上米缸，坐在缸盖上。村长站在屋子中央，嚷嚷道："还我牛肉债！"菩萨妻子护住缸盖，叫喊道："缸里没有米了呀！等收了稻谷再还你，请你走吧！"

　　菩萨一进屋，见此情景，就明白这是荡妇要弄的诡计。他对村长说道："喂，村长！我们吃你的老牛肉时，说好两个月后还你稻谷。这才过了半个月，你怎么就来讨债了？你不是为这而来的，你是另有企图。我鄙视你的行为。这个不守妇道的荡妇明知米缸里没有米，还要爬在上面叫喊：'缸里没有米呀！'而你在那里嚷嚷：'还债！'我鄙视你们俩的行为！"他阐明这个意思，念了两首偈颂：

你俩行为我难忍，你俩行为我鄙视；
荡妇坐在米缸上，叫喊缸里没有米。

家贫赊欠老牛肉，讲明销账两月后，
期限未到来索债，你的行为真丑陋。

　　菩萨说完后，抓住村长的发髻，把他摔倒在屋子中央。"我是村长！""你侵犯了别人保管的财产！"①菩萨边骂边打，直到村长气息奄奄，才揪住他的脖领，把他扔出家门。然后，菩萨抓住荡妇的头发，把她从米缸上拖下来，边打边威吓道："如果你以后再干这种勾当，你就记住今天的教训！"从此，村长甚至不敢往菩萨家里瞧一眼，而那荡妇也不敢转一转越轨的念头。

――――――――

　　① 这句话的意思是你侵犯了别人的妻子。

戏弄本生

古时候,梵授王在波罗奈治理国家的时候,菩萨是众神之王帝释天。那时,梵授王容不得衰老之物,不论是象、马、牛,还是别的什么,只要一看到,他就破坏或戏弄。看到陈旧的车辆,他就下令拆毁;看到老妪,他就下令召来,抽打她的肚子,推倒拽起,威胁恫吓;看到老翁,他就勒令他像杂技演员那样,趴在地上翻筋斗,逗笑取乐。即使没有看到,而只是听说谁家有老人,他也要派人去找来,戏弄一番。人们羞于受此侮辱,都把自己的父母送往国外,无法尽到侍奉父母的责任。国王的随从也戏弄老人。这样,死后进地狱的人越来越多,升天国的人越来越少。帝释天看不到新来的天国居民,思忖道:"这是什么缘故?"他想明白后,决定去制服梵授王。

帝释天幻化成老翁模样,把两罐酥油放在一辆破车上,套上两头老牛,在一个喜庆节日,来到波罗奈。梵授王乘着装饰华丽的大象,在五彩缤纷的城中右绕行礼。帝释天衣衫褴褛,驾着破车,向国王驶来。国王一看到破车,叫喊道:"把那辆车毁掉!"随从问道:"在哪里啊?大王!我们没有看见!"帝释天凭借自己的神力,只让国王一个人看到。他驶近国王,把车往上一提,在国王头顶上飞过时,打碎一只油罐,然后掉转车身,再在国王头顶上打碎另一只油罐。这样,国王头上盖满酥油,滴答流淌。国王遭到羞辱,神情尴尬。帝释天见国王窘困沮丧,便撤销幻造的车子,显现自己的形体,手持金刚杵,站在空中,说道:"暴虐无道的国王啊!难道你会长生不老吗?衰老不会降临到你的身上吗?你戏弄老人,虐待老人。正是由于你和你随从的这种行径,死人充塞地狱,活人也不侍奉父母。如果你还不停止这种行为，我将用金刚杵打碎你的脑袋。从今以后，不准再干这种事了！"帝释天训斥国王后，又对他讲述父母的恩德，解释孝敬老人的功果。然后，帝释天回到自己的住处。从此，国王再也不敢干那种事了。

勇健本生

　　古时候,梵授王在波罗奈治理国家的时候,菩萨转生为喜马拉雅山区的一种水乌鸦,住在一个水池边。它的名字叫勇健。

　　那时,迦尸国发生饥荒,人们无力向乌鸦施舍食物,也无力向夜叉、蛇神提供祭品。乌鸦成群结队离开这饥饿的王国,进入森林。波罗奈城里一只名叫萨维特格的乌鸦,带着妻子,飞到勇健乌鸦的住处住下。一天,它在水池边觅食,看到勇健乌鸦扎进水里,叼起鱼就吃,吃完回到岸上,甩干羽毛。它想:"投靠这只乌鸦,就能得到许多鱼。我要去侍候它。"于是,它走近勇健乌鸦。勇健问道:"朋友,有什么事?""尊者,我想侍候你。""好吧!"勇健表示同意。从此,它就侍候勇健。每回勇健自己吃够了,就把剩下的鱼给萨维特格;萨维特格自己吃够了,就把剩下的鱼给妻子。

　　后来,萨维特格骄傲起来,心想:"这只水乌鸦是黑的,我也是黑的;它的眼睛、嘴和脚也跟我没有什么两样。今后,我不要它叼的鱼,我要自己叼。"它走到勇健身边,说道:"朋友,今后我要自己扎进水池叼鱼。""你没有转生在扎水叼鱼的乌鸦种族,别毁了自己!"萨维特格不听勇健乌鸦的劝阻,走下水池,扎进水里。它不会扯断水草钻出来,结果缠在水草中,只有嘴尖露出水面。这样,它不能呼吸,沉入水底送了命。它的妻子见它没有回来,就到勇健乌鸦那儿打听消息:"尊者,萨维特格不见了,它上哪儿去了?"说罢,念了第一首偈颂:

　　　吾夫声悦耳,脖颈似孔雀,

尊者可曾见,萨维特格鸦?

勇健听后,说道:"我知道你的丈夫的去处。"说罢,念了第二首偈颂:

识水乌鸦善叼鱼,萨维特格想模仿,
水草缠身扯不断,沉入水底性命丧。

雌乌鸦听后,哀声痛哭,飞回波罗奈去了。

鹿本生 *

古时候,梵授王在波罗奈治理国家的时候,菩萨转生为鹿,在一片森林里离开一个池塘不远的一丛灌木里安了家。离开这个池塘不远,在一棵树顶上,坐着一只啄木鸟;在池塘里面,住着一只乌龟。这三个结成了朋友,相亲相爱地住在一起。有一个猎人在树林子里转来转去,他在喝水的地方发现了菩萨的足迹,于是就支上了一张用皮子做成的像铁链子一样结实的网子,走了。在一更天的时候,菩萨走出去喝水,给网子逮住了,就大声呼喊。听到呼声,啄木鸟从树上飞下来,乌龟从水里爬出来,它们一块儿商议:"现在应该怎么办呢?"啄木鸟对乌龟说道:"朋友呀!你有牙,就把网子咬断吧;我呢,就飞出去,不让猎人跑来。如果我们俩这样卖上劲干,就能救我们朋友的命。"为了把意思说明白,它念了第一首偈颂:

> 来吧,乌龟! 用你的牙
> 把这张网子咬断!
> 我呢,就要飞出去,
> 不让那个猎人来捣乱。

乌龟开始咬那张皮网子。啄木鸟飞到猎人住的地方去。黎明的时候,猎人拿了一把猎刀,就走出来了。这只鸟看到他往外走,叫了一声,拍打着自己的翅膀,他刚迈出前门,一下子就打到他脸上。猎人心里想道:"这一只让我

---

* 本篇采用季羡林先生的译文。

235

倒霉的鸟打了我一下子。"转回身来,又躺了一会儿。然后,他又拿了猎刀,爬起来。鸟心里想道:"这家伙头一回是走前门出去的,现在他一定会走后门。"它就坐在后门等他。猎人心里也想道:"我走前门出去的时候,看到一只让我倒霉的鸟,现在我要从后门出去了。"他就从后门往外走。可是,那只鸟又叫了起来,而且飞下来打他的脸。猎人又给这一只倒霉的鸟打了一下子,心里想道:"这东西简直不让我出去。"于是转回身来,一直躺到出了太阳:当太阳升起来的时候,他拿了猎刀,走出去了。那只鸟拼命飞回来,告诉菩萨说道:"猎人来了。"在这一刹那,除了一根皮条以外,其余的皮条全给乌龟咬断了,它的牙简直像是要掉下来,嘴里涂满了血。菩萨看到那个年轻的猎人手里拿着猎刀闪电一般地跑过来,就挣断了那一条皮条,逃到树林子里去。那一只鸟坐在树顶上。可是乌龟呢,它实在累得太厉害了,趴在那儿,不能动了。猎人把乌龟装到一个袋子里,绑到一根树干上。菩萨逃跑了以后,看到乌龟给逮住了,心里想道:"我一定要救朋友的命。"便装出疲惫不堪的样子,让猎人看到自己。猎人想道:"这东西没有劲了,我要杀死它。"拿起猎刀,就追了上去。菩萨跑在他前面,离开他不太远,也不太近。把他引到树林子去,菩萨觉得已经走远了的时候,撒腿就跑,从另外一条路,风一般地跑回原处,用自己的角把袋子顶起来,丢在地下,把它撕破,把乌龟放了出来。啄木鸟从树上飞下来。菩萨对它们俩说道:"你们救了我的命,你们尽了朋友的本分:现在猎人要回来逮你们了;因此,朋友啄木鸟呀!你带着自己的孩子们搬到另一个地方去吧;而你呢,朋友乌龟呀,就钻到水里去吧。"它们照着做了。

> 乌龟往水里面钻,
> 鹿往树林子里窜,
> 啄木鸟从树顶上
> 把子女往远处搬。

猎人来到那个地方,谁也看不见了,他拿起了那一个撕破了的袋子,垂头丧气,走回家去。这三个朋友相亲相爱地活了一辈子,然后按其业死去。

鳄鱼本生

古时候,梵授王在波罗奈治理国家的时候,菩萨转生为喜马拉雅山上的一只猴子,力大如象,身材魁梧,容貌漂亮,住在恒河拐弯处的森林中。那时,有一条鳄鱼住在恒河里。它的老婆看到菩萨的身躯,渴望吃菩萨的心,对丈夫说道:"夫君啊!我想要吃猴王的心。""亲爱的,我们是水中动物,它是陆上动物,我们怎么能抓到它呢?""反正你得想办法把它抓来,如果我得不到它,我就会死去。""别担心,我有个办法,会让你吃到它的心。"鳄鱼安慰老婆之后,就去找菩萨。

这时,菩萨喝了恒河水,坐在恒河岸边。鳄鱼走近菩萨,说道:"猴王啊!你为什么老在这个地方吃些坏果子呢?恒河对岸有无数的芒果、面包果等甜果子,你为什么不到那儿去吃各种各样的果子呢?""鳄鱼啊,恒河水深河宽,我怎么过得去呢?""如果你想去,我可以驮你过去。"猴子听信鳄鱼的话,同意道:"好吧。"鳄鱼说:"那么来吧,登上我的背。"于是,猴子登上鳄鱼的背。鳄鱼游了一段,就把猴子掀到水中。菩萨问:"朋友啊,你把我掀到水中,这是干什么呀?""我不是出于好心带你过河的。我的老婆想吃你的心,因而我要让她吃到你的心。""朋友啊,你把实话告诉了我,做得很对。你知道,如果我们把心搁在肚子里,在树枝上跳来蹦去,早就颠碎了。""那么,你们把心搁在哪儿呢?"菩萨指着不远处一棵结满一嘟噜一嘟噜成熟果子的无花果树,说道:"你看,我们的心都挂在那棵无花果树上。""如果你把心给我,我就不杀你。""那么,你带我到那里去吧,我把挂在树上的那颗心给你。"鳄鱼驮着菩萨到达那里。菩萨从鳄鱼背上跳起,坐在无花果树上,说道:"伙计,傻鳄鱼！你当真以为这些猴子的心是挂在树上的,你这傻瓜,我是骗骗你的。那些果子你留着自己吃吧！你的个儿倒不小,就是没有脑子。"菩萨说明这个意思,念了两首偈颂:

> 芒果阎浮①面包果,它们长在河对过,
> 我不稀罕不垂涎,宁愿吃这无花果。

> 鳄鱼个儿倒不小,可是智力太可怜,
> 如今败在我手中,愿去哪儿随你便！

鳄鱼像输掉一千元钱的赌徒,垂头丧气,萎靡不振,返回自己住处。

———————

① "阎浮"(jambu)是一种果子名。

剩饭本生

　　古时候,梵授王在波罗奈治理国家的时候,菩萨转生在一个以行乞维生的穷艺人家里,长大成人后,依然贫困匮乏,行乞维生。

　　那时,在迦尸国一个村子里,有一个婆罗门的妻子,品性卑劣,行为不端,常做些越轨之事。一天,她的情夫趁婆罗门外出办事,溜进她家。两人寻欢作乐后,情夫说:"我吃点饭就走。"她煮熟饭,拌上咖喱,热腾腾地端给他,说道:"你吃吧!"而她自己则站在门口,注意婆罗门有没有回来。婆罗门妻子的情夫在吃饭的时候,菩萨站在那儿乞讨饭团。

　　就在这时,婆罗门朝着家门走来了。婆罗门的妻子看见丈夫回来,赶忙进屋,说道:"起来!婆罗门回来了。"她把情夫藏在米缸里。婆罗门进屋后,她端椅给丈夫坐下,又端水给丈夫洗手,然后在情夫吃剩的冷饭上添满热饭,端给丈夫吃。婆罗门伸手抓饭时,发觉这饭上面是热的,底下是冷的,心想:"这肯定是别人吃剩后,又添满了给我的。"于是,他盘问妻子,念了第一首偈颂:

　　　　上面这样热,下面这样凉,
　　　　我想问婆娘:为何不一样?

　　尽管婆罗门再三盘问,婆罗门的妻子害怕暴露自己的丑事,默不作声。这时,艺人的儿子思忖道:"藏在米缸里的那人肯定是情夫,这人才是这户人家的主人。这女婆罗门害怕暴露自己的丑事,所以默不作声。那好吧,让我

来替她说明真相，告诉婆罗门情夫藏在米缸里。"这样，他把事情真相告诉了
婆罗门。说罢，念了第二首偈颂：

> 我是卖艺人，来此为乞讨；
> 那人入米缸，请你去寻找。

婆罗门揪住那人的发髻，拖出米缸，警告他不准再干这种罪恶的勾当，
把他赶了出去。经过婆罗门这次的打骂教训，他俩不敢再干丑事。后来，婆
罗门按其业死去。

乌龟本生

　　古时候,梵授王在波罗奈治理国家的时候,菩萨转生在一个大臣家里,长大后,成为国王的宰相。这国王是个饶舌的人,只要他一张嘴,别人就别想插话。菩萨想纠正国王饶舌的恶习,一直在寻找合适的机会。

　　那时,在喜马拉雅山区的一个水池里,住着一只乌龟。两只小天鹅前来觅食,与乌龟结识,成为好友。一天,这两只小天鹅对乌龟说:"乌龟朋友,我们住在喜马拉雅山吉多峰坡面的金洞里。那是个可爱的地方,你愿意跟我们一起去吗?""我怎么去呢?""我们可以带你去,只要你能闭紧嘴巴,不跟任何人说一句话。""我能闭紧嘴巴,你们带我去吧!""好吧!"说完,它们让乌龟咬住一根小棍,它们俩各自咬住小棍的一端,飞上高空。村童们看见天鹅带着乌龟飞,叫喊道:"两只天鹅衔着一根小棍,把乌龟带走了!"乌龟张开嘴,想要说:"朋友们带我走,关你们这些坏小子什么事!"这时,天鹅正飞过波罗奈王宫的上空。乌龟一张嘴,牙齿脱离小棍。它坠落在王宫庭院里,摔成两半。顿时人声鼎沸:"乌龟掉在庭院里,摔成两半了!"国王在大臣陪同下,与菩萨一起来到这里。看到了乌龟,国王问道:"智者,这乌龟怎么会掉下来的?"菩萨想:"很久以来,我一直琢磨着要告诫国王,现在机会来了。事情一定是这样的:这只乌龟与天鹅交上朋友。天鹅说:'我们带你到喜马拉雅山上去。'它们让乌龟咬住小棍,带着它飞到空中,而这乌龟听到有人说闲话,不肯保持沉默,想要回嘴,结果松开棍子,从空中掉下,葬送了性命。"于是,菩萨对国王说道:"国王啊! 这完全是饶舌招来的灾祸。"说罢,念了两首偈颂:

　　这只乌龟，咬住棍子，
　　饶舌多言，害死自己。

　　国王鉴戒，谨言慎行，
　　记取乌龟，饶舌丧命。

　　国王明白菩萨是在说他，说道："智者啊，你在说我哩！"菩萨解释道："不管是你还是别人，谁要是饶舌，都会遭此灾祸。"

奸商本生

古时候,梵授王在波罗奈治理国家的时候,菩萨转生在大臣家里,长大后,成为法官。

那时,有两个商人结为朋友;其中一个是乡村商人,另一个是城市商人。乡村商人将五百个犁头寄存在城市商人那里。城市商人将五百个犁头变卖后,在存放犁头的地方撒了些耗子屎。不久,乡村商人回来,说道:"给我犁头。"那奸商指着耗子屎,回答道:"你的犁头让耗子吃掉了。"乡村商人说道:"那就算了吧!让耗子吃了,能有什么办法呢?"说完,他出去洗澡,带走奸商的儿子,送到一个朋友家里,说道:"别让这孩子跑了。"他让朋友将这孩子藏在里屋,自己去洗了澡,回到奸商家里。奸商问道:"我的儿子在哪里?""朋友啊!我把你的孩子放在岸上,我自己下水洗澡。这时,飞来一只老鹰,用爪子抓住你的孩子,飞上天空。我拼命拍水叫喊,也没能救下你的孩子。""你撒谎!老鹰抓不走小孩的!""是啊,朋友!不该发生的事情居然发生了,我有什么办法呢?你的孩子确实是让老鹰抓走了。"奸商威胁他,说道:"你这强盗、刽子手!我要拉你去见法官。"说罢,走上前来拉他。"只要你高兴,随你的便!"他就与奸商一起前往衙门。

奸商向菩萨诉说:"大人啊!这家伙带着我的儿子去洗澡。回来后,我问他:'我的儿子在哪里?'他说:'给老鹰抓走了。'请大人为我做主!"菩萨审问乡村商人,说道:"如实讲来!""是的,大人!我是带了他的儿子去的,而他的儿子真的被老鹰抓走了,大人!""但是,在这世上,哪里有过老鹰抓走小孩的事呢?""大人啊!那我要问你,如果老鹰不能把小孩抓上天,那么,耗子怎么能吃掉铁犁头？""此话怎讲？""大人啊！我将五百个犁头存放在他那里，他告诉我说：'犁头给耗子吃掉了。'还指给我看耗子在那里拉的屎。大人，如果耗子能吃掉犁头，那么，老鹰也能抓走孩子；如果耗子不能吃掉铁犁，那么，老鹰也不能抓走孩子。他说犁头给耗子吃掉了，你说能不能吃掉？请大人为我做主！"菩萨意识到这人是在用以毒攻毒的方法制服对方，于是赞叹道："好计谋！"并念了如下两首偈颂：

> 以毒攻毒好计谋，其人之道还其身；
> 倘若耗子能吃犁，老鹰也能抓童蒙。

> 以眼还眼牙还牙，强中自有强中手；
> 失犁者还人儿子，失子者还人犁头！

这样，失子者又得到儿子，失犁者又得到犁头。以后，两人都按其业死去。

法幢本生

　　古时候，耶萨波尼王在波罗奈治理国家的时候，他的统帅名叫迦罗格。那时，菩萨是国王的祭司，名叫法幢。国王的梳妆师名叫恰德波尼。国王依法治国，而他的统帅贪赃枉法，陷害他人，接受贿赂，颠倒黑白。

　　一天，一位败诉者仰天伸臂，哭着走出公堂，恰好看见菩萨前去侍奉国王，就跪倒在他的脚下，申述自己的冤屈："尊者啊！尽管像你这样的一些智者指导国王的政事和律法，但迦罗格统帅接受贿赂，颠倒黑白。"菩萨同情他，说道："来吧！我来审理你的案子。"菩萨带他到公堂。众人汇聚过来。菩萨公正审理，纠正错案。众人拍手称快，齐声叫好。国王听到喧嚷声，问道："这是什么声音？""大王啊！法幢智者纠正错案，那边发出一片叫好声。"国王满心欢喜，召来菩萨，问道："尊师啊！听说你审理了一个案子。""是的，大王！迦罗格错判一个案子，我把它纠正过来了。""今后，请你审理案子！只有听到世间太平昌盛的消息，才能饱我耳福。"菩萨起初不同意，但国王恳求道："为了众生的利益，请你坐镇公堂吧！"国王终于说服了菩萨。

　　从此，菩萨坐镇公堂，秉公断案。而迦罗格再也得不到贿赂，捞不到好处。于是，他在国王面前挑拨道："大王啊！法幢智者阴谋篡位。"国王不信，训斥道："别胡言乱语！"迦罗格继续说道："如果你不信，等他来的时候，你瞧瞧窗外，就会看到全城都已控制在他手中。"国王看到大群的告状人围着菩萨，心想："这些就是他的人马。"国王中了离间计，问道："统帅啊！我们该怎么办？""大王啊！我们必须处死他。""没有抓到他犯罪的把柄，怎能处死他呢？""我有个办法。""什么办法？""吩咐他办一件办不到的事。到时候他办不到,就问他死罪。""那么,吩咐他办什么办不到的事呢?""大王啊!即使在肥沃的土地上精心培植,也要两年或四年才能建成一座花园。你就召他来,说道:'明天,我们想游园,请你为我们造个花园!'他肯定造不出来。这样,我们就能问他死罪。"

于是,国王吩咐菩萨道:"智者!我们在老花园里玩腻了,想要有个新花园玩玩。明天,我们想游园,你为我们造个花园吧!如果你造不出来,就休想活命!"菩萨心里明白,是迦罗格得不到贿赂而挑唆国王这么干的,但只能回答说:"我将尽力而为,大王!"他回到家里,吃罢精美的饭食,躺在榻上沉思。这时,帝释天的居处发热。帝释天一思忖,便知道菩萨遇到难处,于是飞速下凡,进入菩萨卧室,停在空中,问道:"智者!你在思考什么?""你是谁?""我是帝释天,尊者!""国王命令我造座花园。我正在考虑这事。""智者!别为这事操心。我将为你造一座天国的欢喜园和美藤园那样的花园。我应该造在哪儿?"菩萨告诉他造在某处。帝释天造好花园,返回天国。

第二天,菩萨看见花园耸立眼前,便报告国王:"大王!花园已经造好,请去游玩吧!"国王来到那里,见到这座花园有十八腕尺高的红色围墙,有大门和门楼,有花果累累的各种树木,便问迦罗格:"智者已经按照我们的吩咐造出了花园。现在,我们怎么办?""大王啊!他既然能一夜之间造出花园,怎么不会篡夺你的王位呢?""那现在我们怎么办呢?""再让他办一件办不到的事。""什么事?""让他造一个七宝莲花池。""好吧!"于是,国王吩咐菩萨道:"尊师啊!你既然造了花园,那就再造一个与这花园相配的七宝莲花池吧!如果你造不出来,就休想活命!"菩萨回答说:"好吧,大王!我将尽力而为。"

然后,帝释天帮菩萨造了一个绚丽的莲花池,有一百处台阶,一千个水湾,池面上覆盖五色莲花,宛如欢喜园的莲花池。第二天,菩萨看见了莲花池,便报告国王:"大王!莲花池已经造好。"国王见到莲花池,便问迦罗格:"现在,我们怎么办?""让他盖座与这花园相配的大殿,大王!"于是,国王吩咐菩萨道:"尊师啊!请你再造一座与这花园和莲花池相配的全象牙大殿。如果你造不出来,就休想活命!"

　　然后,帝释天又帮菩萨造了一座大殿。第二天,菩萨看见大殿矗立眼前,便报告国王。国王见到后,又问迦罗格:"现在,我们怎么办?""让他造一块与这大殿相配的宝石,大王!"于是,国王吩咐菩萨道:"智者!请你再造一块与这象牙大殿相配的宝石,这样,我们能在宝石光芒的照耀下,任意走动。如果你造不出来,就休想活命!"

　　然后,帝释天又帮菩萨造了一块宝石。第二天,菩萨看见了宝石,便报告国王。国王见到后,又问迦罗格:"现在,我们怎么办?""大王啊!我想,一定有个天神在按照法幢婆罗门的愿望办事。现在,让他办一件天神也办不到的事——造一个四德完备的人。你就吩咐他说:'请你为我造一个四德完备的花园看守。'"于是,国王吩咐菩萨道:"尊师啊!你已经为我造了花园、莲花池、象牙殿和照明的宝石。现在,请你再为我造一个四德完备的花园看守。如果你造不出来,就休想活命!"菩萨回答说:"好吧,我将尽力而为!"他回到家里,吃罢精美的饭食,睡下了。早晨醒来后,他坐在床上沉思:"众神之王帝释天凭借自己的神力,要造什么就造什么,但也造不出四德完备的花园看守。既然这样,与其死于他人之手,不如自绝于林中。"他没有向任何人告别,独自离开住宅,从正门出城,进入森林,坐在一棵树下,沉思正道。帝释天知道事情缘由后,乔装林中人,来到菩萨跟前,说道:"婆罗门啊!你年轻柔嫩,似乎从未受过苦难,为何坐在这座森林里?"他提出这个问题,念了第一首偈颂:

　　　　你像尘世快活人,去国来此荒僻地,
　　　　犹如可怜出家人,独自沉思大树底。

　　菩萨听后,念了第二首偈颂:

　　　　我是尘世快活人,去国来此荒僻地,
　　　　犹如可怜出家人,沉思正道大树底。

然后,帝释天问道:"婆罗门啊! 如果是这样,原因何在?"菩萨回答说:
"国王要我造一个四德完备的花园看守,而这是不可能办到的。我想与其死
于他人之手,何不自绝林中? 因此,我来到这里坐着。""婆罗门啊! 我是众
神之王帝释天。我能造花园和其他一切,但不能造四德完备的花园看守。
但是,你们国王的梳妆师恰德波尼就是一个四德完备的人。如果需要花园
看守,可让这个梳妆师担任。"帝释天指导菩萨后,安慰道:"别害怕!"然后回
到自己的天国。

菩萨回到家里,吃完早饭,来到宫门前。就在那里,菩萨遇见恰德波尼。
菩萨拉住他的手,问道:"恰德波尼! 听说你具备四德,是真的吗?""谁告诉
你说我具备四德?""众神之王帝释天。""他为什么告诉你?"菩萨把事情经过
告诉他。这样,恰德波尼承认道:"是的,我具备四德。"菩萨便拉着他的手,
到国王那里,说道:"大王啊! 恰德波尼就是四德完备的人。如果需要花园
看守,就让他担任吧!"国王问道:"你当真具备四德吗?""是的,大王!""你具
备哪四德?"

我不妒忌,我不饮酒,
我不贪恋,我不嗔怒。

国王说道:"喂,恰德波尼! 你说你不妒忌,是吗?""是的,大王! 我不妒
忌。""你根据什么说你不妒忌?""大王,你请听!"于是,他念了这首偈颂说明
自己不妒忌:

由于妇人诬陷,我曾囚禁祭司,
而他深明事理,从此我不妒忌。①

国王又问道:"朋友,恰德波尼! 你根据什么说你不饮酒?"恰德波尼念

————————
① 这首以及下面三首偈颂都是讲述恰德波尼前生的事迹。

248

了这首偈颂,说明自己不饮酒:

> 过去我曾嗜酒,醉中吞食娇儿,
> 醒后悔恨交加,从此我不饮酒。

国王又问道:"朋友啊! 你根据什么说你不贪恋?"恰德波尼念了这首偈颂,说明自己不贪恋:

> 打碎缘觉①钵盂,我儿葬身烈焰,
> 爱子招来烦恼,从此我不贪恋。

国王又问道:"朋友啊! 你根据什么说你不嗔怒?"恰德波尼念了这首偈颂,说明他不嗔怒:

> 我曾修炼苦行,七年慈悲为怀,
> 七劫居住梵界,从此我不嗔怒。

恰德波尼这样讲述了自己的四德后,国王向周围的人做了一个手势。顿时,所有的大臣、婆罗门和长者等蜂拥而上,痛斥迦罗格:"嘿! 你这贪赃枉法的恶贼! 你得不到贿赂,就诬陷智者,想置他于死地!"他们拽住迦罗格的手脚,将他拖出王宫,随手操起石块、棍子等,砸碎迦罗格的脑袋,然后,倒拖着迦罗格的尸体,扔进垃圾堆。此后,国王依法治国,按其业死去。

---

① "缘觉"(paccekabuddha,也译"辟支佛"),指独自修行觉悟得道者。这里是讲恰德波尼前生为吉特伐瑟王时,他的儿子骄横无理,打碎一位缘觉的钵盂,遭到报应,被火烧死。

干粮本生

　　古时候,梵授王在波罗奈治理国家的时候,菩萨转生在大臣家里,长大后,成为国王的政法顾问。

　　那时,国王疑心儿子要谋害他,将儿子赶走。儿子携妻出城,住在迦尸国的一个村子里。不久,他听说父亲去世,心想:"我要继承王位了。"便动身返回波罗奈。途中,有人给他一包干粮,说道:"这是给你和你妻子吃的。"但是,他独自享用,不给妻子吃。妻子非常苦恼,心想:"这人心肠真狠!"

　　他回到波罗奈,登上王位,立妻子为王后。他认为这对于妻子已经足够了,因而不再给她其他应有的尊敬或荣誉,也不关心她的生活。菩萨心想:"我们这位王后精心侍奉和真心爱护国王,而国王毫不关心她。我应该让国王尊敬她。"于是,他来到王后那儿,行过礼,站在一旁。王后问道:"有事吗?尊者!"菩萨说道:"王后啊!我们应该怎样侍奉你?你怎么不赐给我们这些老伯伯哪怕一根布条或一个饭团?""尊者啊!我自己一无所有,能赐给你们什么呢?如果我有东西,怎么会不赐给你们呢?眼下,国王什么也不给我。不说别的,就在他回来继承王位的途中,得到一包干粮,也不肯分给我一点,自己一个人全吃了。""夫人!你敢不敢当着国王的面也这样说?""我敢,尊者!""那么,今天,我在国王跟前向你提问时,你就这样说。就在今天,我要让他理解你的品德。"

　　说罢,菩萨先走一步,来到国王那儿,站在国王跟前。接着,王后也来到国王那儿,站在国王身边。于是,菩萨问道:"夫人啊!你真狠心,怎么不赐给我们这些老伯伯哪怕一根布条或一个饭团?""尊者啊!国王什么也不给我,我能赐给你们什么呢?""你不是我们的王后吗?""尊者啊!如果不受到尊敬,身居王后之位又顶什么用?现在,你们的国王会给我什么?当时在归途中得到一包干粮,他都不肯分给我一点,独自一人吃了。"菩萨问道:"大王啊!当真如此?"国王承认是这样。菩萨见国王承认,便对王后说道:"夫人啊!既然国王早就不爱你,你为什么还一直住在这里?在这世上,没有爱情的结合是痛苦的。你们住在一起,但国王不爱你,这种结合必然是痛苦的。众生以爱对爱,如果发现对方不爱自己,就应该到别处去。这个世界广阔得很。"说罢,念了这两首偈颂:

> 以爱对爱,以善对善;
> 他不爱你,你别爱他。

> 他若无情,你别爱他;
> 鸟离枯树,世界广大。

波罗奈王听了菩萨的话,给予王后一切应得的权利。从此,他俩和睦相处。

食粪虫本生

古时候,鸯伽国和摩揭陀国的居民互相往来。他们经常在两国交界处的一个客栈里住上一宿,喝酒吃鱼,第二天一早,各自驾车赶路。

有一次,他们离开之后,一条食粪虫闻到粪味,来到这里。由于口渴,它在人们喝酒的地方,看见洒落在地上的酒,便伸嘴啜饮。它喝醉后,爬上粪堆。那粪堆是湿的,因而它爬上去时,粪堆微微下塌。食粪虫叫喊道:"大地都承受不住我了!"就在这时,一头醉象来到这里,闻到粪味,厌恶地转身走了。食粪虫见了,以为大象因怕它而逃跑,决定要与大象搏斗一场。于是,它招呼大象,念了第一首偈颂:

> 你是英雄我好汉,两强相遇比高低;
> 令彼两国长见识,大象请回莫躲避!

大象侧耳听到食粪虫的言语,转身走到它跟前,轻蔑地念了第二首偈颂:

> 对付你这小东西,无须动用腿牙鼻;
> 既然你是食粪虫,就用屎尿杀死你。

大象对准食粪虫拉下一堆屎,又撒下一泡尿,杀死了它,然后,吼叫着进入森林去了。

252

苍鹭本生

古时候，梵授王在波罗奈治理国家的时候，菩萨转生为一条鱼。它率领一群鱼居住在喜马拉雅山区的一个湖泊里。有一只苍鹭想吃鱼。它为了麻痹鱼群，站在湖畔，缩头垂翅，呆呆地观望鱼群。这时，菩萨率领鱼群寻食，来到这里。鱼群看见这只苍鹭，念了第一首偈颂：

> 这只再生鸟①，高洁似白莲，
> 翅膀左右垂，仿佛在打禅。

菩萨望了望那只苍鹭，念了第二首偈颂：

> 你们不知情，切莫乱称赞；
> 它想吃我们，故意不动弹。

菩萨这么一说，鱼群便搅动湖水，赶走了苍鹭。

---

① 鸟类先产卵，再从卵中孵出小鸟，故称再生。印度四种姓中的前三种姓，尤其是婆罗门，也被称作再生族，因为这些种姓的成员出生后，年满学龄，要举行意味获得第二次生命的圣线礼。

大褐王本生

古时候,大褐王在波罗奈治理国家,暴虐无道。他随心所欲,无恶不作,滥收赋税,还实行杖笞、截肢、凌迟等酷刑,压榨百姓犹如制糖作坊里压榨甘蔗一般。他是个粗暴、残忍、野蛮的人,不仅对待百姓毫无恻隐之心,就是对待家里的妻妾儿女以及大臣、婆罗门、长者等也冷酷无情。他成了众人的眼中沙、饭中石和脚底刺。

那时,菩萨转生为大褐王的儿子。大褐王长期统治王国后,终于死去。死讯一传开,波罗奈全城居民兴高采烈,笑语喧天。他们拉了一千车木柴焚烧大褐王的尸体,又用几千罐水浇灭火葬堆的余烬。然后,他们为菩萨灌顶,立他为王,欢呼道:"我们有依法治国的国王了!"全城敲起喜庆鼓乐,升起各色彩旗。全城装饰一新,各个城门口搭起华丽的天篷,天篷下面是缀满花朵的平台,人们坐在那里又吃又喝。菩萨坐在富丽堂皇的高台上,宝座上面撑着白色华盖,无比庄严。大臣、婆罗门、长者、市民、卫士等簇拥在他周围。

但是,有一个卫士站在不远处哀叹哭泣。菩萨看到后,问道:"朋友,卫士! 我的父亲死了,所有的人都兴高采烈,欢呼庆祝,你却站在这里哭泣。难道我的父亲对你恩宠厚爱?"随即念了第一首偈颂:

> 大褐王残害百姓,他一死皆大欢喜;
> 难道他待你仁慈,你为何伤心哭泣?

听了他的话,卫士回答道:"我不是为大褐王死去伤心哭泣。他一死,我的脑袋就舒服了,因为大褐王出入宫殿,总要在我脑袋上揍八拳头,像铁匠的锤子那样厉害。我是想,他到了阴间,也会像揍我的脑袋那样,揍地狱看守阎摩的脑袋。这样,阴曹地府里的人也会叫喊道:'他对我们太残忍了!'于是,把他送回这里。这样,我的脑袋又要挨揍了。我是出于这种害怕才哭泣的。"他说明这个缘由,念了第二首偈颂:

并非他待我仁慈,我怕他重返人间;
他去地府揍阎王,必定被逐出阴间。

菩萨安慰他说:"人们已经用一千车木柴焚烧大褐王,又用几千罐水浇灭火葬堆的余烬,四周围还掘了沟渠。通常,一个人到了阴间,除非转世再生,决不会恢复原形回来的。你别害怕!"随即念了这首偈颂:

焚烧千车柴,泼洒千罐水,
周围掘沟渠,休怕大褐回。

从此,这卫士心情舒坦。菩萨依法治国,广行布施,做了许多善事,按其业死去。

全牙豺本生

古时候，梵授王在波罗奈治理国家的时候，菩萨是他的祭司，精通三吠陀和十八般技艺。他懂得征服世界的咒语。据说这种咒语是通过修炼禅定获得的。

一天，菩萨想要温习这个咒语，来到林中开阔地，坐在一块石板上背诵。据说不举行特定仪式，旁人是听不见这种咒语的，所以他才坐在那里背诵。就在他背诵时，一只豺躺在洞里，听到并记住了这个咒语，因为这只豺在前生也是一个懂得征服世界咒语的婆罗门。菩萨背诵完毕，起身说道："我已经记住这个咒语了！"这时，豺从洞里钻出来，说道："喂，婆罗门！这个咒语，我也记住了，而且记得比你还熟！"说罢，撒腿就逃。菩萨心想："这只豺会酿成大祸，一定得抓住它！"他追赶了一阵，但这只豺已经逃进森林。

这只豺逃进森林后，遇见一只雌豺。它在雌豺身上抓了一把，雌豺问道："干什么？尊者！""你知道我是谁吗？""不知道。"于是，它念起征服世界的咒语，召来几百只豺，并让所有的象、马、狮、虎、猪、鹿等四足走兽聚集在自己周围。这样，它成了国王，号称"全牙"，封了一只雌豺为王后。两头大象背上站着一头狮子，狮子背上坐着全牙豺国王和雌豺王后，威风十足。由于享有无上荣誉，全牙豺得意忘形，不可一世，决心要夺取波罗奈王国。它率领所有的四足走兽来到波罗奈城下。它的队伍有十二由旬长。它在城下通报波罗奈王："或者献出王国，或者交战！"波罗奈居民胆战心惊，紧闭城门。

菩萨来到国王那里，说道："别害怕，大王！与全牙豺交战一事由我承担。除我之外,谁也无法与他交战。"他安抚了国王和全城居民后,说道:"我这就去打听全牙豺准备怎样夺取王国。"说罢,他登上城楼,问道:"全牙!你准备怎样夺取这个王国?""我要命令狮子发出吼叫。用这吼叫声吓倒众人,夺取王国。"菩萨知道了全牙的战术,走下城楼,击鼓宣布:"让波罗奈城十二由旬方圆内的全体居民都用面团堵住自己耳朵,也堵住猫和其他一切动物的耳朵,这样就听不见声音了。"

然后,菩萨又登上城楼,喊道:"全牙!""什么事?婆罗门!""你准备怎样夺取这个王国?""我要命令狮子发出吼叫,吓倒众人,消灭众人,夺取王国。""你无法指挥狮子吼叫。这些出身高贵、四足漂亮的鬃毛狮子,不会听从像你这样的老豺的命令。"全牙豺傲气勃发,说道:"让其他的狮子暂且呆着!先让我座下的这头狮子发出吼叫。""如果你能办到,那你就让它吼叫吧!"全牙豺用脚踢被它坐着的狮子,喝令道:"吼叫!"狮子的嘴巴贴近大象的颞颥,发出三声巨吼。大象一惊,把全牙豺摔落在地,象脚踩着豺的脑袋,踩得粉碎。全牙豺就这样死了。大象们听到狮子吼,惧怕死亡,东奔西突,互相冲撞践踏而死。除了狮子,其他的四足走兽鹿、猪,乃至兔、猫等,全部丧生。狮子们也都逃进森林。整个十二由旬的地方,尸横遍野。

菩萨走下城楼,吩咐打开城门,击鼓宣布:"所有的人都取掉自己耳朵里的面团!想要肉的去捡肉!"人们吃足鲜肉,然后把其余的肉都做成了肉干。据说,人们是从那时开始制作肉干的。

波旦阇利本生

古时候,梵授王在波罗奈治理国家的时候,菩萨是他的政法大臣。国王的儿子名叫波旦阇利,是个呆傻的低能儿。不久,国王去世。办完国王的葬礼,大臣们商议给王子波旦阇利灌顶,立他为王。菩萨说道:"听说这王子呆傻愚笨。我们还是先考察一下,再给他灌顶吧。"

大臣们审理一个案子,让王子坐在旁边。他们故意判错案子,冤枉好人,然后问王子:"怎么样? 王子! 我们判得对吗?"王子噘了噘嘴。菩萨心想:"看来这王子是聪明的。他知道这案子判得不对。"随即念了第一首偈颂:

> 波旦阇利,聪颖过人,
> 噘噘嘴唇,蔑视我们。

第二天,他们又审理一个案子,判得公平合理,然后问王子:"怎么样? 大王! 我们判得对吗?"王子又噘了噘嘴。这下,菩萨知道他确实是个傻瓜,念了第二首偈颂:

> 不辨是非,不分曲直,
> 除了噘嘴,一无所知。

大臣们也都认清波旦阇利王子是个傻子,于是给菩萨灌顶,立菩萨为王。

甄叔迦树本生

古时候,梵授王在波罗奈治理国家的时候,他有四个儿子。一天,他们把车夫召来说:"我们想看甄叔迦树,请你指给我们看。"车夫说道:"好吧!我指给你们看。"但是,他没有同时指给他们四个人看。第一次,在甄叔迦树树枝绽芽时,他让老大上车,带他到树林,指给他看甄叔迦树,说道:"这就是甄叔迦树。"第二次,在长出新叶时,带老二去看。第三次,在开花时,带老三去看。第四次,在结果时,带老四去看。最后,这四弟兄坐在一起,其中一个问道:"甄叔迦树像什么?"老大说:"像遭火烧过的树干。"老二说:"像榕树。"老三说:"像肉块。"老四说:"像舍利沙树。"他们争执不下,来到父亲那里,问道:"父王!甄叔迦树像什么?"国王反问道:"你们说像什么?"他们各自告诉国王说像什么。国王说道:"你们四个都已看到甄叔迦树,但只是在车夫指给你们看的时候,你们没有问问其他时候甄叔迦树是什么样子,所以才产生这样的分歧。"说罢,念了这首偈颂:

> 同见甄叔迦,为何争不休?
> 皆不问车夫:终年如此否?

思想本生

古时候,梵授王在波罗奈治理国家的时候,菩萨转生在拥有八百万财产的婆罗门富豪家。长大成人后,在呾叉始罗学会一切技艺,回到波罗奈,娶妻成家。后来,父母去世。他办完丧事,在清点财产时,心里寻思道:"这些财产还在,而积聚这些财产的人却已不在了。"想到这里,真是不寒而栗。从此以后,他久居家中,摒弃欲望,广行布施。最后,他辞别亲友,进入喜马拉雅山,选择一个合适的地点,搭了一间树叶屋,平时在山林中游荡,采集树根、野果为生。不久,他获得五神通、八定,享受着禅思之乐。

他在山中住了很长时间。一天,他寻思道:"我要去有人烟的地方乞讨盐和醋。有了盐和醋,我才能增强体质和脚力。凡是向我这样的有德之士施舍和致敬的人,都将升入天国。"于是,他走下喜马拉雅山,一路游荡乞食,来到了波罗奈。日落时,他寻找住处,看见御花园,心想:"这地方适合我坐禅,我就住在这里。"他进入御花园,坐在一棵树下,沉思入定,愉快地度过一夜。

第二天上午,他解过手,整理好发髻和兽皮、树皮衣,手持钵盂,进城乞讨,一直走到王宫门前。一路上,他感官安宁,思想平静,目不斜视,举止端庄,这种完美的仪态吸引了世人的眼光。国王在大凉台上散步,从窗口望见菩萨,欣赏他的端庄举止,心想:"如果世上有清静之道,那就在这个人身上。"于是,国王吩咐一个侍臣:"去把这个苦行者带来!"侍臣走到菩萨跟前,行礼致敬,然后接过他的钵盂,说道:"尊者!国王召见你。"菩萨说道:"大人!国王与我素不相识。""那么,尊者!请你呆在这里,等我回来。"侍臣回去禀告国王。国王说道:"我并不认识苦行者。去把他带来!"说罢,国王亲自从窗口伸手招呼道:"来吧,尊者!"菩萨将钵盂交给侍臣,登上大凉台。国王向菩萨行礼致敬,让他坐上御座,为他端上为国王准备的御膳。菩萨用完膳,国王向他请教各种问题。国王对菩萨的回答极为满意,行礼问道:"尊者! 你住哪儿? 从哪儿来?""我住在喜马拉雅山,大王! 从喜马拉雅山来。""为何而来?""在雨季,要找一个固定的住处,大王!""那么,你就住在御花园吧,尊者! 从此你可以不愁四事①,而我将积下升入天国的功德。"国王许诺后,吃完早餐,便与菩萨同去御花园。国王吩咐建造一间树叶屋,配备有过道、日间用房和夜间用房以及一切苦行者需要的用具。他还派给菩萨一名园丁,说道:"尊者,请你在这里安居吧!"从此,菩萨住在这里,一住住了十二年。

一天,边境地区发生叛乱。国王想去平定,对王后说道:"夫人啊! 或是你,或是我,必须有一人留在城里。""大王,你说这话是什么意思?""那位有德的苦行者需要照顾,夫人!""大王啊! 我不会怠慢他。侍奉这位圣者是我的责任。你放心走吧!"于是,国王出征去了,王后留下侍奉菩萨。

国王走后,菩萨在定居的季节回到御花园。有时高兴,就去王宫吃饭。一天,菩萨去迟了。王后准备好一切饭菜,沐浴打扮完毕,披上一件干净外衣,斜靠在躺椅上,等候菩萨。而菩萨发觉时间晚了,手持钵盂,腾空而行,从大窗户进入王宫。王后听见菩萨树皮衣的窸窣声,慌忙起身,结果,黄色的外衣从身上滑落。菩萨瞥见王后下体,顿时感情冲动,色迷心窍。他的情欲本已被禅力压住,现在猛然涌起,犹如扔进筐里的毒蛇,鼓动脖颈,昂首挺起,又像一棵遭到砍伐的牛奶树。情欲一产生,禅思消失,感官混浊,又像一只断翅的乌鸦,他不能像过去那样坐下吃饭。王后请他坐下,他也不坐下。于是,王后将所有的饭菜放进他的钵盂。而他今天,不能像过去那样吃完饭,从窗户腾空而去;他只能拿着饭菜,从大楼梯走下,徒步回御花园。王后也看出他迷上自己。他回到御花园,依然吃不下饭。他将钵盂放在床下,躺

① "四事"(catupaccaya)即衣、食、住和药草。

在床上喃喃自语:"王后真美! 手美,脚美,腹部美,大腿美……"就这样,他一连躺了七天。钵盂里饭菜霉烂,苍蝇麇集。

国王平息边境叛乱归来。全城装饰一新,国王右绕城市行礼,回到王宫。然后,国王前去御花园探望菩萨。国王看见过道又脏又乱,以为他已经走了,但推开树叶屋门,却发现他躺在床上,心想:"他可能病了。"国王倒掉霉烂的饭菜,收拾干净树叶屋,问道:"尊者,哪儿不舒服?""大王,我受伤了。"国王思忖道:"我的敌人在我身上找不到机会,就找我的心爱之人下毒手。我想,他准是这样受伤的。"国王翻转他的身体,寻找伤口,但是找不到,便问道:"尊者,伤在哪儿?"菩萨回答说:"大王啊! 没有人伤害我,是我自己伤害了自己的心。"说罢,起身坐在椅子上,念了三首偈颂:

> 并非弓箭手,搭上羽毛箭,
> 满弓至耳边,射我致伤残。

> 思想摒情欲,锐利如刀剑,
> 我自伤我心,浑身烈火燃。

> 纵然有伤口,不见鲜血溅,
> 心灵受污染,痛苦自己担。

菩萨用这三首偈颂向国王说明缘由,然后,将国王请出树叶屋。菩萨沉思入定,重新获得禅力。他走出树叶屋,坐在空中告诫国王,最后说道:"大王啊! 我要回喜马拉雅山了。"国王劝说道:"尊者啊! 请你别走。"菩萨回答说:"大王啊! 我住在这里,就变成这种样子! 现在,我不能住在这里了。"尽管国王恳求他,他还是升入空中,回到喜马拉雅山,终生住在那里,死后升入梵界。

一把芝麻本生

　　古时候,梵授王在波罗奈治理国家的时候,他的儿子名叫梵授童。古时候的国王,虽然自己城里有闻名四方的老师,但还是喜欢将自己的儿子送到外国去学习技艺,认为这样可以使儿子克服骄慢,适应寒暑,熟悉世界各地风俗。因此,梵授童年满十六时,国王召见他,给他一双拖鞋、一把树叶阳伞和一千元钱,说道:"孩子! 你到咀叉始罗学习技艺去吧。"

　　王子遵命,辞别父母,来到咀叉始罗。他找到老师家。老师刚好讲完课,在家门口散步。他一见到老师,便脱下拖鞋,收起阳伞,行礼致敬。老师见他疲惫不堪,知道他是新来的学生,表示热情欢迎。王子吃过饭,休息片刻,然后走到老师跟前,行过礼,侍立一旁。老师问道:"你从哪儿来? 孩子!""从波罗奈来。""你是谁的儿子?""波罗奈王的儿子。""你来干什么?""我来学习技艺。""你是交学费,还是准备为我干活来抵偿学费?""我交学费。"说罢,将一千元钱放在老师脚下,行了个礼。那时,不交学费的学生白天为老师干活,晚上学习技艺,而交学费的学生,像老师家里的长子那样学习技艺。因此,这位老师总是在吉祥之日教授王子。

　　这样,王子跟随老师学习技艺。一天,他与老师同去沐浴。有个老妇人铺晒白芝麻,坐在旁边看守。王子看见白芝麻,心里想吃,就抓了一把。老妇人心想这家伙大概饿了,也就没说什么。第二天,在同一时间,王子又抓了一把芝麻,老妇人还是没说什么。第三天,王子依然如此。这次,老妇人举起双臂,哭喊道:"这位举世闻名的老师教唆学生来偷东西!"老师转过身来,问道:"怎么回事? 老妈妈!""先生! 我这儿晒着白芝麻,你的学生前天吃一把,昨天吃一把,今天又吃一把!这样吃下去,会把我的芝麻吃个精光!""老妈妈,别哭!我赔你钱。""先生!我不要你赔钱,只是请你教育你的学生不要再偷。"老师说道:"那么,老妈妈,你看着!"他吩咐两个青年抓住王子的双臂,然后举起竹板,在王子手背上打了三下,训诫道:"以后不准再干这种事!"王子恼恨老师,两眼冒火,从头到脚打量老师。老师也觉察到了王子愤怒的眼神。此后,王子继续学习和操练技艺,但他把怨恨藏在心底,准备有朝一日杀死老师。学业完成,在离别时,他向老师行礼,说道:"老师!等我在波罗奈继承王位,我会派人来接你。到那时,请老师赏光!"他装出诚恳的样子,许下这个诺言,走了。

他回到波罗奈,拜见父母,汇报技艺。国王心想:"我活着看见儿子的技艺,我也要活着看见儿子的政绩。"于是,国王让他继承王位。他享受到帝王的荣耀,又记起自己的宿怨,怒火中烧,决意要杀死老师。他派遣使者召唤老师。老师不应召,心想:"国王现在少年气盛,我无法说服他。"后来,国王进入中年,老师心想:"现在,我能说服他了。"他来到波罗奈,站在王宫门口,请人通报说:"呾叉始罗老师来了。"国王心中大喜,召见这个婆罗门。他看见老师走近,积怨迸发,两眼冒火,向大臣们说道:"瞧!这老师打过我,伤痕至今犹在。他今天来到这里,额头上带着死神的印戳。他的死期就在今天!"说罢,念了两首偈颂:

为了芝麻,拽我双臂,
打我手背,可曾忘记?

抓我双手,猛击三记,
今日还来,你不怕死?

这样,他以死威胁老师。老师听后,念了第三首偈颂:

请君息怒,此乃正道:

贤者执杖，驯服不肖。

念罢，老师说道："因此，大王啊！你应该明白这个道理，不必为这事生气。大王啊！如果当时我不教训你，你还会继续拿糕点、糖果或别的什么，养成偷窃的习惯。以后胆子越来越大，就会凿墙、拦路、谋杀，无恶不作。你将成为触犯王法的强盗，在作案时被捕，送交国王。国王就会下令：'带走！按罪惩处！'落到那个地步，你必定会惊恐万状。要不是我，你哪能登上王位？哪来今天的荣华富贵？"老师用这番话说服国王。侍立两旁的大臣，听了老师的这番话，说道："对啊，大王！你能登上王位，应该归功于这位老师。"此刻，国王领悟到老师的功德，说道："老师啊！我授予你一切王权。请你收下这个王国！"老师谢绝道："大王啊！我不想要这个王国。"国王派人去呾叉始罗，接来老师的妻儿。他委老师以重任，封为王室祭司，以国父相待。他听从老师的训诫，广行布施，做了许多善事，死后升入天国。

迦默尼詹特本生

众比丘啊！古时候，阇那圣特王在波罗奈治理国家的时候，菩萨投胎在王后腹中。他的面容吉祥秀丽，像擦过的金子镜面那样洁净明亮。因此，在命名日，人们给他取名镜面王子。在七年之内，父亲安排他学习三吠陀和一切人生职责。他七岁时，父亲去世。大臣们为国王举行隆重的葬礼，供奉大量祭品。第七天，他们聚集在王宫庭院商议道："王子过于年幼，不宜灌顶为王。让我们先考验考验他，再给他灌顶。"

一天，他们装饰城市，布置公堂，放上椅子。然后，到王子那里，说道："大王啊！你应该去公堂看看。"王子答应道："好吧！"带了许多随从，来到公堂，坐在椅子上。他坐下后，大臣们将一只两脚行走的猴子打扮成风水先生，带到公堂上，说道："大王！你父亲在世时，这个人就是高明的风水先生。他能看到地下七腕尺深处的缺陷。让他为王族选择宫殿方位吧！大王！请收下他，给他一个职位吧！"王子从头到脚打量"风水先生"，知道这不是人，而是猴子，心想："猴子只会毁坏东西，不会制造或设计。"于是，对大臣们念了第一首偈颂：

> 此乃皱面猴头，并非高明匠师；
>
> 猴族生性顽劣，只会破坏东西。

大臣们说道："正是这样，大王！"于是，把这只猴子带走。过了一两天，他们又给这只猴子打扮一番，带到公堂上，对王子说道："大王啊！你父亲在世时,这个人是审理案子的法官。请你收下他,让他审理案子吧。"王子打量了"法官"一番,心想:"有思想、有理智的人不会浑身长毛。这只没有头脑的猴子不会审理案子。"于是,念了第二首偈颂:

> 智者哪有这多毛,分明是兽不牢靠;
> 父王生前曾教导:一切动物无头脑。

大臣们听了这首偈颂,说道:"正是这样,大王!"于是,把这只猴子带走。又过了一两天,他们又给这只猴子打扮一番,带到公堂,对王子说道:"大王啊!你父王在世时,这个人在宫中效忠你父母,在家中孝敬长辈,请你收下他吧!"王子打量了"这个人"一番,心想:"猴子性情浮荡,不可能做这种事。"于是,念了第三首偈颂:

> 父王生前曾教导:这类动物性浮荡,
> 不尊重朋友姐妹,不侍奉父母兄长。

大臣们说道:"正是这样,大王!"于是,把这只猴子带走。然后,大臣们商议道:"这个聪明的王子能够治理国家。"这样,他们给菩萨灌顶为王,向全城击鼓发布镜面王的命令。从此,菩萨依法治国。他的智慧闻名全赡部洲。有十四件事显示出他智慧的光芒:

> 牛、儿子、马、手艺人、
> 村长、妓女、年轻女人、
> 蛇、鹿、鹧鸪、树神、
> 蛇王、苦行者和学生。

下面依次讲述:

当菩萨灌顶为王时,阁那圣特王的老仆人迦默尼詹特寻思道:"应该让与王子年龄相仿的人来侍奉王子,这个王国才会有光彩。我已年迈,不宜再侍奉这位年轻的王子。我要到乡下去务农为生。"他出城之后,走了三由旬,在一个村子里定居下来。但是,他没有耕牛。雨后的一天,他向一位朋友借了两头牛耕地。耕完后,他给这两头牛喂了草,送回朋友家。这时,他的朋友正与妻子坐在屋里吃饭。这两头牛熟练地进入屋里,那夫妻俩也照旧自顾自吃饭。迦默尼见此情景,心想:"他们没有邀请我吃饭的意思。"于是,他没有跟朋友打招呼,就放下牛,回家去了。夜里,一伙小偷拆毁牛圈,偷走了这两头牛。第二天清晨,牛主人进入牛圈,发现两头牛不见了,知道是给小偷偷走了,但他心想:"我要去找迦默尼算账。"于是,他来到迦默尼那里,喊道:"喂! 还我牛来!""牛不是送到你家了吗?""你交给我了吗?""没有。""那么,这是国王的传令,走吧!"据说,那时候的人,只要捡起一块石子或瓦片,说道:"这是国王的传令,走吧!"如果谁不听从,就要受到国王惩处。因此,迦默尼一听说"传令",便跟着走了。

这样,他俩一起前往国王的公堂。路过一个村庄,那里住着迦默尼的一位朋友。迦默尼对牛主人说:"哦! 我饿极了。我进村去吃点东西就回来,你在这里等一下。"说罢,他走进朋友家里。朋友正好不在家。朋友的妻子接待他,说道:"先生! 家里没有现成的饭。你等一会儿,我这就给你做。"她用梯子爬上粮囤,匆忙之际摔了下来。而她腹中正怀有七月身孕,这一摔,便流产了。恰在这时,她丈夫回到家里,见此情景,说道:"你殴打我妻子,使她流产了。这是国王的传令,走吧!"说罢,带着迦默尼出门。

这样,他们两个将迦默尼夹在中间,一起前往国王的公堂。路过一个村口时,有个马夫控制不住马,那匹马朝他们三人这边跑来。马夫看见迦默尼,喊道:"迦默尼舅舅! 捡个什么东西打这马一下,让它停下来!"迦默尼捡起一块石头,扔过去。石头击中马腿,那马腿像蓖麻秆一样折断了。这下,马夫嚷嚷道:"你打断了我的马腿,这是国王的传令!"说罢,抓住迦默尼一起走。

这样,他们三人带着迦默尼前往国王的公堂。迦默尼心想:"他们要在国王面前控告我。我赔不起牛,更担当不起流产的罪责,又到哪里去筹措买马的钱呢？我还是死了的好。"他边走边想,途中看见路旁丛林里有座山,山的一面是悬崖。迦默尼说道:"喂!我想解手。你们在这里等一会儿,我就回来。"说罢,他就爬上山,跳下悬崖。恰巧山底阴凉处有父子两个手艺人在编织席子。迦默尼掉在父亲背上。那位父亲顿时丧命,而迦默尼站起身,安然无恙。父亲的儿子叫喊道:"你这强盗,杀死了我父亲!这是国王的传令!"说罢,拽住迦默尼的手,拉着他走出丛林。那三个人见了,问道:"怎么回事?""这强盗杀死了我的父亲!"这样,他们四个人将迦默尼夹在中间,一起前往国王的公堂。

他们走到另一个村口。村长看见迦默尼,喊道:"迦默尼舅舅!你上哪儿去?""去见国王。""哦!去见国王。我想捎个口信给国王,你能带去吗?""行,我能带去。""我一向漂亮、有钱、受人尊敬,身体健康,现在却时运倒转,还得了黄疸病。请问问国王这是什么缘故。听说国王是个智者,他会解释给你听,你再把他的解释告诉我。""好吧!"迦默尼同意道。

他们又走到另一个村口。一个妓女看见迦默尼,喊道:"迦默尼舅舅!你上哪儿去?""去见国王。""听说国王是个智者,请你替我捎个口信!"随即,她诉说道:"过去,我赚钱很多。现在,连嚼蒟酱叶的钱也赚不到,谁也不上我这儿来。请你问问国王这是什么缘故。回来告诉我。"

他们又走到另一个村口。一个年轻妇女对迦默尼说道:"我既不愿在夫家住,也不愿在娘家住。请你问问国王这是什么缘故。回来告诉我。"

他们又走了一阵。一条住在大路边蚁垤里的蛇看见迦默尼,问道:"迦默尼!你上哪儿去?""去见国王。""听说国王是个智者,请你帮我捎个口信。我出去寻食时,饥肠辘辘,肚子干瘪,可是,身体却会堵住蚁垤洞口,必须使劲伸展,才能爬出。而我寻食回,肚子吃饱,身体粗壮,爬进洞时,竟然不沾洞边,一下子就钻进去了。请你问问国王这是什么缘故。回来告诉我。"

接着,一头鹿看见迦默尼,说道:"我不能吃别处的草,只能吃这棵树下的草。请你问问国王这是什么缘故。"

接着,一只鹧鸪看见迦默尼,说道:"我只有呆在蚁垤山脚,我的鸣声才抑扬动听,呆在其他地方就不行。请你问问国王这是什么缘故。"

接着，一个树神看见迦默尼，问道："迦默尼！你上哪儿去？""到国王那儿去。""听说国王是个智者。过去我备受尊敬，现在连一把嫩芽的供奉都得不到。请你问问国王这是什么缘故。"

接着，一条蛇王看见迦默尼，说道："听说国王是个智者。过去这个池子里的水，水晶一般清澈，现在渣滓浮沉，混浊不堪。请你问问国王这是什么缘故。"

接着，他们到达离城不远的一片净修林。住在那里的苦行者看见迦默尼，说道："听说国王是个智者。过去这片净修林的果子香甜可口，现在干涩无味。请你问问国王这是什么缘故。"

接着，他们来到城门附近。一所学堂里的婆罗门学生看见迦默尼，问道："喂，迦默尼！你上哪儿去？""上国王那儿去。""那么，请替我们捎个口信！过去我们学习经文，每节都能记住，现在混混沌沌，什么都记不住，就像破罐盛不住水。请你问问国王这是什么缘故。"

迦默尼带了这十四个口信，来到国王那里。国王坐在公堂上。牛主人拉着迦默尼走到国王跟前。国王一见迦默尼就认出来了，心想："这是我父亲的仆人，过去常常抱我玩。这些日子，他住在哪儿？"于是，问道："迦默尼啊！好久不见。这些日子你住在哪儿？你来有什么事？""是啊，大王！自从先王升天后，我到乡下种田去了。为了两头牛，这个人要跟我打官司，把我拉到你这里来了。""要是没人拉你来，你还不会来哩！你被拉来，我很高兴。现在，我又见到你了。那个人在哪里？""在这里，大王！""你是来控告迦默尼的吗？""是的，大王。""控告他什么？""他不还我的两头牛！""是这样吗？迦默尼！""大王啊！你且听我说。"迦默尼把事情经过说了一遍。国王听后，便问牛主人："你看见两头牛进屋了吗？""没有看见，大王！""难道你从没听说人家称我为'镜面王'吗？你要照实说！""我看见的，大王！""哦，迦默尼！你没有当面把牛还给他，他才找你算账。而他看见牛进屋，却故意撒谎说没有看见。因此，请你先剜掉这个人的眼睛，然后付给他二十四金币，赔偿他的牛。"国王说完，吩咐把牛主人赶出公堂。牛主人心想："剜掉了眼睛，我还要这钱有什么用呢？"于是，他跪倒在迦默尼脚边，恳求道："尊者迦默尼！牛的赔偿费算了吧！请你收下这些钱！"他倒贴给迦默尼一些钱后,逃跑了。

接着,第二个人说道:"大王啊！他殴打我的妻子,使她流产了。""是这样吗？迦默尼！""大王啊！你且听我说。"迦默尼把事情经过说了一遍。国王听后,问道:"你真的没有殴打那个人的妻子,造成她流产吗?""我没有殴打,大王！"于是,国王对那个人说道:"喂！你能补救由他引起的流产。""我不能,大王！""现在,你说怎么办?""我要一个儿子。""那么,迦默尼！你把他的妻子带到你家去,等生了儿子,再交还给他。"那个人也跪倒在迦默尼脚边,恳求道:"尊者啊！别拆散我的家。"说罢,塞给迦默尼一些钱,逃跑了。

接着,第三个人进入公堂,说道:"大王啊！他打断了我的马的腿。"国王问道:"是这样吗？迦默尼！""大王啊！你且听我说。"迦默尼把事情经过说了一遍。国王听后,问马夫道:"你说过:'请打一下这马,让它停下来!'是吗?""我没有说过,大王！"国王又追问一次,马夫承认道:"是的,我说过。"于是,国王对迦默尼说道:"喂,迦默尼！这个人说'我没说过',他撒了谎。请你先割掉他的舌头,然后到我这里来拿一千金币,赔偿他的马。"这马夫也倒贴给迦默尼一些钱,逃跑了。

然后,手艺人的儿子说道:"大王啊！这个强盗杀死了我的父亲。""是这样吗？迦默尼！""大王啊！你且听我说。"迦默尼把前因后果说了一遍。国王问手艺人的儿子道:"现在,你说怎么办?""大王啊！我要我的父亲。""哦,迦默尼！那人要他的父亲,可是,你又不能使他父亲死而复生。你把他的母亲带到你家去,你就做他的父亲吧！"手艺人的儿子向迦默尼恳求道:"尊者啊！别拆散亡父的家。"说罢,塞给迦默尼一些钱,逃跑了。

这样,迦默尼打赢了官司,满心欢喜地对国王说道:"大王啊！好些人托我捎口信给你,我能说给你听吗?""说吧,迦默尼！"于是,从婆罗门学生的口信开始,迦默尼由后往前一一叙述。国王顺着他说的次序一一回答。听了第一个口信,国王回答说:"过去,在学生居住的地方,有一只按时啼鸣的公鸡。听到这只公鸡的啼声,学生就起床,学习经文,直至太阳升起。这样,凡是学过的经文,他们都不会忘记。现在,在他们居住的地方,有一只不按时啼鸣的公鸡。它或是深夜,或是大天亮啼叫。深夜啼叫时,学生闻声起床,学习经文,但由于睡意正浓,无法背诵,只得重新回床睡觉。大天亮鸣叫时,学生闻声起床,已失去背诵经文的时机。因此,他们现在记不住所学的经文。"

听了第二个口信,国王回答说:"过去,这些人恪守苦行戒律,专心打禅入定。现在,这些人无视苦行戒律,热衷歪门邪道。他们把净修林里的果子送给仆从,互相交换化缘得来的食物,过着越轨的生活。因此,那里的果子不再香甜。如果他们能像过去一样齐心协力,恪守苦行戒律,那里的果子就会重新香甜。那些苦行者不知道国王明察秋毫,请你告诉他们要恪守苦行戒律!"

听了第三个口信,国王回答说:"那些蛇王互相发生争吵,因此,池水变得混浊不堪。如果它们能像过去一样和睦相处,池水就会纯净清澈。"

听了第四个口信,国王回答说:"过去,树神保护进入树林的人们,因此她得到种种供养。现在,她不保护人们,因此,也得不到供奉。如果她能像过去一样保护行人,就会得到最高的供奉。她不知道世上有国王,因此,请你告诉她要保护进入树林的人们。"

听了第五个口信,国王回答说:"这只鹧鸪呆在蚁垤山脚,鸣声抑扬动听,那是因为山脚底下埋着一只大宝瓶。你去把它挖出来,拿走吧!"

听了第六个口信,国王回答说:"这头鹿专吃那棵树下的草,是因为那棵树上有个大蜂窝。它贪吃滴有蜂蜜的草,自然就不爱吃其他地方的草了。你去摘下那个蜂窝,把最好的蜂蜜送给我,余下的你留着自己吃。"

听了第七个口信,国王回答说:"这条蛇居住的蚁垤底下有一只大宝瓶。它居住在那里,就是守护这只宝瓶的。它出去寻食时,由于留恋这只宝瓶,迟迟疑疑挪动身子;而吃饱回来时,由于想念这只宝瓶,身子敏捷,猛一下就钻进去了。你去把那只宝瓶挖出来,拿走吧!"

听了第八个口信,国王回答说:"这年轻妇女有个情人,就住在她夫家与娘家之间的村子里。她一想念情人,就春心荡漾,不愿住在夫家,说道:'我要去探望父母。'途中,在情人家里住上几天,再回娘家。在娘家住了几天,又想念起情人,说道:'我要回夫家。'途中,又在情人家里住上几天。请你告诉这个女子,世上有国王,警告她必须住在夫家,否则,国王就要捉拿她,处以死刑。"

听了第九个口信,国王回答说:"过去,这个妓女收了一个客人的钱,在没有花完以前,不收别的客人的钱。因此,她过去财源亨通。现在,她破坏了自己的规矩,一个客人的钱还没花完,就收另一个客人的钱,冷落前者,应酬后者。这样,谁也不愿上她那儿去,她也就赚不到钱了。如果她能遵守自己的规矩,就会像过去一样。请你吩咐她遵守自己的规矩!"

听了第十个口信,国王回答说:"过去,这个村长平等待人,秉公断案,因而深得民心。村民爱戴他,送给他许多礼物。这样,他漂亮、有钱,受人尊敬。而现在,他假公济私,贪赃枉法,因此,时运倒转,困顿窘迫,还得了黄疸病。如果他能像过去一样秉公断案,他就会恢复原样。他不知道世上有国王。请你吩咐他秉公断案。"

就这样,迦默尼转告了这些口信,国王也根据自己的学识,像全知的佛陀那样,对这些口信一一作了解答。然后,国王赐给迦默尼许多钱财,还把他居住的村子分封给他,让他回去。迦默尼出城后,把菩萨的口信传给婆罗门学生、苦行者、蛇王和树神;在鹧鸪呆着的地方挖出宝瓶;在鹿吃草的地方摘下树上的蜂窝,托人把蜂蜜送给国王;在蛇居住的地方,刨开蚁垤,取出宝瓶;把国王的口信传给年轻妇女、妓女和村长,由此满载荣誉,回到自己的村子,终生居住在那里,最后按其业死去。镜面王也广行布施,做了许多善事,死后升入天国。

莲花本生

古时候,梵授王在波罗奈治理国家的时候,菩萨是商主的儿子。城里有个池子,盛开莲花。一个没有鼻子的人照管这个莲花池。

一天,波罗奈城宣布过节。商主的三个儿子想要佩戴花环欢度佳节。他们决定去奉承那个没有鼻子的人,以求得花环。于是,他们在那人采莲花的时候,来到池边,站在一旁。其中一个招呼那人,念了第一首偈颂:

犹如头发和胡须,剃了还会再长出;
你的鼻子也如此,求你给我花一束!

那人听后,十分生气,不给他莲花。于是,第二个念了第二首偈颂:

犹如秋天播下种,不久苗儿破土出;
愿你鼻子也如此,求你给我花一束!

那人听后,十分生气,不给他莲花。接着,菩萨念了第三首偈颂:

不管该说不该说,鼻子不会再长出;
他们两个胡乱言,求你给我花一束!

听了这话,那个看管莲花池的人说道:"这两人说的是谎话,你说的是实话。你应该得到莲花。"他给了菩萨一大束莲花,然后回自己的莲花池去了。

柔手本生

古时候，梵授王在波罗奈治理国家的时候，菩萨投胎在王后腹中，长大成人后，在咀叉始罗学会技艺。父亲死后，他继承王位，依法治国。

他与女儿和外甥一起住在宫中，抚养他俩。有一天，他与大臣们坐在一起，说道："我死后，让我的外甥继承王位，我的女儿做他的王后。"不久，女儿和外甥成年，他又与大臣们坐在一起，说道："我应该给外甥另外娶亲，同时将女儿嫁给另外一个王族，这样，我们就有许多皇亲国戚了。"大臣们表示赞同。于是，国王让外甥搬到宫外去住，不准他入宫。

这两个青年人早已倾心相爱。外甥寻思道："我该想个什么办法将公主接出宫来？哦，有了！"他给奶妈送礼。奶妈问道："好孩子！有什么事要我办？""妈妈！能找个机会将公主接出来吗？""我去跟公主商量一下，再告诉你。""好吧，妈妈！"

奶妈来到宫中，对公主说："来，孩子！我给你捉捉头上的虱子。"她让公主坐在矮凳上，自己坐在高凳上，将公主的头枕在自己膝上，一边捉虱子，一边用指甲给公主搔头。公主感觉出："奶妈不是用她自己的指甲，而是用表兄的指甲给我搔头。"于是，她问道："妈妈！你去过表兄那儿了吗？""是的，孩子！""他没有让你捎什么口信吗？""他问有什么办法能接你出宫，孩子！"公主说道："如果他是个聪明人，他会知道的。"说着，念了第一首偈颂，并对奶妈说："妈妈！请你记住这首偈颂，把它告诉表兄。"

柔软的手，驯顺的象，

漆黑雨夜，如愿以偿。

奶妈记住这首偈颂，来到青年那儿。"妈妈！公主说了些什么？""她没说别的，只是送你这首偈颂。"奶妈念了这首偈颂。青年明白这首偈颂的含义，打发奶妈道："请回吧，妈妈！"

青年完全懂得这首偈颂的含义。他找了一个眉清目秀、双手柔软的侍童，做好准备。他给御象师送了礼，请求他把大象训练得服服帖帖。等到黑半月的斋戒日，这天，刚过二更时分，乌云密布，下起大雨。青年想："现在是公主所说的时候了。"他登上大象，也让那个双手柔软的侍童坐在象背上，一起来到王宫。他把大象拴在王宫广场前面的大墙旁，自己浑身湿透，站在窗下。

国王为了看管女儿，不让她睡在别处，而是睡在自己近旁的一个小榻上。公主知道今天表兄要来，所以躺着不入睡。现在，她起身说道："爸爸！我想沐浴。""来吧，孩子！"国王拉着女儿的手，带她到窗边，将她托到窗外的莲花座上，说道："沐浴吧，孩子！"同时，他在屋子里边捏住女儿的一只手。公主一边沐浴，一边把另一只手伸给表兄。表兄从她手上褪下手镯，戴在侍童手上，并将侍童托到公主旁边的莲花座上。公主将侍童的手放在父亲手里。国王捏着侍童的手，以为是女儿的手。公主又褪下另一只手上的手镯，戴在侍童的另一只手上。公主将侍童的另一只手也放在父亲手里之后，便跟表兄一起逃跑了。

国王以为这个侍童就是自己的女儿，现在已经沐浴完毕，就让他睡在卧室里，关上门，挂上锁，设上门卫，然后回到自己的卧室睡下。第二天天亮，国王打开门，看见这个侍童，问道："这是怎么回事？"侍童陈述公主跟表兄出奔的经过。国王后悔莫及，心想："即使牵住手，寸步不离，也看不住女人。因此，女人是管不住的。"随即，念了这两首偈颂：

纵然娇声软语，欲壑难填似河，
识得妇女本性，理应退避三舍。

女人侍奉男人，均为情欲钱财，

犹如烈火焚柴，转瞬之间化灰。

大士念罢，说道："我还是应该留养我的外甥。"于是，他举行隆重的仪式，将女儿嫁给外甥，立外甥为副王。舅舅死后，外甥继承了王位。

蟹本生

古时候,梵授王在波罗奈治理国家的时候,喜马拉雅山上有座大湖,湖里住着一只大金蟹,因此该湖得名蟹湖。这只蟹有打谷场那么大,专门捕食大象。群象怕它,不敢下湖觅食。

那时,有个象王定居在蟹湖旁,菩萨投胎在象王后腹中。母亲为了保护胎儿,躲到山上另一个地方,安全生下儿子。菩萨渐渐长大懂事,身躯魁伟,健壮英俊,宛如一座青山。

它与一头母象同居后,决心要捕捉那只蟹。它带着妻子和母亲,来到群象前,见了父亲,说道:"父亲,我要捉住那只蟹。"父亲劝阻说:"孩子,你捉不住的。"它再三坚持,最后,父亲说:"那你就试试吧。"于是,它集合蟹湖边所有的象,带着它们来到湖岸,问道:"这只蟹是在我们下湖时,还是在我们觅食时或上岸时捕捉我们?"群象回答说:"在上岸时。""那么,你们下湖任意觅食,然后你们先上岸,我走在最后。"群象照这样做了。那只蟹用大蟹钳紧紧夹住最后一个上岸的菩萨的脚,犹如铜匠用钳子夹住铜条。妻子不离开菩萨,站在它身边。菩萨拖不动蟹,而蟹将菩萨拖向自己。菩萨惧怕死亡,发出遇难的叫声。所有的象也都惧怕死亡,狂呼乱叫,屁滚尿流,逃往四方。甚至连菩萨的妻子也忍不住开始逃跑。菩萨为了让妻子知道自己的困境,希望它不要逃跑,念了第一首偈颂:

> 浑身是骨无汗毛,金蟹有钳眼鼓突,
> 请勿抛弃你命根,我已成它掌中物。

于是,妻子转身回来,安慰丈夫,念了第二首偈颂:

夫君诚高贵,为妻不跑开,
在这大地上,你是我心爱。

它安慰丈夫后,说道:"夫君啊! 现在我去跟蟹说说,让它放了你。"说罢,它恳求蟹,念了第三首偈颂:

大海恒河纳摩达①,你是蟹中最高者,
伤心女子在哭泣,求你释放她丈夫。

它这样恳求着,蟹为女性的声音所迷惑,毫不犹豫地从象脚上松开蟹钳,根本没想到这头大象获释后会做什么。大象抬起脚,踩在蟹背上,蟹顿时粉身碎骨。大象发出胜利的叫声。所有的象聚拢过来,把蟹拖到空旷的地面,踩成齑粉。两只蟹钳脱离蟹身,掉在一边。而这个蟹湖靠近恒河,一旦恒河涨潮,它就灌满恒河水;一旦恒河落潮,湖水就回流恒河。这样,两只蟹钳顺着恒河水漂走,一只漂进大海,另一只被在水里玩耍的王家十兄弟捡去,制成叫作阿纳格的鼓。阿修罗们捡到漂进大海的那一只,制成叫作阿楞波罗的鼓。后来,阿修罗们在战斗中被帝释天击败,弃鼓而逃。从此以后,帝释天将这面鼓留为己用。因而,人们常用这个比喻:"雷声像阿楞波罗。"

———————————

① "纳摩达"(nammadā)是河名。

妙生本生

　　古时候，梵授王在波罗奈治理国家的时候，菩萨投胎在王后腹中，长大成人后，在呾叉始罗学会技艺。父亲去世，他继承王位，依法治国。他的母亲脾气暴躁，动辄怒吼谩骂、恶语伤人。他想劝告母亲，但又觉得对母亲不能出言不逊，于是随时留心，寻找一个劝谏的机会。

　　一天，他与母亲同去花园。途中，有一只樫鸟尖声怪叫。菩萨的侍从听到这种鸣叫声，都捂上耳朵，喊道："哎呀，多难听！多刺耳！别叫啦！"

　　菩萨在舞伎簇拥下，与母亲一同游园。有一只杜鹃栖在一棵花团锦簇的娑罗树上，婉转鸣叫。众人大饱耳福，双手合十，说道："多温柔！多甜蜜！多动听！叫吧，叫吧！"众人翘首凝望，侧耳谛听。

　　菩萨目睹这两种情景，心想："现在，我可以劝告母亲了。"于是，他说道："妈妈！途中人们听到樫鸟叫，都捂住耳朵，喊道：'别叫啦！别叫啦！'确实，谁也不喜爱尖厉的声音。"说罢，念了三首偈颂：

　　　　相貌出众，音质柔美，
　　　　尖声怪叫，无人喜爱。

　　　　满身斑点，色泽黯黑，
　　　　婉转鸣叫，众生喜爱。

　　　　声音温柔，诵读典籍，

言词甜蜜,阐述经义。

菩萨用这三首偈颂阐明道理,说服母亲。从此,她行为端正了。菩萨只劝说了这一次,就使他的母亲变得谦恭温和。此后,菩萨按其业死去。

猫头鹰本生

从前，在第一劫的时候，人类集合在一起，选了一位英俊、吉祥、有威信、有美德的人，作为国王；四足走兽集合在一起，选了一头狮子，作为兽王；大海里的鱼类选了一条名叫"欢喜"的鱼，作为鱼王。于是，鸟类集合在喜马拉雅山的一块岩石上，商议道："人类有了王，四足走兽和鱼类也有了王，而我们鸟类还没有王。群龙无首是不行的，我们也应该有个王。大家推举一只适合登上王位的鸟吧！"大家左右顾盼，选择这样的鸟，最后看中了一只猫头鹰，说道："我们喜欢这只猫头鹰。"接着，由一只鸟当众宣布三次，以征得全体同意。头两次宣布时，一只乌鸦忍住没说话；第三次宣布时，它挺起身子，叫喊道："且慢！瞧猫头鹰这副嘴脸，登基时尚且如此，发怒时更不知如何了。它发怒时，只要瞪上我们一眼，我们就会像撒在热锅上的芝麻粒，坐立不安，性命难保。我不愿意选这个家伙为王！"为了说明这个意思，它念了第一首偈颂：

> 众位乡亲选它，立为鸟禽之王，
> 倘若大家允许，我要提出异议。

众鸟允许乌鸦提出异议，念了第二首偈颂：

> 我们表示允许，请提合理意见，
> 这里众多鸟禽，年轻英俊聪明。

乌鸦得到允许,念了第三首偈颂:

　　我祝愿各位好运,我不喜欢它为王,
　　登基嘴脸尚如此,不堪设想发怒时。

念完偈颂,乌鸦飞上空中,高喊道:"我不喜欢它!我不喜欢它!"猫头鹰也腾空飞起,追逐乌鸦。从此,它们俩结成冤家。最后,众鸟选定金天鹅为王,分头飞走了。

虎本生

古时候,梵授王在波罗奈治理国家的时候,菩萨转生为一座森林里的树神。离他的住处不远,另有一座古老的森林,住着另一位树神。在这座古老的森林中,住着狮子和老虎。由于惧怕狮虎,谁也不敢在那里砍树垦荒,甚至不敢回头望望。而狮子和老虎杀死各种各样的动物,吃了肉,扔下残骸就走。因此,森林里散发出腐尸味。这另一位树神,愚钝无知,不懂得前因后果。一天,他对菩萨说:"朋友!由于狮子和老虎,森林里散发出腐尸味。我要把它们赶走。"菩萨对他说:"朋友!正由于狮子和老虎,我们的住所才得以保住。一旦赶走他们,我们的住所就要遭殃。人们发现林中没有狮虎的足迹,就会来砍光树木,开辟耕地。请你不要这样干!"说罢,念了两首偈颂:

> 倘若所交之友,破坏和平安宁,
> 你应保护主权,犹如保护眼睛。

> 倘若所交之友,增进和平安宁,
> 你应推己及人,尊重他人习性。

尽管菩萨讲明了道理,但这位愚蠢的树神并没有听进去。一天,他显示可怕的样子,赶走了狮子和老虎。人们不见狮虎足迹,知道狮虎到别的森林居住,便来这里砍倒一片树丛。树神跑到菩萨那里,说道:"朋友!我没有听你的话,赶走了狮子和老虎。现在,人们知道狮虎已走,前来砍伐树丛了。

怎么办呢?""现在,狮虎住在那边的一个树林里,你去把它们请回来吧!"树神赶到那里,站在狮虎面前,双手合十,念了第三首偈颂:

> 老虎请回吧! 请回大森林!
> 无虎林被砍,无林虎无家。

尽管树神这样恳求狮虎,狮虎还是拒绝道:"你走吧! 我们不回去了!"树神只得独自回到森林。没过几天,人们砍光所有树木,开辟成耕地,从事农业生产。

木匠猪本生

　　古时候,梵授王在波罗奈治理国家的时候,菩萨转生为森林里的树神。那时,波罗奈城附近有个木匠村。有个木匠去森林寻找木材,看见一头小野猪掉在坑里,就把它带回家饲养。这头猪长大后,身躯魁伟,獠牙弯曲,品行端正。因为它是由木匠抚养长大的,故而得名"木匠猪"。木匠砍树时,它用鼻子拱树,用嘴传送斧子、锛子、凿子和锤子,或咬住墨线的一端。后来,木匠担心别人会把它抓去吃掉,便把它送回森林。

　　木匠猪回到森林,想寻找一个舒适的住处。它在山谷里发现一个大山洞,长有许多根茎、果实,是个舒适的住处。几百头野猪看见了它,都来到它身边。木匠猪对它们说道:"我四处寻找你们,这下可见到你们了。现在,我想住在这个舒适的地方。""这地方确实很舒适,只不过有危险。""难怪我一见到你们就感到疑惑:你们住在吃食这么丰富的地方,怎么还一个个瘦骨嶙峋。你们害怕什么?""有头老虎,天一亮就来这里,见到我们就抓。""它是经常来,还是偶尔来?""经常来。""有多少头老虎?""只有一头。""你们那么多头,还对付不了它一头?""是的,我们对付不了。""我要逮住这头老虎。你们大家必须听从我的吩咐。这头老虎住在哪里?""住在那座山上。"

　　夜里,木匠猪训练众猪。它讲解兵法:"战斗有三种——莲花阵、转轮阵和车子阵。"它让众猪排成莲花阵。它懂得利用地形,说道:"我们就在这里打仗。"它让母猪和猪崽站在中间,围绕它们的是老猪。老猪外面是幼猪,幼猪外面是小猪,小猪外面是长有獠牙的猪,最外面一圈是勇猛有力、宜于作战的猪,十头一组或二十头一组,排成密集的队形。木匠猪在自己所站的地方的前方挖一个圆坑；在自己所站的地方的后方，挖一个像山坡那样逐渐倾斜的坑，状似簸箕。它带领六七十头战猪，各处走动，勉励大家别害怕。安排就绪，天已拂晓。

老虎醒来，心想："捕食的时辰到了。"它爬上山顶，站在那里，睁大眼睛瞪视野猪。木匠猪向众猪示意，说道："回瞪它！"众猪回瞪它。老虎张嘴吸气，众猪也张嘴吸气。老虎撒尿，众猪也撒尿。总之，老虎做什么，众猪也做什么。老虎思忖道："过去，野猪一见我就逃，甚至吓得想逃也逃不了。今天，它们不仅不逃，反而故意跟我作对，模仿我的动作。那里一定有个占据要地的组织者。今天，我不可能战胜它。"于是，转回自己的住处。有个伪苦行者，总是分享老虎捕来的兽肉。他看见老虎空手回来，就与它攀谈，念了第一首偈颂：

> 往日战绩辉煌，征服此地野猪，
>
> 今日一无所获，失却威严勇武。

老虎听后，念了第二首偈颂：

> 昔日野猪惊慌，东奔西突藏身，
>
> 今日密集列阵，显然难以战胜。

伪苦行者鼓动老虎道："别害怕！你去，只要吼叫一声，猛扑过去，它们就会惊慌失措，阵脚大乱，四处逃窜。"老虎经他一鼓动，壮起胆，又走出去，站在山顶上。木匠猪站在两个坑中间。众猪说道："尊者！那强盗又来了。""别害怕！这次我要逮住它。"老虎吼叫一声，向木匠猪猛扑过来。在老虎扑来的一瞬间，木匠猪一闪身子，蓦地跳入前面的圆坑。老虎因速度太猛，控制不住自己，一头栽进木匠猪后面的簸箕坑，整个身子挤成一团，卡在狭窄的坑沿。木匠猪跳出圆坑，闪电般冲向老虎，用獠牙捅开老虎的腹部，撕裂它的肾脏，搅碎它的五香肉，击破它的头，然后，把老虎挑出坑外，喊道："快来吃你们的敌人！"先来的猪都吃到了老虎肉,后来的猪只能闻闻前者的嘴,询问道:"老虎肉是什么滋味?"

然而,有迹象表明,野猪们还不安心。木匠猪觉察出来后,问道:"为什么你们还不安心?""尊者啊！杀掉一头老虎有什么用? 那个伪苦行者还能带来十头老虎!""那人是谁?""一个邪恶的苦行者。""我既然能打死老虎,还对付不了他? 让我们去捉拿他。"于是,它与猪群一同前往。

那个伪苦行者见老虎去了好久,心想:"难道老虎被野猪逮住了?"于是,他沿路寻来,迎面看见这群野猪。他赶忙回去拿上自己的包裹,撒腿逃跑。野猪紧追不放。他扔掉包裹,迅速爬上一棵无花果树。野猪们说道:"这下糟了,尊者! 这个苦行者逃到树上去了。""什么树?""无花果树。""母猪取水来! 小猪用嘴啃树,大猪用獠牙掘断树根! 其余的猪包围这棵树!"众猪执行木匠猪的命令,而木匠猪自己直接对准粗大的无花果树根部撞去,活像一把利斧,只撞了一下,就把无花果树撞倒了。守候在周围的野猪把伪苦行者撞翻在地,撕成碎片,把骨头上的肉啃个一干二净。

然后,众猪让木匠猪坐在无花果树树干上,用伪苦行者的贝壳盛水,替木匠猪灌顶,立它为王;也替一头年轻的母猪灌顶,封为王后。据说,从此以后,人们就让国王坐在无花果木吉祥椅上,用三个贝壳灌顶。

住在这座森林里的树神,目睹这一奇迹。他在一棵树干的缝隙中间,朝野猪念了第三首偈颂:

> 我已目睹奇迹,光荣属于众猪;
> 只要团结一致,野猪征服老虎。

宝瓶本生

古时候,梵授王在波罗奈治理国家的时候,菩萨转生在商主家里。父亲死后,他接替商主的职位。他家的地下埋有四百万钱财。他只有一个儿子。菩萨广行布施,做了许多善事,死后转生为众神之王帝释天。

而他的儿子,霸占了一条街,搭起帐篷,邀来大批朋友,坐在那里喝酒。他动不动就赏给那些耍杂技、唱歌、跳舞的艺人一千元钱财。他沉湎于声色酒肉,成天嚷嚷道:"你唱一个吧!你跳一个吧!你弹一个吧!"他游手好闲,寻欢作乐,没过多久,他把四百万钱财和全部家业统统挥霍一空。他穷困潦倒,衣衫褴褛,流落街头。

帝释天通过沉思,了解到儿子的困境。他出于怜子之心,来到他那里,给了他一只如意宝瓶①,说道:"孩子!只要你不打碎这只宝瓶,好好保护它,你的财富将永无穷尽。你要小心啊!"他告诫儿子后,回到天国去了。

从此,这儿子终日狂饮。一天,他喝得醉醺醺的,将宝瓶抛往空中。当宝瓶落下时,他伸手去接。可是,宝瓶坠落在地,摔得粉碎。从此,他又变得一贫如洗,衣衫褴褛,手持破钵,四处乞讨。最后,倒在人家的墙脚下死去了。

---

① "如意宝瓶"是能满足人的一切愿望和要求的魔瓶。

阎浮果本生

古时候,梵授王在波罗奈治理国家的时候,菩萨转生为某处阎浮树林中的树神。一只乌鸦坐在阎浮树枝上,吃阎浮果。一会儿,一只豺走来,抬头望见乌鸦,心想:"如果我奉承这家伙一下,也许能吃到一些阎浮果。"于是,它念了这首偈颂,恭维乌鸦:

> 谁坐阎浮枝,嗓音真温柔,
> 犹如小孔雀,鸣啭试歌喉。

乌鸦听后,念了第二首偈颂,答谢豺的赞美:

> 惺惺惜惺惺,贵族赞贵族,
> 君似小老虎,请尝甜阎浮。

说罢,它摇动阎浮树枝,让阎浮果掉落下去。这时,住在阎浮树林中的树神,看到它俩互相奉承之后吃阎浮果,便念了第三首偈颂:

> 人以群分物类聚,司空见惯不稀奇,
> 鸦食腐肉豺食尸,互相酬唱赞美诗。

树神念完偈颂,显示可怕的模样,吓走了这两个家伙。

狼本生

古时候，梵授王在波罗奈治理国家的时候，菩萨是众神之王帝释天。

有一匹狼住在恒河岸边的岩石上。恒河发洪水，包围了这块岩石。狼爬上岩顶，躺在那里，既无食物，也无寻食的去路。而且，水越涨越高。狼想："既无食物，也无寻食的去路，我躺在这里无事可做，不如实行斋戒吧！"于是，它决心实行斋戒，遵守戒律，躺在那里。那时，帝释天正在沉思，明白这匹狼意志薄弱，决定去羞辱它一下。他化作山羊下凡，站在离狼不远的地方，让狼看见。狼一看见山羊，就想："我改天再实行斋戒吧！"跳将起来，扑向山羊。但是山羊蹦到东，蹦到西，就是不让狼抓住。狼抓不住山羊，转身回来，重新躺在那里，自言自语道："我总算没有破坏斋戒。"帝释天凭借自己的神力，站在空中，说道："像你这样意志薄弱，还实行什么斋戒？你不知道我是帝释天，一心想吃山羊肉！"他羞辱和谴责了这匹狼，然后回到天国去。

小羯陵伽王本生

古时候，羯陵伽王在羯陵伽国檀德城治理国家，阿瑟格王在阿瑟格国波德利城治理国家。

羯陵伽王有一支强大的军队，自己也力大如象，所向无敌。他渴望打仗，与大臣们商议道："我想打仗，可是找不到对手，怎么办？"大臣们说道："大王啊！有一个办法。你的四个女儿美貌绝伦，让她们打扮打扮，坐在篷车里，由士兵护卫，漫游各国的乡村、城镇和京都。如果哪个国王企图把她们带进自己的宫中，你就与他开战。"

羯陵伽王照此做了。但是，所到之处，由于那里的国王害怕羯陵伽王，都不敢放她们进城，而是送给她们礼物，让她们住在城外。就这样，她们走遍全赡部洲，最后来到阿瑟格国波德利城。阿瑟格王吩咐关上城门，派人送给她们礼物。阿瑟格王有个足智多谋的大臣，名叫乐军。他思忖道："据说，这些公主走遍全赡部洲，没有遇上一个应战者。如果真是这样，赡部洲也就徒有虚名了。我要跟羯陵伽王交战。"于是，他走到城门口，吩咐卫兵打开城门，念了第一首偈颂：

> 请打开城门，让公主进城，
>
> 我乃智勇狮，护国尽责任。

说罢，他打开城门，领着公主们去见阿瑟格王。他对国王说："你别害怕。如果挑起战争，我会有办法对付的。你让这些美貌绝伦的公主做你的王后吧!"他为公主们灌顶,然后,打发随行的侍从说:"回去禀告你们的国王:公主们已经做了阿瑟格王的王后了。"侍从回国禀报。羯陵伽王说道:"难道他不知道我的威力吗?"于是,率领大军出发。乐军得知羯陵伽王领兵前来,便派人传话说:"你在你的边界内呆着,不要进入我们的边界,战斗将在两国的交界处进行。"羯陵伽王把军队驻扎在自己边境内,阿瑟格王也把军队驻扎在自己边境内。

那时,菩萨出家当苦行者,就住在两国交界处的一间树叶屋里。羯陵伽王思忖道:"谁知道我们两个谁胜谁败?出家人无所不知。我要问问这个苦行者。"他来到菩萨跟前,行过礼,坐在一旁,说了几句问候话,然后问道:"尊者!羯陵伽王和阿瑟格王在各自的边境屯兵,准备交战。你看他们两人谁胜谁败?""大德者啊!我不知道哪个会胜,哪个会败。不过,众神之王帝释天要来这里,我可以问问他。明天你来,我就告诉你。"

帝释天来到菩萨身边坐下。菩萨问他这个问题。帝释天回答说:"尊者啊!羯陵伽王将获胜,阿瑟格王将失败。到时候能看见如此这般的预兆。"第二天,羯陵伽王来询问,菩萨就告诉了他。但是,羯陵伽王没有问一问能看见什么样的预兆,只想着我会获胜,就心满意足地走了。这个消息广为传播。阿瑟格王听到后,召来乐军,问道:"听说羯陵伽王将获胜,我将失败,怎么办?"乐军回答说:"大王啊!谁知道谁胜谁败?请不要费这心思!"他安慰了国王之后,来到菩萨跟前,行过礼,坐在一旁,问道:"尊者!谁将获胜?谁将失败?""羯陵伽王将获胜,阿瑟格王将失败。""尊者!胜者的预兆是什么?败者的预兆是什么?""大德者啊!胜者的保护神是全白的公牛,败者的保护神是全黑的公牛。这两个保护神将会参战,决出胜败。"乐军听后,起身告辞。他带了一千名效忠国王的勇士,登上附近的山峰,问道:"你们能为王上献身吗?""我们能。""那么,从这悬崖跳下!"他们刚要跳,乐军拦住说:"行啦,别跳了!你们要效忠王上,奋勇作战!"勇士们一致允诺。

双方开始交战。羯陵伽王想着"我肯定得胜",便漫不经心。他的将士也想着"我们肯定得胜",也漫不经心。他们穿上盔甲,乱哄哄,闹嚷嚷,松松垮垮地出发了。到了冲锋陷阵的时刻,他们都不奋勇向前。

两位国王骑在马上,互相走近,准备交锋。两个保护神走在他们前面:羯陵伽王的保护神是全白公牛,阿瑟格王的保护神是全黑公牛。这两个保护神越走越近,作出战斗的姿态。可是,除了两位国王,谁也看不见这两个保护神。乐军问阿瑟格王:"大王啊! 你看见保护神吗?""看见了。""什么样的?""羯陵伽的保护神是全白公牛;我的保护神是全黑公牛,看上去疲惫无力。""大王啊,你别害怕! 我们将获胜,羯陵伽王将失败。请你从这匹训练有素的宝马上下来,拿着这支矛,用左手按一下宝马的侧腹,与一千名勇士一起猛冲过去。你用矛将羯陵伽王的保护神打翻在地,然后,我们用一千支矛捅死它。羯陵伽王的保护神一死,他就会失败,我们就会获胜了。"

"好吧!"国王按照乐军的指示,持矛前去攻击全白公牛;众大臣也跟随他,用一千支矛攻击全白公牛。羯陵伽的保护神当场丧命。羯陵伽王败下阵去。见此情景,一千个大臣高喊道:"羯陵伽王逃跑了!"羯陵伽王怕死,一边逃跑,一边责备苦行者,念了第二首偈颂:

> 胜者羯陵伽王,败者阿瑟格王,
> 这是你的预言,贤者不该撒谎!

他这样责备着苦行者,逃回自己城里,甚至不敢回头瞧一瞧。过了几天,帝释天来到苦行者那里。苦行者与他交谈,念了第三首偈颂:

> 真言无价宝,众神不说谎;
> 请问帝释天,为何你说谎?

帝释天听后,念了第四首偈颂:

> 难道你未听说,众神不妒人能;
> 自制沉着奋勇,阿瑟格王获胜。

羯陵伽王逃跑,阿瑟格王掠取战利品回城。乐军派人向羯陵伽王传话:"请把四位公主的嫁妆送来。如果不送来,我就要采取行动了。"羯陵伽王听后,吓得浑身颤抖,派人送去公主们的嫁妆。从此,大家和睦相处。

验德本生

古时候，梵授王在波罗奈治理国家的时候，菩萨转生在婆罗门家族中，长大成人后，受业于波罗奈闻名四方的老师，在五百个学生中，名列前茅，精通各种技艺。老师有个妙龄女儿，他想："我要考验一下这些学生的品德，把女儿嫁给有德者。"

一天，他对学生们说："孩子们！我的女儿已经长大成人，我要给她办婚事，需要衣服和首饰。你们去偷一些你们亲友的衣服和首饰，不要让人瞧见。你们拿来东西，如果没人瞧见，我就收下；如果有人瞧见，我就不收。"学生们同意道："好吧！"

此后，学生们趁亲友不注意，偷来衣服和首饰等，老师把学生们送来的东西分别存放。唯有菩萨什么也没送来。老师对他说："孩子，你什么也没送来。""是的，老师！""为什么？孩子！""偷来东西，如果有人瞧见，你就不收。但是，我发现犯罪的事是掩盖不住的。"说罢，念了两首偈颂，阐明这个道理：

> 在这世上，无法隐恶；
> 愚者掩藏，树神目睹。
>
> 无法隐恶，没有真空；
> 即使无人，亦非真空。

老师听后,十分满意,说道:"孩子！我家并不缺少钱财。我想把女儿嫁给有德者,为了考验大家的品德,才这么做的。现在证明,唯有你配得上我的女儿。"老师让女儿装饰打扮,嫁给菩萨,而对其他学生说:"你们把偷来的东西都送回去！"

速疾鸟本生

古时候,梵授王在波罗奈治理国家的时候,菩萨转生为喜马拉雅山区的啄木鸟。有一头狮子在吃肉时,一根骨头鲠在喉咙里,于是它喉咙红肿,不能进食,痛苦非凡。啄木鸟出来寻食,看见这头狮子,便停在枝头上,问道:"朋友,你哪儿不舒服?"狮子告诉了它。啄木鸟说道:"朋友,我能帮你取出这根骨头,可是,我不敢进入你的嘴,怕你吃掉我。""朋友,别害怕,我不会吃掉你的,请你救救我的命吧。""好吧。"啄木鸟让狮子侧卧后,心想:"谁知道这家伙会干什么!"就用一根树枝支在狮子的上下颚之间,使狮子不能合上嘴,然后钻进去,用自己的尖喙啄骨头。骨头掉落下来后,啄木鸟从狮子嘴里钻出,同时用尖喙碰掉树枝,飞回枝头。

狮子恢复健康后,一天杀死了一头野牛,正在吞噬。啄木鸟想:"我要考验考验它。"于是,停在狮子头上的树梢上面,与狮子交谈,念了第一首偈颂:

> 我们为你效劳,竭尽力量智慧,
>
> 向你兽王致敬,请你赐予恩惠。

狮子听后,念了第二首偈颂:

> 我是嗜血食肉兽,凶狠残暴常作恶,
>
> 进入我口得生还,你受恩惠何其多!

啄木鸟听后,念了另外两首偈颂:

从不感恩戴德,一向胡作非为;
岂能指望报答,白白侍候此辈!

替他做了好事,依然不讲友情;
不必怨天尤人,分道扬镳就行。

啄木鸟说完这些话,就飞走了。

忍辱法本生

　　古时候,迦尸国王羯罗浮在波罗奈治理国家的时候,菩萨转生在拥有八百万钱财的婆罗门家族,名叫贡达格童子。他长大成人后,在呾叉始罗学会一切技艺,回来成家立业。后来,父母去世,他望着成堆的钱财,心想:"我的亲人积攒了这些钱财,死了带不走。难道我死了能带走吗?"于是,他选择了一些值得施舍的人,将所有的钱财施舍给他们,自己出家到喜马拉雅山,靠吃野果维持生命。他在那里住了很长时间,为了乞讨盐和醋才下山,有一次,走着走着,走到波罗奈。第二天,他在城里乞食,来到统帅家门口。统帅喜欢他的举止仪态,邀请他进屋,把为自己准备的膳食让给他吃,并征得他的同意,安排他住在御花园里。

　　一天,羯罗浮王喝得酩酊大醉,由舞伎们陪伴,浩浩荡荡地来到御花园。他在如意石板上铺开睡具,把头枕在一位爱妃腿上。那些能歌善舞的舞伎边歌边舞。他仿佛享受着众神之王帝释天的荣华富贵。不久,国王睡着了。那些舞伎议论道:"我们是为他献歌献舞的,现在他睡着了,我们还唱什么跳什么呀!"她们扔下琵琶和其他乐器,离开国王,到花园里欣赏花草果木,嬉戏玩耍。

　　那时,菩萨犹如一头高贵的御象,坐在花园里开花的婆罗树下,享受着出家的快乐。舞伎们东游西逛,发现了菩萨,便说道:"来吧,小姐们! 这棵树下坐着一位出家人。在国王醒来以前,我们就坐在他身旁,让他给我们说些什么听听吧!"她们上前行礼,围着他坐下,说道:"给我们说些适合我们听的东西吧!"于是,菩萨向她们说法。

　　国王的爱妃挪动了一下腿,国王醒了,看见舞伎一个不在,问道:"那些贱人哪儿去了?""大王啊!她们都去围坐在一个苦行者的身边。"国王怒不可遏,持刀快步前往,说道:"我要教训教训这个坏蛋苦行者!"舞伎们看见国王怒气冲冲走来,其中几个受宠爱的舞伎迎上前去,取下国王手中的刀,劝国王息怒。国王走上前来,站在菩萨身边,问道:"沙门!你说什么法?""我说忍辱法,大王!""何谓忍辱法?""挨打受骂不生气。"国王说道:"现在,我要见识见识你的忍辱法。"说罢,召来刽子手。刽子手忠于职守,手持利斧和荆条,身穿黄衣,颈戴红花环,向国王行礼,问道:"有何吩咐?""将这恶贼苦行者拖出去,按在地上,前后左右四边,用荆条抽打两千鞭。"刽子手遵令照办。菩萨皮开肉绽,鲜血直流。国王又问道:"比丘!你说什么法?""忍辱法,大王!你以为我的忍辱法在皮肉里,其实它不在皮肉里,而在我的心里。你是见不着的,大王!"刽子手又问道:"有何吩咐?""将这坏蛋苦行者的双手砍掉!"刽子手举起利斧,将菩萨的双手按在砧上砍了下来。国王又命令道:"砍掉双脚!"刽子手又砍下菩萨的双脚。鲜血从手脚的断口流出,就像红漆从破罐中流出。国王又问道:"你说什么法?""忍辱法,大王!你以为我的忍辱法在手脚里,其实它不在那里,而在我的内心深处。"国王命令道:"割去他的耳鼻。"刽子手割去菩萨的耳鼻。菩萨全身滴淌着鲜血。国王又问道:"你说什么法?""大王,我说忍辱法。你别以为我的忍辱法在耳鼻里,它在我的心窝深处。"国王说道:"坏蛋苦行者啊!你就躺在这儿,奉行你的忍辱法吧!"说着,用脚踹菩萨的心窝,然后离去。

　　国王走后,统帅擦去菩萨身上的鲜血,包扎好手、脚、耳、鼻的伤口,轻轻地将菩萨扶靠在椅上,向他行礼,然后坐在一旁,恳求道:"尊者啊!如果你要怨恨,就怨恨残害你的国王,不要怨恨别人。"说着,念了第一首偈颂:

> 割你耳鼻,剁你手足,
> 怨恨此人,莫毁此国。

　　菩萨听后,念了第二首偈颂:

剁我手足,割我耳鼻,

愿王长寿,我无恨意。

国王离开花园,消失在菩萨的视线之外时,二百四十万由旬厚的大地迸裂,犹如厚实的上衣裂开。阿鼻地狱喷出火焰,吞噬国王,仿佛给他穿上一件红色的龙袍。这样,国王就在花园门口坠入地底,沉沦在阿鼻地狱中。在这同一天,菩萨也死去。国王的臣仆以及市民手持熏香、花环和香料,前来为菩萨举行葬礼。有人说,菩萨又回到喜马拉雅山去了。但是,这种说法是不对的。

肉本生

　　古时候,梵授王在波罗奈治理国家的时候,菩萨是商主的儿子。一天,有个捕鹿人捕到许多鹿,装满一车,准备进城贩卖。那时,波罗奈的四个商主的儿子坐在城外大路旁,交谈各自的见闻。其中一个见到这车肉,说道:"我去向猎人要块肉。""你去要吧!"他走上前去,说道:"喂,猎人,给我一块肉!"猎人说道:"向别人要东西,说话应该和气。你将按照你的言辞得到一块肉。"说罢,念了第一首偈颂:

> 你向我要肉,说话太粗鲁;
>
> 按照你言辞,给你筋骨肉。

　　第二个商主的儿子问道:"你向他要肉,是怎么说的?""我就说:'喂,……'"第二个商主的儿子说道:"我也去向他要肉。"他走过去,说道:"大哥,给我一块肉吧!"猎人说道:"你将按照你的言辞得到肉。"说罢,念了第二首偈颂:

> 人说这世上,兄弟是手足;
>
> 按照你言辞,给你鹿腿肉。

　　猎人念罢,举起一块腿肉,给了他。第三个商主的儿子问道:"你向他要肉,是怎么说的?""我就说:'大哥,……'"第三个商主的儿子说道:"我也去

向他要肉。"他走过去,说道:"老爹,给我一块肉吧!"猎人说道:"你将按照你的言辞得到肉。"说罢,念了第三首偈颂:

> 儿唤一声爹,为父心颤抖;
>
> 按照你言辞,给你心头肉。

猎人念罢,给他一块带着鹿心的嫩肉。第四个商主的儿子[1]问道:"你向他要肉,是怎么说的?""我就说:'老爹,……'"第四个商主的儿子说道:"我也去向他要肉。"他走过去,说道:"朋友,给我一块肉!"猎人说道:"你将按照你的言辞得到肉。"说罢,念了第四首偈颂:

> 村中若无友,犹如住森林;
>
> 按照你言辞,给你整车肉。

猎人念罢,说道:"来吧,朋友! 我要把这整车肉送到你家里。"第四个商主的儿子让猎人驾车,与他回到自己家中。他让人卸下肉,然后款待猎人。他还派人把猎人的妻儿接来,让猎人放弃打猎的营生,定居在他的家中。他俩成为好朋友,终生和睦相处。

---

① 即菩萨。

兔子本生

　　古时候,梵授王在波罗奈治理国家的时候,菩萨投胎转生为兔子,住在森林里。这森林的一边是山脚,另一边是河流,再另一边是边境村庄。兔子有三个朋友:猴子、豺和水獭。这四只聪明的动物住在一起,白天在各自的觅食地寻找食物,晚上聚会。兔子智者依据戒律向其他三位说法:"要布施,要守戒,要斋戒。"它们听取它的教诲后,回到各自的树丛睡下。

　　光阴流逝。一天,菩萨观察天上的月亮,知道第二天是布萨日①,就对三个朋友说:"明天是布萨日,你们三位要遵守戒律,实施斋戒。守戒布施有大功果。因此,你们要先向前来求乞的人施舍食物,然后自己再吃。"它们同意道:"好吧!"然后回到各自的住处睡下。

　　第二天清晨,水獭出去寻找食物,来到恒河岸边。那时,有个渔夫捕到七条红鱼,用芦苇穿在一起,拎到恒河岸上,埋在沙里,然后又下河捕鱼去了。水獭闻到鱼腥味,扒开沙,发现这些鱼,便叼了出来,喊道:"这些鱼的主人在不在?"它连喊三次,也不见主人,于是叼住芦苇,把这些鱼带回自己的树丛。"我要到时候再吃。"它想着守戒的事,便躺下了。

　　豺也出去寻找食物。它在一个守田人的茅屋里,发现两串肉、一只蜥蜴和一罐奶酪,便喊道:"这些东西的主人在不在?"连喊三次,也不见主人。于是,它把罐子的提绳套在脖子上,用嘴叼住两串肉和一只蜥蜴,带回自己的树丛。"我要到时候再吃。"它想着守戒的事,便躺下了。

---

　　① "布萨日"(uposathadivasa)是佛教的斋戒日,在家信徒要实行八戒。

猴子跑进树林采了一串芒果,带回自己的树丛。"我要到时候再吃。"它想着守戒的事,也躺下了。

菩萨也出去找草吃。它躺在树丛里,思忖道:"我不能把草施舍给前来向我乞食的人,但我又没有芝麻、稻米等等。假如求乞者来到我的跟前,我就把自己身上的肉施舍给他。"

由于兔子持戒的威力,帝释天的宝座发热了。帝释天想了想,知道了缘由,决定要考验兔子一下。他先来到水獭的住处,乔装婆罗门站着。水獭问道:"婆罗门啊! 你为何站在这里?"他回答说:"智者啊! 如果我能得到一些食物,过完布萨日,我就要遵行沙门之道了。""好吧! 我给你食物。"水獭与他交谈,念了第一首偈颂:

> 七条红鱼,捞自水中,
> 请你享用,居住林中。

婆罗门说道:"等到明天清早吧! 到时候我会记得的。"说罢,他走到豺那儿。豺问道:"你为何站在这儿?"他作了同样的回答。豺说道:"好吧! 我给你。"豺与他交谈,念了第二首偈颂:

> 晚餐原属守田人,蜥蜴奶酪两串肉,
> 容易变质我取来,吃完请在林中住。

婆罗门说道:"等到明天清早吧! 到时候,我会记得的。"说罢,他走到猴子那儿。猴子问道:"你为何站在这儿?"他作了同样的回答。"好吧! 我给你。"猴子与他交谈,念了第三首偈颂:

> 芒果熟,溪水凉,树荫浓;
> 婆罗门,请享用,住林中。

婆罗门说道:"等到明天清早吧!到时候我会记得的。"说罢,他走到兔子智者那儿。兔子问道:"你为何站在这儿?"他作了同样的回答。菩萨听后,非常高兴,说道:"婆罗门啊!你来向我乞食,做得对。今天我要给你前所未有的施舍。你品德高尚,不会杀生。因此,朋友!你去捡些柴,点上火,再来告诉我。我要舍身投入火中。等我的身体烤熟后,你就吃我的肉,然后遵行沙门之道。"兔子与他交谈,念了第四首偈颂:

> 兔子没有芝麻,也无豆子稻谷,
>
> 用火烤熟身体,吃完林中居住。

帝释天听完菩萨的话,走开去,用自己的神力造了一堆炭火,然后回来告诉菩萨。菩萨从草铺上起身,走到那儿,说道:"如果我的毛里藏有虫子,愿它们免于一死!"说罢,将身体抖动了三下。然后,将整个身子献作布施,满怀喜悦地跳进火堆,犹如御天鹅飞落莲花丛。但是,这堆炭火甚至不能烧热菩萨身上的皮毛,它好像掉进了冰窟中。于是,它对帝释天说道:"婆罗门啊!你的火冷极了,甚至不能烧热我身上的皮毛。这是怎么回事?""智者啊!我不是婆罗门。我是帝释天,是来考验你的。""帝释天啊!你且等一等,听我说。不要说是你,就是全世界的居民都来考验我的布施,也不会发现我不愿施舍。"随即,菩萨发出狮子吼①。帝释天对它说道:"兔子智者啊,愿你的品德在整整一劫里传扬!"说罢,他挤一挤山,用山汁在月轮上画了一只兔子的形象。他告诉了菩萨,并将菩萨安放在这个丛林中柔嫩的草铺上,然后回到自己的天国居处。以后,这四只聪明的动物和睦相处,恪守戒律,按自己的业死去。

---

① 佛经中常用狮子吼比喻佛陀说法的声音。

夹竹桃本生

　　古时候,梵授王在波罗奈治理国家的时候,菩萨转生在迦尸国一个村庄的长者家里。由于出生那天贼星高照,所以,他长大后,以偷盗为生。他力大如象,成为举世闻名的大盗,谁也无法抓住他。

　　一天,他闯入一位商主家,窃走许多钱财。市民来到国王那里,报告道:"国王啊! 有个大盗在城里抢劫,请你下令捉拿!"国王下令城防官捉拿大盗。晚上,城防官在各处设下一队队伏兵,连人带赃抓住了大盗。城防官禀报国王,国王下令道:"将他斩首!"于是,城防官将大盗反剪双手,紧紧捆住,在他的脖子上挂了一个红夹竹桃花环,头上洒满砖灰,鼓声咚咚,押往刑场,每经过一个十字路口,就用鞭子抽打他。全城居民奔走相告:"大盗被抓住了!"

　　那时,波罗奈有个身价一夜一千元的妓女,名叫莎玛。她是国王的爱宠,有五百个女仆侍候。她打开楼阁窗户,伫立眺望,看见被押往刑场的大盗。这大盗英俊漂亮,神仙般光彩夺目。她一见钟情,寻思道:"有什么办法,让这人做我的丈夫? 哦,有了!"她吩咐自己的贴身女仆带上一千元,去对城防官说:"这个强盗是莎玛的哥哥。除了莎玛,他没有别的保护人。收下这一千元,把他放了吧!"可是,城防官说:"这个强盗名气大,我不能这样放了他。要是找到一个替身,我可以把他藏在篷车里,给你送去。"女仆回去禀告。

　　那时,有个商主的儿子迷上莎玛,每天付一千元过夜。这天黄昏,他又带着一千元来了。莎玛收下一千元,放在膝上,坐在那里,哭泣起来。商主的儿子问道:"你怎么啦?"莎玛回答说:"尊者啊!那个强盗是我的哥哥。由于我的行当低贱,他从不来看我。我派人向城防官求情,城防官说送他一千元,他就放人。现在,我找不到人替我去给城防官送钱。"商主的儿子呆头呆脑,说道:"我去送吧。""那么,你就拿着你带来的钱,去吧!"商主的儿子拿了钱,来到城防官那里。城防官把商主的儿子安置在密室里,然后把强盗藏在篷车里,送交莎玛。城防官心想:"这个强盗全国闻名,我必须等到天黑,人们都回家休息了,才能动手杀那个替死鬼。"他找了个借口,拖延时间。天黑后,他让一队卫兵把商主的儿子带入刑场,砍下脑袋,肢解身体,然后回城。

从此,莎玛不再收费接客,只跟那个强盗寻欢作乐。强盗心想:"一旦她爱上别人,也会置我于死地,而与别人寻欢作乐的。她是个背信弃义的人。我不能留在这里,必须赶快逃跑。"他临走这天,又想:"我不能空手离开,我要带走她的首饰。"于是,他对莎玛说:"亲爱的!我们成天呆在家里,像笼中的鸟儿。我们应该上花园去玩一天。""好吧!"莎玛表示同意,准备好各种吃食,戴上各种首饰,与强盗一起乘坐篷车,前往花园。强盗在花园里与她玩耍一阵后,心想:"现在,我该逃跑了!"他装出情欲冲动的样子,进入一个夹竹桃丛林,搂住莎玛,拼命挤压,直至她昏死过去。然后,他扔下莎玛,摘下她的全部首饰,用她的上衣裹成一包,搭在肩上,翻过园墙,逃跑了。

莎玛苏醒过来,起身回到女仆那儿,问道:"少爷在哪儿?""我们不知道,小姐!""他一定以为我死了,吓跑了。"她神情沮丧,回到家里,说道:"见不到我的可爱的丈夫,我决不上牙床睡觉。"说罢,她躺在地上。从此,她不再盛装艳服,不再吃两顿饭,也不再涂香膏、戴花环。后来,她想:"我要设法派人把我的贵人找回来。"她召来卖艺人,给他们一千元。他们问道:"小姐,你有何吩咐?""你们无处不到。请你们到乡村、城镇和京都巡回演出。在每次演出前,先向观众演唱这首歌。"她教给卖艺人一首歌后,继续说道:"你们唱完这首歌,如果我的贵人在观众当中,他会跟你们交谈。那么,你们就告诉他,我安然无恙,把他带回来。如果他不肯回来,你们就给我捎个信来。"她给了他们路费,吩咐他们启程。他们离开波罗奈,到处巡回演出,来到一个边境村庄。强盗逃走之后,就住在那里。他们在那里演出,首先演唱这首偈颂:

春天时光好,夹竹桃花艳,
交臂紧拥抱,莎玛报平安。

强盗听后,走到卖艺人跟前,说道:"你说莎玛还活着,我不相信。"他与他们交谈,念了第二首偈颂:

谁信风摇地? 谁信风撼山?
莎玛身已亡,怎能报平安?

卖艺人听了他的话,念了第三首偈颂:

莎玛确未死,也未变心意,
只吃一餐饭,日夜思念你。

强盗听后,说道:"不管她活着,还是死了,我都不要她。"说罢,念了第四首偈颂:

她以恩爱换薄情,她以忠贞换轻浮,
终将以我换他人,故我远走避刀斧。

卖艺人回去把事情经过告诉莎玛。她后悔不已,只得重操旧业。

哒哒本生

古时候,梵授王在波罗奈治理国家的时候,菩萨转生为一头狮子,长大后,住在森林里。那时,在西海边,有座棕榈树林,其中夹杂着一些珮罗婆树。一只兔子住在一棵小棕榈树下的珮罗婆树根当中。

一天,这只兔子吃完食,来到棕榈树荫下躺着,心中寻思:"如果大地崩溃了,我上哪儿去呢?"就在这一刹那,一只成熟的珮罗婆果掉在棕榈树叶上。兔子听到这声音,心想:"一定是大地崩溃了。"它纵身跳起,顾不得回头望一望,撒腿就跑。由于怕死,它飞快地跑着。另一只兔子看见后,问道:"你干吗这样慌慌张张奔逃?""别问了!"这另一只兔子跟在后面跑,追问道:"到底是怎么回事啊?"原先那只兔子停了一下,头也不回地说:"大地崩溃了!"于是,后面这只兔子便紧跟着它逃命。就这样,一只又一只兔子,凡是看到它们在跑,都跟在后面跑。最后,总共有十万只兔子一起奔跑逃命。一头鹿、一头猪、一头麋、一头水牛、一头野牛、一头犀牛、一头老虎、一头狮子、一头大象,相继看到它们在跑,便问:"怎么回事?""大地崩溃了!"听罢,它们也一一跟着奔跑起来。渐渐地,这支动物大军竟然长达一由旬。

那时,菩萨看到这支大军在奔跑,便问:"你们这是怎么回事?""大地崩溃了!"菩萨心想:"大地是决不会崩溃的。肯定是它们听错了什么声音。如果我不出面干涉,它们全都会毁了。我要拯救它们。"它以狮子的速度跑到山脚下,发出三声狮子吼。众兽惧怕狮子,停下步来,挤成一团站着。狮子走到它们中间,问道:"你们为什么奔逃?""大地崩溃了!""谁看见大地崩溃了?""大象看见的。"菩萨问大象,大象们说:"我们不知道,狮子看见的。"狮

311

子们说:"我们不知道,老虎看见的。"老虎说犀牛看见的。犀牛说野牛看见的。野牛说水牛。水牛说麋。麋说猪。猪说鹿。鹿说:"我们不知道,兔子看见的。"问到这些兔子时,它们指着第一只兔子说:"是它说的。"菩萨便问这只兔子:"大地崩溃了,是真的吗?""尊者!是真的,我看见的。""你在哪儿看见的?""尊者!在海边,夹杂有珥罗婆树的棕榈树林里。当时,我正躺在珥罗婆树根旁的一棵小棕榈树的树荫下,心里寻思:'如果大地崩溃了,我上哪儿去呢?'就在这一刹那,我听到了大地崩溃的声音,于是我就奔跑逃命了。"狮子心想:"一定是成熟的珥罗婆果掉在棕榈树的树叶上,发出哒哒的声音。这只兔子听到这个声音,以为大地崩溃了,便拼命逃跑。我要去实地考察一下。"它拉住这只兔子,安抚众兽说:"我要到这只兔子所说的那个地方去观察一下,究竟大地有没有崩溃,你们在这里等我回来。"说完,它驮着兔子,以狮子的速度跑到棕榈树林,让兔子下来,说道:"来,把你说的那个地方指给我看。""我不敢,尊者!""来,别怕!"兔子不敢走近珥罗婆树,站得远远地喊道:"尊者!这就是发出可怕的哒哒声的地方。"说罢,念了一首偈颂:

> 从我居住地,发出哒哒声,
>
> 不知是何声,不知为何因。

听它说完,狮子走到珥罗婆树根旁,就在棕榈树下兔子躺过的地方,看到一只掉在棕榈树叶上的成熟的珥罗婆果,证实了大地没有崩溃。于是,它驮着兔子,以狮子的速度跑回众兽聚集的地方,告诉它们全部事情的真相,安抚它们说:"你们别怕!"让它们都回去。

如果那时没有菩萨,所有的动物都会跑进大海丧生。靠了菩萨,它们才保住了性命。

兽皮苦行者本生 *

　　古时候,梵授王在波罗奈治理国家的时候,菩萨转生在一个商人家中,做生意。在这时候,有一个身穿兽皮的苦行者在波罗奈游行行乞,他来到了一个斗羊的地方,看到一只牡羊冲着他向后退,他心里想:"这是对我表示敬意吧。"他没有躲开,心里又想:"在人世间,只有这一只牡羊还认识我的德行。"他双手合十,站在那里,念了第一首偈颂:

> 这一只野兽很漂亮,
> 可爱又灵巧;它向
> 高贵的婆罗门致敬,
> 人们称它羊中之宝。

正在这时候,一个聪明的商人坐在铺子里,他想劝阻这个苦行者,念了第二首偈颂:

> 婆罗门不要看上一眼
> 就相信这一只牡羊!
> 它之所以抽身向后退,
> 只是为了再向前撞。

＊　本篇采用季羡林先生的译文。

正当聪明的商人还在说着话的时候,那一只牡羊鼓足了劲,冲着苦行者的大腿就撞过去,把他撞倒在地上,痛得发昏。他躺在那儿,呻吟不止。尊师为了说明这件事情的原因,念了第三首偈颂:

> 大腿骨给碰断了,
> 行乞的钵被打落;
> 婆罗门的那些用具,
> 一下子都被打破。
> 不要伸开了胳臂,
> 在那里尖声哭叫!
> 赶快往前面跑吧!
> 梵行者会被杀掉。

苦行者念了第四首偈颂:

> 谁向不应尊敬的人致敬,
> 他就会被杀死躺在那里;
> 就像今天我这个糊涂虫,
> 给这一只牡羊撞死在地。

他这样悲叹了一番,就死去了。

葛夹汝花本生

古时候，梵授王在波罗奈治理国家的时候，菩萨是忉利天中的一位天神。那时，波罗奈正在举行盛大的喜庆活动。许多龙、大鹏鸟和土地神前来观赏喜庆活动。忉利天的四位天神也前来观赏喜庆活动，他们戴着用天国的葛夹汝花制作的花环。方圆十二由旬的城市充满了这种仙花的芳香。人们感到惊异，四处张望，心想："谁戴着这些花?"天神们说道："他们在寻找我们。"于是，从王宫广场上升起，施展神力，停在空中。人们汇聚过来。国王与副王等人也走了过来。众人问道："你们来自哪个天界?""我们来自忉利天。""为何而来?""观赏喜庆活动。""那些是什么花?""天国的葛夹汝花。""尊者啊!请你们戴天国的另一些花，把这些花送给我们吧!"天神们回答道："这些仙花只适合具有神力的人戴，不适合世上那些低贱、愚蠢、卑污、缺德的人戴。但是，具备以下这些品德的人也能戴。"说罢，这四位天神中的年长者念了第一首偈颂:

控制身体慎言语，不犯偷盗不谗诬，

荣誉面前不骄傲，他能佩戴葛夹汝。

祭司听后，心中寻思："这些品德，我一样也不具备。但是，我可以撒谎骗取这些花。如果我戴上这种花环，人们就会公认我是品德高尚的人。"于是，他说道："我具备这些品德。"他接过花环，戴在头上，又向第二位天神乞求。第二位天神念了第二首偈颂:

合理合法置产业,不靠奸诈谋财物,

富贵在身不骄淫,他能佩戴葛夹汝。

祭司说道:"我具备这些品德。"他接过花环,戴在头上,又向第三位天神乞求。第三位天神念了第三首偈颂:

思想坚定不变色,信仰坚定不迷途,

从不贪图口腹欲,他能佩戴葛夹汝。

祭司说道:"我具备这些品德。"他接过花环,戴在头上,又向第四位天神乞求。第四位天神念了第四首偈颂:

无论当面或背后,从不中伤善良人,

言行一致不虚伪,他能佩戴葛夹汝。

祭司说道:"我具备这些品德。"他接过花环,戴在头上。这样,四位天神都将花环给了祭司,转回天界。他们一走,祭司感到头部阵阵剧痛,似针尖扎,似铁钳夹。他疼得团团打转,号啕大哭。人们问道:"怎么啦?"他回答说:"我身上不具备那些品德,而我谎称具备,向天神们乞求花环。请你们取下我头上的花环吧!"但是,人们摘不下来,因为那些花环像是紧箍的铁条。他们只得抬着他,送他回家。他在家里哭喊着过了七天。国王召集大臣,说道:"这个缺德的婆罗门快要死了,怎么办?""大王啊!我们再举行一次喜庆活动,天神们还会来的。"

于是,国王再次举行喜庆活动。天神们再次来到王宫广场,仙花的芳香布满全城。人们汇聚过来,将这个缺德的婆罗门带到天神们跟前,让他匍匐在地。他向天神们哀求:"救我一命吧,诸位尊神!"天神们说道:"你邪恶缺德,不配戴这些花环,而你妄想诓骗我们,这就是你撒谎的报应!"他们当众谴责他之后,取下他头上的花环,同时也向众人提出忠告,然后回到自己的住处。

秕糠本生

古时候,梵授王在波罗奈治理国家的时候,菩萨是呾叉始罗闻名四方的老师。他向许多国王的儿子和婆罗门的儿子传授技艺。波罗奈国王的儿子十六岁时,也来到他的身边求学。王子学会一切技艺后,向老师辞别。老师懂得相面术,一眼就望出王子会遇到来自儿子的危险,便决定用自己的神力搭救他。老师作了四首偈颂,赠给王子,说道:"孩子! 你登上王位后,等你的儿子长到十六岁,你在吃饭时,念第一首偈颂;上朝时,念第二首偈颂;上楼时,站在楼梯顶端,念第三首偈颂;进入卧室时,站在门槛上,念第四首偈颂。"王子答应道:"好吧!"然后向老师行过礼,走了。

他回去后,被封为副王。老国王死后,他登基为王。他的儿子十六岁时,看见父亲游园时的荣耀和威武,便想要弑父篡位。他把这心思告诉自己的侍从。侍从说道:"对啊,大王! 等人老了,得到王位又有什么用呢? 想个办法杀死国王,夺取王位吧!"王子说道:"我要让他服毒身亡。"于是,他带了毒药,与父亲一起坐下吃晚饭。当饭碗里盛上饭时,国王念了第一首偈颂:

> 老鼠能辨别,秕糠与米粒:
>
> 秕糠弃一旁,专吃白米粒。

王子心想:"我被他识破了。"战战兢兢,没敢把毒药放进饭碗,起身向国王行礼告辞了。他把事情经过告诉自己的侍从,说道:"今天,我被他识破了。现在,我该怎么杀死他呢?"他们躲在花园里密谋,说道:"有一个办法,在国王上朝的时候,你身藏匕首,站在群臣中间,趁国王不备,用匕首刺死他。"王子同意道:"好吧!"于是,他在国王上朝时,身藏匕首来到那里,左顾右盼,等候刺杀国王的机会。这时,国王念了第二首偈颂:

> 森林中策划,乡村中密谋,
>
> 如此和这般,我皆知来由。

王子心想:"父亲知道我对他居心不良了。"他跑回去告诉侍从。过了七八天,侍从对他说:"王子啊!你父亲并不知道你居心不良,是你自己多猜多疑。去把他杀死吧!"于是,一天,王子身藏匕首,站在通往卧室的楼梯顶端。国王走到楼梯顶端时,念了第三首偈颂:

> 据说森林中,确有这种事:
>
> 父猴用牙齿,阉割亲生子。

王子心想:"父亲要抓我了。"他胆战心惊,跑回去告诉侍从,说道:"父亲已经威胁我了。"过了半个月,侍从对王子说:"王子啊!国王如果知道实情,就不会拖延这么长时间。是你自己多猜多疑。去把他杀死吧!"于是,一天,王子身藏匕首,进入楼上卧室,躲在床底下,心想:"他一进来,我就刺死他!"国王吃罢晚饭,遣散仆人,准备睡觉。他进入卧室,站在门槛上,念了第四首偈颂:

> 犹如独眼羊,躲进芥菜园,
>
> 纵然躺地下,我也能发现。

王子心想:"我被父亲发现了。现在,他要处死我了。"他满怀恐惧,从床底下钻出来,把匕首扔在国王脚旁,匍匐在地,恳求道:"父王,宽恕我吧!"国王训斥道:"你以为我不知道你的所作所为吗?"他吩咐人用锁链拴住王子,投入监狱,严加看守。国王铭记菩萨的功德。后来,国王死去。人们为国王举行葬礼之后,才释放狱中的王子,让他登基。

波毗噜本生*

　　古时候，梵授王在波罗奈治理国家的时候，菩萨转生为孔雀。长大以后，它生得美丽无比，住在一个森林里。在那时候，有一些商人带着一只引路的乌鸦，乘船来到波毗噜王国。在这之前，波毗噜王国根本没有鸟。王国的居民时常到他们这里来，看到船桅上的那一只鸟，说道："你们看它那皮肤的颜色呀，看它那脖子顶上的弯弯的嘴呀，看它那像摩尼珠一样的眼睛呀！"他们这样赞美那一只乌鸦，对商人们说道："先生们呀！把这一只鸟送给我们吧，我们用得着它，而你们在你们国家里还可以再弄到一只。""那么你们就出个价钱吧。""我们给你一块金币。""我们不卖。"价钱就这样一点一点地涨上去，一直到他们说："给你们一百块金币，把它给我们吧。"商人们说道："这一只鸟对我们很有用处，可是让我们同你们交个朋友吧。"他们拿了一百块金币，就把它送给他们。他们把它接过来，养在一个金笼子里，用各种各样的鱼和肉喂它，还给它各种各样的果子。在一个没有其他的鸟的地方，一只十恶俱全的乌鸦竟得到最高的利益和光荣。下一回，这些商人带着一只孔雀王，来到了波毗噜王国；人们一搓指头，它就叫；人们一拍巴掌，它就跳舞。当一群人聚集在一起的时候，它站在船头上，发出甜蜜的声音，跳起舞来。人们看到它，心里都很高兴，他们说道："先生们呀！这一只鸟王很漂亮，又训练得很好，送给我们吧。""我们第一次带来了一只乌鸦，你们要了它。现在我们带来了这一只孔雀王，你们又想要它。简直没有法子再带什

　　＊　本篇采用季羡林先生的译文。

么鸟到你们国家来了。""算了吧，先生们呀！你们再在你们自己国家里找一只吧，把这一只送给我们吧。"价钱增长到一千块金币，他们买了它。他们把它放在一个七宝装饰的笼子里，用鱼、肉、各种各样的水果喂它，甚至用蜜、炸谷粒、糖水等等喂它。孔雀王得到了最高的利益和光荣。从它来的时候起，乌鸦的利益和光荣降低了。没有人愿意看它了。乌鸦软硬食品都得不到了，它住在粪堆上，呜呜哑哑地乱叫。

盖萨婆本生

古时候,梵授王在波罗奈治理国家的时候,菩萨转生在迦尸国的一个婆罗门家族,名叫迦波童子。长大成人后,在呾叉始罗学会一切技艺,后来出家当了苦行者。

那时,有个名叫盖萨婆的苦行者,是五百个苦行者的老师,住在喜马拉雅山。菩萨来到他那里,成为五百个学生中的年长者。菩萨对待盖萨婆苦行者诚挚友好,两人亲密无间。

后来,盖萨婆带领苦行者去波罗奈乞讨盐和醋,住在御花园里。第二天,他们进城乞讨,来到王宫门前。国王看到这群苦行者,把他们召进宫中,请他们用膳,并征得他们同意,安排他们住在花园里。雨季结束时,盖萨婆向国王辞行。国王说道:"尊者啊!你年纪大了,就住在我们这儿吧!让那些年轻的苦行者回喜马拉雅山去!"盖萨婆说道:"好吧!"于是,他吩咐那些苦行者跟随迦波回喜马拉雅山,自己一个人留下。

迦波回到喜马拉雅山,与苦行者们一同住下。而盖萨婆离别迦波后,若有所失,朝思暮想,夜不成眠。由于失眠,引起消化不良;最后染上赤痢,痛苦异常。国王带了五个御医来护理他,但病情不见好转。苦行者对国王说道:"大王啊!你希望我死去,还是希望我痊愈?""希望你痊愈,尊者!""那么,你让我回喜马拉雅山去吧!""好吧,尊者!"国王吩咐一位名叫那罗陀的大臣:"与林务官一起,护送这位尊者回喜马拉雅山去吧!"那罗陀把盖萨婆送到那里后,返回京城。

盖萨婆一见到迦波,心病消失,精神舒坦。迦波盛一碗苞米粥,搁上一

321

些洗净的树叶,无盐无调料,端给他吃。就在这一刹那,他的赤痢痊愈了。国王吩咐那罗陀:"你去探望一下盖萨婆的病情。"那罗陀来到那里,看见盖萨婆身体健康,说道:"尊者啊!波罗奈国王带了五个御医护理你,也不能治愈你的病。迦波是怎么护理你的?"说罢,念了第一首偈颂:

> 人主顺遂你心意,而你执意要离开;
> 身居迦波净修林,请问尊者乐何在?

盖萨婆听后,念了第二首偈颂:

> 各种树木,甜蜜可爱;
> 迦波妙言,令我开怀。

盖萨婆念罢偈颂,说道:"迦波给我带来快乐。他让我喝了一碗苞米粥,无盐无调料,只搁了些洗净的树叶。就这样,我的身体恢复健康,病痛消除。"那罗陀听后,念了第三首偈颂:

> 吃惯精米粥,伴以鲜肉卤,
> 怎么会喜欢,无盐苞米粥?

盖萨婆听后,念了第四首偈颂:

> 不管精与粗,不管多与少,
> 只要情谊深,入嘴有味道。

那罗陀听了他的话,回到国王那里,如实做了汇报。

挑拨本生

古时候，梵授王在波罗奈治理国家的时候，菩萨是王子。他在呾叉始罗学会技艺，父亲死后，依法治国。

那时，有个牧牛人，在森林里的牛栏中饲养牛，回去时，粗心大意，留下了一头怀孕的母牛。这头母牛与一头母狮互相信任，亲密无间，结伴游荡。不久，母牛生下一头小公牛，母狮生下一头小雄狮。这两头幼兽长大后，由于两家的友好关系，也亲密无间，结伴游荡。有个林中人目睹它们俩的友情。一次，他带了些林产品，到波罗奈献给国王。国王问道："朋友，森林里有什么奇闻吗？""大王，别的没什么，只看见一头雄狮与一头公牛互相信赖，结伴游荡。""一旦出现第三者，就会制造不幸。如果你见到第三者出现，就来报告我。""遵命，大王！"

林中人前去波罗奈时，一只豺来到狮子和牛的身边。林中人回到森林，看见这只豺，心想："第三者出现了，我要去报告国王。"便进城去了。豺寻思道："我什么肉都吃过了，就是狮子肉和牛肉没吃过。我只要挑拨它们俩，就能吃到它们俩的肉。"于是，豺分别对它们俩说："它如此这般数落你。"在它们俩之间进行挑拨。不久，它们俩发生争吵，斗殴而死。林中人来到国王那里，报告道："大王，第三者出现了。""是谁？""一只豺，大王！""它会进行挑拨，害死它们俩的。等我们赶到那里时，它们俩一定已经死了。"说罢，国王登上车，由林中人带路，前往森林。等他们赶到那里，狮子和牛已经互相斗殴而死。豺兴高采烈，一会儿吃狮子肉，一会儿吃牛肉。国王看到它们俩已经死去，站在车上与车夫交谈，念了这些偈颂：

食物配偶均不同,雄狮公牛无冲突;
请看挑拨离间者,搬弄是非破和睦。

造谣诽谤毁友情,犹如利剑割嫩肉,
堂堂雄狮和公牛,竟然落入贱豺口。

车夫啊你看仔细:谁要轻信挑拨言,
他就躺在死床上,雄狮公牛是前鉴。

车夫啊你看仔细:谁要不听挑拨言,
欢欢喜喜享太平,犹如天国众神仙。

妙生本生

古时候，梵授王在波罗奈治理国家的时候，菩萨转生在有产者家里。人们称他为妙生童子。他长大成人时，祖父去世。祖父死后，他的父亲悲伤不已。父亲从火葬场取回祖父的遗骨，在自己花园里建造一座土塔，将遗骨放在里面，每天前去献花祭供，哀悼哭泣。他不洗澡，不抹油，不吃饭，不做事。菩萨见他这样，心想："自从祖父去世，父亲过于悲伤。现在除了我，谁也无法使他清醒。我要设法让他摆脱悲哀。"

他在郊外看到一头死牛，便带了草和水去放在死牛跟前，说道："吃吧！吃吧！喝吧！喝吧！"来往行人见了，说道："妙生朋友，你疯了？怎么给死牛喂草喂水呢？"他不答一言。人们便去告诉他的父亲，说道："你儿子疯了，在给死牛喂草喂水哩！"一听这话，父亲不为祖父悲伤，而为儿子悲伤了。他急匆匆赶去，问道："妙生啊！你是个聪明的孩子，怎么给死牛喂草喂水呢？"说罢，念了两首偈颂：

> 为何割嫩草，吆喝吃吃吃？
> 老牛已死去，难道你不知？

> 老牛已死去，草水救不活；
> 悲伤亦徒劳，傻事切莫做。

然后，菩萨念了两首偈颂：

头尾四足全，还有两耳朵，
因此我以为，此牛会复活。

祖父今安在，无头无手足；
傻子正是你，守着土塔哭！

听了这话，菩萨的父亲想："我的儿子确实很聪明。他懂得此世与彼世的职责。他这样做是为了开导我。"于是，说道："妙生，聪明的孩子！我明白了，这叫'万物无常'。我以后不再悲伤了。你真正称得上是一位为父解忧的好儿子。"说罢，赞颂儿子道：

熊熊酥油火，遇水烈焰收，
你似清凉水，清除我忧愁。

悲哀如利箭，扎在我心头，
你似拔箭人，消除我忧愁。

利箭已拔出，忧愁已消除，
听取吾儿言，不再哀哀哭。

智者皆如此，消除众生愁，
犹如妙生儿，消除父亲愁。

鹌鹑本生

古时候,梵授王在波罗奈治理国家的时候,菩萨转生为象。长大成年后,身躯魁伟,性情温和,成为群象首领,与八万头象一起住在喜马拉雅山区。

那时,一只鹌鹑在大象出没的地方生了一窝蛋。经过孵化,小鹌鹑啄开蛋壳,钻了出来。它们的羽毛尚未丰满,还不会飞。这时,大士带着八万头大象四处寻食,来到这个地方。鹌鹑看到大象,心想:"这位象王会踩死我的小鸟的。哎,让我求它行行好,保护这些小鸟吧。"它合拢双翅,停在象王前面,念了第一首偈颂:

> 六十高龄大象,林中群兽之王,
> 双翅合十行礼,勿使小鸟命丧。

大士说道:"鹌鹑,别担心,我会保护你的小鸟的。"它走上前,用身躯护住小鸟,等八万头大象走过去后,嘱咐鹌鹑说:"在我们后面,有一头单独行动的大象。它不听我们的话。它来时,你也恳求它。你的这些小鸟会平安无事的。"说罢,便走了。接着,鹌鹑遇见了那头单独行动的大象。它合拢双翅,向大象行礼,念了第二首偈颂:

> 单独行动大象,漫游山谷觅食,
> 双翅合十行礼,请勿踩死小鸟。

听了鹌鹑的话，大象念了第三首偈颂：

我要踩死它们，量你无力阻挠；
千只万只小鸟，经不起我一脚。

说罢，它抬起脚把那些小鹌鹑踩得粉身碎骨，还撒了泡尿把残骸冲走，然后，趾高气扬地走了。鹌鹑坐在树枝上，说道："现在，你趾高气扬地走吧！过几天，让你瞧瞧我的厉害。你不知道体力与智力相比，哪个强，哪个弱。我就让你知道知道！"它警告大象，念了第四首偈颂：

不该到处逞强暴，暴力能毁施暴者；
因你踩死我小鸟，我要让你遭灾厄。

此后几天，鹌鹑去侍奉乌鸦。乌鸦很满意，问道："我能为你做些什么吗？""尊者，我别的什么都不要，只求你用尖嘴把那只单独行动的大象的眼睛啄瞎。"乌鸦同意道："好吧！"鹌鹑又去侍奉苍蝇，苍蝇问："我能为你做些什么吗？""我求你等乌鸦啄瞎了那只单独行动的大象的眼睛，你就在那儿产卵。"苍蝇同意道："好吧！"鹌鹑又去侍奉青蛙，青蛙问："我能为你做些什么吗？""等那只单独行动的大象眼睛瞎了后，它会找水喝，你就蹲在山顶上呱呱地叫，而当它爬上山顶时，你就跳到悬崖底下呱呱地叫。这就是我想求你做的事。"青蛙同意道："好吧！"

一天，乌鸦用嘴尖啄瞎了大象的眼睛，苍蝇在那儿产了卵。大象被蝇蛆咬得疼痛难忍，唇焦口燥，四处找水喝。这时，青蛙在山顶上呱呱地叫。大象想："那里肯定有水。"便爬上山顶。青蛙又跳到悬崖底下呱呱地叫。大象又想："那里肯定有水。"便朝悬崖走去，结果滚落到山脚下，送掉了性命。鹌鹑知道大象死了，满怀喜悦，在大象尸体上跳上跳下，说道："我看到了我的仇敌的下场！"

小法护本生

　　古时候，摩诃波达波王在波罗奈治理国家的时候，菩萨转生为王后旃达的儿子，取名法护。他七个月的时候，王后用香水给他沐浴，打扮整齐，然后坐下逗他玩，沉醉于爱子之情，因而见了国王，也没起身相迎。国王寻思道："现在，她就依仗儿子洋洋自得，对我傲慢无礼；日后儿子长大，她更不会把我放在眼里了。我现在就要把这个儿子杀死。"他转身回去，坐上御座，传令刽子手整装前来。刽子手身穿黄衣，头戴红花环，肩扛大斧，手提砧板和荆条，来到国王那里，行礼问道："大王，有何吩咐？""去王后卧室，将法护带来！"王后知道国王是生气而走的，便把菩萨抱在怀里，坐着哭泣。刽子手进来，往王后背上打了一拳，从她怀里夺走孩子，带到国王那里，问道："大王，有何吩咐？"国王说道："把砧板拿过来，放在他跟前，让他躺在上面。"刽子手照办。旃达王后跟随儿子，啼哭着赶来。刽子手又问道："大王，有何吩咐？""将法护的双手砍去！"旃达王后说道："大王啊！我的儿子才七个月，年幼无知。他是无罪的。如果有罪，罪责在我。所以，砍去我的双手吧！"她申诉情由，念了第一首偈颂：

> 王啊！我是大罪人，对待夫君不尊重；
> 放了法护小娇儿，砍去我的双手吧！

　　国王望了望刽子手。刽子手问道："大王，有何吩咐？""别耽误！砍去他的双手！"刹那间，刽子手举起利斧，砍下王子笋尖一般柔嫩的双手。在双手被砍下时,王子既不叫,也不哭,而是把忍辱和慈爱放在首位,默默地忍受着这一切。旃达王后将砍下的双手捧在怀里,鲜血沾满一身,啼哭着来回走动。刽子手又问道:"大王,有何吩咐?""砍去他的双脚!"闻听此言,旃达王后念了第二首偈颂:

> 王啊! 我是大罪人,对待夫君不尊重;
> 放了法护小娇儿,砍去我的双脚吧!

国王还是命令刽子手执行。刽子手砍去王子的双脚。旃达王后将砍下的双脚捧在怀里,鲜血沾满一身,说道:"摩诃波达波王啊! 这孩子的手和脚都被砍了,只有靠母亲来抚养他。我愿意做工赚钱养活他,把他给我吧!"刽子手又问道:"大王,还有什么吩咐? 我的差事完了吧?""还没完!""还有什么吩咐?""砍去他的脑袋。"于是,旃达王后念了第三首偈颂:

> 王啊! 我是大罪人,对待夫君不尊重;
> 放了法护小娇儿,砍去我的脑袋吧!

说罢,王后伸出自己的脑袋。刽子手问道:"大王,有何吩咐?""砍去他的脑袋。"刽子手砍下王子的脑袋,又问道:"大王,我的差事完了吧?""还没完!""还有什么吩咐?""把他挑在刀尖上旋转!"刽子手将王子的尸体抛向空中,用刀尖接住,然后旋转,仿佛旋转一个花环。王子的血肉飞洒在王宫平台上。旃达王后将菩萨的肉捧在怀里,在平台上啼哭道:

> 没有一个大臣,好言相劝国王;
> 莫要杀死王子,他是你的亲子。

> 没有一个王亲,好言相劝国王;
> 莫要杀死王子,他是你的亲子。

念完这两首偈颂,旆达王后双手捧着王子的心,念了第三首偈颂:

法护本是继位人,双臂涂抹檀香膏,

不料惨遭刀斧砍,我的性命也勾销。

王后这样哭诉着,她的心像着火的竹林中的竹子那样迸裂,倒地而死。国王也坐不稳御座,翻倒在平台上。大地裂开缝隙,他坠入缝隙中。这二十四万由旬厚的坚固的大地,也承受不住他的恶行,裂开了大口。阿鼻地狱喷出火焰,像用龙袍裹住国王,将他吞没。大臣们为旆达王后和菩萨举行了葬礼。

苏松蒂本生

　　古时候,顿婆王在波罗奈治理国家的时候,王后名叫苏松蒂,生得美貌绝伦。那时,菩萨转生为大鹏鸟。当时,蛇岛叫塞鲁默岛。菩萨就住在这岛上的大鹏鸟区域。它化作一个青年,去波罗奈与顿婆王玩掷骰子。仆人见这位青年相貌堂堂,便报告苏松蒂说:"有位潇洒英俊的青年,在跟国王玩掷骰子。"王后很想见见这位青年。一天,她打扮整齐,来到骰子盘前,站在侍女中间,窥视这位青年。这位青年也窥视王后。两人一见钟情,互相爱慕。于是,大鹏鸟施展神力,在波罗奈制造一场大暴雨。人们惧怕房子倒塌,纷纷逃出王宫。它又施展神力,使全城一团漆黑。然后,它携带王后,从空中飞回蛇岛,到达自己家里。没有一个人知道苏松蒂的踪迹。大鹏鸟一边与苏松蒂寻欢作乐,一边还照常去跟国王玩掷骰子。国王手下有个歌手名叫萨伽。国王不知王后的下落,便吩咐这个歌手说:"请你走遍陆地和海岛,寻找王后的去处。"

　　歌手带上盘缠,从城门口的村庄开始,一路查访,来到跋禄羯咕婆国。那时,该国的商人正要乘船去金地。他走上前去,说道:"我是歌手。如果你们免收我的船费,我就当你们的歌手。带我走吧!""好吧!"他们让他上船,然后起航。航船一路顺风。他们唤出歌手,说道:"给我们唱歌吧!""我可以唱歌,可是我一唱,鱼儿就会翻腾,我们的船可能会沉没。""凡人唱歌,鱼儿从来不翻腾。你就唱吧!""那么,别怪罪我!"他调整琴弦,使琵琶音与他的嗓音和谐一致之后便开始唱歌。鱼儿听到这歌声,如痴如醉,摇摆翻腾。接着,一头海怪腾空跃起,掉在船上,砸破了船。萨伽趴在一块木板上,随波漂

到蛇岛大鹏鸟区域的榕树旁。而每当大鹏鸟去跟国王玩掷骰子时,苏松蒂
王后就从家里出来,到海边散步。她看见歌手萨伽,便上前相认,然后问道:
"你怎么来的?"萨伽把全部经过说了一遍。王后安慰他说:"别害怕!"用双
臂抱起他,带他回家,让他躺在床上。等他消除疲劳后,给他吃仙食,洗仙
水,穿仙衣,戴仙花,让他躺在仙床上,精心照顾他。每当大鹏鸟回来,她就
把萨伽藏起来;每当大鹏鸟出去,她就与萨伽寻欢作乐。

一个半月以后,有些波罗奈商人为了加水添柴,来到这个岛上的榕树
下。萨伽便搭乘他们的船回到波罗奈。他看见国王正在玩掷骰子,便抚弦
吟唱,念了第一首偈颂:

> 底密罗树花送香,海涛拍岸声喧响,
> 爱情之火折磨我,苏松蒂啊在远方!

大鹏鸟听后,念了第二首偈颂:

> 如何越过大海? 如何抵达蛇岛?
> 如何巧遇王后? 一切望你见告!

萨伽听后,念了三首偈颂:

> 跋禄羯咕婆,搭乘商人船,
> 途中遇海怪,我抱破木板。

> 这位檀香女,伸出柔嫩臂,
> 抱我在怀中,待我似亲子。

> 给我吃和喝,给我衣和床,
> 两眼含深情,与我颠鸾凤。

大鹏鸟听完歌手的叙述,后悔莫及,心想:"尽管我住在大鹏鸟区域,也
看不住她。我要这样的荡妇有什么用呢?"于是,大鹏鸟把王后带回,交还国
主,从此,再也不来了。

相貌身材本生

　　古时候,梵授王在波罗奈治理国家的时候,菩萨是森林中的树神。那时,有一头狮子和一头老虎同住在森林的山洞里。有一只豺侍奉它们,吃它们吃剩的肉,长得胖乎乎的。一天,它寻思道:"我没有吃过狮子和老虎的肉。我要挑拨它们,让它们自相残杀。这样,我就能吃到它们的肉了。"于是,豺走到狮子跟前,问道:"主人,你与老虎吵架了吗?""此话怎讲,朋友?""尊者啊! 他在诋毁你,说:'一旦我离开这里,狮子无论相貌、身材,还是地位、力量或勇气,都不会达到我的十六分之一。'"狮子说道:"滚吧! 它不会这么说的。"豺又跑到老虎跟前,用同样的方式说了一通。老虎听后,跑到狮子那里,问道:"朋友,你说过这话吗?"随即,念了第一首偈颂:

　　　　狮子可曾言:老虎不如我——
　　　　相貌和身材,地位和力量。

狮子听后,念了四首偈颂:

　　　　老虎可曾言:狮子不如我——
　　　　相貌和身材,地位和力量。

　　　　倘若你如此,诋毁同室友,
　　　　我将不愿意,与你同室住。

334

盲从鼓舌者，轻信挑拨言，
友谊化泡影，仇恨积如山。

友情须珍惜，无事莫生非，
犹如母子情，有谁能割裂？

　　狮子用这四首偈颂阐述了交友之道，老虎听后，说道："我错了。"请求狮子原谅。它们仍然住在一起，而那只豺只好逃往别处去了。

波罗奢树本生

古时候,梵授王在波罗奈治理国家的时候,菩萨转生为金天鹅,长大后,住在喜马拉雅地区的心顶山金洞里。它经常去吃天然湖里野生的稻米,吃完后飞回来。在它往返的路上,有一棵大波罗奢树。它去的时候要在那里栖息一下,回来的时候也要在那里栖息一下。它与住在这棵树里的树神结为好友。

后来,有只鸟在一棵榕树下吃了榕树果,飞到这棵波罗奢树上,蹲在树杈中间拉下一团粪。此后,粪里的榕树核发芽成长。当它长到四指高时,红芽绿叶,相当显眼。天鹅王见到后,对树神说:"朋友,波罗奢!凡有榕树生长的地方,别的树总会被它毁掉。不要让它长起来!它会毁坏你的住处。快把它连根拔掉!该提防时须提防。"它与树神交谈,念了第一首偈颂:

朋友波罗奢!榕树在成长,
坐在你膝上,撕裂你胸膛。

树神听后,没有采纳它的意见,念了第二首偈颂:

榕树在成长,我应保护它;
父母爱儿子,儿子会报答。

于是,天鹅念了第三首偈颂:

你将这祸种,留在你身边;
我向你告别,不愿见它面。

天鹅王说罢,展翅飞回心顶山。从此,它再也不来了。榕树日益长大。在这棵榕树里,也住有一位树神。榕树挤压波罗奢树,折断了波罗奢树神居住的一根树杈。这时候,它想起了金天鹅的话,哀叹道:"金天鹅预见到这个灾祸,劝告过我,可是我没有听它的话。"随即,念了第四首偈颂:

不听天鹅言,今日遭灾难:
榕树威胁我,犹如须弥山。

榕树越长越大,把整棵波罗奢树的树杈全部折断,只剩下一个树桩。这样,树神的住处全部毁坏了。

小弓术师本生

古时候,梵授王在波罗奈治理国家的时候,菩萨转生为帝释天。那时,波罗奈有一个婆罗门青年,在呾叉始罗学会一切技艺,尤其精通弓术,得名"小弓术师"。他的老师想:"这青年的技艺已经达到我的水平。"便把自己的女儿嫁给了他。这青年结婚后,说道:"我要回波罗奈去。"于是,他偕同妻子出发了。

途中有座山林,因被一头大象霸占,没有人敢通过。小弓术师不顾人们一再劝阻,带着妻子,登上山林。当他走入林中,大象迎面而来。他对准大象前额射了一箭。箭穿透额头,从脑后钻出,大象倒地而死。小弓术师剪除了这头骚扰地方的大象后,又到达另一座山林。这里有五十个拦路抢劫的强盗。他再次不顾人们劝阻,登上山林,来到路边一个地方。强盗们正在那里烤鹿肉吃,看见他带着一位盛装俊俏的妻子走向前来,下决心要逮住他。强盗头目精通面相,一眼就看出这是个人中豪杰,不准强盗们动手。小弓术师吩咐妻子说:"去向他们要点烤肉。"妻子走到强盗们跟前说:"请给我们一点烤肉。"强盗头目吩咐强盗们照办,说道:"那是个高贵的人。"可是,强盗们不乐意,说道:"什么? 他想吃我们的烤肉?"这样,他们给了一块生肉。小弓术师心想:"他们给我一块生肉。"对强盗们怒目而视。强盗们嚷嚷道:"怎么啦,唯独他是男子汉,我们都是女流之辈?"气势汹汹地逼近过来。小弓术师用四十九支箭射死四十九个强盗。待要射死强盗头目时,没有箭了。他的箭袋里原先有五十支箭,其中一支已经用来射死大象,所以剩下的只够射死四十九个强盗。他徒手击倒强盗头目,骑在强盗头目的胸脯上,吩咐妻子将手上的剑递给他,说道:"我要砍掉这家伙的脑袋。"在这一刹那,妻子对强盗头目产生爱意,将剑柄搁在强盗头目手上,将剑鞘搁在丈夫手上。强盗头目握住剑柄,抽出剑,砍下了小弓术师的脑袋。

强盗头目带着这个女子出走。途中,他问女子的出身。她回答说:"我是咀叉始罗一位举世闻名的老师的女儿。"强盗头目又问:"你怎么嫁给他的?"她回答说:"我的父亲对他的学业成绩满意,说道:'这个青年的技艺已经达到我的水平。'就把我嫁给了他。只因我爱上了你,才让你杀死我的合法丈夫。"强盗头目想:"这个女人已经害死自己的合法丈夫。一旦她看中另一个男人,也会用同样的手段对付我。我必须甩掉这女人。"途中,遇见一条水流湍急的小河,强盗头目问道:"亲爱的,这河里有条凶猛的鳄鱼,我们怎么办?"女人说道:"尊者,把我的全部首饰用上衣捆作一包,你先托着蹚过河去,然后再回来,带我过去。"强盗头目说道:"好吧。"带着她的全部首饰,走下河,急匆匆地蹚到对岸,丢下这个女人,独自往前走去。女人见此情景,喊道:"尊者,看来你想甩掉我啊!你干吗要这样呢?回来,带我一起走吧!"于是,她念了第一首偈颂:

> 带了我首饰,你已抵对岸,
>
> 快快回转来,带我也过河。

强盗头目听到她的喊话,站在对岸,念了第二首偈颂:

> 你以亲人换生人,你以忠贞换轻薄,
>
> 倘若我不远离你,也会以我换他人。

念完后,说道:"因此,我要远走高飞了,你就呆在那儿吧。"女人大声号啕,而强盗头目带着她的全部首饰独自往前走了。这个蠢女子由于淫荡而遭此厄运。她孤弱无助,走到附近的肉桂树丛下,坐在那里哭泣。

恰好这时,帝释天俯瞰下界,看到这个色迷心窍的女子因失去丈夫和情夫而哭泣,寻思道:"我要去训斥她,羞辱她。"于是,他带了摩多利和般遮式揭来到那里,站在河边,命令道:"摩多利,你变成一条鱼。般遮式揭,你变成一只鸟。我将变成一只豺,嘴上衔块肉,走到那个女人跟前。等我走到那里,摩多利你就从水中跳出来,落在我的面前;我就丢下我嘴上衔的那块肉,跳起来捕捉你这条鱼。在这一刹那,般遮式揭你叼起那块肉,飞往空中,而摩多利你再跳回水中。"他们俩答应道:"好吧,尊神!"于是,摩多利变成鱼,般遮式揭变成鸟,帝释天变成豺,嘴上衔着一块肉,来到这个女人跟前。鱼从水中跳出,落在豺的面前;豺丢下嘴上衔的肉,跳起来捕捉鱼;鱼跳回水中,鸟叼起那块肉飞往空中。豺既失去了鱼,又失去了肉,懊丧地坐在地上,凝望着肉桂树丛。那个女人见此情景,说道:"它由于贪心,既没吃到肉,又没吃到鱼。"她仿佛击中了豺的要害,开怀大笑。豺听了她的话,念了第三首偈颂:

此地无弦无歌舞,谁在肉桂树下笑?
你这美妇遭不幸,理应哭泣为何笑?

女人听后,念了第四首偈颂:

你这傻瓜蛋,你这愚蠢豺,
丢了鱼和肉,独自在发呆。

于是,豺念了第五首偈颂:

别人缺点看得清,自己缺点难发现,
丢了丈夫和情夫,你的损失也可观。

女人听后,念了这首偈颂:

你是兽中王,所言皆属实,

我应离此地,尽心作贤妻。

帝释天听了这个放荡不羁的女人的话后,念了最后一首偈颂:

倘若今日偷瓦盆,他日还会偷铜盆,

你这淫妇亦如此,今后还会偷汉子。

帝释天羞辱了这个女人,令她懊丧,然后,回到天国居处。

白幢本生

古时候,梵授王在波罗奈治理国家的时候,菩萨是波罗奈闻名四方的老师,向五百个学生传授经典。最年长的一个学生名叫白幢,出生在一个西北地区的婆罗门家族。他因自己的出身而骄傲自大。

一天,他与别的学生一道出城,回城时,看见一个旃陀罗[①],便问道:"你是谁?""我是一个旃陀罗。"他怕吹过旃陀罗身上的风会沾着自己身体,便喊道:"滚开,黑耳朵旃陀罗! 跑到下风去!"说罢,他迅速跑往上风,而旃陀罗以更快的速度跑到上风站着。白幢厉声咒骂道:"滚开,黑耳朵!"旃陀罗问道:"你是谁?""我是婆罗门学生。""既然你是婆罗门,你应该能回答我提出的问题。""当然能!""如果你不能,我要让你钻裤裆。"白幢自信地说道:"行!"旃陀罗要求周围的人记住白幢的话,然后提问道:"婆罗门学生,何谓方?""方就是以东为首的四方。""我问的不是这个方。你连这么点知识都没有,还讨厌从我身上吹过去的风哩!"说罢,按住白幢的双肩,让他弯腰,从自己的胯下钻过去。

学生们把此事报告老师。老师问道:"孩子,白幢! 你真的钻了旃陀罗的裤裆?""是的,老师! 这奴隶养的旃陀罗说我连方都不知道,让我钻他的裤裆。现在,我想要知道怎么对付他!"他怒冲冲地骂那个旃陀罗。老师告诫他说:"孩子,白幢! 别生他的气了。这个旃陀罗孩子是聪明的。他问的不是这个方,而是另一个方。你看到、听到和学到的远远不及你尚未看

---

① "旃陀罗"(candāla)是印度四种姓以外的、最低贱的种姓之一。

到、听到和学到的多。"说着,念了两首偈颂:

> 孩子白幢别生气,你的见闻不够广;
> 父母可以称作方,老师美称也是方。

> 家主供给衣食住,称之为方名实副;
> 方是至高无上者,痛苦靠它变幸福。

这样,大士向婆罗门学生解说了方。白幢心想:"我是钻过旃陀罗裤裆的。"于是,他离开这里,前往呾叉始罗,在一位闻名四方的老师身边学会一切技艺。然后,他征得老师同意,离开呾叉始罗,周游各地,学习一切实用技艺。后来,他到达一个边境村庄。在这村庄附近,住着五百个苦行者。白幢见到他们,就出家加入他们的行列,学会他们所掌握的各种技艺、经典和礼仪。然后,他带着他们到达波罗奈。第二天,他们行乞,来到王宫广场。国王喜欢这些苦行者的举止,请他们进宫用膳,安排他们住在御花园里。

一天,国王请苦行者们用膳后,说道:"今天黄昏,我要去花园拜见诸位尊者。"白幢回到花园,对苦行者们说:"尊者们! 今天,国王要来这里。只要讨得国王欢心,就能终生享福。今天,你们中要有一些人修蝙蝠苦行,一些人练蹲功,一些人泡在水里,一些人背诵经文。"他布置完毕,自己坐在树叶屋门口的靠椅上,将一部包装精美的经籍,搁在一张色彩绚丽的桌子上,由四五个聪明的学生向他提问,他一一作答,阐述经义。这时,国王驾临,看见他们伪装的各种苦行,十分高兴,走到白幢跟前,向他行礼,然后坐在一旁,与自己的祭司①交谈,念了第三首偈颂:

> 皮衣粗糙髻蓬松,牙齿蜡黄身龌龊,
> 念念有词背经文,洞悉真谛获解脱。

----

① 这位祭司就是菩萨。

祭司听后，念了第四首偈颂：

> 纵然熟读千吠陀，不走正道必犯罪；
> 倘若行为不端正，摆脱痛苦能有谁？

听了这话，国王对苦行者的热情减却。白幢心想："这位国王已经喜欢苦行者，而这个祭司一斧头把这感情砍了。我要跟他谈谈。"他与祭司交谈，念了第五首偈颂：

> 倘若行为不端正，摆脱痛苦能有谁？
> 看来吠陀无功果，掌握真谛靠行为。

祭司听后，念了第六首偈颂：

> 并非吠陀无功果，掌握真谛靠自制；
> 学习吠陀得名誉，控制行为得静寂。

这样，祭司驳倒白幢，让这些苦行者全部还俗，手持盾牌和武器，担任摩亨多多罗格①，侍奉国王。据说，这就是摩亨多多罗格族的来由。

---

① "摩亨多多罗格"，巴利语 mahantataraka，字面意思是"较大的"，但不知是何种职守，这里姑且音译。

怀疑本生

古时候,梵授王在波罗奈治理国家的时候,菩萨转生在迦尸国某村庄的一个婆罗门家族。他长大成人后,在呾叉始罗学会技艺,然后出家当苦行者,住在喜马拉雅山,靠树根和野果维持生命,获得五神通和八定。那时,有个功德圆满者从忉利天下凡,投胎在那里的莲花池中的一朵莲花中,转生为一个女孩。当其他莲花都凋谢时,这朵莲花却越长越大,亭亭玉立。苦行者前来沐浴,心想:"其他莲花都凋谢,这朵莲花却越长越大,亭亭玉立。这是怎么回事?"他穿上浴衣,蹚水过去,掰开莲花,看见这个女孩。他把她认作女儿,带回树叶屋,抚养她。

这女孩长到十六岁,容貌秀丽,除了天国仙女,胜过人间一切美女。这时,帝释天前来侍奉菩萨,看见这女孩,便问道:"她是从哪儿来的?"菩萨叙述了女孩的来历。帝释天又问道:"她需要什么东西吗?""请供给她住宅、衣服、首饰和食物,尊神!""好吧,尊者!"于是,帝释天为她幻化出水晶宫殿、仙床、仙衣和仙食。这座宫殿降落地面之后,他让女孩进去。等女孩进入后,这座宫殿离开地面,停在空中。女孩住在宫殿里,侍候菩萨。一个林中人看到,问道:"尊者!这是谁?""这是我的女儿。"林中人去波罗奈报告国王说:"大王啊!我在喜马拉雅山看到一个苦行者的女儿,长得美貌绝伦。"国王听得入了迷,便让林中人带路,由四支军队护送,到达那里。扎下营后,他偕同林中人和众大臣进入净修林,向大士行礼道:"尊者啊!妇女是梵志①的污

---

① "梵志"(brahnvacariya,也译"梵行者")指婆罗门出家人。

点,让我来照料你的女儿吧!"菩萨已给这女孩取名"怀疑",因为他是由于怀疑那朵莲花而蹚水过去,把她带回家的。他没有直接答应国王说:"你带走她吧!"而是说:"大王啊!你要是知道她的名字,你就把她带走。""你告诉我,我就知道了,尊者!""我不告诉你。你要是知道她的名字,你就带走她。"国王同意道:"好吧!"

从此,国王整天与大臣们一起猜测这女孩的名字。他提出许多冷僻的名字,一一询问菩萨,菩萨都说不是。就这样,猜这女孩的名字,猜了整整一年也没猜出。狮子和其他猛兽伤害他的象、马和人,他们还时刻面临毒蛇和毒蝇的威胁,许多人经不住寒冷而冻死。国王不得不向菩萨辞行,说道:"我要她有何用啊!"这时,女孩打开水晶窗户,站在那里。国王看见了她,说道:"我们猜不出你的名字。你就住在喜马拉雅山吧,我们走了!""大王啊!你如果走了,就得不到像我这样的女子了。在忉利天的美藤园里,有一种叫作'希望'的蔓藤。它的果子里含有琼浆玉液,喝一次就会醉卧仙床四个月。但是,它每隔一千年结一次果。有一群醉仙想要得到这种蔓藤果,喝里面的琼浆玉液,在整整一千年当中,不断去看望蔓藤长得怎样了,而你只等了一年就灰心了。获得希望之果的人是幸福的人。请你别灰心!"说罢,念了三首偈颂:

> 美藤园里希望藤,结果一次一千年,
> 想吃此果须等待,神仙殷勤常探看。

> 有只苍鹭抱希望,它的希望没落空;
> 希望结出幸福果,国王请你希望吧!

> 纵然希望很遥远,归根结底会实现;
> 希望结出幸福果,国王请你希望吧!

国王为她的这番话所打动,又召集大臣一起猜测她的名字,猜了十个,度过了另一年。但是,这十个都不是她的名字。他猜不出,菩萨就拒绝他的要求。国王又说道:"我要她有什么用!"准备离开那里。这时,女孩又出现在窗口,国王对她说道:"你呆着吧!我们要走了!""为什么要走啊?大王!""我猜不出你的名字。""大王啊!怎么会猜不出呢?希望决不会落空。一只苍鹭站在山顶上实现了自己的希望,你为什么不能呢?持之以恒吧,大王!从前,有一只苍鹭在一个莲花池里觅食后,飞到山顶上休息,在那里住了一天。第二天,它想:'我在这个山顶过得很愉快。如果我今天不飞下去,在这里就能吃到食物,喝上水,再住上一天,该有多好啊!'恰好这天,众神之王帝释天打败阿修罗,取得忉利天的最高神位。他想:'我的希望圆满实现了,可是,森林中不知有谁的希望没有实现。'他这样思考着,看见了这只苍鹭,决定要让这只苍鹭的希望圆满实现。在离苍鹭的休息处不远的地方,有一条河流。帝释天让这河流涨水,一直涨到山顶。这样,苍鹭在山顶上就能吃到鱼,喝到水,在那里又住了一天,而后河水降到原位。大王啊!苍鹭都能获得自己的希望之果,你为什么不能?"说罢,念了"有只苍鹭抱希望"等上述后两首偈颂。

国王听后,为她的这番话所打动,也为她的美貌所吸引,不忍离开,召集大臣们继续猜测她的名字,猜了一百个,度过了又一年。在这第三年的年终,国王到菩萨跟前,问道:"这一百个名字中总该有一个对的吧?尊者!""你还是没有猜对,大王!""那么,我们走了。"他向菩萨行礼告辞。这时,女孩又倚立在水晶窗前。国王看到她,说道:"你呆着吧,我们要走了!""为什么?大王!""你用言词满足我,而不用爱情满足我。我为你的甜言蜜语所打动,在这里一住住了三年。现在,我要走了。"说罢,念了这些偈颂:

> 你用言词满足我,从不见之于行动,
> 犹如塞雷耶格花,徒有花色无花香。

> 对待朋友无诚心,藏头露尾不大方,
> 说得好听做得差,此种友情难久长。

> 做得到的才该说,做不到的就别说,
> 只说空话不兑现,智者定然能识破。

> 我的力量在减弱,旅行用品消耗完,
> 怀疑生命临末日,我要立刻回家转。

女孩听了国王的话,说道:"大王啊!你知道我的名字。你刚才已经说出来了。快去把我的名字告诉我的父亲,带我走吧!"她与国王交谈,念了这首偈颂:

> 方才你所言,正是我名字,
> 国王回来吧,告诉我父亲。

国王走到菩萨那儿,行礼说道:"尊者!你的女儿名叫'怀疑'。""这次你说对了。你已经知道她的名字,带走她吧,大王!"国王向大士行礼告别,回到水晶宫殿门口,说道:"亲爱的!你父亲把你许给我了,来吧!"女孩说道:"大王啊!我要向父亲告别。"说罢,走出宫殿,向大士行礼告别,然后回到国王身边。国王带着她回到波罗奈,生儿育女,和睦相处。菩萨禅思不断,最后升入梵界。

公鸡本生

古时候,梵授王在波罗奈治理国家的时候,菩萨转生为一只公鸡,跟几百只公鸡一起住在树林里。离它们不远处,住着一只母猫,它施展诡计把所有的公鸡都拐骗去吃掉了,只有菩萨公鸡始终没上它的当。母猫心想:"这只公鸡固然聪明,但它不知道我计谋多,手腕高。我可以先哄骗它说:'我要作你的妻子。'一旦把它勾上手,我就能吃掉它了。"于是,它来到菩萨公鸡栖息的大树下,用动听的言辞赞美它,恳求它,念了第一首偈颂:

> 翅膀羽毛多美丽,颈脖垂肉多可爱;
> 娶我为妻甭花钱,快离树枝下地来。

听了母猫的话,菩萨想:"这家伙已经吃掉我的所有同伴,现在想来勾引我,吃掉我。我要摆脱它。"于是,念了第二首偈颂:

> 你是漂亮四足兽,我是两足空中鸟,
> 飞鸟走兽怎联姻,请去别处找公猫。

母猫想:"它真是聪明绝顶,我要换个说法诓骗它,吃掉它。"于是,念了第三首偈颂:

> 我是青春美貌女,知书达理嘴儿甜,

或作贤妻或作奴,一切听凭你心愿。

菩萨想:"让我痛斥它一顿,把它赶走。"于是,念了第四首偈颂:

诱骗虐杀众鸟禽,你是吸血女盗贼,
知书达理不沾边,痴心妄想求婚配。

母猫逃跑了,甚至不敢再朝公鸡望一眼。

法幢本生

古时候，梵授王在波罗奈治理国家的时候，菩萨转生为鸟，长大后，率领一群鸟，住在大海中央的岛屿上。一些波罗奈商人，带了一只导航乌鸦，乘船渡海。行至大海中央，船破沉没。导航乌鸦飞到岛上，心想："这里有这么一大群鸟，我只要施展计谋，就能吃到鸟蛋和小鸟了。"于是，它降落在鸟群中间，张开嘴，单足立地。众鸟问道："你是谁？尊者！""我叫有法。""你为何单足立地？""如果我双足立地，大地承受不了。""那你站着为何张开嘴？""我不吃其他食物，仅仅喝风维持生命。"说罢，它招呼众鸟道："我要说法，你们听着！"于是，它向众鸟说法，念了第一首偈颂：

> 乡亲们啊请行法！同胞们啊请行法！
> 遵行正法招好运，今生来世得幸福。

众鸟不知道乌鸦花言巧语是为了骗吃它们的蛋，念了第二首偈颂赞美它：

> 此乃贤鸟，法性最高，
> 单足立地，宣讲正道。

众鸟信任这只邪恶的乌鸦，说道："尊者！既然你不吃其他食物，仅仅喝风维持生命，那就请你照看一下我们的蛋和小鸟吧。"说罢，众鸟飞出去觅食。众鸟一离开,这只邪恶的乌鸦就饱餐鸟蛋和小鸟。众鸟回来时,它镇静地张着嘴,单足立地。众鸟发现自己的孩子不见了,大声哭喊道:"是谁吃了它们啊?"它们相信这只乌鸦品德高尚,没有对它产生任何怀疑。此后,有一天,大士思忖道:"过去,这里没有什么危险,自从这只乌鸦来后,就不安宁了。我应该侦察一下。"它佯装跟众鸟一起去觅食,然后悄悄回来,躲在隐蔽处。乌鸦以为众鸟都飞走了,便起身去吃鸟蛋和小鸟,吃饱后,返回原处,张开嘴,单足立地。众鸟回来后,鸟王把大家召集在一起,说道:"今天,我侦察小鸟究竟是谁吃的,结果发现是这只邪恶的乌鸦吃的。我们去找它算账!"它带领群鸟,包围了乌鸦,说道:"如果它要逃,你们就抓住它!"说罢,念了其他几首偈颂:

> 你们不知它品行,盲目信任乱夸赞;
> 口口声声说法者,偷吃小鸟和鸟蛋,

> 嘴上说的这一套,实际做的另一套,
> 它的言语和行为,两者都不合正道。

> 言词甜蜜心狠毒,犹如黑蛇藏洞中;
> 邪恶之徒学法幢,纯朴村民受欺蒙。

> 请用翅膀扑打它,用嘴用爪撕裂它!
> 恶棍不配住这里,大家齐心消灭它!

说罢,鸟王率先腾空飞起,用嘴啄乌鸦的脑袋,其余的鸟也都用嘴、爪和翅膀袭击乌鸦。乌鸦就这样死在那里。

驴儿子本生

古时候,塞纳格王在波罗奈治理国家的时候,菩萨是帝释天。那时,塞纳格王与一个蛇王交了朋友。

据说,蛇王离开蛇穴到地面上寻找食物。一群村童看见了,叫嚷道:"这是蛇!"用土块、石头砸它。正好国王前去游园,途中看见了这一幕,问道:"那些孩子在做什么?""在打一条蛇。"国王听后,说道:"让他们别打了!赶走他们!"他吩咐侍从赶走村童。蛇王得救,回到蛇穴,拿了许多珠宝,午夜时分,进入国王卧室,把那些珠宝赠给国王,说道:"是你救了我的命。"此后,它与国王结为朋友,经常去看望国王。

它在自己的蛇女中,选了一个纵欲无度的蛇女送给国王作侍女,并且教给国王一个咒语,说道:"如果你找不到她,就念这个咒语。"一天,国王去花园,与蛇女一起在莲花池里嬉水。蛇女看见一条水蛇,便不守本分,与水蛇寻欢作乐。国王找不见蛇女,心想:"她上哪儿去了?"他念起咒语,发现蛇女正在做越轨之事,于是,就用竹板打她。蛇女一怒之下,返回蛇穴。蛇王问道:"你怎么回来了?""我不听你的朋友的话,他就打我背脊。"说着,显示自己的伤痕。蛇王不明真相,召来四条年轻的蛇,命令道:"去!进入塞纳格的卧室,用你们的鼻息,像吹秕糠那样杀死他。"它们遵命前往,在国王就寝时,进入国王卧室。它们进去时,国王正在与王后说话:"夫人!你知道蛇女上哪儿去了吗?""我不知道,大王!""今天,我们在莲花池里玩耍,她不守本分,与一条水蛇做越轨之事。我喝令她别干这种事。为了教训她,我还用竹板打了她。我担心她回到蛇穴,向我的朋友编造谎言,破坏我们的友情。"这四条蛇听了这些话,转身返回蛇穴,报告蛇王。蛇王情绪激动,立即赶到国王的卧室,说明事情原委,请求国王原谅,并且说:"我要将功补过。"于是,它教给国王一个通晓一切音义的咒语,说道:"大王啊!这个咒语是无价之宝。如果你把这个咒语告诉别人,你就会坠入火中被烧死。"国王同意道:"好吧!"

从此,国王甚至能听懂蚂蚁的语言。一天,国王坐在高坛上,蘸蜂蜜和糖浆吃糕饼。一滴蜂蜜、一滴糖浆和一些糕饼屑掉在了地上。一只蚂蚁看到了,边跑边喊:"国王高坛上的蜂蜜罐破了,糖浆车和糕饼车翻了,大家快来吃蜂蜜、糖浆和糕饼!"国王听了蚂蚁的喊话,笑了起来。王后站在国王身边,心想:"国王看见什么了,这样好笑?"国王吃完糕饼,洗过澡,盘腿而坐。一只苍蝇对它的妻子说道:"来吧,太太!让我们亲热一番!"而雌蝇回答说:"且等一会儿,夫君!他们就要给国王拿来香粉。他往身上扑香粉时,会掉一些在脚上。我到那里呆一会,就会变得香喷喷的,然后我们躺在国王的脊梁上玩耍。"国王听了雌蝇的话,又笑了起来。王后又想:"他看见什么了,这样好笑?"后来,国王在吃晚饭时,一个饭团落到地上。蚂蚁们喊道:"王宫里饭车翻了,他们吃不上饭了!"国王听后,又笑了起来。王后拿着金匙,正在侍候国王用饭,心想:"莫非国王看见我,就觉得好笑?"她与国王上床睡觉时,问道:"大王啊!你为什么笑?""你问这个干什么?"但是,王后纠缠不休,国王只得告诉她。接着,王后说道:"你把那个咒语教给我!""我不能教给你。"王后遭到拒绝,又纠缠不休。国王说道:"如果我把这个咒语教给你,我会死掉的。""就是你死,也要教给我。"国王被女人制服,同意道:"好吧!"但他想到:"我把咒语教给她,自己就要坠入火中。"于是他驱车前往花园。

这时,众神之王帝释天正在俯瞰人间,看到此事,心想:"这个愚蠢的国王,为女人所左右,想到自己就要坠入火中,驱车前往花园。我要救他一命。"他带着阿修罗的女儿苏伽来到波罗奈。他让苏伽变成母羊,自己变成公羊,站在国王车前,默念道:"别让众人看见。"这样,只有国王和驾车的信度马能看见它俩,其他人都看不见。为了进行交谈,公羊装出与母羊交欢的样子。一匹驾车的信度马看到后,说道:"公羊朋友,我们过去听说'山羊呆傻,毫无廉耻',但是没有见过。现在,你当着我们大家的面,干这种应该在隐蔽处悄悄干的事,也不觉得害臊。过去我们听说的传闻,今天亲眼证实了。"说罢,念了第一首偈颂:

> 智者所言真,山羊是傻子;
> 列位请瞧瞧:当众干这事!

公羊听后,念了两首偈颂:

> 你这驴儿子①,才是大傻瓜!
> 绳索套脖子,嘴歪脸奔拉!

> 松绑也不逃,愚蠢到了家!
> 可是你主人,比你还要傻!

国王听得懂它俩的话,因此,他放慢车速,倾听它俩交谈。信度马听了公羊的话,念了第四首偈颂:

> 你说我愚笨,这点我承认,
> 可是为什么,说我主人蠢?

公羊作出解释,念了第五首偈颂:

> 获得无价宝,奉送给妻子;
> 生命和妻子,两者皆丢失!

---

① "驴儿子"(kharaputta)是信度马的诨名。

　　国王听了公羊的话,说道:"山羊王啊!你确实是为我的利益着想,请告诉我,现在我该怎么办?"山羊王说道:"大王啊!对一切众生来说,没有比生命更可爱的了。为了一件可爱的物品而抛弃生命,毁掉荣誉,是不值得的。"说罢,念了第六首偈颂:

> 像你这等人中王,不必爱物毁生命,
> 万物生命最宝贵,生命常在物常在。

　　大士这样教诲国王。国王满心欢喜,问道:"山羊王,你从哪儿来?""我是帝释天,大王!我出于同情,前来搭救你。""众神之王啊!我已经答应教给她咒语,现在该怎么办呢?""你们两个都不应该遭到毁灭。你就对她说:'这是技艺规则。'然后,揍她几下。一用这个办法,她就不要咒语了。"国王同意道:"好吧!"大士教诲国王后,回到天国去了。

　　国王来到花园,召来王后,说道:"夫人!我教给你咒语。""好吧!大王!""那就按照规则进行吧。""什么规则?""在背脊上抽一百鞭,不许哼一声。"王后贪图咒语,同意道:"好吧!"国王吩咐仆人拿起鞭子,抽打王后背脊两边。她挨了两三鞭,就受不住了,叫喊道:"我不要咒语了!"而国王说道:"你为了得到咒语,不顾我的性命!"他让仆人继续鞭打,直到皮开肉绽。从此,王后再也不敢提及此事。

莲花本生

古时候,梵授王在波罗奈治理国家的时候,菩萨转生在迦尸国某村庄的一个婆罗门家族,长大成人后,在呾叉始罗学会技艺,不久,出家当隐士,住在一个莲花池旁。一天,他走下莲花池,站在那里嗅盛开的莲花。然而,有位女神站在树干的缝隙里训斥他,念了第一首偈颂:

> 莲花不归你,你却嗅花香,
>
> 纵然窃香气,与贼无两样。

菩萨听后,念了第二首偈颂:

> 不摘也不掐,远远嗅花香,
>
> 称我窃香贼,说话欠思量。

恰好这时,有个人在这个池子里摘莲掘藕。菩萨见后,说道:"我站在远处嗅花香,你说我是贼,你怎么不说那个人?"他与女神交谈,念了第三首偈颂:

> 你看那个人,掘藕摘莲花,
>
> 行为多野蛮,怎么不说他?

于是,女神解释为何不说那个人,念了第四首和第五首偈颂:

> 他是野蛮人,犹如脏围布,
> 我能开导你,那人还不配。

> 品德高尚者,永远守清白,
> 过失似发丝,显眼似云堆。

听了女神的训诫,菩萨心情激动,念了第六首偈颂:

> 仙女理解我,真心怜悯我,
> 若我犯过失,请再训斥我。

女神念了第七首偈颂:

> 我非你侍从,无法守候你,
> 认清天国路,要靠你自己。

女神这样教诲菩萨后,进入自己的住处。菩萨专心修习禅定,升入梵界。

鹌鹑本生

　　古时候，梵授王在波罗奈治理国家的时候，菩萨转生为鹌鹑，住在森林里，以粗糙的草籽为食。那时，波罗奈有只贪婪的乌鸦，吃腻了大象和其他兽类的尸体，飞进森林，希望得到更加可口的食物。它看见菩萨在吃各种野果，心想："这只鹌鹑长得很胖，想必常吃甜食。我要问问它吃的是什么。这样，我吃了也会发胖。"于是，它栖息在菩萨上方的枝头上。菩萨没等乌鸦开口，就向它致意，念了第一首偈颂：

　　　　吃食数你多，奶酪和酥油，
　　　　请问乌鸦叔，为何这么瘦？

　　乌鸦听了它的话，念了三首偈颂：

　　　　四面皆仇敌，觅食常惊惶，
　　　　心儿直扑通，怎么会发胖？

　　　　尽做亏心事，常常魂魄丢，
　　　　所得不餍足，因此这么瘦。

　　　　这些草籽儿，粗糙无营养，
　　　　鹌鹑为什么，吃了会发胖？

菩萨听后,念了两首偈颂,解释自己发胖的原因:

我不飞远处,我不怀奢望,
有啥就吃啥,因此我发胖。

知足得安乐,定量利消化,
谁都能掌握,这种养身法。

腕本生

古时候,梵授王在波罗奈治理国家的时候,菩萨是他的政法大臣。国王为非作歹,不依法治国,一味压榨百姓,敛聚钱财。菩萨想找个比喻,用来教诲国王。花园里国王的休息厅尚未竣工,屋顶刚刚架在椽子上。国王去花园游玩,进入这房子,抬头望见这圆屋顶,生怕它掉下来砸着自己,急忙走出屋去,站在外面观看屋顶,心想:"这个屋顶怎么能呆住? 而这些椽子又怎么能顶住?"他询问菩萨,念了第一首偈颂:

> 一腕半厚圆屋顶,八拃椽子拱卫它;
> 椽子为何不断裂? 屋顶为何不掉下?

菩萨听后,心想:"我现在找到教诲国王的比喻了。"随即,念了这首偈颂:

> 弧形椽子三十条,整整齐齐往上绕,
> 结成一体承压力,屋顶架住不会掉。

> 智者身边挚友多,诚心诚意相辅佐,
> 犹如椽子撑屋顶,福星高照永不落。

菩萨这么一说,国王思考自己的行为:"没有屋顶,椽子就没有撑力。椽子不结成一体,屋顶就架不住。椽子断裂,屋顶就会掉下来。一个违背正道的国王也是这样,他不能团结自己的朋友、大臣、军队、婆罗门和长者,陷入分崩离析的局面,结果一定会从王位上掉下来。作为国王,确实应该遵行正道。"这时,人们拿来一只香橼,呈献给国王。国王对菩萨说道:"朋友,请吃这只香橼吧!"菩萨接过香橼,说道:"大王啊!不懂得怎么吃香橼的人,吃起来又苦又酸,而懂得怎么吃香橼的人,会去掉苦味,保留酸味,领略到香橼的美味。"他用这个比喻向国王说明聚财的方法,念了两首偈颂:

香橼不削皮,入口味苦涩;
果肉有滋味,不能带皮吃。

智者在城乡,坚持行正道,
聚财不害民,征税不施暴。

国王与菩萨交谈着,来到莲花池畔。国王看见盛开的莲花灿烂似朝阳,没有被水玷污,说道:"朋友啊!莲花长在水中,却不受水的玷污。"于是,菩萨说道:"大王啊!作为国王,也应该如此。"随即,念了两首偈颂:

犹如池中莲,根白长水中,
不染污泥水,花开火样红。

仁慈忌暴虐,清白避罪愆,
污点不沾身,犹如池中莲。

国王听了菩萨的教诲,从此,依法治国,广行布施,做了许多善事,最后升入天国。

摩洛伽本生

古时候,梵授王在波罗奈治理国家的时候,菩萨是一头狮子,与母狮同居,生下两头幼狮——一个儿子和一个女儿。儿子名叫摩洛伽,长大成年后,娶了一头母狮为妻。这样,它们全家共有五口。摩洛伽经常捕杀野牛等,带回兽肉,养育父母、妹妹和妻子。

一天,在摩洛伽捕食的地方,有一只名叫基里耶的豺,无处可逃,匍匐在地。摩洛伽看见后,问道:"怎么啦?朋友!""我愿侍候你,主人!""好的,你就侍候我吧!"摩洛伽把这只豺带回自己家中。菩萨看见了,说道:"孩子摩洛伽啊!豺刁滑奸诈,专出坏主意,不能把它留在身边。"但是,摩洛伽不听父亲的劝阻。

一天,豺想吃马肉,对摩洛伽说道:"主人啊!除了马肉,没有我们没吃过的肉。我们去逮马吧!""可是,马在哪儿?朋友!""在波罗奈城的河边。"狮子听从豺的话,跟豺一起到达那里。许多马正在河里洗澡,狮子逮了一匹,驮在背上,迅速回到自己家门口。它父亲吃了马肉后,说道:"孩子,马是王室财产。国王诡计多端,会命令技艺高强的射手放箭,所以,吃马肉的狮子决不会长寿。以后,别再逮马了。"狮子不听父亲的话,照旧去逮马。国王听说有狮子逮马,就让马在城内的水池子里洗澡。然而,狮子还是来逮马。国王盖了一个马厩,在马厩里面供给草和水。狮子翻墙而入,从马厩里逮走马。于是,国王召来一位百发百中的弓箭手,问道:"你能射死狮子吗?""我能。"

弓箭手在离墙不远处,狮子来时必经的路上,搭了一个瞭望台,守候在那里。狮子又来了。它让豺呆在城外坟场,自己进城逮马。弓箭手考虑到狮子来时速度太快,没有放箭。等到狮子逮了马回去时,因背上驮着马而速度降低,弓箭手便从后面向狮子射出利箭。利箭在弓箭手前方空中飞驰。狮子发出一声惊叫:"我中箭了!"而弓箭手射出箭后,弓弦发出雷鸣一般的振动声。豺听到了狮子和弓弦的声音,自言自语道:"我的朋友中箭了,很快就会死去。朋友死了,友情也就吹了。现在,我要回到我的森林老家去了。"随即,念了两首偈颂:

> 射手挽强弓,弦声如雷响,
> 我友摩洛伽,中箭性命丧。

> 眼下无去处,我愿把家回,
> 友在情谊在,友死情谊吹。

狮子一口气跑回家,把马撂在家门口,自己倒地而死。家属们出来,看到它满身血污,伤口还在淌血。它的父亲、母亲、妹妹和妻子见它结交恶友,葬送性命,念了四首偈颂:

> 结交坏朋友,幸福不长久;
> 请看摩洛伽,死在恶豺手。

> 儿子交恶友,母亲心哀痛;
> 请看摩洛伽,躺在血泊中。

> 不听智者言,不听善意劝,
> 倘若人如此,同样遭灾难。

> 身居高位者,切莫宠奸佞,
> 请看兽中王,箭下送性命。

达薄花本生

古时候,梵授王在波罗奈治理国家的时候,菩萨是河边的树神。那时,有一只豺,名叫摩耶维,娶了一个老婆,住在河边一个地方。

一天,雌豺对雄豺说道:"夫君!我嘴馋,想吃新鲜红鱼。"雄豺说道:"这不难,我给你去抓。"它来到河边,用蔓藤系住脚,沿着河岸走动。这时,有两只水獭,一只名叫深水行,一只名叫沿岸行,正站在岸边找鱼。深水行看见一条大红鱼,便迅速潜入水中,抓住鱼的尾巴。这条鱼力气很大,拖着水獭逃跑。深水行向沿岸行叫喊道:"这条大鱼足够我们两个吃的。来吧,帮帮我的忙!"说着,念了第一首偈颂:

> 吉祥沿岸行,快来帮一手!
> 大鱼已抓住,还在拖我游。

沿岸行听后,念了第二首偈颂:

> 吉祥深水行,抓紧别松手!
> 我来拽起它,犹如鹏抓蛇。

于是,它们两个合力把红鱼拖出水面,放在地上,把它弄死。接着,它们为了分鱼发生争吵,互相嚷嚷道:"你分吧!你分吧!"由于分不成功,便放下鱼,坐在那里。这时,豺来到那里。它们两个看见豺,便行礼道:"朋友,达薄花①! 我们两个一起抓到这条鱼,但我们不会分鱼,发生争执。你为我们两个平分一下吧!"随即,念了第三首偈颂:

> 朋友达薄花,请听我俩言:
> 由你平分鱼,解决这争端。

豺听了它俩的话,便夸耀自己的能力,念了这首偈颂:

> 我向来公正,断过许多案,
> 我会平分鱼,解决这争端。

然后,它开始分鱼,又念了一首偈颂:

> 深水行吃头,沿岸行吃尾,
> 中间这一段,应归仲裁者。

豺这样分好鱼,说道:"你俩别再争吵了,一个去吃鱼头,一个去吃鱼尾吧!"说罢,它在这两只水獭的眼皮底下,用嘴叼起鱼的中段,走了。这两只水獭像输掉一千元钱,神情沮丧,坐在地上,念了第六首偈颂:

> 倘若不争吵,尚能吃好久,
> 如今剩头尾,中段豺叼走。

而豺心里想着:"今天我能让老婆吃上红鱼了。"喜气洋洋地来到老婆身边。雌豺见雄豺回来,便行礼念了这首偈颂:

---

① "达薄花"(dabbhapuppha)是豺的浑名。

夫君叼鱼归,为妻心喜欢,
犹如刹帝利,庆幸得王权。

接着,雌豺又询问得鱼经过,念了另一首偈颂:

你是陆生者,怎捕水中鱼?
请你告诉我,红鱼的来路。

雄豺告诉雌豺红鱼的来路,念了这首偈颂:

争吵伤身体,争吵毁财物,
水獭为争吵,丧失大红鱼!

达霜那剑本生

古时候，摩陀婆王在波罗奈治理国家的时候，菩萨转生在一个婆罗门家族里。人们给他取名塞纳格。他长大成人，在呾叉始罗学会一切技艺，回到波罗奈后，成为摩陀婆王的政法大臣。他以"智者塞纳格"的美称闻名全城，犹如日月当空，无人不晓。

那时，王室祭司的儿子来侍奉国王，一见浓妆艳服、美貌绝伦的王后，便堕入情网。他回家之后，躺在床上，不思茶饭，经朋友们盘问，才说出真情。国王问道："祭司的儿子没来，他上哪儿去了？"听人说明原因后，国王召来祭司的儿子，说道："我把王后给你七天。让她在你家呆七天，第八天送回来。"祭司的儿子同意道："好吧！"把王后带回家，与她同享欢乐。后来，两人情投意合，偷偷逃出家门，投奔到了另一个王国。谁也不知道他们的去处，他们走的似乎是水路。国王下令击鼓在全城查访，但想尽各种办法也找不到王后的去处。为此，国王十分忧愁，心里发热充血，后来肚子充血，病势严重。王室里的名医束手无策。菩萨心想："这国王得的不是什么别的病，而是见不着王后的相思病，我有办法治愈他。"

于是，菩萨与国王的两个聪明的大臣阿瑜罗和波古舍商量道："国王得的不是什么别的病，而是见不着王后的相思病。他一向恩宠我们，我们应该设法治好他。我们可以在王宫广场上举行一个集会，让杂技艺人表演吞剑术。我们把国王引到窗口，让他观看表演。国王看到吞剑术，就会问：'还有比这更难的事吗？'那时，阿瑜罗啊！你就回答说：'答应给人东西，比这更难。'然后，波古舍啊！国王又会问你，你就这样回答说：'大王啊！口头上说我给,而实际上不给,这是言而无信。那样的空话既不能吃,也不能喝,谁也不能依靠它们维持生命。因而,说到做到,兑现诺言,才是更难的事。'接下去该怎么办,这我知道。"说罢,他安排了这个集会。

然后,这三位智者来到国王身边,说道:"大王啊! 王宫广场有个集会,看一看能消愁解闷。来吧,我们去看看。"他们把国王带到窗前,打开窗户,让国王观看集会。许多人表演了各自拿手的技艺,其中有个人吞下一把三十三指长的锋利宝剑。国王见了,心想:"这个人吞下了这把剑,我要问问这些智者,还有比这更难的事吗?"于是,他问阿瑜罗,念了第一首偈颂:

> 达霜那剑最锋利,畅饮鲜血无顾忌;
> 此人当众吞下肚,有否比这更难事?

阿瑜罗回答国王,念了第二首偈颂:

> 此人利欲熏心,吞下吸血宝剑;
> 答应给人东西,要比这事更难。

国王听了智者阿瑜罗的话,心想:"这样看来,答应给人东西要比吞剑更难。我答应把王后给祭司的儿子,我确实做了一件很难的事。"他这么一想,心中的忧愁减轻了一些。接着,他又想:"是否有比答应给人东西更难的事?"于是,他与智者波古舍交谈,念了第三首偈颂:

> 深明事理阿瑜罗,为我解答心中疑;
> 请问智者波古舍:可有比这更难事?

智者波古舍回答国王,念了第四首偈颂:

> 光有语言无行动,空话不能当饭吃;

　　许下诺言不反悔,须知这是更难事。

　　国王听了他的话,心想:"我先是答应把王后给祭司的儿子,然后,兑现诺言,把王后给了他,我确实做了一件难事。"他这么想着,心中的忧愁又减轻了一些。接着,他又想:"谁也比不上智者塞纳格聪明,我应该问问他这个问题。"于是,他问塞纳格,念了第五首偈颂:

　　　　深明事理波古舍,为我解答心中疑;
　　　　请问智者塞纳格:可有比这更难事?

　　塞纳格回答国王,念了第六首偈颂:

　　　　施舍不管多与少,给人之后不追悔,
　　　　须知这是更难事,其他一切都容易。

　　国王听了菩萨的话,沉思道:"我自己决定把王后给祭司的儿子,而给了之后,我不能控制自己的思想,我忧愁,我沮丧。我这样是不合适的。如果她是爱我的,就不会抛弃王国逃走。既然她不爱我,弃国逃走,那我还要她干什么呢?"他这样想着,心中的忧愁全部消失,犹如荷叶上水珠一齐滚落。在这一刹那,他的内脏恢复正常。他健康愉快,念了最后一首偈颂,赞美菩萨:

　　　　先是智者阿瑜罗,接着智者波古舍,
　　　　最后智者塞纳格,为我解答最难题。

　　国王赞美菩萨后,满怀喜悦,给了菩萨许多钱财。

猴王本生

　　古时候,梵授王在波罗奈治理国家的时候,菩萨转生为猴子,长大成年后,身材魁伟,健壮有力,率领八万只猴子,住在喜马拉雅山上。那里,靠近恒河岸边,有一棵芒果树,也有人说是榕树,枝叶茂盛,绿荫浓密,巍然屹立,有如山峰。这树上结的甜果有水罐那么大,散发出仙果的芳香。果子成熟时,一根树枝上的果子落在地上,另一根树枝上的果子落在恒河里,还有两根树枝上的果子落在树根下。菩萨率领群猴吃果子时想到:"从这棵树上落到恒河里的果子,总有一天会给我们招灾惹祸。"于是,它不让伸在水面上的那根树枝留有一个果子,一旦开花,果子只有鹰嘴豆那么大的时候,就让群猴吃掉。

　　尽管如此,仍有一只果子隐藏在蚁穴里,未被八万只猴子发现,成熟后落在恒河里。那时,波罗奈王在恒河里上下张网,嬉水玩耍。这只果子粘在网上。国王玩了一天,黄昏时刻,准备回去。渔夫们收网,发现这只果子。他们不知道这是什么果子,便拿给国王看。国王问道:"这是什么果子?""我们不知道,大王!""有谁知道?""森林居民知道,大王!"国王召来森林居民,得知这是熟芒果。他用刀子切开芒果,先让森林居民吃,然后自己吃,再分给他的嫔妃和大臣吃。国王感到这只熟芒果的美味流遍自己全身。他迷上这种美味,询问森林居民这树长在哪儿。森林居民回答说:"在喜马拉雅山那儿的恒河边。"于是,他吩咐将许多船系在一起,由森林居民作向导,逆流而上。船究竟行驶了多少天,不得而知。最后,到达那个地方,森林居民禀告国王说:"就是这棵树,大王!"国王吩咐停船,在大批侍从陪同下,步行到那里,在树根旁安置一张床,坐在那里尽情品尝芒果的美味,然后躺下休息。四面八方布下岗哨,生起火堆。

大士趁人们入睡后,午夜时分,率领伙伴来到这里。八万只猴子在树枝上跳来蹦去,吃芒果。国王醒来,看见猴群。他叫醒人们,召来弓箭手,说道:"包围这些吃芒果的猴子,射死它们,别让它们跑了。明天我们既吃芒果,又吃猴肉。"弓箭手们应诺道:"好吧!"他们包围芒果树,引弓待发。群猴见此情景,惧怕死亡,又无路可逃,便走近大士,问道:"大王啊!弓箭手包围了这棵树,说要射死我们这些东蹦西跳的猴子,怎么办呢?"问罢,站在那里,颤抖不已。菩萨安慰群猴道:"别怕,我会救你们的。"说罢,它沿着笔直向上的树枝,爬到伸向恒河的树枝,从树梢上跳过一百弓的距离,落在恒河岸边的一个树丛顶上,然后爬下树丛,抬头估计自己到达这里的距离,从根部折断一株蔓藤,比量着说:"这段是绑在树上的长度,这段是空中的长度。"它计算了这两段的长度,却忘记了绑在自己腰上的那段长度。它拿起这株蔓藤,一头绑在恒河岸边的树上,另一头绑在自己腰上,以风吹浮云的速度,跃上一百弓的距离,但由于它没有把绑在腰上的那段蔓藤长度计算在内,它不能到达芒果树上,只能用双手紧紧抓住芒果树梢。它示意群猴道:"快踩着我的背,从蔓藤上逃走。"八万只猴子向大士行礼致意,安全逃走。而那时,提婆达多也转生为猴子,是这群猴子中的一个。它觉得这是一个暗害宿敌的好机会,于是爬上高处的树枝,飞速跳下,踩在大士背上。大士心脏迸裂,疼痛难忍。提婆达多伤害大士之后,走了。大士独自呆在那里。

国王一直醒着,目睹群猴和大士的所作所为。他躺在那里思忖道:"这只动物不顾自己的生命,拯救同伴脱险。"他对大士怀有好感,心想:"这只猴王不应该死去,我要设法把它抬下来,照料它。"天亮后,国王吩咐船只聚拢在恒河水面上,搭起一个高台,轻轻抬下大士,拿一件黄袍披在它的背上,用恒河水替它沐浴,给它喝糖水,用提炼过一千次的油膏涂抹它的洗净的身体,在床上铺一张涂过油的皮,让它躺在上面,然后,国王自己坐在矮凳上,念了第一首偈颂:

　　捐躯作桥梁，群猴得安全，
　　猴王与群猴，关系非一般。

菩萨听后，念了其余几首偈颂，教诲国王：

　　我是猴中王，庇护是职责；
　　群猴惧怕你，忧心似刀割。

　　飞跃一百弓，落地折蔓藤，
　　紧紧缠腰间，奋力往回蹦。

　　犹如风吹云，飞向芒果树，
　　蔓藤不够长，双手抓树梢。

　　树梢和蔓藤，由我相连接，
　　群猴踩我背，安全作退却。

　　藤勒不觉疼，命绝不畏惧，
　　群猴得幸福，为王心欢愉。

　　请君听仔细，此中有深义：
　　牛马和军队，王国和城市，
　　众生之幸福，国王应重视。

　　大士这样教诲国王之后，断气死去。国王召集众大臣，吩咐道："以国王的规格为猴王举行葬礼。"接着，又命令众嫔妃道："你们穿上红袍，披散头发，手持火把，护送猴王去火葬场。"大臣们用一百车木柴垒起火葬堆，以国王的规格为猴王举行葬礼，然后捡起猴王的头颅，走到国王跟前。国王吩咐在大士火葬的地方建造一座宝塔，点燃灯火，供奉香料和花环等；又为头颅镶上金子，插在节杖顶上，树在前面，供奉香料和花环等。回到波罗奈之后，国王将头颅放在王宫门前，装饰全城，供奉七天。然后，国王将头颅放回宝塔，终生供奉香料和花环等。他恪守菩萨的教诲，依法治国，广行布施，做了许多善事，最后升入天国。

坚法王本生

古时候，坚法王在波罗奈治理国家的时候，菩萨转生在大臣家里，长大成人后，侍奉国王。他受到国王宠幸，享有极高的荣誉。

那时，国王有一头身强力壮的母象。它一天能走一百由旬，为国王传送信息；在战斗中，奋勇杀敌，所向披靡。国王觉得这头象对自己十分有用，赐给它无数装饰品，让它享有一切荣誉，就像乌提那对待帕德婆底迦一样①。然而，当它年老体衰时，国王取消了它的一切荣誉。从此，它无依无靠，在森林里吃草和树叶维持生命。

一天，王宫里的碗盏不够了，国王召来陶工，说道："碗盏不够了。""大王啊！我没有牛驾车拉牛粪②。"国王听了他的话，问道："我们的那头母象在哪里？""它自个儿随意游荡，大王！"国王把这头母象派给陶工，说道："以后，你就用它驾车拉牛粪吧！"陶工说道："好吧，大王！"他遵照国王的命令办了。

一天，母象拉车出城，看见菩萨进城，便匍匐在他脚下，哭诉道："尊者啊！在我年轻的时候，国王觉得我非常有用，给予我极高的荣誉。现在，我老了，他就剥夺我的一切，理也不理我。我无依无靠，只得在森林里吃草和树叶维持生命。不幸的是，现在，他把我给了陶工，让我驾辕拉车。除了你，没有人能保护我。你知道我为国王出过力，请你为我恢复失去的荣誉吧！"说罢，念了三首偈颂：

---

① 乌提那和帕德婆底迦是本篇今生故事中的国王名和母象名。
② 在印度，牛粪是燃料。

> 我为坚法王,奋勇驰疆场,
> 胸脯挡利箭,如今被遗忘。
>
> 国王岂不知,我为他效劳,
> 四方传信息,战斗逞英豪。
>
> 孤苦无依靠,听从陶工吆,
> 拼力拉牛粪,老命不能保。

菩萨听完母象的叙述,安慰它说:"你别伤心,我去跟国王说说,让他恢复你的荣誉。"他回城后,吃罢早饭,来到国王那里,与国王攀谈:"大王啊!你不是有一头母象,名字叫某某吗?它在某地打仗时,胸脯中了箭还冲锋陷阵。有一天,它担任信使,脖子上系着信,跑了一百由旬路。为此,你赐给它极高的荣誉。现在,这头母象在哪里?""我把它给了陶工拉牛粪。"于是,菩萨对他说道:"大王啊!你把它给陶工驾辕拉车,这样做合适吗?"说罢,念了四首偈颂,教诲国王:

> 有用赐荣誉,无用踢一旁,
> 世人皆如此,正如王弃象。
>
> 昔日受恩惠,今日翻白眼,
> 为人若如此,宏愿难实现。
>
> 昔日受恩惠,今日记心间,
> 为人若如此,宏愿能实现。
>
> 在座诸君子,福音听我说:
> 为人知感恩,永久居天国。

这样,大士对国王和所有在座的人进行教诲。国王听后,恢复了母象的荣誉,并按照菩萨的教诲,广行布施,做了许多善事,最后升入天国。

波伦特波本生

　　古时候，梵授王在波罗奈治理国家的时候，菩萨投胎转生为王后的儿子，长大后，在呾叉始罗学习技艺，掌握了一种咒语，能听懂所有动物的语言。得到老师同意后，他回到波罗奈。父亲立他为副王。虽然立他为副王，但父亲企图杀死他，不愿意见到他。

　　一次，一只母豺带着两只小豺，在晚上人们入睡的时候，从阴沟爬进城里。离菩萨宫内卧室不远，有一间厅堂，里面住着一个旅行者。他脱下鞋子，放在地上，然后躺在床板上，一时尚未入睡。两只小豺饿得嗷嗷叫，母豺对它们说道："孩子，别作声！这间厅堂里，有个人脱了鞋子放在地上。他躺在床板上，还没睡着。等他睡着了，我去把那双鞋子叼来给你们吃。"母豺是用自己的语言说的。菩萨由于咒语的威力，听得懂母豺的话。他走出卧室，打开窗户，问道："谁在那里？""大王！是我，一个旅行者。""你的鞋子放在哪里？""放在地上，大王！""拿起来挂着！"母豺听了，很生菩萨的气。

　　又一天，母豺仍从阴沟爬进城里。那时，有个醉汉想喝水，走下莲花池时，栽进水里淹死了。他穿着两件衣服，内衣里有一千铜币，手指上有一只戒指。这时，两只小豺嗷嗷叫唤："我们肚子饿！"母豺说道："孩子，别作声！这个莲花池里有个死人，他有这种那种财物。等他漂上台阶，我去叼他的肉来给你们吃。"菩萨听见母豺的话，便打开窗子，问道："厅堂里有人吗？"一个人起身回答道："有人，大王！""莲花池里淹死一个人，去把死人的衣服、一千铜币和戒指取下，把尸体沉到水底，不要让它漂上来。"那个人照办了。母豺十分生气，嚎叫道："那一天，你不让我的孩子吃鞋子，今天又不让它们吃死

377

人。再过两天,有位敌国的国王会来包围波罗奈城。你的父亲会派你去打仗。在战斗中,敌军会砍掉你的脑袋。我要喝你喉咙里的血,以解心头之恨。既然你跟我作对,我就要看看你的下场。"母豺把菩萨咒骂了一通,带着小豺走了。

第三天,敌国的国王前来包围波罗奈城。国王对菩萨说道:"去吧,孩子! 去与他们交战!""大王! 我有一个预兆。我不能出战,怕有生命危险。""我哪能管你死活,去吧!"大士说道:"好吧,大王!"大士带着人马,没有从敌国国王驻兵的城门出去,而是打开另一扇城门出去。他一走,波罗奈仿佛成了一座空城,因为所有的人都跟他走了。他在一个合适的地方安营扎寨。国王心想:"副王带着军队逃跑,波罗奈成了空城。我处在敌国国王的围困中,必死无疑。"转而又想,"逃命要紧。"于是,他带了王后、祭司和一个名叫波伦特波的侍从,乔装打扮,趁着天黑,逃出城去,进入森林。菩萨听到国王逃跑的消息,便进城与敌国交战。他击溃敌王,取得王国。

菩萨的父亲在一条河边盖起树叶屋,住在那里,以野果维持生命。国王和祭司去采野果,波伦特波便与王后一起留在树叶屋里。王后在树叶屋里与国王同居,已怀有身孕。但是,由于她与波伦特波过从甚密,两人做出越轨之事。一天,她对波伦特波说道:"一旦国王察觉,你我都活不成。把他杀了吧!""怎么个杀法呢?""他去洗澡时,总是吩咐你拿着他的剑和浴衣。这样,在沐浴地,你乘其不备,用剑砍下他的脑袋,将他的尸体剁成几段,埋在地下。"波伦特波同意道:"好吧!"

接着,有一天,祭司去采野果,爬在离国王沐浴地不远的一棵树上摘果子。国王想洗澡,波伦特波带着剑和浴衣陪同国王到河边。国王洗澡时,波伦特波乘其不备,抓住他的脖子,举剑就砍。国王惧怕死亡,发出惨叫。祭司听到叫声,朝下一望,看见波伦特波正在杀害国王。他惊恐万分,撒开树枝,滑下树来。他钻进一个灌木丛,坐在里面。波伦特波听到了树枝的晃动声,在杀死国王、掘地埋尸后,心想:"这地方刚才有树枝的晃动声,难道有谁在这里?"他四下看看,并没有人,便洗了个澡,回去了。波伦特波走后,祭司从躲着的地方出来。他知道国王已被剁成几段,埋在土坑中。他洗完澡,害怕自己也被杀死,就假装成瞎子,回到树叶屋。波伦特波见到他,问道:"婆罗门啊! 你这是怎么啦?"他装作没认出波伦特波,说道:"国王啊! 我的眼睛瞎了,摸回来的。我站在森林里毒蛇盘踞的蚁垤旁边,可能中了蛇的毒气。"波伦特波心想:"这家伙不知道我做的事,还以为我是国王哩! 让我安慰安慰他吧!"于是,说道:"婆罗门啊,别发愁! 我会照顾你的。"安慰之后,给了祭司许多果子。

从此,波伦特波每天出去采果子。王后生了一个儿子。儿子渐渐长大。一天清晨,王后舒舒服服坐着,低声问波伦特波:"你杀死国王时,有没有人看见?""没有人看见。不过,我听到了树枝的晃动声,不知道是人弄响的,还是动物弄响的。打那以后,我只要一听到树枝的晃动声,就会心惊肉跳。"他这样与王后交谈着,念了第一首偈颂:

> 罪恶和恐惧,仍然袭击我,
> 那时树枝响,是人还是兽?

他俩以为祭司还没有醒。其实,祭司已经醒来,听见了他俩的谈话。后来有一天,波伦特波出去采果子,祭司思念自己的婆罗门妻子,梦呓似地念了第二首偈颂:

> 娇妻离我不远,爱欲令我瘦弱,
> 犹如树枝晃动,折磨波伦特波。

王后问道:"你说什么? 婆罗门!"祭司回答道:"我在沉思。"后来又有一天,他念了第三首偈颂:

> 娇妻无辜独居,相思令我瘦弱,
> 犹如树枝晃动,折磨波伦特波。

又有一天，他念了第四首偈颂：

娇妻音容宛在，相思令我瘦弱，

犹如树枝晃动，折磨波伦特波。

后来，王子长大成人，到了十六岁。婆罗门让他牵着棍子，领着自己前往沐浴地。到了那里，婆罗门睁开眼睛，四处观看。王子问道："你不是瞎子吗？婆罗门！""我不是瞎子。我只是用这个办法保住自己的生命。你知道你父亲是谁？""我知道。""那个人不是你父亲。你父亲是波罗奈王。那个人是你们的奴仆，他跟你母亲勾搭，将你父亲杀死，埋在这里。"说罢，他从地下扒出尸骨给王子看。王子怒不可遏，问道："现在，我该怎么办？""就在这沐浴地，用他对付你父亲的办法对付他。"于是，婆罗门把全部经过告诉王子，还用了几天时间，教会他使剑。

后来有一天，王子拿了剑和浴衣，对波伦特波说道："父亲，我们去洗澡吧！"波伦特波说道："好吧！"与王子一起去了。等波伦特波下水洗澡时，王子右手持剑，左手抓住波伦特波的发髻，说道："你曾经在这里，抓住我父亲的发髻，在他叫喊时，把他杀死了。我也要在这里把你杀死。"波伦特波惧怕死亡，哭泣着念了两首偈颂：

想必那声音，泄露我罪行，

摇动树枝者，向你吐真情。

摇动树枝者，是人还是兽？

我这不解谜，已被你揭底。

王子念了最后一首偈颂：

谋杀我父亲，树枝盖土坑，

你知这一切,恐怖降你身。

说罢,王子就在那里结果了波伦特波的性命,掘地埋尸,上面覆盖一些树枝,然后洗剑沐浴,回到树叶屋。他把杀死波伦特波的经过告诉祭司,并谴责了母亲,最后说道:"现在,我们怎么办?"三个人一起回到波罗奈。菩萨立这位弟弟为副王,自己广行布施,做了许多善事,死后升入天国。

苏勒莎本生

　　古时候,梵授王在波罗奈治理国家的时候,城里有个美女,名叫苏勒莎。她与五百个妓女为伍,身价一夜一千元。这个城里有一个强盗名叫舍多格。他力大如象,经常在夜间闯入富豪家,任意抢劫。市民集合起来,向国王告状。国王命令城防官:"四处设防,逮住强盗,砍下他的脑袋。"卫兵们抓住了强盗,将他双臂反绑,押往法场,每经过一个十字路口,就用鞭子抽打他。"强盗抓住了!"这消息轰动全城。那时,苏勒莎正站在窗前俯瞰街道。她看见强盗,心生爱慕,寻思道:"如果我能救下这位身强力壮的勇士,就可以抛弃这低贱的营生,跟他一起过日子。"接下去,她用《夹竹桃本生》中描写的那种方法,给了城防官一千元钱,救下强盗,与他一起欢快和睦地生活。

　　过了三四个月,强盗心想:"我不能老呆在一个地方,但我也不能空手离开。苏勒莎的首饰价值十万,我要杀死她,带走这笔财产。"有一天,他对苏勒莎说:"亲爱的!当我被官兵抓走时,我曾向一个山顶上的树神发愿供奉他;如今他没有得到我的供奉,向我发出威胁了。我们去还愿吧!""好吧,夫君!你准备一下供品,派人送去吧!""亲爱的!不要让人送去。我们两个应该戴上各种首饰,由一群仆人陪同,亲自送去。""好吧,夫君,就这么办吧!"他们就这样去了。走到山脚下,强盗说道:"亲爱的!树神看到这么一大群人,不会接受我们的供奉。让我们两个上去供奉吧!"苏勒莎同意道:"好吧!"强盗让她端着供品,自己则佩带好各种武器,两人一起往山上走去。到达山顶之后,强盗让苏勒莎把供品放在大树下面。这棵树长在有一百人高的悬崖边上。这时,强盗说道:"亲爱的!我不是来供奉的,而是想要杀死你,夺走你的首饰,远走高飞。你把首饰取下来,包在你的上衣里!""夫君!你为什么要杀我?""为了你的钱财!""夫君啊!你就想想我往日对你的恩情吧!当时你被绑赴刑场,我用商主的儿子替换你,花了许多钱,才救下你的命。尽管我一天能挣一千元,我也不再接客。我为你如此尽心竭力,别杀我吧!我可以给你许多钱财,我可以做你的女奴。"她这样哀求着,念了第一首偈颂:

> 珠宝金项链,统统都拿去!
> 留我一条命,给你当奴隶!

然而,舍多格说道:

> 褪下首饰来,莫要哭不停;
> 不杀能得财,此话我不信!

苏勒莎听了强盗表明心迹的第二首偈颂,顿时产生一个念头:"这强盗不会饶我命的。我要想个办法,抢先把他推下悬崖,摔死他。"于是,她念了两首偈颂:

> 自从有记忆,懂事能辨别,
> 我所心爱者,无人超过你。

> 让我拥抱你,右绕你行礼,
> 今日我一死,与君永别离。

舍多格不知道她的用意,说道:"好吧,亲爱的!你来拥抱我吧。"苏勒莎向他右绕三匝,拥抱他,说道:"夫君啊!现在我要向你四面行礼。"说罢,用额头接触他的脚,又向他的两侧行礼,然后,走到他的背后,装作要在那里行礼,却使出大象般的力气,抱住强盗的双腿,将他头朝下,掀进一百人高的深渊。强盗粉身碎骨,摔死在那里。住在山顶的树神目睹此事,念了这些偈颂:

> 世上多智者,并非皆男人,
> 女人也聪明,时常显才能。

> 世上多智者,并非皆男人,
> 女人也聪明,思路很敏捷。

> 当机能立断,脑子够迅速,
> 妓女杀强盗,犹如箭射鹿。

> 头脑迟钝者,遇事反应慢,
> 强盗舍多格,摔死在深渊。

> 头脑敏捷者,遇事反应快,
> 妓女苏勒莎,逃脱敌魔爪。

苏勒莎杀死强盗后,下山回到自己的随从那里。他们问道:"老爷在哪里?"苏勒莎回答说:"别问我!"说罢,登上车,回城去了。

不可能本生

古时候,梵授王在波罗奈治理国家的时候,他的儿子梵授童和波罗奈商主的儿子大财童从小在一起玩耍,结为朋友,后来又在同一个老师家里学习技艺。国王死后,梵授童继承王位,大财童仍然与他交往密切。

波罗奈城里,有一位名妓,美貌绝伦。大财童每天给她一千元,经常与她共享欢乐。父亲死后,大财童成为商主。他没有抛弃她,仍然每天给她一千元,与她共享欢乐。

大财童每天要去侍奉国王三次。一天黄昏,他去侍奉国王,与国王交谈,不觉太阳落山,天色变黑。他走出王宫,心想:"现在先回家一趟来不及了,我就直接去妓女家吧。"他打发随从回去,独自进入妓女家。妓女见了他,问道:"贵人哪,你带着一千元了吗?""亲爱的!今天时间晚了,来不及回家。我打发走了随从,独自来到这里。明天,我给你两千元。"妓女寻思道:"如果我今天开了这个先例,他以后就会空着手来,那样,我的收入就会减少。我不能答应他。"于是,她说道:"老爷啊!我们只不过是妓女,不给我一千元,就别想跟我玩。拿一千元来吧!"大财童再三恳求道:"亲爱的!明天我给你双份。"而这妓女向女仆下令道:"别让这人赖在这儿,瞪着大眼睛瞧我,揪住他的脖子,赶他出去,把大门关上!"女仆照令办事。大财童心想:"我已经在她身上花费了八百万钱财,而她偶尔一天见我空手而来,就揪住我的脖子,赶我出门。女人确实奸诈无耻,忘恩负义。"他想着想着,心生厌恶,腻烦这世俗生活。他发愤道:"我为什么要过世俗生活呢?从今天起,我要出家当苦行者。"这样,他没有回家,也没有去见国王,径自出城,进入森

385

林,在恒河岸边,搭了一间净修屋,出家当苦行者,修炼八定和五神通,吃树根和野果维持生命。

国王见不到大财童,问道:"我的朋友在哪儿?"这妓女的行为已经传遍全城。人们向国王禀告此事,并说道:"大王啊! 听说你的朋友无脸回家,进入森林,出家当苦行者了。"国王召来妓女,问道:"听说有一天,你没有拿到一千元,就揪住我的朋友的脖子,赶他出门,这是真的吗?""真的,大王!""你这恶毒的贱妇! 快到我的朋友那儿去,把他带回来! 你要带不回来,我要你的命!"妓女听了国王的话,十分害怕,立即乘上车,带了一帮仆人,出城寻找大财童。打听到他的消息之后,她走到那里,行礼恳求道:"尊者啊! 我愚昧无知,做错了事。我今后再也不这样了。""好吧,我宽恕你。我不生你的气。""如果你宽恕我,那就请你跟我一起上车回城。到了城里,我把我家里的全部钱财都给你。"大财童听了她的话,说道:"亲爱的! 现在我不能跟你回去,只有当世界上发生了不可能发生的事,我才跟你回去。"说罢,念了第一首偈颂:

> 恒河无浪似荷塘,杜鹃洁白似贝壳,
> 阎浮结出棕榈果,那时我才回城去。

他念罢,妓女又恳求道:"来吧,我们回去吧!"他回答说:"我会回去的。""什么时候?""在这个时候。"说罢,念了其余几首偈颂:

> 若用乌龟毛,织成三重衣,
> 隆冬能御寒,我才回城去。

> 若用蚊子齿,筑成尖阁楼,
> 坚固如磐石,我才回城去。

> 若用兔子角,制成凌云梯,

攀登能摩天,我才回城去。

老鼠登此梯,取代罗睺魔,
吞食圆月亮,我才回城去。

倘若一群蝇,狂饮烈性酒,
定居火炭上,我才回城去。

倘若红唇驴,面庞变俊俏,
能歌又善舞,我才回城去。

乌鸦猫头鹰,咬耳悄悄语,
相亲又相爱,我才回城去。

倘若树影儿,变得更坚硬,
能挡暴风雨,我才回城去。

倘若小鸟儿,叼起大雪山,
翱翔在蓝天,我才回城去。

倘若小孩儿,拽住大海船,
牵拉往前行,我才回城去。

　　大士提出不可能实现的条件,念了这十一首偈颂。妓女听后,求得大士宽恕,回城如实禀告国王,请求饶命。国王同意饶她一命。

豹本生

古时候,菩萨转生在摩揭陀国某村庄的一个富豪家,长大成人后,摒弃爱欲,出家当隐士,获得八定和五神通,长期住在喜马拉雅山上。为了乞讨盐和醋,他来到王舍城,在一个山坳里,搭了个树叶窝棚住下。一些牧羊人经常到这个山坳里放羊。一天黄昏,他们赶羊回家,落下一头没有及时归队的母羊。一只豹子看到这头离群的母羊,心想:"我要吃掉它。"母羊也看到了豹子,心想:"今天,我要没命了。我必须设法用好言好语使它心软,保住我的命。"于是,母羊在远处就向豹子致意,走近后,念了第一首偈颂:

> 舅舅近来可好? 生活想必幸福?
> 妈妈祝你幸福,我也盼你幸福。

豹子听后,心想:"这家伙称我舅舅,想要迷惑我;它不知道我是个硬心汉!"于是,念了第二首偈颂:

> 伤害我的身体,踩了我的尾巴,
> 现在称我舅舅,想要逃避惩罚。

母羊听后,说道:"舅舅,可别这样说!"说罢,念了第三首偈颂:

> 我向着你走来,你面朝我而坐,

尾巴在你身后，我怎能够踩着？

豹子吼叫道："母羊，你说什么？难道你不知道我的尾巴无处不在吗？"说罢，念了第四首偈颂：

高山大海群岛，遍布我的尾巴，
你有什么神通，不踩我的尾巴？

母羊听后，心想："这恶棍听不进好言好语，我得用敌对的态度跟它说话。"于是，念了第五首偈颂：

父亲母亲兄弟，早已向我告诫：
你这恶棍尾长，可是我们会飞。

豹子回答道："我知道你会飞，可你飞来的时候，惊走了我的猎物。"说罢，念了第六首偈颂：

鹿群见你飞来，顿时撒腿逃散，
由于你的缘故，毁了我的美餐。

母羊听了这话，想不出别的办法，惧怕死亡，只得哀求道："舅舅，别这样狠心，饶我一命吧。"豹子抓住向它苦苦哀求的母羊的肩膀，先咬死，后吃掉。
菩萨目睹了这两只动物之间发生的一切。

大鹦鹉本生

　　古时候，在喜马拉雅山恒河岸边，有座无花果林，住着几十万只鹦鹉。里面有一只鹦鹉王。它住在自己的树上，即使果子稀少了，也停留在那里，吃些嫩芽、叶子或树皮，喝些恒河水，十分知足，从不飞往别处。它的这种知足的美德震撼了帝释天的宫殿。帝释天沉思默想，看到了这只鹦鹉。为了考验它，帝释天凭借自己的神力，使这棵树凋谢枯萎，只剩下布满裂缝的树干，一刮风，东摇西晃，裂缝里的灰尘纷纷飘落。鹦鹉王吃这些灰尘，饮恒河水，不飞往别处；不管风吹日晒，依然停留在这棵无花果树的树顶上。

　　帝释天知道鹦鹉王确实无比知足，便作出这样的决定："等我听它讲述交友之道后，我要给它一个恩惠，让这棵无花果树结满甘露果。"于是，他变成天鹅王，让苏伽变成阿修罗仙女走在他前面。他们来到无花果林，停在附近一棵树的树枝上，与鹦鹉交谈，念了第一首偈颂：

　　　　树上果累累，众鸟聚一堂；
　　　　树上果零落，众鸟飞四方。

念完这首偈颂，又念第二首，劝鹦鹉王离开这棵树：

　　　　红嘴鹦鹉快离去！呆在枯树想什么？
　　　　春鸟请你告诉我：为何不离这枯树？

然后,鹦鹉王说道:"天鹅啊!为了表明我的知恩报德之心,我不抛弃这棵树。"说罢,念了两首偈颂:

> 朋友与朋友,恪守交友道,
> 生死与荣枯,全然不计较。

> 此树是我友,不能随意抛;
> 求生离枯树,不合交友道。

帝释天听了它的话,很高兴,赞美它,想赐给它一个恩惠,念了两首偈颂:

> 恪守交友道,慈爱重友谊,
> 一切知你者,都将称颂你。

> 鹦鹉啊鹦鹉,我赐你恩惠,
> 任凭你喜欢,请你选恩惠。

鹦鹉王听后,选择恩惠,念了第七首偈颂:

> 天鹅若肯赐恩惠,请让此树活转来,
> 硕果累累淌蜜汁,枝叶茂盛放光彩。

帝释天给它这个恩惠,念了第八首偈颂:

> 请看你的栖息处,无花果树活转来,
> 硕果累累淌蜜汁,枝叶茂盛放光彩。

说完这些话,帝释天去掉伪装,显示自己和苏伽的神力,用手从恒河里掬水,洒在无花果树树干上。立刻,这棵树长出茂盛的枝叶和甜蜜的果子,犹如透亮的宝石山,光彩夺目。鹦鹉王看到后,十分高兴,赞美帝释天,念了第九首偈颂:

犹如我目睹,此树结硕果,

天帝及亲属,祝你们幸福!

帝释天给了鹦鹉恩惠,让无花果树结满甘露果,然后,与苏伽一起回到自己的天宫。

精通脚印青年本生

古时候,梵授王在波罗奈治理国家的时候,王后做了越轨之事。国王盘问她时,她赌咒发誓道:"如果我做了越轨之事,就让我变成马面母夜叉。"她死后,果真成了马面母夜叉,住在大森林里一个山麓的山洞里,专门捕食从东到西的路上的行人。据说,她侍候了夜叉王三年之后,才获准捕食三十由旬长、五由旬宽范围内的行人。

一天,有位富贵漂亮的婆罗门,带着许多随从走上这条路。母夜叉看到他,大笑着冲上前去抓他。随从们逃散。母夜叉飞快地抓住婆罗门,驮在背上,回到山洞。不料,与这男人一接触,激发了她的情欲。她爱上这个婆罗门,不杀死他,留作自己的丈夫。两人和睦相处,共同生活。此后,母夜叉每次抓人时,也拿回衣服、大米和油等等,给婆罗门吃各种美味的食物,自己吃人肉。母夜叉生怕婆罗门逃走,每次出去时,总要用大石头堵住洞口。

他俩过着亲密的同居生活。就在这时,菩萨转生,由于这个婆罗门而投胎在母夜叉的腹中。母夜叉怀胎十月,生下儿子。她对儿子和婆罗门都十分疼爱,养育着他们两个。后来,儿子渐渐长大,母夜叉把他与他父亲一起放在山洞里,堵上洞口。一天,菩萨知道她出去了,便搬开石头,让父亲走出洞来。母夜叉回来后,问道:"谁搬开了石头?""妈妈,是我搬的。我们不能坐在黑暗之中。"母夜叉听后,出于爱子之心,不再说什么。又有一天,菩萨问父亲:"爸爸,母亲的脸跟你的脸不一样,这是什么缘故?""孩子,你母亲是吃人肉的母夜叉,而我们两个是人。""既然如此,我们为什么还要住在这里呢? 来,我们到人间去吧!""孩子,如果我们逃走,你母亲会杀死我们的。"菩萨安慰父亲道:"爸爸,别害怕! 我会带你回到人间的。"第二天,母夜叉出去后,菩萨带着父亲逃走。母夜叉回来,发现他俩不在,飞快地追出去,抓住他俩,问道:"婆罗门,你为什么要逃跑? 为什么不愿留在这里?""亲爱的,别生我的气,是你的儿子带我逃跑的。"母夜叉听后,出于爱子之心,也就不再说什么。她安慰了他俩一番,带他俩回到自己家里。过了几天,他俩又逃跑,又被追回。菩萨思忖道:"我母亲的活动领域一定是有限度的。如果我能问出她的管辖范围,那我越出那个界限,就可以逃跑了。"于是,一天,他缠住母亲,坐在她身边,说道:"妈妈,属于母亲的地方肯定也属于儿子。请你告诉我属于我们的活动区域。"她告诉了儿子三十由旬长、五由旬宽的区域和四面八方的山岳等地界标志,然后说道:"孩子,你想想这地盘该有多大!"过了两三天,菩萨乘母亲去森林之机,背上父亲,飞快地越过母亲指明的地区,到达界河岸边。母夜叉回来,一见他俩不在,赶紧追赶。菩萨带着父亲游到河中央。母夜叉赶到河边,见他俩已经越出自己的边界,便站在那里央求儿子和丈夫:"孩子啊,带着你的父亲回来吧! 我犯了什么过错啊? 靠了我,你们哪件事没有得到满足啊? 回来吧,夫君!"婆罗门还是渡过了河。她继续央求儿子道:"孩子,别这样做,回来吧!""妈妈,我们是人,你是母夜叉,我们再也不能住在你的身边了!""你再也不回来了吗? 孩子!""是的,妈妈!""人世间的生活是艰难的,不懂得技艺,无法谋生。我懂得一种名叫'思宝'的咒语,靠它能辨出十二年内任何行人走过的脚印。如果你不回来的话,你能靠它维持生计。孩子,拿去这个无价的咒语吧!"尽管她悲痛欲绝,但出于爱子之心,把咒语教给了儿子。菩萨站在河里,双手合十,向母亲行礼,学会咒语后,向母亲再次行礼,说道:"回去吧,母亲!""孩子啊! 你们不回来,我是活不下去的。"母夜叉顿足捶胸,经受不住与儿子离别的忧伤,她的心儿破碎,倒地而死。菩萨见母亲死去,招呼父亲过来,走到母夜叉身边,垒起柴堆,将她火化。火焰熄灭后,菩萨供上各色鲜花,哀悼哭泣,然后,带着父亲前往波罗奈。

人们禀告国王:"门口有一位精通脚印的青年。""让他进来。"菩萨进入宫中,向国王行礼。国王问道:"孩子,你有什么技艺?""大王啊! 我能辨出十二年内任何窃贼走过的脚印。""那你就侍候我吧！""你要我侍候你，得一天给我一千元。""行啊，孩子，侍候我吧！"这样，国王每天付给他一千元。

一天，祭司对国王说："大王啊！这个青年没有显露过他的本领，我们不知道他究竟有没有这种本领，让我们考验考验他吧！"国王同意道："好的。"于是，他们俩向宝库的各个看守打了招呼，拿了一件珍宝，从高台上下来，绕着王宫瞎走了三圈，架起梯子，翻到墙外，进入公堂，在那里坐了一会，又出来，架起梯子，翻墙进入城内，走到莲花池边，向右绕行三圈，走下莲花池，把珍宝扔进池里，然后再登上高台。第二天，王宫里一片嚷嚷声："珍宝让人偷了！"国王佯装不知，召来菩萨，说道："孩子，王宫里的珍宝失窃，必须侦查。""大王啊！我能辨别十二年内窃贼走过的脚印，这一天一夜之间失窃的财宝，把它找回来，对我来说有什么稀奇的！你别担心，我会找回来的。""孩子，那就请你找吧！""好吧，大王！"菩萨出去，站在大平台上，向母亲行礼，背诵咒语，然后说道："大王啊！我看到了两个窃贼的脚印。"他循着国王和祭司的脚印，进入国王的卧室，从那里出来，走下高台，绕着王宫走了三圈，循着脚印来到墙边，站在那里说道："大王啊！我看见脚印在这个地方，从墙边消失到空中了。拿梯子来！"他架起梯子，翻过墙，循着脚印来到公堂，然后又回到王宫，架起梯子，翻过墙，来到莲花池，向右绕行三圈，说道："大王啊！窃贼走下这个莲花池了。"说罢，好像是他自己亲手扔在那里似的，他把珍宝捞了上来，交给国王，说道："大王啊！这两个窃贼是赫赫有名的大盗，由这条路进入王宫了。"众人欢喜踊跃，衣袂飘举，弹响手指。国王心想："依我看，这个青年只能追踪脚印，找到窃贼安放财宝的地方，而不能抓住窃贼。"于是，说道："方才你给了我们窃贼偷去的财宝，你能把窃贼也抓来给我们吗？""大王啊！窃贼就在这里，没有走远。""谁？谁？""大王啊！谁愿意作贼，谁就是贼！既然找到了财宝，还管谁是贼呢？别问了吧！""孩子，我一天付你一千元哩，把窃贼给我抓来！""大王啊！你已经找回失物，还要窃贼有什么用？""孩子，对我们来说，抓到窃贼比找回失物更重要。""既然如此，大王啊！我不告诉你窃贼的名字，而告诉你过去发生的事情，如果你是聪明人，就会明白它的含义。"说罢，菩萨讲了一个故事：

从前,在波罗奈附近河边有个村庄,住着一位艺人,名叫帕德勒。一天,他带着妻子进波罗奈城,献歌献舞,挣到钱财。在喜庆活动结束后,他带了许多酒和饭,上路回家,到达河边,望见新潮滚滚而来,便坐下喝酒。他喝醉后,忘乎所以,说道:"我把大琵琶挂在脖子上,就能渡过河去。"说罢,拉着妻子的手,走下河去。水从琵琶孔里灌进去,琵琶拽着艺人沉下水去。妻子发现他在下沉,便甩开他,爬上岸来。艺人帕德勒忽而浮起,忽而沉下,喝饱了水,肚子胀得鼓鼓的。他的妻子心里思忖道:"我的丈夫就要淹死了。我要请他教我一支歌。我以后在人群中演唱这支歌,维持生计。"于是,她喊道:"夫君啊!你要沉入水底了,教我一支歌吧,以后我可以靠它维持生计。"说罢,念了一首偈颂:

> 夫君艺高享盛名,而今恒河席卷走;
> 沉入水底顷刻间,请你教我一支歌!

艺人帕德勒说道:"亲爱的!我怎么教你唱歌呢?这有益众生的河水正在淹死我。"说罢,念了这首偈颂:

> 河水能救苦,河水能救难,
> 我死河水中,恩主变祸患。

菩萨解释这首偈颂,说道:"大王啊!正如河水是庇护众生的,国王也是。而当祸患来自河水时,谁能避开呢?大王啊!这就是这故事内含的意思。我已经讲了一个聪明人能听懂的故事,大王啊,你明白了吧!""孩子!我听不懂这种隐晦的故事,请你把窃贼给我抓来!"于是,大士说道:"那么,请听这个故事,大王啊!希望你能听懂。"他又讲了一个故事:

从前,在波罗奈城门口的村庄里,有一个陶工。他始终在一个地方挖土做陶器,挖出了一个朝里倾斜的大坑。有一天,他在挖土,突然乌云翻滚,大雨滂沱。雨水冲塌悬空的坑沿,砸破了陶工的头。陶工哭泣着念了这首偈颂:

> 种子能成长，人类能生存，
>
> 如今砸我头，恩主变祸患。

"大王啊！正如庇护众生的大地砸破陶工的头，如果庇护世界的国王作贼，谁敢阻拦呢？大王啊，你该知道暗含在这个故事里的窃贼。""孩子，我不要什么暗含的窃贼，我要你讲明谁是窃贼，把他抓来给我。"为了保护国王，菩萨没有说"你就是窃贼"，而是又讲了一个故事：

从前，就在这座城里，有一个人的房子着火了。他命令另一个人进屋去抢救财物。那人进屋抢救财物时，房门自己关上了。浓烟迷住了他的眼睛。他找不到出路，被火焰烧得痛苦不堪。他站在屋里，哭泣着念了这首偈颂：

> 火焰能煮食，火焰能驱寒，
>
> 如今烧我身，恩主变祸患。

"大王啊！那个偷走财宝的人跟这火焰一样是众生的庇护者。请你别问我这个窃贼是谁！""孩子，把窃贼给我抓来！"菩萨没有回答说"你就是窃贼"，而是又讲了一个故事：

从前，就在这座城里，有一个人吃饭吃得太多了，以致消化不了，痛苦不堪。他哭泣着念了一首偈颂：

> 婆罗门刹帝利，都靠食物维生，
>
> 如今食物害我，恩主变成祸患。

"大王啊！那个偷走财宝的人，跟食物一样是众生的庇护者。既然失物已经找回，何必还要询问谁是窃贼呢？""孩子，如果你有能耐，把窃贼给我抓来！"菩萨为了启示国王，又讲了一个故事：

从前，就在这座城里，一阵风吹过，把一个人的身体吹坏了。他哭泣着念了一首偈颂：

夏季最后一月,智者皆盼凉风,

而我被风吹坏,恩主变成祸患。

"大王啊!祸患来自恩主,你明白这个意思了吧!""孩子,把窃贼给我抓来!"菩萨为了启示国王,又讲了一个故事:

从前,在喜马拉雅山一侧,有一棵枝叶茂盛的大树,上面聚居着数千只鸟。不料,树上两根树枝互相摩擦,冒出青烟,溅出火星。鸟王见此情景,念了一首偈颂:

我们所居树,冒出火星儿,

众鸟快转移,恩主变祸患。

"大王啊!正如大树是众鸟的庇护者,国王是众生的庇护者。如果庇护者做贼,谁敢阻拦呢?""孩子,把窃贼给我抓来!"菩萨又给国王讲了一个故事:

在迦尸国的一个村庄里,有一户富裕人家。他家的西面有条河,河里有许多凶残的鳄鱼。这家人家有个儿子,父亲死后,由他赡养母亲。母亲不顾儿子反对,为他娶了一个富户的女儿做妻子。她开始对婆婆还孝敬,后来,自己生儿育女后,就嫌弃婆婆了。她自己的母亲也住在这家人家里。她经常在丈夫跟前数落婆婆,挑拨离间,还说:"我不能再养着她了,你把她杀死吧!""杀人是件可怕的事,我怎样下手呢?""趁她睡着的时候,我们连人带床把她扔进有鳄鱼的河里,让鳄鱼咬死她。""你的母亲睡在哪里?""她就睡在你母亲的旁边。""那么,你去在她睡的床上系根绳子,做个记号。"她系好绳子,说道:"我已经做好记号。""稍等片刻,等众人都睡了。"他躺下假装睡觉,然后起来,用绳子捆好岳母的床,叫醒妻子,两人一起抬着床,走出屋去,连人带床扔进河里。鳄鱼把床上的人撕碎吃掉。第二天,妻子发现自己的母亲被害,便说道:"夫君!我的母亲死了,现在让我们杀死你的母亲吧。""那好吧!我们去火葬场垒个柴堆,把她扔进火里烧死!"于是,他们俩把睡觉的老人抬到火葬场,搁在那里。丈夫问妻子:"你带火了吗?""忘记了,夫君!""那你回去取吧!""我一个人不敢去,如果你去,我一个人也不敢呆在这里。我们俩一起去吧!"他们走后,凉风吹醒老人。她发现自己躺在火葬场,心想:"他们想要烧死我,去取火了。他们不知道我的能耐。"她找了一具尸体,放在床上,蒙上布,然后自己躲进那里的一个山洞。儿子和媳妇取火回来,以为这具尸体是他们的老人,火化之后就离去了。而那个山洞是一个强盗存放赃物的地方,他来取赃物时,看到了这个老妇人,心想:"这一定是个母夜叉,我的财物被妖魔占有了。"于是,他请来一位驱妖法师。法师念着咒语进入山洞。老妇人对他说:"我不是母夜叉。来,我们俩一起分享这些财宝吧!""怎么让我相信你呢?""将你的舌头放在我的舌头上。"法师这样做了。她咬断法师的舌头,吐在地上。法师心想:"这女人确实是母夜叉。"他舌头滴着血,叫喊着逃跑了。第二天,老人穿上干净的外衣,带上各种财宝,回到家里。媳妇见到她,问道:"妈妈,你从哪里得到这些东西的?""孩子,是在火葬场得到的,柴堆燃烧时,我得到这些东西。""妈妈,我也能得到吗?""你像我一样,也能得到的。"她贪图首饰财物,没跟丈夫说一声,就去火葬场,把自己火化了。第二天,丈夫找不到妻子,问道:"妈妈,这么晚了,你的媳妇还没回来?"老人责骂儿子道:"你这个孽种!死人怎么会回来?"说罢,念了一首偈颂;

快乐新娘子,由我带进门,
如今抛弃我,恩主变祸患。

"大王啊!正如媳妇是婆婆的庇护者,国王是众生的庇护者。如果祸患来自庇护者,那该怎么办呢?你想想吧,大王!""孩子,我不懂你说的道理,还是请你把窃贼抓来!"菩萨为了保护国王,又讲了一个故事:

从前,就在这座城里,有个人祈望得到一个儿子。儿子降生时,他兴高采烈,心想:"我有儿子了。"他尽心抚育儿子。儿子长大之后,给儿子娶了媳妇。渐渐地,他自己年迈体衰,干不动活了。这时,儿子对他说:"你干不动

活了,那就请便吧!"把他赶出家门。从此,老人四处乞讨,过着凄惨的生活。他哭泣着念了一首偈颂:

> 一心盼儿子,终于遂心愿,
> 如今抛弃我,恩主变祸患。

"大王啊! 正如少壮的儿子应当庇护年老的父亲,国王应该庇护众生。而现在,祸患恰恰来自庇护众生的国王。这下,你知道谁是窃贼了吧,大王!""孩子,我听不懂这个那个故事,你给我把窃贼抓来,要不,窃贼就是你!"国王这样反复逼问这个青年。于是,青年问道:"大王啊! 难道你真的愿意把窃贼说出来吗?""是的,孩子!""那么,我就当众宣布谁是窃贼。""宣布吧,孩子!"听了国王的话,青年心想:"既然这个国王不要我保护他,那我就把窃贼抓出来吧。"等人群聚齐,青年宣布窃贼是谁,念了两首偈颂:

> 城乡众百姓,听我进一言;
> 河水在燃烧,恩主变祸患。
>
> 国王与祭司,乃是窃国贼;
> 恩主变祸患,你们要自卫!

众人听了菩萨的话,心想:"这个国王本应保护臣民,现在却嫁祸于人。他亲手把自己的财宝扔进莲花池,还要叫人捉拿窃贼。我们把这罪恶的国王杀了吧,免得他以后还作贼。"于是,他们手持各种棍棒,蜂拥而上,围打国王和祭司,把他们两人打死。然后,他们给大士灌顶,立他为王。

块茎本生

　　古时候,梵授王在波罗奈治理国家的时候,迦尸国一个村庄的某户人家有个独生子,名叫沃希特格。他赡养父母双亲,母亲死后,继续赡养父亲。一切如上所述①,这里不同的是,妻子对他说:"看看你父亲做的事!我叫他别干这干那,他还生气哩!夫君啊,你的父亲粗暴生硬,动不动就要吵架。我不能跟他一起生活了。像这样体弱多病的老人,过不了几天,他自己也会死去。你把他带到坟场,挖个坑,把他扔进去,用铲子敲碎他的脑袋,弄死他,埋上土,然后回来。"妻子一而再、再而三地诉说,沃希特格说道:"夫人哪,杀人的事,罪孽深重,我怎么能杀他呢?""我告诉你一个办法。""你说吧!""夫君,天亮时,你到你父亲睡觉的地方,大声说话,让所有人都听到:'父亲啊!在某个村庄,有个欠你钱的人。我去讨债,他不给。等你死后,他就更不会给了。明天早上,我让你坐在车上,我们一起去讨债!'然后,你在说好的时间,套上车,让他坐在车上,带他到坟场,把他埋在坑里,发出好像遭到强盗抢劫的呼喊声,洗干净你的脸,就回来。"沃希特格同意她的话,说道:"这是个办法。"说罢,他去准备上路用的车。

　　他们有个儿子,刚满七岁,生得聪明伶俐。他听到了母亲的话,心想:"我的母亲是个罪恶的人,她唆使我的父亲犯杀父之罪,我不能让我的父亲犯杀父之罪。"他悄悄地跟祖父睡在一起。沃希特格在妻子所说的时间,套上车,说道:"来吧,父亲!我们去讨债吧!"他让父亲上车。这孩子也抢着爬

---

　　①　即本篇今生故事中的叙述。

上车。沃希特格劝阻不住他,只得带着他一起去坟场。到了那里,他把父亲、儿子和车子停放在一边,自己下车,拿了铲子和篮子,在一个隐蔽的地方,开始挖一个四方的坑。这孩子也下车,走到父亲身边,假装什么也不知道,开始与父亲谈话,念了第一首偈颂:

> 既无土豆和白薯,也无山药和萝卜①,
> 在这森林坟场中,父亲挖坑为什么?

父亲回答他,念了第二首偈颂:

> 你的祖父年纪老,浑身是病体力衰,
> 今日我将他埋葬,免他活着也受罪。

听了这话,孩子念了半首偈颂:

> 你的用心多险恶,你的行为多残酷!

这样说罢,他从父亲手中接过铲子,在附近另挖一个坑。父亲走过去,问道:"孩子,你为什么挖坑?"孩子回答父亲,念完第三首偈颂:

> 等你年老体衰时,我也这样对待你;
> 继承我家好传统,将你埋在这坑里。

父亲听罢,念了第四首偈颂:

> 你这小孩儿,恶言伤父亲,

---

① 这里姑且译作"土豆""白薯""山药""萝卜"的四个巴利语原词是 takkaḷa、ālupa、biḷāli 和 kalamba,都是块茎植物名,但不知实指什么。

枉为亲生子,对我不孝顺。

这聪明的孩子听后,念了三首偈颂,第一首是回答偈颂,后两首是自说偈颂:

不是不孝顺,而是孝顺你,
倘若犯下罪,再劝来不及。

歹徒起恶念,虐杀父与母;
待到他死去,必定入地狱。

食物和饮料,侍奉父与母,
待到他死去,必定升天国。

父亲听了儿子的说法,念了第八首偈颂:

不是不孝顺,而是孝顺我;
听了你母言,我犯这罪恶。

孩子听后,说道:"父亲,妇女做了恶事,如果不受惩罚,她会一而再、再而三地犯罪。你应该制服我的母亲,让她再也不敢做这种恶事。"说罢,念了第九首偈颂:

行为不端你妻子,也是我的生身母,
将她赶出我家门,免得给你招灾祸。

沃希特格听了聪明儿子的话,满心欢喜,说道:"我们走吧,孩子!"他让父亲和儿子坐在车上,一起回家。而那个缺德的妇人想到已经把黑耳朵老头赶出家门,满心喜欢,用新鲜牛粪擦了地,烧好牛奶粥,朝着他们归来的路上眺望。她看见他们回来了,但对丈夫把带走的黑耳朵老头又带回来了感到生气,便张嘴骂道:"呸,你这坏蛋! 怎么把带走的黑耳朵老头又带回来了?"沃希特格一声不吭,先卸下车子,然后说道:"缺德的女人! 你说什么?"说罢,给她一顿好打,怒斥道:"从此以后,你别进这个门。"他拽住她的脚,将她拖出门外。然后,他给父亲和儿子洗澡,自己也洗了澡,三人一起吃牛奶粥。那个邪恶的妇人只得在别人家里借住几天。

这时,孩子对父亲说道:"父亲啊! 我的母亲一点儿也没明白过来。你得设法刺激她一下。你可以先散布说:'在某个村子,我有一个侄女。她能照料我的父亲、儿子和我。我去把她接来。'然后,你带上花环和香料,驾车出去,在田野里漫游,直到傍晚才回来。"沃希特格照着这样做了。邻居妇女对他的妻子说:"听说你的丈夫到某个村子去另外娶妻了。""这下我完了,没有我的容身之地了。"她害怕得浑身发抖,心想:"我得去求求我的儿子。"她缓步走到儿子身边,跪在儿子脚下,说道:"除了他,我再也没有别的保护人了。从今以后,我要像敬奉庄严的庙宇那样敬奉你的父亲和祖父,让我回到这个家里来吧!""好吧,妈妈! 如果你再不做这种恶事,我让你回来。你以后得多加小心。"他的父亲回来后,他念了第十首偈颂:

> 行为不端你妻子,也是我的生身母,
> 犹如大象已驯服,让这罪人重回屋。

他对父亲这样说后,便去把母亲带回家中。她取得丈夫和公公的谅解。从此以后,她善良温顺,恪守正道,侍奉丈夫、公公和儿子。他们夫妻两人遵循儿子的教导,广行布施,做了许多善事,最后升入天国。

十车王本生

　　古时候,在波罗奈,十车王摒弃邪道,依法治国。他的一万六千个妻子中,最大的正宫王后生了两个儿子和一个女儿。大儿子名叫罗摩智者[①],二儿子名叫罗什曼那公子,女儿名叫悉多公主。后来,正宫王后去世。国王为她的死久久哀伤,经大臣们劝慰之后,才为她举行葬礼,另立一位正宫王后。这位王后妩媚可爱,深得国王欢心。不久,她也怀孕,受到精心照顾,生下一子,取名婆罗多公子。

　　国王出于对儿子的爱,对王后说:"夫人,我赐你一个恩惠,你选择吧!"她接受了这个恩惠,但没有作出选择。等儿子长大后,她到国王那里,说道:"大王,你曾答应给我儿子一个恩惠,现在,你给他吧!""你提吧,爱妻。""大王,把王国给我儿子!"国王一弹手指,生气地说道:"该死的贱妇! 我有两个儿子像烈火一样光芒四射,你想害死他们,要求把王国给你的儿子吗?"她害怕地躲进卧室去了。后来她又一而再、再而三地恳求国王。国王没有赐给她这个恩惠,但他心想:"女人是忘恩负义的。她可能会伪造信件或贿赂收买,谋害我那两个儿子。"于是,他召来儿子,把事情经过告诉他们,说道:"孩子啊! 你们住在这里可能会遇危险。你们先到邻近的王国或到森林里去,等我死后,你们再回来继承属于你们的王位。"说罢,他又召来占卜者,询问自己有多少年阳寿。当他知道自己还有十二年阳寿时,便对儿子说道:"孩子啊! 十二年以后,你们回来继承华盖。""好吧!"这两个儿子向父亲行礼,

---

　　① 即菩萨。

哭着离别王宫。悉多公主说道：“我要跟兄长们一起去。”说罢，也向父亲行礼，哭着离开王宫。

他们三人出发时，众人结伴相送。他们劝说众人回去，渐渐来到喜马拉雅山。他们在一个水源充足、果子丰盛的地方，盖了一间隐居屋，靠吃野果维持生命。罗什曼那和悉多恳求罗摩道：“对我们来说，你处在父亲的地位，所以，你就留在家里，我们两个去采果子供养你。”罗摩同意。从此，罗摩留在家里，另外两人出去采果子供养他。

就这样，他们住在那里，靠吃野果维持生命。而十车王由于忧虑儿子，第九年就死了。王后办完国王的丧礼，宣布由她的儿子婆罗多公子继承华盖。大臣们不同意，说道：“华盖的主人还住在森林里哩！”婆罗多公子说道：“我要去把我的兄长罗摩智者从森林里接回来，让他继承华盖。”说罢，他带上象征王权的五宝①，由四军②护送，来到罗摩的住处。他在不远处扎下营帐，然后与一些大臣一起到罗摩的隐居屋。那时，罗什曼那和悉多到森林里去了，罗摩正坐在隐居屋门口，心中无所疑虑，舒坦自如，就像一尊稳固的金像。婆罗多走上前去，向罗摩行礼后，站在一旁，报告王国中发生的事情，然后，与大臣们一起匍匐在罗摩脚下，失声痛哭。罗摩智者既不悲伤，也不哭泣，全身感官纹丝不动。婆罗多哭完坐下，这时已是黄昏，罗什曼那和悉多采了果子回来。罗摩心想：“他们两个还年轻，不像我这样见多识广，突然告诉他们父亲死了，他们经受不住悲痛，会心碎而死的。我要设法让他们站在水里，然后告诉他们这个消息。”于是，他指着他们前面的一个水塘，对他们说：“你们回来太晚了，应该给你们一次惩罚——到水里去站着！”他先念了半首偈颂：

> 罗什曼那与悉多，进入水中罚站立；

一句话就把他俩赶到了水中。然后，罗摩用后半首偈颂告诉他俩这个消息：

---

① “五宝”指宝剑、华盖、王冠、靴子和拂尘。
② “四军”指象军、马军、车军和步军。

婆罗多弟传噩耗：父王十车已去世。

他俩听到父亲去世的消息，顿时昏厥过去。后来，罗摩又讲了一遍，他俩又昏厥过去。罗摩讲了第三遍，他俩还是昏厥过去。这时，众大臣过来把他俩抱出水塘，放在干地上。等他俩苏醒过来，所有的人坐在一起，伤心痛哭。这时，婆罗多公子心想："我的哥哥罗什曼那和姐姐悉多一听说父亲去世，便悲痛欲绝，而罗摩智者既不悲伤，也不哭泣。他为何不悲伤，我要问问这个原因。"于是，他念了第二首偈颂，询问道：

罗摩凭借何神力，遏制悲伤不哭泣？
闻知父亲身亡故，痛苦没有压倒你！

罗摩智者向他解释自己不悲伤的原因，念了这些偈颂：

人力不可挽，哭喊也枉然，
聪明睿智者，何必空嗟叹！

幼者与长者，愚者与智者，
贫者与富者，均难逃一死。

犹如熟果子，唯恐会坠落，
凡人也如此，唯恐会死去。

清晨还见面，黄昏成永别，
黄昏还见面，清晨成永别。

愚者哀声哭，忧愁伤身体，
倘若能消灾，智者也如此。

忧愁伤身体，憔悴无颜色，
死者难复活，生者空怆恻。

智者意志坚，忧愁速驱散，
犹如水灭火，犹如风吹棉。

任何家族中，有死也有生，
众生皆如此，有聚也有散。

博学达理意志坚，明了今世和来生，
无论忧愁有多大，难以摧垮智者心。

我让众亲属，照旧吃与喝，
保护有生者，乃是我职责。

罗摩用这些偈颂，说明万物无常的道理。

众人听了罗摩智者讲述的万物无常的道理，都不悲伤了。婆罗多公子向罗摩智者行礼，说道："请你继承波罗奈的王位吧！""弟弟啊！你带着罗什曼那和悉多回去掌管王国吧！""大王啊，请你掌管吧！"罗摩回答说："弟弟啊！父亲对我说：'你十二年后回来继承王位。'如果我现在回去，就违背了父亲的嘱咐。我还要在这里住上三年，然后回去。""在这段时间里，谁来治理王国呢？""你们治理吧！""我们不治理。""那么，在我回去之前，由这双草鞋治理吧！"说罢，罗摩脱下自己的草鞋，交给兄弟。这样，他们三人接过草鞋，向罗摩智者行礼辞别，在众人陪同下，回到波罗奈。

整整三年，由这双草鞋治理王国。大臣们总是先把草鞋供在王位上，然后审理议案。议案如果审理得不对，草鞋就会互相碰撞；如果审理得对，草鞋就会相安无事。

三年后，罗摩智者离开森林，回到波罗奈城，进入御花园。听说罗摩回来了，罗什曼那和婆罗多公子由大臣陪同前往御花园，立悉多为正宫王后，给他们两人灌顶。灌顶后，大士站在彩车上，由众人陪同进城，向城市右绕行礼，然后，登上妙月宫的高台。从此，他依法治国一万六千年，最后升入天国。

欲望本生

古时候,波罗奈的梵授王有两个儿子。他立长子为副王,次子为将军。不久,梵授王死去,大臣们要为大王子灌顶。大王子说:"我不要王国,把王国给我弟弟吧!"大臣们再三恳求,但没有用,只得为小王子灌顶。大王子既不要王位,也不愿担任副王之类的职务。大臣们说:"那你就吃好喝好,住在这里吧!"他回答说:"在这城里已经没有我的事了。"这样,他离开波罗奈,来到边疆,住在一个商主家里,靠自己的双手干活过日子。后来,他们知道了他是王子,就不让他干活,而是依照王子的待遇侍候他。

不久,朝廷官员来到这个村庄丈量土地。商主便向王子说道:"主人啊!我们供养你。你写封信给你弟弟,让他免了我们的税吧!"王子同意道:"好吧!"他发出一封信,信中写道:"我现在住在某某商主家里,看在我的面上,免了他家的税吧!"国王表示同意,免了商主的税。接着,全村和附近乡下的居民都来到王子跟前,说道:"我们把税交给你,免去我们交给国王的税吧!"王子也为他们写了信,免去了他们的赋税。从此,他们把赋税交给王子。这样,他的收入和声誉骤增,他的贪欲也随之膨胀。不久,他要求所有乡村的赋税,要求副王的位置,他的弟弟都给了他。他的贪欲继续膨胀,不满足于副王的地位,想占有整个王国。他率领乡民,来到波罗奈城外,发信给弟弟说:"或是给我王国,或是开战。"他的弟弟心想:"这个傻瓜过去不要王国,也不愿担任副王之类的职务,现在却说要靠战斗来夺取王国。如果我在战斗中杀死他,我会遭人唾骂,那样,这王国对我还有什么用呢?"于是,他回信道:"不必开战,你把王国拿去吧!"这样,大王子取得王国,让他弟弟担任副王。从此,哥哥统治王国。他的贪欲越来越厉害,不满足于统治一个王国,而要统治两个、三个王国。他的贪欲简直没有止境。

那时,众神之王帝释天俯视下界,考察世上哪些人在侍奉父母?哪些人乐善好施?哪些人贪得无厌?他发现这个国王贪得无厌,心里思忖道:"这个傻瓜有了波罗奈王国还不满足,我要去教训教训他。"他乔装成一个青年,站在王宫门口,请人进去通报说:"有个精明能干的青年站在王宫门口。"国王说道:"让他进来!"他进宫,向国王行礼。国王问道:"你来这里有什么事?""大王啊!我有要事相告,请允许我跟你私下密谈。"帝释天施展神力,众人顿时隐退。然后,他对国王说道:"大王啊!我发现三个都城,物产丰富,人丁兴旺,兵强马壮。我要依靠自己的力量把这三个王国夺来送给你。你不要耽搁时间,赶快去占领!"出于贪婪,国王同意道:"好吧!"帝释天施展神力,不让国王询问:"你是谁?从哪儿来?你要夺取的是什么都城?"帝释天说完那些话,就回忉利天去了。

国王召集大臣,说道:"有个青年答应把三个王国夺来送给我。你们去把他找来。全城击鼓,集合军队。不要耽搁时间,我要去占领这三个王国。"大臣们问道:"大王啊!你可曾款待这位青年?可曾问他住在哪里?""我没有款待他,也没有问他住在哪里。你们去找找吧!"他们四处寻找,找不见他,回来报告国王说:"大王啊!我们找遍全城,也没找到这位青年。"国王听后,神情沮丧,心里反复寻思:"三个都城的统治权落空了,我的烜赫名声也没指望了。这位青年准是因为我没有给他报酬,也没有留他住宿,生气走了。"贪婪之火在他的身体里燃烧,使他内脏沸腾,便血不止,吃下去什么,就拉出来什么。医生们治不了这病,国王痛苦不堪。他生病的消息传遍全城。

那时,菩萨从呾叉始罗学会一切技艺,回到波罗奈城父母身旁。他听说了国王的情况,心想:"我能治愈国王。"他来到王宫门口,请人进去通报说:"有个青年来给你治病。"国王说道:"那么多举世闻名的医生都治不了我的病,一个小青年怎么能把我治好呢?给他点钱,打发他走吧!"听了这话,青年说道:"我行医不要酬金。我能治好他的病,只要他付药费就行。"国王听后,说道:"好吧!"青年进入王宫,向国王行礼后说道:"不要害怕,大王,我能治愈你的病。不过,请你告诉我这病的起因。"国王羞恼地说道:"病因关你什么事,你开药方就是了。""大王啊! 医生只有知道了病因,才能对症下药。"国王说道:"好吧,孩子!"于是,从那个青年前来告诉他"我要占领三个都城送给你"说起,国王把发病的全部经过讲了一遍,然后说道:"孩子啊! 我是由于贪欲才病的,如果你能治,你就治吧!""大王啊! 靠发愁能得到这些都城吗?""不能,孩子!""既然如此。那你为什么要发愁呢? 大王啊! 一切有生物和无生物最后都会抛弃自己的躯体,都会消亡。你即使获得了四个都城的统治权,你也不能同时吃四盘饭,同时睡四张床,同时穿四件袍。你不应该受贪欲控制;贪欲膨胀,你就无法摆脱四恶道①。"大士这样教诲国王后,继续说法,念了这些偈颂:

> 如果能获得,心中追求物,
> 自然会庆幸,欲望得满足。

> 如果能获得,心中追求物,
> 欲望会发热,贪求另一物。

> 牛角随牛长,欲望随人长,
> 世上愚昧者,对此不知详。

> 天下稻和谷,牛马和奴仆,
> 全归一个人,他也不知足。

> 国王凭武力,占地至海边,
> 仍然不知足,觊觎海彼岸。

---

① "四恶道"指六道轮回中的地狱、饿鬼、畜生和阿修罗道。

> 执著心中欲,永远不知足;
> 弃欲求智慧,才能得幸福。

> 若得到智慧,人获无上福,
> 不受欲火烤,不做欲望奴。

> 请你摒欲念,愿望要减少,
> 犹如大海洋,不受欲火烤。

> 欲望尽铲除,幸福得成长;
> 若要求幸福,务必弃欲望。

　　菩萨念这最后一首偈颂时,凝视国王的白色华盖,通过沉思白色,产生神秘的禅力①。国王顿时痊愈,高兴地起床说道:"许多医生无法治好我的病,这位聪明的青年用他的智慧之药把我治好。"他与菩萨交谈,念了第十首偈颂:

> 你念八偈颂②,每首值千金,
> 请收八千金,妙言我感铭。

　　大士听后,念了第十一首偈颂:

> 百千万亿金,我皆不觊觎,
> 念完末颂诗,心无半点欲。

---

① 佛教认为沉思地、水、火、风、青、黄、红、白、空和识(十禅支),能产生神秘的禅力。

② 菩萨念了九首偈颂,这里说八首,可能是指说明欲望危害的第二至第九首;第一首也见于巴利三藏小部《经集》,因而可能是后来窜入的。

国王越发高兴,念了最后一首偈颂,赞美大士:

> 德智兼一身,通晓人间事,
> 贪欲生痛苦,确实是真理。

菩萨教诲国王道:"大王啊!谨言慎行,恪守正道。"然后,他从空中飞往喜马拉雅山,出家当苦行者,终生保持高尚精神,最后进入梵界。

芒果本生

　　古时候,梵授王在波罗奈治理国家的时候,他的祭司全家死于蛇风病①,只有一个儿子破墙而逃,得以幸存。他去咀叉始罗,向一位闻名四方的老师学习知识和技艺,学成后,辞别老师,周游各地,到达一个边境城镇。城镇附近,有个很大的旃陀罗村子。那时,菩萨是个非凡的智者,他就住在这个村子里。他懂得一种咒语,能在不产果子的季节获得果子。他经常在清晨带着扁担和筐子,离开村子,走到森林里的一棵芒果树前,站在离树七步远的地方,念诵咒语,洒一些水在芒果树上。顿时,老叶子从树上落下,新叶子长出;紧接着,花开花谢,结出果子;顷刻间,果子成熟,甜蜜多汁,犹如仙果,从树上纷纷坠落。大士随意捡吃一些,然后装满扁担两头的筐子,挑回家,卖掉果子,养育儿女。

　　这个婆罗门青年②看见大士在不产芒果的季节拿了芒果来卖,心想:"毫无疑问,这些芒果是依靠咒语的力量长出来的。我要投靠这人,学会这个无价的咒语。"他调查清楚大士获得芒果的方式后,一天,趁大士去森林还未归来时,到大士家去拜访。他装出一无所知的样子,问大士的妻子道:"老师在哪儿?""去森林了。"于是,他站着等候大士回来。一见大士回来,他就上前接过大士的扁担,把芒果挑进屋里。大士看了看他,便对妻子说道:"夫人,这个青年是为咒语而来的。但他不是个好人,咒语不能教给他。"而这个青年寻思道:"只要我侍奉这位老师,就能学会咒语。"从此,他就在老师家里

---

① "蛇风病"(ahivātakaroga)可能是指由毒蛇的鼻息引起的疾病。
② 即上述祭司的儿子。

做一切应该做的事：捡柴、舂米、烧饭、端洗脸水等，还给老师洗脚。

一天，大士对这青年说道："孩子，给我拿个垫子来搁脚。"这青年找不着垫子，便将老师的脚搁在自己腿上，整整坐了一夜。后来，大士的妻子生孩子，这青年又尽心侍候产妇。一天，妻子对大士说道："夫君啊！这个青年尽管出身高贵，但为了学会咒语，甘愿侍候我们。你究竟教不教他咒语，拿个主意吧！"大士同意道："好吧！"他把咒语教给了这个青年，并对他说道："孩子啊！这是无价之宝。靠着它，你可以名利双收。但不管是国王还是国王的大臣问起你的老师是谁，你都不要隐瞒我的名字。如果你羞于说'我的咒语是从旃陀罗那里学来的'，而说'我的老师是婆罗门富豪'，那么，这个咒语就会从你的头脑里消失。"这青年说道："我何必隐瞒你的名字呢？无论谁问起我，我都说是你教给我的。"说罢，行礼告辞，离开旃陀罗村，一路上默念着咒语，来到波罗奈。在那里，他靠卖芒果赚了许多钱。

一天，花园看守从他那里买了一只芒果，献给国王。国王吃后，问道："你从哪里得到这样好的芒果？""大王啊！有个青年在不产芒果的季节带来芒果出售，我是从他那里买来的。""你去对他说，今后把芒果送到我这儿来。"花园看守照办。从此，这青年把芒果送到王宫。国王说道："你侍候我吧！"这样，他就留在国王身边，侍候国王，得到许多钱财，并渐渐受到国王宠信。

有一天，国王问道："年轻人！在这不产芒果的季节，你从哪里得到这些色香味俱全的芒果？是蛇，是大鹏鸟，还是天神，给了你这样的神力？""大王啊！谁也没有给我这种神力。我有一个无价的咒语，芒果是靠了它的威力得到的。""那么，哪天给我显示一下这个咒语的威力吧。""好的，大王！我显示给你看。"第二天，国王与他一起到花园，说道："你显示吧！"他应声道："好吧！"他走近芒果树，站在七步远的地方，念诵咒语，洒水，刹那间，芒果树如前所述的那样结满果子，纷纷坠落，犹如乌云降雨。随从们欢喜踊跃，衣袂飘举。国王吃罢芒果，赏给他许多钱财，问道："年轻人！是谁教给你这样奇妙的咒语？"这青年寻思道："如果我说是从旃陀罗那里学来的，那有失体面，他们会嘲笑我。如今这个咒语我已经记熟，再也不会忘记了，我就说是从一个举世闻名的老师那里学来的。"于是,他撒谎说:"我是从呾叉始罗一位举世闻名的老师那里学来的。"国王满心喜欢,与他一起回到城里。但他这话一出口,否认了自己的老师,咒语顿时消失。

又有一天,国王想吃芒果,来到花园,坐在石凳上,说道:"年轻人! 给我取些芒果来。"这青年应声道:"好吧!"他走近芒果树,站在七步远的地方,想要念诵咒语,但记不起来了。他知道自己已经失去咒语,羞愧地站在那里。国王思忖道:"上次他当着众人的面,给了我许多芒果;他让那些芒果纷纷坠落,就像乌云降雨。今天,他像柱子似地站在那里,这是怎么回事?"于是,念了第一首偈颂,询问道:

> 梵志上次你给我,大大小小甜芒果,
> 今日仍用此咒语,为何树上不见果?

听了这话,青年心想:"如果我说'今天我弄不到果子',国王会生我的气。我撒个谎,骗他一下吧!"于是,念了第二首偈颂:

> 眼下时辰不合适,天上星宿未凑齐,
> 待到星宿相聚时,大量芒果献给你。

国王心想:"他上次没说要星宿相聚,这是怎么回事?"于是,念了两首偈颂,询问道:

> 上次未说星会合,也不声称时吉祥,
> 芒果获得大丰收,个个具有色味香。

> 上次只是念咒语,顷刻树上结满果,
> 今日同样念咒语,为何树上不见果?

416

听了这话,青年心想:"我用谎言骗不过国王。如果我说真话,他又会处罚我。让他处罚吧,我要说真话。"于是,念了两首偈颂:

> 我师本是旃陀罗,当初授艺讲分明:
> 若想保持这咒语,切莫忌讳师种姓。

> 大王曾经问我师,出于虚荣自作孽:
> 谎称师从婆罗门,咒语消失空悲切。

听了这话,国王心想:"这个罪人如此不珍重无价之宝。既然得到了这样的无价之宝,还管他什么种姓不种姓?"于是,生气地念了这些偈颂:

> 蓖麻或者任婆树,还有巴利帕德树,
> 谁个味儿最甜蜜,谁个就是树中王。

> 刹帝利和婆罗门,吠舍以及首陀罗,
> 旃陀罗和波拘萨①,不管他是何种姓,
> 谁个能够授法道,谁个就是人中王。

> 给我惩治这家伙,揪住脖子狠狠揍!
> 历尽艰辛得宝物,出于虚荣随手丢。

国王的随从遵命照办,然后驱逐他,说道:"回到你老师那里去,求他宽恕。如果你能重新学会咒语,你可以再来这里。否则,你不必再朝我们这里望上一眼了。"

这青年无依无靠,心想:"除了老师,我没有别的保护人了。我还是上他

———————
① "波拘萨"(pukkusa)和旃陀罗一样,是印度最低种姓之一。

那儿去,求他宽恕,教给我咒语。"他哭泣着来到那个村子。大士看见他来了,便对妻子说道:"夫人,你看,这个罪人丢失了咒语,又回来了。"青年走到老师跟前行礼,然后坐在一旁。老师问道:"你为什么要回来?""老师,我撒了个谎,否认你是我的老师,结果大祸临头了。"说罢,念了一首偈颂,向老师说明情况,乞求老师教他咒语:

> 池塘和泥潭,陷坑和洞穴,
> 误认是平地,失足往里栽。
> 以为是绳子,踩着是黑蛇,
> 仿佛眼睛瞎,走进烈火堆。
> 咒语已丢失,我是有罪人,
> 恳请智慧师,再次赐恩惠。

老师说道:"孩子,你说什么? 哪怕是瞎子,只要给他打过招呼,他也会避开池塘的。我原先已经跟你说清楚,你现在还来找我做什么?"说罢,念了这些偈颂:

> 我曾依法教咒语,你也依法学咒语,
> 我曾真心告诫你:依法咒语不消失。

> 历尽艰辛得咒语,此宝世间难觅寻,
> 可怜傻瓜说谎言,糊口之术化泡影。

> 傻瓜笨蛋糊涂虫,不能自制说谎言;
> 咒语哪能再给你,快快走开莫胡缠。

这样,老师把他打发走了。他想:"我怎么活下去呢?"最后进入森林,孤苦伶仃地死在那里。

快天鹅本生

　　古时候，梵授王在波罗奈治理国家的时候，大士转生为快天鹅，与九万只天鹅一起住在吉多峰。一天，它率领众天鹅飞到赡部洲平原的一个湖泊吃野生稻谷。吃完后，它们排成优美的队形缓缓飞回吉多峰。飞过波罗奈城时，它们的庞大队形犹如一张金席，盖住整个城市上空。波罗奈王指着为首的天鹅，对大臣们说道："这只天鹅一定跟我一样是个大王。"他喜欢这只天鹅，让人取来花环、香粉和油膏，然后，他仰望着大士，让人弹奏各种乐器。大士看到他对自己如此崇敬，便问众天鹅："国王如此崇敬我，他想要什么？""大王啊！他想要跟你交朋友。""那么，让我去跟国王交个朋友吧！"说罢，它跟国王结为朋友，然后飞回吉多峰。

　　一天，国王去花园，进入阿耨德多池沐浴。大士飞到那里，用一只翅膀沾水，给国王沐浴，用另一只翅膀沾檀香粉，给国王扑粉。然后，众人目送它带着众天鹅飞回吉多峰。从此，国王渴念大士，经常独自望着大士飞来的方向猜测："今天，我的朋友要来了。"

　　那时，有两只小天鹅决心要与太阳赛跑。它俩报告大士说："我们要与太阳赛跑。""孩子，太阳的速度非常快，你们不能跟它赛跑。你们会累死的，会毁了自己。千万别去！"它俩一而再、再而三地恳求，菩萨每次都加以劝阻。这两只小天鹅不自量力，固执己见，决定瞒着大士去跟太阳赛跑。太阳还未升起，它俩就到瑜乾驮罗山顶上呆着。大士发现它俩不在，便问道："它俩哪儿去了？"听说它俩的去处后，大士心想："它俩不能跟太阳赛跑。它俩会累死的。我要去救它俩的命。"于是，大士也到瑜乾驮罗山顶上呆着。当太阳露出圆脸时,这两只小天鹅腾空飞起,与太阳一起飞行。大士也与它们一起飞行。其中年幼的那只小天鹅飞到半上午就已精疲力竭,翅膀关节像着了火。它向大士示意道:"大哥,我不行了。"大士说道:"别害怕,我来救你!"说罢,用翅膀围着它,安慰它,把它带回吉多峰,放在天鹅群里。然后,大士又飞到太阳旁边,与另一只小天鹅一起飞行。这只小天鹅跟太阳赛跑,赛到将近中午,也精疲力竭,翅膀关节像着了火。它向大士示意道:"大哥,我不行了。"大士同样安慰它,用翅膀围着它,把它带回吉多峰。此刻,太阳刚到达天空中央。菩萨心想:"今天我要试试太阳的力量。"它向前一跃,到达瑜乾驮罗山顶,又往上一跃,到达太阳旁边;它一会儿飞在前,一会儿飞在后,与太阳赛跑。赛着赛着,它想:"我跟太阳赛跑毫无意义。这是一种愚蠢的念头,我何必这么干呢? 我还是到波罗奈去,向我的朋友国王宣讲义理和法度吧。"这时,太阳还未越过天空中央。大士返转身从世界的一头飞到另一头,然后放慢速度,从赡部洲的一头飞到另一头,到达波罗奈。整个方圆十二由旬的城市仿佛被天鹅遮盖,没有一点空隙。随后,大士渐渐放慢速度,天空才露出空隙。大士从空中徐徐降下,停在窗前。国王高兴地喊道:"我的朋友来了。"他吩咐为天鹅端来一把金椅,说道:"朋友,进来,坐在这里!"接着念了第一首偈颂:

> 天鹅请你坐金椅,我真高兴见到你,
> 你在这里是主人,需要什么别客气。

大士坐在金椅上。国王用提炼过千百次的油膏涂抹它的翅膀,用金盘端给它吃甜炒米和蜜糖水,与它亲切交谈:"朋友啊! 你今天独自前来,是从哪儿来的?"它把事情经过讲了一遍。国王听后,说道:"朋友,把你跟太阳比赛的速度表演给我看看。""大王啊! 那种速度无法表演。""那么,你略微表演一下,给我看个大概样子吧。""好吧,大王! 我就略微表演一下,给你看个大概样子。请你将一些能把箭射得快似闪电的弓箭手召来!"国王召来弓箭手。大士从中挑选了四名,带着他们离开国王寝宫,来到王宫广场。它吩咐在广场中间竖一根石柱,并在自己脖子上系一只铃铛,然后坐在石柱顶端。它让四个弓箭手面朝四个方向,背靠石柱站着,说道:"大王啊!让这四个弓箭手朝四个方向同时射出四支箭,我可以在这些箭尚未落地的时候抓住它们,放到四个弓箭手脚下。你听到铃铛响,就知道我去抓箭了,但是,你看不见我的动作。"说罢,四个弓箭手同时射出四支箭,天鹅抓住四支箭,放到四个弓箭手脚下,而在人们看来,它始终坐在石柱顶上。它对国王说道:"大王啊!你看见我的速度了吧!大王啊!这还不是我的最快速度,也不是我的中等速度,而是我的最慢速度。大王啊!我的速度就是这样快!"国王问道:"朋友!有没有比你的速度更快的呢?""有的,朋友。一切生物的生命元素衰竭、破裂和毁灭的速度比我的最快速度还要快一百倍、一千倍、十万倍。"它向国王阐明物质世界在一刹那间破裂衰亡的道理。国王听了大士的讲解,惧怕死亡,失去知觉,昏倒在地。众人惊恐万状,往国王脸上洒水,让他恢复知觉。大士对国王说道:"大王啊,别害怕!你要记住死亡,遵行正道,乐善好施,不要疏忽大意。"国王恳求它道:"尊者,没有你这样聪明的老师,我活不下去。别回吉多峰,留在这里为我说法,做我的导师吧。"说罢,念了两首偈颂:

> 耳闻令人生爱念,目睹令人止焦渴,
> 耳闻目睹皆愉快,你愿让我目睹否?

> 耳闻你言我高兴,目睹你面更喜欢,
> 我愿永远见到你,请你留在我身边。

菩萨说道:

> 纵然常住在这里,备受尊敬有福享,
> 难防哪天你喝醉:"给我炖熟天鹅王!"

421

国王说道:"那我就再也不喝酒。"他念了这首偈颂,作出保证:

岂能爱酒食,胜过于爱你?
你若住这里,我就不喝酒。

菩萨接着念了六首偈颂:

豺嗥和鸟啼,一听就明白,
唯独人的话,善变难理解。

世人常称说:"这是我朋友。"
过后会反目,朋友变敌仇。

心中有此人,天涯若比邻;
心中无此人,咫尺似隔天。

对你怀善意,隔海也如此,
对你怀恶意,隔海也如此。

恶人在身边,犹如在天边;
善人在天边,犹如在身边。

居住时间久,友情会减弱,
趁你未厌弃,让我回家去。

国王对它说道:

双手合十求恩惠,未能获得你同意,

最后只能恳求你：今后有空来这里。

菩萨接着说道：

只要生命不夭折，只要你我还活着，
日日夜夜虽流逝，我们还能再见面。

菩萨这样教诲国王后，飞回吉多峰去了。

德迦利耶本生

　　古时候,梵授王在波罗奈治理国家的时候,他的祭司是一个肤色棕褐、牙齿脱落的人。祭司的妻子与另一个婆罗门私通。那个婆罗门也是一个肤色棕褐、牙齿脱落的人。祭司几次三番劝阻妻子,都不见效。祭司心想:"我不能亲手杀死我的仇敌,但我要想个办法害死他。"他来到国王那里,说道:"大王啊! 你的城是全赡部洲的第一城,你是第一王。然而,尽管你是第一王,你的南门没安装好,很不吉祥。""尊师,现在该怎么办呢?""举行仪式,重新安装。""怎样进行呢?""拆下旧门,另找吉祥的木材,向守护城市的神灵祭供,在星宿吉祥的时刻,把新门安装上去。""就这么办吧!"

　　那时,菩萨是个名叫德迦利耶的青年,正在祭司身旁学习技艺。

　　祭司让人拆下旧门,准备好新门,然后对国王说道:"大王,新门准备好了。明天星宿吉祥,我们不能错过时机,就在明天举行祭祀,安装新门吧。""尊师,祭祀要用什么供品?""大王啊! 伟大的城门是由伟大的神灵守护的,所以应该杀一个肤色棕褐、牙齿脱落、父母双方血统纯洁的婆罗门,用他的血和肉祭供,用他的尸体奠基,然后装上新门,这样,你的城市就太平了。""好吧,尊师! 先杀一个这样的婆罗门,然后装上新门。"

　　祭司满心喜欢,心想:"明天,我就要看到仇敌的下场了。"他得意扬扬,回到家里,守不住自己的嘴,当即对妻子说道:"你这贱妇,看你以后跟谁寻欢作乐。明天,我要杀死你的情夫,拿他作祭品。""你凭什么要杀死无辜的人?""国王吩咐我用一个肤色棕褐的婆罗门的血和肉来祭祀,然后安装城门。你的情夫肤色棕褐,我要杀了他作祭品。"他的妻子听后,给情夫送信道:"听说国王想要用一个肤色棕褐的婆罗门来作祭品,如果想要活命,就跟其他长得像你一样的婆罗门一起,赶快逃跑。"那情夫照她的话做了。这消息在城里传开,所有肤色棕褐的人都从城里逃走了。

祭司不知道他的仇敌已经逃跑。第二天一清早,到国王那里说道:"大王啊!在某某地方,有个肤色棕褐的婆罗门,你派人去把他抓来吧!"国王派人去抓。派出的人没有找到那个婆罗门,回来报告说:"听说他逃跑了。""到各处搜寻!"他们找遍全城也没找到。"再仔细找找!""大王啊!除了你的祭司,再也找不到这样的人了。""祭司是不能杀的。""大王啊!你说什么?按照祭司的说法,今天不安好城门,城里就会不太平。祭司刚才说过:'错过今天,要再等一年才能碰上吉祥星宿。'整整一年,城市没有城门,不就留给敌人入侵的机会了吗?让我们杀掉这一个,另找一个聪明的婆罗门主持祭祀仪式,安装城门吧!""还有像这位祭司这样聪明的婆罗门吗?""有的,他的学生,一位名叫德迦利耶的青年。大王啊!让他担任你的祭司,主持这个安装城门的仪式。"国王召来德迦利耶,给予他荣誉,让他担任祭司,命令他主持祭祀仪式。国王在一大群随从陪同下,来到城门口。随从以国王的名义把祭司绑来。菩萨让人在安装城门的地方挖个坑,围上帐篷。他与老师一起进入帐篷。老师望着深坑,身子都站不稳了,对大士说道:"我的目的本来快要达到,由于愚蠢,守不住自己的嘴,过早把事情告诉给那个贱妇,结果害了自己。"随即,念了第一首偈颂:

　　我因愚蠢乱嚼舌,犹如蛙叫招毒蛇,
　　如今坠入这深坑,言语不慎遭灾厄。

德迦利耶与老师交谈,念了这首偈颂:

　　言语不慎必遭殃,哀叹哭泣心悲伤,
　　自怨自艾为时晚,此坑要把你埋葬。

念罢,德迦利耶说道:"老师啊!因言语不慎而招致不幸的大有人在,绝不止你一个。"随即,他讲了一个过去的故事,以资证明:

从前,在波罗奈,有个妓女名叫迦莉,她的哥哥名叫敦提勒。迦莉一天收入一千元。而敦提勒是荡子、酒鬼和赌棍,全靠迦莉供给他花销。迦莉无论给他多少钱,他都胡乱花掉。迦莉劝阻他,但从不见效。一天,敦提勒去赌博,连身上穿的衣服也输个精光,围着一块腰布来到迦莉家。而迦莉关照过女仆:"倘若敦提勒来,什么也别给他,揪住他的脖子,赶他出去。"女仆照办了。敦提勒站在门口哭泣。有个商主的儿子经常带着一千元钱来到迦莉家。这天,他又来了,看见敦提勒,便问道:"敦提勒,你为何哭泣?""老爷,我掷骰子输了,来找我的妹妹,那些女仆揪住我的脖子,把我赶了出来。""你在这里等着,我去跟你妹妹说说。"他进到屋里,对迦莉说道:"你哥哥围着一块腰布站在外面,你怎么不给他些衣服?""我就不给他。如果你喜欢他,你给他好了。"这个妓院有个惯例:客人支付的一千元,五百元归妓女,另外五百元作为衣服、香料和花环的开销。客人来到这个妓院,穿上妓院提供的衣服过夜。第二天离开时,再穿回他们自己原来的衣服。所以,这个商主的儿子穿上迦莉给他的衣服,把自己的衣服给了敦提勒。敦提勒穿上衣服,嘻嘻哈哈地钻进了一家酒店。迦莉命令女仆道:"明天,商主的儿子走的时候,把他身上的衣服扒下来。"第二天,他离开时,女仆从四面八方窜出来,好像一伙强盗,扒下他身上的衣服,说道:"小伙子,滚吧!"就这样,他赤身露体走了出去,人们都嘲笑他。他羞愧难当,哭泣道:"我不能守住自己的嘴,这是自食其果。"菩萨解释此事,念了第三首偈颂:

> 本应迦莉问哥哥,何必要他去插嘴,
> 结果裸体失衣衫,与你遭遇何相似。

还有一个故事:

在波罗奈,牧羊人疏忽,在放牧地留下两头山羊。它俩在顶角相斗,有只鸟看见了,心想:"它俩会撞破脑袋送命的,我必须劝阻它们。"于是,它劝架道:"舅舅啊,你们别打了!"它俩不理睬它,继续打架。它飞到它俩的背上,又飞到它俩头上,恳求它们别打了,还是劝不住。于是,它飞到它俩的脑袋中间,喊道:"那么,你们先杀死我,再打吧!"它俩照旧互相顶撞,这只鸟像遭到木夯捶打,冒冒失失送掉了性命。菩萨解释此事,念了第四首偈颂:

> 两头山羊互相斗,鸟儿并非参战者,
>
> 出面劝架被撞死,与你遭遇何相似。

还有一个故事:

有一伙波罗奈居民,看到一棵牧羊人种植的多罗树。他们让一个人爬上树去采多罗果。当他往下扔果子时,一条黑蛇从蚁垤钻出来,往这棵多罗树上爬。站在树下的人用棍棒打蛇,也制止不住它往上爬。于是,他们招呼树上的人说:"有一条蛇爬上多罗树了!"那个人吓得狂呼乱叫。站在树下的人张开一块结实的布,扯住四个角,对那个人说道:"你跳在这块布里。"他跳下,掉在四个人扯着的布中间。但是,由于他闪电般掉下,底下的人控制不住身体,互相撞碎脑袋而死。菩萨解释此事,念了第五首偈颂:

> 为救树上一个人,四人扯住一块布,
>
> 脑袋撞碎倒地死,与你遭遇何相似。

还有一个故事:

波罗奈一帮窃羊贼在晚上偷到一头母羊,决定在竹林里杀了吃。为了不让它叫,他们捆住它的嘴巴,把它系在竹林里。第二天,他们去吃它,去时忘了带刀。他们说道:"我们要杀死这头母羊,煮了吃。把刀子拿来!"但是,他们发现谁也没有带刀。"没有刀,即使弄死它,也无法吃它的肉。放了它吧,这也是它的造化。"这样,他们把它放了。那时,有个砍竹人,背走竹子,而把砍刀藏在竹叶里,准备下次来时,再取出来使用。那头母羊想到自己获得自由,非常高兴,在竹林里尽情玩耍,用后脚踢蹬,结果踢落了那把砍刀。

盗贼听到砍刀落地的声音，过来寻找，发现是把砍刀，满心喜欢，把母羊杀了吃掉了。这只母羊由于自己的行动，招致自己的死亡。菩萨解释此事，念了第六首偈颂：

> 母羊受缚在竹林，获释蹦跳踢出刀；
>
> 授人以刀砍脖子，遭遇与你何相似。

念罢，菩萨指出："凡能守住自己的嘴，言行谨慎，就能逃脱死亡的危险。"他举了紧那罗①的例子：

从前，波罗奈有一个猎人，他去喜马拉雅山设法逮住了一对紧那罗夫妇，带回来献给国王。国王从未看到过紧那罗，问道："猎人，他们有什么特长？""大王啊！他们能用甜蜜的声音歌唱，能用优美的姿态跳舞。世上没人会唱他们的歌，会跳他们的舞。"国王赏给猎人许多钱，然后对这对紧那罗说道："你们唱吧！你们跳吧！"他俩寻思道："如果我们不能唱得尽善尽美，那就糟了，他们会辱骂我们，杀害我们。言多必失。"由于害怕失言，他俩任凭国王再三催促，也不唱，也不跳。国王生气了，命令道："杀了他俩，煮熟后，给我端来！"随即，国王念了一首偈颂：

> 非神亦非健达缚，猎人送来求赏钱；
>
> 一个煮熟充晚餐，一个煮熟充早餐。

雌紧那罗心想："国王生气了，他一定会杀死我们，现在该是说话的时候了。"随即念了一首偈颂：

> 坏歌唱上千百支，不抵好歌唱一曲，
>
> 唯恐唱坏犯过失，因而我俩皆沉默。

---

① "紧那罗"（kinnara）属于半神类，人身马首，是财神的乐伎。

国王对雌紧那罗表示满意,当即念了一首偈颂:

　　雌的向我诉情由,放她返回大雪山;
　　雄的拿去宰杀掉,明天煮熟充早餐。

雄紧那罗听了国王的话,心想:"如果我再不说话,国王肯定要杀死我了。现在,是说话的时候了。"随即念了一首偈颂:

　　牛靠乌云①人靠牛,我靠大王妻靠我;
　　我俩活着不分离,我死之后再放她。

念罢,他解释道:"大王啊!我们不是用沉默来违抗你的命令,而是看到多言的害处,故而保持沉默。"接着,念了两首偈颂:

　　若要侍候各种人,总是难免受指摘;
　　此事此人受赞扬,此事彼人受怨艾。

　　人皆觉得别人蠢,人皆想象自己能,
　　众生心思各不同,哪种想法是标准?

国王说道:"他说得很有道理,是一个聪明的紧那罗。"这个紧那罗满心欢喜,念了最后一首偈颂:

　　一度沉默紧那罗,出于恐惧开口言,
　　安然无恙获释放,慎言确是幸福源。

---

① 牛吃草,而草依靠雨水生长,故而这里说牛靠乌云。

然后,国王把这对紧那罗放在金笼里,召来猎人,吩咐道:"去,你从哪里抓来的,还放回哪里去!"

大士利用这个比喻,说道:"老师,你看! 紧那罗能够守住自己的嘴,到该说话时,又说得恰到好处,因而获得自由。而你守不住自己的嘴,结果招来杀身大祸。"接着,他安慰老师说:"老师,别害怕! 我会救你一命的。""但愿你能想个办法救救我。"于是,大士对人们说道:"现在没到星宿相聚的时刻。"挨过白天,到了午夜时分,大士拖来一只死羊,说道:"婆罗门啊,随你上哪儿,去逃命吧!"他不让任何人知道,放走了老师,用羊肉举行祭祀,装上城门。

露露鹿本生

　　古时候，梵授王在波罗奈治理国家的时候，有位商主拥有八百万钱财，他生了一个儿子，取名大财。他怕儿子累着身体，不让儿子学习任何技艺。因此，这孩子除了唱歌跳舞、吃喝玩乐，其他一无所知。他长大成人后，父母替他娶了个妻子。父母去世后，他被一群荡子、酒鬼和赌棍包围，恣意挥霍，耗尽了所有的钱财。然后，他到处借债，借了又还不出，受到债主追逼。这青年思忖道："我活着还有什么意思呢？这种生活不是我的生活，我仿佛变成了另外一个人。还是死了好。"于是，他对债主们说："带上你们的借据来吧！我有一笔家产埋在恒河岸边，我要用它们还债。"债主们跟着他去。他决心投河自尽，但表面上装作告诉他们这里埋有钱财，那里埋有钱财，然后，朝前一冲，跳进恒河。一股激流把他卷走，他发出可怜的叫声。

　　那时，菩萨转生为露露鹿。它抛开随从，独自住在恒河河湾处一片间杂有娑罗树的、花朵盛开的芒果林里。它的全身皮肤像锃亮的金片，四肢像涂上虫漆，尾巴像牦牛尾，角像银环，眼睛像闪光的珍珠，嘴巴朝下时，像挂着一个红布球。它在半夜听到可怜的叫声，心想："我听到了人的叫声。只要我活着，就不能让他死。我要救他一命。"它从灌木丛走到岸边，安慰那个人说："人啊，别害怕，我来救你了！"它劈浪前进，把那个人驮在背上，游回岸边，带回自己的住处，给他吃各种果子。过了两三天，它对那个人说道："人啊！我要领你走出森林，送你到波罗奈的大路上。你能平平安安回到家里。但你不要为了贪图钱财，告诉国王或大臣说这儿住着一只金鹿。"商主的儿子同意道："好的，尊者！"大士得到他的保证，把他驮在背上，送到波罗奈大路上,然后放下他,自己回去了。

在商主的儿子进入波罗奈的当天,王后凯玛在早上梦见一只金鹿对自己说法。凯玛心想:"如果没有这样的鹿,我也不会在梦中梦见。肯定有这样的鹿。我要告诉国王。"王后来到国王身边,说道:"大王啊!我想听金鹿说法。如果能得到它,我就能活下去;如果得不到它,我就活不下去了。"国王安慰她说:"只要人间有,你一定能得到。"说罢,国王召来婆罗门,问道:"果真有金鹿吗?""大王啊,有的。"听了这话,国王将装满一千元钱的钱袋放在金盒里,搁在装饰华丽的象背上,说是谁能报告金鹿的消息,就把这一千元钱连同金盒和大象一起送给他。后来,国王愿意给更多的报酬。他让人在金牌上刻了一首偈颂,召来一位大臣,吩咐道:"来,朋友,请你以我的名义向全城居民宣读这首偈颂。"于是,他念了这个本生故事中的第一首偈颂:

> 谁能告诉我,鹿中最佳鹿,
> 我将赐予他,富村和美妇。

大臣拿着这块金牌,全城巡回宣读。这时,商主的儿子进入波罗奈城,听了这首偈颂,走到大臣身边,说道:"我能告诉国王这样的鹿,你带我去见国王吧!"大臣从象背上下来,带他到国王那里,介绍说:"大王啊!这个人要告诉你这只鹿在什么地方。"国王问道:"你真的知道吗?""真的,大王!你会给我这荣誉的。"说着,他念了第二首偈颂:

> 请你赐予我,富村和美妇,
> 我将告诉你,鹿中最佳鹿。

国王听了这话,对这个忘恩负义的人很满意,问道:"这只鹿住在哪儿?"商主的儿子说了在哪儿。于是,他做向导,带了一大群随从到那里去。到了那里,这个忘恩负义的人说道:"大王啊,让军队保持安静!"军队保持安静后,他用手指着说:"大王啊!这只金鹿就住在这里。"随即,念了第三首偈颂:

芒果娑罗花盛开，地上布满胭脂虫，

你要寻找金鹿儿，它就住在这林中。

国王听了他的话，命令大臣道："为了防止金鹿逃跑，你们立即带领随从，手持武器包围这个丛林。"他们包围丛林后，开始吆喝。国王与一些人站在一边，那个家伙也站在不远处。大士听到声响，心想："这是大军的声响，我必须提防来自那个家伙的威胁。"它站起身，环顾四周的人，看见国王站着的地方，心想："国王站着的地方最安全，我应该跑到那儿去。"它朝国王跑去。国王见它跑来，心想："这只力大如象的金鹿撒腿跑来，我要挽弓搭箭吓唬它。如果它要逃跑的话，我就射伤它，抓住它。"于是，他面朝菩萨挽开弓。

尊师①描述此事，念了两首偈颂：

挽弓搭上箭，国王走上前，

金鹿在远处，急忙开口言：

"大王且住手，莫要飞箭矢，

是谁告诉你：金鹿在这里。"

国王听到它的甜蜜的话语，心醉神迷，放下弓箭，恭候金鹿。大士走到国王跟前，用甜蜜的话问候致意，然后站立一旁。随从们也都放下武器，走过来，汇聚在国王周围。这时，大士用金铃般甜蜜的声音询问国王："是谁告诉你，金鹿在这里？"这时，那个罪人也凑近了一点，想听清国王的回答。国王说道："是他告诉我的。"说着，念了第六首偈颂：

那个有罪人，站得远远的，

是他告诉我，金鹿在这里。

---

① 尊师是讲述这个本生故事的佛陀。

听了这话,大士指责那个忘恩负义的人。他与国王交谈,念了第七首偈颂:

> 人们说得对:世上有些人,
> 你若救他命,不如捞浮木。

国王听后,念了另一首偈颂:

> 金鹿你在责骂谁? 是兽是鸟还是人?
> 听了你的人语言,无限恐怖降我身。

于是,大士解释说:"大王啊! 我不是责骂兽类,也不是责骂鸟类,而是责骂一个人。"随即,念了第九首偈颂:

> 曾在滚滚激流中,救起这个落水人,
> 由此招来这恐怖,结交恶人害自身。

国王听罢,愤慨地说道:"对这样的大恩主,他竟不铭感在心。我要用箭射死他。"随即,念了第十首偈颂:

> 背叛好朋友,忘却救命恩,
> 让这四翎箭,穿透他的心。

大士心想:"不要为了我而杀死他。"便念了第十一首偈颂:

> 这个愚人实可耻,然而善人不杀人;
> 放这罪人回家去,而且照样付赏金。

听了这话,国王满心欢喜,赞美大士,念了另一首偈颂:

　　金鹿确实是圣贤,不以恶行伤恶人;
　　放这罪人回家去,而且照样付赏金。

接着,大士说道:"大王啊! 人总是说一套做一套的。"它念了两首偈颂,加以说明:

　　豺嗥和鸟啼,一听就明白,
　　唯独人的话,善变难理解。

　　世人常称说:"这是我朋友。"
　　过后会反目,朋友变敌仇。

听了这话,国王说道:"鹿王啊! 不要以为我是这样的人。我即使失去王国,也不会说了不算,不给你恩惠的。相信我吧!"说罢,他赐予大士恩惠。大士接受国王的恩惠,要求从它身上开始,解除一切众生的恐惧。国王赐予它这个恩惠后,带着它回到波罗奈城。他将城市和大士都装饰打扮一番,让大士为王后说法。大士用甜蜜的人的语言,先为王后,然后为国王和臣民说法。它向国王宣讲为王十法,也向众人作了训示,然后回到森林,与鹿群一起生活。

国王派人在城里击鼓宣旨:"保护一切动物。"从此,谁也不敢伤害鸟兽。鹿群前来吃人们的谷物,也没有人敢轰走它们。众人来到王宫广场诉苦。

尊师描述此事,念了这首偈颂:

　　村民和镇民,聚集在王廷:
　　"鹿群吃谷物,请王下禁令!"

国王听后,念了两首偈颂:

乡民莫提这要求,毁我王国也情愿,
我赐无惧露露鹿,决不给它找麻烦。

乡民莫提这要求,毁我王国也情愿,
我赐恩惠金鹿王,不能失信说谎言。

众人听了国王的话,不能再说什么,只得离去。这件事广为流传。大士听到后,召集群鹿,教诲道:"今后,你们不要再去吃人们的谷物。"它也通知人们道:"在你们自己的田地上,用树叶做上记号。"人们这样做了。由于有了记号,群鹿至今不吃人们的谷物。

稻田本生

古时候,摩揭陀王在王舍城治理国家的时候,城东北有个婆罗门村庄,名叫萨林底耶。这个东北地区是属于摩揭陀的。那个村里,有个名叫乔希耶瞿多的婆罗门,他占有一千迦哩娑土地,种植稻米。在稻子成熟的时候,他加固篱笆,把田地分给自己的人看管,这个五十迦哩娑,那个六十迦哩娑,一共分掉五百迦哩娑。剩下的五百迦哩娑,他出钱雇了一个人来看管。这个雇工盖了一间草屋,日夜住在那里。而在这片田地东北面的一个山坡上,有一大片木棉树林,里面居住着几百只鹦鹉。

那时,菩萨转生在鹦鹉群中,是鹦鹉王的儿子。它长大后,漂亮健壮,身躯像轮毂。它的父亲年事已高,把王位传给它,说道:"我现在飞不远了,你照管这群鹦鹉吧!"于是,从第二天开始,它不再让父母出去觅食,而是自己带着鹦鹉群飞往喜马拉雅山,在野稻田里吃够稻子,再在回去时,带足给父母吃的,尽心赡养父母。

后来,有一天,众鹦鹉报告说:"过去这个时候,摩揭陀地区的稻子已经熟了。不知现在长得怎么样了?""去了解了解吧!"于是,大士派出两只鹦鹉前去了解。它俩飞到摩揭陀地区,降落在那个雇工守护的田地上,吃饱稻子后,带了一株稻穗回到木棉树林,放在大士脚下,说道:"那里的稻子长成这样了。"第二天,大士带领鹦鹉群飞到那里,降落在那块稻田上。那个人东奔西跑驱赶这些吃稻子的鹦鹉,但不见成效。其他的鹦鹉吃饱稻子后,都空着嘴巴回去,而鹦鹉王还叼了许多稻穗,带回去孝敬父母。此后,鹦鹉们每天都到那里吃稻子。那个人心想:"如果这些鹦鹉这样吃下去,再过几天,稻子就所剩无几了。婆罗门会将稻子作价,要我赔偿的。我去报告他吧。"他带着一把稻子和这个消息,去见婆罗门,行礼后,站在一旁。婆罗门问道:"伙计! 稻子长得好吧?""是的,长得很好,婆罗门!"说罢,念了两首偈颂:

> 稻田长势好,鹦鹉来聚餐,
> 告知婆罗门:驱散有困难。

> 其中有一鸟,健壮且美貌,
> 吃饱飞走时,还叼一嘴稻。

婆罗门听了他的话,对鹦鹉王产生好感,问护田人道:"伙计! 你会安绊子吗?""我会。"于是,婆罗门念偈颂告诉他:

> 安下马鬃绊,捕捉这只鸟,
> 抓住别弄死,交给我活的。

听了这话,护田人很高兴,因为婆罗门没有提出要他赔偿。他回去准备了一只马鬃绊子,观察了鹦鹉王当天降落的地方。第二天一清早,他做了一只鸟笼,安下绊子,坐在草屋里等候鹦鹉来临。鹦鹉王带领鹦鹉群来到稻田。它没有贪婪之心,依旧降落在昨天吃食的地方,结果踩着了绊子。它发现自己被绊住了,心想:"如果我现在就发出被绊的叫声,我的同胞会吓得不吃食就飞走的。我应该忍住不叫,直到它们吃完食。"最后,它看到它们已经吃饱,才发出了三声被绊住的可怕叫声。所有的鹦鹉都吓得飞走了。鹦鹉王哀叹道:"这些同胞没有一个回头看看我,我作了什么孽啊?"他念了一首偈颂:

> 吃饱又喝足,众鸟远飞去;
> 唯独我被绊,作了什么孽?

护田人听到鹦鹉王被绊的叫声和众鹦鹉从空中飞过的声音,心想:"情况怎么样了?"他走出草屋,来到安绊子的地方,看见了鹦鹉王,心想:"这正是我安绊子要捕捉的那只鹦鹉。"他满怀喜悦,从绊子上解下鹦鹉王,捆住双脚,拿到萨林底耶村,交给婆罗门。婆罗门十分喜爱大士,用双手紧紧捧着它,放在自己的膝上,跟它交谈,念了两首偈颂:

> 你的胃口大,胜过其他鸟,
> 吃饱飞走时,还叼一嘴稻。

> 粮仓需填满? 与我有宿怨?
> 请你回答我:稻子藏哪儿?

听了这话,鹦鹉王用甜蜜的人声,念了第七首偈颂:

> 我住山上木棉林,无有宿怨无粮仓,
> 我既还债也放债,还在那里聚宝藏。

婆罗门问道:

> 你放什么债? 你还什么债?
> 说出你宝藏,即可把家回。

鹦鹉王念了四首偈颂,解答婆罗门提出的问题:

> 儿子尚年幼,我叼食物回,
> 将来赡养我,故而我放债。

> 父母已衰老,我叼食物回,

报答养育恩，故而我还债。

还有一些鸟，翅断元气伤，
全由我照顾，智者称宝藏。

我放这种债，我还这种债，
我聚这种宝，请君听明白。

婆罗门听了大士的说法，满心喜欢，念了两首偈颂：

此鸟诚可贵，遵行最高法，
世上有些人，缺乏这品德。

携带你同胞，尽情吃稻子！
但愿再相会，我爱见到你。

这样恳求了大士之后，婆罗门慈祥地望着它，像望着心爱的儿子。他解开鹦鹉王的双脚，用提炼过一百次的油膏涂抹，让它坐在上座，给它吃盛在金盆里的甜炒米，喝蜜糖水。鹦鹉王嘱咐婆罗门要谨言慎行，然后念了一首偈颂，教诲道：

我在你的村子里，有吃有喝有友情；
你要施舍无杖者①，还要侍奉老双亲。

听了这话，婆罗门满心喜欢，激动地念了这首偈颂：

① "无杖者"指不使用暴力的人。

今日遇见吉祥鸟,福星高照放光彩;

听取鹦鹉美妙语,我积功德不懈怠。

婆罗门要把自己的一千迦哩娑田送给大士,而大士只肯收下八迦哩娑田。婆罗门搬开自己的界石,将这块田移交给大士,然后,双手合十,说道:"尊者,请回吧,去安慰你的泪流满面的双亲!"大士满心欢喜,叼着稻穗飞回家去。它把稻穗放在父母面前,说道:"妈妈!爸爸!起来吧!"老两口泪流满面,闻声起来。这时,众鹦鹉也聚集过来,问道:"王啊!你是怎么获得自由的?"它把事情经过告诉了它们。

婆罗门恪守鹦鹉王的教诲,从此以后,一直向有德之士、沙门和婆罗门布施。

月亮紧那罗本生

古时候,梵授王在波罗奈治理国家的时候,大士转生为喜马拉雅山区的紧那罗。他的妻子名叫月亮女。他俩住在一座名叫月亮的银山上。那时,波罗奈王委托大臣管理王国,自己穿上两件袈裟,带上五件武器①,独自进入喜马拉雅山。他在吃兽肉时,想起这儿有一条小溪,于是就往上爬。住在月亮山上的紧那罗,雨季不下山,夏季下山。那时,这个名叫月亮的紧那罗偕同妻子下山,四处漫游,涂香料,吃花粉,穿花朵编成的衣裳,在蔓藤上荡秋千,用甜美的声音歌唱。他俩来到这条小溪,进入一个水湾,在那里散花玩水,然后穿上花朵编成的衣裳,在银色的沙滩上铺设花床,坐在上面。月亮紧那罗摘下一根竹子,一面吹奏,一面用甜蜜的嗓音歌唱,而女紧那罗站在丈夫身边,舞动柔软的手臂,边歌边舞。这时,国王听到他们的声音,蹑手蹑脚地走过来,站在隐蔽的地方,窥视这对紧那罗。他立刻迷上女紧那罗,心想:"我只要射死那个紧那罗,就能与这个女紧那罗同居了。"于是,他放箭射中月亮紧那罗。月亮紧那罗疼痛难忍,哽咽着念了四首偈颂:

> 叫声月亮妻,我即将死亡,
> 呼吸快断绝,鲜血在流淌。

> 心儿在燃烧,生命在下降,

---

① "五件武器"指剑、矛、弓、斧和盾。

我亦无所忧，唯恐妻断肠。

犹如河水枯，犹如草木黄，
我亦无所忧，唯恐妻断肠。

山湖雨水涨，两眼泪水淌，
我亦无所忧，唯恐妻断肠。

大士悲伤地念完这些偈颂，倒在花床上，失去知觉。国王站着不动。而那个女紧那罗陶醉在自己的歌舞中，甚至没有听见大士念这些偈颂，不知道大士已经中箭。现在，她看见大士失去知觉，倒在地上，心想："我的丈夫怎么啦？"她发现鲜血从丈夫身上的伤口流出，抑制不住剧烈的悲痛，不禁号啕痛哭。国王心想："这个紧那罗肯定已经死了。"他走出隐蔽处。女紧那罗看到他，心想："我的可爱的丈夫肯定是被这个强盗杀死的。"她浑身颤抖，赶紧逃跑，站在山顶上，念了五首偈颂，谴责这个国王：

这个恶国王，杀死我丈夫；
他躺树底下，我成薄命妇。

思念紧那罗，我的心哀痛，
但愿你母亲，命运与我同。

思念紧那罗，我的心哀痛，
但愿你妻子，与我命运同。

对我起邪念，无辜夫被戮，
但愿你母亲，失去子和夫。

对我起邪念,无辜夫被戮,
但愿你妻子,失去子和夫。

她站在山顶上,悲伤地念了这五首偈颂。国王听后,念了一首偈颂,安慰她:

乌眼美女郎,莫哭莫悲伤,
你将当王后,宫中受敬仰。

女紧那罗听了他的话,发出狮子般的吼叫:"你说什么话!"她念了另一首偈颂:

对我起邪念,杀我无辜夫,
纵然我死去,也不作你妻。

国王听了她的话,心灰意冷,念了另一首偈颂:

既然你怕羞,请回雪山顶,
兽类吃草木,自然恋山林。

念罢,国王失望地走了。女紧那罗见国王走了,便下山来,抱起大士,背上山,放在山顶平地上。她把大士的头枕在自己的大腿上,号啕痛哭,念了十二首偈颂:

崇山和峻岭,洞穴和峡谷,
如今没有你,叫我怎么办?

到处是绿叶,野兽常出没,

如今没有你,叫我怎么办?

到处是鲜花,野兽常出没,
如今没有你,叫我怎么办?

条条山溪水,满载鲜花流,
如今没有你,叫我怎么办?

山顶呈青色,美丽悦人目,
如今没有你,叫我怎么办?

山顶呈黄色,美丽悦人目,
如今没有你,叫我怎么办?

山顶呈褐色,美丽悦人目,
如今没有你,叫我怎么办?

山顶呈圆锥,美丽悦人目,
如今没有你,叫我怎么办?

山顶呈白色,美丽悦人目,
如今没有你,叫我怎么办?

山顶呈杂色,美丽悦人目,
如今没有你,叫我怎么办?

遍地药草香,陶醉众夜叉,
如今没有你,叫我怎么办?

> 遍地药草香，陶醉紧那罗，
>
> 如今没有你，叫我怎么办？

　　她悲伤地念完十二首偈颂，将手放在大士的胸脯上，感觉到大士还有余温，心想："月亮还活着。只要我辱骂天帝，我就能救他的命。"于是，她辱骂天帝道："世界的庇护者在哪儿？是出门去了，还是死了？为什么不来保护我亲爱的丈夫？"由于她的悲伤，帝释天的宝座发热了。他沉思一下，知道了原因，于是化作婆罗门，来到那儿，从罐里取水，泼洒大士。立刻，箭毒解除，肤色复原。大士甚至没有意识到受过箭伤，愉快地站起身来。女紧那罗看到亲爱的丈夫身体康复，满怀喜悦，拜倒在帝释天脚下，念了一首偈颂：

> 高贵婆罗门，我向你致敬！
>
> 你洒甘露水，救活我丈夫。

　　帝释天告诫他俩说："今后，你们应该安心住在月亮山，别下山到人间去。"他把这个告诫重复了一遍，然后返回天国居处。女紧那罗对丈夫说道："夫君啊！你干吗还站在这个危险的地方？走吧，让我们回到月亮山去吧。"说罢，念了最后一首偈颂：

> 每条山溪铺满花，各种树荫可安家，
>
> 我们回到月亮山，互相倾诉知心话。

大鹗本生

　　古时候,梵授王在波罗奈治理国家的时候,有一群边疆居民,什么地方可以猎取更多的兽肉,就定居在什么地方。他们在森林里游猎,打死鹿和其他野兽,带回去给妻子儿女吃。离他们的村子不远,有一个很大的天然湖。湖的南岸住着一只雄鹰,西岸住着一只雌鹰,北岸住着兽王狮子,东岸住着鹗王,湖中小岛上住着一只乌龟。那时,雄鹰向雌鹰求婚道:"做我的妻子吧!"雌鹰问道:"你有朋友吗?""没有,亲爱的。""你应该有朋友。一旦我们遇上危险和不幸,朋友就会来援救。你去交些朋友吧!""我去跟谁交朋友呢,亲爱的?""住在东岸的鹗王,住在北岸的狮子,住在湖心的乌龟,都可以交朋友。"雄鹰同意雌鹰的话,照这样做了。然后,它俩结成伴侣。在这湖里的一个岛上,有一棵四面环水的迦兰波树。就在这棵树上,它俩搭了个窝,共同生活。

　　不久,它们生了两只小鹰。小鹰的羽毛尚未丰满,一天,那些村民在森林里游猎了一天,一无所获,说道:"我们总不能空手回家啊,抓些鱼或乌龟吧!"他们下到湖里,来到岛上,躺在这棵迦兰波林下。他们被蚊子和其他飞虫叮得难受,于是捡柴生火用烟熏蚊子。烟雾升起,侵扰鹰窝,两只小鹰叫了起来。村民听到后,说道:"嗨,这是小鸟的叫声!起来,把火弄旺!我们不能饿着肚子睡觉,让我们吃点鸟肉,再去睡吧。"说罢,他们拨火,把火弄旺。雌鹰听到他们的声音,心想:"这些人想吃我们的小鹰。我们交朋友正是为了消除这种危险。我要让丈夫去向鹗王求救。"于是,说道:"夫君啊!快去告诉鹗王,我们的小鹰遇到危险了。"它念了第一首偈颂:

> 岛上野人拨旺火,想吃我的宝贝儿,
> 雄鹰快去找朋友,报告小鹰遇危险。

雄鹰迅速飞到鹗王那里,鸣叫一声,示意自己来到。得到鹗王允许后,它走上前去行礼。鹗王问道:"你来有什么事?"雄鹰念了第二首偈颂:

> 你是鸟中高贵者,我来向你求救援,
> 野人想吃我儿子,你能使我得平安。

鹗王安慰雄鹰道:"别害怕!"念了第三首偈颂:

> 智者随时交朋友,正是为了求平安,
> 善人应该帮善人,你的请求我照办。

接着,鹗王问道:"朋友,那些野人爬上树了吗?""他们还没有爬上树,正忙着弄火。""那你快回去,安慰我的女友雌鹰,说我马上就到。"雄鹰这样做了。鹗王随即赶到,坐在迦兰波树附近的一棵树顶上,注视着村民爬树。当一个村民爬近鹰窝时,鹗王扎进水中,用翅膀和嘴取水,浇在火上。火顿时熄灭。于是,村民们爬下树来,重新生起火,再爬上树去。鹗王又把火浇灭。就这样,火生起又灭掉,灭掉又生起,折腾到半夜。这时,鹗王已经疲惫不堪,肚皮干瘪,两眼通红。雌鹰见鹗王如此,对丈夫说道:"夫君!鹗王太疲乏了。为了让鹗王休息一下,你去把这里的情况告诉乌龟王吧!"听了雌鹰的话,雄鹰飞近鹗王,念了一首偈颂:

> 善人应该帮善人,鹗王慈悲尽责任;
> 我儿得救全靠你,请你保重莫伤身。

听了这话,鹗王发出狮子吼,念了第五首偈颂:

为你守卫这棵树,粉身碎骨无所惧,
善人皆行此正道:为友不惜捐身躯。

第六首偈颂是大彻大悟的尊师佛陀念的,赞美鹗王的品德:

这只卵生鸟,奋飞不辞苦,
为了救小鹰,半夜不归去。

雄鹰说道:"鹗王朋友,休息一会儿吧!"说罢,它飞到乌龟那里,唤起乌龟。乌龟问道:"朋友,你来这里有什么事?""我们遇到了如此这般的危险。鹗王救援我们,从一更到现在,已经筋疲力尽。所以,我来找你。"说罢,念了第七首偈颂:

即使那些失败者,朋友帮助能振兴;
眼下我家遇危险,我来求你救小鹰。

乌龟听后,念了另一首偈颂:

钱财食物和生命,智者为友皆奉献;
善人应该帮善人,你的请求我照办。

乌龟的儿子躺在不远处,听到了父亲的话,心想:"不能让父亲劳累,我代父亲去。"念了第九首偈颂:

父亲你且坐这里,儿应为父谋福利;
让我代你做这事,前去搭救鹰儿子。

父亲向儿子念偈颂道:

儿应为父谋福利，确是善人之正道；

然而我的身躯大，营救小鹰更可靠。

念罢，乌龟让雄鹰回去，说道："朋友，别害怕！你先走，我马上就来。"乌龟钻入水中，挖了一些淤泥，带到岛上。它用淤泥灭掉火，然后躺在那里。村民们喊道："我们还要小鹰干什么？让我们把这只瞎了眼的乌龟翻转身来，杀了它，足够我们大家吃的。"他们拔了些蔓藤，找了些绳子，甚至摘下衣带，用来捆绑乌龟，但怎么也不能把乌龟翻过身来。乌龟把他们拖向深水。村民们贪吃乌龟肉，跟乌龟一起沉入水中，结果灌了一肚子水，筋疲力尽，爬出水面，说道："整个上半夜，一只鹗扑灭我们的火。现在，这只乌龟又把我们拖进水里，把我们的肚子灌得鼓鼓的。我们还是生一堆火，等到天亮时，吃这些小鹰吧。"于是，他们又开始生火。雌鹰听到他们的声音，说道："夫君啊！这些人或迟或早总要吃掉我们的小鹰才罢休，你去找我们的朋友狮子吧。"雄鹰立刻飞到狮子那里。狮子问道："你深更半夜找我，有什么事？"雄鹰把事情从头至尾告诉它，并念了第十一首偈颂：

动物之中最强者，人兽遇难皆找你；

我家小鹰遭侵害，我来求你赐平安。

狮子听后，念了一首偈颂：

你的请求我照办，前去杀死你仇敌；

知道朋友遭侵害，怎能不助一臂力？

念罢，狮子让雄鹰回去，说道："你先走，回去好好安抚小鹰。"狮子踩着水晶般的湖水跑来。村民们看见狮子来了，说道："鹗扑灭我们的火，乌龟带走我们的衣带，现在我们完了，狮子会咬死我们的。"他们惧怕死亡，四散逃开。狮子来到大树下，不见一个人影。鹗、乌龟和雄鹰上前向它行礼。狮子向它们讲述友谊的可贵,告诫道:"今后,你们要小心谨慎,决不能破坏友谊。"说完,狮子走了。其他几个也回到自己的住处。雌鹰望着自己的小鹰,心想:"靠了朋友,我们才保住了孩子。"在这快乐的时刻,它与雄鹰交谈,念了六首偈颂,解释交友之道:

> 高朋满座一屋子,结友善人幸福长,
> 铠甲不怕利箭射,我们庆幸儿无恙。

> 全靠自己好朋友,勇敢坚定来救援,
> 小鹰平安鸣啾啾,声声甜蜜暖心坎。

> 智者交得好朋友,安享钱财与牲畜,
> 我与儿子和丈夫,依靠朋友得团聚。

> 狮鹞乌龟皆勇士,凭借友谊获信任,
> 有名有利有朋友,在这世上享福分。

> 穷困潦倒落难者,同样必须交朋友,
> 请看我们靠朋友,全家团聚乐悠悠。

> 世上一切双翼鸟,若与勇士交朋友,
> 必能幸福度时光,犹如你我乐悠悠。

雌鹰念了这六首偈颂,讲述交友的好处。它们这几个朋友一辈子也没有破坏友谊,最后,各按其业死去。

摩登伽本生

古时候,梵授王在波罗奈治理国家的时候,大士转生在城外一个旃陀罗家庭,取名摩登伽。他长大后,聪明懂事,获得摩登伽智者的美名。那时,波罗奈商主的女儿,名叫见吉。她每隔一两个月,便要带着随从去花园游玩。一天,大士进城办事,走进城门,看见见吉,便闪到一旁,站着不动。见吉从帘子后面看到了他,问道:"那个人是谁?""是个旃陀罗,小姐。""哎呀,我们看了看不得的东西!"她用香水洗了洗眼睛,就转身回家去了。跟她出来的随从朝着大士吼叫道:"你这可恶的旃陀罗!就是你,毁了我们今天的一顿美酒佳肴。"他们火冒三丈,拳打脚踢,把摩登伽打得不省人事,然后扬长而去。过了一会儿,摩登伽恢复了知觉,心想:"见吉的随从不分青红皂白,把我这个无辜的人打了一顿。我要躺在地上,得到见吉才起来;得不到她,决不起来。"他下定这个决心,便走到见吉父亲家门口,躺在那里。人们问道:"你为何躺在这里?"他回答说:"不为别的,就是为了得到见吉。"一天过去了,两天、三天、四天、五天、六天也过去了。菩萨的意志起了作用,第七天,他们把见吉送出来,交给他。见吉对他说道:"起来吧,夫君!我们上你家去吧。""亲爱的,你的随从给我一顿好打,我浑身无力。你扶我起来,背我走吧!"见吉照他的话做,当着市民的面,背着大士出城,前往旃陀罗村。

大士让见吉住在他家,没有做逾越种姓界限的事。几天后,他想:"我要赐给她最高的荣誉和享受,但我只有出家才能做到这一点,别无他路。"于是,他对见吉说道:"亲爱的,我若不到森林里去采点什么,我们就无法活下去。我要到森林去了,你等着我回来,别担心。"说罢,又叮嘱家里的人:"别怠慢了她。"然后,他去森林,出家过沙门生活。他兢兢业业,第七天就获得八定和五神通。他想:"现在,我可以保护见吉了。"他施展神力,降落在旃陀罗村口,走到见吉房门口。见吉听到他回来了,走出来,啼哭道:"夫君!你干吗丢下我,出家去了?""亲爱的!别这样想。我现在要给你比过去大得多的荣誉。你敢当着众人的面说'我的丈夫不是摩登伽,我的丈夫是大梵天'吗?""敢的,夫君!""那么,人们会问:'你的丈夫现在在哪里?'你就回答说:'在梵界。'人们又会问你:'他什么时候回来?'你就回答说:'七天以后,在月圆之夜,他将从月亮里出来,降落到此地。'"说罢,他到喜马拉雅山去了。

见吉在波罗奈当着众人的面,到处传布这个消息。众人相信她的话,说道:"噢,他是大梵天,所以不去见吉那里了。原来如此!"在月圆之夜,月亮升至中天,菩萨幻化成大梵天。整个迦尸国和十二由旬方圆的波罗奈城沉浸在一片光芒之中。他从月亮里出来,降落在波罗奈城上空,巡游三圈。众人拿着芬芳的花环等物品,向他朝拜。他受完朝拜,面向旃陀罗村而立。信奉大梵天的人们结伴前往旃陀罗村。他们给见吉的家披上洁净的布;在地上铺满各种香料,撒上鲜花,点燃熏香,支起帐篷,放上大躺椅,点亮香油灯;在门口铺上银白色的沙,撒上鲜花,升起旗帜。正当他们这样装饰房屋时,大士降落下来,进入屋中,在躺椅上坐了一会儿。那时,见吉正来月经,大士用拇指触了一下她的肚脐,她便怀孕了。大士对见吉说道:"亲爱的,你已怀孕了。你将生个儿子。你和你的儿子都将得到最大的荣誉和享受。你的洗脚水将成为全赡部洲国王的灌顶水,你的洗澡水将成为他们的甘露水。用这些水灌过顶的人将无病无灾。用头向你行触足礼的人将给你一千元,站在你听得到的地方向你行礼的人将给你一百元,站在你看得到的地方向你行礼的人将给你一元。你要小心谨慎。"他这样嘱咐了见吉之后,走出屋子,当着众人的面,升上天空,进入月亮。

信奉大梵天的人们聚集在那里,站着过了一夜。天亮后,他们让见吉坐在一顶金轿里,大家用头顶着金轿进城。许许多多人喊着:"大梵天的妻子!"走上前来,用芬芳的花环等物品供奉她。用头向她行触脚礼的人都给她一千元,站在她听得到的地方行礼的人都给她一百元,站在她看得见的地方行礼的人都给她一元,这样,他们走遍方圆十二由旬的波罗奈城,获得一百八十万钱财。巡城游行后,他们把见吉带到市中心,支起一个大帐篷,围上帘幕,让她住在那里,享受最高的荣华富贵。在帐篷附近,他们开始建造一座七道门、七层楼的宫殿,积累新的大功德。

见吉就在这个帐篷里生下儿子。因为他是在帐篷中出生的,所以在命名日,婆罗门聚集在一起,给他取名帐篷童。十个月后,宫殿落成。从此,见吉住在宫殿中,享受荣华富贵。帐篷童在群仆围绕中长大。在他七八岁时,全赡部洲的优秀教师都汇集到这里,教他三吠陀。他从十六岁开始供养婆罗门。他长期供应一万六千个婆罗门的伙食,在第四道门口的过道向婆罗门布施。

在一个重大节日,布施厅里准备了大量的牛奶粥,还有金黄色的新鲜酥油、熬过的蜂蜜和糖块,帐篷童身穿饰服,脚登金鞋,手持金杖,边巡视边说道:"给这里酥油! 给这里蜂蜜!"这时,摩登伽智者正坐在喜马拉雅山净修屋里沉思:"见吉的儿子近况如何?"他发现儿子的行为不合正道,心想:"今天,我要去教训这个孩子,让他懂得怎样施舍才能获得大功德。"于是,他从空中飞到阿耨德多湖,洗脸漱口,然后站在心戒高地上,穿上两件鲜艳的衣服,系好衣带,外面套上一件破烂的长袍,手持土钵,从空中飞到第四个门口的过道,降落在施舍厅前面,站在一旁。帐篷童走东走西巡视,看见了他,说道:"你这个出家人这样丑陋,活像个垃圾夜叉。你从哪儿来到这里的?"帐篷童与他交谈,念了第一首偈颂:

> 又脏又丑似魔鬼,你是何人何处来?
> 褴褛衣衫挂脖子,接受布施你不配。

听了这话,大士仍然怀着仁慈之心与他交谈。他念了第二首偈颂:

> 你的饭食已做好,众人都在吃和喝;
> 出家维生靠施舍,让我贱民尝一口。

然后，帐篷童念偈颂道：

> 我为自己求幸福，食物施给婆罗门；
> 你这贱种快滚开，这里没有你的份。

然后，大士念偈颂道：

> 高田低田和水田，播下种子盼结果；
> 你应相信这一点，布施必定获功果。

然后，帐篷童念偈颂道：

> 我知世上一切田，哪儿适宜播种子：
> 高贵种姓婆罗门，土壤肥沃好田地。

然后，大士念了两首偈颂：

> 骄傲自大恃种姓，贪婪暴戾醉痴迷，
> 具有这些恶习者，绝非肥沃好田地。

> 骄傲自大恃种姓，贪婪暴戾醉痴迷，
> 没有这些恶习者，才是肥沃好田地。

大士反复念诵这两首偈颂，帐篷童生气了，喝道："这家伙太啰唆了！门卫都到哪儿去了？还不把这旃陀罗赶出去！"随即，念偈颂道：

> 乌钵迦耶、乌钵乔，还有般特在哪儿？
> 揪住脖子给我打，打死这个坏家伙。

听见他的吆喝，三个门卫赶忙过来，行礼问道："主人有何吩咐？""你们见过这个讨厌的旃陀罗吗？""没有见过，主人！我们不知道他是从哪儿来的？他准是一个幻术师或魔法师。""你们现在还站着干什么？""有什么吩咐？主人！""你们用棍棒竹条打烂他的嘴脸，打断他的背脊，揪住他的脖子，打死他，拖他出去。"大士趁他们还没走过来，腾空而起，站在那里，念偈颂道：

> 鼓舌谩骂大仙人，犹如指甲挖高山，
> 犹如牙齿咬铁块，犹如双手抓火焰。

念完这首偈颂，大士当着帐篷童和众婆罗门的面，从空中飞走了。
尊师描述此事，念偈颂道：

> 圣贤摩登伽，遵循真理路，
> 当着婆罗门，说罢腾空去。

大士向东方飞去，降落在一条街上。他决定留下自己的足迹，于是在东门附近行乞，然后坐在一个大厅里，吃乞讨来的杂食。但是，波罗奈众神不能忍受帐篷童欺侮和辱骂他们的圣者，他们来到帐篷童那里。最年长的夜叉揪住帐篷童的脖子使劲拧。其余的神揪住其余的婆罗门的脖子使劲拧。他们想到这是菩萨的儿子，出于对菩萨的同情，没有杀死帐篷童，只是折磨他而已。帐篷童的头被拧得转向背部，手脚僵硬，眼睛像死人那样向上翻。他直挺挺躺在那里。其余的婆罗门口吐白沫，晕头转向。人们报告见吉说："夫人！你的儿子出事了！"见吉赶来看望儿子，问道："这是怎么回事？"说罢，念偈颂道：

> 脖子拧歪头转向，双臂摊开软无力，
> 眼睛翻白如死人，是谁糟蹋我儿子？

站在那里的人念偈颂告诉她：

褴褛衣衫挂脖子，又脏又丑魔鬼相，

就是来此这沙门，使你儿子成这样。

见吉听了这话，心想："别人不会有这样的能力，肯定是摩登伽智者。但是，仁慈的智者绝不会听任这些人受折磨而走掉的。他现在在哪儿呢？"于是，她念偈颂问道：

诸位青年告诉我，智者已经去哪儿？

我们要去赎罪愆，才能救活我儿子。

站在那里的众青年回答：

智者腾身飞上天，犹如十五月当空，

崇尚真理具妙相，大仙转身飞向东。

见吉听后，说道："我要去寻找我的丈夫。"她让人拿着金罐金碗，在女仆簇拥下，来到菩萨留下脚印的地方。她顺着脚印，找到了坐在凳子上吃饭的摩登伽。见吉行礼后，站立一旁。摩登伽见到她，将剩下的一些米粥放在钵里。见吉用金罐倒水给他。他用这水洗手漱口。然后，见吉问道："伤害我儿子的是谁？"

脖子拧歪头转向，双臂摊开软无力，

眼睛翻白如死人，是谁糟蹋我儿子？

下面，他俩用偈颂对话：

有群夜叉力无比,追随妙相大仙人,
见你儿子心地坏,狠狠揍了他一顿。

既是夜叉做这事,请你不要生我气,
我替儿子担忧愁,拜你脚下求庇护。

无论彼时或此时,对谁我都无敌意,
你儿骄慢恃吠陀,未解吠陀之真谛。

确实这是常有事,神志一时会糊涂,
请你宽恕我罪过,智者从不勃然怒。

大士经她这样抚慰后,说道:"好吧,为了驱除夜叉,我给你甘露药。"说罢,念偈颂道:

这是我的剩米粥,拿去给你愚儿吃,
夜叉不再加害他,身体很快会痊愈。

见吉听了大士的话,将金碗递过去,说道:"夫君!给我甘露药吧!"大士把剩下的米粥倒在那只金碗里,说道:"你先灌一半在你儿子嘴里,然后,把剩下的倒在桶里,掺上水,灌到其余的婆罗门嘴里,这样,所有的人都会痊愈。"说罢,飞到空中,返回喜马拉雅山去了。

见吉用头顶着金碗,喊道:"我得到甘露药了!"回到家里,首先往儿子嘴里灌粥。夜叉们跑了。帐篷童站起身来,掸去尘土,问道:"妈妈,这是怎么回事?""你要知道,这都是你自己造成的。来,孩子,看看接受你施舍的那些人的遭遇吧!"帐篷童望着他们,后悔莫及。母亲说道:"帐篷童啊!你太无知了。你不知道怎样施舍才能获得大功果。这些人不值得你施舍,摩登伽智者那样的人才值得施舍。今后不要再施舍这些无德之人,而要施舍有德

之人。"说罢,念偈颂道:

愚昧无知帐篷童,不懂何谓功德田,
淫逸放荡作恶者,你净施舍这些人。

身着兽皮头束发,口似古井丛草生,
这位衣衫褴褛人,他不庇护无知者。

摒弃一切贪嗔痴,心境平静阿罗汉,
只有施舍这些人,才能获得大功果。

　　念罢,她继续说道:"所以,孩子,今后你不要施舍这些无德之人,而要施舍世上那些获得八定和五神通的沙门、婆罗门和辟支佛。来,孩子,我要给你这些食客喝甘露药,让他们恢复健康。"说罢,她将剩下的米粥倒进水桶,灌进一万六千个婆罗门嘴里。婆罗门一个个站起身来,掸掉尘土。这些婆罗门由于喝了旃陀罗的剩粥,被逐出婆罗门种姓。他们羞愧地离开波罗奈,前往梅迦国,住在梅迦国王那边。而帐篷童仍然留在这里。
　　那时,在吠德沃底城附近的吠德沃底河边,有一个婆罗门出家人,名叫阇提孟德。他自恃出身高贵,十分骄傲。大士决定打掉他的傲气,便去到那里,住在他附近,但在河的上游。一天,大士嚼着一根牙签①,心想:"我要让这根牙签沾在阇提孟德的头发上。"他把牙签扔进河里。阇提孟德用河水洗脸时,这根牙签沾在他的头发上。阇提孟德见到后,说道:"该死的贱民!"他转而寻思:"这晦气的东西是从哪儿来的? 我要去查看一下。"他走到河的上游,看见大士,问道:"你是什么出身?""我是旃陀罗。""是你把牙签扔在河里的吗?""是我。""你这该死的贱民! 旃陀罗! 黑耳朵! 不许你住在这里,住到下游去!"但即使大士住在下游,他扔在河里的牙签也逆水而上,沾在婆罗

---

① 这里所谓的牙签是一种软木树枝,咀嚼它可以洁牙。

门的头发上。"该死的贱民！如果你还住在这里,到了第七天,你的脑袋就
要裂成七块。"大士听后,心想:"如果我对他发怒,就不能保持我的德行。但
是,我要想个办法,打掉他的傲气。"于是,到了第七天,他不让太阳升起。人
们不能忍受黑暗,跑到阇提孟德那里,问道:"尊者,是你不让太阳升起的
吗?""我没干这事。河边还住着一个旃陀罗,可能是他干的。"人们跑到大士
那里,问道:"尊者,是你不让太阳升起的吗?""是的,朋友们!""为什么你要
这样?""你们供养的那个苦行者,辱骂我这个无辜的人。让他到这里来,趴
在我的脚下请求宽恕,我就让太阳升起。"人们去把阇提孟德拖了来,让他趴
在菩萨脚下,请求宽恕,然后,人们说道:"尊者,让太阳升起吧!""还不行。
如果我让太阳升起,他的脑袋就会裂成七块。""尊者,那怎么办呢?""你们去
拿个泥团来。"人们拿来泥团,菩萨说道:"把这泥团放在这苦行者的头上,让
他下河站在水里。"人们照办后,大士让太阳升起。太阳升起时,泥团裂成七
块,苦行者沉入水中。

　　大士制服这个婆罗门后,心想:"那一万六千个婆罗门现在住在哪儿?"
他知道他们住在梅迦国王那里后,决定去制服他们。他凭借神力,降落在城
边,手持钵盂,进城游乞。那些婆罗门见到他后,心想:"他要是在这里住上
一两天的话,我们就会失去立足之地。"于是,他们赶忙前去报告国王说:"大
王啊! 有个施展妖法的魔术师来了,你派人把他抓起来吧!"国王同意道:
"好吧!"大士正坐在墙边一个凳子上吃乞讨来的杂食。趁他忙于吃饭,国王
派出的人用剑刺死了他。他死后,转生在梵界。据说,在这一生中,他曾是
个驯獴者,因而才这样死去。众神非常生气,在整个梅迦王国洒下一场炙热
的灰烬雨,毁灭了这个王国。因此,人们传诵道:

　　赫赫摩登伽,横遭梅迦害;
　　由此梅迦族,蒙受灭顶灾。

尸毗王本生

古时候，尸毗王在尸毗国阿梨陀波罗城治理国家的时候，大士转生为他的儿子，得名尸毗王子。他长大成人后，去呾叉始罗学习技艺；回来后，向父亲显示技艺，被立为副王。后来，父亲去世，他成了国王。他摈弃一切邪道，恪守为王的正道，依法治国。他在四个城门、市中心和王宫门前设置了六个施舍厅，每天慷慨施舍六十万钱财。每逢初八、十四、十五日，他都要亲自来到施舍厅，观看施舍。

一次，在月圆之日的清晨，白色华盖升起，国王坐在御座上沉思自己的施舍，觉得凡是身外之物，自己没有一件不施舍的，进而他想："凡是身外之物，我没有一件不施舍的，但这还不能使我满足。我渴望施舍自己的身上之物。今天，我到了施舍厅之后，无论是谁，如果他不乞求我身外之物，而乞求我的身上之物，我也都施舍。如果谁要我的心，我就用矛尖挑开胸膛，像从洁净的池水中摘下带秆的莲花，摘下我的滴淌着鲜血的心，交给他。如果谁要我身上的肉，我就像用雕刻刀雕刻一样，割下身上的肉，交给他。如果谁要我的血，我就把血滴入他的口中，或滴在碗里，交给他。如果谁提出'我的家务没人做，请你来我家当奴仆'，那我就离开王宫，站在王宫外宣布自己是奴仆，做奴仆的工作。如果谁要我的眼睛，我就像挖多罗树心似的，挖出眼睛，交给他。"他这样想道：

> 人间世上一切物，没有哪件我不给，
>
> 即使有人求双眼，毫不犹豫我也给。

这样想罢，他用十六罐香水沐浴，精心装饰打扮，吃了珍馐美味，坐在装饰华丽的御象背上，来到施舍厅。

帝释天知道了国王的意愿，心想："尸毗王你今天决定要挖出眼睛施舍给前来乞求的人，你做得到吗？"他为了考验尸毗王，幻化成一个瞎眼的婆罗门老人，当国王来到施舍厅时，他站在一块高地上，伸出双臂高呼："国王万岁！"国王骑着御象走向他那边，问道："婆罗门，你说什么？"帝释天回答说："大王啊！你的慷慨施舍，名声传遍全世界。我是个瞎子，而你有一双眼睛。"说罢，念了第一首偈颂：

> 老人来自千里外，求你施舍一只眼，
> 你若给我一只眼，我俩各有一只眼。

大士听后，心想："这正是我来之前在王宫里想的。真是个好机会！今天我要如愿以偿了。我要作出前所未有的施舍。"他满心喜欢，念了第二首偈颂：

> 是谁教你来这里，向我乞求眼珠儿，
> 这个器官最宝贵，世上人人难舍弃。

> 众神称作妙生主，世人称作因陀罗，
> 是他教我来这里，向你乞求眼珠儿。①

> 无上布施我乞求，请你给我眼珠儿，
> 无上布施你赐予，世上人人难舍弃。

> 你抱希望来这里，正好符合我心愿，

---

① 这一首和下一首偈颂显然是帝释天的话。

你的希望能满足,请你取走我双眼。①

你只乞求一只眼,我要给你一双眼,
当众带走我的眼,你的希望获实现。

国王说了这些话后,心想:"我自己无法挖出眼睛给他。"于是,他带婆罗门进宫,坐在御座上,召来御医希婆格,说道:"把我的眼睛挖出来。"这个消息轰动全城:"听说我们的国王要把自己的眼睛挖出来送给婆罗门!"军队统帅、国王宠信、市民和后宫嫔妃,聚集在一起,劝阻国王,念了三首偈颂:

别把眼睛送,别把我们抛,
施舍他钱财,施舍他珍宝。

套上你的车,装饰你的马,
大象披金衣,统统送给他。

众车之主啊,施舍这一切,
我们这些人,永远侍奉你。

然后,国王念了三首偈颂:

出言要施舍,心里不愿意,
犹如将脖子,伸入陷阱里。

出言要施舍,心里不愿意,
罪中之大罪,必定堕地狱。

---

① 这一首和下一首偈颂显然是尸毗王的话。

有求有所给,无求无所给,
我给婆罗门,他所乞求的。

然后,大臣们问道:"你施舍眼睛,图的是什么呢?"他们念了一首偈颂:

尸毗国中最高者,施舍眼睛图什么?
长寿美色和权力,抑或来世之幸福?

国王听后,念偈颂道:

不图儿子和王国,不图名声和金钱,
自古善人皆如此,施舍令我心喜欢。

听了大士的话,大臣们不再说什么。大士对御医希婆格念偈颂道:

我的朋友希婆格,医术高明人称颂,
遂我心愿挖我眼,放在乞者双手中。

然后,希婆格说道:"施舍眼睛非同小可,大王啊!你要慎重考虑。""希婆格!我已经考虑过了。你不要耽搁时间,不要跟我啰唆。"希婆格心想:"像我这样精通医术的御医不宜用刀挖取国王的双眼。"于是,他碾碎各种药草,将药粉涂在蓝莲花上,摩擦国王的右眼。眼睛滴溜转动,异常疼痛。希婆格说道:"大王啊,考虑考虑吧!我有责任保护你的眼睛。""继续干,朋友,别耽搁!"希婆格再次将药粉涂在蓝莲花上,摩擦国王的右眼。眼睛从眼窝里鼓出,愈加疼痛。"大王啊,考虑考虑吧!我能让你的眼睛复原。""别耽搁!"希婆格第三次将更加烈性的药粉涂在蓝莲花上,摩擦国王的右眼,然后敷在上面。由于药性的作用,眼睛从眼窝中脱出,悬挂在一根筋腱上。"大王啊,考虑考虑吧!我还能让你的眼睛复原。""别耽搁!"疼痛达到顶点,鲜血流淌,浸湿国王的衣裳。嫔妃和大臣们跪在国王脚下,号啕大哭。他们哀求道:"大王啊! 你别施舍眼睛了吧!"国王忍着剧痛,说道:"朋友,别耽搁!"希婆格说道:"遵命,大王!"他用左手托着眼睛,右手拿刀切断眼睛的筋腱,将眼睛放在大士手中。大士用左眼观看手上的右眼,忍着剧痛,招呼婆罗门道:"来,婆罗门! 全知的眼睛胜过我这眼睛一百倍、一千倍,这便是我施舍的原因。"说罢,他把眼睛交给婆罗门。婆罗门拿起眼睛,放在自己的眼窝里。凭借他的神力,那眼睛固定在眼窝里,犹如盛开的蓝莲花。大士用左眼望着婆罗门眼窝里的眼睛,说道:"我所做出的眼睛施舍是多好的施舍啊!"他压抑不住内心的喜悦,把另一只眼睛也给了婆罗门。帝释天把国王的另一只眼睛也放在自己的眼窝里,然后走出王宫,当着众人的面,走出波罗奈城,回到天国。

尊师描述此事,念了一首半偈颂:

> 尸毗王再三坚持,希婆格遵照执行,
> 尸毗王双眼挖出,婆罗门眼窝装进,
> 尸毗王变成瞎子,婆罗门重见光明。

不久,国王的眼睛开始长出,在还没有长全的时候,另外长出羊毛球似的肉团,填满了眼窝,看上去像一双彩绘的眼睛。不过,疼痛是停止了。大士在宫里住了几天后,心想:"一个瞎子怎能治理王国? 我要把王国移交给大臣,自己到花园里去出家当沙门。"于是,他召集大臣,告知此事,对他们说道:"给我身边留个人,照顾我洗脸等等,为我做些必要的事,因为哪怕上厕所,也得有人用绳子牵着我。"说罢,他招呼车夫道:"备车!"众大臣不让他乘车前去,而用金轿抬他去,让他坐在莲花池旁。众大臣布置了禁军之后,便都回去了。国王结跏趺坐,沉思自己的施舍。这时,帝释天的宝座发热了。他一转念,便知道了原因。他决定赐给国王恩惠,让他的眼睛复原。于是,他到那里,在大士身边来回走动。

尊师描述此事,念了这些偈颂:

过了若干天,双眼已痊愈,
富国尸毗王,命令御车夫:

"为我备御车,宣布这消息:
我要去花园,林中莲花池。"

乘坐金轿子,来到莲池边,
天帝妙生主,来到国王前。

大士听到帝释天的脚步声,问道:"是谁?"帝释天念偈颂道:

神王帝释天,来到你身边,
赐给你恩惠,满足你心愿。

国王听后,念偈颂道:

财富和权力,样样都不缺,
如今眼睛瞎,但愿求一死。

帝释天说道:"尸毗王啊!你为什么想死?你是真的想死,还是因为眼睛而想死。""大神啊!是因为眼睛瞎了。""大王啊!施舍不仅为了来世,也是为了今世。别人向你乞求一只眼,你给了一双眼。因此,你发个誓吧!"随即,念了一首偈颂:

人王刹帝利,请你发誓愿,
只要发誓愿,就能得双眼。

听了这话,大士说道:"帝释天啊!如果你想给我眼睛,就不要绕弯子了。就作为我施舍的果报,让我的眼睛复原吧!"帝释天说道:"大王啊! 尽管我是众神之王帝释天,也无法给别人眼睛。作为你施舍的果报,你的眼睛才会复原。""那么,我已经做过很好的施舍了。"说罢,他念偈颂发誓道:

> 无论来乞者是谁,施舍令我心喜欢,
> 我发誓愿句句真,凭此恢复我的眼。

在他说话之际,第一只眼睛复原了。然后,为了获得另一只眼睛,他又念了两首偈颂:

> 曾经有个婆罗门,前来乞求一只眼,
> 我向这个婆罗门,施舍我的一双眼。

> 胸间喜悦倍增长,心中快乐漫无边,
> 我发誓愿句句真,凭此恢复另一眼。

刹那间,另一只眼睛也复原了。但是,这一双眼睛既不是凡眼,也不是神眼,因为这婆罗门是帝释天幻化的,他给的不可能是凡眼,而神眼又不能长在受过伤的眼窝里,所以,这双眼睛被称作"真知慧眼"。在这双眼睛愈合后,帝释天施展神力,让国王所有的臣仆聚集在这里。帝释天当着众人的面,赞美大士,念了两首偈颂:

> 富国尸毗王,所说皆真言,
> 由此你获得,一对神仙眼。

> 眼光能穿透,墙壁和高山,
> 一百由旬内,你都能看见。

帝释天站在空中,当着众人的面,念完这两首偈颂后,嘱咐大士道:"你要小心谨慎。"然后,回到天国去了。大士在众人簇拥下,满载荣誉进城,登上"孔雀眼"宫殿。他双眼复明的消息传遍尸毗国。国民们带了许多礼物来看他。大士心想:"趁众人聚集的机会,我要颂扬我的施舍。"他吩咐在王宫门前支起一个大帐篷,自己坐在御座上,头顶上张着白色华盖。全城击鼓,集合所有的将士。大士说道:"尸毗国民们! 你们看看我这双神仙眼。今后,你们吃饭时不要忘了施舍!"然后,他念了四首偈颂说法:

有谁被乞求,不肯做施舍?
国民聚这里,请看神仙眼。

眼光能透过,墙壁和高山,
一百由旬内,我都能看见。

在这人世间,施舍最宝贵;
施舍凡人眼,获得神仙眼。

你们吃饭时,不要忘施舍;
倘若能如此,死后可升天。

从此,每隔两星期,特别是十五斋戒日,他总要召集众人,念这些偈颂说法。众人听后,广行布施,做了许多善事,死后升入天国。

六牙本生

　　古时候,在喜马拉雅山六牙湖附近,住着八千头大象。它们具有如意神力,能在空中飞行。那时,菩萨转生为象王的儿子,浑身雪白,只有嘴和脚是红色的。它渐渐长大,有八十八腕尺高,一百二十腕尺长。它的鼻子像银环,有五十八腕尺长;象牙有十五腕尺粗,三十腕尺长,发出六色光彩。它是这八千只大象的首领,崇敬辟支佛。它有两个王后,一位叫小妙吉,一位叫大妙吉。它带着八千头大象住在金洞里。六牙湖长宽均为五十由旬,湖中央十二由旬的水域没有浮萍或水草,湖水呈宝石色。围绕这片水域,长着一圈纯白莲花,有一由旬宽;围绕这圈纯白莲花,长着一圈纯蓝莲花,也有一由旬宽;接下去一圈围绕一圈的是深蓝莲花、浅蓝莲花、红莲花、白莲花和素莲花,每一圈都有一由旬宽;围绕这七圈莲花的是一圈杂色莲花,也有一由旬宽。紧接着是一圈红稻,也有一由旬宽,这里的水深刚够大象站立。紧接着,水边是小灌木丛,共有十圈,每圈都盛开着蓝、黄、红、白各色鲜艳芬芳的花朵,也有一由旬宽。然后是各种各样的豆子。紧接着是黄瓜、南瓜、葫芦等攀藤植物。然后是槟榔树那样的甘蔗林。然后是象牙那样的芭蕉林。然后是稻田。紧接着是水罐那样的面包果树林。然后是结着甜果的罗望子树林。然后是迦毗佗树林。然后是混杂的树林。然后是竹林。围绕竹林,屹立着七座山。从外面开始,第一座是小黑山,第二座是大黑山,然后是水山、阴山、阳山、宝山,第七座是金山。金山呈环形,有七由旬高,围住六牙湖,像个碗口。它的内侧是金色的;在它的光芒照射下,六牙湖像一轮初升的太阳。而外面的几座山,第六座六由旬高,第五座五由旬高,第四座四由旬高,

469

佛本生故事选(增订本)

第三座三由旬高,第二座两由旬高,第一座一由旬高。在这七山环抱的六牙湖的东北角,风吹湖水的地方,有一棵大榕树,树干五由旬粗、七由旬高,树枝向四方伸展六由旬,向上方伸展六由旬,所以,从树根到树顶有十三由旬,从这一边树枝末梢到那一边树枝末梢有十二由旬。树上点缀着八千条嫩枝,美丽壮观,像一座宝石山。在六牙湖的西面,金山上有一个十二由旬宽的金洞。这位名叫六牙的象王带着八千头大象,雨季时,住在金洞里;夏季时,呆在大榕树下的嫩枝之间,享受湖面吹来的阵阵凉风。

一天,众象报告象王说:"大娑罗树林开花了。"象王心想:"我要到娑罗树林去玩玩。"于是,它带领众象前往娑罗树林。在那里,它用颧颥碰撞一棵鲜花盛开的娑罗树。那时,小妙吉站在上风口,枯枝、败叶和黑蚁掉落在她身上,而大妙吉站在下风口,掉落在她身上的是花粉、花蕊和绿叶。小妙吉心想:"它让花粉、花蕊和绿叶落在自己的爱妻身上,而让枯枝、败叶和黑蚁落在我身上。好吧,我记着它!"小妙吉对大士怀恨在心。又有一天,象王带领众象来到六牙湖洗澡。两头年轻的象用鼻子卷着成捆的香草替象王洗澡,犹如刷洗盖拉瑟山。象王洗完澡,走出来。年轻的象为两位象王后洗澡。两位象王后洗完澡,走出来,站在大士身旁。然后,八千头大象下水嬉戏玩耍。它们从湖中采摘各种鲜花,像装饰银塔那样装饰大士,然后装饰两位象王后。有一头象在湖中游荡时,采到一朵七蒂大莲花,把它献给了大士。大士用鼻子卷起莲花,把花粉撒在自己颧颥上,然后把莲花赐给了大王后大妙吉。小妙吉见后,心想:"它把这朵七蒂莲花赐给自己的爱妻,而不赐给我。"又一次对大士怀恨在心。

一天,大士用涂了花蜜的甜果和藕,供奉五百位辟支佛。小妙吉亲自拿着各种果子,献给辟支佛,发愿道:"我死后,要转生为摩陀王族的公主,名叫妙吉,长大后,成为波罗奈王的正宫王后。我要得到他的宠爱,使他对我百依百顺。然后,我要求他派个猎人,用毒箭射死这头象。这样,我就能得到它的一对发出六色光彩的象牙。"从此以后,小妙吉不吃不喝,不久就死了。它投胎在摩陀国王后的腹中,出生之后,取名妙吉。长大后,她嫁给了波罗奈王。她深得国王宠爱,成为一万六千名王妃中的正宫王后。她记得自己的前生,心想:"我的心愿可以实现了。现在,我要得到象王的一对象牙。"于是,她全身涂油,穿上脏衣服,躺在床上,假装生病。国王问道:"妙吉在哪里?""她病了。"国王听到这个消息,进入卧室,坐在床边,抚摩妙吉的背,念了第一首偈颂:

> 肢体优美人憔悴,肤色娇艳脸苍白,
>
> 犹如花环遭践踏,大眼女郎愁何在?

妙吉听后,念了另一首偈颂:

> 心中有渴念,曾在梦中显,
>
> 可惜这渴念,实在难实现。

国王听后,念偈颂道:

> 快乐尘世间,千种万般愿,
>
> 只要告诉我,就能获实现。

王后听后,解释道:"大王啊!我的愿望很难实现。现在我不说。你把全国所有的猎人召来,我要当着他们的面说。"随即,念了另一首偈颂:

> 国内众猎人,请你召集全,
>
> 当着他们面,诉说我心愿。

国王说道:"好吧!"他走出卧室,命令大臣:"你们去击鼓传令,集合起迦尸国方圆三百由旬内的所有猎人!"大臣照办了。很快,迦尸国的猎人按照各自的能力,带着礼物,来到那里,总共有六万人。国王知道他们来了,便站到窗前,伸出手,告诉王后说猎人已经来到:

猎人已集合，个个有本领，
熟谙林中兽，愿为我献身。

王后听后，向众猎人念偈颂道：

诸位猎人听仔细：六牙白象梦中显，
我想获得它的牙，否则性命难保全。

众猎人听后，说道：

你所称说六牙象，祖祖辈辈没见过；
梦中之象啥模样，请你仔细说一说。

说完，他们又念了一首偈颂：

八方和上下，总共有十方，
梦中六牙象，位于哪一方？

妙吉听罢，观察所有的猎人。其中有个猎人名叫娑奴多罗，曾是大士的宿敌。这个人八字脚，腿肚子鼓得像食囊，大膝盖，大肋骨，大胡子，黑牙齿，红眼睛，从头到脚丑陋不堪，站在众人中，特别显眼。王后心想："这个人能执行我的命令。"征得国王同意后，她把这个猎人带上七层楼阁的最高层。打开北窗，用手指着北面的喜马拉雅山，念了四首偈颂：

朝北越过七重山，便是巍巍大金山，
到处出没紧那罗，满山遍野花争艳。

登上紧那罗居处，低头俯瞰金山麓：

郁郁葱葱色似云,八千嫩枝大榕树。

六牙大象住这里,浑身雪白难制服;
八千大象保护它,牙似犁柄动如风。

群象阴沉气呼呼,即使风吹也发怒,
倘然看见生人来,定然叫他化尘土。

娑奴多罗听后,惧怕死亡,说道:

珍珠玛瑙金首饰,王宫里面无穷尽,
你要象牙做什么,莫非借此害猎人?

王后念了另一首偈颂:

想起从前遭歧视,满腹痛楚似火焚;
猎人你能如我愿,我将赐你五座村。

念罢,王后安抚这个猎人说:"猎人朋友啊!我过去供奉辟支佛时,发愿说:'我要杀死这头六牙象,得到它的一对象牙。'我的这个愿望即将实现。你去吧,别害怕!""好吧,王后!"他表示同意,说道,"那么请你告诉我它的住处吧。"说罢,念偈颂问道:

居住在哪儿?沐浴在何处?
象王之行踪,请你告诉我。

王后记得自己的前生,那个地方历历在目。她念了两首偈颂,告诉他:

那里附近莲花池,碧波浩渺惹人爱,

此乃象王沐浴处,蜜蜂成群花盛开。

沐浴完毕回家转,头戴青色莲花环,

浑身雪白如白莲,爱妻紧跟在后面。

娑奴多罗听后,同意道:"好吧,王后! 我去杀死这头象,取来它的象牙。"王后很高兴,赏给他一千元,说道:"你现在先回家,七天后动身到那里去。"打发他走后,王后召集铁匠,命令道:"我们需要斧子、铲子、锤子、砍竹刀、割草刀、铁棍、铁钻和铁叉,你们尽快做好送来。"打发他们走后,王后又召集皮匠,命令道:"我们需要一个装得进水缸的皮口袋,还需要皮索、大象穿得下的皮靴和一个皮帐篷,你们尽快做好送来。"铁匠和皮匠很快做好这些东西,交给王后。王后为猎人准备好旅行用品,将木柴等物品和糕饼等食品全部放在那个皮口袋里,鼓鼓的像个水缸。娑奴多罗自己也准备就绪,第七天准时来到,向王后行礼,站立一旁。王后说道:"朋友! 你的旅行用品已经准备齐全,拿着这个皮口袋吧!"娑奴多罗具有五象之力,所以,拿起这个皮口袋就像拿起一包点心。他把皮口袋挟在腋下,两手空空地站着。妙吉赏了一笔钱给猎人的子女,然后,报告国王,吩咐猎人出发。猎人向国王和王后行礼告别,离开王宫,把东西放在车上,带着一群随从出城,经过许多城镇乡村,到达边疆。他让随从回去,自己与边疆居民一起进入森林。越过人烟之地,他让边疆居民也回去,独自一人继续前进。走了三十由旬路,经过灌木丛、芦苇丛、草丛、荆棘丛、藤萝丛、杂草丛,这些地方稠密得连一条蛇都钻不过去,还有稠密的树林、稠密的竹林、泥潭、水塘、山群,一个挨一个,总共有十八处。他开路前进,遇草用割草刀割,遇灌木用砍竹刀砍,遇树用斧子砍,然后,他搭梯爬到竹林顶上,搭一根预先砍下的竹子,爬到又一个竹林顶上。来到泥潭,他铺上一块干木板,踩上去,然后在前面再铺一块干木板,一步一步通过泥潭。他做了一只独木舟,渡过水塘,到达山脚下。他将皮索系在铁叉上,往上一甩,插在山坡上。他沿着皮索往上爬,然后用装有金刚钻头的铁棍打孔钻眼,安上桩子。他踩在桩子上,拔下铁叉,再往上甩,插在更高的山坡上,然后,垂下皮索,系在下面的桩子上。他左手抓住皮索,右手用锤子敲打皮索,拔出桩子,再往上爬。就这样,他爬上了第一座山的山顶。接着,从另一面山坡下山。他用前面所说的方法在山顶上打了个桩子,桩子上系皮索,皮索上系皮口袋。他坐在皮口袋里,像蜘蛛吐丝那样放松皮索往下降。人们甚至还传说,他张开皮帐篷,凭借风力,像鸟儿那样往下降。就这样,他遵照妙吉的吩咐出城,越过十七座丛林,抵达山区,翻过六座山,最后登上金山山顶。

尊师描述此事,念道:

> 遵照妙吉王后言,猎人携带弓和箭,
> 翻过巍峨七重山,终于抵达大金山。
>
> 登上紧那罗居处,低头俯瞰金山麓:
> 郁郁葱葱色似云,八千嫩枝大榕树。
>
> 但见六牙大象王,浑身雪白难制服,
> 八千随从保护它,牙似犁柄动如风。
>
> 但见附近莲花池,碧波浩渺惹人爱,
> 此乃象王沐浴处,蜜蜂成群花盛开。
>
> 大象沐浴必经路,猎人已经看清楚,
> 屈从王后妒忌心,卑鄙无耻下毒手。

故事继续下去。据说,这个猎人用上述方法,花了七年七个月零七天才到达这里。他察看了象王的居住地,在那里挖了一个坑,心想:"我要在这儿射死象王。"他进入森林伐树,准备柱子和其他材料。在大象下水沐浴前站立的地方,用大铲子挖了个方坑,把挖出来的泥土播种似地撒在水里。在灰泥坑底支起柱子,架上横木和竹竿,再在上面铺设木板。在木板上挖一个箭杆粗细的洞,然后在木板上撒上泥土和垃圾,并在一边挖一个供自己出入的洞口。这样,当他挖好这个坑,天已亮了。他在自己的头上挽了个假发髻,穿上袈裟,带着弓和毒箭,钻进灰泥坑,等候在那里。

尊师描述此事,念道:

> 挖好方坑铺上板,猎人持弓藏里边,
> 象王沐浴必经路,恶徒暗中放毒箭。

> 象王中箭巨声吼,众象呼应高声叫,
> 踩碎树枝和草坪,四面八方乱奔跑。

> 象王起念杀那人,突然瞥见袈裟衣:
> 遵行正道不杀生,此乃圣贤之标志。

大士念了两首偈颂:

> 纵然穿上袈裟衣,违背真理不自制,
> 行为奸诈做恶事,亵渎这身袈裟衣。

> 矢心不渝守戒律,崇尚真理能自制,
> 行为高洁做善事,才配穿上袈裟衣。

这样念罢,大士平息了心中的怒火,问道:"朋友,你为什么要伤害我?是为了你自己的利益,还是受别人唆使?"

尊师描述此事,念道:

象王虽然中毒箭，不怀恶意问猎人：
为何你要伤害我，谁是幕后指使人？

猎人念偈颂回答道：

迦尸国里大王后，备受崇敬名妙吉；
她说曾经见过你，下令猎取你的牙。

象王听罢，知道这是小妙吉干的事。它忍受着剧痛，心想："她不是要我的牙，而是要我的命。"随即，念了两首偈颂，说明此事：

我的象牙粗又大，祖祖辈辈相遗传，
王后用意不在此，她要杀我泄愤怨。

猎人请你拿起锯，趁我未死锯我牙，
回去平息王后怒："杀死象王得象牙。"

猎人听了象王的话，从他呆着的地方走出来，拿着锯子，走到大象身旁，准备锯象牙。但大象身高八十腕尺，宛如一座山，猎人够不着象牙。于是，大士蹲下身子，垂下头，猎人踩着大士的象牙，好像踩着银色的绳索向上爬；他站在大象颞颥上，仿佛站在盖拉瑟山顶上。他用膝盖猛撞大象嘴唇，将脚伸进大象嘴里，爬上颞颥，把锯子放进大象嘴里。大士感到剧烈的疼痛，嘴里充满鲜血。猎人这儿那儿地移动位置，怎么也锯不下象牙。大士口吐鲜血，忍受着剧痛，问道："朋友，你锯不下来吗？""是啊，尊者！"大士镇静地说道："那么，朋友，我没有力气举起我的象牙，请你把我的象牙抬起来，搁在锯子上。"猎人照着做了。大士将象牙卡紧在锯子上，左右移动，锯下一对象牙，犹如掐下一对嫩芽。它吩咐猎人拿起这对象牙，说道："猎人朋友啊！我把象牙送给你们，不是因为我不爱惜象牙，也不是因为我企求帝释天、摩罗、梵天的地位,而是因为全知的象牙比我这对象牙珍贵一百倍、一千倍,但愿我通过这个功德,能够获得全知。"它给了他象牙后,问道:"朋友,你来这里用了多长时间?""七年七个月零七天。""请回去吧!靠着这对象牙的神力,你在七天之内就能到达波罗奈。"它打发猎人回去,祝他一路平安。猎人走后,象王没等到众象和大妙吉回来,就死了。

尊师描述此事,念道:

> 猎人用锯子,锯下象王牙,
>
> 手捧无价宝,迅速跑回家。

众象发现敌人已走,便回来了。

尊师描述此事,念道:

> 象王中箭遭暗算,众象惊恐逃四方,
>
> 如今敌人已远去,众象回来见象王。

大妙吉也与众象一起回来。它们在那里哀伤哭泣,然后来到受大士供养的辟支佛身边,说道:"诸位尊者啊!你们的供养者已经中箭身亡,你们到它的葬身之地去看看吧!"于是,五百位辟支佛从空中飞到那里。两头年轻的象用象牙抬起象王的身体,让它向这些辟支佛致敬,然后把它抬到木柴堆上,进行火葬。五百位辟支佛彻夜在火葬仪式上念诵经文。八千头大象熄灭葬火。众象沐浴后,让大妙吉走在前面,一起回到自己的住处。

尊师描述此事,念道:

> 众象哀哀哭,撒灰在头上,
>
> 跟随大妙吉,返回住处去。

娑奴多罗带着象牙,不满七天,就到达波罗奈。

尊师描述此事,念道:

　　象王之牙无价宝,六彩熠熠放光华,
　　猎人进城献王后:"杀死象王得象牙。"

　　猎人带着象牙来到王后面前,说道:"王后! 你为区区小事而怀恨在心的那头象,已经被我杀死。"王后问道:"你说你已经杀死这头象了吗?"猎人递上象牙,说道:"是杀死了,这是它的象牙。"王后手持宝石扇,接过闪耀六色光芒的象牙,抱在怀里,凝视着亲爱的前夫的这对象牙,心想:"这个猎人用毒箭射死这头吉祥美丽的大象,锯下象牙,回来了。"她想起大士,悲不自胜,结果心儿迸裂,当天就死了。

商波拉本生

古时候,波罗奈梵授王有个儿子,名叫福军。长大后,国王立他为副王。他的王后名叫商波拉,美貌绝伦,光艳照人,宛如一盏照亮暗处的明灯。后来,福军得了麻风病,无法治愈。病情日益严重,福军悲观绝望,心想:"王国对我还有什么用? 我愿意孤单一人死在森林里。"他让人禀告国王,然后离别后宫。商波拉王后多般劝阻不成,最后说道:"夫君! 我要在森林里照顾你。"说罢,她与福军一起出走。

到了森林,他们在一个果子丰盛、水源充足、树荫浓密的地方,盖了一间树叶屋住下。请看这位王后怎样照顾福军:她每天拂晓起床,打扫屋子,准备盥洗用水,然后递上牙签和漱口水。福军漱口时,她捣碎各种药草,敷在福军的伤口上。接着,给他吃各种甜果。吃完甜果,服侍他漱口洗手,然后叮嘱他说:"你要多加小心。"说罢,向他行过礼,拿着篮子、铲子和钩子去森林里采果子,回家放下果子,又提起罐子去打水,用各种粉末和漂白土给福军擦身洗澡,然后又给他吃各种甜果。等他吃完,又递上香甜可口的水。直到这时,她自己才吃果子。她整理床铺,让福军躺在上面。她替福军洗脚、梳头、捶背,然后紧挨床边躺下。她就是这样精心照顾丈夫的。

有一天,她在森林里采果子,看见一个山洞。她把篮子从头顶卸下来,站在洞边,心想:"我要洗个澡。"她进入洞里,用郁金根粉擦身洗澡。洗完澡,出洞穿上树皮衣,站在洞边。她身上的光芒照亮整座森林。此刻,有个阿修罗正在游荡寻食,看见了商波拉,顿时心生爱慕,念了两首偈颂:

颤颤巍巍站洞边,细腰女郎你是谁?
双手纤纤容貌美,请问家族和姓名。

吉祥美丽细腰女,光芒照遍狮虎林,
向你致敬阿修罗,请问丈夫和姓名。

听了他的话,商波拉念了三首偈颂:

丈夫名福军,迦尸王太子;
我叫商波拉,是他结发妻。

毗提诃王子①,生病住林中,
由我照顾他,减轻他苦痛。

我在林中游,捡取碎鹿肉,
带回家中去,夫君能糊口。

下面是阿修罗和商波拉互相对答的偈颂:

王子染重病,何用你看护?
美女商波拉,我做你丈夫!

心忧人憔悴,岂能称美女?
请你离开我,另去找伴侣。

登上我山岳,一切顺你心,

① 对福军的称呼,因他的母亲是毗提诃国公主。

　　我有四百妻,你排第一名。

　　你想要什么,我就给什么,
　　金色美女郎,与我同享福。

　　倘若不依我,死期在今天,
　　美女商波拉,拿你作早餐。

　　妖魔阿修罗,獠牙七发髻,
　　欺侮弱女子,抓住她手臂。

　　两眼冒欲火,妖魔抓王后;
　　纵然落魔爪,仍为丈夫忧。①

　　罗刹吃掉我,我不以为苦;
　　我心放不下,我的病丈夫。

　　不见庇护者,诸神在哪里?
　　恶魔逞凶狂,无人来阻止!

　　商波拉的德行震撼了天宫。帝释天的宝座发热了。他沉思一下,就知道了原因,拿起金刚杵,迅速飞下,站在阿修罗头顶上,念了一首偈颂:

　　一切妇女中,数她最高洁,
　　声誉传天下,光辉似烈焰;
　　不准你逞暴,放开虔诚女,

---

　　① 以上两首偈颂显然不是他们两人的对话。

你若吃掉她，头颅裂七瓣。

阿修罗一听这话，只得把商波拉放了。而帝释天心想："这家伙可能还会干这种事。"于是，他用神链捆住阿修罗，放逐到第三座山，不让他再回来。然后，帝释天嘱咐公主多加小心，返回天国。太阳落山，公主借着月光，回到净修屋。

尊师描述此事，念了八首偈颂：

摆脱妖魔回家中，不见丈夫在哪儿，
犹如母鸟失雏鸟，犹如母牛失公牛。

大眼女郎商波拉，孤苦无助在林中，
声誉卓越王家女，哀哀哭诉声悲痛：

品德高尚众仙人，诸位沙门婆罗门，
我向你们行大礼，保护我这可怜人！

诸位狮子和老虎，林中走兽和飞禽，
我向你们行大礼，保护我这可怜人！

青草蔓藤和药草，还有高山和树林，
我向你们行大礼，保护我这可怜人！

仿佛青莲是夜空，仿佛花环是群星，
我向你们行大礼，保护我这可怜人！

跋吉罗蒂①大恒河，你是河流之母亲，

---

① "跋吉罗蒂"（bhāgīrathī），恒河的称号，源自一位仙人的名字跋吉罗特。这位仙人通过修炼苦行，感动恒河女神下凡。

让我向你行大礼,保护我这可怜人!

喜马拉雅大雪山,你是山岭之父亲,
让我向你行大礼,保护我这可怜人!

福军见商波拉如此悲伤,心想:"她不胜悲伤,但我不知道她的情况。如果她出于爱我而这样悲伤,那么,她的心儿会碎的。让我试探她一下。"于是,他走到树叶屋门口,坐下。商波拉哭泣着,来到树叶屋门口,向他行触足礼,问道:"大王啊!你上哪儿去了?"福军说道:"亲爱的,往日你从不在这个时候回来。今天,你回来得太晚了。"他念偈颂问道:

声誉卓越王家女,今日为何迟迟归?
莫非与人有约会?比我可爱他是谁?

商波拉回答说:"大王啊!我采了果子回家时,遇见一个阿修罗。他看中我,抓住我的手,说道:'如果你不依我,我就吃掉你!'即使在那个时候,我也只是为你担忧,为你悲伤哭泣。"说罢,她念偈颂道:

纵然陷魔爪,我还这么说:
罗刹吃掉我,我不以为苦,
我心放不下,我的病丈夫。

接着,商波拉把全部的情况告诉福军,说道:"大王啊!我被阿修罗抓住,无法脱身,我就用这样的办法感动上天。帝释天手持金刚杵赶来,站在空中,威胁阿修罗,命令他释放我,然后用神链捆住他,把他扔到第三座山。靠了帝释天,我才得救。"福军听后,说道:"好吧,亲爱的,但愿是这样。可是,妇女常常不说真话。在这喜马拉雅山,住着许多林中人、苦行者和智士,谁能相信你呢?"说罢,念偈颂道:

妇女狡黠心眼多,花言巧语不可信,

妇女生性难捉摸,犹如鱼儿水中行。

听了这话,商波拉说道:"大王啊!你若不信我的话,我就用真话的力量治愈你的病。"说罢,她灌满一罐水,口念誓言,然后将水洒在福军头上。她念偈颂道:

但愿真话拯救我:我爱丈夫无情夫。

倘若此言不虚假,福军病体得康复。

她这样念完誓言,那水一接触福军,麻风病症立即消失,犹如盐酸涤除铜锈。他俩在那里住了几天之后,离开森林,返回波罗奈,进入花园。

国王得知他俩回来,来到花园,为福军竖起华盖,并为商波拉灌顶,立为王后,让他俩进城去,而自己出家当苦行者,住在花园里,但还经常到王宫去吃饭。福军虽然让商波拉当了王后,但一点也不尊重她,仿佛没她这个人,一味与其他嫔妃寻欢作乐。商波拉妒忌其他嫔妃,日益憔悴苍白,青筋暴露。一天,苦行者公公来吃饭。她为了消愁解闷,来到公公身边,行过礼,坐在一旁。公公见她萎靡不振,念偈颂道:

巍巍大象七百头,一千六百弓箭手,

日日夜夜保护你,受何惊扰人消瘦?

听了公公的话,商波拉说道:"父王啊!你的儿子待我跟过去不一样了。"说罢,念了五首偈颂:

歌声悦耳似天鹅,皮肤娇嫩似白莲,

迷上那些妖冶女,待我不再像从前。

> 她们出身刹帝利,肢体优美似天仙,
> 胸衣腰带闪金光,赢得福军心喜欢。

> 倘若我能像从前,为夫觅食在林间,
> 备受尊敬不受辱,舍弃王宫也情愿。

> 纵有山珍和海味,纵有绫罗和绸缎,
> 倘若没有丈夫爱,不如悬梁寻短见。

> 贫女纵然睡草席,丈夫抚爱实堪美,
> 贵妇纵然享荣华,丈夫薄情真可怜。

商波拉这样向苦行者公公解释了自己消瘦的原因,苦行者便把儿子召来,说道:"福军我儿! 你患麻风病的时候,她陪你住进森林,侍候你,并且用真话的力量,治愈了你的病。你靠她登上王位,而你现在对她漠不关心。你的行为是错误的。这是忘恩负义,是罪过。"说罢,他念偈颂,教诲儿子道:

> 男人难找好妻子,女人难找好丈夫;
> 商波拉是好妻子,你应做个好丈夫。

他这样教诲儿子后,起身走了。父亲走后,福军把商波拉召来,说道:"亲爱的,这些日子我亏待了你,请你宽恕我。今后我要赐予你一切权力。"他念了最后一首偈颂:

> 荣华富贵享不尽,郁郁寡欢人消瘦,
> 我和后宫众嫔妃,全部听从你吩咐。

从此,他俩和睦相处,广行布施,做了许多善事,按其业死去。苦行者获得八定和五神通,升入梵界。

结节镇头迦树本生

古时候,甘毗罗国北般遮罗城的国王名叫般遮罗,他不遵行正道,不依法治国。这样,他的大臣也都违法乱纪。由于苛捐杂税的重压,百姓们都携带老婆孩子逃进森林,像动物一样到处游荡。村庄荒芜。人们害怕皇家差役,白天不敢住在家里,用荆条围住房子,天一亮就进入森林。他们白天受王家差役掠夺,夜间受强盗掠夺。那时,菩萨转生为城外结节镇头迦树的树神,每年从国王那里得到价值一千元的供养。菩萨心想:"这个国王玩忽职守,整个国家会毁灭的。除了我,没有人能把国王引上正道。他是我的恩主,每年给我价值一千元的供养,我要劝诫劝诫他。"于是,他在晚上进入国王的卧室,站在国王床头的空中,闪闪发光。国王看见他闪闪发光,像初升的太阳,便问道:"你是谁?为何而来?"菩萨回答道:"大王,我是结节镇头迦树树神,我到这里来劝诫你。""你要劝诫我什么?"大士说道:"大王啊!你玩忽职守,整个王国会因此遭到毁灭。玩忽职守的国王不配做王国的主人,他们这世遭到毁灭,下世堕入地狱。而且,国王玩忽职守,宫内宫外的人也都跟着玩忽职守。因此,国王应该格外谨言慎行。"说罢,他念偈颂说法:

> 谨慎长命路,懈怠死亡路,
> 谨慎永不死,懈怠生犹死。

> 国王莫骄傲,骄傲生懈怠,
> 懈怠生堕落,堕落生罪恶。

懈怠刹帝利，失去国和财，
村民失村庄，家主无家归。

懈怠刹帝利，徒有国王名，
国家遭毁灭，财富化泡影。

大王离正道，行为太懈怠，
乡村和城镇，毁于盗和贼。

你将无子嗣，也无金和银，
国家遭劫掠，财富化泡影。

身为刹帝利，财富皆沦丧，
朋友和亲戚，不尊他为王。

象夫和卫士，车夫和步兵，
所有依附者，不尊他为王。

听从恶人言，傻瓜做蠢事，
抛弃吉祥运，犹如蛇蜕皮。

精进不懈怠，做事皆妥善，
财富得增长，犹如牛满圈。

请王国中游，倾听民呼声，
目睹和耳闻，由此得准绳。

　　大士用这十一首偈颂教诲国王，并且说道："抓紧时间，快去视察吧，别毁了国家！"说罢，他回到自己的住处。国王听了他的话后，心潮起伏。第二天,他把王国交给众大臣,自己带着祭司,当即从东门出城。走了一由旬,来到一个地方。那里有个年老的村民,从森林里取来荆条,封住家门,携带老婆孩子进入森林。等到黄昏,王家差役走后,才回到自己家里。在家门口,一根荆棘刺扎进他的脚里。他坐在那里,一面拔刺,一面咒骂国王,念了这首偈颂:

> 但愿般遮罗,战场中箭矢,
> 犹如我今日,脚上扎荆棘。

这个咒骂是菩萨施展神力发出的,也可以说,这位老人有菩萨附身。这时,微服而行的国王和祭司出现在老人面前。祭司听了老人说的话,念了另一首偈颂:

> 年老眼昏花,黑白分不清,
> 脚底扎荆棘,怎能怨国君?

老人听罢,念了三首偈颂:

> 我被荆棘扎,罪责在国王,
> 村民无庇护,经常遭伤亡。

> 白天税吏逼,夜间强盗抢,
> 国王离正道,恶人便猖狂。

> 如此大恐怖,降临众百姓,
> 荆棘封家门,避难去森林。

听了这话,国王对祭司说道:"尊师,这老人说得有道理,是我们的罪过。来,让我们回去,依法治国。"而菩萨附在祭司身上,站在国王面前,说道:"大王,我们继续视察吧!"他们从这个村庄到另一个村庄去,途中,听到一个老妇人的说话声。这个贫穷的老妇人有两个成年的女儿。她爱护她们,不让她们进入森林,总是自己去森林捡柴火,照料她们的生活。这天,她爬树砍树枝,摔了下来。于是,她咒骂国王死去,念偈颂道:

> 这个坏国王,何时才死去?
> 在他统治下,女孩无夫婿。

祭司驳斥她,念偈颂道:

> 你这老虔婆,怎能胡乱言?
> 女孩找夫婿,岂由国王管?

老妇人听罢,念了两首偈颂:

> 我言合情理,句句不虚妄,
> 村民无庇护,时常遭伤亡。

> 白天税吏逼,夜间强盗抢,
> 国王离正道,恶人便猖狂,
> 女孩逢乱世,寻夫无希望。

听了她的话,他们心想:"她说得有道理。"他们又往前走了一段路,听到一位农夫的说话声。他在犁田时,他的那头名叫萨利耶的牛,被犁头碰伤,倒在地上。于是,他咒骂国王,念偈颂道:

> 但愿般遮罗,中剑卧疆场,
> 犹如萨利耶,碰犁躺地上。

祭司驳斥他,念偈颂道:

你生国王气,实在没道理;
自己犯过错,怎能骂国王?

犁田人听罢,念了三首偈颂:

我生国王气,完全有道理,
村民无庇护,时常遭伤亡。

白天税吏逼,夜间强盗抢,
国王离正道,恶人便猖狂。

妇人送饭来,却被税吏截,
回家重做饭,迟迟才送来,
等饭心焦急,犁伤萨利耶。

他们又往前走,在一个村庄住了一夜。第二天早上,一头烈性母牛用脚踢翻挤奶人和牛奶。于是,挤奶人咒骂国王,念偈颂道:

但愿般遮罗,战场挨刀砍,
犹如我被踢,牛奶也泼翻。

祭司听后,念偈颂道:

牲畜踢翻奶,牲畜踢伤你;
国王受责骂,关他什么事?

挤奶人听后,念了三首偈颂:

国王般遮罗，挨骂不冤枉，
村民无庇护，经常遭伤亡。

白天税吏逼，夜间强盗抢，
国王离正道，恶人便猖狂。

烈性野母牛，从未挤过奶，
税吏催逼急，今日头一回。

国王和祭司心想："他说得有道理。"他们离开这个村庄，走上大路，向城里走去。在一个村子里，税吏们杀了一头花斑牛犊，剥皮做刀鞘。母牛失去儿子，心中悲痛，不吃草，不喝水，东游西荡，哀哀鸣叫。村童们见后，咒骂国王，念偈颂道：

但愿般遮罗，失子泪泉枯，
犹如这母牛，失子空踯躅。

祭司念了另一首偈颂：

母牛失牛犊，边哭边游荡，
这是平常事，怎能怨国王？

然后，村童们念了两首偈颂：

叫声婆罗门，罪责在国王，
村民无庇护，时常遭伤亡。

白天税吏逼，夜间强盗抢，
国王离正道，恶人便猖狂，

税吏做刀鞘,牛犊遭灾殃!

国王和祭司说道:"你们说得有道理。"说罢,他俩离开这里上路。途中,有一群乌鸦在一个干涸的莲花池里用尖喙啄吃青蛙。当他俩走到这里时,菩萨施展神力,让青蛙咒骂国王道:

但愿般遮罗,全家都战死,
犹如林中蛙,尽被村鸦吃。

祭司听罢,与青蛙交谈,念偈颂道:

人世生物万万千,国王哪能照顾全?
鸦吃生物如同你,并非国王犯罪愆。

青蛙听罢,念了两首偈颂:

阿谀奉迎刹帝利,祭司确实是祸患,
尽管百姓受掠夺,国王听信祭司言。

如果国家治理好,天下太平百姓富,
祭品足够乌鸦吃,我们就能免杀戮。

听了这话,国王和祭司心想:"一切众生,连同林中的动物青蛙,都在咒骂我们。"后来他们回到城里,依法治国,恪守大士的教诲,广行布施,做了许多善事。

拘舍本生

古时候,在末罗国拘舍婆提城,乌伽格王依法治国。他有一万六千个妃嫔,正宫王后是希罗婆提。她既无儿子,也无女儿。城乡居民聚集在王宫门口,抱怨道:"王国要失去了,毁掉了。"国王打开窗子,说道:"在我治下,无人违法,你们为何抱怨?""大王啊!确实无人违法,但是,你没有传宗接代的儿子。如果让别人夺走王位,我们就亡国了。因此,你应该求个儿子,接替你依法治国。""我怎样才能求得儿子呢?""你先派出一队低级舞女,上街跳舞七天,如果她们之中有人怀孕得子,那当然好;如果没有,再派出一队中级舞女;还不行,再派出一队高级舞女。在这么多妇女当中,肯定会有一个具备德行的妇女怀孕得子的。"国王照他们说的那样做了。每到第七天,他就逐个询问回来的妇女,在随心所欲寻欢作乐后,可曾怀孕得子,但所有的妇女都回答说没有怀孕得子。国王垂头丧气,心想:"我是不会有儿子了。"市民又聚集在那里抱怨。国王说道:"你们抱怨什么?我听从你们的话,派出许多舞女,但没有一个怀孕得子。现在,我怎么办呢?""大王啊!她们肯定都是些没有德行的妇女,没有积下生儿子的功德。你虽然没有从她们那里得到儿子,但不要泄气。你的正宫王后希罗婆提具备德行,派她上街,会怀孕得子的。"国王同意道:"好吧!"他让人击鼓传令道:"从现在算起,到第七天,国王将派王后希罗婆提上街跳舞,请诸位光临。"到了第七天,国王让王后盛装打扮,出宫上街。由于她的德行的力量,帝释天的宝座发热了。

帝释天心想:"这是怎么回事?"他发现王后想要儿子,便决定给她一个儿子。他考虑着天国中谁适合做她的儿子,正好看见菩萨。据说,那时,菩萨已经在忉利天度过一生,想要转生更高的天界。帝释天来到菩萨住宅门口,叫出菩萨,说道:"尊者,你去人间,投胎在乌伽格王的王后腹中。"他征得菩萨同意后,又对另一个天神说道:"你也去做她的儿子。"说罢,帝释天心想:"不能让任何人破坏她的德行。"他乔装婆罗门老人,来到王宫门口。众人也沐浴打扮,云集在王宫门口,渴望占有王后。他们看见帝释天,嘲笑他道:"你来干什么?"帝释天回答说:"你们干吗责怪我?我虽然身体衰老,但激情没有衰竭。我到这里来,就是想要得到希罗婆提,把她带走。"说罢,他施展神力站在众人前面,而别人无法站在他的前面。王后盛装打扮,走出宫来,帝释天抓住她的手就走。众人站在那里骂道:"你们看,这个老婆罗门真不要脸,把美貌绝伦的王后带走了。"王后发现自己被一个老人带走,又羞又恼。国王站在窗前看谁带走王后,见此情景,大失所望。

帝释天带着王后,走出城门。他在城门附近,幻化出一座房子,打开房门,能看见一张席子。王后问道:"这是你的家吗?""是的,亲爱的!过去我单身一人,现在我们两个人了。我出去乞讨吃的,给你带回来。你先在这张席子上躺一会儿。"说罢,他用手轻轻抚摩王后,让她周身充满与神仙接触的快感,躺在那里。由于这种与神仙接触的快感,王后失去知觉。于是,帝释天施展神力,把她带到忉利天,让她躺在华丽的天宫的仙榻上。第七天,王后醒来,看见这里的豪华气派,便知道:"这人不是婆罗门,肯定是帝释天。"这时,帝释天坐在珊瑚树下,由天国乐伎陪伴着。王后从床上起来,走到他跟前,行过礼,站在一旁。帝释天对她说道:"王后啊!我要赐给你一个恩惠,你选择吧!""尊神啊!那你就赐给我一个儿子吧!""王后啊!不仅一个,我要赐给你两个儿子。其中一个聪明而丑陋,另一个漂亮而愚蠢。你先要哪一个?""我先要一个聪明的,尊神!""好吧!"帝释天给了她一片拘舍草叶、一件仙衣、一块仙檀香木、一朵珊瑚花、一把名叫红莲的琵琶,然后带她进入国王的卧室,让她与国王睡在一张床上。帝释天用拇指接触王后的肚脐,在一刹那间,菩萨投胎到王后腹中。帝释天返回天国居处。聪明的王后知道自己已经怀孕。

国王醒来,看见王后,问道:"谁带你来的?""帝释天,大王!""我亲眼看见一个老婆罗门把你带走的，你干吗要骗我？""相信我吧，大王！帝释天带我到天国去了。""我不相信，王后！"王后出示帝释天所赐的拘舍草叶给他看，说道："你该相信了吧？"国王不相信，说道："拘舍草叶哪儿都能得到。"于是，王后出示仙衣等物品，国王见了这些才相信了。他问道："亲爱的！帝释天把你带去，可曾给你儿子？""给了，大王！我已经有孕在身。"国王很高兴，给予她孕妇所需的照顾。十个月后，王后生下一个儿子，没有给他另取名字，就叫他拘舍王子。

拘舍王子会迈腿走路时，另一个天神投胎到王后腹中，生下后，取名胜主。他俩渐渐长大，享受着荣华富贵。菩萨天性聪明，没有跟随老师学习，依靠自己的智慧，学会一切技艺。他十六岁时，国王想把王国交给他，与王后商议道："亲爱的！我准备举行一次歌舞盛会，把王国交给你的儿子。这样，在我们活着的时候，就能见到儿子登上王位，治理国家。在全赡部洲，你喜欢哪个国王的女儿，就把她聘来作王后。你去探探儿子的心思，看他喜欢哪个国王的女儿。"王后同意道："好吧！"她吩咐一个侍女道："你去把这事告诉王子，探探他的心思。"侍女前去把这事告诉王子。大士听后，寻思道："我相貌丑陋，美丽的公主即使娶来，见到我也会吓跑，说道：'我怎么能嫁给这样的丑男人？'那样，我将羞愧难当。我何必要成家呢？父母在世，我侍候他们；一旦他们去世，我就出家。"于是，他说道："我不要王国，也不要举行歌舞盛会，父母去世之后，我就出家。"侍女回去，把王子的话禀报王后。国王闷闷不乐。过了几天，王后又派人去传话，王子还是拒绝。王子一连拒绝了三次。第四次，王子心想："这样固执地违抗父母之命是不合适的。我要想个办法。"

于是，他召来一位技艺超群的金匠，给他许多金子，说道："请你制造一尊女像。"金匠走后，王子自己另外拿些金子，也制造了一尊女像。菩萨的目的总能达到。这尊女像之美，难以用语言描述。然后，大士给这尊女像穿上亚麻衣，放在卧室里。王子等到金匠送来女像，发现金匠制造的女像有缺陷，便说道："去，把女像放在我的卧室里。"金匠走进卧室，看见王子制造的那尊女像，心想："这肯定是天国的仙女，来与王子寻欢作乐的。"他不敢伸手碰一碰,退了出来说道:"大王! 你卧室里站着一位高贵的仙女,我不敢走近。""朋友,把金像放进去吧!"金匠再次进去,放好金像。王子把金匠制造的金像留在卧室,把自己制造的金像装饰打扮一番,放在车上,送到母亲那里,说道:"要能找到这样美貌的女子,我就娶她为妻。"王后召集大臣,说道:"朋友们! 我的儿子是帝释天赐给我的,功德广大,要找一个配得上他的公主。你们把这尊金像放在篷车里,走遍全赡部洲,见到哪个国王有这样美貌的女儿,便把这尊金像送给他,说:'乌伽格王要与你们联姻。'定下娶亲日子,你们就回来。"众大臣说道:"好吧!"他们带着金像和一大群随从,出去周游。

他们每到一个都城,便在黄昏时分到人来人往的地方,给这尊金像穿衣戴花,装饰打扮,放在金轿里,抬到通往沐浴地方的路上,自己则退立一旁,听来往行人的议论。众人看到这尊金像,都不以为是一尊金像,说道:"这个女子像仙女一样美。她站在这里做什么? 她从哪儿来的? 我们城里没有这样的美女。"他们称赞了一阵之后,就都走了。众大臣听后,心想:"如果这里有这样的美女,他们就会说:'这女子像某某国王的女儿,像某某大臣的女儿。'因此,这里肯定没有这样的美女。"于是,他们带着金像,到另一个城市去。

他们这样漫游着,到达摩陀国奢羯罗城。摩陀王有七个女儿,容貌出众,宛如仙女。其中最年长的名叫有光。她光艳照人,如同初升的太阳。四腕尺宽的幽暗的卧室,有她在内,不用点灯,也会满室通亮。有光公主的女仆是个驼子。她侍候公主吃完饭,为了给公主洗头,吩咐八个女仆提着八只水罐,在黄昏时,随她一同去汲水。在通往沐浴地方的路上,她看到这尊金像,以为是有光公主,心想:"这姑娘耍弄我们,说是要洗头,打发我们出来取水,可她却走在我们前头,站在这路上。"她很生气,说道:"你这个败坏门风的孩子! 走在我们头里,站在这儿。要是国王知道了,准会处死我们的。"说罢,她伸手往金像耳边拍了一下,结果,她的手掌拍破了。她这才知道那是一尊金像,笑着跑到女仆们那里,说道:"你们看我干了什么事:我以为那是我的公主,打了她一下。这尊金像哪里比得上我的公主呢? 只是我的手给打疼了。"于是,国王的使臣们拦住她,说道:"你说你的公主比这尊金像还美,请你告诉我们她是谁。""她是摩陀王的女儿有光。这尊金像的美貌还抵不上她的十六分之一。"使臣们满怀喜悦,来到王宫门口,请人通报国王说:"乌伽格王的使臣站在宫外。"摩陀王从御座上起身说道:"请他们进来!"使臣们进宫,向国王行礼,说道:"大王! 我们的国王问候你的健康!"国王以礼相待,然后问道:"你们来此,有何贵干?""我们的王子声如狮吼,名叫拘舍。国王想把王国交给他,派我们上你这儿来。听说你有个女儿名叫有光,请收下这尊金像作为礼品,把她嫁给我们的王子吧。"说罢,送上金像。国王心想:"与这样强大的王国联姻是很幸运的。"于是,满心喜欢,表示同意。然后,使臣们说道:"大王啊! 我们不能在这里久留。我们要回去报告国王说已经找到新娘,让他来迎亲。"国王说道:"好吧!"款待他们之后,让他们回去了。

使臣们回去后,把事情经过禀告国王和王后。国王带了大批随从,从拘舍婆提城来到奢羯罗城。摩陀王出城相迎,进城后,盛情款待。希罗婆提王后机智聪明,心想:"不知道这事能不能成功。"过了一两天,她对摩陀王说道:"大王啊! 我们想见见儿媳。"摩陀王同意道:"好吧!"下令召见公主。有光衣着华丽,在女仆簇拥下,走上前来,向婆婆行礼。王后一见到她,便寻思道:"这公主美貌绝伦,而我的儿子丑陋不堪。倘若她见到我的儿子,恐怕连一天也住不下,就会逃走的。我要想个办法。"于是,她对摩陀王说道:"大王啊! 这媳妇配得上我的儿子。只是我们家族有个规矩。如果她能遵守这个规矩,我们就娶她。""什么规矩?""在我们家族里,妻子在怀孕之前,白天不准见丈夫。如果她能做到这一点,我们就娶她。"国王问女儿道:"孩子,你能做到吗?""我能,爸爸!"然后,乌伽格王送给摩陀王许多钱财,带走公主。摩陀王也派出大批随从陪伴公主,一同前去。

乌伽格王回到拘舍婆提城,下令装饰城市,大赦犯人,给王子灌顶,立有光为王后,击鼓传令:"拘舍王登位!"赡部洲所有的国王,凡有女儿的,都把女儿送给拘舍王;凡有儿子的,都把儿子送来侍候拘舍王,借此与他交朋友。

菩萨治理国家,舞伎环绕,声势煊赫。但是,在白天,他不能见有光,有光也不能见他。他俩只能在夜里相会。在夜里,有光身上的光芒不起作用,而菩萨天不亮就得离开卧室。过了一些天,他渴望在白天看看有光。他禀告母亲,而母亲拒绝道:"不行! 要等到她怀了孕。"他一再恳求,最后,母亲说道:"那么,你到象厩去,扮作象夫站在那里,我把她带来,你可以一饱眼福,但不能让她知道是你。"王子同意道:"好吧!"就到象厩去了。太后安排了一个大象喜庆活动,对有光说道:"来,我们去观赏你丈夫的象群。"她把有光带到象厩,一一告诉她这头象叫什么,那头象叫什么。有光跟在太后后面走着,拘舍王捡起一团象粪扔在有光背上。有光怒不可遏,说道:"我要让国王砍掉你的手。"太后十分窘迫,只好安抚她,擦干净她的背。又有一次,拘舍王想见有光,便扮作马夫站在马厩里;见到有光后,又捡起一团马粪,扔在她背上,有光怒不可遏,婆婆再次安抚她。

后来有一天,有光想见大士。她禀告婆婆,而婆婆拒绝道:"不行!"她一再恳求,最后,婆婆说道:"明天我的儿子右绕城市行礼,你打开窗户就能看到。"第二天,太后吩咐装饰城市,然后让胜主穿上王袍,坐在象背上右绕城市行礼。太后陪有光站在窗前,说道:"看,你的丈夫多么英俊。"有光心里喜滋滋的,心想:"我的丈夫是配得上我的。"而这天,大士扮作象夫坐在胜主后面的位子上,尽情观赏有光,并且向她做手势,表示内心欢喜。大象走过后,太后问有光:"孩子,看见你的丈夫了吧?""看见了,太后! 不过,坐在国王后面的那个象夫行为不端,他向我做手势。为什么让这种没有福相的人坐在国王后面的位子上?""孩子,让他坐在后面是为了保护国王。"有光寻思道:"这个象夫毫不敬畏国王。他会不会就是拘舍王呢? 肯定因为他长得丑陋,才不让我见到他。"于是,她对驼子女仆悄悄耳语道:"大妈,你快去,看看究竟坐在前面的是国王,还是坐在后面的是国王。""我怎么能知道呢?""哪个先从象背上下来,他就是国王。凭这一点,你就知道了。"驼子女仆去了,站在一旁,看到大士先下来,然后胜主下来。大士察看四周,看见了驼子女仆,立刻明白她为何而来,于是招呼她过来,厉声训斥道:"不准你胡说八道!"打发她回去。这样,驼子女仆回去禀告说:"坐在前面的先下来。"有光相信了她的话。

后来,国王又想见有光,一再恳求母亲。母亲无法拒绝他,便说道:"那么,你乔装一下,到花园去。"国王来到花园,进入齐脖子深的莲花池中,用莲叶盖住自己的头,用莲花挡住自己的脸。太后带着有光,在黄昏时刻来到花园,说道:"你看这些树! 你看这些鸟! 你看这些鹿!"一直把她引到莲花池边。有光看见莲花池里盛开着五色莲花,想要沐浴。于是,她与女仆们一起下池嬉水。她看见一朵莲花,伸手要摘,这时,国王拨开莲叶,抓住她的手,说道:"我是拘舍王!"有光一见他的面容,惊叫道:"夜叉抓住我了!"顿时昏厥过去。国王松手放开了她。她恢复知觉后心想:"据说抓住我的就是拘舍王。他在象厩里用象粪扔我,在马厩里用马粪扔我,坐在大象后面位子上调笑我。我怎么能要这样丑陋的丈夫呢? 我要活在世上,就得另找一个丈夫。"于是,她召见与自己同来的大臣,说道:"为我备车,今天我就要走。"他们禀告拘舍王。拘舍王思忖道:"假如不让她走,她会心碎而死的。让她走吧! 我要用我自己的力量带她回来。"于是,他同意她走。有光回到父亲的都城。大士也离开花园,回到城里豪华的宫中。有光不喜欢菩萨,是由于前生的誓愿,而菩萨长得如此丑陋,也是由于前生的业。

据说,从前,在波罗奈城外一个村子里,在前街和后街住着两户人家。一户人家有两个儿子,另一户人家有个女儿。那两个儿子中的小儿子就是菩萨。后来,那个女孩子嫁给了老大。老二没有娶妻,与哥哥住在一起。一天,他们家里做了美味的糕饼,菩萨正好到树林去了。他们给他留下一份,其余的都吃了。这时,一位辟支佛来到他们家门口乞食,菩萨的嫂子心想:"我可以为小主人再做一次糕饼。"于是,把那份糕饼给了辟支佛。就在这时,菩萨从树林回来了。嫂子对他说:"小主人,别生气,我把你的那份糕饼给了辟支佛。"而菩萨发怒道:"你把自己的一份吃掉,把我的一份送人,你还会再给我做吗?"说罢,他跑出去,从辟支佛的钵盂里夺回糕饼。嫂子只得到母亲家里,拿一些金香木花颜色的新鲜酥油,倒在辟支佛的钵盂里。这时,她看见钵盂里放射出光芒,便发愿道:"尊者啊! 不管我转生到哪儿,但愿我的身体放射光芒,美貌绝伦;但愿我不再跟那个小人住在一起。"就是由于这个前生的誓愿,她才不喜欢拘舍王。而菩萨也把糕饼放进这个钵盂里,发愿道："尊者啊！即使她住在一百由旬外，也愿我能把她带回来做我的妻子。"可是，他曾经怒冲冲地夺回糕饼，正是由于前生的这个业，他才长得如此丑陋。

有光走后，拘舍王忧心忡忡。其他妇女千方百计侍奉他，但是也忍受不了他的那张脸。失去了有光，拘舍王的整座宫殿仿佛成了废墟。他想："现在，她该到达奢羯罗城了。"天亮时，他到母亲那儿，说道："妈妈，我要去把有光带回来，请你们照看一下王国吧！"说罢，念了第一首偈颂：

> 金银象车和王权，荣华富贵享不尽，
>
> 请你照看这王国，我要去找有光妻。

太后听了他的话，说道："那么，孩子，你要多加小心，妇女生性不纯洁。"然后，她在金钵里装满各种美味的食物，说道："这些你带在路上吃。"拘舍王接过金钵，向母亲行礼，又右绕三匝，说道："只要我活着，一定会回来见你的。"然后，他回到卧室，佩带五种武器，在一个布袋里装上一千金币，拿着钵盂和红莲琵琶，出城上路。他体力充沛，到中午时分，已经走了五十由旬；吃了点饭，又用半天时间，走完余下的五十由旬。这样，他只用一天时间，就走完一百由旬的路程。黄昏时分，沐浴完毕，他便进入奢羯罗城。

拘舍王一进城，由于他的威力，有光不能躺在床上，只能下床躺在地上。有个妇女看见菩萨走路走得筋疲力尽，便招呼他进屋，让他坐下，服侍他洗脚、睡觉。等他睡着之后，为他做饭，然后唤醒他，请他吃饭。菩萨很满意，把一千金币和金钵都给了她。他把五种武器寄存在那里，说道："我要到一个地方去。"说罢，他带着琵琶，来到象厩，说道："让我今天住在这里吧，我将为你们弹唱。"他征得象夫们同意后，便躺在一旁。等疲劳消除后，他起身解开琵琶，边弹边唱，心想："我要让全城的居民都听到这声音。"有光躺在地上，听到这声音，心想："这不是别人的琵琶声，毫无疑问，拘舍王来这里找我了。"摩陀王也听到这声音，心想："这人演唱得多么甜美呀！明天，我要把他召来，专门为我演唱。"而菩萨心想："我住在这里并不能见到有光，这个地方不合适。"于是,天一亮,他就离开那里。他在饭铺里吃了早饭,留下琵琶,到王家陶工那里去当学徒。

一天,他运满一屋子的泥土,说道:"师傅,我来做碗。""行,你做吧!"他放上一团泥土,转动轮子。他工作到中午,速度越来越快。他做了大大小小、各色各样的碗,然后,专门为有光做了一只碗,上面绘有各种人像。菩萨的意愿总能实现。他一心想要让有光看到这些人像。他把这些碗晾干烘烧后,放满一屋子。陶工把这些碗送进王宫。国王见了,问道:"这些碗是谁做的?""是我,大王!""我知道你做不出这样的碗。老实说!是谁做的?""是我的学徒做的,大王!""他不是你的学徒,而是你的师傅。你要向他学习技术。今后,就让他为我的女儿们做碗。你把这一千金币交给他。"他付了一千金币后又说道,"你把这些小碗给我的女儿们送去。"陶工把这些小碗送到公主们那里,说道:"这些小碗是给你们玩的。"她们围拢过来。陶工把菩萨专门为有光做的那只碗给了有光。她接过碗,看到上面绘有自己和驼子女仆的形象,知道这碗肯定不是别人而是拘舍王做的,生气道:"我不要这玩意儿,谁要给谁!"妹妹们看见大姐生气,笑着说:"你以为那是拘舍王做的吗?不是他做的,是陶工做的。你拿着吧!"有光没有告诉她们:拘舍王已经来了,这碗是他做的。陶工把一千金币交给菩萨,说道:"孩子,国王对你很满意。今后你就给公主们做碗,我去送给她们。"菩萨心想:"我住在这里,还是见不着有光。"于是,他把一千金币给了陶工,到王家编织工那里去当学徒。

他为有光制作了一把棕榈叶扇,上面绘有白色华盖和宴会厅,在众多的人物形象中,有光亭亭玉立。编织工把拘舍王制作的这把扇子和其他编织品送到王宫。国王见了,问道:"这些都是谁做的?"他像上回那样,付了一千金币,说道:"你把这些编织品送去给我的女儿们。"编织工把菩萨专门为有光做的那把扇子给了有光。别人认不出扇面上的画像,而有光一看就知道这是拘舍王做的,生气道:"谁要给谁!"她把扇子扔在地上。她的妹妹们都笑她。编织工带回一千金币,交给菩萨。菩萨心想:"我住在这里也不行。"于是,他把一千金币给了编织工,到王家花环工那里去当学徒。

他编了各式各样的花环,还专门为有光编了一个花环,上面编有各种人像。花环工把所有这些花环送到王宫。国王见了,问道:"这些花环是谁编的?""是我,大王!""我知道你编不出这样的花环。老实说! 是谁编的?""是我的学徒,大王!""他不是你的学徒,而是你的师傅。你要向他学习技术。今后,就让他为我的女儿们编花环。你把这一千金币交给他。"他付了一千金币后,又说道:"你把这些花环送去给我的女儿们。"花环工把菩萨专门为有光编的那个花环给了有光。有光看见花环上众多的人像中有自己和拘舍王,便知道这是拘舍王编的,生气地扔在地上。她的妹妹们都笑她。花环工带回一千金币,交给菩萨,并把事情经过告诉菩萨。菩萨心想:"我住在这里也不行。"于是,他把一千金币给了花环工,到王家厨师那里去当学徒。

一天,厨师去给国王送饭,留下一块肉骨头,让菩萨自己煮了吃。菩萨精心烹调,肉香飘遍全城。国王闻到香味,问道:"怎么,你厨房里还在炖肉?""不是的,大王! 我留给我的学徒一块肉骨头,让他煮了吃。你闻到的可能是这个香味。"国王派人取来,夹了一小块用舌尖品尝,顿时,七千根味觉神经全都兴奋起来。国王迷上这种美味,给了厨师一千金币,说道:"今后,让你的学徒为我和我的女儿们做饭。你为我送饭,让他为我的女儿们送饭。"厨师回去后,把事情经过告诉菩萨。菩萨听后,心想:"我的愿望就要实现了。现在,我能见到有光了。"他满怀喜悦,把一千金币给了厨师。第二天,他做好饭,让厨师给国王送去,而自己挑着饭担给公主们送去。他登上有光的宫楼。有光见他挑着饭担走上楼来,心想:"这家伙不顾自己的身份,干起奴仆的活儿来了。如果我默不作声,他会误认我喜欢他,于是哪儿也不去,赖在这里看我。我现在就要咒骂他,训斥他,赶走他,一刻也不让他呆在这里。"于是,她半开房门,一只手把住房门,另一只手按住门闩,念了第二首偈颂:

日夜操劳挑重担,别有用心怀鬼胎,
从速返回拘舍城,相貌丑陋我不爱。

菩萨心想:"有光跟我说话了。"他满心欢喜,念了三首偈颂:

　　　　有光美貌我渴慕,摩陀美景我倾心,
　　　　背离故国来见你,我不返回拘舍城。

　　　　我爱妩媚鹿眼女,走遍大地寻找你,
　　　　我知故国在何方,但我痴心迷恋你。

　　　　身穿金丝衣,腰带闪闪亮,
　　　　我爱圆臀女,王国丢一旁。

　　有光听后心想:"我骂他,是想叫他绝望,而他却用这些话取悦我。倘若他说'我是拘舍王',一把抓住我的手,谁能阻拦他呢? 有人会听见我们的谈话的。"于是,她关上门,插上门闩,躲进屋里。拘舍王挑起饭担,给其他几位公主送饭。有光吩咐驼子女仆说:"你去把拘舍王烧的饭取来。"驼子女仆取来后,说道:"你吃吧!""我不吃他烧的饭,你吃了吧,然后把你的那份饭煮熟了给我送来。别让任何人知道拘舍王来了。"从此,驼子女仆总是去取有光的那份饭来吃,而把自己那份饭给有光吃。这样,拘舍王又见不着有光了。他寻思道:"不知有光究竟对我有没有情意,我要试探试探。"一次,他给其他几位公主送完饭,挑着饭担,走到有光卧室门口,用脚踹地板,敲打碗碟,然后呻吟不止,昏倒在地。有光听到他的呻吟,打开房门,看到他倒在饭担底下,心想:"这位国王是全赡部洲的最高统治者,为了我,日夜操劳,身体虚弱,摔倒在饭担底下,不知道他是不是还活着。"有光走出卧室,伸长脖子,看他还有没有鼻息,嘴里还有没有气。这时,他积满一嘴唾沫,喷在有光身上。有光边骂边躲进卧室,半掩房门,站在那里,念偈颂道:

　　　　痴心妄想者,命运真不幸,
　　　　欲求有情人,结果得无情。

　　由于爱恋有光,即使挨骂受气,他也毫不后悔退缩。他念了另一首偈颂：

> 欲求心上人，不顾有无情，
> 成功受称赞，失败是不幸。

尽管他这样倾诉，有光也毫不动心，正言厉色，希望他离开，念偈颂道：

> 木锨掘磐石，鱼网捕清风，
> 你怀非分想，大功难告成。

听了这话，国王念了三首偈颂：

> 外貌多温柔，内藏铁石心，
> 千里迢迢来，不受你欢迎。

> 倘若你皱眉，给我以冷眼，
> 那我只能是，摩陀王厨师。

> 倘若你开颜，给我以媚眼，
> 那我马上是，堂堂拘舍王。

听了这话，有光心想："他执迷不悟，说了这番话。我要撒个谎，设法把他从这儿赶走。"于是，念偈颂道：

> 卜师警告我，不能嫁给你，
> 倘若我执意，身崩七块死。

听了这话，国王反驳道："亲爱的！我在国内也询问过卜师，他们说：'除

了狮声拘舍王,谁也不能作有光的丈夫。'我根据我自己掌握的占卜知识,也得出同样的结论。"说罢,念了另一首偈颂:

> 我和众卜师,所言不抵牾,
>
> 除了拘舍王,无人作你夫。

听了这话,有光心想:"这人不知羞耻,我管他走不走哩!"于是,关上门,不再露面。国王只得挑起饭担下楼。从此以后,他再也见不到有光。他终日忙于炊事,吃完早饭就劈柴、洗碗、担水,晚上睡在木槽背上;清早起来,熬好米粥等等,分送各位公主。他是出于痴情,才甘受这种辛劳。一天,他看见驼子女仆走过厨房门口,便招呼她。而她怕有光知道,不敢停步,装作匆匆忙忙的样子走了过去。于是,国王冲出厨房,喊道:"驼子!"她转身站住,问道:"谁啊?"接着,又说道:"我不要听你的话。"国王说道:"驼子啊! 你和你的女主人都很固执,在你们身边住了这么久,也得不到一点公主身体安康的消息。""你肯给我赏赐吗?""只要你能说服有光,让我见到她。"她同意道:"行!"于是,国王诱惑她,说道:"如果你能让我见到她,我就治愈你的驼背,再给你一个项圈。"说着,念了五首偈颂:

> 只要有光女,凝眸顾盼我,
>
> 回到拘舍城,赠你金项圈。

> 只要有光女,开口招呼我,
>
> 回到拘舍城,赠你金项圈。

> 只要有光女,朝我微微笑,
>
> 回到拘舍城,赠你金项圈。

> 只要有光女,朝我哈哈笑,

　　回到拘舍城,赠你金项圈。

　　只要有光女,伸手拥抱我,
　　回到拘舍城,赠你金项圈。

　　听了他的话,驼子女仆说道:"你走吧,大王! 几天之后,我就让她服服帖帖听从你。请你看我的能耐吧。"说罢,她想好计策,来到有光身边,装作打扫房间,不留下任何可以打人的土块,甚至取走了鞋子。打扫完房间,在门口,她为自己放上一把高椅,为有光放上一把矮椅,说道:"来吧,孩子! 我给你找找头上的虱子。"她让有光坐在矮椅上,头枕在自己腿上,搔了一会儿,说道:"哟,这孩子头上虱子真多!"她把自己头上的虱子放在有光头上,说道:"你看看你头上有多少虱子!"说罢,她用动听的言语叙述大士的德行,并念偈颂道:

　　　　拘舍未遂愿,仍在当厨师,
　　　　公主心肠硬,坚决不领情。

　　驼子激怒了有光。而驼子立刻抓住有光的脖子,把她推进房间,自己则站在门外,关上房门,拽紧绳子①站着。有光抓不到她,站在门里骂她。有光念偈颂道:

　　　　这个驼背女,竟敢胡乱扯,
　　　　该用锋利刀,割下三寸舌。

　　驼子拽紧绳子,站在那里,说道:"你这缺德的小贱人! 你的容貌对谁有用? 我们能把你的容貌当饭吃吗?"说罢,便用驼子的尖声怪气念了十三首

---

　　①　用作开门和关门的绳子。

赞美菩萨的偈颂：

　　　　容貌和身材，不能估量他，
　　　　他有大声誉，你应取悦他。

　　　　容貌和身材，不能估量他，
　　　　他有大财富，你应取悦他。

　　　　容貌和身材，不能估量他，
　　　　他有大力量，你应取悦他。

　　　　容貌和身材，不能估量他，
　　　　他有大王国，你应取悦他。

　　　　容貌和身材，不能估量他，
　　　　他是大国王，你应取悦他。

　　　　容貌和身材，不能估量他，
　　　　他有狮子声，你应取悦他。

　　　　容貌和身材，不能估量他，
　　　　他有清脆声，你应取悦他。

　　　　容貌和身材，不能估量他，
　　　　他有圆润声，你应取悦他。

　　　　容貌和身材，不能估量他，
　　　　他有悦耳声，你应取悦他。

容貌和身材,不能估量他,
他有甜蜜声,你应取悦他。

容貌和身材,不能估量他,
他有百般艺,你应取悦他。

容貌和身材,不能估量他,
他是刹帝利,你应取悦他。

容貌和身材,不能估量他,
他是拘舍王,你应取悦他。

听了她的话,有光威胁她道:"驼子,你嚷嚷什么?等我抓住你,我要让你知道你不过是个侍候人的女仆!"而驼子也大声威胁道:"我是为了保护你,才没有把拘舍王来到这里的消息告诉你父亲。好吧!今天我去禀告国王。"有光恳求道:"别让旁人听见了。"

再说另一边,菩萨七个月没有见到有光的面,日不思食,夜不成眠,疲惫困顿,心想:"我何必再等她呢?我在这里住了七个月,也没机会再见她一面,她太冷酷无情了。我还是回去看望父母吧!"这时,帝释天正在沉思,发觉拘舍王的愿望没有实现,心想:"拘舍王七个月见不到有光,我要设法让他见到。"于是,他幻化出一些摩陀王的使者,分别向七个国王送信道:"有光抛弃拘舍王回国了,请来娶她吧!"国王们带着大批随从,来到京城。他们互相之间不知道对方前来的原因,询问道:"你来这里有何贵干?"得知事情真相后,他们勃然大怒,说道:"他怎能把一个女儿嫁给七个人?他真缺德,叫我们来娶亲,拿我们寻开心!"于是,他们给摩陀王送信道:"或是把有光送给我们所有的人,或是决一死战。"然后,包围了京城。摩陀王听此消息,胆战心惊,召集大臣商议道:"我们怎么办呢?"大臣们说道:"大王啊!这七位国王是为了有光而来的。他们说如果你不给,他们就要破城而入,杀死你,夺取

王位。趁他们尚未破城,把有光送出去吧!"说罢,念偈颂道:

> 众兵披盔甲,众象拥城前,
> 免得破城入,快把有光献。

国王听后,说道:"如果我把有光给其中的一个,其他几个就会与我开战。我不能把她给其中的一个。既然她抛弃全赡部洲最高统治者拘舍王,回到家来,那就让她自食其果吧!我要把她杀了,剁成七块,分给这七个国王。"说罢,念了一首偈颂:

> 前来七位刹帝利,求娶不成动刀棍,
> 我把有光剁七块,分送七人各一份。

他的这番话传遍整个宫殿。侍女们跑去报告有光说:"听说国王要把你剁成七块,分给七个国王。"有光惧怕死亡,从椅子上站起,由妹妹们陪伴,到母亲的卧室去。

尊师描述此事,念道:

> 公主站起身,双眼泪涟涟,
> 身穿金丝衣,走在女仆前。

有光来到母亲身边,行过礼,哭诉道:

> 脸敷脂粉眼妩媚,象牙柄镜映美容,
> 纯洁无瑕绝色女,将被丢弃在林中。

> 乌发卷曲似波浪,丝丝柔软涂檀香,
> 如今横尸在坟场,兀鹰用爪全拔光。

玉手纤纤油膏香，茸毛细细指甲红，
如今砍断弃林莽，豺狼叼走藏洞中。

乳房宛如多罗果，迦尸油膏香飘浮，
豺狼扑上我胸脯，犹如婴儿吮母乳。

臀部宽大又丰满，上面束有金腰带，
如今剁碎弃林莽，豺狼叼走藏洞中。

林中豺狼和野狗，一切有齿食肉兽，
倘若吃到有光肉，永不衰老能长寿。

如果这些刹帝利，远道而来瓜分我，
请求母亲收残骨，将我火化在路旁。

就在那里开块田，种上格尼迦尔树，
待到春暖花开时，见花如见女儿面。

有光惧怕死亡，浑身颤抖，在母亲面前哭诉着。而摩陀王吩咐取来斧子和砧板，传令刽子手前来。刽子手到来的消息传遍整个宫殿。听说刽子手来了，有光的母亲从椅子上站起，满怀忧伤，走到国王跟前。

尊师描述此事，念道：

有光母亲似仙女，看见刀斧和砧板，
慌忙起身离座椅，来到摩陀王面前。

王后念偈颂道：

> 女儿腰肢细,体态多美丽,
> 摩陀想杀她,分送刹帝利。

国王劝说道:"王后,你说什么?你的女儿借口拘舍王其貌不扬,抛弃了全赡部洲最高统治者。她出嫁路上的足印还未消失,就带着死神的阴影回来了。她自以为漂亮,不可一世,现在,让她自食其果吧!"王后听了他的话,回到女儿那里,悲哀地说道:

> 我曾好意劝,你却不听取,
> 如今鲜血流,罹难堕地狱。

> 世上一切人,不听好意劝,
> 结果都这样,甚至更悲惨。

> 拘舍刹帝利,玉带腰间束,
> 倘若你嫁他,怎会堕地狱?

> 刹帝利王族,击鼓大象鸣,
> 人间有什么,比这更快乐?

> 刹帝利王族,马嘶歌手唱,
> 人间有什么,比这更快乐?

> 刹帝利王族,众鸟齐鸣啭,
> 人间有什么,比这更快乐?

她与女儿交谈,念完这些偈颂,心想:"如果今天拘舍王在这里,他就能赶走这七个国王,解除我女儿的苦难,带她回去。"于是,又念了一首偈颂:

高贵聪明拘舍王,扫荡敌国杀仇敌,

他能解除你苦难,不知如今在哪里。

有光心想:"我的母亲对拘舍王赞不绝口,我要告诉她:拘舍王就在这里当厨师。"于是,念偈颂道:

高贵聪明拘舍王,扫荡敌国杀仇敌,

他能解除我苦难,如今就住在这里。

母亲心想:"这孩子吓昏了头,在说胡话。"于是,念偈颂道:

你已吓昏头,出言似傻子;

倘若拘舍来,为何不禀告?

有光听后,心想:"母亲不信我的话。她不知道拘舍王已经在这里住了七个月。让我指给她看吧。"她拉着母亲的手,打开窗子,用手指着拘舍王,念偈颂道:

他在公主宫殿里,系上围布当厨师,

弯腰曲背洗碗碟,从早到晚不休息。

据说当时,拘舍王心想:"今天,我的心愿就要实现。有光惧怕死亡,肯定会讲出我在这里。让我洗完碗碟,做好准备。"于是,他取来水,开始洗碗。王后责骂有光道:

你这旃陀罗贱货,败坏门庭毁家族,

摩陀王室大公主,怎认奴仆作丈夫?

有光心想:"看来,我母亲不知道他是为了我才住在这里的。"于是,又念了一首偈颂:

> 我非旃陀罗贱货,不会毁灭摩陀族,
> 他是乌伽格王子,被你误认为奴仆。

随即,她赞美王子的声誉:

> 供养两万婆罗门,被你误认是奴仆,
> 他是乌伽格王子,带来吉祥和幸福。

> 拥有大象两万头,被你误认是奴仆,
> 他是乌伽格王子,带来吉祥和幸福。

> 拥有骏马两万匹,被你误认是奴仆,
> 他是乌伽格王子,带来吉祥和幸福。

> 拥有宝车两万辆,被你误认是奴仆,
> 他是乌伽格王子,带来吉祥和幸福。

> 拥有公牛两万头,被你误认是奴仆,
> 他是乌伽格王子,带来吉祥和幸福。

> 拥有母牛两万头,被你误认是奴仆,
> 他是乌伽格王子,带来吉祥和幸福。

她用这六首偈颂赞美大士的声誉。母亲心想:"这孩子说话时无所畏惧,肯定说的是真话。"于是,她去国王那里,报告这件事。国王立刻赶到女儿那里,问道:"孩子,听说拘舍王在这里,是真的吗?""真的,父亲! 他给你的女儿们当厨师,已经七个月了。"国王不信她的话,询问驼子女仆,得到同样的回答。于是,他责备女儿,念偈颂道:

勇武拘舍来这里,大象扮作小青蛙,
你向父母瞒真情,确实是个大傻瓜。

他这样责备女儿后,迅速来到拘舍王跟前,问候致意,然后双手合十,念偈颂道歉:

乔装来这里,我们没认出,
怠慢失礼处,大王请宽恕。

听了这话,大士心想:"如果我说话粗鲁,他的心会迸裂的。我应该安慰他。"于是,他站在碗碟中间,念了一首偈颂:

乔装成厨师,那是我的错,
请你放宽心,不是你的错。

国王获得他的谅解,进宫召见女儿,打发她去请求拘舍王宽恕,念偈颂道:

去见拘舍王,向他求求情,
取得他宽恕,他能救你命。

听了父亲的话,有光在妹妹们和侍女们陪同下,来到拘舍王那里。拘舍王仍是仆人打扮,站在那里。他看见有光朝自己走来,心想:"今天,我要打掉有光的傲气,让她趴在我脚下的泥地里。"他把自己打来的水全泼在地上,将一块打谷场大小的地方,踩成泥浆地。有光走上前来,跪在他的脚下,匍匐在泥浆地上,请求他宽恕。

尊师描述此事,念偈颂道:

> 有光似仙女,听从父亲言,
> 施行触足礼,跪在拘舍前。

有光念偈颂道:

> 夜夜两分离,已经成过去,
> 我施触足礼,求你别生气。

> 惹你生气事,今后不再做,
> 这是真心话,请你相信我。

> 如此恳求你,你也不搭理,
> 我将被剁碎,分送刹帝利。

听了这话,拘舍心想:"如果我说'这下看你怎么办',她的心会迸裂的。我应该安慰她。"于是,念偈颂道:

> 如此恳求我,怎会不搭理?
> 请你别害怕,我不生你气。

> 惹你生气事,今后不再做,
> 这是真心话,请你相信我。

> 为求你的爱,受尽诸般苦,

今日杀众敌,带回有光女。

他看到自己周围的侍女像众神之王帝释天的侍女,不禁产生刹帝利的骄傲,心想:"有我在,岂容他人夺走我的妻子。"于是,他在王宫广场像醒狮一般,跳跃吼叫,捻响手指,说道:"我要让全城居民都知道我来了!现在,我要去活捉他们,给我备马套车。"说罢,念了一首偈颂:

各色车和马,为我准备好,
你们且看我,歼敌在今朝。

他对有光说道:"我马上就要去捉拿敌人。你去沐浴打扮,登上王宫露台。"有光走后,摩陀王派遣众大臣来侍候他。他们在厨房门口围起帐幕,吩咐理发匠替他刮胡子、洗头,装饰打扮。然后,他在众大臣簇拥下说道:"我要登上王宫露台。"他四下观望,捻响手指。他目光所到之处,大地震动。他说道:"现在,你们看我的本领吧!"
尊师描述此事,念偈颂道:

拘舍似醒狮,奋力挥臂膀,
宫中妇女们,伫立举目望。

摩陀王将自己训练有素的宝象装饰打扮,送给拘舍王。拘舍王升起白色华盖,登上象背,吩咐说:"把有光带来。"他让有光坐在自己后面,由四军护卫,从东门出城。一见敌军,拘舍王喊道:"我是拘舍王!谁想活命就趴下!"他发出三声狮子吼,冲向敌人。
尊师描述此事,念偈颂道:

登上宝象背,有光坐身后,
冲向敌阵营,发出狮子吼。

犹如林中兽,闻听狮子吼,
众位刹帝利,怕死往回走。

象兵和卫兵,车兵和步兵,
互相乱践踏,争着逃性命。

前沿阵地上,拘舍显威武,
天帝心欢喜,赠他太阳珠。

战胜众敌人,获得太阳珠,
坐在象背上,收兵回京都。

生擒刹帝利,皆用绳索捆,
献给老岳父:这些是敌人。

众敌被击败,成为你俘虏,
是杀还是放,听凭你发落。

国王说道:

这些俘虏是你的,不能说成是我的,
你是我们最高王,是杀是放听凭你。

大士听罢,心想:"我何必要杀掉他们呢?别让他们白来一趟嘛!我要把有光的七个妹妹①——摩陀王的这些女儿嫁给他们。"于是,念偈颂道:

---

① 前面提到摩陀王只有七个女儿,这里加上有光却成了八个女儿,原文如此。

你有七个小女儿,光艳照人似仙女,
分别嫁给七国王,增加七位乘龙婿。

国王念偈颂回答道:

统治我们和他们,统治世上一切人,
你是我们最高王,女儿嫁谁你决定。

于是,拘舍王吩咐将七位公主盛装打扮,把她们分别嫁给七位国王。
尊师描述此事,念了五首偈颂:

七位刹帝利,七位摩陀女,
狮声拘舍王,做主结伉俪。

七位刹帝利,接受这恩赐,
满怀喜悦情,各自回国去。

携带太阳珠,偕同有光妻,
勇武拘舍王,返回拘舍城。

同乘一辆车,进入拘舍城,
光艳相辉映,互不分高下。

母子重相逢,夫妻重团圆,
和睦过日子,幸福又美满。

大隧道本生

古时候,毗提诃王在弥提罗城治理国家的时候,他有四位指导正法的智者,名叫塞纳格、布古沙、迦文陀和提文陀。在菩萨投生母胎的那天,国王在拂晓时分做了一个梦,梦见王宫庭院四角有四个火堆,火焰上窜,高似围墙。而在四个火堆中间,冒出一个萤火虫般的火焰,刹那间升空,超过四个火堆,直达梵天界,照亮整个世界,甚至能看清掉在地上的芥子和谷粒。天界和凡界众生手持花环和香料等等敬拜它。大众在火焰中间行走,身上却没有一个毛孔感到灼热。

国王做了这个梦,心中害怕,坐着琢磨:"不知道会发生什么事。"天明后,他起床。四个智者前来请安:"王上,睡得好吗?"国王讲述自己做了这样一个梦,说道:"我做了这个梦,怎么会睡得好?"于是,塞纳格智者说道:"大王,别害怕,这是一个吉祥的梦。你的国家会繁荣兴旺。""为什么?""大王,将会出现第五个智者,智慧的光芒胜过我们四个智者。因为我们如同四堆祭火,而中间出现的这个火焰如同第五个火堆,他的能耐在天界和凡界都举世无双。""他现在在哪里?""他今天或投胎,或从母胎出生。"塞纳格智者仿佛凭自己的天眼通解释这个梦,于是,国王记住了他的这番话。

弥提罗城四个城门外有四个市场,分别名为东卧麦村、南卧麦村、西卧麦村和北卧麦村。在东卧麦村有个商主,名叫希利婆咤迦,妻子名叫苏摩那黛维。而大士就在国王做那个梦的当天,从忉利天下凡,投胎苏摩那黛维腹中。同时,其他一千个天子也从忉利天下凡,投胎到这个集镇的大小商主家族。十个月后,苏摩那黛维生下一个金色皮肤的儿子。

就在这时,帝释天观察人间世界,发现菩萨从母胎出生,心想:"我要让天界和凡界知道他是佛芽。"于是,在大士从母胎出生时,他隐身前来,将一株药草放在大士手中,然后,返回自己住处。大士握住这株药草,从母胎出生时,母亲毫无痛苦的感觉,仿佛水从圣水罐中流出。母亲看见他手中握着药草,问道:"孩儿,你拿着什么?""阿妈,是药草。"然后,他将这天国药草放在母亲的手中,说道:"阿妈,你收下这药草,一旦有人患病,你可以用它为他们治病。"

母亲满怀喜悦,告诉丈夫希利婆吒迦商主。商主满怀喜悦,因为他七个月来一直受着头痛的折磨,心想:"这孩子带着药草从母胎出生,并对母亲这样说。这孩子具有这样的功德,他带来的药草肯定具有大威力。"于是,他将药草在磨石上擦一擦,再沾沾水,在额角抹一抹,七个月的头痛顿时消失,犹如水珠从莲花叶上坠落。他兴奋激动,说道:"这药草具有大威力。"

然后,大士带着药草出生的消息传遍四方。所有的病人都来到商主家,乞求用这药草治病。只要将这药草在磨石上擦一擦,再沾沾水,在身体上抹一抹,所有人的疾病都会消失。他们离去时,心情愉快,赞美道:"希利婆吒迦家中的药草确实具有大威力。"

在大士取名之日,这位大商主心想:"我的儿子不需要延续祖辈的名字,就取名药草。"这样,他给儿子取名药草童子。然后,他又想:"我的儿子具有大功德,不会单独出生,应该有与他一起出生的孩子。"他经过打听,得知有一千个与他的儿子同时出生的孩子。于是,他向所有这些孩子赠送装饰品,配备乳母,收养他们作为他的儿子的侍从。他为这些孩子与自己的儿子一起举行吉祥仪式,装饰打扮,让他们天天侍奉大士。

菩萨与他们一起游戏长大。菩萨七岁时,形体犹如金塑像。他与这些孩子一起游戏,有时会遭到大象骚扰,也会遇到大风或炎热天气。有一天,他们游戏时,看到空中突然升起乌云,大士力大似象,迅速跑进一个大厅,而其他跟随他跑的孩子互相绊倒,膝盖等部位受伤。菩萨心想:"我们不能这样在露天游戏。我们应该在这里建造一座游戏厅。"于是,他对孩子们说:"我们应该在这里建造一座大厦,无论刮风下雨或天气炎热,我们都能在里面或站或坐或卧。你们每人都应该出一份钱。"这一千个孩子表示同意。

菩萨请来一位大建筑师，交给他一千金币，说道："请你在这里建造一座大厦。"建筑师收下钱，说道："好吧！"然后，他平整土地，打桩，用线丈量。但他的设计不符合大士的想法。大士告诉他应该怎样丈量，说道："你要这样丈量才对。"建筑师说道："主人，我是按照自己的经验丈量，我不知道其他的丈量方法。""你不知道怎样丈量，怎么能收下我们的钱，建造大厦？你拽住线，我来教你丈量。"这样，大士让他拽住线，自己动手丈量，如同天国的神匠工巧天。然后，他询问建筑师："你能这样丈量吗？""我不能，主人！""那么，你能在我的指导下丈量吗？""我能，主人！"

大士要建造这样的大厦：一处供客人居住，一处供孤苦无助的人居住，一处供无依无靠的产妇居住，一处供来访的沙门和婆罗门居住，一处供其他来访者居住，一处供前来的商人存放商品。大厦中所有这些居处都装有门户。其中还有游戏厅、议事厅和说法厅。不久，大厦按照他的设计完工，他又请来一些画师，亲自指导他们绘制美丽的图案，装饰大厦，以致这座大厦堪比天国的妙法殿。

然后，大士心想："这座大厦还不够完美，还应该建造一个莲花池。"于是，大士又请来泥瓦匠，付给他工钱，要求他按照自己的设计开掘莲花池：有一千个弯道，一百个沐浴处，池中布满五色莲花，优美堪比天国欢喜园中的莲花池。同时，在莲花池岸边，建造像欢喜园那样的花园，种植各种开花结果的树木。在大厦附近，还要建造一个施舍堂，施舍恪守正法的沙门和婆罗门以及随时来访的各地村民。大士的这项工程驰名四方，许多人闻名而来。大士坐在大厅中央，为他们判断各种是非曲直，犹如佛陀出世。

这时，毗提诃王想起七年前四位智者对自己说过会有胜过他们四位的第五位智者出生。他想：那么，现在这位智者在哪里？于是，他派遣四位大臣从四个城门出去寻找。从其他三个城门出去的大臣没有找到大士，唯有从东城门出去的大臣看见大厦等等建筑，心想："唯有智者能建造或指导他人建造这样的大厦。"于是，他询问人们："这座大厦是哪位大建筑师建造的？"人们回答说："这座大厦不是靠建筑师自己的能力建造的，而是按照希利婆吒迦商主的儿子大药草智者的设计建造的。"大臣计算从国王做梦以来的日子,心想:"符合国王做梦的日子,他应该就是这位智者。"于是,他派遣一个使者请示国王:"王上,东卧麦村希利婆吒迦商主的儿子名叫大药草智者,现在刚好七岁,他建造了这样的大厦,还建造了莲花池和花园。我要不要带回这位智者?"

国王听到这个消息,兴奋激动,召来塞纳格,告诉他这件事,询问道:"塞纳格,我们是不是应该请来这位智者?"而塞纳格心生妒忌,不愿对这位智者表示赞赏,说道:"大王,单凭建造大厦等等称不上智者,因为其他人也能做到,算不了什么。"国王听后,沉默不语,心想:"这其中必定有什么原因。"于是,他让使者回复那位大臣:"你就住在那里继续考察这位智者吧!"这样,那位大臣就住在那里,继续考察这位智者。以下这首是关于考察的偈颂:

肉、牛、项圈、棉线、儿子、黑球、车、
棍子、头颅、蛇、公鸡、宝石、生小牛、
米饭、沙子、池塘、花园、驴和宝石。

肉

一天,菩萨去游戏厅。一只老鹰从屠宰场砧板上叼了一块肉,飞上天空。少年们看到后,追赶这只老鹰,说道:"我们要让它扔下这块肉。"老鹰飞东飞西,少年们抬头望着它,追东追西,向它扔石头、土块等,追得筋疲力尽。于是,智者对他们说道:"我来叫它扔下这块肉。"少年们说道:"请吧,尊者!"他吩咐道:"你们看着!"而他自己头也不抬,犹如一阵风,快速奔跑,踩在老鹰影子上,击掌大吼。由于他的威力,这吼声仿佛穿透老鹰腹部;老鹰惊慌失措,扔下了这块肉。大士知道这块肉掉下来了,望着地上的影子,在这块肉尚未落地时,就腾空接住。众人目睹这个奇迹,鼓掌喝彩。大臣知道了这件事,派人送信给国王说:"这位智者用这个办法使老鹰扔下一块肉。"国王听后,问塞纳格:"塞纳格,我们召见这位智者,怎么样?"塞纳格心想:"一旦他来到这里,我们就会失去荣耀,国王会把我们忘得一干二净。决不能召他进宫。"这样,他出于妒忌,说道:"大王啊! 这只是一件小事,单凭这一点,还称不上智者。"国王秉公执事,派人传令说:"让那位大臣继续留在那里考察他。"

牛

　　雨季到来,卧麦村一个村民准备犁地。他从另一个村买了几头牛,牵回来放在家中。第二天,他把牛牵到草地喂草。他刚开始坐在牛背上,后来感到困乏,爬下牛背,坐在地上睡着了。这时,一个贼把牛牵跑了。这人醒来,发现牛不见了。他四下一望,看见了逃跑的贼。他飞步追上,问道:"你干吗牵走我的牛?""这是我的牛,我要把它们牵到我的地方去。"听到他俩的争吵声,众人围了过来。他们经过游戏厅门口时,智者听到声音,把他俩召来。他观察了他俩的举止后,便知道一个是贼,另一个是牛主人。尽管他心中有数,还是询问道:"你们为何争吵?"牛主人说道:"我从某村某人手里买来这些牛,关在家里,今天牵到草地喂草。这个贼趁我不注意,牵跑我的牛。我四下一望,看见了这个贼,追上去抓住了他。某村的村民知道,是我买走这些牛的。"而那个贼说道:"这家伙撒谎! 这些牛是在我家里生下的。"接着,智者问道:"我能秉公断案,你们愿意服从我的判决吗?""愿意服从。"智者心想:"我要让众人心服口服。"于是,他首先问那个贼:"你给这些牛吃什么?喝什么?""我给它们喝牛奶粥,吃碎芝麻和菜豆。"然后,他问牛主人。牛主人说道:"尊者,我这穷汉哪有牛奶粥什么的呢? 我给它们吃草。"智者让人记下他俩的话,然后叫人取来催吐药,放在石臼里捣碎,掺上水,给牛喂下。这些牛呕吐出来的全是草。智者说道:"大家请看吧!"让众人看过之后,他问那个贼:"你是贼不是?""我是。""那么,今后你不要再干这种事了。"菩萨的随从们带走这贼,打断他的手脚,使他成为残废人。智者找这贼谈话,教诲道:"这只是你在现世遭受的苦难,你将来还要遭受堕入地狱之类的大苦难。因此,你今后再也不要干这种事了。"说罢,教会他五戒。大臣派人把这事如实禀报国王。国王问塞纳格。塞纳格说道:"大王啊! 这只是一桩窃牛案,谁都能判断。再等一段时间吧。"国王秉公执事,派人给留在那里的大臣传达与上次同样的命令。国王和塞纳格的对话每回都是如此,我们下面按照次序,讲述事情本身。

项　圈

　　有一个穷苦的妇女用各色棉线搓成一个项圈。一天,她从脖子上取下这个用棉线搓成的项圈,放在脱下的外衣上,走进智者建造的池塘沐浴。一个女青年看见这个项圈,心生贪欲,拿起来,说道:"大妈,这项圈真漂亮! 做一个花多少钱啊? 我也要做一个这样的项圈。"说着,她将项圈戴在自己脖子上,问道:"让我试试它的大小,行吗?"这个穷苦妇女心眼直,说道:"你试吧!"而那女青年却戴着项圈跑了。穷苦妇女赶紧上岸,穿上外衣,追上女青年,揪住她的衣服,说道:"你怎么戴着我的项圈跑了?"女青年说道:"我没拿你的东西,这是我的项圈。"众人听到声音,围了过来。她俩争吵着,走过游戏厅门口时,智者正与少年们一起玩耍。他听到声音,问道:"这是什么声音?"得知是两个女人吵架,便把她俩召来。他从她俩的举止已经知道哪个是贼。他问清事由后,说道:"你们愿意服从我的判决吗?""愿意服从,尊者!"于是,他首先问那个贼:"你这项圈上抹的是什么香料?""我经常抹百合香。"百合香就是用许多香料混合制成的香料。然后,他问那个妇女。她说道:"我这穷婆娘哪有百合香呢? 我经常抹荙扬古花香料。"智者让人端来一盆水,把项圈扔在里面。然后,找来香料商,请他闻闻这盆水,鉴别一下是什么香料。香料商闻出是荙扬古花香,念了这首偈颂:

> 这是荙扬古,并非百合香,
> 老妪说真话,少女竟撒谎。

　　大士把事实告诉众人,然后问女青年:"你是贼不是?"让她自己承认是贼。从此,大士的智慧尽人皆知。

棉　线

有个看守棉田的妇女,在护田时,摘了一些干净的棉花,捻成细棉线,绕成一个线团,揣在怀里。回村时,她想在智者的池塘里沐浴,于是,把线团放在脱下的外衣上,下池沐浴。另一个妇女看见这个线团,心生贪欲,拿起来,说道:"嗬,多可爱的线团呀! 大妈,是你捻的吗?"她捻响手指,装作细看的样子,然后揣在怀里跑了。下面的情况如前所述。接着,智者问那个贼:"你绕线团用什么作线轴?""用棉花籽,尊者!"然后,他问另一个妇女。她回答道:"用酊婆卢果核。"他让人记下她俩的话,解开线团,发现是酊婆卢果核。他让那个贼认罪。众人欢喜踊跃,齐声叫好:"这案破得真妙!"

儿　子

有个妇女带着儿子去智者的池塘洗脸。她替儿子沐浴后,让儿子坐在自己的外衣上,自己洗完脸,下池塘沐浴。这时,有个母夜叉看见这孩子,想要吃他。她捏着这妇女的外衣,说道:"大姐,这孩子长得真俊! 是你的儿子吗?""是的,大妈!""我给他喂点奶。""你喂吧!"母夜叉抱起孩子,逗弄了一会儿,就带着他跑了。妇女看见后,追上母夜叉,抓住她,问道:"你怎么抱走我的儿子?"母夜叉说道:"这哪里是你的儿子? 这是我的儿子。"她俩争吵着,走过游戏厅门口。智者听到吵架声,把她俩召来,问道:"怎么回事?"听罢案情,他凭其中一个妇女那双不会眨眼的红眼睛,就知道她是母夜叉。尽管他心中有数,仍然问道:"你们愿意服从我的判决吗?""我们愿意。"于是,他在地上画一条线,把孩子放在线中央,吩咐母夜叉抓住孩子的双手,母亲抓住孩子的双脚,说道:"你们两个拽这孩子,谁能拽过去,这孩子就是谁的。"她们两个开始拽,孩子痛得哇哇啼哭。母亲的心仿佛要碎了,松手放开儿子,站在那里哭泣。智者问众人道:"真母亲和假母亲,哪个心疼孩子?""真母亲,智者!""那么现在,抓住孩子站着的和放开孩子站着的,哪个是真母亲?""放开孩子站着的,智者!""你们知道这个抢儿子的女贼是什么东西吗?""不知道,智者!""她是母夜叉,想把这孩子抓去吃掉。""你是怎么知道的? 智者!""她的那双眼睛不会眨巴,身体没有影子,胆子大,心肠硬。"然后,他问母夜叉:"你是谁?""我是母夜叉,尊者!""你为什么要抓这个孩子?""想吃掉他,尊者!""蠢货! 你过去作恶,转生为母夜叉。你现在还要作恶,唉,你真是个蠢货!"智者训诫了她,嘱咐她遵守五戒之后再把她放走。孩子的母亲向智者祝福道:"尊者,祝你长寿!"然后,带着儿子走了。

黑　球

　　有个人长得又矮又黑,得名黑球。他在人家家里干了七年活,得到一个妻子,名叫底珂达罗。一天,他对妻子说:"太太,做点糕饼,我们去看望父母。"妻子不同意,说道:"你的父母怎么啦?"直到他说了三次,妻子才制作糕饼。做好之后,他带上旅途用品和礼物,与妻子一道上路。途中,他们遇到一条河,河水很浅,但他俩没摸底细,心中害怕,站在岸边,不敢涉水过去。那时,有个名叫底珂比提的穷人,沿着河岸走到这里。他俩看到他,问道:"朋友,这河水深不深?"那人发现他俩怕水,便说道:"水很深,里面有凶恶的大鱼。""朋友,你怎么过河?""我跟这里的鳄鱼和水怪有交情,因此它们不伤害我。""那你带我们过河吧!""好吧!"他俩给他吃的。他吃完后,问道:"朋友,我先带谁过河?""你先带这姐儿过河,然后带我过河。""好吧!"他把女子驮在肩上,带上所有的旅途用品和礼物,走下河去。他走了几步,便蹲下身子走。黑球站在岸边,心想:"这河水确实很深! 底珂比提这样的身材尚且如此,我更不行了。"底珂比提把女子带到河中央时,说道:"太太,我愿意养活你。你会过上好日子,有衣服,有首饰,还有男仆女仆。这个小矮子能给你什么? 听我的话吧。"这女子听了他的话,嫌弃自己的丈夫,顿时迷上这个男人,同意道:"先生,如果你不抛弃我,我听你的吩咐。"他俩到达对岸,亲亲热热,把黑球丢下,说道:"你就在那里呆着吧!"他俩当着黑球的面,吃了些东西,走了。黑球见此情状,心想:"这两个人勾搭上,丢下我逃跑了。"他几次要追,但一下岸就害怕,只得停步。最后,他一怒之下,不顾死活,纵身跳入河中。这样,他发现河水很浅,过了河,快步追上了他俩,说道:"呸!你这恶贼,怎么带走我的妻子?"那人说道:"呸!你这矮子,这哪里是你的妻子,这是我的妻子!"说罢,揪住黑球的脖子打转,把黑球推倒在地。黑球拽住底珂达罗的手,说道:"站住!你去哪儿?我在人家家里干了七年活,才得到你这个妻子。"他们争吵着,来到游戏厅附近,众人上前围观。大士问道:"这是什么声音?"他把他们召来,听取了双方的陈述,问道:"你们愿意服从我的判决吗?""愿意服从!"于是,大士首先传讯底珂比提,问道:"你叫什么名字?""我叫底珂比提,尊者!""你的妻子叫什么名字?"他不知道底珂达罗的名字,胡编了一个名字。"你父母叫什么名字?"他说了叫某某、某某。"你岳父母叫什么名字?"他不知道底珂达罗的父母名字,胡编了两个名字。大士让人记下他的话,带走他。接着,大士传讯黑球,询问上述所有名字。黑球如实作出回答。大士让人带走他,然后传讯底珂达罗,问道:"你叫什么名字?""我叫底珂达罗,尊者!""你的丈夫叫什么名字?"她不知道底珂比提的名字,胡编了一个名字。"你的父母叫什么名字?"她如实作了回答。"你的公婆叫什么名字?"她张皇失措,胡编了两个名字。然后,大士叫来那两个男人,问众人道:"这个女人的话跟底珂比提的话吻合,还是跟黑球的话吻合?""跟黑球的话,智者!"大士宣布道:"这人是这女人的丈夫,那人是贼!"说罢,他问那人,那人承认自己是贼。

车

有个驾车的人下车洗脸。这时,帝释天正在沉思,看见了智者,心想:"我要让大药草这位未来佛陀的智慧和力量闻名天下。"于是,他扮作凡人,降到人间,抓住这辆车的车尾,跟着车跑。驾车人问道:"朋友,你来做什么?""侍候你。"驾车人同意道:"好吧!"说罢,下车去解手。帝释天趁此机会,登上车,驾车快速逃跑。车主人解手回来,看见帝释天驾车逃跑,飞奔追上,说道:"停下,停下!你怎么驾走我的车?""你的车是另外一辆,这辆是我的车。"他俩争吵着,来到游戏厅门口。智者召见他俩问道:"怎么回事?"他观察到无所畏惧的神态和不会眨巴的眼睛,便知道这个是帝释天,那个是车主人。尽管如此,他还是问清争吵的原因,说道:"你们愿意服从我的判决吗?""愿意服从!"于是,他说道:"我要让人驾走这辆车,你们两个抓住车尾,跟着车跑。不松手的是车主人,松手的不是车主人。"说罢,他让人驾走这辆车。他俩抓住车尾,跟着车跑。车主人跑了一阵,跑不动了,只得松手停下,而帝释天始终跟着车跑。智者吩咐把车驾回来,并对众人说道:"这人跑了一阵,松手停下了。而那人跟着车跑远,还跟着车跑回来,既不流汗,也不喘气,无所畏惧,眼睛不眨。他是众神之王帝释天!"说罢,他问那人:"你是众神之王吗?""是的。""你为何而来?""为了弘扬你的智慧,智者!"智者劝诫道:"以后不要这样做了。"帝释天展示自己的神力,站在空中,称赞智者道:"这案破得妙!"然后,返回自己的居处。这次,那位大臣亲自去见国王,说道:"大王啊!智者这样破了车案,连帝释天也甘拜下风,你为什么不承认这位是人中俊杰呢?大王啊!"国王问塞纳格:"塞纳格,我们召见这位智者吧?""大王啊!凭这件事还称不上是智者。请等一段时间,让我考察考察再说。"

棍　子

一天,他们想要考察智者,让人取来一根佉提罗树棍,从中截取十二指长的一段,请象牙师削平磨光,然后送到东卧麦村,说道:"听说东卧麦村的村民聪明,请他们辨认这根佉提罗棍子的顶部和根部。如果他们辨不出,就罚款一千。"村民聚在一起,辨认不出,于是把这事告诉商主。商主说道:"或许大药草智者能认出。把他请来,问问他吧。"商主派人从游戏厅找来智者,告诉他这件事,问道:"孩子啊!我们辨认不出,你能不能认出?"智者听后,心想:"辨认出这根棍子的顶部和根部对国王毫无用处,他们无非是想考考我。"于是,他说道:"拿来棍子,父亲,我来认认。"他把棍子拿在手上,就辨认出棍子的顶部和根部。但他为了让众人心服口服,叫人端来一盆水,在棍子中央系一根线。他提着线,将棍子横放在水面上。根部分量重,先沉入水。

于是，他问众人："根部分量重，还是顶部分量重？""根部，智者！""那么，请看，这部分先沉入水，因此，它是根部。"他根据这个现象，辨认出了顶部和根部。村民把棍子送回去给国王，说道："这是顶部，这是根部。"国王很满意，问道："是谁认出来的？""希利婆吒迦商主的儿子大药草。"国王听后，问塞纳格："塞纳格，我们召见他，怎么样？""等一段时间吧，大王！让我们再用别的办法考察他。"

头　颅

一天，他们让人取来两颗只剩白骨的头颅，一颗是女人头颅，另一颗是男人头颅，送到那个村里，说道："让他们辨认哪颗是女人头颅，哪颗是男人头颅。辨不出来，就罚款一千。"村民们辨认不出来，便去问大士。他看过之后，辨认了出来。据说，男人头颅上的骨缝是直的，女人头颅上的骨缝是弯的。村民们把头颅送回国王那儿，说道："智者凭那种知识认出这颗是女人的头颅，这颗是男人的头颅。"下面的情况如上所述。

蛇

一天，他们让人取来一条雄蛇和一条雌蛇，派人送到那个村里，说道："让他们辨认哪一条是雄蛇，哪一条是雌蛇。"村民们便去问智者。他一看就辨认出来了。因为雄蛇的尾巴粗，雌蛇的尾巴细；雄蛇的头大，雌蛇的头长；雄蛇的眼睛大，雌蛇的眼睛小；雄蛇的卍字标志是圆的，雌蛇的卍字标志有棱角。他凭这些知识辨认出这条是雄蛇，那条是雌蛇。下面的情况如上所述。

公　鸡

一天，他们派人送信给东卧麦村村民，说道："给我们送来一头全身雪白、脚上长角、头上长隆肉、每天按时鸣叫三次的公牛。如果不送来，就罚款一千。"村民们不知道怎么办,便问智者。智者说道:"国王要你们送去一只白公鸡。公鸡有鸡爪,所以叫作脚上长角;有鸡冠,所以叫作头上长隆肉;而且,它每天按时啼叫三次。因此,你们给他送去一只这样的公鸡吧!"村民们送去了。

宝 石

帝释天送给拘舍王的宝石是八角形的。穿在宝石上的线断了,没有人能取出旧线,穿上新线。一天,他们派人把这块宝石送到那个村里,说道:"取出旧线,穿上新线。"村民们无法取出旧线,穿上新线,便去报告智者。智者说道:"你们别担心。"他吩咐他们取来一滴蜂蜜,涂在宝石两侧的线眼里,又拿来一根羊毛线,线头上也涂上一点蜂蜜,塞在线眼口上,然后,把这块宝石放在蚂蚁出没的地方。蚂蚁闻到蜂蜜香,爬出洞来,吃光宝石线眼里的旧线,又咬着羊毛线的线头,从这一侧的线眼拖到另一侧的线眼。智者发现羊毛线穿过了线眼,把宝石交给村民们,说道:"给国王送去吧!"村民们把宝石送回去给国王。国王听说了穿线的方法,非常高兴。

生小牛

据说,国王的吉祥公牛被喂养了几个月之后,腹部长得十分肥大。一天,他们替这头公牛洗净牛角,涂上油,用郁金根粉沐浴。然后,他们派人将公牛送到东卧麦村,说道:"你们以聪明著称,国王的这头吉祥公牛怀孕了,请你们替它接生。你们要带着生下的小牛送回去,否则罚款一千。"村民们不知道怎么办,便去问智者。智者心想:"这个问题要使用反问法。"于是,他问道:"你们能找到一个胆大的、敢与国王对话的人吗?""这不难,智者!""那你们把他找来吧!"村民们找来一个人。大士对那个人说道:"来吧,伙计!你披头散发,以各种方式哀号哭泣,走到王宫门口。无论谁问你,你都不要答话,只顾自己哭泣。一旦国王召你去,问你为何哭泣,你就说:'大王啊!我的父亲正在生孩子,今天是第七天了,还没生下来。救救我吧,告诉我接生的办法!'国王就会说:'你胡说什么!那是不可能的,男人不会生孩子!'然后你就说:'大王啊!如果真是这样,那你为何吩咐东卧麦村村民为吉祥公牛接生呢?'"那个人答应道:"好吧。"他照智者的话去做了。国王问道:"是谁想出这个对策的?""大药草智者。"国王听了,十分高兴。

米　饭

又一天,他们想要考察智者,说道:"东卧麦村村民按照八个条件,为我们煮酸辣饭。这八个条件是:不用大米、不用水、不用瓦罐、不用灶、不用火、不用柴,也不准女人或男人走大路送来。否则,罚款一千。"村民们不知道怎么办,便去问智者。智者说道:"你们别担心!"接着,他说道:"不用大米,就用碎米;不用水,就用雪;不用瓦罐,就用土钵;不用灶,就打几个木桩;不用火,就是不用现成的火,可以另外钻木取火;不用柴,就用树叶。煮熟酸辣饭,倒在一个新钵里,盖上盖。不准女人或男人走大路送去,那就让一个阴阳人走小路给国王送去。"村民们照此办理。国王问道:"这个问题是谁解决的?""大药草智者!"国王听后,十分高兴。

沙　子

又有一天,他们为了考察智者,派人给村民们送信说:"国王想要荡秋千,可是王宫里的旧沙绳断了,你们搓一根沙绳送来。如果不送来,就罚款一千。"村民们不知道怎么办,便去问智者。智者心想:"这个问题要使用反问法。"于是,他安慰村民后找来两三个能说会道的人,说道:"你们去跟国王说:'大王啊!村民们不知道沙绳的粗细,请你送去一截十二指长或四指长的旧沙绳,他们可以照着旧沙绳的粗细搓。'如果国王说:'王宫里从来没有沙绳。'那么,你们就说:'大王啊!如果你造不出沙绳,卧麦村的村民怎么造得出沙绳呢?'"他们照这样做了。国王问道:"是谁想出这个对策的?""是智者。"国王听后,十分高兴。

池 塘

又一天,他们派人给村民们送信说:"国王想要玩水,送一个长满五色莲花的新池塘来。如果不送来,就罚款一千。"村民们报告智者。智者心想:"这个问题要使用反问法。"于是,他找来几个能说会道的人,说道:"来吧,伙计们! 你们先去玩水,泡红眼睛,浸湿衣服,沾满泥浆,然后手持绳索、棍棒和土块,到王宫门口请求晋见,获准进宫后,说道:'大王啊! 你吩咐东卧麦村村民送来池塘。我们奉命给你送来一个与你身份相称的大池塘。可是,这个池塘久居森林,一见到城市,一见到城墙、护城河、瞭望台什么的,怕得要命,挣断绳索逃回森林了。我们用土块和棍棒打它,也赶不回来。请你给我们一个从森林带回来的旧池塘,我们可以把它俩拴在一起带回来①。'国王会说:'我从来没有从森林带回池塘,也从来没有送去一个池塘,跟另一个池塘拴在一起这样带回另一个池塘。'你们就说:'如果是这样,卧麦村村民怎么给你送来池塘呢?'"他们照这样做了。国王听说这是智者想出的对策,十分高兴。

花 园

又有一天,他们派人送信说:"我们想要游园,但我们的花园太陈旧了,卧麦村村民送来一座花草树木茂盛的新花园。"智者心想:"这个问题要使用反问法。"他安慰村民后找来几个人,教给他们上述的方法。这样,国王对智者很满意,问塞纳格:"塞纳格,我们召见智者,怎么样?"塞纳格妒贤嫉能,说道:"凭这件事还称不上是智者,再等一段时间吧。"国王听后,心想:"大药草智者现在还是个孩子,他的智慧已经令我佩服。在这些秘密的考察和测验中,他都能像佛陀一样解决问题。可是,塞纳格不肯召这样的智者进宫。我何必要管塞纳

---

① 这是一种用驯象捕捉野象的办法。

格呢？我自己去召他进宫。"于是,他在大批侍从陪伴下,前往那个村。不料,他骑着御马行进时,马蹄踩进地缝,马腿折断了,迫使他返回城里。塞纳格迎上前来,问道:"大王啊!你是去东卧麦村召智者进宫吗?""是的,智者。""大王啊!你对我不够信任。你看,我刚刚说过等一段时间,你就急着出城,结果,一上路,御马的腿折断了。"国王听了他的话,沉默不语。

驴

又有一天,国王问塞纳格:"塞纳格,我们召见大药草智者,怎么样?""大王啊!你不必亲自出马,派个使者送信说:'我上你处时,马腿折断了。请你送来一匹较好的马和一匹最好的马。'如果他送来较好的马,他自己就会来;如果他送来最好的马,他会送他的父亲来。我们可以用这个问题考考他。"国王同意道:"好吧。"于是派出一个使者。

智者听了使者的话,心想:"国王想要见我和我的父亲。"他走到父亲那里,行过礼,说道:"父亲啊!国王想要见你和我。你先带着一千个商主去,去的时候,不要空手,要带着装满新鲜酥油的檀香木盒。国王会热情接待你,请你坐与长者身份相符的座位,你就坐下。等你坐下之后,我也就到了。国王也会热情接待我,请我坐与我身份相符的座位。这时,我就望望你,向你示意,你就起身让座,说道:'儿子,大药草智者,请坐这个座位。'这样,我就能解决一个问题。"父亲同意道:"好吧。"

父亲遵照儿子的安排,先来到王宫门前,经人通报获准后,进宫向国王行礼,站立一旁。国王热情接待,问道:"长者啊!你的儿子大药草智者在哪儿?""随后就到,大王!"国王听说智者随后就到,满心欢喜,说道:"请你坐上与你身份相符的座位吧。"他挑选与自己身份相符的座位,坐在一旁。与此同时,大士穿戴整齐,在一千个少年簇拥下,乘坐华丽的车子进城。他看见护城河岸上有头驴子,便吩咐一些身强力壮的少年道:"你们逮住这头驴子,绑住它的嘴,不让它发出叫声,裹在一条毯子里,用肩膀扛着它走。"他们照此办理。菩萨带着这一大批少年进城,众人望着他,赞不绝口:"这就是希利婆吒迦商主的儿子大药草智者！听说他生下来时,手里握着一株药草！听说他解决了许多难题！"大士到达王宫门口,请人进宫通报。国王获悉,欣喜万分,说道:"快让我的儿子大药草智者进宫！"大士在一千个少年簇拥下,进入宫殿,向国王行礼,站在一旁。国王见了他,满怀喜悦,热情接待,说道:"智者！挑选一个合适的座位坐下吧。"大士望望父亲。父亲按照他的示意,起身让座,说道:"智者,请坐这个座位。"他便坐上这个座位。见他坐在那里,塞纳格、布古沙、迦文陀和提文陀等蠢人都抚掌大笑,说道:"人们把这个傻瓜说成智者！他让父亲从座位上起来,自己坐下。这种人不配称作智者！"国王也板起了面孔。大士问道:"大王啊！你为何板着面孔?""是的,智者,我是板着面孔。听说你来,我很高兴;见到了你,我很失望。""为什么?""你让父亲从座位上起来,自己坐下。""大王啊！你是否认为父亲在任何场合都高于儿子?""是的,智者。"于是,大士说道:"大王啊！你不是传令叫我送来一匹较好的马和一匹最好的马吗?"说罢,他从座位上站起,向那些少年下令道:"把你们带着的那头驴子送上来！"他让他们把驴子放在国王脚下,然后问道:"大王,这头驴子值多少钱?""如果能干活,值八个金币。""如果纯种母马与它交配生下了骡子①,骡子值多少钱?""值无数金币。""大王啊！你怎么这样说呢?你刚才不是说过父亲在任何场合都高于儿子吗?如果你的话没错,那么,驴子就应该比骡子值钱。大王啊！你的这些智者连这一点也不懂,因而抚掌大笑。你的这些智者有什么智慧?你是从哪儿把他们找来的?"他嘲骂了国王的四位智者,然后,念了这首偈颂:

> 倘若大王你认为,父亲总比儿子强,
>
> 那么请看这头驴,它是骡子的父亲。

念罢,他继续说道:"大王啊！如果父亲高于儿子,你就任用我的父亲;如果儿子高于父亲,你就任用我。"国王满心欢喜,所有的侍从都大声喝彩:

---

① "骡子"(assatara)的原义是较好的马,这里一语双关。

"智者回答得妙！"他们手指捻响，衣袂飘飞，欢呼声经久不息。国王的四位智者一个个都变得神色尴尬，手足失措。

没有人比菩萨更了解父母的功德，那么，他为什么要这样做呢？他不是为了贬低父亲，而是因为国王传令叫他送去一匹较好的马和一匹最好的马，他便用这个办法解答问题，显示自己的智慧，羞辱国王的四位智者。

国王满怀喜悦，拿起盛满香水的金罐，往商主手上倒水，说道："我把东卧麦村封与你。"接着又说道，"其他的商主都要侍奉这位商主！"他还派人给菩萨的母亲送去各种装饰品。他欣赏菩萨解决这个问题，决定收菩萨为儿子，对商主说道："长者啊！我想收大药草智者为儿子，请你答应我吧！""大王啊！这孩子还小，乳臭未干，等他长大后，再侍候你吧。""长者，今后，你跟他没有家庭关系！从今天起，他是我的儿子。我能抚养我的儿子，你走吧。"他打发商主走。商主向国王行过礼，把儿子搂在怀里，吻儿子的头，叮咛嘱咐。智者向父亲行礼，说道："父亲，别担心。"他让父亲回去了。国王问智者道："你愿意在里面用膳，还是愿意在外面用膳？"智者心想："我有大批随从，应该在外面用膳。"于是，说道："我愿意在外面用膳。"这样，国王为他建造了一幢合适的房子，给他包括一千个少年的用度在内的一切食用花销。从这天起，他开始侍奉国王。

宝　石

一次，国王想考考大士。那时，在京城南门附近的池塘边有棵多罗树，树上有个乌鸦窝，窝里有块宝石。宝石的影子映在池塘里。人们报告国王说："池塘里有块宝石。"国王找来塞纳格，问道："听说池塘里有块宝石，我们怎么样才能取出它？""掏净水取出它。"于是，国王责成他办这件事。塞纳格召集了许多人，掏净池水和淤泥，掘开池底，没有找见宝石。然而，当池塘灌满水后，又呈现出宝石的影子。他按照老办法又折腾了一遍，仍然没有找见宝石。于是，国王找来智者，说道："人们看见池塘里有块宝石，塞纳格掏净池水和淤泥，掘开池底，没有找见。可是，池塘灌满水后，又看见了那块宝石。你能取出这块宝石吗?"智者说道:"大王啊! 这事不难。来吧,我取给你看。"国王很高兴,心想:"我今天要看看智者的大智慧。"于是,国王在大批侍从陪同下,来到池塘边。大士站在岸边,观察这块宝石,知道它不在池塘里,而是在多罗树上,说道:"大王啊! 这块宝石不在池塘里。""那怎么在水里能看到?"大士让人端来一盆水,说道:"大王,你看! 不仅在池塘里能看到,在这盆水里也能看到。""智者,那么这块宝石究竟在哪里?""大王啊! 在池塘里和水盆里看到的是影子,不是宝石。宝石在这棵多罗树上的乌鸦窝里。请派人爬上去取下来吧。"国王派人上树取宝石。智者接过宝石,放在国王手里。众人夸赞大士,嘲笑塞纳格:"宝石在多罗树上乌鸦窝里,塞纳格却召集壮劳力掘池塘! 像大药草这样的智者才是名副其实的智者!"国王满心欢喜,把自己脖子上的珍珠项圈赐给菩萨,也向一千个少年赠送珍珠串,并允许菩萨及其随从自由出入王宫,不拘礼节地侍奉他。

以上是考察大士的十九个问题。

变色龙

又有一天,国王与智者一起前往花园。那时,有一条变色龙住在拱门顶上。它看见国王前来,便从拱门顶上爬下,匍匐在地。国王看到后,询问智者:"它为何这样?""大王,它向你敬拜。""既然是这样,就别让它白白敬拜我,给它赏赐吧!""赏赐对它没有用,只要给它食物就行了。""那么,它吃什么?""吃肉,王上!""应该给它多少肉?""几文钱的肉就够了。"于是,国王吩咐一个侍从:"国王不能赏赐它几文钱的肉,以后你每天赏赐它几块钱的肉吧!"侍从说道:"遵命!"此后侍从就一直照办。

有一天遇到斋戒日,不能杀生,侍从买不到肉。于是,侍从用线串连铜钱,挂在变色龙的脖子上。变色龙为此感到骄傲。就在这天,国王又与智者一起前往花园。变色龙看见国王前来,它满怀骄傲,自以为拥有财富,心想:"毗提诃,你是大财主,而我现在也是。"它认为自己与国王地位相等,因此,不再从拱门顶上爬下来，而是趴在那里摇头晃脑。国王看到它这样，询问智者："它今天没有像以前那样爬下来，这是为什么？"这样，国王念了这首偈颂：

以前拱门顶上，这条变色龙很谦卑，

为何今天很骄傲？大药草智者请说！

智者心想："今天是斋戒日，不能杀生，侍从买不到肉，便将铜钱挂在它的脖子上。它肯定是因此感到骄傲。"这样，智者念了这首偈颂：

这条变色龙得到从未得到的铜钱，

因此，不再把毗提诃王放在眼里。

国王召来那位侍从，询问此事。侍从如实回答。国王对智者非常满意，心想："这位智者不用询问任何人，就像一切智佛陀那样，知道变色龙的心思。"于是，国王将四个城门的税赋收入赏赐给智者。同时，国王对变色龙表示愤怒，准备不再赏赐它。然而，智者劝阻国王说："这样不合适。"①

噩运和幸运

那时，弥提罗城中有个青年名叫宾古多罗，前往呾叉始罗城，向闻名四方的老师学习技艺。完成学业后，他拜别老师。而这个老师家族有个传统，一旦女儿到达婚龄，便要嫁给最优秀的弟子。现在，这个老师正有这样一个女儿，美似天女，他便对宾古多罗说："孩子啊，我把女儿嫁给你。你就带着她一起走吧！"宾古多罗噩运附身，没有福气，而那个少女却是幸运附身。因此，宾古多罗看到这个少女，并无爱意，但还是表示同意，对老师说："我不能

---

① 此处原文后标注变色龙问题终。

违背老师说的话。"于是,婆罗门老师将女儿嫁给他。

到了晚上,宾古多罗躺在装饰一新的婚床上,少女跟着上床。宾古多罗不由自主地从床上滚落到地上。于是,少女下床,与他一起躺在地上。宾古多罗又回到床上,少女也再次上床。而宾古多罗又从床上滚落到地上。确实,噩运和幸运无法结合。于是,少女躺在床上,宾古多罗躺在地上。就这样,过了七天。

然后,宾古多罗带着少女,拜别老师回家。一路上,两人互不交谈,就这样闷闷不乐地到达弥提罗城。在离城不远处,宾古多罗看见一棵结满果子的优昙波罗树。他感到饥饿,便爬上树,采果子吃。少女也感到饥饿,站在树下,对他说:"你扔一些果子给我。"而他回答说:"难道你自己没有手和脚?你自己爬上树来吃。"于是,少女爬上树,采果子吃。宾古多罗见她已经爬到树上,便迅速下树,在树根周围堆满荆棘,说道:"我终于摆脱这个灾星。"说罢,独自离去,而这个少女坐在树上,无法下来。

到了黄昏时分,国王游园后坐在象背上返城,路过这里,看到这个少女,爱上她。他派遣一个大臣前去询问这个少女是否已经嫁人。她回答说:"我有丈夫。家里人作主将我嫁给他。而他抛弃我,把我留在这里,自己跑掉了。"大臣如实回禀国王。国王说:"无主的财物理所当然归国王。"于是,国王让她从树上下来,坐在象背上,带她回宫,为她灌顶,立为王后。她可爱迷人,因为国王是在优昙波罗树上发现她的,得名优昙波罗王后。

此后有一天,国王准备前往花园,住在城门附近的村民要平整道路。宾古多罗为了谋生,束紧腰带,也拿着铲子参加平整道路。道路尚未平整完毕,国王和优昙波罗王后已经坐在车上出城。优昙波罗王后看见宾古多罗在平整道路,抑制不住心中的骄傲,望着他发笑:"这个灾星。"国王看见她发笑,心中恼怒,询问她:"你笑什么?""王上,这个平整路的人就是我的前夫。他让我爬上树,然后在树根周围堆满荆棘,独自离去。我现在看到他这样,抑制不住心中的骄傲,想到他是灾星而发笑。"而国王说道:"你撒谎。你看到别人就笑,我要杀死你。"说着,国王拔出剑。优昙波罗王后惊恐不安,说道:"王上,请你问问你的这些智者。"于是,国王询问塞纳格:"你相信她的话吗?"塞纳格回答说:"王上,我不相信。谁会抛弃这样美貌的女子而离去?"优昙波罗王后听后更加惊恐不安。而国王心想:"塞纳格能知道什么? 我还是请教大药草智者。"这样,国王念了这首偈颂:

> 一个女子既有美貌,又有品德,
>
> 居然有男子厌弃她,你相信吗?

智者听后念了这首偈颂:

> 大王,我相信:如果男子噩运附身,
>
> 那么,噩运和幸运对立,无法结合。

国王听了他的话,怒气平息,高兴满意,说道:"智者啊,如果你今天不在这里,我可能会失去这样一位美貌的女宝。正是依靠你,我才保住这个女宝。"说罢,国王吩咐赏赐智者一万金币。随即,王后敬拜国王,说道:"王上,智者救了我的命,请你赐恩,让我认他为我的弟弟。""好吧,王后! 我赐予你这个恩惠。""还有,王上,请你赐恩,从今天起,若没有这个弟弟在身边,我就不吃甜点心。因此,今后无论什么时间,我的门都为他敞开,让他来吃甜点心。""好吧,贤妻,我赐予你这个恩惠。"①

山　羊

又有一天,国王吃完早餐,出来散步,在门旁看见一头山羊和一条狗结为朋友。

实际情况是这样:以前,这头山羊在象厩边偷吃撒在那里供大象们吃的草。象夫们打它,赶走它。它哀叫着逃跑。一个象夫追上它,用棍子打它的

---

① 此处原文后标注噩运和幸运问题终。

背脊。这样,它耷拉着背脊来到王宫围墙边,躺在一张条凳上。而有一条狗经常吃厨房里残剩的动物骨头和皮肉。一天,厨师烹调完毕,站在厨房外为自己的身体擦汗。这条狗忍受不住鱼肉的香味,溜进厨房,拨开盖子吃肉。厨师听见餐具响声,进来看见这条狗,于是,关上门,用石块和棍子揍它。它叼在嘴里的肉掉落,哀叫着逃出来。厨师见它逃跑,追上它,用棍子打它的背脊。这样,它也耷拉着背脊,瘸着腿,来到山羊躺着的地方。

山羊问道:"朋友,你耷拉背脊,受伤了吧?"狗回答说:"你也耷拉背脊,躺在这里,身体受伤了吧?"然后,狗讲述自己的遭遇。山羊问道:"你还会再去厨房吗?""不会去了。我不能以生命为代价去那里。那么,你还会再去象厩吗?""我也不会去了。我不能以生命为代价去那里。"接着,它俩凑在一起商量:"我们以后怎样活下去?"山羊说道:"如果我俩能住在一起,那么,有一个办法。""请说!""朋友,你今后去象厩,象夫知道你不吃草,就不会怀疑你。你可以为我取来草。而我去厨房,厨师知道我不吃肉,也不会怀疑我。我就可以为你取来肉。"它俩这样约定后,狗去象厩叼草,山羊去厨房叼肉,回来都放在围墙边的条凳上。这样,采用这个办法,它俩融融乐乐,一起住在围墙边条凳上。

国王看到它俩结为朋友,心想:"这样的事,前所未见,两个仇敌居然会住在一起。我要问问这些智者,其中有什么原因。如果谁回答不出,我就驱逐他出境。如果回答得出,我就称赞他举世无双,嘉奖他。今天没有时间了,等明天他们来侍奉我时,我询问他们。"

次日,这些智者前来侍奉国王。等他们坐下后,国王询问他们这个问题,念了这首偈颂:

> 世界上两个天然的仇敌,
> 从来不会接近七步之距,
> 却成为朋友,形影不离,
> 请你们说出是什么原因。

接着,国王又念了一首偈颂:

> 如果今天直至早餐时间,
> 你们不能回答这个问题,
> 我立即将你们驱逐出境,
> 因为我不需要傻瓜侍奉。

这时,塞纳格坐在第一个位置,大药草智者坐在最后一个位置。他思考这个问题,但不知问题症结,心想:"国王头脑迟钝,不可能贸然想出这个问题,肯定是他看见了什么。如果能宽限一天时间,我就能解决这个问题。也许塞纳格会设法推迟一天。"其他四位智者这时仿佛进入暗室,眼前漆黑一团。塞纳格望着菩萨,观察他怎样应对。而菩萨也望着他。从菩萨的神态,塞纳格知道菩萨此时也不知道应该怎样回答,盼望延迟一天时间。于是,他想:"我应该实现他的愿望。"这样,他以亲昵的方式发出大笑,对国王说:"大王,如果我们回答不出,你真的要驱逐我们?""正是这样。""你要知道,这是一个复杂的问题。我们现在不能解答。你需要有点耐心。这样一个复杂的问题不能当众解答。你要先让我们仔细想一想,然后解答你的这个问题。请你给我们这个机会。"随后,他依照菩萨的想法,念了两首偈颂:

> 大庭广众,人多嘴杂,
> 我们的头脑昏晕混乱,
> 我们的思想不能集中,
> 不可能回答这个问题。

> 让我们各自凝思静虑,
> 在僻静之处仔细思考,
> 然后我们这些智者能
> 回答这问题,国王啊!

国王听后,尽管有些不乐意,还是表示同意,话中带着威胁:"好吧,你们想好之后回答。如果回答不出,我还是要驱逐你们。"于是,那四位智者离开王宫。塞纳格对其他三人说:"国王提出这个微妙的问题,我们回答不出就会灾难临头。因此,大家吃饱饭后,好好想想。"而菩萨起身后,直接去见优昙波罗王后,询问道:"王后,国王今天或昨天在哪里?""贤弟,国王出去散步,或站在窗前观看。"菩萨心想:"国王肯定是看到了什么。"于是,他走到外面观察,看到了山羊和狗的情况,便明白国王的问题在这里。随后,他回家。

其他四位智者想不明白,聚在塞纳格那里。塞纳格问道:"你们找到答案了?""没有找到,老师!""要是这样,国王会驱逐你们,你们怎么办?""那么,你已经找到答案?""我也没有找到。""连你也找不到,我们怎么可能找到?我们在国王面前发出狮子吼,说我们经过思考后能解答,而到头来还是不能解答。国王会发怒,我们怎么办?""我们不能解答这个问题,而大药草智者千方百计思考,会解决这个问题。""那么,起来吧,我们一起去找他。"

他们来到菩萨家门前,经过通报,进入屋内,先致以问候,然后侍立一旁,询问道:"智者想出问题答案了吗?""如果我想不出,还有谁能想出?""那么,你也告诉我们吧!"菩萨心想:"如果我不告诉他们,国王会驱逐他们出境,而赏赐我七宝。但是,别让这些傻瓜遭遇灾难,我还是告诉他们吧。"这样,他让那四位智者双手合十,坐在低矮座位上,不告诉他们国王看到什么,只是说:"国王询问时,你们应该这样回答。"他教给他们每人一首应答的偈颂。

第二天,他们前去侍奉国王。在指定的座位坐下后,国王询问塞纳格:"塞纳格,你知道答案了吗?""大王,我不知道,还有谁会知道?""那么,你说吧!"塞纳格念了这首学来的偈颂:

> 王家子弟们都爱吃羊肉,不爱吃狗肉,
> 然而,这并不妨碍山羊和狗结为朋友。

塞纳格念了这首偈颂,但并不知道其中含义。而国王心领神会,说道:"塞纳格确实知道。"接着,国王询问布古沙。布古沙回答说:"难道我不是智

者?"说罢,他念了这首学来的偈颂:

> 人们都用羊皮铺垫马鞍,而不用狗皮,
> 然而,这并不妨碍山羊和狗结为朋友。

他也不知道这首偈颂的含义,而国王心领神会,说道:"布古沙也知道。"接着,国王询问迦文陀。迦文陀念了这首学来的偈颂:

> 山羊有犄角狗没有,山羊吃草狗吃肉,
> 然而,这并不妨碍山羊和狗结为朋友。

国王说道:"迦文陀也知道。"接着,国王询问提文陀。提文陀念了这首学来的偈颂:

> 山羊吃草叶狗不吃,狗吃兔子或猫儿,
> 然而,这并不妨碍山羊和狗结为朋友。

然后,国王询问菩萨:"孩子,你知道这个问题的答案吗?""大王,下至无间地狱,上至有顶天,除了我,还有谁能知道?""那么,你说吧!""大王,请听!"他根据自己亲眼所见情况,念了两首偈颂:

> 山羊有四足八趾,偷偷摸摸取来肉,
> 那条狗也是这样,趁人不备取来草。

> 然后,山羊和那条狗互相交换食物,
> 毗提诃王在王宫,亲眼看见这件事。

国王不知道其他四位智者依靠菩萨回答问题,认为自己的这些智者都

是凭自己的智力解答问题,高兴满意,念了这首偈颂:

> 我能拥有这些智者,确是家族莫大幸运,
>
> 如此深奥难解问题,他们都能巧妙解答。

于是,国王对他们说:"我应该奖励你们。"随即,念了这首偈颂:

> 你们的妙语让我高兴至极,我赏给你们
>
> 每人一头骡子、一辆车和一个富饶的村庄。

就这样,国王赏赐这五位智者。①

财富和愚蠢

优昙波罗王后知道其他四位智者依靠菩萨回答问题,心想:"国王给予五位智者同样的赏赐,如同不分绿豆和赤豆。难道我的贤弟不应该获得格外优厚的赏赐吗?"于是,她来到国王身边,问道:"王上,谁解答了问题?""五位智者,贤妻!""王上,那四个人是依靠谁解答问题的?""我不知道,贤妻!""大王,他们怎么解答得了? 那是智者不想让他们遭遇灾难,而教他们怎样回答的。你给所有人同样的赏赐,这不公平。你应该给予智者格外优厚的赏赐。"对于智者没有透露他们依靠他回答问题,国王感到很满意,愿意给予智者格外优厚的赏赐,说道:"好吧,我再询问我的孩子一个问题,等他回答后,我会给予他最优厚的赏赐。"

这样,国王经过思索,想出财富和愚蠢这个问题。有一天,五位智者前来侍奉国王。他们坐好之后,国王说道:"塞纳格,我要问你一个问题。""大王,请问吧!"于是,国王念了第一首偈颂:

---

① 此处原文后标注山羊问题终。

具有智慧而缺乏财富,
具有财富而缺乏智慧,
塞纳格,我问这问题:
善人认为两者谁更好?

这是塞纳格家族传承的问题,因此,他很快就回答说:

无论智者或愚者,有技艺或无技艺,
即使他们出身高贵,富人出身低下,
他们依然都成为富人的仆从,看到
这一点,我说智者卑微,富人更好。

国王听他说完,没有询问其他三人,而直接询问坐着的大药草智者:

大药草,你智慧卓绝,
通晓一切法,我问你:
愚蠢富人,贫困智者,
善人认为两者谁更好?

大士回答说:"大王,请听!

愚者犯罪,自以为在世上活得更好,
因为他只看到现世,而看不到来世,
愚者在现世和来世作孽,看到这样,
我说贫困的智者比愚蠢的富人更好。"

国王听后,望着塞纳格,说道:"你看,大药草说智慧更好。"塞纳格回答说:"大王,大药草还是个乳臭未干的毛孩子,他懂得什么?"说罢,塞纳格念了这首偈颂：

> 拥有财富不靠技艺、亲戚和相貌，
> 你看！那个又聋又哑的戈利曼陀①，
> 他获得命运恩宠，享尽荣华富贵，
> 因此，我说智者卑微，富人更好。

国王听后，说道："大药草智者，我的孩子，你觉得怎样?"智者回答说："王上，塞纳格懂得什么？他像乌鸦只顾啄食撒落地上的饭粒，狗只顾舔食奶酪，而看不见击打它们身体的棍棒。大王，请听!"随即，念了这首偈颂：

> 愚者沉迷享乐，招来痛苦，陷入
> 愚痴，于是无论面对快乐或痛苦，
> 他们都会如同遭到烈日暴晒的鱼，
> 因此我说智者比愚蠢的富人更好。

国王听后，说道："老师塞纳格，你觉得怎样?"塞纳格回答说："王上，他懂得什么？不单在人间，即使在森林中，鸟儿们也都飞向结满果子的树。"说罢，他念了这首偈颂：

> 正像森林中，鸟儿们围绕在结满
> 甜果的大树周围，同样世上人们
> 为了谋生，侍奉拥有财富的富人，
> 因此，我说智者卑微，富人更好。

国王听后，说道："孩子，你觉得怎样?"智者回答说："这个大腹便便的人

---

① 戈利曼陀是弥提罗城中的一个财主，不通技艺，无儿无女，相貌丑陋。

懂得什么？大王,请听!"随即,念了这首偈颂:

> 那些凶猛的愚者依靠暴力,
> 掠取财富,结果哀号哭泣,
> 被地狱差吏强行抓进地狱,
> 因此智者比愚蠢富人更好。

国王听后,说道:"塞纳格,你觉得怎样?"塞纳格念了这首偈颂:

> 所有河流汇入恒河,失去自己名称,
> 恒河也流入大海,也失去自己名称,
> 在这世上,唯有拥有财富至高无上,
> 因此,我认为智者卑微,富人更好。

国王听后,说道:"智者,你觉得怎样?"智者回答说:"大王,请听!"随即,念了两首偈颂:

> 他称说大海如此伟大,
> 所有河流都汇入其中,
> 而大海始终汹涌澎湃,
> 却从不可能越过堤岸。

> 尽管愚者这样唠叨不休,
> 财富依然不能胜过智慧,
> 正是看到这情形,我说
> 智者比愚蠢的富人更好。

国王听后,说道:"塞纳格,你觉得怎样?"塞纳格回答说:"大王,请听!"

随即,念了这首偈颂:

> 富人即使缺乏自我控制能力,
> 但在亲族中说话依然有分量,
> 而贫困的智者做不到,因此,
> 我认为智者卑微,富人更好。

国王听后,说道:"智者,你觉得怎样?"智者回答说:"浅薄的塞纳格懂得什么? 大王,请听!"随即,念了这首偈颂:

> 无论是为他人还是为自己,
> 愚者说谎,受到众人谴责,
> 死后堕入恶道,因此我说
> 智者要比愚蠢的富人更好。

然后,塞纳格念了这首偈颂:

> 智者穷困潦倒,居无定所,
> 他在亲族中说话没有分量,
> 财富本不属于智者,因此,
> 我说智者卑微,富人更好。

国王听后,说道:"孩子,你觉得怎样?"智者回答说:"塞纳格懂得什么?他只看到现世,而看不到来世。"随即,念了这首偈颂:

> 无论是为他人还是为自己,
> 智者不说谎,受众人尊敬,
> 死后进入善道,因此我说

智者要比愚蠢的富人更好。

然后,塞纳格念了这首偈颂:

> 即使富人没有神通力,但家中
> 有大象、母牛、骏马、摩尼珠
> 耳环以及美女,供他尽情享受,
> 因此我说智者卑微,富人更好。

然后,智者说道:"他懂得什么?"随即,念了这首偈颂:

> 愚者恣意妄为,胡言乱语,
> 财富最终会抛弃他,犹如
> 蛇蜕去自己的旧皮,因此,
> 我说智者比愚蠢富人更好。

国王听后,说道:"塞纳格,你觉得怎样?"塞纳格回答说:"大王,这个毛孩子懂得什么? 请听!"他心想:"我这次要让这个智者哑口无言。"随即,他念了这首偈颂:

> 我们五个智者,恭恭敬敬
> 侍奉你,你凌驾我们之上,
> 犹如帝释天王,看到这样,
> 我说智者卑微,富人更好。

国王听后,心想:"塞纳格提出了一个有力的论据,我的孩子能提出其他的论据,驳倒他的观点吗?"确实,塞纳格提出的这个论据,除了菩萨,没有任何人能驳倒。大士凭自己的智力,能驳倒他的观点,便说道:"大王,这个傻瓜懂得什么？他只是看到自己，而不知道智慧的特征。大王，请听！"随即，念了这首偈颂：

> 凡遇到诸如此类问题，愚蠢的富人
> 便成为智者奴仆，一旦智者巧妙地
> 解决问题，愚者的神志立刻会混乱，
> 因此，我说智者比愚蠢的富人更好。

犹如从须弥山脚取出金沙，从天空中摘下明月，大士提出这个有力的论据，展现自己的智慧。国王听后，说道："塞纳格，你能怎样回答？请说！"而塞纳格仿佛已经耗尽金库的钱财，羞愧地坐着，哑口无言。他想要提出另一个论据，但即使穷其一生，使用一千首偈颂也无济于事。而就在他哑口无言之时，菩萨赞美智慧，犹如深邃的清泉汩汩流出，念了这首偈颂：

> 确实，世上善人称赞智慧，
> 而贪图享乐的人痴迷财富，
> 诸佛世尊的智慧无与伦比，
> 财富永远不可能胜过智慧。

国王听了大士对这个问题的解答，高兴满意，仿佛降下滂沱大雨，赏赐大士财富，念了这首偈颂：

> 大药草通晓一切法，无论提出什么问题，
> 他都能解答，让我高兴满意，我要赏赐
> 他一千头母牛、一头大公牛、一头大象、
> 十辆骏马驾驭的车和十六个富饶的村庄。①

---

① 此处原文后标注财富和愚蠢问题终。

秘密之路

从此，菩萨名声大振，优昙波罗王后关心他的一切。在菩萨十六岁时，她想："我的贤弟已经长大，声誉卓著，应该为他娶妻了。"于是，他向国王提起这件事，国王听后，表示赞同，说道："好啊，你就告诉他吧！"王后告诉大士，大士表示同意。王后说道："那么，孩子，我们为你挑选新娘。"大士心想："如果你们为我挑选，未必是我中意的，还是让我自己去找吧。"于是，他回答说："王后，这几天里先不要告诉国王。我要自己去找我中意的新娘。等我找到后，我再告诉你们。""好吧，孩子！"

这样，他拜别王后，回到自己的住处，告知同伴们。然后，他扮作裁缝，独自从东城门出去，前往东卧麦村。这个村里有个世袭的商主家族，但那时已家道中落。这个商主家中有个女儿，名叫阿摩罗黛维，天生丽质，具有一切吉相。这天早晨，她煮好米粥，给正在耕地的父亲送去。大士恰好在路上遇见她，心想："这个女子具足吉相，如果她还没有嫁人，我应该娶她为妻。"而这个女子看到他，心想："如果我能与他在一起生活，我们家就会振兴。"

这时，大士心想："我不知道她有没有嫁人。我要打手势询问她。如果她聪明，就会明白。"这样，他站在远处，握紧拳头。这个女子心想："他在问我有没有嫁人。"于是，她张开手。大士知道她还没有嫁人，便走近她，问道："贤女，你叫什么名字？""主人，我的名字是没有过去、未来和现在。""贤女，这世上其实没有永生不死者。你的名字应该是阿摩罗①。""主人，正是这样。""贤女，你为谁送米粥？""主人，为古老的天神。""古老的天神指父母。贤女，我想你是为你的父亲送米粥。""主人，正是这样。""你的父亲在做什么？""一分为二。""一分为二指耕地。贤女，他在耕地。""主人，正是这样。""你的父亲在哪里耕地？""在一去不回的地方。""一去不回的地方指坟地。贤女，他在坟地附近耕地。""主人，正是这样。""贤女，你今天还来这里吗？"

---

① "阿摩罗"（amarā）的词义是永生不死。

"如果他来,我不来。如果他不来,我来。""贤女,我想你的父亲在河边耕地。水来,你不来。水不来,你来。①""主人,正是这样。"

经过这番交谈后,阿摩罗黛维招呼他说:"主人,请你喝点米粥。"大士心想:"我要是拒绝,显得不礼貌。"于是,他回答说:"好吧,我喝。"这个女子便放下粥罐。大士心想:"如果她不洗钵,也不为我洗手,我就离她而去。"而这个女子用钵取水,为他洗手,然后将钵放在地上,摇晃粥罐,将米粥倒入钵中,但倒得不多。大士说道:"贤女,为何罐中米粥不多?""主人,我们缺水。""我想应该是稻田缺水。""主人,正是这样。"这个女子为父亲留下一些米粥。大士喝粥后漱了漱口,说道:"贤女,我要去你家,你为我指指路。"这个女子说道:"好吧!"便为他指路,念了这首偈颂:

> 经过糕点铺、米粥铺和开花的
> 双叶树,在吃饭的这只手这边,②
> 而不是那只手那边,你要知道,
> 这是通往东卧麦村的秘密之路。③

于是,大士沿着她指的路,来到她的家。阿摩罗黛维的母亲看到他,请他坐下,说道:"请你喝些米粥。""阿妈,阿妹阿摩罗黛维已经给我喝过一些米粥。"这位母亲心想:"他肯定是为我的女儿而来。"大士明白他们家的艰难处境,说道:"阿妈,我是裁缝,你有什么需要缝补吗?""主人,有的,可是我付不起工钱。""阿妈,我可以免费为你做工。拿来吧,我为你缝补。"她拿来一些破旧衣服,菩萨一件一件为她缝补好。智者确实堪称能工巧匠。然后,菩萨说道:"阿妈,你去告知街坊邻居。"于是,她出去告知全村家家户户。这样,菩萨凭借裁缝手艺,一天之内挣了一千元。这位母亲为他做了早饭让他吃。黄昏时分,她问道:"孩子,我要做多少饭?""阿妈,做全家人吃的饭。"于

---

① 这句意思不明。
② "吃饭的这只手这边"指右边。
③ 此处原文后标注秘密之路问题终。

是,她做了许多饭菜,还有咖喱汁。

这时,阿摩罗黛维头上顶着柴薪,腰间兜着树叶,从森林中回来。她将柴薪放在前门,从后门进屋。接着,她的父亲也回来了。大士品尝了各种美味。阿摩罗黛维先侍奉父母吃饭,然后自己吃饭。吃完饭,她为父母洗脚,也为大士洗脚。这样,大士在她家中住了几天,观察她。一天,大士对她说:"贤女啊,你用半罐米为我做米粥、米饼和米饭。"她答应说:"好吧!"于是,她捣碎米,用大颗粒米做米粥,用中颗粒米做米饭,用小颗粒米做米饼,还添加调味品。

她先给大士吃添加调味品的米粥。大士尝了一口,觉得味道很辣。于是,为了考验她,大士将米粥连同唾液一起吐在地上,说道:"贤女啊,你既然不会做饭,为何要糟蹋粮食?"但她不生气,说道:"如果米粥味道不好,你就吃米饼吧。"然后,她给他米饼,而他照旧那样训斥她。她又给他米饭,他仍然那样训斥她。他仿佛将连续三次的怒气合在一起,将那些食物从头到脚涂抹在她的身上,并喝令她坐到门边去。而她依然不生气,说道:"好吧,主人!"便坐在门边。大士已经了解她毫无骄慢之心,便说道:"贤女,来吧!"她一听到这句话,立即从门边回来。

大士来到这里时,随身的槟榔包里带着一千元和一件衣服。现在,他取出衣服,放在阿摩罗黛维手中,说道:"贤女,你与女友们一起沐浴后,穿上这件衣服来见我。"她照着他的话做了。智者便将他带来钱和挣来的钱一齐交给她的父母,安抚他俩,请他俩放心,然后,带着阿摩罗黛维回城。为了考验她,智者先让她坐在城门卫士家中,并向卫士的妻子打好招呼。

然后,大士回到自己住处。他召集一些人,交给他们一千元,吩咐他们说:"我已经把一个女子安置在城门卫士家中,你们带着这一千元,去考验她。"他们照着他说的话去做了。而阿摩罗黛维毫不动心,说道:"这些钱还抵不上我的主人脚上的灰尘。"他们回去报告智者。智者一而再、再而三派他们去,结果都一样。到了第四次,大士吩咐他们说:"你们强行拽住她,带她来。"他们照他的话做了。她看到站在面前的大士气度非凡,不认识他是谁,她先微笑,后哭泣。大士看到她这样,问她为何先笑后哭。她回答说:

"主人，我看到你气度非凡，心想必有原因，肯定是你前生行善积德，才会获得这样的善果，因此，我对你微笑。而我又想到你现在掠夺他人保管的财产，犯下罪业，肯定会堕入地狱，因此，我怜悯你而哭泣。"经过这次考验，大士已经了解她品性纯洁。于是，他吩咐那些人把她送回原处。然后，他又扮作裁缝，前往那里，与她一起度过一夜。

第二天早上，他回到宫中，将事情告诉优昙波罗王后。王后告诉国王后，吩咐侍从前去装饰打扮阿摩罗黛维，让她坐在大轿子里，抬回大士的住处，举行吉祥仪式。国王赐予菩萨价值一千金币的礼品，以城门卫士为首的所有市民也都赠送礼品。阿摩罗黛维将国王赐予的礼品分出一半，回赠国王。她也将市民赠送的礼品分出一半，回赠市民，赢得全城市民欢心。此后，菩萨与她一起生活，并教导国王正法和利益。

一天，塞纳格对其他三个来看他的智者说："嗨，我们比不上商主之子大药草，现在，他又娶了一个比他还聪明的妻子。有什么办法能挑拨他和国王的关系？""老师，我们哪有办法，你就决定吧！""好吧，你们不用担心，我有办法。我去偷国王顶冠上的摩尼珠。布古沙，你去偷金花环。迦文陀，你去偷毛绒衣。提文陀，你去偷金靴子。"他们四个人设法偷到了这些物品。然后，塞纳格对他们说："我们要悄悄派人把这些东西放到这个商主之子家里。"

于是，塞纳格把摩尼珠放在枣椰子罐中，交给一个女仆，吩咐说："你不能把这个枣椰子罐交给任何人，而要把枣椰子连同罐子一起交给大药草家中的人。"这个女仆来到智者家门口，走来走去，叫喊说："你们谁要枣椰子？"阿摩罗黛维站在门口，看到这个女仆并不走向别处，心想："这其中必有原因。"于是，她用手势示意自己的女仆们别过来，而招呼这个女仆说："阿妈，来吧，我要枣椰子。"这个女仆走过来后，她招呼自己的女仆们，她们不过来。这样，她吩咐这个女仆去叫她们过来。随即，她将手伸进罐子，发现这颗摩尼珠。这个女仆回来后，她问道："阿妈，你的主人是谁？""我是塞纳格智者的女仆。"她又问这个女仆自己的以及她的母亲的名字，然后，说道："那么，你给我枣椰子吧！""夫人，你就连同这个罐子一起收下这些枣椰子，我不要你付钱。""好吧，你可以走了。"打发走这个女仆后，她在贝叶上记下某月某日一个名叫某某的女仆送来国王的摩尼珠,作为礼物。接着,布古沙把金花环放在素馨花篮中,派人送来。迦文陀把毛绒衣放在树叶筐中,派人送来。提文陀把金靴子放在一捆麦秸中,派人送来。她一一收下,并在贝叶上记下名字和形貌。事后,她如实告知大士。

然后,这四个人来到王宫,故意对国王说:"王上,你怎么没有佩戴摩尼珠?"国王回答说:"我确实应该佩戴摩尼珠,你们去为我取来。"他们装作没有找到摩尼珠和其他几件物品。然后,四个人挑拨国王说:"王上,你的装饰品都在大药草的家里,供他自己使用。大王,这个商主之子是你的敌人。"智者的一位好友前来传递这个消息。智者说道:"我要去见国王,告知他实情。"于是,他去侍奉国王,而国王不愿见他,发怒说:"我不知道他来这里做什么!"智者知道国王正在发怒,便返回家中。而这时国王下令:"你们去抓捕他!"智者听从好友们的劝告,决定出去躲一躲。他告别阿摩罗黛维,乔装改扮,出城前往南卧麦村,在一个陶工家中制作陶器。

智者出逃的消息在城中引起轰动。以塞纳格为首的这四个人知道智者已经出逃,在互不通气的情况下,都用贝叶致信阿摩罗黛维,写道:"你别担心! 我们难道不是智者?"她派人分别邀请他们四人在某时某刻前来。到时候,他们都来了。于是,她吩咐侍从剃光他们的头,推进厕所,狠狠折磨他们,然后将他们裹在席子里,带着他们和四件宝物去见国王。敬拜国王后,她站着说道:"王上,大药草智者不是贼,这些人才是贼。其中,塞纳格偷摩尼珠,布古沙偷金花环,迦文陀偷毛绒衣,提文陀偷金靴子。他们在某月某日派遣名叫某某的女仆送来这些礼物。你看,这贝叶上都记着哩! 王上,你收下自己的这些财物,处理这些贼吧!"这样狠狠羞辱了这四个人后,她拜别国王,返回自己家中。而国王想到智者已经出逃,心中疑惑,眼下又没有其他智者可以商量,也就没有说什么,只是吩咐他们沐浴后回家。

萤火虫

这时,住在国王华盖上的女神听不到菩萨说法的话音,心想:"怎么回事?"她立刻知道其中原因,决定要设法让菩萨回来。这天夜里,她透过华盖上的缝隙,询问国王四个问题。国王不知如何回答,说道:"我不知道,但我可以询问其他几位智者。"他请求女神宽限一天。

第二天,他派人去请这四位智者,而他们回复说:"我们被剃了光头,羞于上街。"于是,国王吩咐送去裹头布,说道:"让他们戴上裹头布来吧。"据说,这便是帽子的起源。他们来到后,坐在指定的座位上。国王说道:"塞纳格,昨天夜里,住在华盖上的女神问我四个问题。我回答不了,答应她询问几位智者。你们告诉我怎样回答这些问题。"随即,他念了第一首偈颂:

> 他用手用脚打脸,国王啊!
> 而依然可爱,他看到了谁?

塞纳格听后埋怨说:"怎么打? 打谁?"他摸不着头脑,而其他三个人更是目瞪口呆。国王一脸沮丧。到了夜里,女神问他:"知道怎样回答了吗?""我问了我的四个智者,他们也不知道。"女神说道:"他们知道什么? 除了大药草智者,没有任何人能回答这些问题。如果你不召唤他回来,回答不了这些问题,我就用烧红的铁锤砸碎你的脑袋。"她这样威胁国王后,又说道:"大王啊,你想要火,就别吹萤火虫;你想要牛奶,就别挤牛角。"随即,她念了这些偈颂:

> 夜晚火焰熄灭,寻找火源,
> 有谁会把萤火虫看成是火?

> 如果出于颠倒妄想,将萤火虫放在
> 干牛粪或草堆上,不可能点燃火焰。

> 方法不对,甚至家畜也没有用处,
> 譬如从牛角中绝不可能挤出牛奶。

人们用各种方法获取利益，

通过制服敌人，团结朋友，

通过恩宠军队统帅和大臣，

国王征服世界，统治大地。

女神继续说道："这样的人不像你吹萤火虫，以为是火。你去向塞纳格这些人请教深奥的问题，就像身边有火，却去吹萤火虫；就像抛弃秤杆，却用手掂量；就像想要牛奶，却去挤牛角。这些人知道什么？他们就像萤火虫，而大药草智者就像大火堆，闪耀智慧的光焰。你要召唤他回来，询问他。如果你回答不了问题，也就性命难保。"女神这样威胁国王后，消失不见。①

女　神

出于对死亡的恐惧，国王第二天召集大臣，命令四位大臣说："你们驾车从四个城门出发，寻找我的孩子大药草智者。如果找到他，要对他恭恭敬敬，迅速带他回来。"其中三位大臣没有找到智者。而从南城门出去的大臣在南卧麦村看见大士。当时大士拿着泥土，在转动师傅的转轮。后来，他坐在麦秸堆上吃加有很少调料的饭团。

大士为何要这样？因为他想："国王肯定心中怀疑：'大药草智者想要篡夺我的王位。'一旦他听说'他依靠制作陶器谋生'，他就会消除怀疑。"这时，他看到大臣来到自己身边，心想："我就要恢复名誉，可以享受阿摩罗黛维为我准备的美食了。"于是，他放下手中的饭团，起身漱了漱口。大臣走近过来。而这位大臣是塞纳格一伙的，因此，大臣这样对他说："智者老师啊，塞纳格说得对，你已经丧失名誉，你的智慧无处可用。现在，你全身沾满泥土，吃这样的饭团。"说罢，念了这首偈颂：

---

① 此处原文后标注萤火虫问题终。

> 你确实富有智慧，可是，
> 财富、坚定和智力都不
> 庇护你，变得一无是处，
> 只能吃粗糙无味的饭团。

而菩萨回答他说："无知的傻瓜啊，我这样做是凭借自己的智力，想要恢复名誉。"随即，念了这两首偈颂：

> 我通过痛苦积聚快乐，
> 把握时机，隐埋心愿，
> 我正在打开利益之门，
> 因此乐意吃这种饭团。

> 把握时机，精勤努力，
> 运用智谋，争取利益，
> 我如同狮子展现雄姿，
> 你即将看到我的威力。

然后，大臣告诉他说："智者，住在华盖上的女神询问国王问题。国王询问四位智者，他们没有一个能回答。因此，国王派我来寻找你。"大士随即赞美智慧的威力："你没有看见吗？正是在这种情况下，智慧展现威力。权势在这里不起作用，而智者大显身手。"于是，大臣交给大士一千金币和一套衣服，因为国王吩咐他："一旦见到智者，就让他沐浴后穿上这套衣服。"这时，陶工感到害怕，心想："原来听我吩咐做工的是大药草智者。"而大士安慰他说："师傅，别害怕，你帮了我大忙。"随即，他将一千金币送给陶工。然后，他不顾自己身上沾满泥土，立即登车返城。

大臣回禀国王。国王问他："你在哪里找到智者？""王上，他在南卧麦村依靠制作陶器谋生。他得知你召见他，没有沐浴，全身沾满泥土，就回来了。"国王心想:"如果他是我的敌人,应该表现一副威武煊赫的模样,显然他不是我的敌人。"他吩咐大臣说:"你去我的孩子家,让他沐浴和装饰打扮,穿上我给他的衣服来见我。"这样,智者按照国王所说的那样,来见国王。国王说道:"请他进来。"他进去后,敬拜国王,侍立一旁。国王亲切地接待他,而为了考察他,念了一首偈颂:

> 一些人生活富足而不做坏事,
> 一些人爱惜名誉而不做坏事,
> 你想发财,完全有能力做到,
> 可是为什么你不愿意伤害我?

菩萨回答说:

> 智者不会追求自己享乐
> 而作恶,即使遭遇痛苦,
> 身处逆境,也不会出于
> 贪欲或仇恨而抛弃正法。

国王为了再次考察他,念了这首关于刹帝利秘术的偈颂:

> 不论是采取柔顺还是凶暴的方式,
> 先提高自己地位,然后奉行正法。

于是,大士以树木为譬喻,回应这首偈颂:

> 在树木浓密的树荫下,
> 可以坐着或躺着休息,
> 绝不能砍去它的树枝,

因为背叛朋友是恶人。

大士接着说道："大王,即使砍去自己纳凉之地的树木的树枝,也会成为背叛朋友的恶人,何况伤害他人? 我的父亲依靠你,享受荣华富贵,我也蒙受你的莫大恩宠,我怎么可能伤害你,成为背叛朋友的恶人?"他这样充分说明自己不是背叛朋友的恶人后,引导国王改正错误:

> 一旦知道某人遵行正法,
> 便会消除对此人的怀疑,
> 转而成为此人的庇护者,
> 智者不会减却彼此友谊。

然后,大士念了这两首偈颂,教导国王:

> 好吃懒做的在家人不可取,
> 行为放逸的出家人不可取,
> 行事草率的国王也不可取,
> 动辄发怒的智者也不可取。

> 刹帝利深思熟虑,不鲁莽行事,
> 国王行为谨慎,名声与日俱增。

国王听后,让大士坐在白色华盖下面的御座上,而自己坐在低矮的座位上,说道:"智者,住在白色华盖上的女神询问我四个问题,而我询问那四个智者,他们都回答不出。孩子,请你帮我回答这些问题。""大王,无论是住在华盖上的女神,还是四大天王,提出任何问题,我都会解答。大王,请说女神提出的问题。"国王讲述女神提出的问题,念了第一首偈颂:

他用手用脚打脸,国王啊!

而依然可爱,他看到了谁?

大士听后,问题的答案如同明月当空升起。随即,大士说道:"大王,请听!婴儿坐在母亲怀里嬉戏,兴奋激动,用手脚踢打母亲,抓母亲头发,用小拳头打母亲的脸。母亲说道:'小调皮鬼,你怎么打我?'她满怀慈爱之心,更加亲热地搂抱婴儿。此时,她觉得这孩子比他的父亲更可爱。"

如同太阳从空中升起,大士解答这个问题。女神听到后,从华盖缝隙处显现半个身子,用甜蜜的话音称赞,献给大士一个充满天国花香的宝石花篮后消失不见。国王也献给大士鲜花等等,请他回答第二个问题。"大王,请说!"国王念了第二首偈颂:

骂他不听话做事,又盼望他回来,

他依然可爱,国王啊,他看到谁?

大士听后,说道:"大王,儿子长到七岁,应该能够听从母亲吩咐做事。这样,母亲吩咐儿子去田地或市场,儿子说道:'给我吃一些好吃的东西,我就去。'母亲满足他的要求。他吃完后,说道:'你坐在屋里凉快处,我听你的吩咐出去办事。'说罢,他挥挥手,扮个鬼脸,赖在家里不出去。母亲生气地举起棍子,吓唬他:'我给你吃了好吃的东西,你却不肯帮我做一点事。'儿子拔腿逃跑,母亲追不上他,站着咒骂他:'滚吧,让那些强盗撕碎你。'她随口这么咒骂,可是心里并不这么想,而是盼望他回来。儿子一整天在外面玩耍。到了黄昏,他不敢回家,躲到亲戚家中。母亲望着儿子回家的路,一直不见儿子回来。于是,她焦急万分,前往亲戚家寻找。找到儿子后,她伸出双臂,紧紧拥抱儿子,亲吻他,说道:'儿子啊,你不要把我的话放在心上。'她甚至比以前更爱儿子。大王啊,正是这样,母亲对儿子生气,甚至会更爱儿子。"大王回答了这第二个问题,女神和国王再次向他献礼。然后,国王请求他回答第三个问题,念了第三首偈颂:

互相说虚假不实之词，子虚乌有，

而依然可爱，国王啊，他看到谁？

大士听后，说道："大王，一对情人秘密幽会，寻欢作乐中空口白舌互相指责对方有外心，没有真心对待自己，其实都是虚假不实之词，而后，两人变得更加亲热。大王，你要知道，这是这个问题的答案。"女神和国王再次向他献礼。然后，国王请求他回答第四个问题，念了第四首偈颂：

他们接受食物、饮料和坐卧用具，

而令人敬爱，国王啊，他看到谁？

国王听后，说道："大王，这是关于遵行正法的沙门和婆罗门的问题。虔诚的家族相信今生和来世，乐于施舍。一旦遇到这样的沙门和婆罗门前来乞求，并接受施舍，便会说：'这些沙门和婆罗门向我们乞求，吃我们施舍的食物。'由此，他们对这些沙门和婆罗门更加敬爱。正是这样，接受施舍的乞求者让人敬爱。"大士解答这个问题后，女神称赞他，将一个装满七宝的宝石花篮放在他的脚下，说道："请智者收下。"国王也对他表示满意，封他为军队统帅。从此，大士名声大振。[①]

五位智者和挑拨离间

而那四个人又聚在一起商量："这个商主之子现在越来越发迹，我们怎么办？"于是，塞纳格说道："嗨，我想到一个办法。我们去问这个商主之子：'可以向谁透露秘密？'如果他回答说'不能向任何人透露'，那么，我们去挑拨国王说：'那个商主之子是你的敌人。'"

这样，这四个人来到智者家中，向智者表示敬意后，说道："智者，我们请

---

① 此处原文后标注女神问题终。

教你一个问题。""说吧!"塞纳格问道："智者，一个人应该立足于什么?""真理。""立足真理后，应该做什么?""创造财富。""创造财富后，应该做什么?""掌握圣典。""掌握圣典后，应该做什么?""不向他人透露自己的秘密。""很好，智者。"他们高兴满意，心想："我们就要看到这个商主之子的末日了。"

然后，他们去见国王，说道："大王，那个商主之子是你的敌人。"国王反驳他们说："我不相信你们的话，他不可能是我的敌人。"他们回答说："你要相信这是真的。如果你不相信，你可以问他：'智者，应该向谁透露秘密?'如果他不是你的敌人，他会说应该向某人透露。如果他是你的敌人，就会说：'不应该向任何人透露秘密，直到自己实现心愿后，才可以透露。'那时，你就应该相信我们，不再怀疑我们。"国王同意说："好吧!"

一天，国王召集所有五位智者。他们坐下后，国王念了这首偈颂：

> 五位智者聚集这里，
> 我问你们一个问题：
> 无论好事或者坏事，
> 可以向谁透露秘密?

塞纳格听后，心想："我要引导国王倾向我们这边。"于是，他念了这首偈颂：

> 你担负重任，供养我们，
> 请大王先说自己的想法，
> 然后我们五位智者依照
> 你的心意说出自己想法。

国王按照自己的俗念念了这首偈颂：

> 如果妻子忠诚于丈夫，

百依百顺,温柔可爱,
无论是好事或者坏事,
可以向妻子透露秘密。

塞纳格心想:"现在,国王倾向于我们这边。"他高兴满意,念了这首偈颂:

患难之中遇到的朋友,
真心庇护和救助自己,
无论是好事或者坏事,
可以向朋友透露秘密。

然后,国王询问布古沙:"布古沙,你认为可以向谁透露?"布古沙念了这首偈颂:

无论是哥哥或者弟弟,
只要品德良好守规矩,
无论是好事或者坏事,
可以向兄弟透露秘密。

然后,国王询问迦文陀。迦文陀念了这首偈颂:

如果儿子聪明又孝顺,
始终服从父亲的旨意,
无论是好事或者坏事,
可以向儿子透露秘密。

然后,国王询问提文陀。提文陀念了这首偈颂:

> 母亲育儿,倾心爱护,
>
> 两足至尊英明国王啊!
>
> 无论是好事或者坏事,
>
> 可以向母亲透露秘密。

最后,国王询问智者:"智者,你觉得如何?"智者念了这首偈颂:

> 好事是秘密中的秘密,
>
> 不应该称赞透露秘密,
>
> 智者保守秘密不透露,
>
> 直到事成之后才透露。

国王听到智者这样说,心中不悦。然后,塞纳格和国王面面相觑。菩萨看到他俩这种行为,心中明白:"这四个人先前已经在国王面前诬陷我,现在又提出这个问题考验我。"就在他们这样交谈之时,太阳落山,灯火点亮。智者心想:"国王的行为至关重要,不知这次会发生什么。我应该尽快离开。"于是,他起身拜别国王。出来后,他思忖道:"这些人谈论透露秘密之事,一个说可以透露给朋友,一个说可以透露给兄弟,一个说可以透露给儿子,一个说可以透露给母亲。我想他们可能做了什么事,或看到什么事,或听到什么事。好吧,我现在应该摸清这些事。"

此后几天,这四个人从王宫出来后,总是坐在王宫门口一个存放食物的木槽顶盖上商量对策,然后回家。智者心想:"我可以藏在这个木槽里,偷听他们的秘密。"于是,他打开木槽顶盖,铺上毯子,钻进木槽,并吩咐自己的侍从说:"等这四个人商量完对策离开后,你们来接我出来。"他们说道:"好吧。"而当时塞纳格正在对国王说:"大王,你原先不相信我们,现在怎么样?"国王听了他们的挑拨离间,不假思索,恐惧不安,问道:"塞纳格智者,现在应该怎么办?""不要延误,不要告知任何人,杀死这商主之子。""塞纳格,确实除了你,没有人关心我的安危。你就带着你的朋友们守候在门口,等到这个商主之子早上来侍奉我时,用剑砍下他的脑袋。"说着,国王将自己的宝剑交给塞纳格。"好吧,大王!别担心,我们会杀死他。"

这样,他们离开王宫,说道:"我们终于看到我们的敌人的末日。"然后,他们坐在木槽顶盖上,塞纳格说道:"嗨,你们哪位对这个商主之子下手?"而他们把这个任务推给塞纳格,说道:"还是由你下手吧,老师!"然后,塞纳格问道:"你们各自说了可以向谁透露秘密,那么,你们已经做了、看到或听到什么事?""是的,老师!你说可以向朋友透露秘密,你做了什么?""你们有什么必要知道?""说吧,老师!""如果国王知道这个秘密,我就没命了。""别害怕,老师!这里没有人会泄露你的秘密。"塞纳格用手指敲敲木槽,说道:"那个商主之子会不会在这里面?""老师,那个商主之子威武煊赫,不会进入这种地方。现在,他即将名誉扫地,你就说吧!"

于是,塞纳格讲述自己的秘密:"在这个城里,有个名叫某某的妓女。""是的,老师!""她现在已经消失不见。""是的,她不见了。""我曾在沙罗树园林中遇到她,极力奉承她。我贪图她的首饰,杀了她,用外衣裹起这些首饰,带回家,藏在一间内室,挂在象牙钩上。但我还不能动用这些首饰,要等到这件事被人们完全遗忘。我做了这件触犯王法的事,告诉过一个朋友,而他没有向任何人透露这个秘密。因此,我说可以向朋友透露秘密。"智者用心记住塞纳格的这个秘密。

然后,布古沙讲述自己的秘密:"我的大腿上长有一个癞疮。一天早上,我的弟弟看到这个癞疮,没告诉任何人,用水清洗后,帮我涂上药膏,扎上绑带。而国王心肠柔软,经常招呼我到他的身边,把头枕在我的大腿上。如果他知道了这个情况,我必死无疑。而除了我的弟弟,没有人知道。因此,我说可以向兄弟透露秘密。"

接着,迦文陀讲述自己的秘密:"每逢黑半月斋戒日,有个名叫那罗提婆的夜叉就会附在我的身上,我会像疯狗一样狂吠。我把这事告诉我的儿子。这样,每当我被夜叉附身时,他就把我绑在内室里,然后关上门出去,不让门外聚会的人们听到我的声音。因此,我说可以向儿子透露秘密。"

然后,这三个人询问提文陀,他也讲述自己的秘密:"我利用为国王清洗擦亮摩尼珠的机会,偷了帝释天送给拘舍王的幸运吉祥摩尼珠宝,交给我的母亲。她没有告诉任何人,而在我上朝时,她会把摩尼珠宝交给我。我带着它,给我带来好运。我们进入王宫时,国王在与你们说话之前,先与我说话,而且每天给我八个、十六个、三十二个或六十四个铜币酬金。如果他知道我藏着这颗摩尼珠宝,我必死无疑。因此,我说可以向母亲透露秘密。"

大士掌握了他们的秘密。而他们对互相讲述自己的秘密,仿佛已经掏出自己的心肺。然后,他们互相叮嘱说:"明天早上来这里,我们要杀死这个商主之子。"等他们离开后,大士的侍从来到这里,打开顶盖,拉出智者,一起离开。他回到家里,沐浴、装饰打扮和享用美食,心想:"今天姐姐优昙波罗王后会从宫中派人向我传递信息。"于是,他吩咐一个可靠的侍从守在门口:"若宫中有人来,你马上带来见我。"然后,他躺在床上。

而这时国王也正躺在床上,回想智者的品德:"大药草智者从七岁开始侍奉我,没有对我做过坏事。女神询问我问题,如果没有这位智者帮我,我恐怕已经不在人世。这些人对他充满仇恨,而我听信他们的话,把剑交给他们,命令他们杀死这个无与伦比的智者。我这样做看来不合适。明天我就要见不到他了。"这样想着,他感到忧伤,身上冒汗,内心不得安宁。

优昙波罗王后与他一起睡在床上,看到他的这种神色,问道:"难道我有什么事得罪你? 或者有其他什么事让王上烦恼忧伤?"随即,念了这首偈颂:

> 王上,你为何心神不定?
> 是我们没有听从你吩咐?
> 王上,你为何心情沮丧?
> 难道我做错什么得罪你?

于是,国王念了这首偈颂:

> 他们说必须处死大药草,
> 我便下令处死这位智者,

我为此事心中惴惴不安，

并非王后犯有什么过失。

王后听此消息，顿时为大士忧伤，犹如大山压顶。她思忖道："我要设法先安抚国王，等他入睡后，派人为我的贤弟传信。"于是，她对国王说道："大王，你让这个商主之子享有荣华富贵，又封他为军队统帅，而现在他却成为你的敌人。敌人对你毫无用处，应该除掉。因此，你不必忧虑。"她这样劝慰后，国王的忧虑消退，渐渐入睡。

然后，王后起身，进入内室，在贝叶上写信："大药草，四个智者挑拨离间，国王发怒，下令明天在王宫门口杀死你。你明天不要来王宫。倘若要来，也要先设防，掌控这座城市。"然后，她把信夹在甜食中，包扎捆好，放在一个新罐中，盖上封印，交给一个贴身女仆，说道："拿着这罐甜食，去交给我的弟弟。"这个女仆按照王后的吩咐，把信送到。或许有人会问："这个女仆夜里怎么能出宫？"那是因为国王先前已经赐予王后这个恩惠，因此，这个女仆夜里出宫，无人阻拦。菩萨收到信，打发女仆回去。女仆报告王后，已经把信送到。于是，王后回到床上，睡在国王身边。而大士从甜食中取出信，看完后，想好怎么做，也躺下睡觉。

到了早上，那四个人持剑等候在王宫门口，但始终未见智者前来，心中懊丧，去见国王。国王问道："已经杀死这个商主之子了吗？"他们回答说："我们没有看到他。"

而大士在日出后掌控整座城市，在各处设岗警戒。然后，他在众人围绕下，登上车子，带着大批随从，来到王宫门前。国王打开窗户，站着观看。于是，大士下车，敬拜国王。国王心想："如果他是我的敌人，就不会敬拜我。"国王派人请他进宫。国王坐在卧榻上，大士坐在他的身边，那四个智者也坐下。国王此时仿佛不知所措，说道："孩子，你昨天离去，现在才来。你为何抛弃我？"随即，念了这首偈颂：

你昨天离去，现在才来，

你听到什么？怀疑什么？

有谁对你说了什么话吗？

智者,请你说给我听听!

于是,大士回答说:"大王,你听了这四个智者的话,下令杀死我。因此,我不来。"随即,念了这首偈颂:

王上啊,你在昨天夜里,

悄悄告诉妻子这个消息:

"必须处死大药草智者!"

我听到你透露这个秘密。

国王听后,愤怒地望着王后,心想:"是她当夜立即向他通风报信。"大士明白国王心中所想,立刻说道:"王上,你为何对王后发怒？我知道过去、未来和现在所有一切。如果是王后向我透露你的秘密,那么,是谁向我透露塞纳格老师、布古沙和其他人的秘密？我知道他们的秘密。"随即,他讲述塞纳格的秘密,念了这首偈颂:

塞纳格在沙罗树园林,

犯下不可饶恕的罪行,

他悄悄告诉他的朋友,

我听到他透露的秘密。

国王望着塞纳格,问道:"真的吗？""王上,真的。"国王下令将塞纳格送进牢房。接着,智者讲述布古沙的秘密,念了这首偈颂:

布古沙大腿长有癫疮,

绝对不能让国王接触,

他悄悄告诉他的兄弟，
我听到他透露的秘密。

国王望着布古沙，问道："真的吗?""王上，真的。"国王下令将布古沙送进牢房。接着，智者讲述迦文陀的秘密，念了这首偈颂：

迦文陀同样患有恶疾，
有个夜叉附在他身上，
他悄悄告诉他的儿子，
我听到他透露的秘密。

国王望着迦文陀，问道："真的吗?""王上，真的。"国王下令将迦文陀送进牢房。接着，智者讲述提文陀的秘密，念了这首偈颂：

珍贵的八棱摩尼珠宝，
帝释天送给你的祖父，
现在却在提文陀手上，
他悄悄告诉他的母亲，
我听到他透露的秘密。

国王望着提文陀，问道："真的吗?""王上，真的。"国王下令将提文陀送进牢房。这样，这些想要谋杀菩萨的人都被关进牢房。菩萨接着说道："正因为如此，我说不能向别人透露秘密。而他们说可以透露，现在遭到毁灭。"为了说明这个至上法则，他念了这些偈颂：

好事是秘密中的秘密，
不应该称赞透露秘密，
智者保守秘密不透露，

直到事成之后才透露。

智者不向女人、受利益驱使者、
敌人,乃至心腹朋友透露秘密。

将无人知晓的秘密透露给他人,
害怕他人泄露,成为他人奴仆。

知道秘密的人越多,也就越发
担惊受怕,因此不应透露秘密。

白天躲着说秘密,夜里不设防,
总会有人听见,秘密很快泄露。

    国王听了大士这番话,愤怒地说道:"他们自己背叛国王,却诬陷智者背叛。"于是,他命令说,"你们去把这些人拉到城外,用铁叉刺穿他们的身体,砍下他们的脑袋。"于是,这些人双手被反绑,站在十字路口,遭受一百下鞭打。而在他们被拉走时,智者对国王说道:"王上,这些人是你的老臣,你就宽恕他们的罪行吧!"国王说道:"好吧。"他召回他们,送给智者当奴仆。智者立即解除他们的奴仆身份,释放他们。于是,国王命令驱逐他们出境,说道:"他们不能留在我的国土上。"智者再次请求国王说:"你就宽恕这些盲目无知的傻瓜吧!"而且,他请求国王恢复他们的职位。国王对智者十分满意,心想:"他对加害他的敌人尚且这样仁慈,更何况对其他人?"从此,这四个人如同毒蛇被拔掉毒牙,不再说什么话。①

    此后,智者教导国王正法和利益,心想:"我确实成了国王的华盖,为国王治理王国,因此,我必须兢兢业业。"他安排为城市建造大围墙,城墙门前

---

① 此处原文后标注五位智者和挑拨离间故事终。

有瞭望塔,瞭望塔前有三道沟:水沟、泥沟和壕沟。他安排修缮城里的老房子,开掘大莲花池,并在各处建造储水池,所有的仓库装满粮食。他让德高望重的苦行者从雪山取来泥土和莲花种子。他安排清理水渠和修缮城外的老房子。他为何做这些事? 这是未雨绸缪,防患未然。

凡是对外来的商人,他都会询问:"你们来自哪里?""你们的国王喜好什么?"了解一切情况后,便友善地接待他们,直至他们满意回去。然后,他召集一百零一个士兵,吩咐他们说:"朋友们,拿着我交给你们的礼品,前往一百零一个王国的都城,献给那里的国王,讨得他们欢心,成为他们的侍从,观察他们的言行,派人告诉我。你们就一直住在那里,我会照顾你们的妻儿。"他分别交给他们耳环、金靴子或金花环,并刻上字母,嘱咐说:"一旦我有需要,我会告知你们。"于是,他们分别前往各个都城,向那里的国王献上礼品,说道:"我愿意侍奉王上。"问他们来自哪里,他们不说实情,而说来自其他的地方。他们受到接纳,成为侍从,并得到信任。

那时,在埃迦钵罗国,有个名叫商佉波罗的国王,正在调集武器和军队。安插在那里的侍从向智者传讯说:"这里的情况这样,但我不知道他要做什么。请你亲自派人来了解实情。"于是,大士吩咐一只小鹦鹉:"孩子,你去埃迦钵罗国,了解商佉波罗王在做什么。然后,你周游赡部洲,回来报告我情况。"说罢,他喂小鹦鹉吃甜炒米、喝蜜糖水,用昂贵的油膏按摩它的翅膀关节,然后,站在东窗口放飞它。

小鹦鹉飞到那个侍从身边,了解了那里的实情后,在赡部洲上空飞行,来到甘毗罗国的北般遮罗城。那时,名叫朱罗尼·梵授的国王统治这个王国,有个名叫盖婆吒的婆罗门智者教导他正法和利益。一天,智者在拂晓时分醒来,看到灯光照亮整个装饰华美的卧室。他望着室内的光辉,心想:"我的光辉属于谁? 它不属于其他人,唯独属于朱罗尼·梵授王。国王能闪耀这样的光辉,应该成为整个赡部洲的帝王。而我成为他的首席祭司。"

于是,在早上,他来到国王身边,请安后说道:"王上,我要与你商量事情。""说吧,老师!""王上,在城内不能谈论秘密,我们去花园。""好吧,老师!"国王与这个婆罗门一起到达花园,安排军队在外面守卫。他俩进入花园,坐在吉祥的石板凳上。小鹦鹉看到他俩的所作所为,心想:"这其中必有原因。我要按照智者的吩咐,听听他俩说什么。"它飞进花园,躲在沙罗树叶中。

国王说道:"说吧,老师!""大王,你要仔细倾听,这个计划只有我俩四只耳朵听见。如果大王按照我说的去做,我会让你成为统治整个赡部洲的帝王。"国王听了他的话,充满渴望,高兴满意,说道:"你说吧,老师! 我会去做。""王上,我们集合军队,先去围攻一个小城市。我从边门进城,对城中的国王说:'大王,武力对抗不管用,唯有归顺我们,才能保住你的王国。如果你与我们强大的军队交战,必定惨败。'如果他听我的话,我们就接纳他。如果他要交战,我们就消灭他。然后,我们集合两支军队,再去围攻另一个城市。我们就采取这个办法,征服一个一个城市,直至整个赡部洲,我们一起喝庆功酒。然后,我们召集一百零一个国王来到我们的城市,在花园设宴招待他们,给他们喝下了毒药的酒,把他们全部毒死,扔进恒河。这样,一百零一个城市都归属我们,你成为整个赡部洲的帝王。""好吧,老师! 我就这样做。""大王,这个计划只有我俩四只耳朵听见,不能让任何人知道。因此,事不宜迟,立即行动。"国王高兴满意,答应道:"好吧!"

小鹦鹉听完他俩的谈话后,将一团粪便撒在盖婆吒的头顶,仿佛从树枝上掉落。盖婆吒说道:"这是什么?"他张着嘴,抬头向上观看。小鹦鹉又将一团粪便撒进他的嘴中,并从树枝上飞起,叫喊道:"盖婆吒! 你以为只有四只耳朵听见,现在有了六只耳朵,以后还会有八只耳朵,乃至无数耳朵。"他们叫喊:"抓住它! 抓住它!"而小鹦鹉快速似风,飞回弥提罗城,进入智者的住处。

小鹦鹉向智者报告消息的方式是这样:如果只有智者能听取,就停在他的肩上。如果阿摩罗黛维也能听取,就停在他的怀中。如果在场的人都能听取,就停在地上。这次,小鹦鹉停在智者的肩上,周围的人知道这表明消息属于秘密,于是全都退下。智者带着小鹦鹉,登上顶楼,问道:"你看到了什么? 听到了什么?""我在整个赡部洲,没有看到别的国王有什么危险的举动。而在北般遮罗城,朱罗尼·梵授王的祭司盖婆吒将他带到花园,密谋只有四只耳朵听见的计划。我躲在沙罗树树枝中,将一团粪便撒进他的嘴中,随后飞回来。"小鹦鹉把看到和听到的一切告诉智者。"这个国王同意吗?""王上,他同意。"然后,智者犒赏这只小鹦鹉后,让它回到铺有软垫的金笼中。

智者思忖道:"我想盖婆吒可能不知道我大药草智者是谁。我绝不会让他的阴谋得逞。"于是,他把城里的穷人迁往城外,而把各地的富人迁入城内,积聚大量的财富和粮食。

梵授王听从盖婆吒的话,集合军队围攻一个城市。盖婆吒也按照计划进入城里,劝说国王归顺。然后,梵授王集合两支军队,围攻另一个城市。就这样,梵授王执行盖婆吒的计划,促使赡部洲的所有国王,除了毗提诃王,全都归顺他。菩萨安插的侍从不断传来讯息:"梵授王占领了这些城市,你要保持警惕。"他也回复他们说:"我已经保持警惕,你们放心。你们住在那里,也要保持警惕。"

梵授王用了七年七个月零七天,占领赡部洲中所有王国,除了毗提诃的王国。他对盖婆吒说:"老师,我们去占领弥提罗城毗提诃的王国。""大王,我们不能占领大药草智者居住的城市,因为他足智多谋。"他描述大药草智者的品德如同一轮圆月,而他自己同样足智多谋,因此,他劝导国王说:"王上,弥提罗王国规模不大,我们已经占领赡部洲的其他所有王国,已经足够了。"而其他一些国王坚持说:"我们占领弥提罗城后,一起喝庆功酒。"盖婆吒阻止他们,说道:"我们何必占领弥提罗城?这个国王已经掌握在我们手中,回去吧!"他这样提醒他们。他们听了他的话,也就回去了。大士安插的侍从传来讯息:"梵授王带着一百零一个国王前往弥提罗城,现在又返回自己的城市。"大士回复他们说:"你们继续观察他的行动。"

这时,梵授王与盖婆吒商量:"现在我们做什么?""我们喝庆功酒吧。"于是,他们吩咐侍从们装饰花园,备好一千罐酒和各种鱼肉。智者安插的侍从传来这个讯息。他们不知道梵授王和盖婆吒准备毒死那些国王的阴谋,而大士早已从小鹦鹉嘴中得知。他回复他们说:"你们得知喝庆功酒的确切日子后,马上传讯给我。"他们到时候传来了这个讯息。

智者心想："有我这样的智者在世，不应该让这些国王这样死去，我要拯救他们。"于是，他召集与他同日出生的一千个战士，说道："朋友们，梵授王装饰花园，请一百零一个国王喝酒。你们去那里，在国王们还没有入座前，占据梵授王身边的主宾座位，说：'这是我们的国王的座位。'那些侍从会问：'你们是谁的侍从？'你们回答说：'是毗提诃王的侍从。'他们会嚷嚷说：'我们用了七年七个月零七天占领所有王国，没有哪天见到过毗提诃王。这是哪个国王？你们到边上去找个座位吧！'你们便发出吼叫声：'除了梵授王，没有哪个国王胜过我们的国王！你们不让我们的国王坐这个座位，你们就别想喝酒吃肉！'随即，你们暴跳如雷，吓唬他们，挥舞大棒，砸碎所有的酒罐，打翻所有的鱼肉，迅速冲进他们的军队，如同阿修罗大闹天宫，叫喊道：'我们是弥提罗城大药草智者的侍从。你们有本事，就来抓我们吧！'随后，你们立即回来。"

他们回答说："好吧！"拜别智者，携带五种武器，前往那里。他们进入装饰一新的花园，如同天国欢喜园。他们看到竖立的白色华盖，排好的一百零一个国王的座位，一派华贵绚丽的景象。随即，他们按照智者的吩咐，捣毁这场宴席，圆满完成任务，返回弥提罗城。

梵授王听到侍从们报告已经发生的一切，怒不可遏，心想："毒死国王们的计划给破坏了。"而其他国王也感到愤怒："我们没有喝上庆功酒。"军队士兵们也感到愤怒："我们失去一次白喝白吃的机会。"于是，梵授王与那些国王商量："我们去弥提罗城，用剑砍下毗提诃王的脑袋，把他踩在脚下，再回来一起喝庆功酒。你们去集合军队，做好准备吧！"

然后，梵授王单独会见盖婆吒，说道："我要抓捕这个破坏我们计划的敌人。我准备率领一百零一个国王和十八支大军攻下这个城市。来吧，老师！"而盖婆吒作为婆罗门智者，心想："我们不可能战胜大药草智者，只会自取其辱。我要劝阻国王。"于是，他对国王说道："大王，毗提诃王不算什么，可是他有大药草智者辅佐。这位智者具有大威力，保护弥提罗城，如同狮子保护洞穴，任何人都不可能攻占，我们只会自取其辱，放弃这个计划吧！"而国王怀着刹帝利的傲慢心态，迷醉权力，说道："他怎么可能有这样的本事？"

他依然坚持率领一百零一个国王和十八支大军队出发。盖婆吒没能说服他,心想再劝也没有用,也就跟随他出发。

智者派出的一千个战士一夜之间就赶回弥提罗城,报告他们已经完成任务。智者安插的侍从也传来讯息:"梵授王准备抓捕毗提诃王,已经带领一百零一个国王出发,请智者保持警惕。"此后,讯息不断传来:今天到达某地,今天又到达某地,今天就要到达弥提罗城。智者始终保持着警惕。

这样,毗提诃王接连不断听到梵授王前来攻占弥提罗城的消息。这天傍晚时分,梵授王的军队举着一万个火把,包围了弥提罗城。各处排列象军、车军、马军和步军,士兵们狂呼乱叫,捻指跳舞,火把和装饰品的光芒照亮弥提罗城周围七由旬。象兵、车兵、马兵和步兵的喧嚣声仿佛震裂大地。那四个智者听到这样的喧嚣声,不知前情,来到国王身边,说道:"大王,外面这样喧闹,我们不知道发生了什么事,请大王明断。"国王心想:"梵授王可能已经抵达。"他打开窗户观看,知道确实如此,惊恐不安,对他们说:"我们性命难保。明天,他就会杀死我们所有人。"

而大士知道梵授王已经抵达,像狮子那样无所畏惧,镇定自若。他布置全城的防守工作,心想:"我要去安抚国王。"于是,他来到国王的住处,敬拜国王后,侍立一旁。国王看到他,心中顿时感到宽慰,心想:"除了我的孩子大药草智者,没有任何人能解救我。"于是,他与智者交谈:

> 甘毗罗国梵授王集合所有军队,
> 士兵不计其数,大药草智者啊!

> 有工兵,有步兵,个个善于作战,
> 擂响战鼓,吹响号角,奋勇杀敌。

> 全副武装的象兵马兵挥舞旗帜,
> 精通各种武器的勇士排列整齐。

其中有十位智者,精通秘术,

还有国王的母亲激励将士们。

还有一百零一个著名刹帝利尾随其后,

王国被剥夺,唯唯诺诺,归顺甘毗罗王。

他们只能违心说些阿谀奉承的话,

归顺甘毗罗王,无可奈何追随他。

他的军队已经围绕弥提罗都城,

形成三重包围圈,还在挖壕沟。

仿佛空中四周星星密布,大药草啊!

请你想想我们怎么样摆脱这场灾祸。

大士听了国王这番话,心想:"国王极度惧怕死亡。如同医生救助病人,食物救助饥饿者,水救助焦渴者,对于国王,我是他的唯一救助者。我要安抚他。"于是,如同站在赤砒山坡上的狮子发出狮子吼,大士说道:"大王,别害怕!你就安心享受王权吧!就像用棍棒赶走乌鸦,用弓箭赶走猴子,我会赶走这十八支大军,让他们连裹腰布都不剩!"说罢,念了这首偈颂:

王上你伸展双腿,照旧吃喝和享乐吧!

梵授王会抛弃甘毗罗军队,落荒而逃。

智者安抚国王后,从王宫出来,在城中击鼓巡游,高声宣告:"诸位不要担心,连续七天欢度节日,佩戴花环,涂抹香膏,吃美食,喝蜜酒,演奏乐器,唱歌跳舞,一切费用由我承担。我是大药草智者,要让你们目睹我的威力!"他这样安抚市民,市民听从他的话,欢度节日。城外的人们听到歌声和乐声,从边门进入城里。除了敌人,不阻止任何人进城观看,因此,通道没有切断。这样,人们进城看到欢度节日的景象。

梵授王也听到城里的喧闹声,询问大臣:"我们的十八支大军已经围困城市,而城里的居民不害怕,不恐慌,依然快快乐乐,捻指跳舞,放声歌唱。这是怎么回事?"智者安插的侍从故意报告说:"王上,我们有事从边门进城,看到市民们欢度节日,便询问他们:'赡部洲所有国王来到这里,包围了你们的城市,你们却视若无睹,这是为什么?'他们回答说:'我们的国王童年时就有一个心愿:一旦赡部洲所有国王包围他的城市,他就会举行庆祝活动。今天,他的心愿终于实现。因此,他派人击鼓巡游,宣布全城欢度节日,自己也在宫中饮酒庆祝。'"

梵授王听后,怒火中烧,命令各路军队:"你们从各处越过壕沟,攻破城墙,捣毁城门瞭望塔,冲进城里,将城里人们的脑袋像葫芦那样装满战车,带回毗提诃王的脑袋!"听到国王的命令,勇士们手持各种武器,来到城门前,发射羽毛箭,抛撒泥土,投掷石块。随即,他们准备攻破城墙,而在他们进入壕沟时,守在瞭望塔的士兵们向他们发射利箭,投掷标枪和长矛,造成他们重大伤亡。智者的这些士兵还向梵授王的士兵打手势,用各种话语威胁和嘲讽他们:"你们进不了城,也请你们喝一点,吃一点。"说罢,他们取出酒杯,叉起鱼肉,在城墙上走来走去,喝酒吃肉。

城外的士兵束手无策,回去报告梵授王:"王上,除非具有神通力,无法攻进城里。"梵授王等了四五天,也想不出办法,便询问盖婆吒:"老师,我们无法攻进城里。没有人能走进这个城市,怎么办?""大王,城里人需要城外的水源,我们可以切断他们的水源。这样,他们焦渴疲惫,想要喝水,就会打开城门。"梵授王表示赞同,说道:"这是个办法。"于是,他们守护水源,不让人接近。

智者安插的侍从会将贝叶信绑在箭上,射箭传讯。因此,智者已经吩咐:"谁看到箭上绑有贝叶,就交上来。"这时,有个人看到这样的贝叶,交给智者。智者得知这个讯息,心想:"他不知道我是大药草智者。"他吩咐侍从剖开六十肘尺的竹筒,清除里面的竹节,再合在一起,用皮带捆住,涂上泥巴,然后,将具有神通力的苦行者从雪山取来的泥土和莲花种子埋在莲花池边,将竹筒插在上面,灌满水。经过一夜生长,莲花茎秆窜出竹筒,莲花绽放。于是,智者吩咐侍从拔出莲花茎秆,送给梵授王。侍从将莲花茎秆圈成一团,扔出城外,叫喊道:"嗨,梵授王的奴仆们! 不要饿死你们自己,收下这株莲花,用来装饰自己,吃莲花茎秆充饥吧!"

智者安插的一个侍从捡起这株莲花,去见梵授王,说道:"王上,你看这株莲花的茎秆! 我们从未见过这么长的莲花茎秆。""量量有多长。"这个侍从测量后,说有八十肘尺长。梵授王问道:"这种莲花生长在哪里?"智者安插的另一个侍从故意说:"王上,一天我想喝点酒,从边门进入城里,看见里面有供市民嬉水的大莲花池,许多人坐在船里采花。莲花池边长有这种莲花,而莲花池中水深处长有茎秆长度达一百肘尺的莲花。"梵授王听后,对盖婆吒说:"老师,这个切断水源的办法不管用,想想别的办法吧!""那么,王上,我们切断他们的粮食来源,因为城里人依靠城外生产的粮食。""好吧,老师!"

智者通过同样的方式得知这个讯息,心想:"他不知道我是大药草智者。"他吩咐在城墙顶上铺上泥土,播下稻种。凡是菩萨的心愿都会实现。一夜之间,稻种发芽成长,显露在城墙顶上。梵授王看到后,问道:"城墙顶上绿色的东西是什么?"智者安插的一个侍从接过话头,仿佛为梵授王解惑:"王上,大药草智者是商主之子,他防患未然,征收全国的粮食,装满粮仓,将余下的稻种撒在城墙顶上,阳光雨露促使这些稻种长成稻谷。一天我有事从边门进城,用手从城墙边的稻谷堆上抓了一把稻谷,撒落在街道上。一些市民责备我说:'如果你肚子饿,就用衣襟兜一些稻谷,带回家,煮熟吃。'"梵授王听后,对盖婆吒说:"老师,这个切断粮食来源的办法不管用。"盖婆吒回答说:"那么,王上,我们切断他们的柴薪来源,因为城里人从城外获取柴薪。""好吧,老师!"

智者通过同样的方式得知这个讯息。于是,他吩咐堆积柴薪,高过城墙顶上的稻谷。梵授王问道:"从城墙顶上能看到柴薪,怎么回事?"智者安插的侍从回答说:"这个商主之子防患未然,在家家屋后备足柴薪,余下的柴薪堆放在城墙边。"梵授王听后,对盖婆吒说:"老师,这个切断柴薪来源的办法不管用。"盖婆吒回答说:"别担心,王上,我还有别的办法。""老师,还有什么办法?我看你的办法倒是没完没了。如果不能抓捕毗提诃王,我们就回城吧!"

盖婆吒继续说道:"王上,梵授王与一百零一个刹帝利联手,也不能抓捕毗提诃王,岂不丢尽脸面?不光大药草是智者,我也是智者。我有一个计策。""什么计策?老师!""我要举行一次正法之战。""什么是正法之战?""大王,这不需要军队交战,而是两位国王的两位智者在一个地方见面,谁敬拜对方,就成为失败者。大药草不知道底细。我年长,他年幼。他看到我,就会敬拜我。这样,毗提诃就成为失败者。我们战胜了毗提诃王,再返回自己的城市,这样我们就没有丢失面子。这就是正法之战。"

智者通过同样的方式得知这个秘密,心想:"如果我不能战胜盖婆吒,我就不是智者。"而梵授王赞赏盖婆吒这个妙计,派使者通过边门给毗提诃王送信,信上说:"明天两位智者将举行一场正法之战,依据正法决出胜负。如果谁不参加,他就是失败者。"毗提诃王接信后,召来智者,告知这件事。智者说道:"好吧,王上!明天早上,在西城门外开辟正法战场,让他们来吧。"毗提诃王便吩咐这样回复来使。

第二天,智者吩咐布置西城门外正法战场,心想:"让盖婆吒以失败告终。"一百零一个国王不知道会发生什么情况,便围绕盖婆吒,保护他。他们来到正法战场,面朝东站着,盖婆吒也这样站着。而菩萨在早晨用香水沐浴,穿上昂贵的迦希衣,盛装严饰,享用各种美食后,在大批侍从陪同下,来到国王寝宫门前。国王传话说:"请我的孩子进来。"菩萨进去后,敬拜国王,侍立一旁。"孩子大药草,有什么事?""我现在要去正法战场。""我应该怎么做?""我想用摩尼珠哄骗盖婆吒婆罗门。我需要那颗八棱摩尼珠宝。""拿去吧,孩子!"菩萨拿着这颗摩尼珠宝,拜别国王,在一千个与他同日出生的战士围绕下,登上无比昂贵的华丽车架,由白色信度马驾驭,来到西城门。

盖婆吒等待着他,心想:"现在,他就要来了。现在,他就要来了。"他站在那里眺望,仿佛脖子都变长了,在阳光照射下,冒出汗珠。大士在大批随从簇拥下,犹如涌动的大海,又如覆盖鬃毛的狮子,无所畏惧,神态自如,打开城门,来到城外。大士下车,犹如狮子伸展身子,走向前去。一百零一个国王看到他雍容华贵的形象,异口同声喝彩道:"这就是希利婆吒迦商主的儿子大药草智者!他的智慧在赡部洲中举世无双!"大士犹如帝释天在天兵天将围绕下,威严无比,手持摩尼珠宝,站在盖婆吒面前。

盖婆吒一见到他,几乎站不稳身子,迎上前去,说道:"大药草智者,我俩都是智者。而我在你附近住了这么长日子,你却没有送给我一点礼物,这是为什么?"大士回答说:"我在寻找合适的礼物。今天,我找到这颗摩尼珠宝,请你收下吧!哪里都见不到这样的摩尼珠宝。"盖婆吒看到这颗闪闪发光的摩尼珠宝,心想:"看来他愿意送给我。"于是,伸手说道:"那么,给我吧!"大士将摩尼珠宝放在他伸出的手指上,说道:"请收下。"而这个婆罗门的手指承受不住这颗沉甸甸的摩尼珠宝,摩尼珠宝滑落在大士的脚下。这个婆罗门出于贪欲,弯下身子,想从大士脚下捡起这颗摩尼珠宝。

这时,大士一手拽住他的肩骨,一手拽住他的背部腰带,一再说道:"起来,起来!我年幼,是你的孙子辈。你不要敬拜我。"同时,一次又一次将他的额头和脸与地面摩擦,直至血流满面,说道:"你这无知的傻瓜,想让我敬拜你!"最后,揪住他的脖子,扔开他。他跌倒在二十杖尺远处,起身逃跑。大士的侍从捡起这颗摩尼珠宝。人们全都听到大士说:"起来,起来!你不要敬拜我。"因而异口同声呼叫道:"盖婆吒婆罗门敬拜大药草智者的双脚!"

以梵授王为首的所有国王都看到盖婆吒拜倒在大药草智者的脚下,心想:"我们的智者敬拜大药草智者,表明已经失败,我们也性命难保。"于是,纷纷跨上各自的马,朝甘毗罗国方向逃跑。而大士的随从们看见他们逃跑,欢呼道:"梵授王带着一百零一个国王逃跑了!"那些国王听到后,越发怕死,加速逃跑,军队乱成一团。而大士的随从们继续欢呼跳跃,造成他们的军队乱上加乱。然后,大士带领自己的军队返城。

梵授王的军队撤退到三由旬远时,盖婆吒骑上马,擦去额头的血,追赶军队,叫喊道:"嗨,你们别逃跑!我没有敬拜商主的儿子。你们停下,停下!"军队没有停步,继续撤退。他们咒骂他:"你这个恶棍,卑鄙的婆罗门!

你发起正法之战,却敬拜可以当你孙子的人。你无恶不作!"他们不听他的话,继续撤退。盖婆吒紧追不放,说道:"你们要相信我的话,我没有敬拜他。他用摩尼珠宝骗过了我。"盖婆吒用各种方式剖白,终于让溃败的军队停止撤退。

其实,这样庞大的军队,只要每人扔一把沙土,投掷一根木棍,就能填平壕沟,堆积起来可以像城墙那样高。然而,菩萨的心愿总能实现,居然没有一个人向这座城扔一把沙土,投掷一根木棍。现在,他们已经返回阵地,梵授王询问盖婆吒:"我们怎么办?老师!""王上,我们不让任何人从城市边门出来,切断通道。人们出不来,忍受不住,就会打开城门。这样,我们就可以抓住我们的敌人。"

智者通过同样的方式得知这个讯息,心想:"这些人长期驻扎在这里,总是个麻烦。我应该想个办法赶走他们。"他想出一个计策,思考哪个大臣能执行这个计划,选中了阿努盖婆吒,便召唤他来,说道:"老师,我要让你办件事。""什么事?请智者吩咐。""你站在城墙上,趁我们的士兵不注意,扔给梵授王的士兵糕饼和鱼肉,说道:'你们随意吃吧!你们不要着急,在这里再住一些天,城里的市民会像被关在笼子里的公鸡,忍受不住,那时就会打开城门。这样,你们就能抓住毗提诃王和可恶的商主之子。'我们的士兵听到这些话,就会在梵授王的士兵眼前,咒骂你,威胁你,拽住你的手脚,假意用竹条抽打你,推倒你,将你的头发扎成五个结①,用沙土泼洒你,给你戴上夹竹桃花环②,继续鞭打你,让你的背上留下鞭痕。然后,他们把你推上城墙,捆绑你,用绳索放你下去,咒骂道:'滚吧,你这个卖国贼!'梵授王的士兵看到这一切,会把你带到国王那里。他会问你:'你犯了什么罪过?'你就回答说:'大王,我以前声誉卓著,而那个商主之子对我不满,说我怀有二心,挑拨国王,剥夺我的一切,让我名誉扫地。因此,我想要让那个商主之子人头落地。我害怕你的士兵们焦躁不安,便送给他们各种食物。正是与商主之子结下这种冤仇,他想置我于死地。你的士兵知道这一切,大王。'你要用种种说辞

---

① 这是一种羞辱人的方式。

② 印度古时候,犯人在处决前会佩戴夹竹桃花环。

让他信任你。然后，你对他说：'大王，现在你得到了我，也就不必再担心，毗提诃王和那个商主之子死定了。我知道这座城的城墙哪里坚固，哪里薄弱；水沟中哪里有鳄鱼，哪里没有。不用多久，我会让你攻陷这座城市。'这样，他会信任你，尊敬你，把军队交给你统领。然后，你把军队带到充满毒蛇和鳄鱼的水沟，让他们下去。他们惧怕鳄鱼，不敢下去。这时，你就报告国王说：'王上，你的军队已经被商主之子收买，所有国王，包括老师盖婆吒，全都接受商主之子的贿赂。他们只是围在你的身边走来走去。所有人都向着他，唯有我忠于你。如果你不信，可以吩咐所有国王佩戴装饰品来见你，你就可以看到他们的衣服、装饰品和刀剑等等，上面都写有商主之子的名字，也就明白了。'他照你的话做了，会信以为真，心里害怕，打发走国王们，然后问你：'智者，现在我们怎么办？'你就告诉他说：'大王，商主之子诡计多端。如果你再住上几天，他会控制你的所有军队，抓住你。不能再耽搁了，今天午夜我们就骑马出逃吧，以免死在敌人手里。'他听了你的话，会照你说的做。而在他启程逃跑后，你立即回来，告诉我们的人。"

阿努盖婆吒婆罗门听后，说道："好吧，智者！我会按照你的吩咐去做。""那么，你要忍受一些鞭打。""智者，只要保存生命和手脚，我的身体随你怎么处置。"于是，智者吩咐派人好好照顾他的家，然后，按照说好的办法，用绳索捆绑他，从城墙上放他下去，让梵授王的士兵带走他。

梵授王盘问他后，信任他，尊敬他，将军队交给他统领。他让军队走下充满毒蛇和鳄鱼的水沟，而士兵们害怕鳄鱼，站着不动。这时，瞭望塔里的士兵发射利箭，投掷标枪和长矛，杀死他们。此后，其他士兵再也不敢走近那里。于是，阿努盖婆吒去见国王，报告说："大王，你的军队不愿意为你战斗。他们全都受了贿赂。如果你不信，你可以召集国王们，看看他们衣服和装饰品上写的字母。"国王照他的话做了，看到了那些字母，确信他们受了贿赂。然后，国王问他："老师，现在怎么办？""王上，没有别的办法。如果你耽搁时间，商主之子会抓住你。大王，老师盖婆吒带着额头上的伤疤走来走去，其实他也受了贿赂。他收下了摩尼珠宝，等你走出三由旬远，他才追来，再次取得你的信任，让你返回。他是一个叛徒。即使今天这一夜，我也不会理睬他。今天午夜你必须出逃。除了我之外,你没有一个忠诚的朋友。""那么,老师,你为我备好马,做好出发的准备。"这个婆罗门知道国王决定出逃,便安慰说:"别害怕,大王!"然后,他吩咐智者安插的侍从说:"今天国王要出逃,你别睡觉。"他备好马,套上勒得更紧而让马跑得更快的缰绳。到了午夜,他报告国王:"王上,马已备好,时间已到。"于是,国王骑马出逃。他也假装与国王一起出逃,但走了一小段路,他就返回了。而那匹缰绳勒紧的马带着国王,继续奔驰。

阿努盖婆咤进入军队阵地,高声叫喊:"梵授王出逃了!"智者安插的侍从也与自己的同伴们一起跟着叫喊。那些国王听到叫喊声,心想:"大药草智者已经打开城门出来,要夺取我们的生命了。"他们惊慌失措,丢下各种用具,也不回头看一眼,就仓皇出逃。侍从们又高声叫喊:"国王们逃跑了!"听到这样的叫喊声,站在城墙上和瞭望塔里的人们发出欢呼声。刹那间,仿佛大地震裂,大海掀动,城里和城外同时发出欢呼声。十八支大军心想:"大药草智者肯定已经抓住梵授王和一百零一个国王。"他们六神无主,甚至丢下自己的缠腰布,拔腿就逃,阵地上顿时空无一人。这样,梵授王带着一百零一个国王回到自己的都城。

第二天,士兵们打开城门,走出来,看见大量的战利品,报告大士说:"智者,我们怎么处理?"大士说道:"他们丢弃的这些财物都已经属于我们。所有国王的财物交给国王,盖婆咤的财物交给我,其他的财物让市民们取走。"这样,他们用了半个月收集贵重物品,用了四个月收集其他物品。于是,弥提罗城家家都有了金子。

现在,梵授王和那些国王住在北般遮罗城,已有一年。一天,盖婆咤在镜子里看到自己额头的伤疤,心想:"这是商主之子干的缺德事,让我在这些国王面前丢尽脸面。"他抑制不住心中愤怒,盘算道,"我什么时候能看到他的悲惨下场?"随即,他想出一个办法,"我们的国王有个女儿,名叫般遮罗占蒂,天女般美貌绝伦。我要用她引诱毗提诃王。一旦激起他的情欲,如同鱼儿上钩,我就将他和大药草一起抓住,杀死他俩,然后,喝庆功酒。"

盖婆咤这样决定后,去见国王,说道:"王上,我有一个计策。""老师,依靠你的计策,我们甚至连衣服都丢个精光。现在,你又想做什么?闭嘴吧!"
"大王,这个计策确实非同寻常。""那么,说来听听。""大王,说的时候只能我
们两个人在场。""好吧!"盖婆吒与国王一起走上顶楼,说道:"我们引诱毗提
诃王和商主之子一起来到这里,杀死他俩。""老师,这是个妙计,可是怎样引
诱他俩来到这里?""大王,你的女儿般遮罗占蒂美貌绝伦。我们让诗人们编
写歌曲,赞美这位绝代佳人,在弥提罗城传唱。一旦我们得知毗提诃王认为
'自己不能得到这个女宝,王国有什么用',我就去与他确定日子。到了这一
天,他和商主之子一起来到,如同鱼儿上钩,我们就杀死他俩。"国王听后,十
分满意,说道:"这是个妙计,老师! 就这么办吧。"当时,有只守护卧床的鸲
鹆听到他俩商量这个计策。

于是,国王召来一些优秀的诗人,付给他们许多钱,向他们展示自己的
女儿,请他们创作诗歌,赞美女儿的天生丽质。他们创作了优美动听的诗
歌,国王听他们吟唱后,又赏给他们许多钱。艺人们在这些诗人身边学会
后,在公众集会上吟唱。于是,这些诗歌广为流传。然后,国王召集一些歌
手,吩咐说:"你们在夜里爬上树,捕捉一些鸟儿,并坐在树上吟唱。天亮后,
在这些鸟儿脖子上系上铃铛,放飞它们后,你们下树。"国王采取这个方法,
是想让世人以为"甚至天神也赞颂国王女儿的美貌"。

然后,国王再次召来那些诗人,吩咐说:"请你们再创作些诗歌,描写毗
提诃王的高贵形象和我女儿的天生丽质,说明在赡部洲所有国王中,唯有毗
提诃王与我的女儿相配。"他们按照国王的旨意,创作了这样的诗歌。国王
再次赏给他们许多钱,说道:"你们去弥提罗城,按照在这里的方式,在公众
集会上吟唱。"这样,他们前往弥提罗城,在公众集会上吟唱。人们听完后,
欢喜雀跃,赏给他们许多钱。于是,他们又在夜里爬上树,坐在树上吟唱。
天亮后,将铃铛系在鸟儿脖子上,放飞它们后,他们下树。听到空中响起的
铃铛声,城里响起一片嚷嚷声:"甚至天神也赞颂北般遮罗城国王女儿的
美貌!"

毗提诃王听到后,召来这些诗人,请他们在宫中集会上吟唱。他听完
后,心想:"梵授王想把他美貌绝伦的女儿嫁给我。"他满心欢喜,赏给他们许

多钱。他们回去后,报告梵授王。于是,盖婆吒说道:"大王,现在我可以去确定日子了。""好吧,老师! 你需要带些什么去?""带上少许礼物即可。""你去拿吧。"于是,盖婆吒带了少许礼物,在大批随从陪同下,来到毗提诃国。听到这个消息,城里响起一片嚷嚷声:"梵授王和毗提诃王和好了! 梵授王要把自己的女儿嫁给国王,盖婆吒来确定日子了!"

毗提诃王也听到了这个消息。而大士思忖道:"我不欢迎他来。我要了解真实意图。"于是,他派人向安插在那里的侍从问讯,得到的回复是:"我们也不了解真实情况。国王和盖婆吒在卧室里密谋,守护国王卧床的那只鸲鹆应该听到了这个秘密。"大士听后,心想:"我不能让敌人有机可乘。我要布置一下,不能让他看到我们城市的布局。"于是,从城门到王宫,从王宫到他自己的住处,街道两旁都围上了席子,房顶也铺上席子,同时还画上图案,地面上撒上花朵,安置水罐,移来芭蕉树,悬挂旗幡。

盖婆吒进城后,看不见城市布局,但他以为国王是装饰街道欢迎他,不知道是为了不让他看到城市布局。他见到国王,献上礼物,请安后,侍立一旁。在受到礼遇后,他说明来意,念了两首偈颂:

> 国王希望和好,送你这些宝石:
> 让说话甜蜜可爱的使者们来吧!

> 让他们说柔美的话,悦耳动听,
> 让般遮罗和毗提诃成为一家人!

他接着说道:"大王,梵授王原本想派别的大臣前来,但考虑到没有人适合办理这桩美事,于是派我前来,并说道:'老师,你去告知国王这桩美事,带着他回来。'大王,你就去吧! 你会得到一位美貌绝伦的公主,同时与我们的国王建立友谊。"毗提诃王听了他的这番话,高兴满意,心想:"我将得到这位美貌绝伦的公主。"于是,他对盖婆吒说道:"老师,你与我的孩子在正法之战中伤了和气。你去见见我的孩子吧。你们两位智者达成谅解后,你再回来。"盖婆吒听后，便去见智者。

而这一天，大士决定不与这个恶人交谈。他喝了一些酸奶，用许多湿牛粪涂抹房间地面，用油涂抹柱子，然后躺在床榻上。屋子里除了这张床榻，其他座椅都被撤走。他吩咐侍从们："在婆罗门开口说话时，你们对他这样说：'婆罗门，别与智者说话。他今天已经喝过酸奶，正在休息。'而我显出想要与他交谈的样子时，你们就对我说：'大人，你已经喝过酸奶，就别说话了。'"大士这样安排后，盖上红被子，躺在床榻上，并设置七道门岗。

盖婆吒来到第一道门前，问道："智者在哪里？"侍从们回答说："婆罗门，别大声说话。如果你想进来，就别出声。今天智者已经喝过酸奶，正在休息，不想听到大声喧哗。"盖婆吒在经过每一道门时，都见到同样的情况。最后，他进入第七道门，走近智者。智者显出想要说话的样子，侍从们便劝阻说："大人，你已经喝过酸奶，就别说话了。"盖婆吒发现没有座椅可坐，也不知道应该站在哪个地方。他跨过湿牛粪，就这样站着。一个侍从望着他眨眼睛，另一个皱眉头，还有一个在胳膊上挠痒痒。他看到他们这副模样，心中不悦，便说道："我走了，智者！"于是，一个侍从说道："你这邪恶的婆罗门，别出声。你再出声，打断你的脊梁骨！"他心中害怕，转身看了看。这时，一个侍从举起竹条打他的背脊；一个侍从揪住他的脖子，推搡他；一个侍从用手掌拍打他的背。他惊恐不安，如同鹿儿从虎豹之口脱险，回到国王那里。

而国王心想："今天，我的孩子听到这件事，应该感到高兴。这两位智者应该会高谈阔论正法。今天他俩达成和解，我确实收获很大。"于是他看到盖婆吒回来后，询问他与智者交谈的情况，念了这首偈颂：

请说说与大药草会见情况，
你是否满意？他是否高兴？

盖婆吒听后，回答说："大王，你认为他是智者，但是没有比他更缺德的人了。"随即，念了这首偈颂：

他不文雅,不和善,傲慢固执,

像个聋哑人,闭口不说一句话。

国王听后,心中不悦,但他没有责骂智者。他吩咐为盖婆咤及其随从们安排吃住,说道:"老师,你先去休息吧!"然后,国王独自思忖:"我的孩子是智者,善于交谈。显然,他不愿意与这个人交谈。看来他很不高兴,可能他预见有什么危险。"随即,念了这首偈颂:

确实,这种秘密难以发现,

而这位精明智者一目了然,

我感到自己身体瑟瑟发抖,

难道是我会落入他人之手?

"我的孩子可能看出这个婆罗门的来访不怀好意,并非为了缔结友谊。他想用美人计引诱我,目的是带我回去,抓住我。智者肯定预见到这种危险。"国王想到这里,不禁满怀恐惧地坐下。这时,那四个智者来到。国王询问塞纳格:"塞纳格,你认为我应该去北般遮罗城娶梵授王的女儿吗?""大王,你怎么会说这样的话? 天降好运,有谁会拒之门外? 你去那里娶了她,在赡部洲,除了梵授王之外,没有哪个国王能与你相比。为什么? 因为你娶了天下第一国王的女儿。梵授王认为其他国王都已归顺他,唯有毗提诃王与他平起平坐,因此,他才会把赡部洲最美丽的女儿嫁给你。你就照他的话去做吧! 而我们依靠你,也能获得财物和装饰品。"国王询问其他三个人,他们也都这样说。就在这时,盖婆咤离开住处,前来辞别,对国王说道:"大王,我不能久留这里,我要回去了。"国王向他表达敬意,送走他。

大士得知盖婆咤已经离去,沐浴和装饰打扮后,来到国王住处,敬拜国王后,坐在一旁。国王心想:"我的孩子大药草智者智慧博大,精通谋略,知道过去、未来和现在。他应该知道我该去不该去。"可是,他色迷心窍,没有坚持这个想法,而念了这首偈颂:

六位智者同样智慧卓绝,大药草!
是去还是不去,请说说你的看法。

智者听后,心想:"国王色迷心窍,已经盲目,听信这四个人的话。我要向他说明去的危害,劝阻他。"随即,念了四首偈颂:

王上你知道,梵授王
实力雄厚,威武显赫,
他想要将你置于死地,
像猎人设圈套捕杀鹿。

就像鱼儿贪图诱饵,不知道
诱饵中藏有吊钩,自取灭亡。

王上啊,梵授王的女儿就像诱饵,
你贪图美色,会像鱼儿自取灭亡。

如果你去甘毗罗,很快就会丧命,
就像路边的鹿,必定会遭逢灾难。

国王听到这样严厉的责备,心中愤怒:"他仿佛把我看成是他的奴仆,而不是国王。明明知道天下第一国王派人前来提亲,要把女儿嫁给我,他却不说一句贺喜的话,反而说我像吞食吊钩的鱼和出现在路边的鹿,会自取灭亡。"这样,国王怒不可遏,念了这首偈颂:

我确实是傻瓜,又聋又哑,
与你商量这样重大的事情,
为何你像紧握犁把的农夫,

不像其他人那样明白事理？

国王这样斥责他后，说道："这个商主之子坏我的好事，你们赶他出去！"随即，念了这首偈颂：

　　既然他成为我获得女宝的障碍，

　　你们揪住他的脖子，驱逐出境！

智者见国王发怒，心想："如果有谁听从国王的话，拽住我的双手或揪住我的脖子，那将成为我终身的耻辱，因此，我还是自己走出去为好。"他敬拜国王后，回到自己屋中。国王只是一怒之下说出这些话，其实心中依然敬重菩萨，并没有真的下令这样做。

随后，大士心想："这个国王实在愚蠢，不知道自己的利益所在，色迷心窍，一心想着'我将得到他的女儿'，而不知道面临的危险。如果他去了那里，必遭杀身之祸。我不必在意他说的话。他是我的恩人，给予我荣誉和地位。我仍然应该忠于他。我先派遣小鹦鹉去探明真实情况，然后，我亲自去解决问题。"

　　他从毗提诃王身边离开后，

　　吩咐聪明睿智使者小鹦鹉：

　　"来吧，绿羽毛朋友，为我办件事！

　　有只守护甘毗罗国王卧床的鸲鹆。

　　"你去详细询问，因为她知道一切，

　　知道梵授王和盖婆吒之间的情况。"

　　绿羽毛小鹦鹉答应道："好吧！"

立即动身飞到那只鸲鹆身边。

聪明睿智的小鹦鹉到达那里，
用温柔的话语对笼中鸲鹆说：

"你在精致的笼中生活好吗？
你能吃到甜美可口的炒米吗？"

"聪明的鹦鹉，我一切都好，
我经常吃甜美可口的炒米。

"朋友你从哪里来？谁派你来？
我以前从未看到你或听说你。"

小鹦鹉听后，心想："如果我说来自弥提罗城，那么，她死活也不会留下我，信任我。我一路飞来，看到过尸毗国阿利吒城，因此，我可以谎称尸毗王派我来这里。"然后，念了这首偈颂：

我在尸毗王宫中守护他的卧床，
国王品德高尚，释放狱中囚犯。

于是，鸲鹆用金盘中供她自己吃喝的甜炒米和蜜糖水招待小鹦鹉，说道："朋友，你为何从远方来到这里？"小鹦鹉听后，想要套取秘密，便编造故事说：

我有一个话音甜美的鸲鹆妻子，
一只兀鹰就在我的眼前杀死她。

鸲鹆问道："兀鹰怎么样杀死你的妻子?"小鹦鹉回答说："贤女,请听!一天,我们的国王去嬉水,也招呼我去。我带着妻子一起去。嬉水结束,黄昏时分,我俩与国王一起返回王宫。为了放松一下身体,我带着妻子从窗口飞出,坐在宫殿楼阁顶上。这时,一只兀鹰突然向我俩俯冲下来。我怕得要死,迅速逃跑。可是她身子沉重,动作缓慢。这样,就在我的眼前,兀鹰杀死她,带走她。然后,国王看到我哀伤哭泣,问我为何哭泣。我告诉他这件事。他劝我说:'朋友,别哭了! 你就再找一个妻子吧!'我回答说:'王上,我宁可独身,也不愿娶品行不端的妻子。'于是,国王对我说:'朋友,我见过一只像你的妻子那样品行端正的鸟。她是守护梵授王卧床的鸲鹆。你去试探她的心意,争取她同意。如果她喜欢你,你就回来报告我。我和王后会带着大批侍从,亲自去迎她回来。'这就是国王派我来到这里的缘由。"随即,念了这首偈颂:

> 我怀着对妻子的爱,来到你身边,
> 如果你同意,我俩可以住在一起。

鸲鹆听了小鹦鹉这番话,满心欢喜,可是她不表露自己的感情,仿佛不愿意,说道:

> 鹦鹉爱鹦鹉,鸲鹆爱鸲鹆,
> 鹦鹉和鸲鹆怎么能住在一起?

小鹦鹉听后,心想:"她没有正式拒绝我,只是回避直接回答我。我要说些譬喻,让她信任我。"随即,念了这首偈颂:

> 有情人无论爱上谁,
> 即使是旃陀罗少女,
> 这种爱并没有区别,

对所有的人都一样。

接着,为了说明人类中存在不同种姓,小鹦鹉引用这个事例,念了这首偈颂:

> 尸毗国王的母亲名叫旃芭婆蒂,
> 是甘诃族婆苏婆提心爱的王后。

"尸毗王的母亲名叫旃芭婆蒂,属于旃陀罗种姓。她是婆苏提婆心爱的王后。婆苏婆提是甘诃族十兄弟中的老大。一天,他从德瓦罗婆提城出来,前往花园,途中看见路边站着一位美丽的少女,爱上了她。这个少女是从旃陀罗村出来进城办事的。他询问少女的出身,得知她是旃陀罗少女,心中有些懊丧。然后,他又得知这个少女尚未结婚,便带着她回到王宫,给她成堆的珠宝,立她为王后。她生下的儿子名叫尸毗。尸毗在父亲去世后,继承王位,在德瓦罗婆提城统治国家。"

这样,小鹦鹉引用这个事例,告诉鸲鹆说:"甚至高贵的刹帝利也与旃陀罗女子一起生活,何况我们这些动物?只要我俩互相愿意一起生活,也就名正言顺。"接着,小鹦鹉又引用另一个事例,念了这首偈颂:

> 紧那罗女罗陀婆蒂也爱上婆蹉,
> 人与兽相爱,爱并无什么区别。①

"婆蹉是苦行者,紧那罗女怎么会爱上他?婆蹉以前是婆罗门,发现爱欲的危害,抛弃名誉地位,出家成为仙人。他在雪山上住在自己搭建的树叶屋中。不远处的山洞中,住着一些紧那罗。而那里也住着一只蜘蛛。蜘蛛吐丝结网后,经常咬破紧那罗的头皮吸血。这样,那些紧那罗变得虚弱胆

---

① "紧那罗"(kimpurisa 或 kinnara)一般被认为是半神半人的精灵,而这里被归入兽类。

594

怯，而蜘蛛变得强壮凶猛。他们对付不了蜘蛛，便走近这位苦行者，致以敬礼后，说明来意：'尊者，一只蜘蛛伤害我们的生命，我们无处求救，请你杀死这只蜘蛛，保护我们。'而苦行者责备他们说：'你们走吧！像我这样的人绝不会杀生。'而在那些紧那罗中，有一个名叫罗陀婆蒂的紧那罗女，尚未结婚。他们替她装饰打扮后，带到苦行者身边，说道：'尊者，让她做你的侍女，请你杀死我们的敌人。'苦行者一看到她，就爱上了她。于是，苦行者与她住在一起。然后，苦行者站在山洞洞口，看到蜘蛛出来，就用棍棒打死了它。此后，苦行者与紧那罗女一起生活，生儿育女，活够寿命而死去。正是这样，紧那罗女爱上苦行者婆蹉。"

这样，小鹦鹉引用这个事例，告诉鸲鹆说："苦行者婆蹉是人，紧那罗女是兽，他俩也能一起生活，何况我俩都是鸟类？人和兽也可以一起生活，说明爱并无什么区别。在这方面，完全由自己的心做主。"

鸲鹆听了小鹦鹉这番话后，说道："主人，心并非一成不变。我害怕与爱人分离。"聪明的小鹦鹉了解女性的隐秘心思，为了考察她，又念了这首偈颂：

> 我确实会离去，话音甜美的鸲鹆！
> 这是明摆的事，显然你看不上我。

她听小鹦鹉这样说，心儿仿佛碎裂，立即在小鹦鹉的面前显得仿佛燃起爱情的火焰，念了这首偈颂：

> 交到好运，不必匆匆忙忙，
> 鹦鹉智者，你就住在这里，
> 直至看到我们国王，听到
> 鼓声咚咚，目睹国王威力。

这样，在黄昏时分，他俩相亲相爱，交配合欢。然后，小鹦鹉心想："现在，她不会对我保守秘密了。我应该套取秘密，然后回去。"于是，小鹦鹉呼唤道:"鸲鹆!""夫君,什么事?""我想告诉你一件事,可以吗?""说吧,夫君!""今天是我俩的喜庆日子。""如果适合喜庆日子,你就说吧。如果不适合,你就别说。""这件事适合在喜庆日子说。""那么,你说吧!""既然你想听,我就告诉你。"为了套取秘密,小鹦鹉念了这首偈颂:

> 在这个国家,到处能听到人们高声谈论,
> 甘毗罗王的女儿光彩熠熠,宛如太白星,
> 国王将她嫁给毗提诃王,即将举行婚礼。

鸲鹆听后,说道:"夫君,为何在这个喜庆日子,你要说这件不吉祥的事?""我说这件吉祥的事,为何你说不吉祥?""敌人之间不可能有吉祥的事。""贤妻,你说吧!""夫君,我不能说。""贤妻,如果你对我也保守秘密,那么,我们就此分手吧!"她受到小鹦鹉的威胁,立即说道:"那么,夫君,请听!"随即,念了这首偈颂:

> 敌人之间不可能存在这种婚礼,
> 就像甘毗罗王和毗提诃王之间。

小鹦鹉听后,问道:"贤妻,你凭什么这样说?""那么,请听!"随即,念了这首偈颂:

> 强悍的甘毗罗王引诱毗提诃王前来,
> 然后就会杀死他,根本不存在友谊。

"一旦毗提诃王来到这座城市,般遮罗王不会以朋友之礼接待他,也不会让他见自己的女儿。毗提诃王有一位正法和利益导师,名叫大药草智者。甘毗罗王会将毗提诃王和这位智者一起杀死,然后,喝庆功酒。盖婆吒与甘毗罗王商定这个计策后,去引诱毗提诃王前来。"

这样,她将这个秘密和盘托出,告诉鹦鹉智者。鹦鹉智者听后,称赞盖婆吒:"这个老师足智多谋,想出这样的妙计杀死那个国王。可是,对于我俩,这是不吉祥的事,最好是保持沉默。"小鹦鹉知道自己已经达到此行的目的,与鸲鹆一起住过这一夜后,向她告别:"贤妻,我要返回尸毗国,报告尸毗王我已经得到一位可爱的妻子。"随即,念了这首偈颂:

现在请你允许我离开七昼夜,

我要回去报告尸毗王和王后,

我已经与鸲鹆相爱住在一起。

鸲鹆听后,尽管心里不愿意与小鹦鹉分离,但也不能不同意,念了这首偈颂:

我同意你离开七昼夜,

如果七天后你不回来,

我肯定那时我会死去。

小鹦鹉说道:"贤妻,你怎么说这话? 如果我在第八天见不到你,我怎么能活下去?"小鹦鹉嘴上这么说,而心中在想:"我哪里还顾得上你寻死觅活?"随即,小鹦鹉起身,先朝尸毗国方向飞行一段路程,然后折回,飞到弥提罗城,停在智者肩膀上,与智者一起登上宫殿顶楼,报告得知的一切情况。然后,智者像以往那样犒赏小鹦鹉。

正是这样,鹦鹉智者回来,

向大药草报告鸲鹆说的话。

大士听后,思忖道:"国王不愿听我劝告,前往那里,必定遭遇杀身之祸。而对赐予我荣誉地位的国王,我没有尽到保护他的责任,肯定会受人谴责。何况有我这样的智者在,他怎么会遭到毁灭? 我要先行一步,去见梵授王,做些准备,为毗提诃王建一座城,挖掘四分之一由旬长的小隧道和半由旬长的大隧道,为梵授王的女儿灌顶,让她成为我们国王的侍女。即使十八支大军和一百零一个国王包围我们,我也会救出国王,带他回来,就像从罗睺嘴中救出月亮。这是我的责任。"他这样想着,心中涌起喜悦,念了这首偈颂:

> 在主人家中吃喝享受,
> 理应为主人尽力效劳。

这样,他沐浴和装饰打扮后,来到王宫,敬拜国王,侍立一旁,说道:"王上,你是要去北般遮罗都城吗?""是的,孩子! 如果得不到般遮罗婆蒂,我的王国有什么用? 你不要抛弃我,与我同行吧! 我这趟出行有两个目的:一是获得这个女宝,二是与梵授王缔结友谊。"于是,智者说道:"那么,王上,我先去那里,为你建造住处。你等我的消息,然后再去。"说着,念了这两首偈颂:

> 我先去甘毗罗王美丽的都城,
> 为光辉的毗提诃王建造住处。

> 为光辉的毗提诃王建成住处后,
> 我会派人通知你,然后你再去。

国王听后,心想:"智者确实没有抛弃我。"他满心欢喜,说道:"你先去,需要带些什么?""需要一支军队,王上!""你需要多少,就带走多少,孩子!""请你吩咐打开四个牢房,释放那些强盗,交给我。""就照你说的办,孩子!"

于是,智者吩咐打开牢房,带走那些有本事完成各种任务的勇士,善待他们,吩咐说:"你们要为我效力!"然后,他带着精通建筑、锻造、制革和绘画等等技艺的十八种行业师傅以及斧子、锄头和铲子等等各种工具,在一支大军的护卫下，从城市出发。

> 于是大药草先行前往
> 甘毗罗王的美丽都城，
> 为毗提诃王建造住处。

大士每前进一由旬，就建立一个村子，留下一个臣僚，吩咐他们说："等国王带着般遮罗婆蒂返回时，你们要率领象军、马军和车军阻击敌人，迅速保护国王返回弥提罗城。"到达恒河岸边时，他召来阿难陀童子，吩咐说："阿难陀，你带着三百个木匠，去恒河上游砍伐沙罗树，制造三百条船，装满建城用的各种木料，迅速回来。"然后，大士自己乘船渡过恒河，从上岸处开始，用脚步测量："到这里有一由旬，应该是大隧道。这里应该是国王居住的城。从这里到王宫应该是四分之一由旬的小隧道。"这样设计完毕后，他来到城市。

梵授王听说菩萨来到，兴奋激动，心想："现在我的心愿就要实现，看到敌人的末日。既然他已经来到，毗提诃王不久也会来到。我将杀死他俩，统一赡部洲。"这时，整个城市人声鼎沸："这个大药草智者赶走一百零一个国王，就像用土块赶走乌鸦。"市民们目睹大士容貌俊美，英姿焕发。大士在王宫门前下车，吩咐通报国王。国王传令："请他进来！"大士进宫后，敬拜国王，侍立一旁。国王表示欢迎，问道："孩子，国王什么时候来？""等我的通知，王上！""那么，你为何而来？""为我们的国王建造住处，王上！""很好，孩子！"国王吩咐为大士的军队提供给养，向大士表达敬意，为他安排住房，说道："孩子，在你的国王到来前，你就安心满意，为我做该做的事。"

大士进入王宫时，站在台阶上观察："这里应该是小隧道的入口。"这时，他心想："国王已经吩咐我为他做该做的事，而以后我们挖掘隧道时，不能造成这里的台阶下陷。"于是，他对国王说："王上，我进来时，发现台阶有些缺点。如果你同意，我想找一些木料，把它修好。""好的，孩子，你就修吧！"大士观察确定隧道的入口，移开台阶。为防止以后挖掘隧道时这里的泥土塌陷,他铺设一层木板,然后固定台阶,保证它不会下陷。国王不知其中原因,以为大士关心他,为他做好事。

大士在这一天做了这件事。第二天,他对国王说:"王上,如果我知道我们国王住处的地点,我会把这件事办好。""好吧,智者,除了我的宫殿,全城无论哪里,随你挑选。""大王,我们是客人,承蒙你慷慨照顾。但如果你的士兵为了他们的住处,与我们发生争执,我们怎么办?""智者,你别管他们说什么,你就选你看中的地点。""大王,如果他们一次次来向你告状,会让你心烦。如果你同意,在我们选好地点前,让我们的人在这里担任门卫。他们进不了门,也就会离去。"国王同意说:"好吧!"于是,大士安排自己的人站在台阶上下和大门周围,吩咐说:"你们别让任何人进去!"

然后,大士吩咐一些随从:"你们去装作要拆除国王母后的住宅的样子!"于是,他们从门廊开始,拆卸砖土。国王母后听说后,出来质问:"你们为何要拆我的房子?""我们奉智者之命来拆房,他要为自己的国王建造住处。""如果是这样,你们可以住在这里。""我们的国王有大批军队,这里容纳不下,要建造更大的住宅。""你们不知道我是谁? 我是母后。现在我要去见儿子问清楚。""我们正是听从国王命令来拆房的。你有能耐,就阻止我们吧!"母后发怒,说道:"现在我要让你们知道该做什么!"说罢,她去王宫。而在王宫门前,那些门卫挡住她,说道:"你别进去。""我是母后。""我们知道你是母后,但是国王命令我们不让任何人进去,你就走吧!"这样,她束手无策,只能返回,站在那里,望着自己的住宅。然而,有个人说道:"你站在这里做什么? 走吧!"随即,揪住她的脖子,将她推倒在地。她心想:"确实是国王下了命令,否则他们不敢这样。"于是,她决定去见智者。

她来到智者那里,说道:"孩子大药草,你为何派人拆除我的住宅?"智者不搭理她。而站在智者身边的一个人问道:"母后,你说什么?""孩子,智者为何要拆除我的住宅?""要为毗提诃王建造住处。""孩子,这么大的一座城市,哪里会找不到建造住处的地方? 收下这十万元,请他另找地方吧!""好吧,母后! 我们可以不拆除你的住宅,可是你不能告诉任何人说我们收受你的贿赂。我们不希望其他人贿赂我们,让我们放弃拆除他们的住宅。""孩子,让别人知道国王的母亲贿赂他人,岂不给我自己丢脸?放心吧,我不会告诉任何人。"

这个人收受母后十万元后,吩咐停止拆除母后的住宅。然后,他去拆盖婆吒的住宅。盖婆吒也前往王宫,但在王宫门前遭到门卫用竹条抽打,皮开肉绽。他也束手无策,给了十万元了事。就这样,用这个办法,他们在全城以拆除住宅为借口,总共收受了九千万贿赂。

而大士巡察全城后,来到王宫。国王问他:"智者,你找到建造住宅的地方了吗?""人们倒是愿意提供地方,可是我们准备占用时,他们伤心难过。我们不想造成人们不愉快,这样不合适。从城外往恒河四分之一由旬的地方,我们准备在那里为我们的国王建造住处。"国王听后,心想:"在城里不利于战斗,分不清双方士兵,而在城外战斗,有利于我们打击和消灭他们。"他暗自高兴,说道:"好吧,孩子,你就在你看中的地方建造住处吧!""大王,我会在那里建造住处。但是,你们的人以后不要去我们那里采集柴薪和树叶,否则会发生争吵,造成我们双方都不愉快。""好吧,智者,你可以禁止人们进入你们那里。""王上,我们的大象喜欢嬉水,会造成河水浑浊。如果城里人埋怨说:'大药草来了之后,我们喝不上清澈纯净的水了。'也请你多多包涵。""就让你们的大象嬉水吧!"随即,国王吩咐在城中击鼓宣告:"今后谁进入大药草智者建造城市的地方,罚款一千元。"

大士拜别国王后,带着自己的人出城,按照既定的方案开始建造城市。他安排在恒河岸边建立一个名叫伽格利的村子,安置象、马和车以及母牛、公牛。然后,他安排建造城市,分配人们各自承担任务。同时,他指挥挖掘隧道。大隧道的出口在恒河岸边。他安排六千个士兵挖掘。挖掘出来的泥土装在大皮口袋中。抛进恒河。大象践踏这些泥土,造成河水浑浊。城里人说道:"大药草来了之后,我们喝不上清澈纯净的水了。"而智者安插的侍从对他们说:"大药草的大象嬉水,搅动淤泥,所以造成河水浑浊。"确实,菩萨的心愿总能实现。这样,隧道里的树根和石头都沉入河底。

小隧道的入口在建造的这座城里,大士安排七百个人挖掘。挖掘出来的泥土堆在城里,浇上水,砌成墙,留作其他用途。大隧道的入口也在建造的这座城里,装有十八肘尺高的门,设有机关,用于开关。大隧道两侧砌成砖墙,涂上石灰。大隧道顶部铺上木板,抹有胶泥,再刷白。里面总共有八十扇大门,六十四扇小门,全部设有机关,一个门关闭,所有的门都关闭;一个门打开,所有的门都打开。两侧还设置数百个灯龛,也装有机关,一个打开,所有都打开;一个关闭,所有都关闭。两侧还有供一百零一个刹帝利武士使用的卧室。室内床上铺有各种色彩的床单,上面张有白色华盖,床边有狮子座,还有优美的女性塑像,不用手触摸,会误以为是活人。画家们还在隧道两侧壁上精心绘制各种图画:帝释天、须弥山、大海、四大洲、雪山、阿耨达湖、赤砒山、月亮、太阳、四大天王和六欲天等等。总之,隧道装饰得如同天国妙法宫。

三百个木匠造好三百条船,装满各种木料,从恒河上游运来,报告智者。智者将这些木料用于建城,并吩咐把这些船藏在秘密地点,说道:"等哪天我下令,你们再取出。"这样,城中的水沟、十八肘尺高的城墙、瞭望塔、国王和其他人的住处以及马厩、莲花池等,全部完工。大隧道和小隧道也在四个月内完工。于是,大士派遣使者通知国王前来。

> 为光辉的毗提诃王建成住处,
> 于是派遣使者召请国王前来。

国王听了使者的禀报,满心欢喜,带着大批随从出发。

> 于是国王带着四个兵种,
> 前往富饶的甘毗利耶城。

国王到达恒河岸边,大士亲自前来迎接他进入建好的城市。国王在宫殿中享用美食后,休息片刻。在黄昏时分,他派遣使者前去告知梵授王自己已经来到。

于是国王派遣使者向梵授王传讯：
"大王，我已来到，向你行触足礼！

"现在请你给我妻子，这位姿容完美、
光彩照人的女子，连同陪嫁的侍女。"

梵授王听了使者传来的讯息，心中喜悦："现在我的敌人还能逃往哪里？我就要砍下他俩的脑袋，喝庆功酒。"于是，他显出高兴的样子，向使者致以敬意，念了这首偈颂：

毗提诃王，欢迎你到来！现在
请你选定吉祥日，我把美丽的
女儿交给你，连同陪嫁的侍女。

使者听后，回去禀报毗提诃王："梵授王说：'请你选定举行婚礼的吉祥日，我会把女儿交给你。'"毗提诃王立即派遣这位使者去回复梵授王："今天就是吉祥日。"

于是梵授王请毗提诃王选定吉祥日，
毗提诃王遣使回复："今天是吉祥日，

"你现在就给我妻子，这位姿容完美、
光彩照人的女子，连同陪嫁的侍女。"

"我现在就给你女儿，这位姿容完美、
光彩照人的女子，连同陪嫁的侍女。"

梵授王假称"我现在就给你女儿"，实际立即吩咐一百零一个国王："你们集合十八支大军，出来准备战斗！砍下那两个敌人的脑袋后，我们一起喝庆功酒。"所有军队出来后，他将母后多罗妲、王后南达、儿子般遮罗赒陀、女儿般遮罗占蒂以及后宫妇女留在王宫里，自己出宫。

菩萨这时正在宴请毗提诃王带来的军队。有些人喝酒，有些人吃鱼吃肉，有些人旅途疲倦而躺下休息。而毗提诃王和塞纳格等四位智者在大臣们围绕下，坐在装饰精美的大厅里。

这时，梵授王已经率领十八支大军从四面对这座城市形成三重包围圈，举着数十万支火炬，准备在太阳升起后，攻陷城市。大士得知情况，立即安排自己的三百个士兵，吩咐说："你们进入隧道，去抓捕国王的母后、王后、儿子和女儿，将他们从小隧道带到大隧道，但不走出大隧道，等我们来到后，再将他们带出隧道，安置在院子里。"

他们按照智者的吩咐，进入小隧道，到达王宫台阶处，推开木板出来，抓住台阶上下和周围的守卫以及驼背和侏儒侍从，捆住他们的手脚，堵住嘴，分别安置在隐秘的地方。他们吃了一通为国王准备的美食，糟蹋吃剩的食物后，进入宫殿。那时，母后多罗妲心想："谁知道会发生什么事？"于是，让王后、王子和公主与自己躺在一张床上。大士的士兵站在寝室门口叫唤，母后出来问道："什么事？孩子！""母后，我们的国王已经杀死毗提诃王和大药草，成为统一赡部洲的帝王，享有至高荣耀，正在畅饮庆功酒。他吩咐我们来接你们去。"随即，士兵带着他们走出宫殿，来到台阶，让他们进入隧道。他们说道："我们在这里住了这么久，从来不走这条路。""这是一条吉祥路。今天是吉祥日，国王让你们走这条路。"他们听后，信以为真。

然后，一些士兵带着他们往前走，另一些士兵返回王宫，打开库房，随心所欲拿够各种财宝，再回来。这样，士兵们带着他们进入前面的大隧道。他们看到隧道里面如同天国宫殿，心想："这确实是为国王建造的。"然后，他们到达恒河岸边不远处，士兵们让他们坐在一间装饰精美的居室里。一些士兵看守他们，另一些士兵前去报告菩萨已经把他们带来。

菩萨听后，心中喜悦："我的愿望即将实现。"随即，他来到国王身边，侍立一旁。国王此时心情焦急："现在，他要送来他的女儿给我了。现在，他要送来他的女儿给我了。"他从座位起身,观看窗外,却看见数十万支火炬亮成一片,大军包围整个城市,他惊恐不安,询问身边这些智者:"这是怎么回事?"念了这首偈颂:

象军、马军、车军和步军,
全副武装,火炬闪耀光焰,
诸位智者,他们想做什么?

塞纳格听后,说道:"别担心,大王! 大量的火炬出现,我想是因为国王带着女儿前来。"布古沙也说:"他以隆重的方式来见你,带着卫兵站在那里。"他们一个个说着讨他喜欢的话。而国王听到窗外的说话声:"这些士兵守住这里,你们守住那里! 不要疏忽大意!"他还看到军队全副武装,于是产生对死亡的恐惧,希望听取大士的想法,再次念这首偈颂:

象军、马军、车军和步军,
全副武装,火炬闪耀光焰,
请问智者,他们想做什么?

大士听后,心想:"我要先吓唬他一下,然后展示我的威力,安抚他。"随即,念了这首偈颂:

威武强悍的梵授王守候着你,
这恶棍明天早上就要杀死你。

闻听此言,所有的人都惧怕死亡。国王喉咙干涩,唇焦口燥,浑身发烧,惧怕死亡,发出悲叹,念了两首偈颂:

我的心颤抖,我的嘴枯涩,

我神魂不定,焦急似火烧。

犹如铁匠熔炉里面在燃烧,
现在我的心在身体中燃烧。

　　大士听了他的悲叹,心想:"这个无知的傻瓜此前不肯听我劝告,我还要更加严厉责备他。"于是,念了这些偈颂:

你是刹帝利,行为放逸,不听忠告,
现在就让这些聪明的智者拯救你吧!

国王沉溺自我享乐,不听取大臣
有益的忠告,会像鹿儿陷入套索。

就像鱼儿贪图诱饵,不知道
诱饵中藏有吊钩,自取灭亡。

王上啊,梵授王的女儿就像诱饵,
你贪图美色,会像鱼儿自取灭亡。

如果你去北般遮罗,很快会丧命,
就像路边的鹿,必定会遭逢灾难。

这种恶人就像是你怀中的毒蛇会咬你,
聪明人不与恶人交友,否则带来痛苦。

聪明人与品德高尚、知识渊博的
善人交友,由此今生和来世幸福。

然后,大士心想:"你不该这样对待你的孩子。"他引用国王以前责备自己的话,稍加改变,加以说明:

国王你是傻瓜,又聋又哑,

你与我商量如此重大事情,

为何说我像农夫紧握犁把,

不像其他人那样明白事理?

你认定我是你获得女宝的障碍,

下令揪住我的脖子,驱逐出境。

大士念了这两首偈颂后,说道:"大王,我是商主之子,而塞纳格这些智者通晓事理,知道怎么办。我只知道商主的事务。塞纳格他们明白这件事。他们是你尊敬的智者,今天你就依靠他们击退十八支大军吧!你再次下令揪住我的脖子,赶我出去吧!为什么还要问我怎么办?"国王听后,心想:"我以前错待了他。当时他预见危险,因此严厉责备我。而他出去这么长时间,不会无所作为,肯定有办法保护我。"于是,国王拥抱他,念了两首偈颂:

大药草,智者宽宏大量,既往不咎,

为何你这样说我,像用刺棒刺激马?

如果你有办法,知道怎样转危为安,

你就指导我吧! 为何用往事刺激我?

而大士心想:"这位国王愚蠢透顶,对人毫无识别能力。我还要教训教训他,然后再安抚他。"随即,念了这些偈颂:

这超出人力,难以做到,难以成功,

我无法救你,你自己决定怎么办吧!

具有神通力的大象能飞行空中,
你有这种大象,就能逃出这里。

具有神通力的骏马能飞行空中,
你有这种骏马,就能逃出这里。

具有神通力的金翅鸟能飞行空中,
你有这种金翅鸟,就能逃出这里。

具有神通力的夜叉能飞行空中,
你有这种夜叉,就能逃出这里。

这超出人力,难以做到,难以成功,
我无法救你,你自己决定怎么办吧!

国王听后,坐在那里,哑口无言。这时,塞纳格心想:"现在,除了这位智者,没有人能救国王和我们。而国王听了他的话,已经吓得说不出话。因此,我来请求智者。"于是,念了两首偈颂:

遇难者在一望无际大海中浮沉,
一旦踩到立足之地,他便得救。

你便是国王和我们的立足之地,
你是最优秀智者,救救我们吧!

而智者照样责备他,重复念了这首偈颂:

这超出人力，难以做到，难以成功，
我无法救你，你自己决定怎么办吧！

国王束手无策，又无法与大士交谈，心想："塞纳格或许有什么办法，我来问问他。"随即，念了这首偈颂：

请听我说！你已看到大难临头，
塞纳格啊，你认为有什么办法？

塞纳格听后，心想："国王询问我办法，好歹我也得说个办法。"于是，念了这首偈颂：

我们放火，从大门开始烧宫殿，
拿刀互相砍杀，尽快结束生命，
不要等梵授王来折磨我们而死。

国王听后，深感失望，心想："你这是将自己和妻儿送上火葬堆。"于是，他又询问布古沙。而他们一个接一个说出同样愚蠢的想法。

"请听我说！你已看到大难临头，
布古沙啊，你认为有什么办法？"

"我们服毒而死，尽快结束生命，
不要等梵授王来折磨我们而死。"

"请听我说！你已看到大难临头，
迦文陀啊，你认为有什么办法？"

"我们上吊而死，尽快结束生命，
不要等梵授王来折磨我们而死。"

"请听我说！你已看到大难临头，
提文陀啊，你认为有什么办法？"

"我们放火，从大门开始烧宫殿，
拿刀互相砍杀，尽快结束生命，
我无法救大家，唯有靠大药草。"

提文陀心想："国王能做什么？这里起火，他只能像飞蛾扑火。除了大药草，这里没有人能救我们。国王不问他，却问我们。我们知道什么？"他一筹莫展，因此，重复塞纳格的话之后，称赞大药草，念了这首偈颂：

大王，这是我说的意思：
我们一起请求这位智者，
如果他确实救不了我们，
我们就照塞纳格说的做。

国王听后，想到自己以前错待智者，不敢与他交谈，独自发出悲叹，念了这些偈颂：

如同寻找芭蕉树树心，一无所获，
我寻找这个问题答案，一无所获。

我们处境险恶，犹如大象无水可喝，
身边只有一些低能傻瓜，一无所知。

我的心颤抖，我的嘴枯涩，
我神魂不定，焦急似火烧。

犹如铁匠熔炉里面在燃烧，
现在我的心在身体中燃烧。

　　智者听后，心想："国王内心焦灼，如果我不安抚他，或许他会心碎而死。"于是，他安抚国王。

这位大药草智者通晓利益，看到
毗提诃王痛苦不堪，于是安抚他：

大王你别害怕！刹帝利雄牛别害怕！
我会救你，如同从罗睺嘴中救月亮。

大王你别害怕！刹帝利雄牛别害怕！
我会救你，如同从罗睺嘴中救太阳。

大王你别害怕！刹帝利雄牛别害怕！
我会救你，如同从淤泥之中救大象。

大王你别害怕！刹帝利雄牛别害怕！
我会救你，如同从竹笼之中救蟒蛇。

大王你别害怕！刹帝利雄牛别害怕！
我会救你，如同从罗网之中救鱼儿。

大王你别害怕！刹帝利雄牛别害怕！

我会救你，还会救你的军队和车马。

大王你别害怕！刹帝利雄牛别害怕！
我会赶走敌军，如同举棍赶走乌鸦。

如果你陷入困境时不能救出你，
这样的大臣或智慧还有什么用？

国王听后，顿时心中宽慰："我的命保住了。"菩萨已经发出狮子吼，所有的人都欢欣鼓舞。塞纳格问道："智者，你用什么办法带我们出去？"智者回答说："通过精美的隧道，你们做好准备！"随即，他吩咐士兵们打开隧道门，念了这首偈颂：

伙计们过来，去打开隧道入口处，
让毗提诃王和侍臣们从隧道出去。

他们前去打开隧道门，整个隧道灯光通明，犹如天国的华丽殿堂。

听到智者这样吩咐，随从们
按动机关插销，打开隧道门。

他们报告智者："隧道门已经打开。"大士招呼国王："赶快，王上！从宫殿下来！"国王下来。这时，塞纳格取下裹头布，脱去外衣。大士看到后，问道："你这是做什么？""智者，通过隧道时，应该取下裹头布，束紧身上衣服。""塞纳格，你以为在隧道里要跪在地上，趴着身体往前爬吗？如果你想骑着大象走，你就骑上大象吧！这条隧道的大门有十八肘尺高。你穿戴整齐，走在国王的前面吧！"这样，菩萨安排塞纳格走在前面，国王在中间，自己殿后。为什么这样安排？因为这样可以催促国王迅速往前走。隧道里备足食物，人们在里面又吃又喝，他们驻足观看。大士便在后面催促说："大王，往前走！"而国王边走边观赏这如同天国殿堂的隧道。

> 塞纳格走在前，大药草殿后，
> 毗提诃王和侍臣们走在中间。

那些士兵得知国王来到，便将梵授王的母后、王后、儿子和女儿带出隧道，安置在院子里。随后，国王和菩萨也走出隧道。看到国王和智者，四人顿时发出惊叫，满怀对死亡的恐惧，心想："我们已经落到敌人的手里了。肯定是智者的那些士兵把我们带到这里。"而这时，梵授王害怕毗提诃王逃跑，已经来到离恒河四分之一由旬的地方，在寂静的夜晚，听到他们的惊叫声，想要说："这好像是王后的声音。"但是，他怕别人嘲笑他："你是不是想见王后了？"故而一声不吭。

智者让般遮罗占蒂公主站在宝石堆上，为她灌顶，说道："大王，她是为你而来，让她成为你的王后！"然后，智者吩咐随从们取出三百条船，国王走出院子，登上装饰精美的船，也让那四人登上船。

> 这时，毗提诃王走出隧道，登上船，
> 大药草看见他已上船，便嘱咐他说：
>
> 王上，这是你的小舅，这是岳母，
> 你要像对待自己母亲那样对待她。
>
> 大王，就像是你自己的同胞兄弟，
> 你一定要关心和爱护般遮罗旃陀。
>
> 这位般遮罗占蒂公主，求婚者众多，
> 现在成为你的妻子，你要真诚爱她。

国王同意说:"好吧!"大士为何没有提及那位母后?因为她已经是老妇人。大士站在岸上说着这些话,而国王刚摆脱灾祸,想要尽快开船启航,说道:"孩子,你一直站在岸上说话。"随即,念了这首偈颂:

> 赶快上船,为什么你仍然站在岸上?
> 我们已经脱险,大药草,我们走吧!

大士回答说:"王上,我现在还不能与你们一起走。"随即,念了两首偈颂:

> 这样不符合正法,我是军队统帅,
> 我要让军队撤回,然后我再回来。

> 王上,我要取得梵授王同意,
> 允许我带着军队从驻地撤离。

他继续说道:"这些士兵长途跋涉,有些疲惫不堪而入睡,有些还在吃喝。他们不知道我们出走。他们与我一起在这里辛辛苦苦忙碌四个月,有些已经病倒。这里还有我的许多助手。我不能抛弃他们任何一个人。我要留下,取得梵授王的同意,将所有士兵完好无损带回来。大王,你不要再耽搁,快走吧!我已经在前面路上备好大象等等坐骑。你可以留下一些身体疲弱者,与那些身强力壮者一起迅速返回弥提罗城。"于是,国王念了这首偈颂:

> 一支小部队怎么能对抗浩荡大军?
> 弱者必将遭到强者杀戮,智者啊!

然后,大士念了这首偈颂:

> 部队虽小,只要运用智谋,
>
> 也能战胜缺乏智谋的大军,
>
> 一个国王孤军战胜众国王,
>
> 如同太阳升起,驱散黑暗。

大士敬拜国王,与国王道别:"你们走吧!"国王思忖道:"这孩子将我从敌人手中救出,让我获得公主,实现我的心愿。"他这样回想大士的功德,向塞纳格称赞智者的功德,念了这首偈颂:

> 与智者一起生活确实幸福快乐,
>
> 大药草将我们从敌人手中救出,
>
> 如同鸟儿出笼,鱼儿摆脱罗网。

塞纳格听后,也跟着国王称赞智者的功德:

> 确实这样,智者带来幸福快乐,
>
> 大药草将我们从敌人手中救出,
>
> 如同鸟儿出笼,鱼儿摆脱罗网。

国王渡过河后,行进了一由旬,到达大士设立的村子,那里的人们提供大象等等坐骑以及食物和饮料。这样,每隔一由旬,就有一个村子。国王留下疲惫的象、马和损坏的车,换乘新的象、马和车。这样,第二天早上,到达弥提罗城。

而菩萨来到隧道门前,拔剑出鞘,埋在沙土中。然后,他进入隧道,回到城中,用香水沐浴,享用各种美食后,走到床前,心想:"我的心愿已经实现。"他躺下休息。夜晚过去后,梵授王命令各路军队向城市挺进。

威武强悍的梵授王守候了一整夜,

现在太阳升起,他下令军队挺进。

这位威武强悍的北般遮罗梵授王,
骑在六十高龄的威武雄壮大象上。

他手持利剑,身披珠宝铠甲,
下令大军集合,向城市进发。

所有象兵、车兵、步兵和卫兵,
百发百中的弓箭手,全体集合。

现在,梵授王下令活捉毗提诃王:

你们放出那些六十高龄雄伟大象,
让它们踏平毗提诃王建造的城市。

让士兵们挽开强弓,连续发射
箭头尖锐而能穿透骨头的利箭。

勇士们披戴铠甲,手持各种武器,
面对敌军大象,勇敢地冲上前去。

标枪枪头上涂油,如同点燃火焰,
如同夜空中数以百计的闪亮星星。

战士们披戴铠甲和项圈,手持各种武器,
在战斗中不会退缩,毗提诃王插翅难逃。

我的三万九千①士兵个个斗志昂扬，
意气风发，这场面我也前所未见。

这些六十高龄的威武雄壮大象，
肩上坐着这些英姿勃发的王子。

佩戴金晃晃首饰，身穿金色服装，
这些王子如同天国欢喜园里天子。

利剑色似银鱼，涂油而闪亮发光，
剑刃锋利，人中豪杰们整装待发。

勇士们手持钢铁刀剑，质地坚硬，
闪耀白光，会在战场上奋勇砍杀。

那些大象的红色腰带闪耀金光，
犹如密集的乌云发出道道闪电。

勇士们骑在大象肩上，插上旗帜，
手握剑柄，精通剑术，善用盾牌。

你已被这样的军队包围，无路可退，
我看不出你会有本事逃回弥提罗城。

梵授王这样威胁毗提诃王，心想："我现在要抓住他。"他用金刚刺棒驱
策大象前进，命令军队："你们冲锋砍杀吧！"这样，梵授王率领军队涌向这座

---

① 此处"三万九千"按原文是三十和九十，按注释理解为三万九千。而按注释校注，也
有抄本将九十写为九万。

城市。这时,智者安插的侍从们心想:"谁知道会发生什么事?"他们与自己的同伴围绕梵授工。

而这时菩萨起床,舒展身体,用完早餐,装饰打扮,穿上昂贵的迦希衣,红毛毡披覆一肩,手持七宝杖,脚穿金靴,盛装严饰的侍女犹如天女为他执持拂尘。他走上宫殿,打开窗户,向梵授王展现自己,犹如光辉灿烂的帝释天王在窗前走来走去。梵授王见到他的庄严形象,一时心中不安,但转瞬间又驱策大象,心想:"我现在要抓住他。"而智者心想:"他冲向前来,想要抓住毗提诃王。他不知道我们已经抓住他的子女,而毗提诃王已经逃跑。我要向他展现我的金镜般的脸庞,与他交谈。"这样,他站在窗前,用甜蜜的话音与梵授王交谈:

> 你为何驱策大象,冲向前来?
> 你兴奋激动,以为达到目的。
>
> 收起你的弓,放下剃刀箭,
> 卸下你的吠琉璃珠宝铠甲!

梵授王听了他的话,心想:"这个商主之子取笑我。今天我要让他知道该做什么!"于是,他发出威胁,念了这首偈颂:

> 你容光焕发,说话面带笑容,
> 你死到临头,依然光彩熠熠。

他俩这样交谈时,军队士兵们看到大士的庄严形象,心想:"我们的国王与大药草智者交谈,我们也听听他俩谈些什么。"他们来到国王的身边。而智者听了梵授王的话后,心想:"你不知道我是大药草智者。你休想杀死我。你的阴谋已经破产。你和盖婆吒的心愿已经化为泡影,现在只能嘴上说说。"随即,他回答说:

你别逞凶狂,阴谋已破产,毗提诃王
就像桀骜不驯的信度马,你难以捕捉。

昨夜他已带着侍臣和随从渡过恒河,
你却还像乌鸦那样想要追逐天鹅王。

大士犹如无所畏惧的狮子,继续举例说明:

豺狼们整夜守着开花的金苏迦树,
以为花朵是肉,等待着尽情享用。

夜晚逝去,太阳升起,这些豺狼
看清开花的金苏迦树,愿望落空。

国王啊,你这样围堵毗提诃王,
就像那些豺狼,愿望最终落空。

梵授王听到他这些无所畏惧的话,心想:"这个商主之子说话如此大胆自信,毫无疑问,毗提诃王已经逃跑。"他愤怒至极,心想,"以前,由于这个商主之子,吓得我丢下外衣逃跑。现在,又是他放走已经落到我手中的敌人。他实在罪大恶极。为这两件事,我要狠狠报复他。"于是,他下令:

他放走落入我手中的毗提诃王,
砍下他的手脚,割掉他的耳鼻!

他放走落入我手中的毗提诃王,
割下他的肉,放在铁叉上烧烤!

如同将公牛皮子铺展在地面上,
如同将狮子和老虎叉在地面上,

我要这样处置他,用标枪刺死他,
他放走了落在我手中的毗提诃王。

大士听后,面露微笑,心想:"这个国王不知道他的王后和亲属已经被我送到弥提罗城,因此,他想这样处置我。他在愤怒之中,可能会放箭射死我,但也可能会做出让我喜欢的事。我要让他感到哀伤痛苦,让他昏倒在象背上。"于是,他说道:

如果砍下我的手脚,割掉我的耳鼻,
毗提诃王也会这样处置般遮罗旃陀!

如果砍下我的手脚,割掉我的耳鼻,
毗提诃王也会这样处置般遮罗占蒂!

如果砍下我的手脚,割掉我的耳鼻,
毗提诃王也会这样处置王后南陀!

如果砍下我的手脚,割掉我的耳鼻,
毗提诃王也会这样处置你的妻儿!

如果把我叉在地上,用标枪刺死我,
毗提诃王也会这样处置般遮罗旃陀!

如果把我叉在地上,用标枪刺死我,
毗提诃王也会这样处置般遮罗占蒂!

如果把我叉在地上，用标枪刺死我，
毗提诃王也会这样处置王后南陀！

如果把我叉在地上，用标枪刺死我，
毗提诃王也会这样处置你的妻儿！
这是我和毗提诃王秘密商定的计划。

犹如皮匠用多层皮子制成的坚实
护盾，能够抵挡利箭，保护身体。

我用智谋护盾阻挡你的阴谋利箭，
让毗提诃王摆脱痛苦，获得幸福。

梵授王听后，心想："这个商主之子说什么？我怎样处置他，毗提诃王便会同样处置我的妻儿？他不知道我已经安顿好我的妻儿。他是听说我要杀死他，出于恐惧才这样说。我不信他的话。"大士心想："他以为我怕死才这样说。我要明白告诉他。"于是，大士说道：

你去看看吧！你的后宫已空虚，
大王！你的妻子、儿女和母亲，
从隧道被带走，交给毗提诃王。

梵授王听后，心想："这位智者说话口气这样坚定。我在夜里好像是听到从恒河岸边传来王后南陀的声音。这位大智者说的可能是真话。"他心中顿时涌起强烈悲伤，但他鼓起勇气，故作镇静，吩咐一位大臣，念了这首偈颂：

你去我的后宫观察一下，

看看他说的话是真是假。

于是，这位大臣带着随从前往王宫，打开大门，发现那些后宫侍卫以及驼背和侏儒侍从都被绑住手脚，堵住嘴，吊在象牙钩上。杯盘破碎，食物散落一地。仓库大门敞开，珠宝遭到劫掠。后宫寝室也门窗洞开，乌鸦在里面飞来飞去。王宫已经失去昔日辉煌，犹如废弃的村子、阴森森的墓地。这位大臣回来报告国王：

大王啊，正如大药草所说的那样，
后宫已经空虚，成为乌鸦聚居地。

国王得知自己失去四位亲人，哀伤悲痛，浑身颤抖，心想："这个商主之子把我害惨了！"他如同遭到棍棒打击的毒蛇，愤怒至极。大士看到他的状况，心想："这位声名显赫的国王出于愤怒，或者出于刹帝利的骄慢，可能会伤害我。我应该描述王后南陀的美貌，让他仿佛觉得前所未见。这样，他就会想念她，并且会想：'如果我杀死大药草，我也会失去这位女宝。'他挚爱妻子，也就不会加害我。"于是，为了保护自己，他站在宫殿上，从红毛毡中伸出金光闪闪的手臂，指着王后离去的方向，描述王后的美貌：

这位全身完美无瑕的女子从这里出发，
大王！臀部犹如金盘，话音犹如天鹅。

这位全身完美无瑕的女子从这里出发，
大王！身穿黑丝绸衣，系着漂亮腰带。

双脚红润，眼睛似鸽子，嘴唇似频婆果，
她的腰肢纤细，系着镶金摩尼珠宝腰带。

她的腰肢纤细犹如勾栏，又似蔓藤，
她的头发又黑又长，发梢轻轻飘动。

姿态优美似雌鹿，似冬天里的火焰，
又如深山险谷竹林中间流淌的溪水。

大腿犹如象鼻，乳房犹如丁波罗果，
身材不高也不矮，汗毛不多也不少。

大士这样赞美王后的容貌，让国王觉得仿佛前所未见，产生强烈的爱恋之情。大士觉察到这一点，紧接着念了这首偈颂：

大王，难道你愿意让王后南陀死去，
愿意我和王后南陀一起去见阎摩吗？

大士为何这样赞美王后南陀，而不赞美其他三人？因为人们热爱其他人都比不上热爱自己可爱的妻子。而且，赞美王后，也会让国王想起自己的母亲和儿女。况且国王的母亲已是老妇人，也不必赞美。聪明睿智的大士用甜蜜的话语这样赞美王后时，王后仿佛就站在国王眼前。于是，国王心想："现在除了大药草，没有人能送回我的王后，交给我。"他思恋王后，忧心如焚。而大士安慰国王说："别担心，大王！王后以及你的儿子和母亲，他们三人都会回来。我来到这里就证明这一点。大王，放心吧！"

国王心想："我严密防守自己的城市，率领大军围困这座城市，而这位智者却能从我的城市中带走我的妻儿和母亲，交给毗提诃王。而且，在我们包围城市的情况下，居然没有一个人知道他将毗提诃王及其军队送走。难道他通晓幻术或者有障眼法？"于是，国王问道：

智者，你通晓幻术或者有障眼法，

能将落在我手中的毗提诃王救出?

大士听后,回答说:"大王,我通晓幻术。智者掌握幻术,一旦遇到危险,能救出自己和他人。"随即,念了两首偈颂:

> 大王,智者都通晓幻术,
> 他们施展智谋保护自己。

> 我有许多青年善于破除障碍,
> 挖掘隧道,让毗提诃王脱逃。

国王想要看看隧道,问道:"什么样的隧道?"大士明白国王的心思,说道:"大王想看隧道,我会带你去看。"于是,他向国王描述隧道:

> 大王,我带你去看挖掘建成的隧道,
> 象兵、马兵、车兵和步兵都能通行,
> 整个隧道灯光通明,结构完美无缺。

大士接着说道:"凭借我的智慧,我设计建造的隧道仿佛有太阳和月亮照明。里面有八十扇大门、六十四扇小门、一百零一个卧室、数百个灯龛。现在,你和我都心情愉快,带着你的军队进城吧!"说罢,大士吩咐打开城门,国王带着一百零一个国王进入。然后,大士从宫殿下来,敬拜梵授王后,让他带着随从们进入隧道。国王看到这个隧道如同天国城市,称赞菩萨的功德,说道:

> 啊,毗提诃王确实是有福气,
> 他的国土中有你这样的智者!

大士向国王展示一百零一个卧室,一扇门打开,所有的门打开;一扇门关闭,所有的门关闭。国王观赏隧道,走在前面,大士跟在后面。所有的军队也进入隧道。这时,他关闭隧道门。这一扇门关闭,隧道中八十扇大门、六十四扇小门、一百零一个卧室的门和数百个灯龛全都关闭,整个隧道漆黑似地狱,里面的人们惊恐万状。而大士取出昨天埋在沙土里的剑,握在手中,从地上腾空跃起十八肘尺,然后落地,抓住国王的手,举剑吓唬他,问道:"大王,谁是整个赡部洲的帝王?"国王心惊胆战,回答说:"智者,是你!请智者放过我。""别害怕,大王!我拿着剑,不是想要杀死你,而是为了展现我的智慧威力。"说着,他把剑交给国王。然后,他对手中持剑的国王说道:"大王,如果你想杀死我,现在就用这把剑杀死我。如果你愿意放过我,就放过我。""智者,我放过你,别害怕!"这样,他俩一起握着这把剑,缔结友谊。

然后,国王询问菩萨:"智者,你具有这样伟大的智力,为何不执掌王权?""大王,如果我想要这样,今天就可以杀死赡部洲所有国王,执掌王权。但是,智者绝不会杀害他人,谋求荣耀。""智者,隧道里那么多人出不来,悲痛绝望。你打开隧道门,给他们留下生路吧!"智者立即打开门,隧道里顿时灯火通明,人们终于松了一口气。所有的国王带着各自的军队走出隧道,来到智者身边。

智者和梵授王站在院子里。所有的国王对智者说道:"智者,你救了我们的命。如果不打开隧道门,我们都会死在里面。""我并非只有这次救你们的命,以前我也救过你们的命。""什么时候?""那时,除了我们的城市,整个赡部洲所有的王国被征服,你们去北般遮罗都城,准备在花园里喝庆功酒,记得吗?""正是这样,智者。""当时,这位国王和盖婆吒施展阴谋,准备用下了毒的酒和鱼肉毒死你们,但我想:'只要有我在,不能让你们这样无辜死去。'于是,我派遣随从们破毁那场酒宴,粉碎了他俩的阴谋,救了你们的命。"所有的国王大惊失色,询问梵授王:"这是真的吗?""是的,是我按照盖婆吒的策划这样做的。智者说的是真话。"于是,所有的国王拥抱大士,说道:"你是我们的救命恩人!"他们献给大士装饰品,以示尊敬。

智者对梵授王说道:"大王,你别担心。这是结交恶友的过错。你就请求这些国王原谅吧！"于是，梵授王说道："我听信恶人，对你们做了这种事。这是我的过错，请你们原谅我。我以后不会再做这种事了。"他取得了这些国王谅解。而他们互相之间也坦白各自的过错，互相谅解，和睦友好。这样，梵授王派人送来大量食物、香料和花环等，与大家一起在隧道中度过七天。然后，梵授王进入城市，在一百零一个国王围绕下，坐在大厅里，对大士深表敬意，希望他以后留在自己身边，说道：

> 我照顾你的生活起居，
> 双倍俸禄，尽情享受，
> 别回到毗提诃王那里：
> 他能够为你做些什么？

而大士不同意，说道：

> 大王，贪图财富，抛弃自己的恩主，
> 对自己和他人都不光彩，受人诟病。
> 只要毗提诃王活着，我不侍奉他人。

> 大王，贪图财富，抛弃自己的恩主，
> 对自己和他人都不光彩，受人诟病。
> 只要毗提诃王活着，我不移居他国。

于是，国王说道："那么，答应我，等你的国王升天后，你来到我的身边。""如果我那时还活着，我会来到你的身边，大王！"国王对大士深表敬意，又度过七天。在准备离别时，国王表示要赐予智者礼物，念了这首偈颂：

> 我给你一千金币，迦尸国八十个村庄，
> 四百个女仆，一百个妻子，大药草啊！

带着你的所有士兵,平平安安离去吧!

而大士对国王说道:"大王,别担心你的亲属。在毗提诃王返城时,我已经嘱咐他要像对待母亲那样对待王后南陀,像对待同胞兄弟那样对待般遮罗旆陀。我也已经为你的女儿灌顶,让她嫁给毗提诃王。我很快会派人送回你的母亲、王后和儿子。"国王说道:"很好,智者!"随即,他请智者收下自己女儿的嫁妆:男女奴仆、衣物、金银首饰、象、马和车等等。他又吩咐向军队传令:

为他们提供双倍的大象和骏马,
为车兵和步兵提供食物和饮料。

说罢,国王与智者道别:

你带着象兵、马兵、车兵和步兵,
返回弥提罗城,去见毗提诃王吧!

这样,国王向智者深表敬意,与他告别。一百零一个国王也向大士深表敬意,赠送他许多礼物。智者原先安插在他们那里的那些侍从现在围绕在智者身边。智者带着大批随从启程出发。途经梵授王赐予他的那些村庄时,他吩咐侍从去收取贡赋。最后,他们到达毗提诃国。

那时,塞纳格派遣侍从出来观察:"看到梵授王或其他什么人前来,马上回来报告。"这个侍从在途中离城三由旬处看到大士,回来报告说:"智者带着大批人马回来了。"塞纳格听后,来到王宫。而国王此时正站在窗前,看到大批军队,心想:"智者只带去少量军队,现在前面却是大批军队,莫非梵授王来了?"于是,他询问塞纳格,说道:

象兵、马兵、车兵和步兵四个兵种,

浩浩荡荡，智者你对此有什么看法？

塞纳格回答说：

> 大药草带着四军平安归来，
> 大王，这是你的最大喜讯。

国王听后，说道："塞纳格，智者只带去少量军队，现在却出现大批军队。""大王，肯定是梵授王对他感到满意，而赐予他这些军队。"于是，国王吩咐在城中击鼓宣告："装饰城市，欢迎智者归来！"市民们遵旨装饰城市。智者进入城市，来到王宫，敬拜国王。国王起身拥抱他，然后坐在宝座上，向他表示问候，说道：

> 像四个人抬死尸抛弃在坟场，
> 我们将你抛弃在甘毗利耶城。
>
> 而你凭什么方法、什么手段和
> 什么计谋救出自己，安全返回？

大士回答说：

> 以手段对付手段，以计谋对付计谋，
> 我护卫国王，犹如大海护卫赡部洲。

国王听后，高兴满意。然后，智者将梵授王赐予自己礼物的事告诉国王：

> 他给我一千金币，迦尸国八十村庄，

给我一百个妻子,加上四百个女仆,

让我带着四个兵种,平安返回故都。

国王听后,兴奋激动,称赞大士的功德,念了这首偈颂:

与智者一起生活确实幸福快乐,

大药草将我们从敌人手中救出,

如同鸟儿出笼,鱼儿摆脱罗网。

塞纳格听后,表示赞同,也跟着国王念了这首偈颂:

确实这样,智者带来幸福快乐,

大药草将我们从敌人手中救出,

如同鸟儿出笼,鱼儿摆脱罗网。

然后,国王吩咐在城中击鼓宣告:"全城举行七天庆祝活动! 凡是爱戴我的民众都要向智者表达尊敬!"

奏响所有弦琴,敲响铜锣,

擂响大鼓小鼓,吹响号角!

城市居民原本就敬重智者,听到发布宣告的鼓声,欢欣鼓舞。

妇女、少女、吠舍和婆罗门,

为智者送来许多食物和饮料。

那些象兵、马兵、车兵和步兵,

也为智者送来许多食物和饮料。

城市居民和乡村居民成群结队，

也为智者送来许多食物和饮料。

人们看到平安归来的智者，

兴高采烈，舞动自己衣服。

庆祝活动结束后,大士来到王宫,对国王说:"大王,现在应该马上送回梵授王的母亲、王后和儿子。""好的,孩子,你去安排吧!"于是,智者向梵授王的三位亲人深表敬意,也向陪同自己来到这里的军队深表敬意。他让军队与自己的侍从一起护送这三人,也让梵授王赐予他的一百个妻子和四百个女仆一路侍奉王后南陀。这样,他们三人由一大批随从护送,到达北般遮罗都城。

梵授王询问母亲:"阿妈,毗提诃王待你好吗?""孩子,还用说? 他尊敬我,仿佛我是女神。"他询问王后,王后说毗提诃王对待自己如同亲生母亲。他询问儿子,儿子说毗提诃王对待自己如同同胞兄弟。国王听后,十分高兴,派人向毗提诃王赠送大量礼物。从此,这两位国王和睦相处。①

般遮罗占蒂受到毗提诃王宠爱,第二年生下儿子。儿子十岁时,毗提诃王逝世。菩萨为这位王子竖起华盖,扶他登上王位后,说道:"王上,我现在要到你的外祖父梵授王那里去了。""智者,你不要抛弃年幼的我。我会将你视同父亲,尊敬你。"般遮罗占蒂也请求他:"智者,一旦你离去,我们无依无靠。请你不要离去。""我以前许下这个诺言,现在不能不离去。"这样,在众人的悲伤忧愁中,他带着自己的侍从,前往北般遮罗都城。

梵授王得知他到来的消息,以隆重的仪式迎接他入城,赠送他一座大住宅,除了以前赐予他的八十个村庄外,还赐予他其他礼物。这样,智者住在这里侍奉国王。那时,有一个名叫佩丽的女出家人,也是一位知识渊博的女智者。她经常来王宫进餐,而从未见过大士,只是听说"大药草智者现在侍奉国王"。而大药草也从未见过她,只是听说"有位名叫佩丽的女出家人经

---

① 此处原文后标注大隧道故事终。

常来王宫进餐"。

这时,王后南陀对智者曾经劫她走而造成她与夫君分离那件事依然耿耿于怀。她指使五个侍女说:"你们要设法发现智者某个过失,向国王告发,挑拨他俩的关系。"这样,她们一直窥视智者的一举一动。一天,女出家人进餐后出来,看见菩萨前来侍奉国王,正在院子里等候。菩萨敬拜女出家人后,站在那里。女出家人心想:"我要试探他是不是真正的智者。"于是,她打手势向智者发问。她望着智者,摊开手掌,意思是:"国王从外地引进你这位智者,现在待你好吗?"菩萨明白她是用手势向他发问,于是用握拳的手势回答她的问题,意思是:"国王兑现诺言接受我,而现在没有赐予我什么。"她明白智者手势含义,又举手摩擦自己的头,意思是:"如果你不满意,为何不像我一样出家?"大士明白她的手势含义,便用手摩擦自己腹部,意思是:"我非常需要国王供养,因此,我不出家。"这样,女出家人用手势问完问题后,返回自己住处。大士敬拜她后,也去侍奉国王。

而王后安排的这些女侍站在窗前,看到这个场面,便来到国王身边,挑拨说:"王上,大药草与女出家人佩丽串通一气,想要篡夺你的王国。他是你的敌人。"国王问道:"你们看到或听到了什么?""大王,女出家人进餐后出来,看到大药草,向他摊开手掌,意思是:'你不能摆平国王,把他掌控在自己手中吗?'而大药草握起拳头,像握剑的样子,意思是:'我不久就会砍下他的脑袋,将王国掌控在自己手中。'而女出家人举手摩擦自己的头,意思是:'你就砍下他的脑袋吧!'大药草又用手摩擦自己腹部,意思是:'我还要斩断他的腰。'大王,你要小心啊!你应该杀死大药草。"

国王听了她们这番话,心想:"智者不可能谋害我,我要询问女出家人。"第二天,女出家人前来就餐时,国王走近她,问道:"你昨天见到大药草智者吗?""是的,大王!我昨天进餐后出来时,看见他。""你与智者交谈了吗?""没有交谈。我听说他是智者,便向他打手势,心想:'如果他是智者,就能理解。'这样,我摊开手掌,意思是问他:'国王对你摊开手掌,还是握起手掌?关心你,还是不关心你?'他握紧拳头,意思是回答我:'国王兑现诺言接受我,而现在没有赐予我什么。'我又举手摩擦自己的头,意思是问他:'如果你不满意，为何不像我这样出家？'他用手摩擦自己腹部，意思是回答我：'我非常需要国王供养，因此我不出家。'""大药草是智者吗？""是的，大王，他的智慧举世无双。"国王听后，敬拜女出家人，与她道别。

女出家人离去后，智者前来侍奉国王。国王问他："智者，你见过女出家人佩丽吗？""是的，大王！昨天她从这里出来时，打手势询问我问题，我也打手势回答她。"智者复述的内容与女出家人完全一致。国王心中喜悦，就在这天任命智者为军队统帅，掌管一切事务，以致智者享有的荣誉和地位仅次于国王。

智者思忖道："国王突然间赐予我极大的权力。国王们想要置人死地时，甚至也会这样做。我应该设法考察国王是否真心对待我。没有人能做到这一点，而女出家人富有智慧，她会有办法做到。"于是，他带了许多香料和花环等礼物，来到女出家人住处，供奉她，敬拜她，说道："自从那天你向国王称赞我的功德后，国王赐予我崇高的荣誉和地位，但我不知道他这样做是不是出自真心。如果你有办法了解他的心思，那就太好了。"女出家人答应道："好吧！"

第二天，她去王宫时，想到一个水妖问题。她思忖道："我不能像间谍那样窥探，而应该询问国王这个问题，了解他是否真心对待智者。"这样，她进入王宫就餐后，坐在那里。国王敬拜她后，坐在一旁。女出家人心想："如果国王对智者不怀好意，我询问他这个问题，他不可能当众如实回答。这样做不合适，我应该单独询问他这个问题。"于是，她对国王说："大王，我想与你私下交谈。"国王打发走身边那些侍从后，对她说："你问吧！只要我知道，我会回答你。"然后，女出家人念了这首偈颂：

> 如果你们七人在大海航行途中，
> 有个水妖前来抓人要用于人祭，
> 为解救自己，你怎样依次交人？

国王听后，依照自己心中的真实想法回答说：

> 首先是母亲,然后妻子和弟弟,
>
> 接着是朋友,第五个是婆罗门,
>
> 最后自己,而绝不交出大药草。

女苦行者知道了国王真心对待大士。但智者的功德并非人人皆知,她思忖道:"我要在大庭广众称赞其他五个人的功德,而让国王称赞智者的功德。这样,智者的功德就会像夜空中的月亮呈现在世人眼前。"于是,她吩咐召集宫中所有的人,然后她向大王询问这个问题。国王回答后,她问道:"大王,你说首先交出母亲。而你的母亲不同于其他母亲,确实对你有大恩大德。"随即,她讲述这位母亲的功德,念了两首偈颂:

> 你的母亲抚养你,始终关心爱护你,
>
> 占毗想要杀死你,而她设法保护你,
>
> 制造假象骗过他,救了你的一条命。①

> 母亲生你养育你,给你生命救你命,
>
> 她有什么样过失,你把她交给水妖?

国王听后,说道:"我知道我的母亲对我有大恩大德,但她仍有不足之处。"于是,他讲述母亲的不足之处,念了两首偈颂:

> 她仍然像少女那样喜欢装饰打扮,
>
> 她随心所欲嘲笑和戏弄那些门卫,
>
> 鉴于这些过失,我把她交给水妖。

---

① 按注释,梵授王本名朱罗尼。他的母亲多罗姐曾与婆罗门祭司占毗通奸,谋杀国王摩诃朱罗尼。占毗篡位后,发现朱罗尼这个孩子聪明伶俐,害怕他将来会杀死自己,于是起念趁早杀死他。多罗姐将朱罗尼藏在厨师家中,制造一场火灾,假称朱罗尼已被烧死,从而救下朱罗尼。

女出家人说道:"大王,母亲有这些过失,也就这样吧!但你的妻子对你也有恩德。"随即,她称赞这位妻子的功德:

> 妇女之中佼佼者,说话甜蜜可爱,
> 恪守妇德忠于你,与你如影相随,
>
> 从不发怒,富有智慧,明白事理,
> 她有什么过失,你把她交给水妖?

国王讲述妻子的不足之处:

> 她造成我耽迷于欲乐,滋生恶习,
> 她向我乞求儿女也不乞求的财物。
>
> 我宠爱她,给予她许许多多财物,
> 割舍难以割舍的爱物,事后懊悔,
> 鉴于这些过失,我把她交给水妖。

女出家人说道:"妻子有这些过失,也就这样吧!但你的弟弟迪奇那曼提也有恩于你。你发现他有什么过失?"随即,她称赞这位弟弟:

> 他让这个国家繁荣昌盛,带你返回
> 故都,也从其他国家取来大量财富。①
>
> 这位大弓箭手,勇士迪奇那曼提,
> 他有什么过失,你把他交给水妖?

---

① 按注释,迪奇那曼提是国王摩诃朱罗尼的遗腹子。他长大后,得知自己的身世秘密,便杀死篡夺父亲王位的婆罗门祭司占毗,并从外地接回长兄朱罗尼,让他继承父亲王位。

国王讲述弟弟的不足之处：

他让这个国家繁荣昌盛，带我返回
故都，也从其他国家取来大量财富。

而勇士迪奇那曼提自恃大弓箭手，
为国王谋得幸福，是国王大恩人。

于是，他不像以前那样来侍奉我，
鉴于这种过失，我把他交给水妖。

女出家人说道："弟弟有这种过失，也就这样吧！但达努塞克一向忠心
耿耿为你效劳。"随即，她称赞达努塞克的功德：

你和达努塞克两人同一夜出生，
同为甘毗罗人、朋友和好伙伴。

一心一意追随你，与你同甘共苦，
他不分昼夜，竭尽全力为你效劳，
他有什么过失，你把他交给水妖？

国王讲述这位朋友的过失：

他一向随意与我说笑取乐，
直至今日也这样无拘无束。

甚至我与妻子私下交谈时，
他也会无所顾忌地闯进来。

> 有机会时,他会不知羞耻地行事,
> 鉴于这些过失,我把他交给水妖。

女出家人说道:"这位朋友有这些过失,也就这样吧!但婆罗门祭司也努力为你效劳。"随即,她称赞这位婆罗门的功德:

> 他通晓一切征兆,善于辨别声音,
> 又能占梦,预知日食和月食出现。

> 他精通星座,地上和空中的吉凶,
> 他有什么过失,你把他交给水妖?

国王讲述这位婆罗门的过失:

> 他在集会上总是睁大眼睛瞪视我,
> 我让他竖着眉毛,把他交给水妖。

女出家人说道:"大王,从你的母亲开始,你说了把这五个人交给水妖。甚至,你不顾惜自己的荣华富贵,甘愿为大药草智者献出自己的生命。你究竟看出他有什么功德?"随即,她念了这些偈颂:

> 大海如同腰带围绕大地,
> 你统治大地,群臣围绕。

> 你征服四方,建立庞大帝国,
> 成为唯一的帝王,声名煊赫。

> 一万六千后宫佳丽,来自各国,

佩戴珠宝首饰,美似天国仙女。

应有尽有,满足自己一切欲望,
一生永远生活在幸福和快乐中。

出于什么原因,为保护智者,
你甘愿舍弃难以舍弃的生命?

听了女出家人这些话,国王称赞智者的功德,念了这些偈颂:

因为自从大药草智者来到我身边,
我从未发现他做过任何微小错事。

如果一旦我先于大药草逝世,
他会保障我的儿孙幸福快乐。

他通晓现在和未来一切事情,
我不能将这位完人交给水妖。

这样,这个本生故事接近尾声。女出家人心想:"只是在王宫中彰显智者的功德还不够。我还要在全城居民面前彰显智者的功德,犹如让香油在大海中扩散。"于是,她带着国王走下宫殿,安排国王坐在庭院中,吩咐召集城市居民前来。然后,她再次从头开始询问国王水妖问题,让国王重复回答一遍。随后,她告诉城市居民说:

你们听甘毗罗王说为保护智者,
他甘愿舍弃这难以舍弃的生命。

> 甘毗罗王宁可舍弃母亲、妻子、儿子、
> 朋友和婆罗门,乃至自己宝贵的生命。

> 博大完美的智慧威力如此神奇,
> 为现世和来世带来利益和幸福。

就这样,这位女出家人将大士的功德安置在说法的顶峰上,犹如将大摩尼宝珠安置在宝石宫殿的尖顶上。①

《大隧道本生》终。

---

① 此处原文后标注水妖问题终。

毗输安多罗本生

古时候，尸毗王在遮杜多罗城治理国家的时候，有一个儿子，名叫商伽耶。商伽耶成年后，国王为他娶摩陀王的女儿菩娑蒂为妻，并让他继承王位，菩娑蒂为王后。

下面讲述菩娑蒂的前生：距今九十一劫，毗婆尸佛出世。在般杜摩提城附近的鹿野苑，一位国王遣使给般杜摩王送去价值十万的金花环和无价的极品檀香木。般杜摩王有两个女儿。他本想送给两个女儿礼物，于是将檀香木送给大女儿，将金花环送给小女儿。而这姐妹俩不想自己使用这些礼物，愿意将礼物用于供奉佛世尊。她俩对国王说："父亲，我俩想用这些礼物供奉佛世尊。"国王听后，同意道："好吧！"

于是，姐姐请工匠将檀香木碾成檀香粉，装在金盒里；妹妹请工匠将金花环制成金项链，装在金盒里。然后，她俩前往鹿野苑。姐姐将檀香粉献给佛世尊，用于涂抹他的金光闪闪的身体，剩下的檀香粉撒在室内地面上，祈求道："愿我成为未来佛的母亲。"妹妹将金项链献给佛世尊，戴在他的胸前，祈求道："愿我在获得阿罗汉果前，佩戴这金项链，永不离身。"佛世尊对她俩表示赞同。

这样，她俩死后转生天国。此后，姐姐经过无数次转生人间和天国，最终在九十一劫结束后，转生为佛陀①的母亲摩耶夫人。妹妹也经过无数次转生，在迦叶波佛出世时，转生为吉基王的女儿。由于前生所发的心愿，她

---

① 此处佛陀指释迦牟尼佛。

出生时胸前就佩戴着金项链,得名优罗遮妲。十六岁时,听到迦叶波佛对供奉食物表示谢意,她获得预流果。后来,她再次与父亲一起听到迦叶波佛对供奉食物表示谢意,就在父亲获得预流果的同一天,她获得阿罗汉果,随后出家,最后达到涅槃。

吉基王还有七个女儿。她们的名字分别是:

　　娑摩尼、娑摩那、古妲、苾刍陀希迦、
　　达玛、苏达玛,以及第七个商佉陀希。

在佛陀①出世时,她们分别为:

　　谶摩、优波罗婆那、波吒遮那、乔答弥、
　　达摩蒂那、摩诃摩耶,第七个是毗舍佉。

在吉基王的女儿中,苏达玛就是后来的菩娑蒂。她乐善好施,由于曾经向毗婆尸佛供奉檀香粉,她的身体犹如涂抹檀香粉,在轮回转世中,转生为帝释天王的王后。在她活到年限时,帝释天依据出现的征兆,知道她寿命已尽,便带她到欢喜园,让她躺在床榻上,自己坐在床榻边,说道:"贤妻菩娑蒂,我赐予你十个恩惠,你选择吧!"这样,帝释天念了毗输安多罗本生故事中成千首偈颂的第一首:

　　美女菩娑蒂,我赐予你十个恩惠,
　　任你选择在大地上最喜欢的一切。

正是这样,在天国中已经确定这个用于说法的毗输安多罗本生故事。

而这时,菩娑蒂不知道自己的死期已到,心慌意乱,念了第二首偈颂:

————————————

① 此处佛陀也指释迦牟尼佛。

王上啊,我向你致敬!我犯了什么错误,
让我离开这可爱地方,如同树被风刮倒?

帝释天见她心慌意乱,念了两首偈颂:

你没有犯什么错误,也并非我不喜欢你,
只是你的功德耗尽,我才对你说这些话。

你的死期已经临近,在你离去之前,
我赐予你十个恩惠,现在请你选择!

她听了帝释天的话,明白自己必定会死去,于是选择恩惠,说道:

帝释天王啊,我选择这个恩惠:
我愿意生活在尸毗王的王宫里。

黑眼睛,黑眉毛,鹿儿般黑眼珠,
我愿意生活在那里,名叫菩娑蒂。

让我生个儿子,他慷慨布施,
备受国王们尊敬,声誉卓著。

让我怀胎时,腹部不高高隆起,
他蜷曲在我腹中犹如优美的弓。

让我的胸脯保持丰满,头发不白,
身体健康无病,不遭遇杀身之祸。

身边的侍女们话音美似杜鹃和孔雀,

还有众多奴仆,吟游诗人诵唱赞歌。

响起开门声,侍从招呼尸毗王

享用酒肉,我愿成为他的王后。

帝释天说道:

美女啊,我赐予你这十个恩惠,

你在尸毗王国会实现这些心愿。

就这样,婆薮之主帝释天王

高兴愉快,赐予菩娑蒂恩惠。

菩娑蒂获得恩惠后,从天国转生投胎在摩陀国王后的腹中。她出生时,身体仿佛天生就涂抹有檀香粉,因而在命名日,给她取名菩娑蒂①。她在侍从围绕下长大。十六岁时,美貌绝伦。尸毗王的儿子商伽耶王子前来娶回她,为她竖起华盖,让她成为后宫一万六千佳丽中的王后。

这样,菩娑蒂转生在刹帝利家族,

在遮杜多罗城中,与商伽耶成婚。

她受到商伽耶宠爱。而帝释天关心菩娑蒂,看到她已经实现自己赐予她的九个恩惠,还有一个获得好儿子的恩惠没有实现,于是,他决定让菩娑蒂实现这个恩惠。

当时,大士住在忉利天,寿命已尽。帝释天走到大士身边,说道:"贤士,

---

① "菩娑蒂"(phasati)一词的词义为接触、喷洒或涂抹。

你就要转生人间,应该投胎在尸毗国王后菩娑蒂的腹中。"这样,他为大士和另外六万个寿命已尽的天子做好安排,征得他们同意后,返回自己住处。这样,大士转生在尸毗王家中,其他六万个天子转生在六万个侍臣家中。

菩娑蒂腹中怀有大士后,产生一个心愿,吩咐建造六个施舍堂:四个在四个城门前,一个在城市中央,另一个在王宫门前,并希望每天施舍六十万元。国王得知她的心愿,向卜师咨询这件事。卜师告诉他说:"王后腹中怀着一个热爱施舍的儿子,而且对施舍不知餍足。"国王听后,心中喜悦,吩咐按照王后的心愿实行施舍。从菩萨投胎之日起,国王的税收源源不断。鉴于国王的功德威力,全赡部洲的国王纷纷向他赠送礼品。

王后怀孕后,在大批侍从照顾下,到达十月临产期。这时,她希望观赏城市。国王将城市装饰一新,宛如天国城市,让王后坐在华贵的御车中,右绕城市而行。御车到达吠舍街时,王后感到阵痛。侍从报告国王。国王吩咐就在吠舍街道搭建产房。王后在这个产房中生下儿子。

> 王后怀胎满十月,右绕城市,
> 就在吠舍聚居的街道生下我。

大士从母亲的腹中生出,纯洁无垢。他睁开双眼,向母亲伸出手,说道:"阿妈,我要施舍,有什么财物吗?"王后将装有一千元的钱袋放在他伸出的手中。在大隧道本生、这次本生和最后一次本生[1],三次讲到大士一出生就会开口说话。

在大士的命名日,由于他出生在吠舍街道中,便为他取名毗输安多罗[2]。

> 我的名字不取自母系,
> 也不取自父系的家族,
> 我出生在吠舍街道中,

---

① "最后一次本生"指佛陀释迦牟尼的出生。
② "毗输安多罗"(vessantara)一词的词义为在吠舍中间。

因此得名毗输安多罗。

在大士诞生之日，一头雌性飞象带来一头幼象，全身雪白，象征吉祥，留在王宫象厩中。因为这头幼象生来就是供大士使用的，故而得名波遮耶①。国王安排六十四位相貌端正的保姆照料大士，喂他吃甜牛奶。同时，国王也安排保姆照料与大士同日出生的六万个儿童。这样，大士在这六万个儿童陪伴下长大。

国王专门为王子定制价值十万的项链。当时王子四五岁，他把项链送给了保姆。保姆要交还给他，而他不肯接受。保姆报告国王。国王说道："就让我的儿子实行梵施舍②吧！"于是，国王为王子定制另一条项链。就这样，在大士童年时代，他先后九次把项链送给保姆。

王子八岁时，坐在床榻上思忖道："我不满足于施舍身外之物，我也愿意施舍身内之物。如果有人向我乞求我的心，我就剖开胸膛，掏出心来送给他。如果有人向我乞求眼睛，我就挖出眼睛送给他。如果有人向我乞求身上的肉，我就割下我身上的肉送给他。"他真心诚意这样思考时，四那由他由旬宽和二十万由旬深的大地震动，发出如同醉象吼叫声的巨响。须弥山倾斜，犹如蔓藤朝着遮杜多罗城舞动。伴随大地发出震动声，天空降雨，发出雷鸣和闪电。帝释天捻响手指，大梵天连声叫好，梵天界响起欢呼声。

> 那时我还是儿童，八岁时，
> 我坐在宫殿里，思考施舍。
>
> 如果有人向我乞求我的身体、
> 心、眼睛或血肉，我都施舍。
>
> 我真心诚意，这样思考施舍，

---

① "波遮耶"（paccaya）一词的词义为因缘、资具或用具。
② "梵施舍"（brahmadeyya）指至高无上的施舍。

大地连同须弥山和树木摇动。

菩萨十六岁时，掌握一切技艺。父亲准备让他继承王位，与母亲商量后，让王子从摩陀王家族娶回一位表妹，名叫摩蒂，立为后宫一万六千佳丽中的王后。父亲为王子灌顶，让他登基为王。大士从登基之日起，每天实行六十万大施舍。

后来，摩蒂生下儿子，侍从们用金网接住他，王子由此得名伽利①。这位王子会用脚走路时，摩蒂又生下女儿，侍从们用黑羚羊皮接住她，公主由此得名甘诃吉那②。每个月，大士坐在那头御象肩上，视察他的六个施舍堂六次。

那时，羯陵伽国遭逢旱灾，颗粒无收，出现大饥荒。一些人活不下去，沦为盗匪。饥民们聚集在王宫门前，国王询问："有什么事？"饥民们陈情后，国王说道："好吧！我向天神祈雨。"然后，国王实行斋戒，祈求天神下雨，而天神就是不下雨。于是，国王召集市民，说道："我实行斋戒已有七天，天神依然不下雨。这怎么办呢？"市民们说道："王上，如果祈求天神下雨无效，那么，在遮杜多罗城，商伽耶王的儿子毗输安多罗有一头全身雪白的吉祥御象，所到之处，天神就会下雨，你派遣婆罗门去乞求这头大象吧！"国王同意说："好吧！"随即，他召集婆罗门，从中选出八位，吩咐说："你们去向毗输安多罗乞求那头大象，带回来。"

他们一路跋涉，来到遮杜多罗城，在施舍堂享用施舍的食物后，用灰土涂抹自己的身体。在月圆日，他们想要乞求国王的御象，于是来到国王将会来到的东城门。国王这天准备视察施舍堂，在早晨用十六罐香水沐浴，吃完早餐后，坐在经过装饰的御象肩上，来到东城门。他们没有找到机会乞求，于是前往南城门，站在高坡上，观看国王在东城门施舍的情形。等国王来到南城门时，他们伸出双手，高声说道："祝毗输安多罗王胜利！"国王看见这些婆罗门，让御象停在他们面前，自己坐在御象肩上，念了这首偈颂：

---

① "伽利"（jāli）一词的词义为有网。
② "甘诃吉那"（kanhājinā）一词的词义为黑羚羊皮。

腋毛长，指甲长，牙齿肮脏，灰头土脸，
诸位婆罗门啊，你们伸手向我乞求什么？

这些婆罗门听后，回答说：

富国强民的国王啊，我们乞求宝物，
这头象牙似车辕、身躯庞大的御象。

大士听后，心想："我甚至愿意施舍从头到脚所有身内之物，而他们只是乞求我的身外之物。我可以满足他们的心愿。"这样，他坐在御象肩上，念了这首偈颂：

我的这头颥颥流淌液汁的象中瑰宝，
婆罗门向我乞求，我毫不犹豫施舍。

大士答应他们的请求。

这位富国强民的国王从象背上下来，
乐于施舍，把御象交给这些婆罗门。

这头御象四条象腿上的装饰品价值四十万，两胁的装饰品价值二十万，腹部的毛毡价值二十万，背部的珍珠网、金网和摩尼珠网价值三十万，双耳的装饰品价值二十万，背部毛毡垫价值十万，颥颥的装饰品价值十万，三个顶饰价值三十万，两个小耳坠价值二十万，两个象牙的装饰品价值二十万，象鼻的吉祥装饰品价值十万，象尾的装饰品价值十万。此外，还有各种昂贵的用品：脚蹬价值二十二万，梯子价值十万，食钵价值十万，诸如此类，总共价值二百四十万。还有六种无价的摩尼珠：象背华盖上的摩尼珠和小摩尼珠、珍珠项链上的摩尼珠、刺棒上的摩尼珠、脖颈珍珠项链上的摩尼珠、颥颥上的摩尼珠,连同无价的御象,合成七种无价之宝。大士把所有这些全都施舍给这些婆罗门,还加上这头御象的五百个侍从、象夫和侍卫。伴随大士的施舍,大地出现震动。

> 施舍这头御象时,大地震动,
> 市民们恐惧不安,汗毛竖起。

> 施舍这头御象时,城市颤抖,
> 市民们恐惧不安,汗毛竖起。

> 富国强民的国王施舍御象时,
> 城市乱成一片,回响呼叫声。

这些婆罗门在南城门得到大象后,坐在象背上,在市民们中间行进。市民们看到后,吆喝道:"嗨,婆罗门!你们为何坐在我们的大象上,带走我们的大象?"这些婆罗门回答说:"毗输安多罗王施舍给我们这头大象,关你们什么事?"他们洋洋得意,在城中行进,从北城门离去。市民们对菩萨深感愤怒,聚集在王宫门前,大声呼叫。

> 施舍这头御象时,大地震动,
> 城中出现令人惊骇的喧嚣声。

> 施舍这头御象时,城市颤抖,
> 城中出现令人惊骇的喧嚣声。

> 富国强民的国王施舍御象时,
> 城中出现令人惊骇的喧嚣声。

市民们对施舍大象深感不安,前来禀告老王商伽耶。

著名的王族弟子、吠舍和婆罗门,
还有象兵、车兵、马兵以及步兵。

尸毗国的城乡居民聚集在这里,
看到大象已离去,禀告老王说:

王上,你的王国毁了! 你的儿子
为何要施舍举国崇敬的这头大象?

这头大象全身雪白,象牙如同车辕,
身躯庞大,骁勇善战,是象中瑰宝。

还有华盖、各种用具、象夫和侍卫,
他把这头宝贵的御象施舍给婆罗门。

说完这些,他们又继续说道:

可以施舍食物、饮料、衣服和床榻,
这些才是适合向婆罗门施舍的物品。

商伽耶啊,毗输安多罗是你的儿子,
世袭的国王,为何要施舍这头大象?

如果你无视尸毗国民众们的意见,
他们会对你和你的儿子采取行动!

老王听后,担心他们会杀死毗输安多罗,说道:

> 让国土失去吧!让王国灭亡吧!
> 我不会听从民众,将无辜王子
> 驱逐出境,他是我的亲生骨肉。

> 让国土失去吧!让王国灭亡吧!
> 我不会听从民众,将无辜王子
> 驱逐出境,他是我的亲生儿子。

> 我绝不会伤害品德高尚的儿子,
> 那样有损我的名誉,后患无穷,
> 我怎么能举刀杀死毗输安多罗?

民众说道:

> 不必使用刀杖,也不必关进牢房,
> 将他驱逐出境,让他住在梵伽山。

老王说道:

> 这是尸毗国民众的意愿,我不能违背,
> 就让他度过可爱的一夜,再驱逐出境。

民众表示同意:"就让他度过这一夜吧!"老王打发走民众后,指派一个
官员去向毗输安多罗传达这件事:

> "你赶快动身去见毗输安多罗,

告诉他尸毗国民众群情激愤。

"著名的王族弟子、吠舍和婆罗门,
还有象兵、车兵、马兵以及步兵,
尸毗国的城乡居民们聚集在一起。

"决定过完这一夜,太阳升起时,
民众会再次集合,驱逐他出境。"

这个官员接受尸毗王的派遣,立即
穿戴整齐,佩戴手镯,涂抹檀香膏。

洗了洗头,戴上摩尼珠耳环,
前往毗输安多罗可爱的住处。

他看到国王在群臣围绕下,
犹如忉利天宫中帝释天王。

他迅速进入,对毗输安多罗说道:
"我来报告坏消息,请别对我发怒。"

他敬拜国王后,哭泣着报告说:
"你是我的主人,一向受你恩宠,
我来报告坏消息,请你宽恕我。

"王上啊,尸毗国的民众群情激愤,
著名的王族弟子、吠舍和婆罗门,

"还有象兵、车兵、马兵以及步兵，
尸毗国的城乡居民们聚集在一起。

"决定过完这一夜，太阳升起时，
民众再次集合，将你驱逐出境。"

大士说道：

民众为什么对我发怒？
我不觉得自己犯错误，
请你告诉我，凭什么
他们要求驱逐我出境？

这个官员回答说：

著名的王族弟子、吠舍和婆罗门，
还有象兵、车兵、马兵以及步兵，
谴责你施舍大象，因此要驱逐你。

大士听后，心中喜悦，说道：

我甚至愿意施舍自己的心和眼睛，
何况金银琉璃珠宝这些身外之物？

如果有人前来想要乞求我的手臂，
我会毫不犹豫给他，我热爱施舍。

就让尸毗国民众放逐我，杀死我吧！

将我大卸八块,让我永远不能施舍。

这个官员听后,按照自己的想法,假借市民们的名义向他提出这个
要求:

> 尸毗国的城乡居民聚集在一起,
> 说道:"驱逐他出境,让他前往
> 阿兰遮罗山边戈尼提摩罗河畔。"

这个官员会这样说,是天神暗中起作用。菩萨听后,说道:"好的,我会
走上这条犯罪之人走的流亡之路。尽管市民们流放我,并非我犯有什么罪
过,只是因为我施舍大象。既然这样,我要举行大施舍。请求市民们宽限我
一天,让我举行施舍。明天举行施舍后,后天我就离去。"

> 我会走上犯罪之人的流亡之路,
> 请留我一昼夜,让我举行施舍。

这个官员说道:"好吧,王上! 我会转告市民们。"大士打发他走后,召来
自己的侍臣,吩咐说:"明天我要举行名为'七百'的大施舍。你要为我准备
好七百头象、七百匹马、七百辆车、七百个妇女、七百头母牛、七百个女仆和
七百个男仆,还有各种食物、饮料乃至酒类等所有适合施舍的物品。"他打发
走侍臣后,独自来到摩蒂的居室,与她交谈。

> 国王对肢体完美的摩蒂说道:
> "我以前给予你的财物和谷物,
>
> "金银琉璃珠宝以及你的嫁妆,
> 你要将所有这一切财富都藏好。"

肢体完美的公主摩蒂询问道：
"王上，请告诉我藏在哪里？"

毗输安多罗说道：

摩蒂啊，施舍财富与你的美德相符，
因为世上没有比施舍更安全的地方。

摩蒂表示同意，说道："好吧！"而他继续告诫她：

摩蒂啊，你要爱护儿女，孝顺公婆，
如果有人成为你丈夫，要尽心侍奉。

我离去后，如果没有人成为你丈夫，
你就自己寻找丈夫，不要苦守空房。

摩蒂心想："为何夫君说这样的话？"随即询问道："王上啊，为何你对我说这些莫名其妙的话？"大士说道："贤妻啊，由于我施舍大象，尸毗国民众群情激愤，驱逐我出境。明天我举行七百大施舍，后天就要离开城市。"

"因为我要去野兽出没的森林，
独自在那里生活，生死难卜。"

肢体完美的公主摩蒂对他说道：
"你说的话没有道理，完全错误。

"你独自前往森林，这不合法，
无论你去哪里，我会伴随你。

"与你一起死去,或离开你而活着,
我宁愿死去,也不愿离开你活着。

"点燃火葬堆,投身熊熊的火焰中,
我宁愿死去,也不愿离开你活着。

"如同森林中母象紧紧跟随公象,
无论深山中的道路平坦或崎岖。

"同样,我会带着儿女跟随着你,
我会减轻而不会加重你的负担。"

接着,摩蒂描述雪山地区,仿佛亲眼看见:

看到这双儿女天真可爱地互相交谈,
你坐在树林中,会忘却自己是国王。

看到这双儿女天真可爱地互相交谈,
在林中游戏,你会忘却自己是国王。

看到这双儿女天真可爱地互相交谈,
在可爱家中,你会忘却自己是国王。

看到这双儿女天真可爱地互相交谈,
在家中游戏,你会忘却自己是国王。

看到这双儿女装饰打扮,佩戴花环,
在可爱家中,你会忘却自己是国王。

看到这双儿女装饰打扮,佩戴花环,
在家中游戏,你会忘却自己是国王。

看到这双儿女佩戴花环,翩翩起舞,
在可爱家中,你会忘却自己是国王。

看到这双儿女佩戴花环,翩翩起舞,
在家中游戏,你会忘却自己是国王。

看到已达六十高龄的大象独来独往
在林中游荡,你会忘却自己是国王。

看到已达六十高龄的大象黄昏清晨
在林中游荡,你会忘却自己是国王。

看到大象带领一群幼象,发出鸣叫,
在林中游荡,你会忘却自己是国王。

看到开阔的林地两侧,猛兽出没,
寻找猎物,你会忘却自己是国王。

看到那些鹿儿在黄昏时分来到这里,
紧那罗跳舞,你会忘却自己是国王。

听到信度河潺潺流淌声,紧那罗
展喉歌唱,你会忘却自己是国王。

听到蛰居在巉岩洞穴中的猫头鹰

发出鸣叫,你会忘却自己是国王。

听到林中狮子、老虎、犀牛和野牛
发出嗥叫声,你会忘却自己是国王。

看到山顶上雄孔雀在雌孔雀面前,
翩翩起舞,你会忘却自己是国王。

看到山顶上雄孔雀在雌孔雀面前,
展开尾翎,你会忘却自己是国王。

看到蓝脖子雄孔雀在雌孔雀面前,
翩翩起舞,你会忘却自己是国王。

看到那些树木在霜降季节也开花,
散发芳香,你会忘却自己是国王。

看到霜降时节,在绿茵茵的草地上,
胭脂虫遍布,你会忘却自己是国王。

看到那些树木在霜降季节也开花,
古吒遮花、频婆遮利花以及莲花,
散发芳香,你会忘却自己是国王。

看到那些树木在霜降季节也开花,
莲花绽放,你会忘却自己是国王。

就这样,摩蒂念了这些偈颂,描述雪山地区,仿佛她已经居住在那里。①

母后菩娑蒂心想:"我的儿子受到严厉的惩罚,不知道他现在怎么样?我要去看望他。"于是,她悄悄来到摩蒂的居室,站在那里,听到他俩的交谈,悲伤不已。

听到儿子和儿媳之间的交谈后,
这位声誉卓著的母后悲伤不已:

为什么我的无辜的儿子遭到放逐?
还不如让我服毒,让我坠落悬崖!

通晓学问,是慷慨施舍的大施主,
声誉卓著,甚至受敌国国王敬重,
为什么我的无辜的儿子遭到放逐?

赡养父母,尊敬家族中所有长辈,
为什么我的无辜的儿子遭到放逐?

为父亲和母亲谋福,为亲友谋福,
为什么我的无辜的儿子遭到放逐?

她进屋安慰儿子和儿媳后,回到老王身边,说道:

放逐无辜的儿子,你的王国将毁灭,
犹如蜜浆罐倒翻,又如芒果树倒地。

----

① 此处原文后标注描述雪山终。

犹如天鹅折断翅膀,又如池塘干涸,
你被大臣们抛弃,将独自承受痛苦。

大王啊,我劝你不要放弃自己的利益,
别听从尸毗国民众,放逐无辜的儿子。

老王听后,回答说:

他是尸毗国旗帜,但是我恪守正法,
尽管我爱他胜过生命,我也放逐他。

母后听后,悲痛忧伤,说道:

以前侍从们跟随他出行,旗帜飘扬,
似鲜花绽放,而如今他要独自离去。

以前侍从们跟随他出行,旗帜飘扬,
似茂密树林,而如今他要独自离去。

以前卫兵们跟随他出行,旗帜飘扬,
似鲜花绽放,而如今他要独自离去。

以前卫兵们跟随他出行,旗帜飘扬,
似茂密树林,而如今他要独自离去。

以前红肤色的士兵们身穿白毛毡衣,
跟随他出行,而如今他要独自离去。

以前他乘坐大象、轿子和车辆出行，
如今毗输安多罗王怎么能一路步行？

以前身体涂抹檀香，在歌舞声中醒来，
怎能穿兽皮衣，带着斧子，挑担行走？

为什么他们进入大森林，非得
穿上褴褛衣、兽皮衣和树皮衣？

为何流放的国王也要穿树皮衣？
为何摩蒂王后也要穿拘舍草衣？

以前摩蒂穿迦希衣和亚麻衣，
如今怎么能穿这种拘舍草衣？

以前她乘坐轿子和车辆出行，
如今这美女怎么能一路步行？

她娇嫩的手和脚始终舒适愉快，
如今她怎么能颤抖着前往森林？

她娇嫩的手和脚始终舒适愉快，
如今怎么能让这美女一路步行？
那双绣金鞋肯定会折磨她的脚。

以前佩戴花环，成千侍女跟随她，
如今这美女怎么能独自前往森林？

在城里听到豺狼嗥叫，也惊恐万状，
如今这胆怯的美女怎么能前往森林？

听到帝释天家族的猫头鹰鸣叫，
也会像夜叉女那样害怕得发抖，
这胆怯的美女怎么能前往森林？

像母鸟看到鸟巢空虚，雏鸟遭杀害，
我看到城市空虚，会长久忧心如焚。

像母鸟看到鸟巢空虚，雏鸟遭杀害，
我失去可爱儿子，会变得面黄肌瘦。

像母鸟看到鸟巢空虚，雏鸟遭杀害，
我失去可爱儿子，会疯疯癫癫乱跑。

像母鸦看到鸟巢空虚，雏鸦遭杀害，
我看到城市空虚，会长久忧心如焚。

像母鸦看到鸟巢空虚，雏鸦遭杀害，
我失去可爱儿子，会变得面黄肌瘦。

像母鸦看到鸟巢空虚，雏鸦遭杀害，
我失去可爱儿子，会疯疯癫癫乱跑。

像雌轮鸟看到自己栖居的池塘干涸，
我看到城市空虚，会长久忧心如焚。

像雌轮鸟看到自己栖居的池塘干涸，
我失去可爱儿子，会变得面黄肌瘦。

像雌轮鸟看到自己栖居的池塘干涸，
我失去可爱儿子，会疯疯癫癫乱跑。

正是这样，我为无辜的儿子悲痛忧伤，
如果你将他流放森林，我不知怎么活！

母后悲痛忧伤，这样向老王诉说。

听到她的哀诉，后宫妇女
也都伸出双臂，哭泣哀号。

毗输安多罗的宫中，妇女和儿童
如同树木被连根拔起，倒卧在地。

然后，夜晚逝去，太阳升起，
毗输安多罗出宫举行大施舍。

"衣服施给缺衣者，酒类施舍饮酒者，
食物施舍饥饿者，满足乞求者需求！

"不要让任何一个乞求者失望而归，
尊重每个乞求者，施舍食物饮料！"

这位富国强民的国王即将离城，
乞求者们纷纷前来，兴奋激动。

将无辜的毗输安多罗王驱逐出境,
他们犹如砍倒了硕果累累的大树。

将无辜的毗输安多罗王驱逐出境,
又如砍倒满足一切心愿的如意树。

这位富国强民的国王即将离城,
男女老少伸出双臂,哭泣哀号。

这位富国强民的国王即将离城,
嫔妃、巫女和太监也哭泣哀号。

这位富国强民的国王即将离城,
城中的所有妇女也都哭泣哀号。

婆罗门、沙门和其他所有乞求者,
伸臂哀号,指责说:"此事不合法!"

毗输安多罗在自己的城市中慷慨施舍,
依照尸毗国民众要求,将被驱逐出境。

毗输安多罗王将被驱逐出境,
施舍七百头大象,盛装严饰,

系有金肚带,配备有金鞍垫,
载着象夫,手持长矛和刺棒。

毗输安多罗王将被驱逐出境,

施舍七百匹骏马,盛装严饰,

都是信度良种马,速度飞快,
载着马夫,配备刀剑和弓箭。

毗输安多罗王将被驱逐出境,
施舍七百辆车子,旗帜飘扬,

铺有豹皮和虎皮,盛装严饰,
坐着车夫,配备铠甲和弓箭。

毗输安多罗王将被驱逐出境,
施舍七百个妇女,站立车上,

系有金丝腰带,佩戴金首饰,
全身衣服和装饰品皆为金色,
眼睫毛浓密迷人,圆臀细腰。

毗输安多罗王将被驱逐出境,
施舍七百头母牛,配备奶桶。

毗输安多罗王将被驱逐出境,
施舍女仆和男仆,各为七百。

毗输安多罗王将被驱逐出境,
施舍象、马、车和妇女等等。

举行这样的大施舍,大地震动,

令人胆战心惊，令人汗毛竖起。

国王双手合掌，将被驱逐出境，
令人胆战心惊，令人汗毛竖起。

其间，天神通知全瞻部洲的国王："毗输安多罗正在举行施舍刹帝利少女等等的大施舍。"于是，凭借天神的威力，这些刹帝利国王迅速前来，接受毗输安多罗施舍的刹帝利少女等等后离去。同样，刹帝利、婆罗门、吠舍和首陀罗等等接受施舍后离去。毗输安多罗的施舍直至黄昏才结束。然后，他返回住处。接着，他乘坐御车，前去拜别父母，摩蒂也与他一同前往。大士敬拜父母后，告诉父母自己就要离去：

向恪守正法的尸毗王商伽耶告别：
你放逐我，我现在要前往梵伽山。

大王啊，世上众生贪得无厌，
他们将来必定会前往阎摩殿。

我在城中慷慨施舍，犯了这种错误，
依照尸毗国民众要求，被驱逐出境。

我进入猛兽出没的森林，即使
你们陷入泥沼，我仍然会行善。

大士向父亲念了这四首偈颂后，走到母亲身边，请求母亲同意自己离去：

我现在要离去，阿妈，请求你同意：

我在城中慷慨施舍,犯了这种错误,
依照尸毗国民众要求,被驱逐出境。

我进入猛兽出没的森林,即使
你们陷入泥沼,我仍然会行善。

菩娑蒂听后,说道:

儿子,我同意你,让你离去,
但让圆臀细腰的摩蒂与儿女
留下。她为何也要前往森林?

毗输安多罗回答说:

我甚至不愿带走一个女仆,
如果她愿意去,就让她去,
如果她不愿意去,就留下。

老王听了儿子的话,也恳求让摩蒂留下。

于是,老王亲自恳求儿媳摩蒂:
"不要让你的芳香身体沾染尘土,

"不要让拘舍草衣取代你的迦希衣,
林中生活艰难,美女啊,你别去!"

而肢体完美的王后摩蒂回答说:
"我不能离开毗输安多罗享清福。"

于是,富国强民的老王对儿媳说:
"摩蒂听我说,林中生活确实艰难。

"各种昆虫、飞蛾、苍蝇和蚊子,
它们会叮咬你,对你造成伤害。

"住在河边,也会有另一种危险,
蟒蛇虽然没有毒,却强壮凶猛。

"一旦人或动物走近它们,就会
被它们缠住,带回自己的住处。

"在娑通波罗河岸边,水牛出没,
它们头顶上的尖角富有攻击力。

"看到这些凶猛野兽在林中出没,
摩蒂你怎么能像母牛照顾牛犊?

"树上模样可怕的猴子不怀好意,
摩蒂你不知道林中的环境险恶。

"听到城里豺狼嗥叫,你也惊慌,
摩蒂啊,你怎么能够去梵伽山?

"甚至在中午,鸟儿静静休憩时,
野兽仍然咆哮,你为何去那里?"

肢体完美的王后摩蒂回答说:

父王你告诉我林中的这些危险，
即使面对这一切，我仍然要去。

无论路遇迦尸草、拘舍草或蒙阇草，
我都会挺胸向前行走，绝不会退缩。

哪怕是腹中空空，忍饥挨饿，
妻子也要尽心尽责侍奉丈夫。

独自守护住火，还要保证饮用的水，
世上寡妇生活才可怕，因此我要去。

一无所有，甚至残羹剩饭也吃不上，
世上寡妇生活才可怕，因此我要去。

受他人欺凌，揪住头发，摔倒地上，
世上寡妇生活才可怕，因此我要去。

皮肤白净，姿色迷人，却招人欺辱，
世上寡妇生活才可怕，因此我要去。

即使家族富裕，却遭兄弟朋友奚落，
世上寡妇生活才可怕，因此我要去。

河床无水便裸露，王国无王便裸露，
妇女无夫也裸露，即使她有十兄弟，
世上寡妇生活才可怕，因此我要去。

旗帜是车辆标志,烟雾是火焰标志,
国王是王国标志,丈夫是妻子标志,
世上寡妇生活才可怕,因此我要去。

妻子与丈夫同甘共苦,坚忍不拔,
享有声誉,甚至天神也会赞美她。

我要穿上袈裟衣,始终紧紧跟随丈夫,
没有他,即使拥有大地,我也不稀罕。

没有他,即使拥有大地上一切财富,
拥有各种金银和珠宝,我也不稀罕。

我怎么可能像那些心肠冷酷的妇人,
不顾丈夫遭受苦难,自己追求快乐?

这位富国强民的尸毗国王遭到放逐,
我要跟随他,因为我的快乐依靠他。

于是,老王对肢体完美的摩蒂说:

把你的儿子伽利和女儿甘诃吉那
留下,美女啊,我们会抚养他俩。

肢体完美的王后摩蒂回答说:

可爱的儿子伽利和女儿甘诃吉那,
他俩在森林中能抚慰我忧伤的心。

而老王说道：

　　他俩已吃惯精米和美味肉食，
　　怎么能在森林中以野果充饥？

　　他俩已用惯精致的金银餐具，
　　怎么能在森林中用树叶取代？

　　他俩已穿惯迦希衣和亚麻衣，
　　怎么能在森林中穿拘舍草衣？

　　他俩已坐惯华贵轿子和车子，
　　怎么能在森林中用双脚步行？

　　他俩已睡惯宫顶阁楼的卧室，
　　怎么能在森林中睡在树根边？

　　他俩已睡惯铺有毛毯的卧床，
　　怎么能在森林中睡在草席上？

　　他俩习惯涂抹芳香的檀香膏，
　　怎么能在森林中尘土沾满身？

　　他俩习惯拂尘和孔雀羽毛扇，
　　怎么能在森林中受蚊虫叮咬？

　　就在他们这样交谈中，夜晚逝去，太阳升起。侍从已将四匹信度马驾驭的御车停在门前。摩蒂拜别公婆，也与宫中其他妇女道别，带着一双儿女，走在毗输安多罗前面,登上御车。

> 肢体完美的摩蒂拜别公婆说:
> "王上,不要伤心,不要忧虑!
> 我们会好好照看这两个孩子。"

> 肢体完美的摩蒂拜别公婆后,
> 起身带着两个孩子准备启程。

> 毗输安多罗已经完成大施舍,
> 现在拜别父母,右绕行礼后,

> 登上四匹信度马驾驭的御车,
> 带着妻子儿女,前往梵伽山。

> 他对围在御车周围的亲友说:
> "我们走了,祝大家健康平安!"

大士这样向他们道别,并告诫他们说:"你们要精勤努力,乐善好施。"这时,母后菩娑蒂说道:"我的孩子热爱施舍,就让他施舍吧!"她吩咐送来两车七宝装饰品,让儿子带走。这样,大士一路上先后十八次施舍乞求者,施舍完所有装饰品,连同自己身上的装饰品。

大士出城后,想要转身最后观看自己的城市。而为了满足他的心愿,御车周围的地面裂开转动,让御车面朝城市。他观看自己父母的住处。这时,大地出现震动。

> 大士出城后,回首观看城市,
> 大地连同须弥山顶森林摇晃。

大士观看后,也让摩蒂观看,说道:

摩蒂,你看尸毗国父王住处,
还有我们的住处,确实优美!

大士看到与自己同日出生的六万侍臣和其他人,招呼他们回去。然后,他驾车前行,对摩蒂说:"贤妻,你要注意后面有没有乞求者前来。"于是,摩蒂坐着注意车后。这时,有四个婆罗门来到城市,没有赶上七百大施舍,问道:"国王在哪里?""国王施舍完毕,已经离去。"他们听说国王驾车离去,于是决定向国王乞求马匹,追赶而来。摩蒂看到他们前来,说道:"王上,有乞求者。"大士立即停车。他们走上前来,乞求马匹。大士便将四匹马施舍给他们。

这些婆罗门赶来,乞求马匹,
国王便将四匹马施舍给他们。

马匹被取走后,车辊悬空。而就在这四个婆罗门离去后,来了四位天子,化身红鹿拉车。大士看出他们是天子,念了这首偈颂:

摩蒂,你看,这确实是奇迹!
四匹马变成红鹿,为我拉车。

就在御车继续行进时,来了另一个婆罗门乞求车。大士让妻子和儿女下车,将车施舍给这个婆罗门。车被取走时,四位天子消失不见。

这时第五个婆罗门来乞求车,
国王毫不犹豫,施舍这辆车。

　　　　毗输安多罗让自己家人下车，
　　　　将车送给前来乞求的婆罗门。

　然后，他们全家徒步行走。大士对摩蒂说：

　　　　这兄妹俩，摩蒂你抱较轻的
　　　　甘诃吉那，我抱较重的伽利。

　说罢，夫妻俩抱着两个孩子继续前行。

　　　　国王抱着儿子，王后抱着女儿，
　　　　高高兴兴行走，亲亲密密交谈。①

　他们在路上遇见行人，就会询问：“梵伽山在哪里?”而人们回答说：“离
这里还远着哩!”

　　　　他们一路前行，遇见行人，
　　　　就会问路：“梵伽山在哪里?”

　　　　行人看到他们，深表同情，
　　　　告知他们：“梵伽山远着哩!”

　两个孩子看到路边两侧结满果子的果树，嚷嚷着要吃果子。这时，凭借
大士的威力，果树会垂下枝头，伸手就能够着。于是，大士采摘成熟的果子，
给两个孩子。摩蒂看到这一切，惊叹这是奇迹。

---

　① 此处原文后标注施舍故事终。

　　两个孩子看到路边挂果的
　　果树，会嚷嚷着要吃果子。

　　而果树看到两个孩子嚷嚷，
　　也会受到感动，垂下枝头。

　　看到这个令人惊讶的奇迹，
　　肢体完美的摩蒂赞不绝口：

　　"凭借毗输安多罗王的威力，
　　树枝自动垂下，真是奇迹！"

　　遮杜多罗城往前五由旬是苏婆那吉利多罗山，再往前五由旬是戈提摩罗河，再往前五由旬是阿兰遮罗山，再往前五由旬是敦尼毗吒婆罗门村，再往前十由旬是舅父的城市，以上总共三十由旬。而天神施展威力，压缩路程，让他们一天之内到达舅父的城市。

　　夜叉们同情两个孩子，压缩路程，
　　让他们一天之内就到达遮多王国。

　　他们在早餐时间从遮杜多罗城出发，在黄昏时分到达遮多王国舅父的城市。

　　他们长途跋涉，来到遮多王国，
　　这里繁荣富饶，食物饮料充足。

　　那时，舅父的城市住着六万个刹帝利。大士进入城内，坐在城门旁的大厅里。摩蒂擦去大士双脚上的尘土，按摩他的双脚。摩蒂心想："我要让人们知道毗输安多罗来到这里。"于是,她走出大厅,站在那里让人看见。进出城门的妇女们看到她,围在她的身边。

> 遮多国的妇女们围观这位美女:
> 这样娇嫩的贵妇居然徒步而行。

> 刹帝利妇女坐惯轿子和车子,
> 如今摩蒂却必须在林中步行。

人们看到摩蒂和毗输安多罗带着两个孩子徒步来到这里,便去报告国王。于是,六万个王子哭泣着来到他们身边。

> 遮多国王子们看到他,问候道:
> "王上你好吗? 王上健康平安吗?
> 你的父亲尸毗王也健康平安吗?

> "大王你的军队呢? 你的车队呢?
> 你长途跋涉,既无马,也无车,
> 难道是被敌人打败,来到这里?"

大士告诉他们自己来到这里的原因:

> 朋友们,我很好,我健康平安,
> 我的父亲尸毗王同样健康平安。

> 我的御象身躯庞大,象牙如同车辕,
> 全身雪白,是象中瑰宝,骁勇善战。

身披白毛毡，犹如雪白的盖拉瑟山，
颤颤开裂，流淌着液汁，践踏敌人。

配备华盖拂尘，堪称国王最佳坐骑，
而我连同象夫和侍卫施舍给婆罗门。

为此尸毗国民众愤怒，父亲也生气，
将我驱逐出境，于是我前往梵伽山，
请告诉我前往我居住的森林的路径。

而王子们说道：

大王啊，欢迎你平安来到这里，
你成为这里主人，我们听吩咐。

蔬菜、莲藕、蜂蜜、酒肉和米饭，
大王随便享用，你是我们的贵客。

毗输安多罗说道：

感谢你们宽宏大量，热情接待我，
而父王已放逐我，我要去梵伽山，
请告诉我前往我居住的森林的路。

王子们继续说道：

你暂时住在遮多国，勇士雄牛啊！
让使者们前往尸毗国恳求尸毗王。

他们会敬拜尸毗王,围在他身边,
成功说明你无辜,大王你放心吧!

而大士说道:

你们不要前去恳求尸毗王,
他在尸毗国已经没有实权。

尸毗国的市民愤怒而凶狂,
为了我的缘故会伤害父王。

王子们继续说道:

如果尸毗国的情况确实是这样,
那么,遮多国民众拥戴你为王。

这里繁荣富饶,百姓丰衣足食,
请你放心,就在这里统治王国。

毗输安多罗说道:

诸位王子听我说:我已被放逐,
我毫无统治王国的心愿和欲望。

我被放逐,而在这里被灌顶为王,
势必会引起尸毗国市民们的不满。

为了我的缘故而造成两国不和睦,

我不愿意看到两国之间产生争执。

产生争执,容易酿成可怕的冲突。
不要为了我,造成重大人员伤亡。

感谢你们宽宏大量,热情接待我,
而父王已放逐我,我要去梵伽山,
请告诉我前往我居住的森林的路。

即使王子们一再请求,大士仍坚决不同意。他们隆重邀请他进城,而大士不愿意进城。于是,他们装饰大厅,围上帘幕,铺设大床,四周设立岗哨。这样,大士在大厅中住了一夜。第二天早晨,享用各种美食后,在王子们陪同下,大士离开大厅。这六万个刹帝利陪同他走了十五由旬,到达森林边沿,站在那里告诉他前面还有十五由旬路程。

我们告诉你路径,愿你们一路平安,
你成为王仙,供奉祭火,内心宁静。

大王,前面这座山名为香醉山,
你与妻子儿女可以在那里停留。

我们抑制不住泪水,为你指路:
大王,从这里往北一直朝前走。

然后,你会看到那座毗布罗山,
山上树木茂盛,提供清凉绿荫。

再往前,你会看到盖杜摩提河,

这条河从山谷流出,河水很深。

河里有各种鱼类,河岸有浅滩,
全家人可以饮水、沐浴和休憩。

然后,你会看到可爱的山顶上,
无花果树结满甜果,树荫清凉。

然后,你会看到那座那利迦山,
山上有各种鸟类及紧那罗出没。

在它的东北方,有目真邻陀湖,
湖面上遍布着蓝莲花和白莲花。

然后是乌云般森林,遍地绿草,
你像一头觅食的雄狮进入丛林,
里里外外布满开花结果的树木。

在鲜花盛开的树上,各种鸟儿,
色彩各异,发出甜蜜的鸣叫声。

走到山中蜿蜒曲折的河流源头,
你就会看到树木围绕的莲花池。

池里有各种鱼类,池边有浅滩,
四周地面平坦,弥漫芳香气息。

在这里东北方搭建一间树叶屋,

你们就可以开始采集食物度日。

王子们说明前面十五由旬的路线后,与毗输安多罗道别。但他们心想:"别让任何敌人有机可乘。"这样,为了避免毗输安多罗途中遇到危险,他们指定一个机敏能干的青年守在森林入口处,巡视观察,掌握情况。然后,他们返回自己的城市。

毗输安多罗带着妻儿前往香醉山,在那里住了一天。然后,往北经过毗布罗山,到达盖杜摩提河。他们坐在河边,吃林中人供给他们的甜美肉食,并赠给林中人一枚金针。他们在这里饮水、沐浴和休憩。过河后,看见山顶上挺立的无花果树。他们在树根旁吃无花果。然后,他们起身前往那利迦山。到达那里后,绕着山走,到达目真邻陀湖。从湖的东北角,经过一条狭窄的小路,进入茂密的丛林。再往前,走到山中蜿蜒曲折的河流源头,到达了莲花池。

这时,帝释天注意到这个情况,心想:"大士进入雪山地区,应该有个住处。"于是,他召来工巧天,吩咐说:"贤士,你去梵伽山中,选择一个可爱的地点,建造一个净修林。"工巧天奉命在山中建造了两间树叶屋、两个散步处,以及一些供夜晚和白天活动的场所,在散步处周围种植各种开花的树木以及芭蕉树,还安置了出家人的各种必需用品。然后,他在那里刻写文字:"这里所有一切供出家人使用。"他又赶走那里的各种鬼怪和那些发出可怕叫声的飞禽走兽,随后返回自己住处。

大士看到一条小路,心想这里应该有出家人的居所。于是,他让摩蒂和两个孩子停在路口,自己先进去察看。他看到了那行文字,心想这是帝释天关照我。他打开树叶屋的门,进入屋里,放下弓和剑,脱下外衣,换上仙人服装,拿起木杖,走出树叶屋,在散步处走来走去,然后犹如宁静安详的辟支佛,来到妻子和两个孩子身边。摩蒂流着眼泪拜倒在大士脚下,与他一起进入净修林。摩蒂进入自己的树叶屋,换上苦行者服装,也让两个孩子换上苦行者服装。就这样,这四位刹帝利出身的苦行者住在梵伽山中。

然后,摩蒂请求大士说:"王上,你不要去采集果子,就带着两个孩子留在这里。我去采集各种果子。"从此，摩蒂出去采集果子，供给他们三人食用。菩萨也请求摩蒂说："摩蒂，我们从此过出家人的生活。妇女有碍梵行，因此，除非有必要，你不要来到我的身边。"摩蒂答应道："好吧！"

凭借大士的慈悲威力，周围三由旬内的所有动物都友好相处。摩蒂每天早晨起身后，侍候全家人吃喝，饭后递上漱口水和洁齿杨枝，打扫净修林，将两个孩子留在他们的父亲身边，自己带着篮子、铲子和钩子，进入林中采集根茎和果子，在黄昏时分返回，将篮子放在屋内后，为两个孩子沐浴。然后，全家人坐在树叶屋门前，享用各种果子。就这样，他们在梵伽山中住了七个月。

那时，羯陵伽国杜尼毗吒村中有个婆罗门，名叫朱遮迦。他出外乞求钱财，得到一百元，寄存在一个婆罗门家中。然后，他继续出外乞求钱财。他离开很长时间，其间，这家人花掉了这一百元。后来，朱遮迦回来，他们还不出这一百元，于是，将女儿阿蜜多妲波那嫁给他。朱遮迦带着阿蜜多妲波那回到羯陵伽国杜尼毗吒村，住在那里。

阿蜜多妲波那精心侍奉朱遮迦。这样，村里其他年轻婆罗门看到她如此贤惠，便斥责自己的妻子："你看阿蜜多妲波那怎样侍奉年老的丈夫，而你怎样对待我？"于是，村里的妇女们决心要把阿蜜多妲波那赶出村去，在河边或其他地方一起嘲骂她。

> 羯陵伽国有个名叫朱遮迦的婆罗门，
> 他有个年轻妻子名叫阿蜜多妲波那。
>
> 在河边打水的村中妇女们，
> 聚在一起气势汹汹嘲骂她：
>
> 你的父亲和母亲都是坏心肠，
> 居然把年轻女儿嫁给老头子。

你们家的亲戚暗中秘密策划，
把你这年轻女孩嫁给老头子。

你们家的亲戚暗中耍弄诡计，
把你这年轻女孩嫁给老头子。

你们家的亲戚暗中犯罪作恶，
把你这年轻女孩嫁给老头子。

你这样年轻，嫁给一个老头子，
这样不称心如意，还不如死去！

你的父亲和母亲肯定居心不良，
偏要把年轻的女儿嫁给老头子。

肯定是他们没有为你拜火祭神，
结果把年轻的女儿嫁给老头子。

肯定你平时谩骂沙门和婆罗门，
谩骂遵奉梵行的博学有德之士，
结果这样年轻，却嫁给老头子。

终日面对这样一个衰老的丈夫，
心中痛苦甚至胜过蛇咬和刀戳。

与老丈夫同居无欢爱，无快乐，
无话可谈，他面露笑容也丑陋。

而年轻的夫妇一起共度良宵，
欢爱中忘却所有的忧愁烦恼。

你这样年轻漂亮，男人们求之不得，
老丈夫哪能给你快乐？回娘家去吧！

她受到这些妇女嘲骂，拿着水罐，哭着回家。婆罗门问她："贤妻，你为何哭泣？"她回答说：

婆罗门啊，我不再去河边打水了！
那些妇女嘲笑我嫁给你这老头子。

朱遮迦说道：

你不必为我做事，不必为我打水，
我自己去打水，你不要为此生气。

婆罗门妻子说道：

你去打水，这不符合家族规矩，
如果你这样，我就离开这个家。

如果你不给我找个男仆或女仆，
明白告诉你，我就离开这个家。

朱遮迦说道：

我既无手艺，也无钱财和谷物，

怎么可能为你雇佣男仆或女仆？
我会亲自侍候你，你不要生气。

婆罗门妻子说道：

那么我告诉你，我听到人们说，
在梵伽山中住着毗输安多罗王。

你去向他乞求男仆和女仆，
这位刹帝利就会施舍给你。

朱遮迦说道：

我年老体弱，路远难行，
你不要忧伤，不要烦恼，
我会侍候你，你别生气。

婆罗门妻子说道：

就好像士兵上战场，临阵脱逃，
婆罗门啊，你面对困难就退缩。

如果你不为我找来男仆或女仆，
我要告诉你，我会离开这个家，
让你伤心难过，让你感到痛苦。

你会看到我按季节变化装饰打扮，
与别人快乐生活，你会感到痛苦。

你年老体衰失去我,伤心难过,
你的背脊更弯曲,白发更增多。

她对婆罗门说了这些带有威胁的话。

婆罗门心中害怕,受爱欲折磨,
便听从妻子摆布,对妻子说道:

"贤妻啊,为我准备旅途干粮,
蘸糖果子、甜饭团和炒麦粉。

"我会为你带回男仆和女仆,
日日夜夜不知疲倦侍候你。"

妻子很快为他准备好干粮。于是,他加固屋内松动的地方,修理好门,从林中采集柴薪,用水罐打水,灌满家中各种容器,然后,穿上苦行者服装,嘱咐妻子说:"你不要随便出门,多加小心,直到我回来。"随后,他穿上鞋子,背上干粮袋,右绕阿蜜多妲波那行礼,眼中含着泪水出发。

就这样,这个婆罗门穿上鞋子,
向妻子右绕行礼后,启程出发。

他身穿苦行者服装,含着眼泪,
为乞求奴仆,前往尸毗国都城。

他来到城市,询问人们:"毗输安多罗在哪里?"

他来到那里,询问聚在一起的人们:

"毗输安多罗王在哪里？怎样找到他？"

而聚集在那里的人们回答他说：
"他无休止施舍你们这些婆罗门，
已经被驱逐出国，住在梵伽山。

"他无休止施舍你们这些婆罗门，
现在他带着妻儿，住在梵伽山。"

然后，他们忽然怒气冲冲说道："就是你这个婆罗门毁了我们的国王，而你现在又来了。你站住！"说着，他们手持棍棒追打这个婆罗门。而他得到天助，终于来到通向毗输安多罗住处的山路。

这婆罗门贪恋爱欲，受妻子鼓动，
进入虎豹犀牛等猛兽出没的森林。

他带着木杖、水罐和祭勺，
进入大森林，寻找大施主。

他进入大森林后，豺狼围住他，
他吓得东奔西逃，迷失了方向。

这个不能控制贪欲的婆罗门，
在林中迷失方向，发出哀号：

"谁能告诉我毗输安多罗在哪里？
这一位战无不胜的刹帝利雄牛，
他能赐予陷身危难者平安幸福。

"谁能够告诉我毗输安多罗在哪里?
他施舍乞求者,似大地支持万物。

"谁能够告诉我毗输安多罗在哪里?
乞求者走向他,似河流奔向大海。

"谁能告诉我毗输安多罗在哪里?
他犹如可爱的池塘,池水清凉,
花粉随风飘逸,适宜饮水休憩。

"谁能告诉我毗输安多罗在哪里?
他犹如生长在路边的无花果树,
树荫清凉,供疲惫的旅人休憩。

"谁能告诉我毗输安多罗在哪里?
他犹如生长在路边的庵摩罗树,
树荫清凉,供疲惫的旅人休憩。

"谁能告诉我毗输安多罗在哪里?
他犹如生长在路边的大沙罗树,
树荫清凉,供疲惫的旅人休憩。

"我在这大森林中这样哀号呼唤,
谁能听到而告诉我,让我高兴?

"我在这大森林中这样哀号呼唤,
谁能听到而告诉我,积下功德?"

原先被安排守候在这里的遮多国青年，现在成为猎人，在林中巡视观察，听到这个婆罗门的哀号，心想："这个婆罗门发出哀号，想要寻找毗输安多罗的住处。他来这里不会有好事，可能想要乞求摩蒂和两个孩子。我要杀死他。"于是，他走到婆罗门身边，挽开弓，威胁说："婆罗门，我不会让你活着出去。"

这位猎人听到他的哀号，说道：
"他无休止施舍你们这些婆罗门，
已经被驱逐出国，住在梵伽山。

"他无休止施舍你们这些婆罗门，
现在他带着妻儿，住在梵伽山。

"你这傻瓜离家来到这里，不怀好意，
寻找国王，犹如苍鹭寻找河中的鱼。

"婆罗门！我不会让你活着出去，
我发射的这支箭会喝你的鲜血。

"我会击碎你的头，刺穿你的心肺，
我会用你的血肉供养路边的飞鸟。

"婆罗门！我会割取你的心，连同
你的血肉、筋腱和头颅用作祭品。

"婆罗门！你的肉是最佳的祭品，
你休想带走国王的妻子和儿女。"

婆罗门听到他的这番话,惧怕死亡,立即编造谎言说:

遮多国青年啊,请你好好听我说:
不能杀害使者,这是永恒的法规。

尸毗国民众已经平静,父亲想见儿子,
母亲的身体日益衰弱,两眼快要哭瞎。

遮多国青年啊,他们派我作为使者,
前来接回国王,因此你应该告诉我。

遮多国青年感到快慰,心想:"他是来接毗输安多罗回去。"于是,他拴住狗,走近婆罗门,让他坐在树枝堆上,念了这首偈颂:

你是最可爱的使者,让我积下功德,
我送给你这条美味的鹿腿,婆罗门!
我会告诉你这位施恩者憩息的地方。

遮多国青年招待婆罗门进食后,又送给他甜瓜和烤鹿腿作为旅途干粮。然后,他站在路边,伸出右手,为婆罗门指点大士在林中的住处,说道:

婆罗门! 前面这座山是香醉山,
毗输安多罗和妻儿住在这一带。

他看似婆罗门苦行者,束起发髻,
穿兽皮衣,供奉祭火,以地为床。

这座山深蓝似眼膏,山顶笼罩乌云,

山上树木郁郁葱葱，结满各种果子。

灌木、马耳树、佉提罗树、沙罗树，
还有蔓藤，在风中摇曳，如同醉汉。

每棵树上都聚集各种飞鸟，
那朱诃鸟和杜鹃齐声合唱。

这些鸟儿布满树上枝叶之间，
欢迎其他鸟儿前来一起居住，
毗输安多罗和妻儿住在这里。

他看似婆罗门苦行者，束起发髻，
穿兽皮衣，供奉祭火，以地为床。

然后，他继续描述净修林，说道：

芒果树、迦比陀树、波那娑树、
沙罗树、瞻部树、维毗多迦树、
诃利多树、庵摩罗树和菩提树。

那里还有可爱的丁波树、无花果树、
优昙波罗树，结满甜果，树枝低垂。

波雷婆多树、跋维耶树和葡萄，
甜蜜可口，可以自己采摘享用。

芒果树有些开花，有些刚发芽，

有些果子成熟,有些绿似青蛙。

成熟的芒果色香味齐全,
人站在树下,就能采摘。

那里的神奇美景让我惊叹,
仿佛是天神居住的欢喜园。

棕榈树和椰子树在林中高高耸立,
成团成团的花簇犹如悬挂的旗帜,
五颜六色花朵犹如星星点缀夜空。

古吒遮树、波吒梨树、崩那伽树、
吉利崩那伽树和黑檀树鲜花盛开。

乌达罗迦树、波多耆婆树、迦古达树、
娑摩树、沉香树和阿沙那树鲜花盛开。

密集的古吒遮树、憍赏弥沙罗勒树、
尼波树、沙罗树以及灌木鲜花盛开。

那里不远处有个赏心悦目的莲花池,
布满蓝莲和白莲,犹如天国欢喜园。

杜鹃吸吮按季绽放的花朵蜜汁而迷醉,
发出甜美迷人的鸣声,在山谷中回响。

莲花池中朵朵莲花滴淌蜜汁,

西南风轻轻吹拂，播撒花粉。

池中有水草、鱼儿、乌龟和螃蟹，
花蜜流淌似乳汁，池边还有野稻。

林中鲜花芳香激发风儿，
带着各种花香传送四方。

蜜蜂们追随花香嘤嘤嗡嗡，
色泽鲜艳的鸟儿兴奋激动，
雄鸟和雌鸟互相鸣叫呼应：

"南迪迦是可爱的长寿儿子，
南陀也是我们可爱的儿子。"

成团成团的花簇犹如悬挂的旗帜，
五颜六色鲜艳花朵散发扑鼻芳香，
毗输安多罗王和妻儿在这里憩息，
他看似婆罗门苦行者，束起发髻，
穿兽皮衣，供奉祭火，以地为床。

遮多国青年这样描述毗输安多罗的住处，朱遮迦听了高兴满意，向他表
达敬意，说道：

我送给你伴有蜜糖的炒麦粉，
还有甜饭团，向你表示感谢。

而遮多国青年听后，回答说：

留着你的旅途干粮,我不需要它们,
婆罗门,你带着干粮,愉快出发吧!

沿着这条小路向前走,直达净修林,
途中会遇见灰头土脸的阿朱多仙人。

他是一位婆罗门苦行者,束起发髻,
身穿兽皮衣,供奉祭火,以地为床,
你可以询问他,他会告诉你怎样走。①

婆罗门向这位青年右绕行礼告别,
兴奋激动,前往阿朱多仙人那里。

朱遮迦在途中遇见阿朱多,
看到他后,向他问候请安:

"尊者你好吗? 健康平安吗?
稻穗、根茎和果子充裕吗?

"牛虻和蚊虫没有叮咬你吧?
林中的野兽没有伤害你吧?"

苦行者说道:

婆罗门,我很好,健康平安,
稻穗、根茎和果子都很充裕。

---

① 遮多国青年的叙述至此结束。

牛虻和蚊虫没有叮咬我，
林中的野兽没有伤害我。

我在净修林里住了很多年，
从来没有遭受病痛的折磨。

婆罗门，欢迎你来到这里，
请贤士进来，洗洗你的脚。

这些是丁度迦果和毗耶罗果，
甜美可口，随你喜欢挑着吃。

这是山谷中取的清凉的水，
婆罗门，如果想喝你就喝。

朱遮迦说道：

感谢你这样热情周到地招待我，
商伽耶之子被尸毗国民众放逐，
我来寻找他，盼望你能告诉我。

苦行者说道：

你来寻找尸毗王，看来不怀好意，
我肯定你是企图乞求忠贞的王后，

或者乞求甘诃吉那和伽利当童仆，
你来这里想带走国王的妻子儿女，

因为国王在这里没有钱财和谷物。

朱遮迦听后,说道:

请尊者别生气,我不是来乞求施舍,
我想见到高贵者,有幸与他们相处。

我没有见过尸毗国民众放逐的尸毗王,
如果你知道他的住处,恳求你告诉我。

苦行者相信了他的话,说道:"好吧,我会告诉你。你今天就先住在这里。"说罢,他用各种果子招待婆罗门。第二天,他伸出右手,为婆罗门指路,说道:

婆罗门!前面这座山是香醉山,
毗输安多罗和妻儿住在这一带。

他看似婆罗门苦行者,束起发髻,
穿兽皮衣,供奉祭火,以地为床。

这座山深蓝似眼膏,山顶笼罩乌云,
山上树木郁郁葱葱,结满各种果子。

灌木、马耳树、佉提罗树、沙罗树,
还有蔓藤,在风中摇曳,如同醉汉。

每棵树上都聚集各种飞鸟,
那朱诃鸟和杜鹃齐声合唱。

这些鸟儿布满树上枝叶之间，
欢迎其他鸟儿前来一起居住，
毗输安多罗和妻儿住在这里。

他看似婆罗门苦行者，束起发髻，
穿兽皮衣，供奉祭火，以地为床。

那里遍布可爱的迦雷利蔓藤，
草地碧绿，没有飞扬的尘土。

草地上的青草高度不超过四指，
碧绿似孔雀脖颈，柔软似棉花。

茂盛的芒果树、瞻部树、迦比陀树、
优昙波罗树，果子成熟，树枝低垂。

那里的河水清澈似吠琉璃，
散发芳香，鱼儿成群游弋。

不远处有个赏心悦目的莲花池，
布满各种莲花，似天国欢喜园。

这个莲花池中有三种莲花，
蓝莲花、白莲花和红莲花。

他描述莲花池后，接着描述目真邻陀湖，说道：

目真邻陀湖中布满柔软的

蓝莲花、白莲花和红莲花。

湖中竞相绽放的莲花一望无际,
无论夏季或者霜季,高达膝部。

微风吹送各色莲花的芳香,
蜜蜂们追随花香嘤嘤嗡嗡。

迦丹波树、波吒梨树和黑檀树,
矗立湖边,鲜花盛开,婆罗门!

还有安戈罗树、婆罗那树、沙耶那树、
迦吉迦罗树和波利遮耶树,鲜花盛开。

希利沙树、白婆利沙树、波陀摩迦树、
尼贡底树和希利尼贡底树,鲜花盛开。

般古罗树、婆古罗树、苏盘遮那树、
盖多迦树和迦尼迦罗树,鲜花盛开。

阿周那树、阿朱甘那树和金苏迦树,
鲜花盛开,花朵犹如燃烧着的火焰。

塞多波尼树、娑多般那树、迦陀利树、
达努多迦利树和辛娑波树,鲜花盛开。

阿吉婆树、希波罗树、古勒婆罗树、
塞多盖罗树和多伽罗树,鲜花盛开。

许多挺拔的小树也鲜花盛开，
在净修林的两侧还有祭火屋。

湖边还有各种草本植物：盘尼遮迦、
目伽提、迦罗提、塞婆罗和辛婆迦。

辛古遮罗迦、迦兰波迦、达希摩、
甘遮迦随着蜜蜂飞舞而微微颤抖。

树上攀缘的埃兰波罗迦蔓藤，
散发的芳香能够持续一星期。

湖中两侧布满绽放的蓝莲花，
散发的芳香能够持续半个月。

尼罗菩毗、塞迦达利、吉利迦尼迦、
突勒希和菩吒卢佉蔓藤也纷纷开花。

树林花枝招展散发扑鼻芳香，
四周蜜蜂追随花香嘤嘤嗡嗡。

湖边长有三种迦迦卢蔓藤果子，
一种大似水罐，两种大似小鼓。

那里有许多芥子和绿色水草，
多罗树耸立，蓝莲花可采摘。

阿菩陀、苏利耶和迦利耶散发芳香，

无忧树展露笑容,婆利跋绽开小花。

戈兰陀迦、阿诺遮和那伽蔓藤,
还有金苏迦蔓藤攀缘树木开花。

迦遮卢诃、婆森提、茉莉、尼利耶、
苏摩那和盘提花芳香四溢胜过莲花。

喇叭花、迦尼迦罗和醯摩遮罗花,
竞相绽放,犹如窜腾的可爱火苗。

这里遍布各种陆上和水中的鲜花,
一望无际,犹如可爱的花的海洋。

湖中有丰富的鱼类:红鱼、那罗比鱼、
辛古鱼、贡比罗鱼、摩竭鱼和苏苏鱼。

湖边有芳香的多利沙树、苾扬古树、
温那迦树、跋陀目多树和罗卢波树。

多伽罗树、冬伽凡吒迦树、那罗陀树、
波陀摩迦树、阐摩迦树和诃雷努迦树。

诃利陀迦树、甘达希罗树、古古罗树、
维台底迦树、古吒树、樟脑树和桂树。

湖边有狮子、老虎、大象、怪兽、
羚羊、花斑鹿、罗希遮娑罗跋鹿。

狼狗和肤色如同芦苇的狐狸，
牦牛和轻快跳跃的各种猿猴。

迦迦吒鹿、迦多摩耶鹿、狗熊、
野牛、犀牛、野猪和黑斑猫鼬。

水牛、野狗、豺狼、蜂猴、
蜥蜴以及色彩斑斓的花豹。

啃啮残食的野兔，捕食豺狼的狮子，
毛茸茸的八足兽，色泽艳丽的野鸡。

鹧鸪、公鸡、母鸡、鸭子、
苍鹭和丁底跋鸟互相鸣叫。

兀鹰、红脊鸟、般波迦鸟、长命鸟、
迦宾遮罗鸟、底底罗鸟和古罗婆鸟。

麻雀、天堂鸟、猫头鹰和鱼鹰，
各种各样鸟发出各种各样鸣叫。

这里雄蓝鸟和雌蓝鸟互相呼应，
发出欢乐、甜蜜和柔美的鸣叫。

这里白羽毛鸟和花羽毛鸟，
互相发出甜蜜柔美的鸣叫。

这里白羽毛鸟和蓝脖子鸟

互相发出甜蜜柔美的鸣叫。

古古陀迦鸟、古利罗鸟、戈吒鸟、
仙鹤、迦罗弥耶鸟和波利耶叉鸟。

无数姜黄色、红色、白色或蓝色的鸟，
象鼻鸟、辛古王鸟、迦昙树鹦鹉和杜鹃。

花斑鸟、鹞、天鹅、阿吒鸟、水鸟、
波利婆丹底迦鸟、大力鸟和长命鸟。

鸽子、那底遮罗鸟、婆罗那鸟、
太阳鹅和轮鸟，发出可爱鸣叫。

各种颜色雄鸟和雌鸟互相呼应，
发出欢乐、甜蜜和柔美的鸣叫。

目真邻陀湖边各种颜色的鸟，
互相呼应，发出甜美的鸣叫。

这里雄杜鹃和雌杜鹃互相呼应，
发出欢乐、甜蜜和柔美的鸣叫。

目真邻陀湖边雄杜鹃和雌杜鹃，
互相呼应，发出温柔甜蜜鸣叫。

林中的蔓藤攀缘各种树木，
羚羊、花斑鹿和大象出没。

芥子、豆子、稻子和谷物的落穗，

不用耕种，自然生长，数量充裕。

沿着这条小路走，直达净修林，

毗输安多罗和妻儿在这里憩息，

不受饥渴困扰，身体安然无恙。

他看似婆罗门苦行者，束起发髻，

穿兽皮衣，供奉祭火，以地为床。①

婆罗门听完这番话，向仙人右绕行礼，

兴奋激动，启程前往毗输安多罗住处。

朱遮迦按照苦行者的指点，来到莲花池，心想："现在已经是黄昏，摩蒂就要从林中回来。母亲通常会从中作梗，我要等明天她去林中后，再进入净修林，向毗输安多罗乞求两个孩子，趁她没有回来，立即带走。"这样，他登上一个山坡，选择一个舒服的地点躺下。

破晓时，摩蒂做了一个噩梦：有个黑皮肤的人穿着两件褴褛衣，双耳戴着两朵红花，手持凶器，气势汹汹来到树叶屋，抓住她的发髻，将她拽倒，使她仰卧在地。她发出惊叫，而那个人挖出她的双眼，剖开她的胸脯，取走她的滴淌鲜血的心。摩蒂醒后，心慌意乱："我做了一个噩梦。除了毗输安多罗，没有一个人能为我释梦，我要去问他。"

她来到大士的树叶屋前敲门。大士问道："是谁?""王上，是我，摩蒂。""你为何不遵守我们的约定，在这个时间来找我?""我并非有什么坏念头，是因为我做了一个噩梦。""那么，你说吧!"于是，她讲述自己做的噩梦。大士听后，心想："今天有乞求者来乞求我的儿女。我要安抚摩蒂，让她放心离

---

① 阿朱多仙人的叙述至此结束。

去。"于是,他哄骗摩蒂说:"这是消化不良引起的噩梦,你别怕。"

这样,摩蒂放心离去。天明后,她安排全家人进餐。随后,她拥抱两个孩子,亲吻他俩的额头,嘱咐道:"我夜里做了一个噩梦,你们俩要多加小心。"她把两个孩子交给大士照看,自己带着篮子等等,抹着眼泪,前往林中采集根茎和果子。

朱遮迦心想:"现在,她应该已经去林中了。"他走下山坡,沿着小路,来到净修林。大士从树叶屋出来,坐在石板上,犹如一尊金像。他仿佛酒鬼渴望喝酒,望着前面的来路,心想:"乞求者就要来了。"两个孩子在他的脚边玩耍。这时,他看见路上走来一个婆罗门,仿佛觉得自己又肩负起已经放下七个月的施舍担子,高兴地说道:"婆罗门,你过来吧!"然后,他吩咐儿子伽利说:

> 伽利,起身站着!我看见一个婆罗门,
> 仿佛回到昔日时光,我心中满怀喜悦。

儿子听后,说道:

> 阿爸!我也看到,来了一个婆罗门,
> 他好像是来乞求,成为我们的客人。

说罢,伽利向婆罗门致以敬意,起身上前,帮他卸下肩上的包袱。而婆罗门望着这个孩子,心想:"这应该是毗输安多罗的儿子伽利。从现在开始,我要对他说话严厉。"于是,他捻着手指,说道:"走开,你走开!"伽利退回来,心想:"这个婆罗门怎么这样粗鲁?"他观看这个婆罗门的身体,发现有十八种缺陷。而婆罗门走近大士,问候请安,说道:

> "尊者你好吗?健康平安吗?
> 稻穗、根茎和果子充裕吗?

"牛虻和蚊虫没有叮咬你吧?
林中的野兽没有伤害你吧?"

大士向他致以敬意,回答说:

婆罗门,我很好,健康平安,
稻穗、根茎和果子都很充裕。

牛虻和蚊虫没有叮咬我,
林中的野兽没有伤害我。

我在森林里已经生活了七个月,
第一次见到天神模样的婆罗门,
手拄木杖,携带有祭勺和水罐。

婆罗门,欢迎你来到这里,
请贤士进来,洗洗你的脚。

这些是丁度迦果和毗耶罗果,
甜美可口,随你喜欢挑着吃。

这是山谷中取的清凉的水,
婆罗门,如果想喝你就喝。

说罢,大士心想:"这个婆罗门不会无缘无故来到大森林。不必耽搁,我要问清他的来由。"于是,他说道:

那么你有何事,长途跋涉,

来到大森林？请你告诉我。

朱遮迦回答说：

> 你像滔滔江河，水流永不枯竭，
> 我来向你乞求你的儿子和女儿。

大士听后，满心欢喜，就像将装有一千金币的钱袋放在伸出的手掌上，高声说道：

> 我会毫不犹豫给你，你可以带走他俩，
> 但王后早上出去采集食物，黄昏回来。

> 你在这里先住一夜，明天早上再走，
> 她要为他俩沐浴、装饰和佩戴花环。

> 你在这里先住一夜，明天早上再走，
> 让这两个孩子佩戴花环，涂抹香料，
> 携带各种根茎和果子，你再带走吧！

而朱遮迦说道：

> 我不愿意住下，我希望马上就走，
> 否则会横生枝节，我现在就要走。

> 妇女从来不会是慷慨施舍者，
> 她们诡计多端，会从中作梗。

你真心施舍，就别让孩子见母亲，
她会从中作梗，我必须现在就走。

你与儿女告别，别让他俩见母亲，
你真心施舍，必将增长你的功德。

你与儿女告别，别让他俩见母亲，
你施舍我这样的人，会升入天国。

毗输安多罗说道：

如果你不愿意见到我忠贞的妻子，
那就让伽利和甘诃吉那见见祖父。

他见到这两个说话可爱的孩子，
会满怀喜悦，赏给你许多钱财。

而朱遮迦说道：

我害怕你的施舍落空，请你听我说：
国王会惩治我，卖掉我，或杀死我，
失去了财富和仆从，妻子会责怪我。

毗输安多罗说道：

富国强民的尸毗国王遵奉正法，
他见到这两个说话可爱的孩子，
会满怀喜悦，赏给你许多钱财。

而朱遮迦说道：

> 无论你怎样劝说，我也不会这样做，
> 我要带走两个孩子，侍候我的妻子。

这两个孩子听到婆罗门狠毒的话，退到树叶屋后，钻进灌木丛中。但即使躲在这里，他们依然仿佛觉得朱遮迦正前来抓捕他俩，浑身颤抖不止。于是，他俩躲来躲去，来到莲花池边，跳入水中，把头藏在莲花叶下。

> 伽利和甘诃吉那听到这个恶人的话，
> 他俩吓得浑身颤抖不止，东躲西藏。

朱遮迦看到两个孩子不见了，指责大士，说道："毗输安多罗，你已经送给我你的两个孩子，可是我说了不去遮杜多罗城，而要把他俩带回去侍候我的妻子，你就向他俩使暗号，让他俩逃走。你又装作不知道的样子，这么坐着。我看这世上找不到像你这样的说谎者。"大士听后，心中震动，心想："他俩逃走了。"于是，他说道："婆罗门，你别担心。我去带他俩回来。"他起身来到树叶屋后，心想他俩可能躲进密林中。他沿着他俩的足迹寻找，直至莲花池边，知道他俩藏在水中，便呼唤道："孩子，伽利！"

> 好儿子，听我的话，出来吧！
> 浇灌我的心，实现我的心愿。
>
> 成为我在生死海中坚固的渡船，
> 让我超越一切世界，到达彼岸。

他这样呼唤儿子伽利。伽利听到父亲的呼唤，心想："就让婆罗门对我想怎么就怎么吧！我不要为难父亲。"于是，他抬起头，拨开莲花叶，从水中出来,拜倒在父亲右脚下,紧紧抱住脚脖子哭泣。大士说道:"孩子,你的妹妹在哪里?""阿爸,遇到危险时,人人都会保护自己。"大士心想:"这两个孩子是一起商量做事的。"于是,他呼唤道:"出来吧,好女儿甘诃吉那!"

> 好女儿,听我的话,出来吧!
> 浇灌我的心,实现我的心愿。
>
> 成为我在生死海中坚固的渡船,
> 让我超越一切世界,到达彼岸。

甘诃吉那与哥哥伽利一样,心想:"我不要为难父亲。"于是,她从水中出来,拜倒在父亲左脚下,紧紧抱住脚脖子哭泣。他俩的泪水滴淌在大士灿若莲花的脚背上。大士扶起他俩,安慰说:"儿子伽利啊,你不知道我把你当作财物施舍吗?孩子,你就让我实现心愿吧!"说罢,他像为牛估价那样为这两个孩子估价,说道:"儿子伽利,你若要赎取自由身,就要付给婆罗门一千金币。而你的妹妹美貌绝伦,任何低等出身的人无论付给婆罗门多少钱财,都不能赎取她。除非是刹帝利国王,付给婆罗门一百个男仆、一百个女仆、一百头象、一百匹马和一百头牛,加上一万金币,才能赎取她。"他这样说明他俩的身价,安慰他俩,带他俩回到净修林。

> 于是他带回伽利和甘诃吉那,
> 将这两个孩子施舍给婆罗门。
>
> 他将他的两个孩子作为财物,
> 交给婆罗门,作出至高施舍。
>
> 这令人惊恐不已,令人汗毛竖起,
> 他施舍自己儿女,大地为之震动。

这令人惊恐不已,令人汗毛竖起,
他双手合掌,将儿女施舍婆罗门。

大士施舍儿女后,心想:"我圆满完成了我的施舍。"他内心喜悦,望着两个孩子。而朱遮迦进入丛林,取来蔓藤枝条,将男孩的右手和女孩的左手绑在一起,然后,用藤条鞭打他俩,拽着他俩走。

这狠毒的婆罗门取来蔓藤枝条,
绑住他俩的手,还用藤条鞭打。

就这样,婆罗门在国王的面前,
鞭打他俩,拽拉着他俩向前走。

他俩的皮肤开裂,流出鲜血。而在遭到鞭打时,他俩互相用背掩护。在一个路面凹陷处,婆罗门踩空跌倒在地。这两个孩子的小手挣脱蔓藤结,哭泣着跑回父亲身边。

这两个孩子摆脱婆罗门的控制,
双眼涌满泪水,抬头望着父亲。

他俩犹如在风中颤抖的树叶,
拜倒在父亲脚下,向他诉说:

"阿妈不在,你怎么就这样送掉我俩?
让我俩见到阿妈后,你再送掉我俩。

"阿妈不在,你怎么就这样送掉我俩?
现在不要送掉我俩,等阿妈回来后,

那时让婆罗门随意卖掉或杀死我俩。

"脚掌粗大,指甲断裂,身体臃肿,
嘴唇下垂,颤颤巍巍,长有獠牙,

"鼻子糜烂,腹部似罐,背脊弯曲,
眼睛歪斜,红色胡须,黄色头发,

"满脸皱纹和斑点,皮肤蜡黄粗糙,
这婆罗门实在是身披兽皮的怪物。

"他究竟是人还是吃肉饮血的夜叉?
从村庄来到森林,向你乞求施舍,
你怎么会眼巴巴听任这魔鬼摆布?

"因此,你的心肠确实坚硬似铁石,
难道你没看见这个贪婪的婆罗门
粗暴凶狠,捆绑鞭打我俩似牲口?"

妹妹甘诃吉那更是茫然不知所措,
犹如吃奶的幼畜脱离畜群而哭泣。

听到孩子这样诉说,大士无言以对。然后,伽利为父母感到悲伤,说道:

如果我遭受这样深重的痛苦,
而见不到阿妈,我更加痛苦。

如果我遭受这样深重的痛苦,

而见不到阿爸,我更加痛苦。

可怜的阿妈看不到可爱的女儿
甘诃吉那,她会日日夜夜哭泣。

可怜的阿爸看不到可爱的女儿
甘诃吉那,他会日日夜夜哭泣。

可怜的阿妈看不到可爱的女儿,
她会在净修林里日日夜夜哭泣。

可怜的阿爸看不到可爱的女儿,
他会在净修林里日日夜夜哭泣。

可怜的阿妈整夜整夜哭泣,
眼泪像河水那样不断流淌。

可怜的阿爸整夜整夜哭泣,
眼泪像河水那样不断流淌。

瞻部迦树、吠底舍树和信度婆罗树,
各种各样的树,我从此再也见不到。

波娑那树、尼拘陀树和迦比吒那树,
各种各样的树,我从此再也见不到。

这些优美的园林,这条清凉的河流,
以前在这里游戏,我从此再也别想。

这座山上绽开各种各样美丽鲜花，
以前随意采摘，我从此再也别想。

这座山上结满各种各样甜蜜果子，
以前随意品尝，我从此再也别想。

这些小象、小马和小牛等等玩具，
以前经常玩耍，我从此再也别想。

尽管伽利这样悲伤哀诉，朱遮迦依然跑回来，鞭打他和妹妹，拽走他俩。

这两个孩子被拽走时对父亲说：
祝愿阿妈健康！祝愿阿爸快乐！

我们的这些小象、小马和小牛玩具，
交给阿妈收好，可以缓解她的忧伤。

我们的这些小象、小马和小牛玩具，
阿妈看到它们，可以缓解她的忧伤。

这时，大士悲伤至极，忧心如焚，犹如大象被狮子抓住，月亮被罗睺吞噬，浑身颤抖。他控制不住自己的感情，双眼涌满泪水，跑进树叶屋，哀哀哭泣。

毗输安多罗完成施舍后，
进入树叶屋，悲伤哀泣。

大士为这两个孩子伤心难过：

今夜他俩饥饿又害怕，
谁会照顾他俩的饮食？

今夜他俩饥饿又害怕，
哪能再呼唤自己阿妈？

他俩怎能光脚长途跋涉，
谁会伸手搀扶呵护他俩？

这个婆罗门怎么会在我面前，
不知羞耻，鞭打这两个孩子？

无论是我的或别人的孩子成为奴仆，
凡有羞耻感的人，都不会忍心鞭打。

我现在已经像困在网中的鱼，
任凭他责骂和鞭打我的儿女。

　　大士思念两个孩子，想到这个婆罗门如此虐待他俩，抑制不住忧伤，心想："我要去追上这个婆罗门，杀死他，带回这两个孩子。"但他转念又想，"这样做不合适。我已经施舍这两个孩子，现在看到他俩受折磨而后悔，这不符合正法。"

他手持剑，挎上弓，心想：
"我要领回遭受折磨的孩子。

"可是，即使孩子遭受折磨，
知法者怎能施舍后又反悔？"

就这样,婆罗门鞭打这两个孩子,拽走他俩。伽利悲伤地诉说:

世上有些人说得一点也不错:
失去亲生母亲也就失去一切。

妹妹啊,我俩会死去,难以活下去,
父王把我俩施舍给这个邪恶婆罗门,
他粗暴凶狠,捆绑鞭打我俩似牲口。

瞻部迦树、吠底舍树和信度婆罗树,
甘诃吉那啊,我俩从此再也见不到。

波娑那树、尼拘陀树和迦比吒那树,
甘诃吉那啊,我俩从此再也见不到。

这座山上绽开各种各样美丽的花朵,
甘诃吉那啊,我俩从此再别想采摘。

这座山上结满各种各样甜蜜的果子,
甘诃吉那啊,我俩从此再别想品尝。

这些是小象、小马和小牛等等玩具,
甘诃吉那啊,我俩从此再别想玩耍。

这时,婆罗门又在一个路面凹陷处踩空,跌倒在地。这两个孩子的小手再次挣脱蔓藤结逃跑,奋力跑向父亲。

伽利和甘诃吉那这两个孩子,

摆脱婆罗门控制，奋力逃跑。

而朱遮迦起身后，手持藤条，犹如劫末的烈火迅速蔓延，追上他俩，说道："你们两个狡猾透顶，一直想要逃跑！"他再次绑住他俩的手，拽走他俩。

就在国王的面前，婆罗门再次绑住
他俩的手，用藤条鞭打，拽走他俩。

在他俩被拽走时，甘诃吉那回头望着父亲诉说道：

阿爸！婆罗门用藤条抽我，
仿佛我是一个家养的女奴。

阿爸！他不像是恪守正法的婆罗门，
他是伪装婆罗门的夜叉，会吃掉我！
这魔鬼抓走我，你为何眼巴巴望着？

女儿甘诃吉那边走边说，身体颤抖，大士悲伤至极，忧心如焚。他的鼻孔不够用，张口呼出灼热的气息。他的泪水如同鲜血流淌。而他心想："这样的痛苦除了出自温情，别无其他原因。我应该克制自己的温情。"这样，他运用智慧的力量，拔除心中的忧伤之箭，安坐不动。

这时，他们还没有到达森林出口处。甘诃吉那边走边悲伤地诉说：

这样长途跋涉，我的脚底板疼痛，
太阳下沉，婆罗门拽拉我俩赶路。

我俩向住在山林、湖泊和
河流的所有神灵俯首致敬！

我俩也向蔓藤、青草和药草致敬！
但愿所有神灵保佑阿妈健康平安！

婆罗门带走我俩，请你们保护阿妈！
如果阿妈追赶我俩，盼望她能追上。

这条小路直接通向净修林，
如果她追来，会看见我俩。

她束着发髻，在林中采集根茎和果子，
回来见净修林空空荡荡，会痛苦绝望。

她在林中逗留很久，采集许多食物，
不知道我俩已被贪婪的婆罗门绑走，
这个婆罗门凶狠，鞭打我俩像牲口。

如果阿妈黄昏回来，遇见我们，
她会给这个婆罗门吃些甜果子。

他拽拉我俩走，我俩的双脚疼痛难忍，
如果他吃够甜果子，就不会虐待我俩。

这两个孩子一心渴望见到自己母亲。①

而国王将两个可爱的孩子施舍给婆罗门时，大地震动而发出轰鸣，响声直达梵天界，几乎震裂住在雪山的天神们的心。他们听到这两个孩子被拽走途中的交谈，心想："如果摩蒂按时回到净修林，发现两个孩子不在，就会

---

① 此处原文后标注两个孩子故事终。

询问毗输安多罗,而当她得知他俩已经被施舍给婆罗门,必定会悲痛欲绝,立即前去追赶,这就会出现大麻烦。"于是,他们吩咐三个天子说:"你们化作狮子、老虎和豹,挡住王后摩蒂的去路,无论她怎样哀求,直至太阳落山才放她走。这样,她会在月光下返回净修林。而你们要保证她的安全,不让狮子等猛兽伤害她。"

狮子、老虎和豹①在林中听到
两个孩子的交谈,这样说道:

"别让王后黄昏采集食物返回,
别让林中王国的猛兽伤害她。

"如果狮子、老虎和豹伤害她,
伽利和甘诃吉那不知会怎样。
现在暂时要分开他们一家人。"

这三个天子奉众天神之命,就这样躺在摩蒂回家的路上。而摩蒂在林中心想:"我夜里做了一个噩梦,我要赶快采集根茎和果子,及时返回净修林。"她颤抖着采集根茎和果子,而铲子从手中掉落,篮子也从肩上滑落,右眼跳动,眼前结果的树不结果,不结果的树结果,方向也辨不清。她心慌意乱:"今天怎么与往日不一样?"

铲子从我手中掉落,右眼跳动,
果树上没有果子,方向辨不清。

太阳下沉,已是黄昏时分,

---

① 这里是指三个天子幻化的狮子、老虎和豹。

可是猛兽挡住我回家的路。

这里离净修林还有许多路，
他们等着吃我采集的食物。

想必国王他独自坐在树叶屋中，
两个孩子饥饿，而我却未回来。

想必两个孩子黄昏想喝奶，
等着我这可怜的阿妈回来。

想必两个孩子黄昏想喝水，
等着我这可怜的阿妈回来。

想必两个孩子站着迎候我，
如同牛犊盼望着母牛回来。

想必两个孩子站着迎候我，
如同小天鹅守候在湖面上。

想必在离净修林的不远处，
两个孩子站在那里迎候我。

湖边只有这一条可走的路，
没有其他返回净修林的路。

你们这些森林王国的勇猛兽王，
诸位好兄弟，请你们给我让路。

我是被放逐森林的国王的妻子,
就像忠贞的悉多追随照顾罗摩。

你们黄昏该回窝照看自己的儿女,
我也要回去照看伽利和甘诃吉那。

我这里有许多新鲜根茎和果子,
送给你们一半,请求你们让路。

王后是你们母亲,国王是你们父亲,
诸位好兄弟啊,请求你们为我让路。

这三个天子观察时间,觉得已经到了可以让路的时间,便起身离去。

听完摩蒂这些凄苦哀婉的诉说,
化作猛兽的三个天子此时离去。

猛兽离去,摩蒂返回净修林。这是一个月圆之夜,她到达散步处,却没有看见两个孩子像往常那样在那里,满怀忧虑说道:

往常他俩沾有尘土,在这里
迎候我,如同牛犊迎候母牛。

往常他俩沾有尘土,在这里
迎候我,像小天鹅守在湖面。

往常他俩沾有尘土,站在
净修林外的不远处迎候我。

往常他俩如同竖起耳朵的小鹿，
看见母鹿回来高兴得活蹦乱跳，
而我今天不见伽利和甘诃吉那。

像山羊、鸟禽和狮子离开住处，
出外为儿女觅食，我也是这样，
而我今天不见伽利和甘诃吉那。

这些是他俩在附近走动的脚印，
这些是他俩玩耍垒起的小土堆，
而我今天不见伽利和甘诃吉那。

往常他俩东奔西跑，抛撒沙土，
而我今天不见伽利和甘诃吉那。

往常他俩迎接我从森林中归来，
而我今天不见伽利和甘诃吉那。

往常如同羔羊盼望着母羊归来，
他俩站着远远眺望我归来的路，
而我今天不见伽利和甘诃吉那。

这是他俩游戏后留下的黄木瓜，
而我今天不见伽利和甘诃吉那。

我的这对乳房涌满乳汁而膨胀，
而我今天不见伽利和甘诃吉那。

往常他俩扑在我的怀中和膝上，
而我今天不见伽利和甘诃吉那。

往常他俩黄昏时分趴在我膝上，
而我今天不见伽利和甘诃吉那。

以前净修林对我像欢乐的聚会，
现在不见儿女，像空寂的荒漠。

为何净修林里无声无息，甚至
没有乌鸦叫，难道他俩已死去？

为何净修林里无声无息，甚至
没有鸟鸣声，难道他俩已死去？

　　她这样自言自语，来到大士身边，放下果篮。她看到大士独自默默坐着，而不见两个孩子在他的身边，便说道：

你为何沉默不语？我又想起了噩梦；
乌鸦也不鸣叫，是否两个孩子遇害？

你为何沉默不语？我又想起了噩梦；
鸟儿也不鸣叫，是否两个孩子死了？

这两个可爱的孩子被野兽吃掉了？
在空旷的森林中被什么人拐走了？

或者你派他俩出去？或者他俩睡了？

或者是他俩在外面贪玩还没有回来?

我看不到两个可爱孩子的任何身影,
鸟儿不鸣叫,他俩被什么人拐走了?

摩蒂这样询问,大士依然默不作声。于是,摩蒂说道:"王上啊,你为何不搭理我? 我犯了什么错?"

今天我没看见伽利和甘诃吉那,
犹如中箭受伤,伤口疼痛难忍。

我不见他俩,而你又不说实情,
犹如向我的心口射上第二支箭。

国王啊,如果你今夜不肯告诉我实情,
我想我已活到头,明天你会见我死去。

大士心想:"我应该安抚她,解除她对儿女的忧伤。"于是,他开口说道:

光辉的王后,圆臀细腰的摩蒂!
你一早出去,为何回来这么晚?

摩蒂回答说:

难道你没有听到狮子和老虎
来到湖边饮水,发出吼叫声?

我在森林中行走时就出现不祥征兆:

铲子从手中掉落，篮子从肩上滑落。

我胆颤心惊，双手合掌，向四方
俯首行礼，祈求神灵们保佑平安：

祈愿狮子、老虎和豹等等猛兽，
不要伤害国王和我的两个孩子。

狮子、老虎和豹挡住了我的路，
因此直到黄昏时分才动身返回。

大士向摩蒂问了这句话后，直到太阳升起，没有再说任何一句话。其间，摩蒂不断发出哀诉：

我采回鲜嫩的莲藕和蔬菜，
供你和两个孩子一起享用。

我给伽利蓝莲花，给甘诃吉那白莲花，
你望着他俩戴着花环跳舞，连声叫好。

你倾听甘诃吉那从外面返回净修林，
以甜蜜的嗓音唱着优美动听的歌曲。

自从我俩流亡森林，始终同甘共苦，
王上啊，你见到伽利和甘诃吉那吗？

难道我得罪了世上遵奉梵行的
沙门、婆罗门和博学有德之士？

我今天没看见伽利和甘诃吉那。

摩蒂这样哀诉,大士依然默不作声。摩蒂颤抖着,借着月光前往两个孩子经常游戏的树林寻找他俩,边走边哀诉:

瞻部迦树、吠底舍树和信度婆罗树,
在这些树丛中,我不见这两个孩子。

波娑那树、尼拘陀树和迦比吒那树,
在这些树丛中,我不见这两个孩子。

这些优美的园林,这条清凉的河流,
他俩在此游戏,我不见这两个孩子。

这座山上绽放各种各样美丽的鲜花,
他俩经常采摘,我不见这两个孩子。

这座山上结满各种各样甜蜜的果子,
他俩经常品尝,我不见这两个孩子。

这些是小象、小马和小牛等等玩具,
他俩经常玩耍,我不见这两个孩子。

这里有许多兔子、猫头鹰和羚羊鹿,
他俩在此游戏,我不见这两个孩子。

这些天鹅、杜鹃和尾翎美丽的孔雀,
他俩在此游戏,我不见这两个孩子。

摩蒂在净修林附近找不到这两个孩子,又进入鲜花盛开的密林中,一处又一处寻找,哀诉道:

这里茂密的树木全都按季绽放鲜花,
他俩在此游戏,我不见这两个孩子。

这些可爱的莲花池中轮鸟发出鸣叫,
布满红莲、蓝莲、白莲和各种水草,
他俩在此游戏,我不见这两个孩子。

摩蒂找不到这两个孩子,又回到大士身边。她看到大士神情沮丧,说道:

你没有劈柴薪,没有点燃火,
也没有打水,为何独自沉思?

我采集食物回来,与家人团聚,
而今天我不见伽利和甘诃吉那。

大士听后,仍然默默坐着。摩蒂见他不吭声,忧愁悲伤,如同受伤的母鸡颤抖不停。她再次出去寻找孩子,依旧找不到而回来,说道:

王上,我找不到这两个孩子,
乌鸦不鸣叫,莫非他俩遇害?

王上,我找不到这两个孩子,
鸟儿不鸣叫,莫非他俩死了?

大士听后,仍然默不作声。摩蒂一心思念孩子,焦急万分,第三次出去寻找,迅疾如风。就这样,她一夜间行走了十五由旬的路,仍找不到孩子。这时,天已破晓,太阳升起,她回到大士身边。

> 她找遍山林中所有地方找不到,
> 返回净修林,站在夫君前哭诉:

> "王上,我找不到这两个孩子,
> 乌鸦不鸣叫,莫非他俩遇害?

> "王上,我找不到这两个孩子,
> 鸟儿不鸣叫,莫非他俩死了?

> "我找遍所有树根乃至山洞,
> 找不到他俩,莫非他俩死了?"

> 光辉的王后,圆臀细腰的摩蒂,
> 抱住双臂哭诉,随后倒在地上。

大士心想:"她死了?"他浑身颤抖,悲伤至极,思忖道:"摩蒂不应该死在这里。如果她在遮杜多罗城死去,会惊动两个王国,为她举行隆重的葬礼。而我现在独自身居林中,怎么办?"随后,他恢复镇静,心想,"我要想想办法。"他站起身,用手摸摸摩蒂的心口,觉得还有活气。于是,他取来水罐。他已经七个月没有接触摩蒂的身体,而现在他不能再恪守出家人的戒规。他满怀忧伤,含着眼泪,将摩蒂的头搁在自己双膝上,用水泼洒,同时按摩她的脸和心口。摩蒂恢复一些知觉,渐渐清醒,羞涩地起身,向大士俯首行礼,说道:"夫君毗输安多罗,两个孩子在哪里?""王后啊,我已经把他俩施舍给了一个婆罗门。"

国王用水泼洒昏迷的王后，
她苏醒恢复知觉，这样说：

"王上，你既然已经把两个孩子施舍给婆罗门，为何我一夜忧愁悲伤，苦
苦寻找，而你一声不吭？"大士回答说：

摩蒂啊，我一直担心你承受不住痛苦。
一个贫穷老婆罗门来乞求，我把两个
孩子施舍给他，你不要害怕，要挺住！

摩蒂啊，你不要过于悲伤，请听我说！
孩子还会回到我们身边，全家人安康。

善人遇到乞求者，会施舍家中的一切，
牲口、粮食、钱财乃至孩子，摩蒂啊！
施舍孩子是至高施舍，你要为我高兴。

摩蒂说道：

我为你高兴，施舍孩子是至高施舍，
王上，你放心，愿你继续这样施舍。

你无愧为富国强民尸毗王，在这个
自私悭吝的人间，慷慨施舍婆罗门。

大士听后，说道："摩蒂你怎么这样说？如果我施舍孩子后，放不下心，
那就不会出现这些奇迹。"说罢，他讲述大地出现轰鸣声等等奇迹。摩蒂称
赞这些奇迹，为他完成这样的施舍感到高兴。

大地发出轰鸣，响声直达忉利天，
空中出现闪电，雷鸣在山谷回荡。

那罗陀神和波跋多神，还有帝释天、
梵天、生主、苏摩、阎摩和毗沙门，
忉利天所有天神全都为他感到高兴。

就这样，圆臀细腰的光辉王后摩蒂，
为夫君高兴，施舍孩子是至高施舍。

大士已经向摩蒂说明自己施舍孩子的事，摩蒂也称赞他的施舍，为他感到高兴，说道："大王毗输安多罗啊，你确实完成了崇高的施舍。"①

就在他俩这样高兴地互相交谈时，帝释天心想："毗输安多罗王昨天把孩子施舍给朱遮迦时，大地发出轰鸣。而现在，如果有哪个恶人前来乞求品貌双全的摩蒂，便会带走摩蒂，留下毗输安多罗孤苦伶仃一个人。因此，我要化作婆罗门，前去乞求摩蒂，让毗输安多罗的施舍功德达到极点，而不让任何人有机会带走摩蒂，然后，我再把摩蒂交还他。"这样，在太阳升起后，他来到他俩身边。

这样，夜晚逝去，太阳升起后，
帝释天化作婆罗门，前来问候：

"尊者你好吗？健康平安吗？
稻穗、根茎和果子充裕吗？

"牛虻和蚊虫没有叮咬你吧？

---

① 此处原文后标注摩蒂故事终。

林中的野兽没有伤害你吧?"

大士说道:

> 婆罗门,我很好,健康平安,
> 稻穗、根茎和果子都很充裕。

> 牛虻和蚊虫没有叮咬我,
> 林中的野兽没有伤害我。

> 我在森林里已经生活了七个月,
> 第二次见到天神模样的婆罗门,
> 手拄木杖,携带有祭勺和水罐。

> 婆罗门,欢迎你来到这里,
> 请贤士进来,洗洗你的脚。

> 这些是丁度迦果和毗耶罗果,
> 甜美可口,随你喜欢挑着吃。

> 这是山谷中取的清凉的水,
> 婆罗门,如果想喝你就喝。

大士这样热情接待他,随后询问道:

> 你有何事,这样长途跋涉,
> 来到大森林? 请你告诉我。

帝释天回答说:"大王,我已年老,来到这里向你乞求妻子,请你施舍给我吧!"

你像滔滔江河,水流永不枯竭,
我来向你乞求妻子,请你给我。

大士听后,没有回答说:"我昨天已经把两个孩子施舍给婆罗门,现在怎么能把摩蒂施舍给你,留下我孤苦伶仃一个人?"而是像将装有一千金币的钱袋放在伸出的手中,毫不迟疑地高声回答,话音在山谷中回荡:

你向我乞求,我毫不犹豫施舍,
我不隐藏她,因为我热爱施舍。

说罢,他立即取来水罐,把水倒在婆罗门手上,把妻子施舍给婆罗门。顿时,前面讲述过的种种奇迹再次出现。

富国强民的尸毗王取来水罐,
他把摩蒂施舍给这个婆罗门。

这令人惊恐不已,令人汗毛竖起,
他施舍妻子摩蒂,大地为之震动。

摩蒂没有愁眉蹙额,没有哭泣流泪,
只默默望着他,他知道她无与伦比。

"我施舍儿女和忠贞的王后摩蒂,
毫无顾虑,完全是出于追求菩提。

"我不嫌弃儿女,也不嫌弃王后摩蒂,
因为我热爱知一切智,而勇于施舍。"

这时,大士望着摩蒂的脸,问道:"摩蒂,怎么样?"摩蒂说道:"王上,你为何望着我?"随即,她发出狮子吼:

我还是少女时嫁给他,他是我的主人,
随他愿意,可以送掉、卖掉或杀掉我。

帝释天已经了解他俩的心意,感到满意。

已经了解他俩的心意,天王说道:
"天上人间的一切障碍都已被克服。"

大地发出轰鸣,响声直达忉利天,
空中出现闪电,雷鸣在山谷回荡。

那罗陀神和波跋多神,还有帝释天、
梵天、生主、苏摩、阎摩和毗沙门,
所有天神为他做到极难之事而高兴:

"这样的施舍确实难以做到,
恶人无法模仿善人的善行。

"因此,善人和恶人的归宿不同,
恶人堕入地狱,善人升入天国。

"他在林中施舍自己的儿女和妻子,

但愿他获得善果，升入天国梵界！"

帝释天为他感到高兴，心想："现在我不要耽搁时间，我应该把摩蒂交还给他。"于是，他说道：

> 我交还你完美无瑕的妻子摩蒂，
> 你和摩蒂珠联璧合，互相匹配。

> 正如牛乳和贝螺色泽①同样洁白，
> 你和摩蒂亲密无间，心心相印。

> 你俩父母双方都是刹帝利种姓，
> 现在遭放逐而一起住在森林中，
> 你俩就继续这样行善积功德吧！

随后，帝释天表示要赐予毗输安多罗恩惠，说道：

> 我是帝释天王，今天来到你的身边，
> 王仙！我赐予你八个恩惠，请选择！

说着，帝释天站在空中显身，如同朝阳放射光芒。于是，菩萨选择恩惠，说道：

> 请万物之主帝释天王赐予我恩惠：
> 让父亲欢迎我返回我的城市家中，
> 让我重登王位，这是第一个恩惠。

---

① 此处"色泽"（vanna）一词也读作种姓，暗喻他俩同样出身纯洁。

让我不杀害他人,不做任何恶事,
释放狱中死囚,这是第二个恩惠。

让所有人,老年、青年以及中年,
都受到我庇护,这是第三个恩惠。

不觊觎他人妻子,忠于自己妻子,
不受女人控制,这是第四个恩惠。

帝释天啊,让我的儿子长命百岁,
依法征服大地,这是第五个恩惠。

每当夜晚逝去,太阳升起,让我
享用天国美食,这是第六个恩惠。

让我的施舍永不中断,无穷无尽,
一心热爱施舍,这是第七个恩惠。

让我生命终结后,直接升入天国,
从此不再转生,这是第八个恩惠。

毗输安多罗向帝释天求取这八个恩惠。

帝释天王听完他的话后,说道:
"你的父亲不久就会盼望见到你。"

说罢,帝释天返回自己住处。

　　　众生之主天王帝释天允诺赐予

　　　毗输安多罗恩惠后,返回天国。①

　　获得帝释天赐恩后,菩萨和摩蒂愉快地住在净修林中。而朱遮迦带着两个孩子已经行走六十由旬路。众天神始终保护这两个孩子。在太阳落山后,朱遮迦捆住这两个孩子,让他俩躺在地上,而他自己害怕猛兽袭击,爬到树上,躺在树枝中间。在这时,一位天子化作毗输安多罗,一位天女化作摩蒂,前来为他俩松绑,替他俩沐浴和打扮,侍候他俩进食后,让他俩躺在天国床榻上。太阳升起时,天子和天女复又捆住他俩,让他俩躺在地上,然后消失不见。就这样,这两个孩子得到天神保护,一路安然无恙。而朱遮迦受到天神操控,原本想回到羯陵伽国,走了半个月,却来到遮杜多罗城。

　　这天破晓时,尸毗王做了一个梦:他坐在公堂里,有个人送来两朵莲花,放在他手上。他把这两朵莲花戴在两个耳朵上,花粉撒落在他的腹部。他醒来后,询问一些婆罗门。他们解释说:"王上,与你分离很久的亲人即将来到。"这样,国王在早上享用各种美食后,坐在公堂里。这时,天神引领朱遮迦来到王宫庭院,让他站在那里。于是,国王看到了这两个孩子,说道:

　　　这脸儿闪耀金光,犹如金色的火焰,

　　　犹如金环,犹如由金匠的熔炉铸造。

　　　他俩肢体相像,容貌特征相像,

　　　这个像迦利,这个像甘诃吉那。

　　　犹如一对小狮子从洞穴走出,

　　　这两个孩子看似用金子铸造。

---

① 此处原文后标注帝释天故事终。

国王这样赞美这两个孩子后,吩咐一位大臣说:"你去把这个婆罗门和两个孩子一起带来。"大臣迅速带来他们三人。于是,国王对婆罗门说道:"尊者从哪里带来这两个孩子?"朱遮迦回答说:

> 有人高兴施舍给我这两个孩子,
> 我得到他俩,至今已有十六天。

国王问道:

> 你靠什么真实可爱的话语获得信任?
> 他把儿女施舍给你,这是至高施舍。

朱遮迦回答说:

> 林中毗输安多罗王把儿女施舍给我,
> 他施舍乞求者,如同大地支持万物。

> 林中毗输安多罗王把儿女施舍给我,
> 乞求者走向他,如同河流奔向大海。

大臣听后,指责毗输安多罗,说道:

> 即使在位的国王这样做也不合适,
> 而他流亡森林,怎么能施舍儿女?

> 诸位聚集这里的贤士,你们听我说!
> 林中毗输安多罗怎能施舍自己儿女?

可以施舍男仆、女仆、马匹、骡子、
车辆和大象,怎么能施舍自己儿女?

迦利听到这些指责父亲的话,犹如须弥山遭到狂风袭击,不能容忍,举起手臂,说道:

爷爷!他没有男仆、女仆、马匹、
骡子、车辆和大象,怎么能施舍?

国王说道:

我称赞他的施舍,我也不指责他,
但他怎么忍心把你俩施舍乞求者?

迦利说道:

父亲内心痛苦,浑身发烧,
他的双眼通红,涌满泪水。

接着,迦利转述妹妹对父亲说的话:

阿爸!婆罗门用藤条抽我,
仿佛我是一个家养的女奴。

阿爸!他不像是恪守正法的婆罗门,
他是伪装婆罗门的夜叉,会吃掉我!
这魔鬼抓走我,你为何眼巴巴望着?

国王看到这个婆罗门不肯对这两个孩子放手,便说道:

> 你俩母亲是王后,你俩父亲是国王,
> 以前坐在我膝上,现在为何站远处?

迦利说道:

> 我俩母亲是王后,我俩父亲是国王,
> 现在是婆罗门的奴仆,因此站远处。

国王说道:

> 你不要这样说,这些话烧灼我的心,
> 我的身体如同火烧,令我坐立不安。

> 你不要这样说,这些话伤透我的心,
> 我要花钱赎回你俩,不再成为奴仆。

> 孩子啊,你父亲施舍你俩给婆罗门时,
> 怎样估价你俩? 告诉我! 我全额照付。

迦利说道:

> 父亲说我价值一千金币,而说
> 甘诃吉那价值一百头大象等等。

国王决定赎回这两个孩子,说道:

管家！你快替我支付婆罗门赎金：
一百男仆、一百女仆、一百大象、
一百母牛、一百公牛和一千金币。

于是，管家迅速付给这个婆罗门赎金：

一百男仆、一百女仆、一百大象、
一百母牛、一百公牛和一千金币。

国王还送给这个婆罗门一座七层楼宫殿以及大批侍从。婆罗门接受这些财物，进入这座宫殿，享用美食后，躺在大床上。而在这两个孩子沐浴、进食和打扮后，祖父让伽利坐在自己膝上，祖母让甘诃吉那坐在自己膝上。

祖父赎回这两个孩子之后，
让他俩沐浴、进食和打扮。

洗头，穿新衣，佩戴首饰，
祖父让伽利坐在自己膝上。

耳环叮当作响，花环鲜艳芳香，
祖父让伽利坐在膝上，询问道：

"孩子，你的父母健康平安吗？
稻穗、根茎和果子很充裕吗？

"牛虻和蚊虫没有叮咬他俩吧？
林中的野兽没有伤害他俩吧？"

伽利说道:

> 王上,我的父母健康平安,
> 稻穗、根茎和果子很充裕。

> 牛虻和蚊虫没有叮咬他俩,
> 林中的野兽没有伤害他俩。

> 阿妈挖掘各种球茎植物,
> 采摘枣子、坚果和木瓜。

> 她每天去林中采集根茎和果子,
> 供我们早上和夜晚在一起享用。

> 阿妈采集果子辛劳而苍白消瘦,
> 风吹日晒,似手中的莲花褪色。

> 林中犀牛和豹子等等野兽出没,
> 阿妈采集食物,头发日益稀薄。

> 她束着发髻,身体两侧沾满尘土,
> 身穿鹿皮衣,躺在地上,照看火。

伽利诉说母亲的艰辛,责备祖父说:

> 世上的人们都热爱自己儿女,
> 难道我们的祖父对儿女无情?

国王坦承自己的愧疚，说道：

> 我确实做错事，伤害了我的儿子，
> 听从民众的话，放逐无辜的儿子。

> 我这里所有财富和谷物都还在，
> 让毗输安多罗回来统治尸毗国。

伽利说道：

> 不要因为我的话而让尸毗王回来，
> 你要亲自前去，为儿子降下甘霖。

于是，商伽耶盼咐军队统帅说：

> 让象军、马军、车军和步军全副武装，
> 也让城市居民、婆罗门和祭司们集合。

> 让六万英俊士兵装饰打扮，
> 全副武装，迅速前来集合！

> 犹如雪山、犍陀罗山和香醉山，
> 布满无数树木，住着无数生物，

> 各种神奇药草闪闪发光，让他们
> 全副武装，光彩熠熠，迅速前来！

> 集合一万四千头大象，

配备金肚带和金鞍辔。

象兵全副武装,坐在象肩上,
手持刺棒和钩子,迅速前来!

集合一万四千匹战马,
全部是信度良种快马。

马兵全副武装,骑在马背上,
携带刀剑和弓箭,迅速前来!

集合一万四千辆战车,
铁制车轮和金制轮辋。

旗帜飘扬,车兵身披铠甲,
手持强劲的弓,迅速前来!

　　国王这样安排军队后,又下令平整和装饰从遮杜多罗城到毗输安多罗居住的梵伽山的所有路面,说道:

在他的归路上,撒下用于祭供的
炒米、鲜花、花环、香粉和香膏。

在他的归路上,为每个村庄
安置一百罐果子酿造的甜酒。

在他的归路上,路两边安放
鱼肉、糕饼、米粥和甜果子。

在他的归路上，路两边安放
酸奶、酥油、凝乳和鲜牛奶。

沿路安排厨师、舞伎、演员和歌手，
摇动铃铛，拍击手鼓，还有魔术师。

演奏琵琶，吹响螺号，
敲打铜锣，槌击铜鼓。

各式各样的大鼓、中鼓和小鼓，
所有的弦琴和螺号，一齐鸣响。

国王这样安排装饰道路。而这时，朱遮迦饮食过度，消化不良而死去。国王为他举行葬礼，并吩咐在城中击鼓宣告，但找不到他的任何亲戚。于是，国王收回他的所有财产。在第七天，军队集合完毕，国王带着大批随从出发，由伽利带路。

尸毗国军队浩浩荡荡出发，
由伽利带路，前往梵伽山。

六十高龄的魁梧大象一旦被
勒紧肚带，就发出高声吼叫。

战马发出嘶鸣，车辆发出嘎嘎声，
尸毗国大军扬起的尘土弥漫空中。

尸毗国大军携带一切必需品，
由伽利带路，向梵伽山挺进。

大军进入森林，路边布满果树，
树上枝头鲜花盛开，鸟儿聚集。

在按季开花的树上，五颜六色的
各种鸟儿发出圆润甜美的鸣叫声。

经过一日一夜的长途行军，
到达毗输安多罗的居住地。

伽利让军队在目真邻陀湖边安营扎寨。一万四千辆战车停下，面朝来
路。各处安排岗哨，防备狮子、老虎和犀牛等野兽。那些大象此起彼伏发出
吼叫。大士听到后，心想："恐怕是我的敌人杀死我的父亲后，来到这里抓
我。"他惧怕死亡，带着摩蒂爬上山坡，观察军队，说道：

摩蒂啊，你听林中出现喧嚣声，
马匹发出嘶鸣，旗帜高高飘扬。

他们是猎人吗？来到森林中狩猎，
围住洞穴，吼叫着持刀捕杀野兽。

尽管我俩无辜，而被放逐森林，
如果落到敌人手中，难免一死。

摩蒂听后，也观察军队，随即安慰他说："这应该是我们自己的军队。"

别担忧，任何敌人都无法战胜你，
犹如火不能征服大海，你放心吧！

于是,大士解除忧虑,与摩蒂一起走下山坡,坐在树叶屋门前。

然后,毗输安多罗王走下山坡,
坐在树叶屋前,内心保持镇定。

这时,商伽耶告诉王后菩娑蒂说:"贤妻菩娑蒂,如果我们所有人一起前去,会引起他俩惊慌担忧。因此,我先去。你等到感觉他俩解除忧虑,安心坐着,再带着大批随从前往。"随后,他又招呼伽利和甘诃吉那,说道:"来吧!"他让车辆掉头,面朝来路,周围安排警卫,保护这两个孩子。然后,他登上大象肩头,前往儿子的住处。

他掉转车身,安排好军队,
前往隐居林中的儿子住处。

他从象上下来,衣服披覆一肩,双手
合掌,大臣围绕,前来迎回儿子登位。

他看到了儿子,英俊可爱,镇定自若,
坐在树叶屋前,无所畏惧,沉思默想。

看到思念儿子的父亲向这里走来,
毗输安多罗和摩蒂起身俯首行礼。

摩蒂向公公行触足礼,说道:
"王上,摩蒂我向你行触足礼!"
他拥抱他俩,用手抚摸他俩。

国王伤心哭泣,等情绪平静后,问候他俩:

　　儿子,你俩一向健康平安吗?
　　稻穗、根茎和果子很充裕吗?

　　牛虻和蚊虫没有叮咬你俩吧?
　　林中的野兽没有伤害你俩吧?

大士听后,回答父亲说:

　　王上,我们在这里生活艰苦,
　　我们依靠捡拾各种谷穗生活。

　　正如御者调伏瘦弱的马,
　　贫困生活也已调伏我们。

　　大王啊,放逐林中的生活忧愁凄苦,
　　看不到父母,我们的身体变得瘦削。

说罢,大士询问两个孩子的情况,说道:

　　原本应是尸毗王国遗产的继承人,
　　伽利和甘诃吉那落入婆罗门手中,
　　他贪婪又凶暴,鞭打他俩像牲口。

　　如果你知道他俩情况,请告诉我!
　　犹如医生迅速救治被蛇咬伤的人。

国王说道:

我已经向婆罗门支付钱财,赎回
伽利和甘诃吉那,你不必再担心。

大士听后,心中感到宽慰,便问候父母:

父亲你一向健康平安吗?
母亲的眼睛没有哭坏吧?

国王说道:

儿子,我一向健康平安,
你母亲的眼睛没有哭坏。

大士说道:

象军、马军和车军安好吗?
王国富饶吗? 风调雨顺吗?

国王说道:

象军、马军和车军都安好,
同样王国富饶,风调雨顺。

他俩这样交谈着。这时,王后菩婆蒂感到他们可能一切顺利安好,便带着大批侍从前往儿子的住处。

这样交谈时,看到母亲
光脚步行来到他们屋前。

毗输安多罗和摩蒂上前迎接
思念儿子的母亲,俯首行礼。

摩蒂向婆婆行触足礼,说道:
"王后,摩蒂我向你行触足礼。"

摩蒂看到远处两个孩子安然无恙,
哭喊着跑来,犹如牛犊跑向母牛。

摩蒂看到远处两个孩子安然无恙,
感到自己的乳房鼓胀,涌满乳汁。

顷刻间,大地震动,轰鸣声在山谷回荡,大海汹涌澎湃,须弥山弯腰,六欲天众天神齐声欢呼。这时,帝释天却发现这个刹帝利王族全家六口人以及随从们全都昏厥倒地,其中没有一个人能起身为他人泼水。于是,他决定降下莲花雨。这样,帝释天降下莲花雨。这些雨淋湿需要雨水的人,而不淋湿不需要雨水的人,犹如雨滴从莲叶上消失。雨水像莲花那样降下,刹帝利王族全家六口人以及随从们恢复知觉。聚集在这里的人们惊叹出现奇迹:"莲花雨降落在这家人身上,大地震动摇晃。"

全家人团聚,所有人发出惊叹,
大地震动,轰鸣声在山谷回荡。

天神送来乌云,降下雨水,
毗输安多罗与亲人们团聚。

父亲母亲、儿子儿媳和孙子孙女,
合家团聚,在场所有人汗毛竖起,

双手合掌,在林中高声发出祈求。

全体民众一致祈求毗输安多罗和摩蒂:
"你是我们的国王,请你俩统治王国吧!"

大士听后,对父亲说道:

我以前依据正法统治王国,
你和城乡居民一起放逐我。

国王请求儿子原谅,说道:

我确实做错事,伤害了我的儿子,
听从民众的话,放逐无辜的儿子。

为了排遣自己内心的痛苦,他祈求儿子说:

人人都应该不惜以生命
解除父母或姐妹的痛苦。

大士愿意统治王国,但他没有立即答应,是因为觉得这样不郑重。而现在他表示同意说:"好吧!"与他同日出生的六万个大臣得知他同意,齐声说道:"请大王沐浴洗尘。"而大士说:"请你们稍等片刻。"他进入树叶屋,脱下仙人服装,安放好后,走出树叶屋,心想:"我在这里度过九个半月沙门生活,完成至高的施舍,大地为之震动。"于是,他向树叶屋右绕三匝,五体投地敬拜,然后起身站着。随即,理发匠为他修剪头发和胡须,佩戴各种装饰品。人们为他灌顶,让他登基为王。这样,毗输安多罗洗尽身上尘土,像天王那样光彩熠熠。

他享有无上的荣耀，可见之处都在摇动，人们念诵各种吉祥颂词，奏响各种乐器，大海发出雷鸣般呼啸。他们牵来经过装饰的大象。他佩带宝剑，登上大象。与他同日出生的六万个大臣盛装严饰，围绕着他。人们也为王后摩蒂沐浴和装饰打扮，并为她灌顶。灌顶时，众人高呼："愿毗输安多罗保护你！"并为她念诵吉祥颂词。

> 洗过头，穿新衣，佩戴装饰品，
> 他登上大象，携带克敌的宝剑。

> 与他同日出生的六万个大臣
> 满怀喜悦，围绕自己的主子。

> 尸毗国少女们为摩蒂沐浴，高呼道：
> "愿毗输安多罗保护你！保护伽利和
> 甘诃吉那！愿大王商伽利也保护你！"

> 苦难离去，他们又回到从前，
> 在这可爱的山林中一起游乐。

> 苦难离去，他们又回到从前，
> 摩蒂与儿女团聚，高高兴兴。

> 苦难离去，他们又回到从前，
> 摩蒂与儿女团聚，欢欢喜喜。

摩蒂满怀喜悦，对儿女说道：

> 以前朝思暮想你俩，我发誓

始终躺在地上，一天吃一餐。

现在誓愿实现，我和你俩团聚，
但愿父亲和母亲永远保护你俩，
但愿大王商伽耶同样保护你俩。

我和你俩的父亲长期积下的所有功德，
凭这些真实善行，但愿你俩健康长寿！

母后菩娑蒂也派人送来一箱礼物："让我的儿媳从此身穿这些衣服，佩戴这些装饰品！"

婆婆送来丝绸衣、亚麻衣和绒衣，
希望自己的儿媳打扮得漂漂亮亮。

婆婆送来手镯、脚镯和珠宝腰带，
希望自己的儿媳打扮得漂漂亮亮。

婆婆送来镶嵌珠宝的臂钏和项圈，
希望自己的儿媳打扮得漂漂亮亮。

婆婆送来各种宝石和摩尼珠首饰，
希望自己的儿媳打扮得漂漂亮亮。

洗了头，穿新衣，佩戴各种装饰品，
王后光彩夺目，宛如忉利天的天女。

宛如天国如意藤园林中随风摇曳的

芭蕉树,嘴唇优美的王后光彩夺目。

犹如天空中羽毛色彩绚丽的飞鸟,
嘴唇红似频婆果的王后光彩夺目。

他们牵来一头大象,躯体不太魁梧,
象牙似犁柄,能够抵御刀枪和利箭。

摩蒂登上这头大象,躯体不太魁梧,
象牙似犁柄,能够抵御刀枪和利箭。

这样,毗输安多罗和摩蒂享有无上的荣耀,进入军营。商伽耶王和十二支大军一起在山林中游乐整整一个月。凭借大士的威力,森林中的猛兽和猛禽都不为非作歹。

凭借大士的威力,森林中
所有的野兽都不互相侵害。

凭借大士的威力,森林中
所有的鸟禽都不互相侵害。

现在毗输安多罗即将离去,
森林中所有野兽聚在一起。

现在毗输安多罗即将离去,
森林中所有鸟禽聚在一起。

现在毗输安多罗即将离去,

森林中野兽不再欢快吼叫。

现在毗输安多罗即将离去，
森林中鸟禽不再欢快鸣叫。

商伽耶王在山林中游乐一个月后，召来军队统帅，说道："我们已在林中住了很久，我的儿子回去的道路已经装饰好了吗？""是的，王上！现在到了应该回去的时候。"于是，商伽耶王吩咐通知毗输安多罗后，带着军队出发。从梵伽山到遮杜多罗城之间六十由旬路都装饰一新。大士也带着大批随从出发。

从毗输安多罗居住的山林直到
遮杜多罗城，一路上撒满鲜花。

毗输安多罗出发，六万个
英俊勇武的大臣围绕着他。

毗输安多罗出发，婆罗门、
吠舍和后宫佳丽围绕着他。

毗输安多罗出发，围绕着
象军、马军、车军和步军。

毗输安多罗出发，卫兵们
执持护盾和刀剑走在前面。

这样，一路缓缓行走六十由旬路，他们两个月后到达遮杜多罗城，进入城市，回到王宫。

他们进入围墙和拱门高耸的城市，
食物和饮料丰富，人们载歌载舞。

城乡居民纷纷聚集在一起，
欢迎富国强民的王子归来。

施舍者回来，人们挥舞衣服，
城中击鼓宣告释放狱中囚徒。

毗输安多罗释放所有囚徒乃至猫儿。在进城后当天傍晚，他心想："过了今夜，乞求者听说我已经回来，明天前来乞求，我怎样施舍？"这时，帝释天感到自己的宝座发热，经过思索，知道了原因。于是，他像乌云降下倾盆大雨那样，降下七宝雨，雨量在王宫周围高达腰部，在全城中其他地方高达膝部。这样，第二天早上，毗输安多罗让城中各家各户捡拾财宝。然后，他收集剩下的所有财宝，存放在宫中仓库里。这样，他以后有足够的财宝广为施舍。

富国强民的尸毗王毗输安多罗
回城后，帝释天为他降下金雨。

从此毗输安多罗王广为施舍，
智慧圆满，去世后升入天国。

《毗输安多罗本生》终。

附录
FULU

本书所选佛本生故事篇名巴汉对照表

1. Apṇṇakajātaka 真实本生 *

4. Cullakaseṭṭhijātaka 小商主本生

7. Kaṭṭhahārijātaka 捡柴女本生

12. Nigrodhamigajātaka 榕鹿本生

18. Matakabhattajātaka 祭羊本生

20. Naḷapānajātaka 芦苇饮本生

21. Kuruṅgamigajātaka 羚羊鹿本生

22. Kukkurajātaka 狗本生

26. Mahilāmukhajātaka 女颜象本生

30. Muṇikajātaka 摩尼克猪本生

32. Naccajātaka 跳舞本生

33. Sammodamānajātaka 齐心协力本生

34. Macchajātakka 鱼本生

36. Sakuṇajātaka 鸟本生

37. Tittirajātaka 鹧鸪本生

38. Bakajātaka 苍鹭本生

39. Nandajātaka 难陀本生

42. Kapotajātaka 鸽子本生

43. Veḷukajātaka 竹蛇本生

44. Makasajātaka 蚊子本生

46. Ārāmadūsakajātaka 毁园本生

48. Vedabbhajātaka 吠陀婆本生

49. Nakkhattajātaka 星宿本生

54. Phalajātaka 果子本生

57. Vānarindajātaka 猴王本生

58. Tayodhammajātaka 三法本生

59. Bherivādajātaka 鼓声本生

62. Aṇḍabhūtajātaka 娘胎本生

63. Takkajātaka 枣椰本生

67. Ucchaṅgajātaka 膝下本生

72. Sīlavanāgajātaka 有德象本生

73. Saccaṅkirajātaka 箴言本生

74. Rukkhadhammajātaka 树法本生

78. Illīsajātaka 伊黎萨本生

89. Kuhakajātaka 骗子本生

92. Mahāsārajātaka 贵重本生

97. Nāmasiddhijātaka 名字本生

98. Kūṭavāṇijajātaka 奸商本生

107. Sālittakajātaka 掷石本生

113. Sigālajātaka 豺本生

114. Mitacintijātaka 中思鱼本生

119. Akālarāvijātaka 非时啼本生

---

* 篇名前的数字为原著中故事序号。

图书在版编目(CIP)数据

佛本生故事选：增订本／黄宝生，郭良鋆译. —
上海：中西书局，2022
ISBN 978-7-5475-1859-5

Ⅰ.①佛…　Ⅱ.①黄…　②郭…　Ⅲ.①民间故事-作
品集-印度-古代　Ⅳ.①I351.73

中国版本图书馆 CIP 数据核字(2021)第 224326 号

FOBENSHENG GUSHIXUAN（ZENGDINGBEN）

佛本生故事选(增订本)

黄宝生　郭良鋆　译

责任编辑	孙本初
装帧设计	黄　骏
责任印制	朱人杰

出版发行		上海世纪出版集团
		中西書局(www.zxpress.com.cn)
地　　址		上海市闵行区号景路 159 弄 B 座(邮政编码：201101)
印　　刷		上海展强印刷有限公司
开　　本		700×1000 毫米　1/16
印　　张		49
字　　数		702 000
版　　次		2022 年 2 月第 1 版　2022 年 2 月第 1 次印刷
书　　号		ISBN 978-7-5475-1859-5/I·223
定　　价		268.00 元

本书如有质量问题，请与承印厂联系。电话：021-66366565